W0004949

LE FOU
ET L'ASSASSIN 5

Sur les rives de l'Art

Du même auteur aux Éditions J'ai lu

L'assassin royal :

1 – L'apprenti assassin, *J'ai lu* 5632
2 – L'assassin du roi, *J'ai lu* 6036
3 – La nef du crépuscule, *J'ai lu* 6117
4 – Le poison de la vengeance, *J'ai lu* 6268
5 – La voie magique, *J'ai lu* 6363
6 – La reine solitaire, *J'ai lu* 6489
7 – Le prophète blanc, *J'ai lu* 7361
8 – La secte maudite, *J'ai lu* 7513
9 – Les secrets de Castelcerf, *J'ai lu* 7629
10 – Serments et deuils, *J'ai lu* 7875
11 – Le dragon des glaces, *J'ai lu* 8173
12 – L'homme noir, *J'ai lu* 8397
13 – Adieux et retrouvailles, *J'ai lu* 8472

Le fou et l'assassin :

1 – Le fou et l'assassin, *J'ai lu* 11326
2 – La fille de l'assassin, *J'ai lu* 11394
3 – En quête de vengeance, *J'ai lu* 11709
4 – Le retour de l'assassin, *J'ai lu* 12004

Les aventuriers de la mer :

1 – Le vaisseau magique, *J'ai lu* 6736
2 – Le navire aux esclaves, *J'ai lu* 6863
3 – La conquête de la liberté, *J'ai lu* 6975
4 – Brumes et tempêtes, *J'ai lu* 7749
5 – Prisons d'eau et de bois, *J'ai lu* 8090
6 – L'éveil des eaux dormantes, *J'ai lu* 8334
7 – Le Seigneur des Trois Règnes, *J'ai lu* 8573
8 – Ombres et flammes, *J'ai lu* 8646
9 – Les marches du trône, *J'ai lu* 8842

Le soldat chamane :

1 – La déchirure, *J'ai lu* 8541
2 – Le cavalier rêveur, *J'ai lu* 8645
3 – Le fils rejeté, *J'ai lu* 8814
4 – La magie de la peur, *J'ai lu* 9044
5 – Le choix du soldat, *J'ai lu* 9195
6 – Le renégat, *J'ai lu* 9349
7 – Danse de terreur, *J'ai lu* 9456
8 – Racines, *J'ai lu* 9520

Les Cités des Anciens :

1 – Dragons et serpents, *J'ai lu* 9756
2 – Les eaux acides, *J'ai lu* 9795
3 – La fureur du fleuve, *J'ai lu* 9988
4 – La décrue, *J'ai lu* 10199
5 – Les gardiens des souvenirs, *J'ai lu* 10451
6 – Les pillards, *J'ai lu* 10569
7 – Le vol des dragons, *J'ai lu* 10760
8 – Le puits d'argent, *J'ai lu* 10938

Retour au pays, *J'ai lu* 8738
Le prince bâtard, *J'ai lu* 10960

Sous le nom de Megan Lindholm
Ki et Vandien :

1 – Le vol des harpies, *J'ai lu* 8203
2 – Les Ventchanteuses, *J'ai lu* 8445
3 – La porte du Limbreth, *J'ai lu* 8647
4 – Les roues du destin, *J'ai lu* 8799

L'héritage et autres nouvelles, *J'ai lu* 10365

ROBIN HOBB

LE FOU ET L'ASSASSIN 5

Sur les rives de l'Art

ROMAN

Traduit de l'anglais (États-Unis)
par Arnaud Mousnier-Lompré

Collection dirigée par Thibaud Eliroff

Titre original
ASSASSIN'S FATE
(première partie)

Prologue

Des enfants forment un cercle, main dans la main ; une fillette se tient au centre, toute seule ; un bandeau l'aveugle, mais il y a des yeux peints sur le tissu, noirs, fixes et bordés de rouge. Elle tourne en rond, les bras écartés, et les autres parcourent un cercle plus large autour d'elle en dansant et en chantant.

« Tant que le cercle tient
Les avenirs sont tous là.
Pour qu'il vole en éclats
Il faut un cœur d'airain. »

Le jeu paraît amusant. Chaque enfant du grand cercle crie une phrase ou un bout de mélodie ; je n'entends pas ce qu'ils disent, au contraire de la fillette aux yeux bandés, qui se met à leur répondre, la voix emportée par le vent qui se lève lentement : « Mettez le feu à tout. » « Les dragons choient partout. » « La mer s'élèvera. » « Les cieux ont des joyaux l'éclat. » « Deux qui ne font qu'un seul. » « Quatre à l'espoir défunt. » « Un qui est fait de deux. » « Dis à ton règne adieu ! » « Oubliez toute vie ! » « Personne ne survit ! »

À ce dernier cri, une explosion de vent jaillit de la fillette ; elle part en petits morceaux qui volent en tous sens tandis que les rafales s'emparent des enfants qui hurlent et les éparpillent au loin. Tout devient obscur hormis un cercle blanc ; au centre repose le bandeau avec ses yeux noirs qui ne cillent pas.

Journal des rêves
d'Abeille Loinvoyant

1

Piqûres d'Abeille

La salle de la carte d'Aslevjal montrait un territoire qui comprenait la majorité des Six-Duchés, une partie du royaume des Montagnes, une vaste fraction de Chalcède et des terres de part et d'autre du fleuve du désert des Pluies. Je pense qu'il s'agit du domaine sur lequel régnaient jadis les Anciens. Je n'ai pas eu l'occasion d'examiner personnellement la salle cartographique qui se trouve au milieu de la cité abandonnée connue aujourd'hui sous le nom de Kelsingra, mais, à mon avis, elle doit lui ressembler beaucoup.

La carte d'Aslevjal portait des points qui correspondaient aux pierres dressées des Six-Duchés ; on peut supposer que les marques similaires en différents lieux des Montagnes, du désert des Pluies et même de Chalcède indiquent des monolithes qui sont en réalité des portails d'Art. On ignore l'état de la plupart de ces piliers, et certains artiseurs conseillent de ne pas les emprunter tant que personne n'est allé sur place les inspecter ; en ce qui concerne les pierres des Six-Duchés et des Montagnes, il est prudent non seulement d'envoyer des coursiers artiseurs vérifier chaque site mais d'obliger chaque duc à veiller à ce que ces piliers restent debout. Les coursiers doivent également noter le contenu et l'état des runes de chaque face.

Dans quelques cas, nous avons découvert des piliers qui ne correspondent à aucune marque de la carte d'Aslevjal ; nous ignorons s'ils ont été dressés après la création de la carte ou s'il s'agit de pierres qui ne fonctionnent plus, et nous devons les aborder avec circonspection, comme tout ce qui concerne la magie Ancienne. Nous ne pouvons nous prétendre maîtres d'elle tant que nous ne sommes pas capables de reproduire les objets qu'ils fabriquaient.

Des portails d'Art, par Umbre Tombétoile

Je m'enfuis. Je relevai le bas de mon épais manteau de fourrure blanche et m'enfuis ; j'avais déjà trop chaud, et le vêtement qui traînait derrière moi se prenait dans les branches et les souches. J'entendis Dwalia crier « Rattrape-la, mais rattrape-la ! » puis le Chalcédien pousser un beuglement ; il se mit à galoper en tous sens, éperdu, et, à un moment, il passa si près de moi que je dus m'écarter.

Je réfléchis plus vite que je ne courais, et je me rappelai avoir été entraînée dans un pilier d'Art par mes ravisseurs, et même avoir mordu le Chalcédien pour l'obliger à lâcher Évite ; mais, moi, il m'avait retenue, et il avait pénétré avec nous dans les ténèbres du monolithe. Je n'avais pas revu Évite ni la Servante qui avait fermé notre procession ; peut-être ne nous avaient-elles pas suivis. J'espérais qu'Évite réussirait à échapper à l'autre femme – à moins qu'elle n'y fût déjà parvenue. J'avais le souvenir de l'hiver cervien qui nous tenaillait alors que nous fuyions, mais nous nous trouvions désormais ailleurs et je n'éprouvais plus qu'une légère sensation de froid. De la neige, il ne subsistait que de longs doigts d'un blanc sale au plus épais de l'ombre des arbres ; dans la forêt flottait une odeur de printemps commençant, mais les feuilles restaient invisibles. Comment passe-t-on d'un coup d'un lieu où règne l'hiver à un autre où pointe le printemps ? Cela ne tenait pas debout, mais je n'avais pas le temps de me pencher sur la question, car une autre, plus pressante, me sollicitait : comment se cacher dans une forêt dépourvue de feuillages ? Je ne pouvais espérer distancer les poursuivants ; il me fallait donc me dissimuler.

Mon manteau de fourrure était une plaie : impossible de m'arrêter pour m'en dépêtrer, mes mains raidies par le froid étaient aussi maladroites que des nageoires de poisson, mais impossible aussi d'échapper à la vue de mes ravisseurs dans cette énorme masse de poils blancs. Je m'enfuis donc, sachant que je ne pouvais leur échapper, mais trop effrayée pour me laisser capturer de nouveau.

Choisis un site où les affronter, là où ils ne pourront pas t'acculer, mais pas te prendre à revers non plus ; trouve-toi une arme, un bâton, une pierre, n'importe quoi, et, si tu ne peux pas t'enfuir, fais-leur payer ta capture aussi cher que possible.

Oui, père Loup. Je prononçai son nom dans ma tête pour me donner du courage, et je me rappelai que j'étais l'enfant d'un loup, même si j'avais des dents et des griffes pitoyables. Je me battrais.

Mais j'étais déjà épuisée. Comment ferais-je ?

Je ne comprenais pas la réaction que j'avais au passage dans la pierre ; pourquoi me sentais-je si faible et si fatiguée ? Je n'avais qu'une envie : m'écrouler par terre et ne plus bouger. Je n'aspirais qu'à dormir, mais je n'osais pas ; mes poursuivants échangeaient des cris, le doigt tendu vers moi ; il était temps de cesser de fuir et de faire front. Je choisis un bouquet de trois arbres aux troncs si serrés que je pourrais me frayer un chemin entre eux mais que mes ennemis ne sauraient en faire autant. Au bruit, trois individus au moins couraient derrière moi dans les buissons. Combien étaient-ils en tout ? Je tâchai de reprendre mon calme et de réfléchir. Dwalia, le chef, la femme qui me souriait avec tant de chaleur tout en m'arrachant à chez moi et qui m'avait entraînée dans le pilier d'Art ; Vindeliar, l'homme-enfant capable d'obliger les gens à oublier ce qu'ils venaient de vivre, était passé lui aussi dans la pierre ; Kerf, le mercenaire chalcédien, avait l'esprit si confus après notre trajet d'Art qu'il ne représentait plus aucun danger, ou bien qu'il risquait de tuer le premier venu. Qui d'autre y avait-il ? Alaria, qui obéirait aveuglément aux ordres de Dwalia, tout comme Reppin qui m'avait cruellement écrasé la main au sortir du pilier. C'était un groupe bien plus réduit qu'au début, mais j'étais tout de même seule contre cinq.

Je m'accroupis derrière un des arbres, retirai mes bras de mes manches, puis me tortillai et me haussai jusqu'à enfin m'extraire de l'épais manteau de fourrure ; cela fait, je le ramassai et le projetai aussi loin de moi que possible, ce qui ne représentait pas une grande distance. Devais-je reprendre ma fuite ? Non, c'était impossible : la nausée nouait mon estomac, et j'avais un point de côté. Je n'irais pas plus loin.

Une arme. Il n'y avait rien près de moi hormis une branche morte dont l'extrémité la plus grosse ne dépassait pas le diamètre de mon poignet et s'ouvrait en une fourche à trois dents – piètre défense, plus râteau que gourdin. Je m'en saisis puis m'adossai à un des troncs en espérant contre tout espoir que mes poursuivants remarqueraient le manteau et continueraient leur route sans me voir ; alors je rebrousserais chemin et chercherais une meilleure cachette.

Ils approchaient. Dwalia criait, le souffle court : « Je sais que tu as peur, mais ne te sauve pas ! Sans nous tu vas mourir de faim, ou bien tu vas te faire dévorer par un ours. Tu as besoin de nous. Reviens, Abeille ! Personne ne te grondera. » Puis elle tourna sa colère contre ses acolytes, et toute duplicité disparut de ses propos : « Mais où est-elle donc ? Alaria, debout, espèce d'imbécile ! Nous sommes tous patraques, mais sans elle nous ne pouvons pas retourner chez nous ! » Puis elle laissa sa rage éclater. « Abeille ! Cesse tes bêtises ! Viens ici tout de suite ! Plus vite, Vindeliar ! Si j'arrive à courir, toi aussi ! Trouve-la, embrume-la ! »

Dissimulée derrière l'arbre, tâchant de faire le moins de bruit possible en respirant malgré ma terreur, je sentis l'esprit de Vindeliar me chercher. Je fis un puissant effort pour renforcer mes murailles mentales, comme me l'avait appris mon père, serrai les dents et me mordis la lèvre pour l'empêcher d'entrer. Il me projetait des souvenirs de plats chauds et savoureux, de soupe brûlante et de pain frais et odorant ; tous ces mets me faisaient envie, mais, si je le laissais m'y faire penser, cela pouvait lui fournir une voie d'accès. Non. *Viande crue. Viande gelée sur les os à arracher avec les dents du fond. Souris avec leur fourrure et leur petit crâne croquant. Un repas de loup.*

Un repas de loup… C'était étrangement appétissant. J'agrippai mon bâton à deux mains en attendant la suite. Fallait-il rester cachée en espérant qu'ils ne me verraient pas, ou surgir et porter le premier coup ?

Ce choix me fut refusé. Je vis Alaria passer d'un pas trébuchant à quelques arbres de moi ; elle fit halte, regarda d'un air stupide la fourrure blanche sur la neige, puis, alors qu'elle se retournait pour appeler les autres, elle m'aperçut. « Elle est là ! Je l'ai trouvée ! » Elle tendit vers moi un index tremblant. Je me campai, les pieds à la verticale des épaules comme si j'allais jouer à me battre au couteau avec mon père ; elle écarquilla les yeux puis s'effondra sur elle-même au milieu de son propre manteau blanc et ne chercha pas à se relever. « Je l'ai trouvée ! » lança-t-elle à nouveau d'une voix défaillante en me désignant d'une main molle.

J'entendis des pas sur ma gauche. « Attention ! » fit Alaria, mais trop tard : je frappai aussi fort que je pus avec ma branche, touchai Dwalia en plein visage puis reculai jusqu'entre les arbres. Je m'adossai à un tronc et repris ma posture de combat, gourdin levé. Dwalia poussait de grands cris, mais je me retins de chercher à voir si je l'avais blessée ; avec un peu de chance, je lui avais peut-être crevé un œil. Mais Vindeliar se dirigeait vers moi d'un pas lourd avec son habituel sourire rayonnant de benêt. « Te voilà, frère ! Tu n'as plus rien à craindre. Nous t'avons retrouvé.

— N'avance pas ou je te fais du mal ! » répliquai-je. Je n'en avais nulle envie : c'était l'instrument de l'ennemi, mais, de lui-même, il ne nourrissait sûrement nulle malice – ce qui ne l'empêcherait pas de me molester mentalement.

« Frè-ère », fit-il d'un ton attristé, avec un doux reproche. Je pris conscience qu'il irradiait la douceur et l'affection, l'amitié et le réconfort.

Non. Rien de tout cela n'était vraiment lui. « N'approche pas ! » dis-je.

Le Chalcédien arriva, la démarche pesante, en hululant, et je n'eusse su dire s'il heurta le petit homme de façon volontaire ou fortuite ; en voulant s'écarter, Vindeliar trébucha et tomba à plat ventre avec une exclamation plaintive alors que Dwalia apparaissait derrière les arbres. Ses mains se tendirent vers moi comme des serres, et dans un rictus elle dénuda ses dents rouges de sang, comme si elle voulait me happer dans sa gueule. Je ramenai mon arme en arrière en la tenant à deux mains, avec l'intention de faire sauter la tête de la femme de ses épaules ; mais le bois cassa, et l'extrémité déchiquetée traça une ligne de sang sur son visage. Elle se jeta sur moi, et je sentis ses ongles mordre ma chair à travers mes vêtements élimés ; je m'arrachai littéralement à sa poigne, dans laquelle resta un bout de ma manche, et je me faufilai entre les troncs.

Reppin m'attendait de l'autre côté. Dans ses yeux gris poisson, la haine céda la place à une joie inepte, et elle bondit vers moi. Je m'écartai et la laissai faire connaissance avec l'arbre la tête la première ; elle le heurta, mais elle était plus vive que je ne le croyais, et, du pied, elle m'accrocha la cheville. Je fis un bond en l'air et me dégageai, mais je trébuchai en retombant sur le sol inégal. Alaria s'était relevée, et elle se précipita sur moi avec un hurlement sauvage ; je m'écroulai sous son poids, et, avant que j'eusse le temps de me dégager, je sentis une botte m'écraser la cheville. Je geignis, puis criai quand la pression s'accentua ; j'avais l'impression que mes os se tordaient et qu'ils allaient se briser. Je repoussai Alaria, mais ce fut alors Reppin qui me décocha un violent coup de pied dans les côtes, sans libérer ma cheville pour autant.

Le choc me coupa le souffle, et, à ma grande fureur, les larmes me montèrent aux yeux. Je me convulsai un instant puis m'agrippai à sa jambe en m'efforçant de dégager ma cheville, mais la femme me saisit les cheveux et me secoua brutalement la tête ; des mèches s'arrachèrent de mon cuir chevelu et je ne parvins plus à accommoder.

« Frappe-la », dit Dwalia. Sa voix tremblait d'une intense émotion ; colère ? Douleur ? « Avec ça. »

Je commis l'erreur de relever le visage, et le premier coup que Reppin me porta avec mon bâton rompu m'érafla la joue puis la mâchoire, et m'écrasa l'oreille contre le crâne. J'entendis simultanément un tintement aigu et mon propre cri ; j'étais à la fois sidérée, outrée, vexée, et incapable de réagir à cause de la souffrance. Je voulus m'éloigner à quatre pattes, mais Reppin tenait encore une épaisse mèche de mes cheveux ; le bâton s'abattit à nouveau, cette fois sur mes omoplates, alors que j'essayais de me dégager. Je n'avais pas assez de chair sur les os, et mon corsage n'offrait nulle protection : la douleur du coup fut aussitôt suivie par la brûlure de la peau éraflée. Je poussai un hurlement et me retournai pour tenter de lui agripper les poignets et de décrocher ses doigts de ma tignasse ; mais elle s'appuya davantage sur ma cheville, que seul le matelas d'humus empêcha de se casser. Avec un cri perçant, j'essayai de la repousser.

Le bout de bois tomba encore, plus bas sur mon dos, et je compris soudain comment mes côtes se rattachaient à ma colonne vertébrale et au double pilastre de muscles qui la flanquait, car tous crièrent sous la sensation anormale.

Tout s'était passé très vite, mais chaque impact était comme un événement unique et inoubliable dans ma vie. Mon père ne m'avait jamais frappée, et les corrections que m'avait infligées ma mère se limitaient à une tape sur la tête ou à une calotte légère, toujours pour me mettre en garde contre un risque, pour m'avertir de ne pas toucher le pare-feu ou de ne pas chercher à attraper la bouilloire posée sur le fourneau ; je ne m'étais guère bagarrée avec les enfants de Flétribois : on m'avait lancé des pommes de pin et des petits cailloux, et, une fois, je m'étais trouvée mêlée à une rixe d'où je n'étais pas sortie indemne. Mais jamais un adulte ne m'avait battue ; jamais on ne m'avait péniblement immobilisée tandis qu'une grande personne m'infligeait autant de douleur que possible sans se soucier des blessures qui pouvaient en résulter. Je compris que, si elle me faisait sauter les dents ou m'éborgnait, je serais la seule à m'en soucier.

Cesse d'avoir peur. Cesse de sentir la souffrance. Bats-toi ! père Loup était soudain avec moi, les crocs dénudés et le poil hérissé.

Je ne peux pas ! Reppin va me tuer !

Fais-lui mal. Mords-la, griffe-la, donne-lui des coups de pied ! Fais-lui payer ce qu'elle t'inflige. Elle te rouera de coups quoi qu'il arrive, alors arrache-lui autant de chair que tu peux. Essaie de la tuer.

Mais...

Bats-toi !

Je ne cherchai pas davantage à obliger la femme à me lâcher les cheveux ; à l'intant où le bâton tombait de nouveau sur mon dos, je me jetai sur elle au lieu de m'écarter, saisis sa main qui tenait l'arme et l'attirai à moi. J'ouvris grand la bouche et refermai les mâchoires sur son poignet ; je ne voulais pas lui faire mal, ni lui laisser des traces de dents ni lui arracher un cri de douleur : je voulais la mordre jusqu'à l'os pour lui emporter un bon morceau de chair et de tendons. J'enfonçai les dents dans la viande, et elle poussa un hurlement aigu en s'efforçant de me donner des coups de bâton ; puis je secouai violemment la tête pour décrocher la chair. Elle lâcha mes cheveux, laissa tomber son gourdin puis se mit à sauter en tous sens en criant de souffrance et de peur, mais je restai accrochée à son poignet par les mains et par les dents, et je la bourrai de coups de pied dans les tibias et les genoux pendant qu'elle m'entraînait dans sa danse éperdue. Pendue à son bras de tout mon poids, je serrais les mâchoires en tâchant de les refermer complètement.

Avec des rugissements de douleur, Reppin se débattait follement pour se débarrasser de moi. Elle était frêle, et je tenais une bonne bouchée de la chair tendineuse et flasque de son avant-bras entre les dents. Par des mouvements masticatoires, je rapprochais peu à peu mes mâchoires l'une de l'autre. Elle hurlait : « Débarrassez-moi d'elle ! Débarrassez-moi d'elle ! » La main sur mon front, elle essaya de me repousser ; je suivis le mouvement, et elle cria de souffrance quand, avec son aide, j'arrachai la chair de ses os ; elle me décocha une gifle, mais sans aucune force, et, accrochée à elle par les dents et par les mains, je resserrai ma prise sur elle. Je l'accompagnai alors qu'elle s'effondrait au sol.

Attention ! me lança père Loup. *Écarte-toi !*

Mais je n'étais qu'un louveteau et je ne vis pas le danger venir ; je constatai seulement que mon adversaire était à terre, et mes mâchoires se desserrèrent soudain quand Dwalia m'envoya un violent coup de pied qui me projeta sur l'humus détrempé. Le souffle coupé, je roulai sans force au lieu de me relever et de m'enfuir, et elle continua de me frapper le ventre puis le dos. Je vis sa botte s'abattre vers mon visage.

Quand je repris conscience, il faisait froid et noir. Mes ravisseurs avaient allumé un feu, mais sa lumière parvenait à peine jusqu'à moi : j'étais couchée sur le flanc, dos à la flambée, les chevilles et les poignets entravés. Un sang mi-épais, mi-liquide laissait son goût salé dans ma bouche. Je m'étais mouillée, et le tissu de mon pantalon était glacé ; m'étais-je fait pipi dessus à cause de la violence des coups ou parce que j'étais morte de peur ? Je ne me rappelais rien. Je me réveillai en pleurant, ou peut-être me rendis-je compte que je pleurais une fois réveillée. J'avais mal partout ; ma joue était enflée là où Reppin m'avait frappée avec le bâton, et il est possible qu'elle me l'eût entaillée, car des feuilles mortes collaient sur mon visage. J'avais le dos meurtri, et mes côtes emprisonnaient mon souffle douloureux.

Peux-tu bouger les doigts ? Sens-tu tes orteils ?

Oui.

Ton ventre te fait-il souffrir comme si tu avais une grosse contusion ou comme si des organes étaient rompus ?

Je ne sais pas ; je n'ai jamais eu mal comme ça. Je voulus prendre une inspiration profonde, et c'est un sanglot de douleur qui m'échappa.

Chut ! Ne fais pas de bruit ou ils vont savoir que tu es revenue à toi. Peux-tu porter tes mains à ta bouche ?

Mes pieds étaient ligotés, et mes mains étaient attachées devant moi ; je les levai jusqu'à mon visage : des lanières arrachées à mon corsage les entravaient, ce qui expliquait en partie pourquoi j'avais si froid. Le printemps s'imposait pendant la journée dans la région, mais l'hiver en reprenait possession la nuit.

Déchire tes liens avec les dents.

Je ne peux pas. J'avais les lèvres meurtries et ensanglantées, et j'avais l'impression que mes dents bougeaient dans mes gencives à vif.

Si, tu peux : tu le dois. Détache tes mains, puis tes pieds, et nous partirons. Je te montrerai le chemin ; il y a quelqu'un de notre meute pas loin d'ici. Si j'arrive à le réveiller, il te protégera ; sinon, je t'apprendrai à chasser. Ton père et moi avons vécu dans ces montagnes jadis ; la tanière qu'il nous avait confectionnée est peut-être encore habitable. C'est là que nous irons.

Je ne savais pas que nous étions dans les montagnes ! Tu as vécu ici avec mon père ?

Oui, je suis déjà venu ici. Assez parlé ; ronge tes liens.

J'eus mal en courbant le cou pour atteindre les lanières, puis en avançant les dents pour mordre le tissu. C'était un beau chemisier le matin où je le portais pour suivre les cours du scribe Lant ; une des bonnes, Prudence, m'avait aidée à m'habiller ; elle avait choisi ce corsage jaune clair par-dessus lequel elle avait enfilé une tunique verte. Je me rendis soudain compte que c'étaient les couleurs de ma maison ; elle m'avait vêtue aux couleurs de Flétribois, bien que la tunique fût trop grande pour moi et me descendît jusqu'aux genoux comme une robe. J'avais des chausses ce jour-là, et non le pantalon matelassé que m'avaient donné mes ravisseurs – le pantalon matelassé et trempé. Un sanglot monta dans ma gorge et il m'échappa avant que je pusse le retenir.

« ... réveillée ? » demanda quelqu'un près du feu ; Alaria, je pense.

« Laissez-la ! fit Dwalia durement.

— Mais mon frère a mal ! Je sens sa douleur ! » C'était la voix basse et abattue de Vindeliar.

« Ton frère ! » Dwalia s'exprimait d'un ton dégoulinant de fiel. « Il faut vraiment être un rustaud asexué comme toi pour ne pas savoir distinguer le fils inattendu d'un quelconque bâtard de Blanc ! Après tout l'argent que nous avons dépensé, tous les luriks que j'ai perdus, je n'ai réussi à me procurer que cette morveuse ! Vous êtes aussi stupides et ignorants l'un que l'autre. Toi, tu crois que c'est un garçon, et, elle, elle ne sait même pas ce qu'elle est ; elle ne sait même pas écrire et ne fait pas attention à ses rêves. » Une étrange jubilation naquit dans sa voix. « Mais, moi, je sais qu'elle est particulière. » Sa fugace satisfaction laissa place à l'ironie. « Que vous me croyiez ou non, je m'en moque ; mais vous avez intérêt à ce qu'elle soit exceptionnelle, parce qu'elle représente notre seul espoir de rentrer dans les bonnes grâces des Quatre ! » Plus bas, elle ajouta : « Mon échec va ravir Coultrie, et cette vieille toupie de Capra va s'en servir comme prétexte pour faire ce qu'elle veut. »

Très doucement, Alaria dit : « Alors, si nous n'avons qu'elle, nous devrions peut-être tâcher de la garder en bon état ?

— Si tu l'avais attrapée au lieu de te laisser tomber par terre et de te rouler dans tous les sens en piaulant, rien de tout ça ne serait arrivé !

— Vous entendez ? intervint Reppin dans un chuchotement éperdu. Vous avez entendu ? Quelqu'un vient de rire ! Et maintenant… vous entendez ces fifres ?

— Une gamine te mord et tu perds la tête ! Garde tes idioties pour toi.

— Mais on voyait l'os ! J'ai le bras tout enflé, et ça me lance comme des coups de tambour ! »

Il y eut un silence, et je perçus les crépitements du feu. *Ne bouge pas*, me dit père Loup. *Tends l'oreille et apprends-en autant que tu peux.* Il ajouta avec une note de fierté : *Tu vois, malgré tes malheureuses dents de vache, tu lui as enseigné à te craindre. Tu dois en faire autant avec les autres ; même la vieille chienne se montre un peu plus prudente, mais il faut lui enfoncer la peur de toi dans le crâne. Tu ne dois avoir que trois idées à l'esprit : Je vais m'échapper, je vais les obliger à me redouter, et, si j'en ai l'occasion, je vais les tuer.*

Mais elles m'ont rouée de coups parce que j'essayais de m'enfuir ! Que feront-elles si j'en tue une ?

Elles te frapperont à nouveau, sauf si tu leur échappes. Tu les as entendues, tu as de la valeur à leurs yeux ; elles ne te tueront probablement pas.

Probablement pas ? La terreur m'envahit. *Mais je veux vivre ! Même si c'est comme leur prisonnière, je veux vivre.*

C'est ce que tu crois, mais je t'assure que c'est faux : la mort vaut mieux que la captivité qu'elles te réservent. J'ai été en cage, je servais de jouet à des hommes cruels. Je leur ai appris à me craindre, et c'est pourquoi ils ont cherché à me vendre ; c'est ainsi que ton père a pu acheter ma liberté.

Je ne connais pas cette histoire.

Elle est sombre et triste.

La pensée est instantanée, et une grande quantité d'informations avait circulé entre père Loup et moi pendant la pause dans la conversation des gens pâles. Un cri surgit soudain dans les ténèbres ; terrifiée, je rongeai mes liens avec une vigueur renouvelée, mais guère plus efficace. Le cri retentit à nouveau, et j'y reconnus du chalcédien ; c'était sans doute Kerf, le mercenaire que Vindeliar avait ensorcelé pour le mettre au service de Dwalia. Avait-il encore l'esprit embrouillé par son passage dans le pilier ? Sa main était-elle enflée là où je l'avais mordu ? Aussi furtivement que possible, je me déplaçai pour scruter la nuit. Kerf tendait le doigt vers une des antiques pierres dressées à la lisière de la clairière. Reppin poussa une exclamation stridente : « Vous voyez ? Vous voyez ? Je ne suis pas folle ! Kerf la voit lui aussi ! Une femme, un fantôme livide tapi sur le pilier. Vous la voyez sûrement ! C'est une Blanche, non ? Mais elle porte des vêtements étranges et elle chante une chanson moqueuse !

— Je ne vois rien ! » répliqua Dwalia d'un ton furieux.

Vindeliar intervint, craintif : « Moi, si. J'entends des échos de gens d'il y a très longtemps ; un marché se tenait ici. Mais maintenant, avec le soir qui tombe, une chanteuse Blanche les entraîne à la fête.

— Je… j'entends quelque chose, confirma Alaria à contrecœur. Et… et, quand je suis passée dans la pierre, des gens m'ont parlé ; ils disaient des choses horribles. » Elle prit une inspiration hoquetante. « Et, quand j'ai dormi cet après-midi, j'ai fait un rêve, un rêve saisissant que je dois raconter ; nous avons perdu nos journaux des rêves en fuyant les Chalcédiens, et je ne peux pas l'écrire ; il me faut donc le raconter. »

Dwalia eut un grognement méprisant. « Comme si tes songes avaient un intérêt quelconque ! Enfin, vas-y. »

Reppin reprit rapidement, comme si les mots jaillissaient de sa bouche : « Je voyais une noix emportée dans un torrent, et quelqu'un qui la rattrapait. On la posait et on tapait dessus à plusieurs reprises pour l'ouvrir, mais elle devenait de plus en plus grosse et dure. Pour finir, quelqu'un l'écrasait, et il en sortait des flammes, des ténèbres, une odeur pestilentielle et des hurlements. Les flammes formaient des mots : "Voici le Destructeur que vous avez créé !" Et un grand vent soufflait dans Clerres, nous emportait et nous dispersait tous.

— Voici le Destructeur ! répéta joyeusement le Chalcédien dans le noir.

— Tais-toi ! cracha Dwalia, et il éclata de rire. Et, toi aussi, Reppin, tais-toi. Ce rêve ne vaut rien ; c'est la fièvre qui bout dans ta tête, rien d'autre. Vous êtes des gamins sans courage ! Vous fabriquez des ombres et des fantômes qui n'existent pas. Alaria et Reppin, allez chercher du bois ; faites une bonne réserve pour la nuit, puis allez voir comment se porte cette petite garce ; et ne parlez plus de vos bêtises. »

J'entendis les deux femmes s'éloigner à pas lourds dans les bois ; j'eus l'impression qu'elles marchaient lentement, comme terrifiées par l'obscurité. Kerf ne leur prêta nulle attention ; les mains en l'air, il tournait autour du pilier en dansant maladroitement. J'abaissai prudemment mes murailles en me méfiant du pouvoir de Vindeliar ; le bourdonnement que je percevais se mua en voix, et je vis des Anciens vêtus d'atours colorés. Leurs yeux brillaient, leurs cheveux luisaient comme des anneaux d'or et d'argent, et, tout autour des Chalcédiens, ils dansaient au rythme de la mélodie du chanteur pâle juché sur le pilier.

Dwalia jeta un regard noir à Kerf, agacée par son entrain. « Pourquoi ne peux-tu le tenir ? » lança-t-elle à Vindeliar.

Il eut un geste d'impuissance. « Il entend trop d'autres voix ici ; elles sont nombreuses et fortes ; elles rient, elles chantent, elles s'amusent.

— Je ne les entends pas ! » Le ton de Dwalia exprimait la colère, mais il s'y dissimulait une nuance de peur. « Tu ne me sers à rien ! Tu es incapable de soumettre une gamine de rien du tout, et, maintenant, tu n'arrives pas à imposer ta volonté à un dément. Je plaçais tant d'espoir en toi quand je t'ai choisi ! Quelle erreur j'ai commise en te donnant la potion ! Les autres avaient raison : tu ne fais pas de rêves et tu ne vois rien. Tu es un parasite. »

Je perçus la conscience de Vindeliar comme un filet d'air froid ; une rafale de détresse souffla sur moi. Je me barricadai en m'efforçant d'oublier qu'il avait mal et se préoccupait néanmoins de mon sort. Sans pitié, je songeai qu'il craignait trop Dwalia pour m'être d'aucune utilité ni d'aucun réconfort ; je n'avais que faire d'un ami incapable de prendre des risques pour moi.

C'est ton ennemi tout autant que les autres ; si l'occasion se présente, tu dois le tuer comme tu dois tuer les autres. Si l'un d'eux te touche, tu dois mordre, donner des coups de pied et griffer de toutes tes forces.

Mais j'ai mal partout et je n'ai plus de force ; si j'essaie de me défendre, ils vont me massacrer.

Même si tu ne leur infliges que de petites blessures, ils sauront qu'ils ne peuvent pas te toucher impunément ; certains ne voudront pas en payer le prix.

Je ne pourrai pas mordre ni tuer Vindeliar ; Dwalia, si, mais les autres…

Ce sont ses armes, ses crocs et ses griffes. Dans la situation où tu es, tu ne peux pas te permettre la clémence. Continue à ronger tes liens ; je vais te parler du temps de ma captivité. J'étais en cage et on me battait, on me forçait à affronter des chiens ou des sangliers aussi misérables que moi, on m'affamait. Ouvre ton esprit à l'histoire de mon asservissement et à la façon dont ton père et moi avons rompu nos chaînes, et tu comprendras alors pourquoi tu dois tuer quand c'est possible.

Il entama, non un récit, mais un souvenir qu'il me fit partager. J'avais l'impression de me rappeler des événements que j'avais vécus, mais avec une netteté impitoyable. Il ne m'épargna rien, ni le souvenir de sa famille massacrée, ni les coups, ni les privations, ni la cage étroite et glaciale où il était enfermé ; il ne chercha pas à édulcorer la haine qu'il vouait à ses geôliers ni celle qu'il avait nourrie pour mon père au début, et même après que mon père l'avait libéré. La haine était sa drogue ; c'était elle qui le nourrissait et le maintenait en vie quand il n'avait plus rien.

Je n'avais même pas rongé mes liens à moitié quand Dwalia envoya Alaria me ramener auprès du feu. Je fis la morte jusqu'à ce qu'elle se penchât sur moi et posât une main sur mon épaule. « Abeille ? »

Je me tournai brusquement et la mordis à la main, mais brièvement : j'avais trop mal à la bouche, et elle retira vivement la main en bondissant en arrière avec une exclamation de douleur. « Elle m'a mordue ! cria-t-elle aux autres. Cette petite saleté m'a mordue !

— Donne-lui un coup de pied ! » répondit Dwalia, et Alaria fit mine d'obéir, mais père Loup avait raison : elle avait peur de m'approcher. Je roulai sur moi-même pour m'éloigner d'elle, puis, malgré les cris de mon corps meurtri, parvins à m'asseoir ; je jetai de mon œil indemne un regard menaçant à la femme puis retroussai mes lèvres tuméfiées pour dénuder mes dents. J'ignorais ce qu'elle voyait du spectacle à la lueur du feu, mais elle ne fit pas un pas vers moi.

« Elle est réveillée, lança-t-elle à ses complices – comme si j'avais pu la mordre dans mon sommeil !

— Amène-la ici.

— Mais elle va encore m'attaquer ! »

Dwalia se leva avec des mouvements raides. Je ne bougeai pas, prête à éviter un coup de pied de sa part ou à lui faire goûter de mes dents si l'occasion s'en présentait. Je constatai avec plaisir que je lui avais infligé un coquard et ouvert une pommette. « Écoute-moi bien, petite morveuse, me dit-elle d'un ton rageur : si tu ne veux pas prendre une raclée, tu as intérêt à m'obéir. C'est clair ? »

Elle marchande ; ça veut dire qu'elle a peur de toi.

Je regardai la femme sans un mot, la mine impassible. Elle s'avança, la main tendue vers mon chemisier ; je montrai les dents, et elle recula puis déclara, comme si j'avais accepté de me soumettre : « Alaria va te détacher les chevilles, puis tu vas nous accompagner jusqu'au feu. Si tu cherches à t'enfuir, je te jure que je te tranche les jarrets. » Sans attendre ma réponse, elle poursuivit : « Alaria, coupe ses liens aux pieds. »

Je tendis les jambes vers elle. Je remarquai qu'Alaria possédait un superbe couteau de ceinture ; et si je trouvais le moyen de me l'approprier ? Elle mit un long moment à scier le tissu, et je m'étonnai de la douleur que ces mouvements faisaient naître dans mes jambes. Quand enfin elle eut fini, j'agitai les pieds pour les débarrasser des lanières, et un terrible picotement brûlant les envahit quand la circulation s'y rétablit. Dwalia m'incitait-elle à m'échapper afin d'avoir un prétexte pour me rouer de coups à nouveau ?

Attends ; reprends des forces ; fais semblant d'être plus faible que tu n'es.

« Lève-toi et en avant ! » ordonna Dwalia, et elle partit devant moi à grands pas, comme pour afficher sa certitude de ma docilité.

Qu'elle s'imagine donc m'avoir soumise ! Je m'arrangerais pour m'enfuir – mais le loup avait raison : pas tout de suite. Je me levai, mais très lentement, en prenant mon temps pour trouver mon équilibre ; je tâchai ensuite de me tenir droite, comme si je n'avais pas des poignards chauffés à blanc plantés dans le ventre. Les coups que j'avais reçus avaient dû faire des dégâts dans mes viscères ; je me demandais combien de temps ils mettraient à guérir.

Vindeliar s'était approché prudemment de nous. « Oh, mon frère ! » fit-il dans un mugissement atterré devant mon visage meurtri. Je le regardai sans rien dire, et il détourna les yeux ; je me dirigeai alors vers le bivouac en m'efforçant de cacher ma douleur sous une démarche conquérante.

C'était la première fois que j'avais l'occasion d'examiner mon environnement. Le pilier nous avait conduits dans une clairière au cœur d'une forêt ; la neige subsistait entre les arbres, mais elle était inexplicablement absente de la zone dégagée et des pistes qui s'y croisaient. Des arbres énormes arquaient leurs branches et les entrelaçaient par endroits au-dessus des routes, qui pourtant restaient exemptes de feuilles mortes et de neige. Étais-je la seule à trouver cela bizarre ? Des conifères aux longues branches basses entouraient la clairière où les gens de Dwalia avaient allumé leur feu. Non, ce n'était pas une clairière : mes semelles frottaient sur une sorte de dallage, et elle était ceinte par un muret de pierre interrompu par plusieurs monolithes. Je remarquai un objet par terre : on eût dit un gant qui avait passé une partie de l'hiver sous la neige ; plus loin, je distinguai un morceau de cuir qui provenait peut-être d'une lanière, puis un bonnet en laine.

Malgré les élancements que cela me causait, je me pliai lentement en deux pour le ramasser en feignant des douleurs dans le ventre ; près du feu, mes ravisseurs faisaient semblant de ne pas m'observer, tels des chats tapis près d'un trou de souris. Le bonnet était humide, mais, même humide, la laine réchauffe ; je voulus le secouer pour le débarrasser des aiguilles de pin prises dans les mailles, mais j'avais trop mal au bras. Quelqu'un avait-il rapporté mon épais manteau de fourrure au camp ? Je repris ma marche, et le froid de la nuit de ce début de printemps réveilla toutes mes meurtrissures ; il s'insinua jusqu'à ma peau, là où des bandes de tissu avaient été arrachées à mon corsage.

N'y prête pas attention. Ne pense pas au froid ; sers-toi de tes autres sens.

Je ne voyais guère au-delà du cercle de lumière du feu. Je reniflai l'air : en dégelant, la terre exhalait de riches odeurs d'humus et d'aiguilles de pin, ainsi que de chèvrefeuille.

Du chèvrefeuille ? En cette saison ?

Expire par la bouche et inspire lentement par le nez, me conseilla père Loup.

J'obéis, et, le cou ankylosé, tournai la tête pour repérer l'origine de l'odeur. Là. Un cylindre mince, de couleur claire, à demi couvert par un bout de tissu déchiré. Je voulus me pencher en avant, mais mes genoux fléchirent et je faillis tomber à plat ventre ; les mains liées, je saisis maladroitement la chandelle. Elle était cassée, et les deux morceaux n'étaient plus retenus entre eux que par la mèche ; je la portai à mon nez pour sentir l'œuvre de ma mère. « Qu'est-ce que ça fait ici ? » fis-je tout bas. J'examinai le morceau de tissu ; non loin gisait un gant en dentelle féminin, trempé et moisi : aucun de ces deux objets ne me disait rien, mais je reconnaissais la chandelle. Pouvais-je me tromper ? D'autres mains avaient-elles pu récolter la cire et la parfumer avec des fleurs de chèvrefeuille ? D'autres mains avaient-elles patiemment trempé et retrempé la longue mèche dans la cire pour former cette élégante forme fuselée ? Non : c'était l'ouvrage de ma mère ; peut-être même avais-je participé à sa fabrication. Comment était-elle arrivée là ?

Ton père est passé par ici.

C'est possible ?

C'est la solution la moins impossible que je voie.

La chandelle se replia sur elle-même quand je la glissai dans mon chemisier. Je sentis le froid de la cire sur ma peau. C'était à moi. J'entendis le pas traînant de Vindeliar qui s'approchait de moi, et, du coin de l'œil, je vis Dwalia tendre les mains vers le feu pour les réchauffer. Je me tournai vers le bivouac : c'était Reppin qui avait mon manteau de fourrure ; elle s'en était fait un coussin sur lequel elle avait pris place à côté d'Alaria. Elle vit que je l'observais et m'adressa un rictus méprisant ; je regardai ostensiblement son bras puis souris à la femme : sa main ressemblait à un gros morceau de viande avec des saucisses en guise de doigts, et du sang noir tapissait ses phalanges et leurs rides. N'avait-elle donc pas assez de jugeote pour nettoyer sa blessure ?

À pas lents, je me dirigeai vers un large espace dans le cercle de mes ravisseurs et m'assis. Dwalia se leva et vint se placer derrière moi, mais je ne me retournai pas. « Tu n'auras rien à manger ce soir. Ne te fais pas d'illusions : tu ne peux pas t'échapper. Alaria, tu prendras la première garde, puis tu réveilleras Reppin pour la seconde. Ne laissez pas Abeille s'enfuir, ou vous en paierez le prix. »

Elle s'approcha du tas de sacs et de provisions qu'ils avaient apportés ; ce n'était pas grand-chose, car, dans leur fuite devant l'attaque d'Ellik, ils avaient dû se contenter de ce qu'ils avaient sous la main. Dwalia s'était fait un volumineux coussin avec les sacoches, et elle s'y allongea sans se soucier du confort de ses compagnons. Reppin parcourut furtivement les environs des yeux puis étala mon manteau par terre avant de s'y étendre et de rabattre les pans sur elle. Vindeliar regarda tour à tour les deux femmes puis se laissa tomber sur place comme un chien qui se couche ; il posa sa grosse tête sur ses avant-bras et se mit à contempler le feu avec une expression lugubre. Alaria, elle, resta assise en tailleur, les yeux fixés sur moi, visiblement mécontente. Nul ne prêtait attention au Chalcédien ; les mains en l'air, aveugle à ce qui l'entourait, il exécutait une espèce de gigue en rond au rythme de la musique fantôme. Il avait peut-être l'esprit embrumé, mais c'était un excellent danseur.

Où était mon père ? Pensait-il à moi ? Évite était-elle retournée à Flétribois pour lui apprendre qu'on m'avait entraînée dans un pilier, ou bien avait-elle péri dans la forêt ? Dans ce cas, il ignorerait ce que j'étais devenue et où me chercher. J'avais froid, je mourais de faim, et je me sentais complètement perdue.

Si tu ne peux pas manger, dors. Tout ce qui s'offre à toi actuellement, c'est le repos ; prends-le.

J'examinai le bonnet que j'avais trouvé. Il était en laine grise, sans teinture, mais bien filée et tricotée ; je le secouai pour m'assurer que nul insecte n'y logeait, puis, les mains toujours entravées, je m'en coiffai non sans mal. Il était froid et humide, mais il se réchauffa lentement au contact de ma peau. Maladroitement, je m'allongeai sur mon flanc le moins douloureux, dos à la flambée. La chaleur de mon corps avait réveillé le parfum de la chandelle, et je sentis une odeur de chèvrefeuille. Je me recroquevillai légèrement comme si je cherchais le sommeil, mais je portai mes poignets à ma bouche et recommençai à ronger mes liens.

2

La main d'Argent

Il vient une curieuse énergie à celui qui affronte l'ultime combat ; ce combat ne se limite pas à la guerre, ni l'énergie aux guerriers : je l'ai observée chez de vieilles femmes atteintes de la maladie de la toux et on l'a vue chez des gens de la même famille qui mouraient de faim. Elle pousse l'individu à se surpasser, par-delà l'espoir ou le désespoir, par-delà les blessures les plus graves et la faiblesse due à la perte de sang, par-delà la mort elle-même, pour sauver ce qu'il chérit. C'est du courage sans perspective de survie. Pendant la guerre des Pirates rouges, j'ai vu un homme, le sang jaillissant de son épaule là où s'attachait naguère son bras gauche, tenir son épée de la main droite et protéger un camarade à terre à grands moulinets ; lors d'un accrochage avec des forgisés, j'ai vu une mère piétiner ses propres entrailles pour agripper en hurlant un forgisé et l'empêcher d'attaquer sa fille.

Les Outrîliens possèdent un terme pour ce type de courage : ils l'appellent « finblead », le dernier sang, car ils croient qu'une certaine force d'âme réside dans le sang qui reste à un individu avant qu'il ne tombe. Selon leur tradition, ce n'est qu'à cet instant qu'on peut trouver et employer ce genre de courage.

C'est un héroïsme terrible qui, à son paroxysme, dans le pire des cas, se poursuit pendant des mois quand on se bat contre une maladie mortelle – ou, je pense, quand on s'apprête à accomplir une mission dont la mort est la seule issue mais à laquelle on ne peut se soustraire. Le « finblead » éclaire toute l'existence d'une lumière impitoyable ; les relations apparaissent sous leur véritable jour, passé et présent ; toutes les illusions se dissipent ; le faux est révélé aussi crûment que le vrai.

FitzChevalerie Loinvoyant

Pendant que le goût des plantes se répandait dans ma bouche, le vacarme autour de moi s'intensifiait. Je levai la tête et m'efforçai d'accommoder, malgré mes yeux qui me piquaient. J'étais dans les bras de Lant, et l'amertume familière de l'écorce elfique envahissait mes papilles. Le produit atténuait ma magie, et je fis plus attention à ce qui m'entourait : une douleur profonde tenaillait mon poignet gauche, aussi brûlante qu'un morceau de fer gelé. Lorsque, en pleine possession de mon Art, je guérissais et modifiais les enfants de Kelsingra, ma perception de l'extérieur s'était réduite, mais à présent je percevais pleinement les cris de la foule qui se répercutaient sur les hauts murs de l'élégante salle Ancienne ; je sentais aussi l'odeur de transpiration propre à la peur. J'étais au cœur d'une presse déchaînée, où certains s'efforçaient de s'éloigner de moi tandis que d'autres jouaient des coudes pour se rapprocher dans l'espoir que je pourrais traiter leurs maux. Qu'ils étaient nombreux ! Des mains se tendaient vers moi aux cris de « Par pitié ! Encore un, rien qu'un, par pitié ! ». D'autres s'exclamaient « Laissez-moi passer ! » en poussant leurs voisins pour s'écarter de moi. Le courant d'Art qui circulait si puissamment autour de moi et en moi s'était calmé, mais il n'avait pas disparu : l'écorce elfique de Lant était issue de la variété la plus douce, celle qu'on cultivait dans les Six-Duchés, et, d'après le goût, un peu éventée.

Dans la cité Ancienne, l'Art était si proche et si puissant que même de l'écorce de delvier, je pense, n'eût pas réussi à m'en couper complètement.

Toutefois c'était suffisant : j'avais conscience de l'Art mais je n'étais plus enchaîné à lui ; cependant, épuisé de l'avoir laissé se servir de moi, je sentais mes muscles privés de force au moment où j'avais besoin d'eux. Le général Kanaï m'avait arraché le Fou ; il tenait Ambre par le poignet et levait haut sa main argentée en criant : « Je vous l'avais dit ! Je vous avais dit que c'étaient des voleurs ! Regardez sa main, couverte d'Argent-de-dragon ! Elle a découvert le puits ! Elle a dépouillé nos dragons ! »

Braise, agrippée à l'autre bras d'Ambre, s'évertuait à la dégager de la poigne du général ; elle dénudait les dents, et ses boucles noires dansaient follement. L'affolement me paralysait devant l'expression de pure terreur qui se dessinait sur le visage ravagé d'Ambre ; cette grimace nue trahissait les années de privation que le Fou avait endurées et faisait de ses traits un masque mortuaire aux os saillants, aux lèvres rouges et aux joues fardées. Je devais me porter à son secours, mais mes genoux ne cessaient de fléchir. Persévérance me prit par le bras. « Prince FitzChevalerie, que dois-je faire ? » Le souffle coupé, je ne pus lui répondre.

« Fitz ! Relevez-vous ! » hurla Lant à mon oreille, supplique autant qu'ordre. Je pris appui sur mes pieds et me redressai, tremblant de l'effort, en tâchant de garder les jambes droites.

Nous étions arrivés à Kelsingra la veille, et, l'espace de quelques heures, j'avais été le héros du jour, le fabuleux prince des Six-Duchés qui avait guéri Ephron, le fils du roi et de la reine de Kelsingra. L'Art m'avait envahi, enivrant comme de l'eau-de-vie de Bord-des-Sables, et, à la demande du roi Reyn et de la reine Malta, j'avais employé ma magie à réparer cinq ou six enfants déformés par le contact avec les dragons ; je m'étais ouvert au puissant courant d'Art de l'antique cité des Anciens, et, submergé par la capiteuse énergie, j'avais dilaté la gorge de l'un, calmé le cœur de l'autre, redressé les os d'un troisième, débarrassé les yeux d'un autre des écailles qui obstruaient sa vue ; j'avais rendu leur aspect humain à la plupart, sauf à une fillette qui souhaitait aller au bout de ses transformations et que j'avais aidée.

Mais le flot d'Art était trop fort, trop inébriant, et j'avais perdu la maîtrise de la magie ; j'étais devenu son instrument au lieu de la dominer. Après que les enfants que j'avais accepté de soigner avaient retrouvé leurs parents, d'autres s'étaient avancés : des habitants du désert des Pluies adultes affligés de mutations gênantes, disgracieuses ou dangereuses avaient imploré de ma part un secours que je leur avais accordé sans retenue, emporté par l'immense volupté de l'Art. J'avais senti se dissiper les dernières bribes de mon emprise sur la magie, mais, alors que je m'abandonnais à ce déferlement somptueux et à son invitation à me fondre en lui, Ambre avait arraché le gant qui lui cachait la main : pour me sauver, elle avait révélé l'Argent-de-dragon qui enduisait ses doigts ; pour me sauver, elle avait appliqué trois doigts brûlants sur mon poignet, tracé un chemin de feu jusqu'à mon esprit, et m'avait rappelé ; pour me sauver, elle s'était désignée comme voleuse. Le baiser ardent de ses doigts palpitait encore comme un coup de cautère, et une douleur profonde lancinait les os de mon bras gauche jusqu'à l'épaule, jusqu'au dos et au cou.

J'ignorais quels dégâts elle provoquait en moi, mais, au moins, j'étais de nouveau ancré dans mon corps. J'étais ancré dans mon corps, et il m'entraînait dans l'inconscience. Je ne savais pas combien d'Anciens j'avais changés, mais mon organisme, lui, avait tenu les comptes : chacun avait eu un coût, chaque réparation m'avait arraché de l'énergie, et je devais à présent payer mes dettes. En dépit de mes efforts, mon menton tombait sur ma poitrine, et je n'arrivais pas à garder les yeux ouverts malgré le bruit et le danger ; la salle m'apparaissait pleine de brume.

« Kanaï, cessez vos inepties ! » C'était le roi Reyn qui se faisait entendre par-dessus le vacarme ambiant.

Lant resserra brusquement ses bras sur ma poitrine et me redressa. « Lâchez-la ! cria-t-il. Libérez notre amie ou le prince annule toutes les guérisons qu'il a opérées ! Lâchez-la tout de suite ! »

J'entendis des hoquets effarés, des exclamations plaintives, et un homme qui s'écriait : « Non ! Il ne faut pas ! » Une femme hurla : « Lâche-la, Kanaï ! Lâche-la ! »

Avec une autorité suprême, Malta lança : « Ce n'est pas ainsi que nous traitons nos hôtes ni les ambassadeurs ! Laissez-la partir immédiatement, Kanaï ! » Elle avait les joues enflammées, et la crête charnue qui dominait son front s'était empourprée.

« Lâchez-moi ! » s'exclama Ambre d'un ton impérieux. Du fond d'un puits de courage, elle avait tiré la force de se battre, et son cri trancha sur le bruit de la foule. « Libérez-moi ou je vous touche ! » Et elle appuya sa menace en se rapprochant de Kanaï au lieu de chercher à se dégager. Le mouvement inattendu prit le général par surprise, et les doigts argentés d'Ambre se retrouvèrent dangereusement près de son visage ; il poussa un cri d'effroi et s'écarta d'un bond en lâchant le poignet de sa prisonnière. Mais elle n'en avait pas fini. « Reculez tous ! ordonna-t-elle. Faites place et laissez-moi m'occuper du prince, ou, par Sâ, je jure que vous tâterez de mon Argent ! » Elle s'exprimait avec l'autorité d'une reine furieuse, d'une voix qui ne laissait aucun doute sur la menace. Elle tendit son index argenté et lui fit parcourir lentement un arc de cercle devant elle, et les gens se bousculèrent soudain pour se mettre hors de sa portée.

La mère d'une fillette aux pieds en forme de pattes de dragon intervint : « Faisons ce qu'elle dit ! Si c'est vraiment de l'Argent-de-dragon qu'elle a sur les doigts, il suffit d'un contact pour assurer une mort lente ; la substance dévorera la chair jusqu'aux os, remontera le long des membres et parcourra la colonne vertébrale jusqu'au crâne. La mort sera un soulagement. » Tandis que ses voisins reculaient, elle joua des coudes pour s'avancer vers nous ; elle n'avait rien d'imposant, mais les autres gardiens de dragons lui cédèrent le passage. Elle s'arrêta à distance respectueuse de notre groupe. Son dragon lui avait imprimé des motifs bleus, noirs et argent, et les ailes qui alourdissaient ses épaules étaient repliées sur son dos ; ses orteils griffus cliquetaient sur le sol au rythme de sa marche. De tous les Anciens présents, c'était elle que la proximité avec son dragon avait le plus transformée. Sa mise en garde et la menace d'Ambre dégagèrent une petite zone autour de nous.

Ambre recula près de moi, le souffle haché alors qu'elle s'efforçait d'apaiser sa respiration ; Braise se plaça à côté d'elle, et Persévérance prit position devant elle. Elle dit d'une voix basse et calme : « Braise, voulez-vous ramasser mon gant ?

— Bien sûr, ma dame. » L'objet en question était tombé par terre ; la jeune fille se baissa et le saisit prudemment entre deux doigts. « Je vais vous toucher », prévint-elle, et elle tapota le dos de la main d'Ambre pour la guider jusqu'au gant. Cette dernière respirait encore vite, mais, malgré ma faiblesse, j'éprouvai une horrible satisfaction de constater qu'elle avait recouvré un peu de l'énergie et de la présence d'esprit du Fou. Elle passa son bras sous le mien, et son contact me rassura : j'avais l'impression qu'il drainait une partie du courant d'Art qui me parcourait encore. Je me sentis à la fois relié à elle et moins meurtri par la magie.

« Je peux tenir debout, je pense », murmurai-je à Lant, et il desserra son étreinte sur moi. Personne ne devait voir l'état d'épuisement dans lequel je me trouvais. Je me frottai les yeux, puis le visage pour me débarrasser de la poudre d'écorce elfique qui me maculait ; mes genoux tinrent bon, et je parvins à tenir la tête droite. J'étais tenté de prendre la dague dissimulée dans ma botte, mais, si je me penchais, j'étais sûr de m'affaler.

L'Ancienne pénétra dans notre cercle, mais demeura hors de portée du Fou. « Dame Ambre, est-ce vraiment de l'Argent-de-dragon sur votre main ? demanda-t-elle avec une angoisse étouffée.

— Oui ! » Le général Kanaï avait recouvré son courage et se tenait campé derrière elle. « Et elle l'a volé au puits des dragons. Elle doit être punie ! Gardiens et citoyens de Kelsingra, ne nous laissons pas attendrir par la guérison de quelques enfants ! Nous ne savons même pas si l'effet de cette magie durera ou si ce n'est qu'un tour de passe-passe. En revanche, nous avons sous les yeux la preuve du vol de cette intruse, et nous savons que notre devoir va et ira toujours et avant tout aux dragons qui se sont liés d'amitié avec nous.

— Parle pour toi, Kanaï. » La femme lui adressa un regard glacé. « Mon devoir va d'abord à ma fille ; or elle ne chancelle plus quand elle se met debout.

— Il n'en faut apparemment pas beaucoup pour acheter ta loyauté, Thymara », répliqua l'autre d'un ton cinglant.

Le père de l'enfant sortit de la foule pour se placer aux côtés de la dénommée Thymara ; sur ses épaules, la fillette aux pattes de dragon nous regardait de haut. L'homme prit un ton de reproche, comme s'il grondait un gamin entêté qu'il connaissait bien. « Kanaï, tu es le mieux placé parmi nous pour savoir qu'on n'achète pas Thymara. Réponds plutôt à cette question : qui a subi un préjudice de ce que cette dame a plongé ses doigts dans l'Argent ? Elle-même, et personne d'autre ; elle va en mourir. Que peut-on lui infliger de pire ?

Laisse-la tranquille ; laisse-les tous tranquilles, et qu'ils en soient remerciés.

— C'est une voleuse ! » s'exclama Kanaï d'une voix haut perchée, toute dignité oubliée.

Reyn avait réussi à se frayer un chemin dans la foule ; la reine Malta le suivait, les joues rouges sous ses écailles et les yeux étincelant d'une fureur qui exhaussait ses mutations. Son regard avait un éclat qui n'avait rien d'humain, et la crête au milieu de ses cheveux paraissait plus grande ; elle m'évoquait celle d'un coq. C'est elle qui prit la parole. « Prince FitzChevalerie, dame Ambre, je vous présente mes excuses ; l'espoir d'une guérison a fait perdre la tête à nos concitoyens. Quant au général Kanaï, il est parfois…

— Ne parlez pas à ma place ! coupa l'intéressé. Elle a volé de l'Argent ; nous en avons la preuve sous les yeux, et le fait qu'elle se soit empoisonnée n'est pas une sanction suffisante. Nous ne pouvons pas la laisser quitter Kelsingra ; aucun de ces étrangers ne doit s'en aller, car ils connaissent tous désormais le secret du puits des dragons ! »

Ambre intervint d'un ton calme mais d'une voix qui portait. « Il y avait de l'Argent sur mes doigts avant même votre naissance, je crois, général Kanaï ; avant l'éclosion de vos dragons, avant la découverte et la repopulation de Kelsingra, je portais sur les doigts ce que nous appelons de l'Art dans les Six-Duchés, et votre souveraine peut l'attester.

— Ce n'est pas notre souveraine, et lui n'est pas notre souverain ! » Dans son émoi, le général Kanaï respirait fort, et, sur son cou, des taches rouge vif apparaissaient sur ses écailles. « Ils nous le répètent sans arrêt ! Ils disent que nous devons nous gouverner nous-mêmes, qu'ils ne sont que des emblèmes pour le reste du monde. Alors, gardiens, prenons-nous en main ! Faisons passer nos dragons avant tout ; c'est notre devoir ! » Le doigt tendu vers dame Ambre à distance respectueuse, il poursuivit : « Rappelez-vous le mal que nous avons eu à trouver et à remettre en état le puits d'Argent ! Êtes-vous prêts à avaler ses calembredaines, à croire qu'elle a les doigts enduits d'Argent depuis des dizaines d'années et qu'elle n'en est pas morte ? »

D'un ton chagrin, la reine Malta interrompit la diatribe de Kanaï. « Je regrette, mais en effet je ne puis attester cela, dame Ambre. Je ne vous ai connue que brièvement pendant votre séjour à Terrilville, et je vous ai rarement croisée pendant la négociation de vos prêts à nombre de Marchands. » Elle secoua la tête. « Un Marchand n'a rien de plus précieux que sa parole, et je ne mésuserai pas de la mienne même pour aider une amie ; le mieux que je puisse dire, c'est que vous n'enleviez jamais vos gants à cette époque, et que je n'ai jamais vu vos mains.

— Vous avez entendu ! s'exclama Kanaï, triomphant. Il n'y a pas de preuve ! Il ne peut pas y avoir de…

— Puis-je intervenir ? » Pendant des années, dans son rôle de bouffon du roi Subtil, le Fou avait dû se faire entendre d'un bout à l'autre d'une salle de grandes dimensions et parfois bondée ; il avait entraîné sa voix à porter bien qu'il fît ses réflexions à mi-voix, et elle domina non seulement les éructations de Kanaï mais aussi le brouhaha de la foule. Un silence attentif tomba dans la pièce, et on ne l'eût pas cru aveugle quand il s'avança dans l'espace que sa menace avait dégagé ; c'était un comédien montant sur scène, les mouvements soudain gracieux, la voix posée comme celle d'un conteur, la main gantée exécutant des gestes amples. À mes yeux, c'était le Fou, et la mince pellicule d'Ambre faisait partie de son rôle.

« Rappelez-vous un jour d'été, chère reine Malta ; vous n'étiez qu'une enfant, et tout n'était que trouble dans votre vie. Tous les espoirs de la survie financière de votre famille reposaient sur le lancement réussi du *Parangon*, vivenef démente qui par trois fois avait chaviré et tué son équipage ; mais ce bateau fou était votre seule planche de salut, et la famille Vestrit avait investi ses derniers fonds dans son sauvetage et son réarmement. »

Il tenait son assistance, moi compris : j'étais aussi captivé que les autres.

« Vos parents espéraient que le *Parangon* serait capable de retrouver et de ramener votre père et votre frère, disparus depuis bien longtemps, que vous pourriez récupérer la *Vivacia*, votre vraie vivenef, réputée aux mains de pirates – et quels pirates ! Nul autre que le légendaire capitaine Kennit ! Vous vous teniez sur le pont du bateau fou, stoïque dans votre robe retaillée dans une ombrelle de l'année passée. Pendant que les autres descendaient faire le tour du navire, vous êtes restée dehors, et je suis demeurée près de vous pour veiller sur vous comme votre tante Althéa me l'avait demandé.

— Je me souviens de cette journée, dit Malta d'une voix lente. C'était la première fois que nous échangions vraiment. Je me rappelle… que nous avons parlé de l'avenir, de ce qu'il pouvait me réserver ; vous m'avez dit qu'une petite existence ne me satisferait jamais, que je devais lutter pour mon destin. Comment aviez-vous tourné cela ? »

Dame Ambre sourit, ravie que la reine se remémorât des propos tenus pendant son enfance. « Ce que je vous ai dit est aussi exact aujourd'hui qu'alors : le jour à venir vous doit la somme de vos jours passés, rien de plus et rien de moins. »

Malta eut un sourire comme un lever de soleil. « Et vous m'avez prévenue que parfois on regrette que le lendemain s'acquitte si complètement de sa dette.

— En effet. »

La reine s'avança, devenant sans le vouloir partie intégrante du spectacle en prenant place sur la scène d'Ambre. Son front se plissa et elle s'exprima comme une femme en plein rêve. « Et ensuite… *Parangon* m'a parlé dans un murmure ; puis j'ai senti… Ah, je n'ai pas compris alors ! J'ai senti la dragonne Tintaglia s'emparer de mes pensées ; elle m'a forcée à partager son enfermement dans sa tombe, et j'ai cru suffoquer ! Je me suis évanouie ; c'était horrible : j'avais l'impression d'être emprisonnée avec la dragonne et de ne jamais pouvoir réintégrer mon corps.

— Je vous ai rattrapée alors que vous tombiez, répondit Ambre ; et j'ai appliqué sur votre nuque mes doigts couverts d'Art – d'Argent, diriez-vous. Grâce à cette magie, je vous ai ramenée en vous, mais elle a laissé une marque, ainsi qu'un mince lien qui subsiste encore entre nous.

— Comment ? » Malta n'en croyait pas ses oreilles.

« C'est vrai ! intervint soudain Reyn avec un éclat de rire empreint de soulagement et de joie à la fois. Sur ta nuque, mon amour ! Je les ai vus à l'époque où tu avais les cheveux noirs comme une aile de corbeau, avant que Tintaglia les transforme en or ! Trois taches ovales et grises, comme des empreintes de doigts empoussiérées par le temps. »

Malta était bouche bée. Elle porta vivement la main à son cou, sous la splendide chevelure dorée qui n'était pas blonde. « Il y a toujours eu un point sensible là, comme une meurtrissure qui n'aurait jamais guéri. » Elle souleva soudain sa cascade de boucles et la maintint sur sa tête. « Que ceux qui le souhaitent viennent voir si ce que mon époux et dame Ambre affirment est exact. »

J'étais de ceux-là ; je m'avançai d'un pas chancelant, en prenant appui sur Lant, pour observer les mêmes marques que je portais jadis au poignet, trois ovales gris laissés par les doigts argentés du Fou. Ils étaient bien là.

La nommée Thymara prit un air stupéfait en examinant à son tour la nuque de la reine. « C'est un miracle que vous n'en soyez pas morte », fit-elle tout bas.

Je pensais la question tranchée, mais, après avoir passé trois fois plus de temps que quiconque à étudier les marques, le général Kanaï se détourna de Malta et dit : « Quelle importance si elle portait déjà cet Argent à l'époque ? Quelle importance qu'elle l'ait subtilisé il y a quelques jours ou plusieurs dizaines d'années ? L'Argent du puits appartient aux dragons. Elle mérite quand même une punition. »

Je redressai le dos et nouai les muscles de mon ventre : ma voix ne devait pas trembler. Je pris une inspiration pour qu'elle portât plus loin, en espérant ne pas vomir. « Cet Argent ne provient pas d'un puits, mais des mains mêmes du roi Vérité, qui les avait plongées dans l'Art pour exécuter sa grande et ultime œuvre de magie. Il avait découvert un fleuve d'Art qui coulait à l'intérieur d'un fleuve d'eau. Il ne s'agit pas d'Argent-de-dragon : c'est de l'Art du fleuve d'Art.

— Et où est ce fleuve ? demanda Kanaï avec une avidité qui m'effraya.

— Je l'ignore, répondis-je sans mentir. Je ne l'ai vu qu'une fois, dans un rêve d'Art ; mon roi ne m'a jamais autorisé à l'y accompagner, de crainte que je ne résiste pas à la tentation de m'y immerger.

— Tentation ? » Thymara paraissait abasourdie. « Moi qui ai le privilège de me servir de l'Argent pour des travaux dans la cité, je n'éprouve nulle tentation de m'y plonger ; au contraire, je le redoute.

— C'est parce qu'il ne coulait pas dans vos veines à votre naissance, intervint le Fou, comme c'est le cas chez certains Loinvoyant – comme c'est le cas chez le prince FitzChevalerie, qui est né avec la magie de l'Art, qu'il peut employer pour remodeler des enfants comme d'autres taillent la pierre. »

Tous restèrent cois.

« Est-ce possible ? » demanda l'Ancienne ailée, et c'était une vraie question.

Ambre reprit : « La magie que j'ai sur les mains est la même que celle dont le roi Vérité me fit don par accident ; elle m'appartient de droit, et elle n'est pas plus illégitime que celle qui court dans les veines du prince et que vous n'avez pas hésité à le laisser partager avec vos enfants ; elle n'est pas plus illégitime que la magie qui est en vous, qui vous change et qui déforme vos rejetons. Quelle expression employez-vous ? Marqué par le désert des Pluies ? Transformé par les dragons ? Si l'Argent qui couvre mes doigts est le produit d'un vol, alors tous ceux qui ont été guéris sont complices de la malhonnêteté du prince.

— Ça n'excuse absolument… »

Reyn coupa Kanaï : « Assez. » Les yeux du général étincelèrent de colère mais il se tut. Le roi continua : « Nous avons abusé de nos hôtes et ils sont épuisés ; ce que le prince partageait librement, nous le lui avons soutiré à l'excès ; voyez comme il est pâle et comme il tremble ! Je vous en prie, chers invités, regagnez vos appartements, et veuillez recevoir de notre part une collation avec nos sincères excuses ; mais, plus que tout, laissez-nous vous remercier. »

Il s'avança et, d'un geste, écarta Persévérance ; la reine Malta l'imita et offrit sans crainte son bras à Ambre tandis que Reyn saisissait le mien avec une vigueur surprenante ; je me sentis un peu humilié, mais aussi soulagé de son soutien. Je me retournai pour voir la reine Malta et Braise qui escortaient Ambre pendant que Persévérance fermait la marche à pas lents en jetant des regards en arrière comme s'il craignait un danger ; mais les portes se refermèrent sur nous sans incident. Nous suivîmes un couloir bordé de curieux qui n'avaient pu entrer dans la salle, puis j'entendis les portes se rouvrir derrière nous, et le brouhaha des conversations se mua en rugissement. Le couloir paraissait interminable, et les escaliers, quand nous y parvînmes enfin, dansèrent devant mes yeux : je n'imaginais pas pouvoir les gravir. Mais il le fallait.

Et je montai, lentement, marche par marche, jusqu'au palier de mes appartements. « Merci, dis-je non sans mal.

— Vous me remerciez ? » Reyn eut un petit rire de dérision. « Je mériterais plutôt d'être maudit pour ce que nous vous avons fait subir.

— Pas vous.

— Je vais vous laisser tranquilles », dit-il, et il resta dehors avec sa reine pendant que mon petit groupe franchissait les portes. Quand j'entendis Persévérance refermer derrière moi, un grand soulagement me submergea, et mes jambes commencèrent à céder ; Lant passa son bras autour de ma taille pour m'accompagner jusqu'à la table, et je pris sa main pour me soutenir.

C'était une erreur : il poussa un cri et tomba à genoux. Au même instant, je sentis l'Art me parcourir avec la vivacité d'un serpent qui frappe. Lant avait porté la main à la cicatrice laissée par le coup d'épée des pillards chalcédiens ; la blessure s'était refermée, apparemment guérie, mais, lors de notre bref contact, j'avais compris que son organisme avait encore du travail à effectuer, qu'une de ses côtes se ressoudait de travers, et que la fracture de sa mâchoire avait un point d'infection et lui faisait toujours mal. J'avais tout réparé et remis d'aplomb, si l'on pouvait qualifier de réparation un rapetassage aussi brutal ; je m'écroulai sur lui avec bonheur.

Il poussa un gémissement sous mon poids ; je voulus rouler sur le côté pour le libérer mais n'en eus pas la force. J'entendis alors Persévérance s'exclamer d'une voix alarmée : « Laissez-moi vous aider, messire !

— Ne me touche... », fis-je, mais il m'avait déjà saisi la main. Son cri fut plus perçant que celui de Lant, et sa voix de jeune homme reprit le timbre aigu d'un enfant ; il chut sur le flanc et sanglota par deux fois avant de maîtriser sa souffrance. De mon côté, je parvins à m'écarter de mes deux compagnons ; Lant ne bougea pas.

« Que se passe-t-il ? » Il y avait de l'angoisse dans la question d'Ambre. « On nous attaque ? Fitz ? Fitz, où es-tu ?

— Je suis là ! Tu ne risques rien. L'Art… J'ai touché Lant, et Persévérance. » Je ne pus en dire plus.

« Quoi ?

— Il a… L'Art a fait quelque chose à ma blessure, répondit l'adolescent d'une voix tendue. Mon épaule, elle s'est remise à saigner. »

Je le savais : c'était nécessaire, mais seulement de façon provisoire. J'eus du mal à trouver la force de parler ; j'étais couché sur le dos, les yeux au plafond lointain qui représentait un ciel bleu clair, parcouru par de légers nuages artistiquement façonnés. Je redressai la tête et dis avec un effort : « Ce n'est pas du sang, Persévérance ; c'est seulement de l'humidité. Il restait un bout de tissu au fond de la blessure qui provoquait une suppuration ; il fallait qu'il sorte avec la sanie de l'infection. C'est ce qui s'est passé, et la plaie s'est refermée derrière lui. Elle est guérie à présent. »

Je me rallongeai et regardai la pièce élégante danser autour de moi. Le mouvement s'accélérait quand je fermais les yeux, et les murs à motifs forestiers ondulaient quand je les ouvrais. J'entendis Lant se retourner sur le ventre puis se relever gauchement ; il se pencha sur Persévérance et dit avec douceur : « On va examiner ça.

— Examinez vos blessures aussi », fis-je d'une voix faible. Je tournai la tête et vis Braise près de moi. Je m'écriai : « Non, ne me touche pas ! Je ne maîtrise pas mon pouvoir.

— Je vais m'occuper de lui », déclara dame Ambre à mi-voix. En deux pas hésitants, elle fut à mes côtés.

Je ramenai mes mains nues sur moi et les cachai sous ma veste. « Non, ne me touche pas, surtout pas toi ! »

Elle s'accroupit avec grâce, mais c'est mon Fou et non Ambre qui me demanda d'une voix empreinte d'une peine immense : « Crois-tu que je prendrais de force une guérison que tu ne souhaites pas me donner, Fitz ? »

La salle tournoyait, et j'étais trop épuisé pour rien lui dissimuler. « Si tu me touches, j'ai peur que l'Art ne me pourfende comme une épée ; s'il le peut, il te rendra la vue sans se soucier du prix à payer pour moi ; et je crois que ce prix, ce serait que je devienne aveugle. »

Il changea brusquement d'expression : son teint clair devint blanc au point qu'on l'eût dit taillé dans la glace, l'émotion tendit ses traits et souligna les os qui charpentaient son visage, et des cicatrices effacées se révélèrent à nouveau, semblables à des craquelures sur de la faïence. Je fis un effort pour le voir plus nettement mais il semblait danser en même temps que la pièce. J'avais la nausée, je n'avais plus de forces, et le secret que je devais lui dévoiler me faisait horreur ; mais je ne pouvais le lui celer plus longtemps. « Nous sommes trop proches, Fou : à chaque lésion que j'ôte de ton organisme, le mien en devient porteur – pas de façon aussi violente, mais, quand j'ai guéri tes coups de poignard au ventre, je les ai retrouvés dans ma chair le lendemain ; quand j'ai refermé les plaies dans ton dos, elles se sont ouvertes sur le mien.

— Mais je les ai vues ! s'exclama Persévérance, la gorge nouée. J'ai cru qu'on vous avait attaqué, qu'on vous avait frappé par derrière. »

Je ne répondis pas à son intervention. « Quand j'ai réparé tes orbites fracturées, les miennes ont enflé et noirci le lendemain. Si tu me touches, Fou…

— Jamais ! » s'exclama-t-il. Il se redressa d'un bond et recula d'un pas maladroit. « Sortez, tous les trois ! Laissez-nous. Fitz et moi devons nous entretenir en privé. Non, Braise, ça ira ; je peux me débrouiller. Sortez, je vous prie. »

Ils obéirent, mais en traînant les pieds, serrés les uns contre les autres, en jetant de nombreux regards en arrière. Braise avait pris la main de Persévérance, et, quand ils se retournèrent vers nous, ils avaient le masque tragique d'enfants malheureux. Lant sortit le dernier avec le visage fermé et une expression si typique des Loinvoyant et si semblable à celle de son père qu'on ne pouvait ignorer son ascendance. « À mes appartements », dit-il aux autres en fermant la porte derrière lui, et je sus qu'il tâcherait de les protéger ; j'espérais qu'ils ne couraient aucun danger réel, mais je craignais que le général Kanaï n'en eût pas fini avec nous.

« Explique-toi », dit le Fou sans détours.

Je me relevai. Ce fut beaucoup plus difficile que je ne l'imaginais. Je me retournai à plat ventre, repliai les jambes jusqu'à me trouver à quatre pattes puis me redressai en chancelant ; prenant appui sur le bord de la table, je le suivis jusqu'à une chaise. Ma guérison involontaire de Lant puis de Persévérance avait tari mes dernières forces, et, une fois assis, je repris péniblement mon souffle ; j'avais les plus grandes peines à garder la tête droite. « Je ne peux pas expliquer ce que je ne comprends pas. Ce n'est jamais arrivé lors d'aucune guérison d'Art dont j'aie été témoin ; c'est un phénomène qui n'existe qu'entre toi et moi. Toute blessure que je t'enlève apparaît sur moi. »

Il se leva, les bras croisés ; c'était le visage du Fou que j'avais devant moi, étrange avec les lèvres rouges et les pommettes fardées d'Ambre. J'eus l'impression que son regard me transperçait. « Non. Explique-moi pourquoi tu m'as caché ce phénomène ! Pourquoi tu ne pouvais pas me révéler simplement la vérité. Que croyais-tu donc ? Que j'exigerais que tu deviennes aveugle afin que je puisse y voir à nouveau ?

— Je… Non ! » Je posai les coudes sur la table et pris ma tête entre mes mains. Jamais je n'avais été aussi exténué ; une douleur battait à mes tempes au rythme de mon cœur. J'éprouvais le besoin impérieux de recouvrer des forces, mais le seul fait de rester assis sans bouger m'en demandait déjà trop. J'avais envie de me laisser glisser par terre et de céder au sommeil. Je tâchai de mettre de l'ordre dans mes pensées. « Ta vue te manquait tant que je ne voulais pas t'ôter cet espoir ; j'avais songé que, une fois que tu te serais assez rétabli, le clan pourrait essayer de te guérir, si tu le voulais bien. Je craignais que, si je t'avouais ne pas pouvoir te guérir sans devenir aveugle moi-même, tu ne perdes tout espoir. » Cette dernière vérité était pleine d'arêtes coupantes dans ma bouche. « Et je craignais aussi que tu ne me juges égoïste parce que je ne faisais rien pour toi. » Je laissai tomber ma tête sur mes bras croisés.

Le Fou dit quelque chose que je ne compris pas.

« Je n'ai pas entendu.

— Ce n'était pas l'objectif », répondit-il à mi-voix. Puis il avoua : « Je te traitais de gourdiflot.

— Ah. » Je n'arrivais plus à garder les yeux ouverts.

D'un ton circonspect, il demanda : « Quand tu as pris sur toi mes blessures, ont-elles guéri ensuite ?

— Oui, pour la plupart. Mais très lentement. » J'avais encore sur le dos des dépressions rosâtres en écho à ses escarres. « C'est en tout cas l'impression que j'ai eue ; tu sais comment se comporte mon organisme depuis la guérison d'Art incontrôlée que le clan a opérée sur moi il y a des années : je vieillis à peine et mes plaies se referment en une journée en me laissant épuisé. Mais celles que je t'ai prises ont fini par disparaître, Fou ; une fois que j'ai compris ce qui se passait, j'ai été plus prudent, et, quand j'ai travaillé sur tes orbites fracturées, j'ai tout maîtrisé strictement. » Je m'interrompis : l'idée qui m'était venue était terrifiante, mais, à cause de l'amitié particulière qui nous unissait, je devais la lui soumettre. « Je pourrais te rendre la vue ; j'y perdrais la mienne, mais je verrais si j'ai la capacité de la recouvrer. Ça prendrait du temps, et je ne suis pas sûr que ce soit le meilleur endroit pour tenter l'expérience ; à Terrilville, peut-être, quand tout le monde sera rentré à la maison, nous pourrions nous installer dans une auberge et essayer.

— Non. C'est stupide. » Le ton était catégorique.

Dans le long silence qui suivit, le sommeil m'envahit subrepticement et perfusa dans tout mon corps avec une autorité écrasante qui ne connaissait pas le refus.

« Fitz. Fitz ? Regarde-moi. Que vois-tu ? »

J'ouvris péniblement les yeux et obéis en pensant savoir ce qu'il voulait entendre. « Je vois mon ami, mon plus vieil ami et le plus proche, sous quelque déguisement que ce soit.

— Et tu me distingues nettement ? »

Le ton qu'il avait employé me fit lever la tête. Je battis des paupières, les yeux troubles, et fixai mon regard sur lui. Au bout d'un moment, je parvins à accommoder. « Oui. »

Il avait retenu son souffle. « Très bien ; parce que, quand je t'ai touché, j'ai senti quelque chose se passer à quoi je ne m'attendais pas. J'ai voulu te rattraper parce que je craignais que tu ne disparaisses dans le courant d'Art, mais, lors du contact, je n'ai pas eu la sensation de toucher quelqu'un d'autre : c'était comme si je prenais ma propre main, comme si ton sang coulait soudain dans mes veines. Je perçois ta silhouette, Fitz, là, dans ton fauteuil. Je me demande si je n'ai pas prélevé quelque chose en toi, et ça m'inquiète.

— Ah ! Tant mieux. C'est parfait. » Je fermai les yeux, trop las pour être étonné, trop fatigué pour avoir peur. Je me remémorai un autre jour, bien des années plus tôt, où je l'avais ramené d'entre les morts et réintégré dans son corps ; en cet instant, alors que je quittais son enveloppe que j'avais réparée, alors que nous nous croisions avant de regagner notre chair respective, j'avais éprouvé cette même sensation que nous ne faisions qu'un, que nous nous complétions. Mais j'étais trop épuisé pour le dire tout haut.

Je posai la tête sur la table et m'endormis.

Je flottais. Je faisais partie d'une entité immense, mais j'en étais à présent détaché, arraché au grand dessein auquel j'avais servi de canal. Inutile. Des voix criaient au loin.

« Je le voyais dans des cauchemars autrefois ; une fois, j'en ai mouillé mon lit. »

Un garçon eut un bref éclat de rire. « Lui ? Pourquoi ?

— À cause de la première fois où je l'avais vu. Je n'étais qu'un enfant auquel on avait confié une tâche apparemment inoffensive : laisser un cadeau pour un nourrisson. » Il s'éclaircit la gorge. « Il m'a surpris dans la chambre d'Abeille, et il m'a acculé dans un coin ; il avait dû savoir que je viendrais, mais j'ignore comment. Il s'est brusquement retrouvé devant moi, un poignard sur ma gorge. »

Silence haletant. « Et ensuite ?

— Il m'a obligé à me déshabiller des pieds à la tête ; j'ai compris depuis qu'il voulait me désarmer complètement. Il a pris tout ce que j'avais sur moi, petites dagues, poisons, bloc de cire pour copier les clés, toutes ces affaires que j'étais si fier de posséder, tous ces petits outils nécessaires au métier que mon père souhaitait me voir exercer. Il m'a tout pris, et je suis resté tout nu, tremblant de froid, pendant qu'il me regardait sans rien dire et décidait de mon sort.

— Vous avez cru qu'il allait vous tuer ? Tom Blaireau ?

— Je savais qui c'était : Romarin me l'avait dit, et elle avait ajouté qu'il était beaucoup plus dangereux que je ne pouvais l'imaginer, qu'il avait le Vif, et que des rumeurs couraient depuis toujours qu'il avait certains… appétits.

— Je ne comprends pas. »

Pause. « Qu'il désirait peut-être les jeunes garçons autant que les femmes. »

Silence de mort. Puis le garçon éclata de rire. « Lui ? Non. Il n'en existait qu'une pour lui : dame Molly. C'était devenu une plaisanterie pour les serviteurs de Flétribois. » Il rit à nouveau puis reprit avec des hoquets de joie : « "Il faut toujours frapper deux fois à leur porte, les cuisinières disaient en riant entre elles, puis attendre un peu et frapper à nouveau. On n'entre jamais sans y avoir été invitée : on ne sait jamais quand ils vont se sauter dessus." Les hommes du domaine étaient fiers de lui. "Le vieil étalon n'a pas perdu sa fougue", ils disaient. Dans son bureau, dans les jardins, dans les vergers. »

Le verger. Un jour d'été, les fils de Molly étaient partis chercher fortune. Nous nous étions promenés au milieu des arbres en examinant les pommes qui grossissaient et en parlant de la récolte à venir ; Molly, les mains parfumées par les fleurs sauvages qu'elle avait ramassées. Je m'étais arrêté pour lui ôter un brin de gypsophile des cheveux, et elle s'était tournée vers moi en souriant ; notre long baiser s'était poursuivi autrement.

« Quand demoiselle Évite est arrivée à Flétribois, une des nouvelles femmes de chambre a dit qu'il s'était trouvé une femme complaisante ; c'est Muscade, la cuisinière, qui m'a raconté l'histoire. Elle a répondu à la femme de chambre : "Certainement pas ; il n'y a jamais eu pour lui que dame Molly et personne d'autre. Il ne peut fréquenter aucune autre femme." Ensuite elle a rapporté à Allègre ce qu'avait dit la domestique, et l'intendant a convoqué cette dernière dans son bureau. "Vous n'êtes pas chez sire Radin, mais chez le dotaire Blaireau, et nous ne voulons pas de ragots chez nous." Il lui a alors ordonné de faire ses bagages. C'est ce que nous a raconté Muscade. »

Molly sentait l'été. Ses fleurs s'étaient répandues autour de nous quand, allongé par terre, je l'avais attirée à moi ; l'herbe grasse du verger nous entourait d'une enceinte fragile. Vêtements retirés, une boucle de ceinture récalcitrante, et elle me chevauchait, agrippée à mes épaules, appuyée de tout son poids sur ses mains qui me plaquaient au sol ; elle se penchait, les seins dégagés de son corsage, et posait sa bouche sur la mienne. Le soleil chauffait sa peau sous mes mains. Molly. Molly.

« Et maintenant ? Vous avez toujours peur de lui ? » demanda l'adolescent.

L'homme ne répondit pas tout de suite. « Il y a de quoi, ne t'y trompe pas, Persévérance. Fitz est dangereux. Mais, si je suis ici, ce n'est pas parce que j'ai de bonnes raisons de me méfier de lui : c'est pour obéir aux instructions de mon père. Il m'a donné mission de veiller sur lui, de le protéger de lui-même, et de le ramener chez lui quand tout sera fini, si c'est possible.

— Ce ne sera pas facile, dit le garçon à contrecœur. J'ai entendu Gantelée parler avec Crible après la bataille de la forêt ; elle disait qu'il était prêt à mettre fin à ses jours à cause de la mort de sa femme et de la disparition de sa fille.

— Ce ne sera pas facile, concéda l'homme avec un soupir. Ce ne sera pas facile. »

Je faisais un rêve ; il n'était pas agréable : je n'étais pas une mouche, mais j'étais pris dans une toile, une toile étrange, constituée non de fils gluants mais de canaux bien définis qu'il me fallait suivre, semblables à des chemins creux décavés dans une forêt impénétrable aux arbres embrumés. Je me déplaçais, non de mon propre gré mais parce que je n'avais pas le choix. Je ne voyais pas où menait mon sentier, mais il n'y en avait pas d'autre. Je me retournai une fois, mais il avait disparu ; je ne pouvais qu'avancer.

Elle parla : *Tu t'es mêlé de mes affaires. Je m'étonne, humain : es-tu trop bête pour craindre de provoquer les dragons ?*

Les dragons ne s'embarrassent pas de présentations.

Le brouillard s'éloigna lentement et je me retrouvai au milieu de rochers gris et arrondis, encroûtés de lichen, qui crevaient une vaste pelouse ; le vent soufflait comme s'il n'avait pas de début ni de fin. J'étais seul ; je m'efforçai de me faire tout petit et discret, mais ses pensées me trouvèrent quand même.

L'enfant était à moi ; je devais la façonner. Tu n'avais pas le droit.

Me pelotonner pour lui échapper n'avait pas marché ; je tâchais de dominer ma peur, mais je regrettais amèrement qu'Ortie ne m'accompagnât pas dans ce rêve : elle avait résisté à l'assaut mental à outrance de Tintaglia alors qu'elle découvrait seulement l'Art. Je tendis mon esprit vers elle, mais la dragonne m'enfermait comme une grenouille entre les mains calleuses d'un jeune garçon. J'étais en son pouvoir, sans personne pour m'aider ; je dissimulai ma terreur tout au fond de moi.

J'ignorais à quelle dragonne j'avais affaire, mais je préférais ne pas l'interroger : ces créatures taisent leur nom de crainte que d'autres acquièrent du pouvoir sur elles. « Ce n'est qu'un rêve » : cette expression ne s'applique guère aux manipulations qu'elles sont capables d'infliger à l'esprit qui sommeille. Je devais impérativement me réveiller, mais elle m'immobilisait comme les serres d'un faucon immobilisent un lièvre en fuite ; je sentais le sol caillouteux et glacé sous mon dos, le vent d'hiver qui me volait ma chaleur, mais je ne voyais rien d'elle. Peut-être la logique aurait-elle prise sur elle ? « Je n'avais pas l'intention de m'opposer à vous, seulement d'opérer de minuscules changements qui permettraient aux enfants de vivre. »

L'enfant était à moi.

« Préférez-vous un enfant mort à un enfant vivant ? »

Ce qui est à moi est à moi, non à toi.

Elle avait la logique d'un gamin de trois ans. La pression s'accrut sur ma poitrine, et une silhouette translucide prit substance devant mes yeux dans un miroitement bleu et argent ; je reconnus les marques qu'elle partageait avec la mère de l'enfant : c'était la femme qui disait travailler avec l'Argent, Thymara, l'Ancienne dotée d'ailes et de griffes. La dragonne se prétendait maîtresse de l'enfant qui avait décidé elle-même et sans peur des changements qu'elle désirait, d'une enfant à peine humaine qui avait choisi sans hésiter d'avoir des pattes de dragon pour pouvoir sauter plus haut et mieux agripper les branches quand elle montait aux arbres. Une enfant courageuse et intelligente.

En effet.

Je la sentis fière malgré elle. Je n'avais pas fait exprès de partager mes pensées avec elle, mais flatter l'enfant ou elle-même me vaudrait peut-être un sursis. Le poids de la patte sur ma poitrine était au-delà de la douleur, et je sentais mes côtes fléchies à l'extrême ; si la dragonne me les brisait en morceaux aigus qui me perforaient les poumons, mourrais-je ou me réveillerais-je ? J'étais conscient de rêver, mais cela n'atténuait pas ma souffrance ni mon impression de désastre imminent.

Meurs dans tes rêves, réveille-toi fou ; c'est ce que disait le vieux proverbe Ancien. Tes liens avec ce monde sont puissants, petit humain ; il y a quelque chose chez toi... Et pourtant tu ne portes les marques d'aucun dragon que je connaisse. Comment est-ce possible ?

« Je n'en sais rien. »

Quel est ce fil que je perçois en toi, dragon et non-dragon à la fois ? Que fais-tu à Kelsingra ? Qu'est-ce qui t'amène à la cité des dragons ?

« La vengeance », dis-je le souffle coupé. Je sentais mes côtes commencer à céder ; la douleur était effarante. Assurément, si je dormais, elle me réveillerait ; ce que je vivais était donc réel, même si je ne le comprenais pas ; et, dans ce cas, je devais avoir un poignard à la ceinture, et je ne mourrais pas comme un lapin plaqué au sol. Les serres de la dragonne bloquaient mon bras droit, mais le gauche était libre ; je tendis la main, tâtonnai et trouvai l'arme ; je la dégainai et frappai de toutes les maigres forces qui me restaient, mais la lame claqua sur les solides écailles de la patte ; elle glissa et dévia comme si je frappais un bloc de pierre. La dragonne ne réagit pas.

Tu veux te venger des dragons ? Pourquoi ?

Mon bras retomba, inerte ; je ne sentis même pas mes doigts lâcher le poignard : la souffrance et le manque d'air me vidaient de toute volonté. Je ne parlai pas tout haut, les poumons écrasés, mais je m'adressai à la dragonne par la pensée. *Pas des dragons, des Serviteurs. Je me rends à Clerres pour tuer tous les Serviteurs. Ils ont fait du mal à mon ami et tué ma fille.*

Clerres ?

Peur. Un dragon pouvait éprouver de la peur ? Incroyable. Plus étonnant encore, c'était apparemment une peur de l'inconnu.

Une cité d'os et de pierres blanches très loin au sud, sur une île ; une cité peuplée de gens au teint pâle qui croient connaître tous les avenirs possibles et savoir lequel choisir pour le bien de tous.

Les Serviteurs ! Elle commença à s'effacer de mon rêve. *Je me rappelle… quelque chose. Quelque chose de terrible.* Je n'avais plus aucune importance à ses yeux ; comme son attention se détournait de moi, je pus à nouveau respirer, et je me mis à flotter dans un univers gris sombre, mort ou seul dans mon sommeil. *Non.* Je refusais de continuer à dormir au risque de rester vulnérable ; je m'efforçai de me réveiller en tâchant de me rappeler où se trouvait mon corps.

J'ouvris les yeux et battis des paupières pour les décoller ; il faisait nuit noire, une brise légère soufflait sur les collines et faisait osciller les arbres. Au loin, je vis des montagnes au sommet enneigé ; la pleine lune était grosse, ivoirine comme un vieil os. Le gibier devait déjà vaquer à ses affaires ; pourquoi avais-je dormi si profondément ? J'avais l'impression d'avoir le crâne bourré de laine. Je levai la tête et humai l'air.

Je ne sentis pas de vent, aucun effluve de forêt, rien que moi, une odeur de transpiration et celle d'une pièce habitée ; le lit était trop mou. J'essayai de me redresser. Non loin, j'entendis un bruissement de vêtements, puis deux mains fortes se posèrent sur mes épaules. « Doucement ; commençons par un peu d'eau. »

Le ciel nocturne n'existait pas et plus jamais je ne chasserais ainsi. « Ne me touchez pas à mains nues », dis-je à Lant. Il s'écarta, et je parvins, péniblement, à m'asseoir, puis je me tournai, les jambes pendant au bord du lit. La chambre tournoya puis se stabilisa. Tout était sombre et crépusculaire. « Tenez », dit-il en me glissant un récipient frais entre les mains. Je le reniflai : de l'eau. Je vidai le verre ; Lant le reprit et me le rapporta plein. Je le bus.

« Ça suffit pour l'instant, je crois.

— Que s'est-il passé ? »

Il prit place à côté de moi sur le lit. Je le regardai attentivement et constatai avec soulagement que je le voyais. « Que vous rappelez-vous ? demanda-t-il après un long silence.

— Je traitais des enfants Anciens...

— Vous avez touché des enfants l'un après l'autre – pas tant que ça : six, je crois. Tous ont vu leur état s'améliorer, et, avec la guérison de chacun, l'étonnement des Anciens de Kelsingra a grandi et vous êtes apparu de plus en plus étrange. Je ne possède pas l'Art, Fitz, mais j'avais moi-même l'impression de vous voir au centre d'une tempête de magie qui soufflait vers vous puis rejaillissait sur nous. Quand tous les enfants ont été guéris, d'autres personnes se sont mises à se bousculer pour accéder à vous – pas seulement des Anciens, mais aussi des habitants du désert des Pluies. Je n'avais jamais vu des individus aussi difformes : certains avaient des écailles, d'autres des excroissances le long de la mâchoire, d'autres encore des griffes ou un mufle de dragon, mais ce n'était pas beau comme chez les Anciens : on aurait dit des... des arbres malades – et soudain emplis d'espoir. Ils se sont mis à affluer en demandant que vous les restauriez. Vous aviez le regard fixe et vous ne répondiez pas ; vous avez seulement commencé à les toucher, et ils se sont écroulés, modifiés dans leur chair ; mais, presque aussitôt, vous êtes devenu blanc et vous avez été pris de tremblements, mais vous ne vouliez pas vous arrêter, et les gens continuaient de se bousculer en vous suppliant. Dame Ambre vous a appelé et vous a secoué, mais vous avez gardé le regard vide, et des gens difformes convergeaient toujours vers vous. Alors Ambre a ôté son gant, vous a saisi le poignet et vous a arraché à eux. »

Mes souvenirs se déployaient comme une tapisserie qu'on déroule. Je fus reconnaissant à Lant de se taire pendant que je raboutais les morceaux de ma vie. « Et depuis ? Tout va bien ? » Je me rappelais les bousculades et les cris. « Quelqu'un a-t-il été blessé ? Où sont les autres ?

— Aucun n'a rien de grave, quelques bleus et des égratignures. » Il eut un grognement d'incrédulité. « Et seule Braise en porte encore les marques. Quand vous nous avez touchés, Persévérance et moi, toutes nos ecchymoses ont disparu ; je ne me suis jamais senti aussi en forme que… qu'avant de me faire rouer de coups à Bourg-de-Castelcerf.

— Je suis navré. »

Il me regarda, interloqué. « Vous êtes navré de m'avoir guéri ?

— De l'avoir fait aussi brutalement, sans vous prévenir. Je… je n'arrivais pas à maîtriser l'Art. »

Ses yeux se perdirent au loin. « C'était bizarre, comme si on m'avait jeté dans un torrent glacé puis repêché aussitôt, aussi sec qu'avant et avec ma température habituelle. » Sa voix mourut, absorbée par le souvenir.

« Où sont-ils à présent, Ambre, Braise et Persévérance ? » Y avait-il du danger ? Étais-je inconscient alors qu'ils risquaient leur vie ?

« Ils doivent encore dormir. C'est mon tour de garde.

— De garde ? Depuis combien de temps suis-je ici ? »

Il poussa un petit soupir. « C'est la deuxième nuit – enfin, je devrais peut-être dire le matin de la troisième. L'aube approche.

— Je crois que je me suis endormi à table.

— C'est exact ; nous vous avons alors transporté ici. J'étais inquiet pour vous, mais Ambre a dit de vous laisser vous reposer et de ne pas appeler de guérisseur ; je pense qu'elle craignait qu'il ne vous touche, et elle nous a d'ailleurs tous bien mis en garde contre tout contact direct avec vous. »

Je répondis à la question qu'il ne posait pas : « Je pense que je domine mon Art maintenant. » Je restai un instant immobile pour sonder le fleuve de magie ; il était puissant dans l'antique cité, mais je le percevais à nouveau comme un élément extérieur à moi plus que comme un courant qui me traversait. J'examinai mes murailles : elles étaient plus solides que je ne m'y attendais.

« Je vous ai donné de l'écorce elfique en poudre, dit Lant.

— Oui, je m'en souviens. » Je le regardai en face. « Je m'étonne que vous voyagiez avec ce genre de produit. »

Il détourna les yeux. « Vous savez les espoirs que mon père nourrissait pour moi et la formation que j'ai reçue ; j'ai emporté quantité de petites affaires dans ce périple. »

Nous nous tûmes un moment, puis je lui demandai : « Et le général Kanaï ? Comment voit-on notre présence à Kelsingra ? »

Il se passa la langue sur les lèvres. « Avec un profond respect fondé sur la peur, je pense. Ambre nous a exhortés à la prudence ; nous prenons nos repas dans nos appartements et nous mêlons peu aux gens du cru. Nous n'avons pas vu le général Kanaï, mais nous avons reçu un billet de sa part et trois visites d'un de ses soldats, un Ancien nommé Kase ; avec une insistance courtoise, il nous a déclaré que son supérieur devait s'entretenir avec vous en privé. Nous l'avons renvoyé sous prétexte que vous dormiez encore, mais nous estimons tous qu'il serait risqué pour vous de rencontrer seul ce général. Il a l'air… bizarre. »

Je hochai la tête, tout en jugeant à part moi qu'un face-à-face serait peut-être nécessaire si je voulais dissiper la menace que l'Ancien représentait pour Ambre. Après notre entrevue, il risquait de tomber mortellement malade s'il persistait dans ses attaques.

« Les Anciens respectent notre désir de solitude, reprit Lant. À mon avis, ce sont le roi et la reine qui nous protègent de la curiosité et des sollicitations ; nous avons surtout croisé des domestiques, et ils paraissent bienveillants envers nous. » Il ajouta, gêné : « Certains portent les marques du désert des Pluies de façon affreuse, et je crains que quelques-uns ne cherchent à se faire imposer les mains par vous malgré les ordres du roi ; nous ne voulions pas vous laisser seul au risque que des Anciens ne vous trouvent sans défense, puis nous avons eu peur que vous ne soyez en train de mourir. » Comme surpris par ses propres paroles, il se redressa soudain et dit : « Il faut que je prévienne les autres de votre réveil. Voulez-vous manger quelque chose ?

— Non. Si. » Je n'avais pas faim mais je devais me restaurer : pendant que je rêvais, je n'étais pas en train de mourir, mais je ne vivais pas non plus. Je sentais mon corps comme un vêtement sale, raidi de crasse et puant de sueur. Je me frottai le visage ; oui, j'avais de la barbe. J'avais aussi les yeux collants et la bouche pâteuse.

« Je m'en occupe. »

Il sortit. La chambre s'éclairait peu à peu à l'imitation de l'aube, et le paysage nocturne au mur s'effaçait. J'ôtai la robe Ancienne que je portais tout en me dirigeant vers le bassin ; dès que je m'agenouillai près du bec, il se mit à déverser de l'eau fumante.

J'étais immergé dans un bain brûlant quand Ambre entra ; Persévérance l'accompagnait, mais elle marchait à côté de lui sans poser la main sur son épaule pour se guider. Je répondis aux questions de base avant qu'on ne me les posât : « Je suis réveillé, je n'ai mal nulle part, je commence à avoir faim, et j'ai mon Art bien en main – enfin, je pense ; évitez de me toucher tant que je n'en suis pas sûr.

— Comment vas-tu ? Sans mentir ? » fit Ambre, et je me réjouis de la voir poser les yeux sur moi, tout en me demandant si ma vue avait baissé ou non : s'il avait recouvré un tant soit peu de la sienne, en avais-je perdu autant de la mienne ? Je n'avais pas remarqué de différence, du moins pour le moment.

« Je suis réveillé ; je suis encore fatigué mais je n'ai plus envie de dormir.

— Tu as dormi longtemps ; nous étions inquiets pour toi. » Ambre s'exprimait d'un ton chagrin, comme si mon état d'inconscience lui avait déplu.

L'eau chaude avait détendu mes muscles, et je commençais à me sentir plus à l'aise dans mon corps, comme si je pouvais y être chez moi. Je plongeai à nouveau la tête sous l'eau puis me frottai les yeux et sortis du bassin. Il me restait quelques ankyloses ; soixante ans, ce n'était pas trente ans, quoi qu'en prétendît mon apparence. Persévérance s'écarta d'Ambre pour m'apporter une serviette puis une robe. Tout en me séchant les jambes, je demandai : « Quelle est l'humeur dans la cité ? Ai-je fait du mal à quelqu'un ?

— Apparemment non, répondit Ambre, du moins rien de définitif. Les enfants que tu as traités semblent tous en meilleure santé qu'avant, et les habitants du désert des Pluies que tu as touchés t'envoient des mots de remerciement – et, naturellement, ils te supplient de venir en aide à d'autres ; il y en a au moins trois qui ont glissé des billets sous la porte pour t'implorer de les débarrasser de leurs modifications : le contact avec les dragons ou même la présence dans des zones où des dragons ont vécu longtemps provoque ces afflictions, et ceux qui sont volontairement changés par leur dragon se portent bien mieux que ceux qui naissent avec des mutations ou les acquièrent avec l'âge ; elles sont souvent mortelles pour les enfants, et elles réduisent l'espérance de vie de tous.

— On en est à cinq billets maintenant, intervint Persévérance à mi-voix. Il y en avait deux de plus devant la porte quand on est arrivés. »

Je secouai la tête. « Je préfère ne plus aider personne ; même avec l'écorce elfique que m'a donnée Lant, je sens le fleuve d'Art me frôler comme un contre-courant. Pas question que je m'y risque à nouveau. » Je passai la tête par le col de la robe verte ; j'avais encore la peau humide sur les bras, mais je forçai sur les manches pour y glisser mes mains, fis jouer mes épaules et sentis le vêtement prendre position sur moi. Un effet de la magie des Anciens ? Le tissu de cette robe était-il mêlé d'Argent qui lui rappelait son rôle vestimentaire ? Les Anciens pétrissaient leurs routes d'Art afin de toujours leur remémorer qu'elles étaient des routes, si bien que la mousse et l'herbe n'y empiétaient jamais. Y avait-il une différence entre l'Art et l'Argent que les Anciens avaient employé pour créer leur merveilleuse cité ? Comment les deux magies se recoupaient-elles ? Mes lacunes étaient vastes dans ce domaine, et en mon for intérieur je remerciai Lant de m'avoir drogué et empêché de pousser plus loin mes expériences.

« Je veux que nous partions dès que possible. » Ces mots m'avaient échappé ; je ne les avais pas prémédités. Je les prononçai alors que, suivi de Persévérance et d'Ambre, je traversais la pièce et pénétrais dans le vestibule. Lant était là.

« Je suis d'accord, répondit-il aussitôt. Je ne possède pas l'Art, mais je perçois chaque jour plus nettement le murmure de la cité, et je dois m'en éloigner. Mieux vaut nous en aller tant que les Anciens nous regardent encore avec bienveillance ; le général Kanaï pourrait bien les pousser à changer d'opinion, ou bien ils pourraient commencer à vous en vouloir de votre refus de les guérir.

— Vous avez tout à fait raison, je pense, déclara Ambre d'une voix pensive ; toutefois, évitons la précipitation. Même s'il y avait un bateau prêt à nous embarquer pour descendre le fleuve, nous devrions faire nos adieux à Kelsingra d'une façon qui ne froisse personne : nous avons un long trajet à effectuer sur le territoire de ces gens, et les Marchands-dragons ont des attaches profondes avec les Marchands du désert des Pluies ; ceux-ci ont à leur tour de solides liens familiaux avec les Marchands de Terrilville. Nous devons emprunter le fleuve pour gagner Trehaug dans le désert des Pluies, puis, de là, prendre le moyen de transport le plus sûr, c'est-à-dire une des vivenefs qui sillonnent la région, pour nous rendre au moins jusqu'à Terrilville et trouver un bateau qui nous mènera par les îles Pirates jusqu'à Jamaillia. L'aménité des gardiens de dragons pourrait donc nous conduire loin, au moins jusqu'à Terrilville, et peut-être au-delà. » Elle s'interrompit puis ajouta : « Car nous devons voyager au-delà de Jamaillia et au-delà des îles aux Épices.

— Et sortir des régions relevées sur les cartes de navigation ? fis-je.

— Les eaux inconnues des uns sont les ports d'attache des autres. Nous y arriverons ; j'ai réussi à retourner en Cerf il y a bien des années ; je parviendrai à regagner ma terre d'origine. »

Ce discours ne me rassura guère. Le seul fait de me tenir debout m'épuisait ; qu'avais-je donc fait ? Je m'assis sur une chaise avec bonheur. « J'avais prévu de voyager léger et seul, et de travailler pour payer certains de mes trajets. Je n'ai pris aucune disposition pour un périple à plusieurs. »

Un carillon doux tinta, la porte s'ouvrit, et un serviteur entra en poussant devant lui une petite table à roulettes ; des plats couverts, une pile d'assiettes : c'était manifestement une collation. Braise se faufila dans la pièce, vêtue et apprêtée, mais je vis à ses yeux que le sommeil n'était pas loin derrière elle.

Lant remercia le domestique puis nous nous tûmes jusqu'à ce que la porte se fût refermée derrière l'homme ; alors Braise entreprit de découvrir les plats pendant que Persévérance mettait le couvert. « Il y a un étui à parchemin sur la table, dit-il ; il est lourd et il porte un drôle d'emblème : un poulet avec une couronne.

— Le coq couronné est le blason de la famille Khuprus », déclara Ambre.

Un frisson d'inquiétude me parcourut. « C'est différent de la couronne au coq ?

— Oui, mais je me demande s'il n'existe pas un lien ancien entre les deux.

— C'est quoi, la couronne au coq ? » demanda Braise.

Ambre éluda la question. « Ouvrez la lettre et lisez-la, je vous prie. »

Persévérance passa le document à Braise, qui le tendit à Lant. « C'est adressé aux émissaires des Six-Duchés ; ça nous concerne tous, donc, je suppose. »

Lant brisa le cachet de cire et tira de l'étui une feuille d'excellent papier ; il la parcourut du regard. « Hmm… La rumeur de votre réveil est passée directement des cuisines à la salle du trône : nous sommes invités à dîner ce soir avec les gardiens des dragons de Kelsingra "si la santé du prince FitzChevalerie le permet". » Il leva les yeux vers moi. « Les gardiens, ai-je appris, sont les habitants du désert des Pluies qui se sont mis les premiers en route avec leurs dragons pour trouver la cité, ou au moins une région habitable pour leurs compagnons. Ils n'étaient guère nombreux, moins d'une vingtaine, je crois ; d'autres les ont rejoints ensuite pour peupler Kelsingra, naturellement : des gens du désert des Pluies en quête d'une vie meilleure, d'anciens esclaves et d'autres. Certains gardiens ont pris femme parmi les nouveaux venus, et leurs ambassadeurs auprès du roi Devoir se sont présentés comme venant d'une cité populeuse et prospère ; mais ce que je vois ici et ce que j'apprends des domestiques évoque une histoire différente. » Il prit un ton pensif. « Le succès du peuplement de la cité à un niveau qui assure sa viabilité, même à l'échelle d'un simple village, est mitigé ; les habitants du désert des Pluies changent plus vite dans cet environnement, et rarement dans le bon sens. Comme vous l'avez constaté, les enfants nés à Kelsingra ne sont pas nombreux, et leurs mutations ne sont pas toujours positives.

— Excellent compte rendu », dit Braise en imitant la voix d'Umbre ; Persérance étouffa un petit rire.

« En effet, renchérit Ambre, et le rouge monta aux joues de Lant.

— Il vous a bien formé, fis-je. À votre avis, pourquoi les gardiens se réunissent-ils et nous invitent-ils ?

— Pour vous remercier ? » Persévérance avait l'air ébahi que je n'y eusse pas songé.

« C'est le préliminaire à des négociations avec nous ; c'est la coutume Marchande. » Ambre soupira. « Nous savons ce dont nous avons besoin de leur part : des vivres frais et la possibilité de descendre aussi loin que possible dans le sud. La question, c'est ce qu'ils nous demanderont en échange. »

3

Dans les Montagnes

C'est un rêve très court : un homme au visage crayeux, vêtu de robes vertes bordées d'or, marche sur une plage ; une créature monstrueuse accroupie sur un éperon herbu le suit du regard, mais il n'en a cure. Il porte des chaînettes, semblables à des bijoux mais beaucoup plus solides, enroulées autour de ses bras. Il parvient à une zone où le sable s'élève lentement en un monticule tremblant, et il observe le phénomène en souriant. Des serpents se mettent à sortir du sol, grands, aussi longs que mon bras, mouillés, avec sur la peau d'éclatants motifs bleus, rouges, verts et jaunes. L'homme passe une chaînette autour du cou d'un bleu vif, et elle forme un nœud coulant ; il soulève alors le serpent de terre. L'animal se débat mais ne peut se dégager malgré sa gueule grande ouverte qui laisse voir ses crocs blancs très pointus. L'homme pâle attrape un autre serpent dans son collet, un jaune cette fois, puis il essaie d'en prendre un rouge, mais la bête s'échappe et file très vite vers la mer. « Je t'aurai ! » crie l'homme, et il poursuit le serpent puis lui met le pied sur la queue et l'arrête au ras des vagues. Il tient la bride de ses deux prisonniers d'une main, et il secoue l'autre pour faire tomber une nouvelle chaînette sur le serpent rouge.

Il est persuadé que l'animal va se retourner et tenter de le frapper, ce qui lui permettra de lui passer le nœud autour du cou. Mais c'est une dragonne qui se retourne, car c'est sur sa queue qu'il marche. « Non, dit-elle d'une voix puissante ; mais, moi, je t'aurai. »

L'image que j'ai dessinée pour ce rêve n'est pas très bonne, parce que l'encre rouge de mon père ne luit pas comme le serpent.

Journal des rêves d'Abeille Loinvoyant

J'eus froid en dormant, et ce fut le bout de la chaussure de Dwalia s'enfonçant dans mon ventre meurtri qui me réveilla. « Qu'est-ce que tu as fabriqué ? me demanda-t-elle sèchement avant de lancer par-dessus son épaule : Alaria ! Tu devais la surveiller ! Regarde : elle a rongé ses liens à moitié ! »

L'intéressée arriva d'un trot mal assuré, son manteau de fourrure sur les épaules, ses cheveux clairs en bataille et les yeux bouffis. « Je suis restée debout presque toute la nuit ! J'ai demandé à Reppin de garder l'œil sur elle… »

Dwalia se détourna brusquement de moi, et je m'efforçai de m'asseoir ; toujours attachées, mes mains étaient engourdies par le froid, et je souffrais d'ankyloses, de bleus et d'éraflures sur tout mon corps. Je m'affalai et voulus m'écarter de ma ravisseuse en roulant sur le côté, mais je n'allai pas loin ; le claquement d'une gifle me parvint, suivi d'un glapissement de douleur. « Pas d'excuses ! » fit Dwalia d'une voix mauvaise, et je l'entendis s'éloigner à pas furieux.

J'essayai de me lever, mais Alaria me prit de vitesse ; elle me planta un genou dans le dos pour me maintenir au sol. Je me tordis pour la mordre, mais elle plaqua une main sur mon crâne et me poussa le visage sur le pavage. « Fais encore un geste et je t'écrase les dents là-dessus ! » dit-elle. Je ne bougeai plus.

« Ne fais pas de mal à mon frère ! fit Vindeliar d'une voix implorante.

— Ne fais pas de mal à mon frère ! répéta Dwalia d'une voix moqueuse et haut perchée. Tais-toi ! » poursuivit-elle avec un grognement d'effort, et j'entendis Vindeliar pousser un cri.

Alaria tira sur l'ourlet de ma tunique, dans laquelle elle se mit à découper des lanières de tissu avec son couteau de ceinture en jurant d'une voix rauque. Je percevais sa rage ; ce n'était pas le moment de la provoquer. Elle me retourna sans ménagement, et je vis la marque de la main de Dwalia sur sa joue, rouge vif sur sa peau claire. « Sale garce ! » cracha-t-elle, et je ne sus si elle parlait de moi ou de sa maîtresse. Elle s'empara de mes mains ankylosées, les attira rudement vers elle et trancha brutalement les bouts de tissu déchiquetés avec sa lame émoussée. J'écartai les poignets le plus possible en espérant qu'elle ne les entaillerait pas. « Cette fois, je te les attache dans le dos », me dit-elle, les dents serrées.

J'entendis des pas crissants sur les feuilles mortes, et Reppin vint rejoindre Alaria. « Je suis navrée, fit-elle à mi-voix, mais j'avais si mal à la main…

— Ce n'est pas grave, répondit l'autre d'un ton qui démentait son propos.

— Mais elle est injuste ! Elle est cruelle avec nous. Nous sommes ses conseillères, mais elle nous traite comme des domestiques ! Et elle ne nous tient au courant de rien : elle ne dit rien de ses projets maintenant qu'elle nous a entraînées dans cet affreux pays. Ce n'est pas ce que Symphe avait prévu. »

Alaria cessa de faire la tête. « Il y a une route là-bas ; je crois que nous devrions la suivre. Ça ne sert à rien de rester ici.

— Elle mène peut-être à un village », répondit Reppin avec espoir. Elle ajouta à voix plus basse : « J'ai besoin d'un guérisseur ; mon bras gauche me lance.

— Allez tous chercher du bois ! » cria Dwalia assise près du feu mourant. Vindeliar leva un visage tragique, et je vis les deux femmes échanger un regard révolté. « J'ai dit tous ! » hurla Dwalia.

Vindeliar se leva puis resta immobile, hésitant. Dwalia se leva à son tour avec à la main un papier qui avait été plié et replié de multiples fois ; elle le regardait avec colère, les doigts si crispés que c'était assurément l'origine de sa fureur. « Quel menteur ! fit-elle d'une voix grondante. J'aurais dû le savoir. Je n'aurais pas dû écouter un seul des mots que nous avons arrachés à Prilkop. » Sans crier gare, elle gifla Vindeliar avec la lettre. « Va chercher du bois ; nous passerons ici encore une nuit au moins ! Alaria ! Reppin ! Emmenez Abeille et surveillez-la. Il nous faut du bois pour le feu, beaucoup ! Toi, le Chalcédien, va chasser et rapporte-nous de quoi manger ! »

Kerf ne tourna même pas la tête ; juché sur un muret de pierre, il regardait dans le vide par-delà la place pavée – enfin, dans le vide pour moi : quand j'abaissai prudemment mes murailles, je vis des acrobates vêtus de noir et de blanc qui se donnaient en spectacle devant une foule de gens de grande taille avec des cheveux aux teintes étranges, au milieu des bruits d'un marché animé. Je fermai les yeux, raffermis mon enceinte mentale, puis rouvris les paupières sur le foirail désert – car c'était cela : jadis, cette clairière dans la forêt était une place de marché pleine de vie, un carrefour où les marchands se réunissaient pour échanger des biens et où les Anciens se retrouvaient pour se distraire et faire des achats.

« Allons ! » fit sèchement Alaria à mon adresse.

Je me levai lentement ; si je me tenais courbée, la douleur qui me tenaillait le ventre restait supportable. Les yeux au sol, je traversai la place pavée à la suite de mes ravisseuses, et je remarquai des excréments d'ours parmi les rares débris, puis un gant. Je ralentis : un autre gant de femme, cette fois en chevreau jaune.

Puis un bout de tissu détrempé, et, en dessous, un objet en laine rouge.

Lentement, avec prudence, je me courbai et tirai à moi un châle, aussi mouillé et malodorant que le bonnet que j'avais trouvé, mais tout aussi bienvenu. « Qu'as-tu là ? » demanda sèchement Dwalia, et je tressaillis ; je ne l'avais pas entendue s'approcher de moi.

« Une guenille, répondis-je, l'élocution embarrassée par mes lèvres tuméfiées.

— Il y a pas mal de saletés par ici, remarqua Reppin.

— Ce qui indique que cette route est fréquentée », enchaîna Alaria. Elle ajouta en regardant Dwalia : « Si nous la suivions, nous arriverions peut-être sous peu à un village, avec un guérisseur pour Reppin.

— Il y a aussi des excréments d'ours, intervins-je, et ils sont plus récents que ces détritus. » Cette observation était exacte : les déjections étaient tombées par-dessus le tissu, et la pluie ne les avait pas délavées.

« Pouah ! » Alaria tirait sur un morceau de toile ; elle le lâcha soudain et recula d'un bond.

« Qu'y a-t-il ? » s'exclama Dwalia en l'écartant. Elle s'accroupit et repoussa l'étoffe pour révéler un objet blanc et cylindrique. Un os ? « Ah ! » fit-elle d'un ton satisfait, et, sous nos yeux attentifs, elle dévissa l'extrémité de l'étui et en fit glisser un rouleau de parchemin.

« Qu'est-ce que c'est ? demanda Alaria.

— Allez chercher du bois ! répliqua sa supérieure avant de retourner près du feu avec son trésor.

— Avance, Abeille ! » m'ordonna Alaria, et je suivis les deux femmes en enroulant rapidement mon châle sur mes épaules.

Elles passèrent le reste de la matinée à prélever du petit bois sur des branches mortes et à me l'empiler dans les bras pour le rapporter au camp. Dwalia demeura accroupie près de la flambée, à examiner, le front plissé, le petit manuscrit qu'elle avait trouvé.

« Je vais mourir ici, dit Reppin, pelotonnée sous son manteau et le mien, la main sur sa morsure au bras.

— N'en fais pas trop », rétorqua Dwalia avant de se replonger dans l'étude du document, plissant les yeux à cause de l'éclat du jour qui s'affaiblissait. Il y avait deux jours que j'avais mordu Reppin, et nous n'avions pas bougé ; Dwalia avait interdit à Alaria d'explorer les routes et elle avait giflé Reppin qui demandait quelle était la suite de leur périple. Depuis qu'elle avait découvert le parchemin enfermé dans son cylindre d'os, elle passait son temps assise près du feu à le comparer à sa feuille de papier froissée ; elle les étudiait tour à tour, les sourcils froncés et les yeux mi-clos.

Je regardai Reppin, installée en face de moi de l'autre côté de la flambée. Le soleil déclinait et le froid revenait peu à peu ; la maigre chaleur captée par les pierres du vieux marché se dissiperait vite. Mon vis-à-vis devait avoir encore plus froid que moi à cause de sa fièvre. Je restai impassible : elle avait raison, elle allait mourir. Lentement, mais inéluctablement ; père Loup me l'avait dit, et, quand je le laissais guider mes sens, je humais l'infection dans l'odeur de sa transpiration. *La prochaine fois, pour tuer plus vite, tu dois chercher un point où le sang jaillira puissamment. Mais, pour une première proie, tu as bien fait, même si c'est une viande que tu ne peux pas manger.*

Je ne savais pas que je pouvais la tuer en la mordant.

Pas de regrets, me morigéna père Loup. *On ne peut pas revenir en arrière pour accomplir ou ne pas accomplir un acte ; il n'y a qu'aujourd'hui, et aujourd'hui tu dois décider de vivre. Chaque fois qu'un choix s'offre à toi, tu dois suivre la voie qui te garde en vie et indemne. Les regrets ne servent à rien. Si tu ne lui avais pas inspiré la crainte, elle t'aurait fait beaucoup plus mal, et les autres s'y seraient mises aussi. Elles forment une meute, et elles suivent leur chef ; tu as forcé la chienne à te redouter, et les autres le savent ; elle a peur, elles ont peur.*

Je gardai donc un visage inexpressif et ne manifestai nul remords, même si l'interdiction de dévorer les humains venait de quelqu'un qui n'avait sûrement pas aussi faim que moi ; depuis deux jours, je n'avais mangé que deux fois – si on considérait un bouillon clair préparé avec la carcasse d'un oiseau qu'Alaria avait tué d'une pierre, et deux poignées de farine cuites dans une casserole d'eau comme des repas. Les autres s'étaient mieux sustentés que moi ; par amour-propre, j'avais refusé le peu qu'elles m'accordaient, mais père Loup m'avait dit que c'était une mauvaise stratégie. *Mange pour vivre*, m'avait-il expliqué. *Sois fière de rester en vie.* Je m'y étais efforcée : je mangeais ce qu'on me donnait, parlais peu et écoutais beaucoup.

Le jour, on me détachait les mains et on m'entravait les chevilles afin que je pusse participer à la corvée sans fin du bois. On avait découpé mes nouveaux liens dans le tissu de ma tunique, et je n'osais pas les ronger de peur qu'on ne réduisît encore davantage mon vêtement. J'étais surveillée de près : si je m'éloignais un tant soit peu d'Alaria, Dwalia m'assenait un coup de bâton ; chaque soir, elle reliait mes poignets à mes chevilles et les rattachait à son propre poignet, et, si je remuais dans mon sommeil, elle me décochait un coup de pied – violent.

Et, à chaque fois, père Loup grondait : *Tue-la. Le plus vite possible.*

« Il ne reste plus que toi et moi, murmura une nuit Reppin à Alaria après que Dwalia se fut endormie.

— Je suis là, intervint Vindeliar.

— Je parle des vrais luriks, répondit-elle d'un ton dédaigneux. Tu n'es pas un savant ès manuscrits de rêves ; cesse de nous espionner ! » Elle baissa la voix comme pour l'exclure. « Symphe elle-même a dit qu'on nous avait choisies comme les meilleures pour aider

Dwalia à distinguer le Chemin, mais elle refuse de nous écouter depuis le début. Tu sais comme moi que cette gamine n'a aucun intérêt. » Elle soupira. « Je crois que nous avons beaucoup dévié du Chemin. »

D'un ton hésitant, Alaria répondit : « Mais Abeille avait bien la fièvre et le changement de teinte de la peau ; ça doit vouloir dire quelque chose.

— Seulement qu'elle a un ascendant Blanc, non qu'elle sait rêver, et sûrement pas que c'est le fils inattendu qu'annonçait Dwalia. » La voix de Reppin ne fut plus qu'un souffle. « Tu le sais bien ! Même Dwalia n'y croit plus. Il faut nous protéger l'une l'autre, Alaria, parce que personne ne le fera à notre place. Quand Symphe et Dwalia ont proposé cette mission, Capra et Coultrie ont répondu que nous avions déjà trouvé le fils inattendu, que c'était lui qui avait libéré Glasfeu et tué Ilistore ; ce que nous a raconté Bien-Aimé quand il est revenu à Clerres. Il a affirmé qu'un de ses Catalyseurs, le noble assassin, était le fils inattendu ; son peuple appelait Ilistore la Femme pâle, et elle a été vaincue par le fils inattendu. Tout le monde le sait ! Trois des Quatre assurent que les rêves en rapport avec lui se sont réalisés et qu'il ne faut plus tenir compte de ces prophéties. Il n'y a que Symphe qui pense autrement – et Dwalia. »

Je retenais mon souffle : c'était de mon père qu'elles parlaient ! Pour avoir parcouru ses papiers, je savais que le Fou le tenait pour le fils inattendu, mais je n'avais jamais compris qu'il avait exaucé une prophétie dans un pays lointain. Je me rapprochai furtivement.

Reppin baissa encore la voix. « Symphe y a cru uniquement parce que Dwalia l'a noyée sous des références obscures selon lesquelles la victoire du fils inattendu serait absolue ; or, elle ne l'est pas du fait que Bien-Aimé est revenu et qu'il a été repris. N'oublions pas non plus que Dwalia a servi Ilistore pendant des années et qu'elle la vénérait ; elle affirmait toujours qu'à son retour Ilistore la porterait au pinacle. » Dans un souffle à peine audible, elle ajouta : « Je pense que Dwalia ne cherche que la vengeance. Songe à son attitude envers Bien-Aimé : elle le tient pour responsable de la mort d'Ilistore. Et tu sais chez qui nous avons enlevé Abeille ? FitzChevalerie. »

Alaria se redressa brusquement. « Non !

— Si : FitzChevalerie Loinvoyant. » Reppin saisit l'autre par l'épaule et la força à se recoucher. « Fais marcher ta mémoire ; tu te rappelles le nom que Bien-Aimé hurlait pendant qu'on lui broyait le pied ? C'était le nom de son vrai Catalyseur ; il nous l'avait caché en prétendant qu'il en avait eu beaucoup : un assassin, un jeune esclave à neuf doigts, un capitaine de vaisseau, une adolescente gâtée, un bâtard de la noblesse, mais c'était faux ; son seul véritable Catalyseur, c'était FitzChevalerie Loinvoyant. Quand je suis entrée chez lui avec Dwalia, dans une pièce remplie de manuscrits, elle s'est arrêtée pour regarder quelque chose avec un sourire aux lèvres ; j'ai alors remarqué une sculpture sur le manteau de la cheminée, et un des visages représentés était celui de Bien-Aimé ! Tel qu'il était avant qu'on l'interroge. » Elle se pelotonna sous les couvertures. « Elle a voulu la prendre, mais les hommes d'Ellik sont arrivés et se sont mis à renverser les bibliothèques et à tout jeter par terre ; ils se sont emparés d'une épée fixée au mur, et du coup nous sommes parties. Voilà donc qui est Abeille : la fille d'un Catalyseur.

— Mais il paraît que la propriété appartenait à un certain Blaireau, Tom Blaireau, et Abeille a dit que c'était le nom de son père.

— Et alors ? Ça t'étonne que cette petite garce pleine de dents sache mentir ?

— Mais c'est une Blanche elle aussi ? »

Alaria parlait très bas, et je dus tendre l'oreille pour entendre la réponse de Reppin.

« Oui ; et, à ton avis, comment cela a-t-il pu se produire ? » Elle s'exprimait d'un ton d'outrage triomphant, comme si mon existence même était honteuse.

« Vindeliar nous écoute », fit Alaria d'un ton d'avertissement. Elle changea de position et tira davantage le manteau sur elle. « Tout ça m'est bien égal ; je veux seulement rentrer à la maison, à Clerres, dormir dans un lit et trouver le petit déjeuner prêt à mon réveil. Comme je regrette qu'on m'ait choisie pour cette mission !

— Et moi j'ai horriblement mal à la main. Comme j'aimerais tuer cette morveuse !

— Ne dites pas ça ! lança Vindeliar.

— Et toi, tu ne devrais rien dire du tout. Tout ça, c'est ta faute ! répliqua Reppin d'un ton venimeux.

— Sale cafard », renchérit Alaria, et tous se turent.

Ce ne fut pas la seule fois où elles s'entretinrent ainsi la nuit, mais la plupart du temps je ne compris guère leurs propos. Reppin se plaignait de sa morsure, elles discutaient de la politique de Clerres en mentionnant des noms que je ne connaissais pas et en évoquant des questions qui ne me disaient rien ; elles se promettaient de rapporter, à leur retour, tout ce qu'elles avaient souffert et convenaient que Dwalia serait sanctionnée. À deux reprises, elles évoquèrent des rêves à propos d'un « Destructeur », dont Alaria affirmait qu'il viendrait accompagné de cris, d'exhalaisons pestilentielles et de mort ; dans l'un des songes, un gland déposé dans une maison se transformait soudain en un arbre de flammes et d'épées, et je me souvins alors de mon propre rêve où figurait une marionnette avec une tête en forme de gland, et je me demandai s'il y avait un rapport entre les deux. Toutefois, j'avais aussi vu une noix qui flottait dans une rivière. Décidément, mes rêves n'étaient pas clairs, pas plus que ceux de Reppin qui s'était seulement retrouvée dans les ténèbres pendant qu'une voix annonçait : « Voici le Destructeur que vous avez créé. »

Je glanais tous les renseignements possibles de leurs murmures. Certains personnages importants n'étaient pas d'accord pour autoriser Dwalia à entreprendre sa mission ; elle avait insisté et ils avaient fini par accepter, mais uniquement parce que Bien-Aimé s'était échappé. D'après les écrits de mon père, « Bien-Aimé » était aussi « le Fou » et « sire Doré ». « Les Quatre » avaient prévenu Dwalia de ce qui l'attendait si elle revenait bredouille ; elle avait promis de leur livrer le fils inattendu, mais elle n'avait que moi.

Vindeliar était exclu de leurs discussions, mais il mourait tant d'envie d'attirer leur attention qu'il en perdait tout amour-propre. Une nuit, alors qu'elles murmuraient sous leurs fourrures, il les interrompit en déclarant d'un ton excité : « Moi aussi, j'ai fait un rêve.

— Sûrement pas ! répliqua Reppin.

— Si. » On eût dit un enfant rebelle. « J'ai rêvé qu'on apportait un petit colis dans une salle et que personne n'en voulait ; mais quelqu'un a fini par l'ouvrir, et des flammes, de la fumée et de grands bruits s'en sont échappés, et la salle s'est écroulée sur tout le monde.

— Ce n'est pas vrai ! explosa Reppin avec mépris. Tu n'es qu'un menteur ! Tu m'as entendue décrire ce rêve et tu ne fais que le répéter.

— Je ne t'ai pas entendue raconter ce rêve ! » Il était indigné.

D'une voix grondante, Alaria dit : « Tu ferais bien de ne pas le soumettre à Dwalia parce que je le lui ai déjà raconté ; elle saura que tu mens et elle te donnera des coups de bâton.

— Mais je l'ai fait, ce rêve, répondit-il d'un ton geignard. Parfois les Blancs font les mêmes rêves, tu le sais bien.

— Tu n'es pas un Blanc ; vous êtes nés mal fichus, ta sœur et toi. On aurait dû vous noyer. »

Je retins mon souffle en attendant de Vindeliar une explosion de rage, mais il se tut. La bise soufflait, et nous n'avions en commun que notre tristesse et des rêves.

Toute petite déjà je faisais des songes d'une parfaite clarté, et je savais instinctivement qu'ils étaient importants et qu'il fallait les partager ; chez moi, je les transcrivais dans mon journal. Depuis que les Serviteurs m'avaient enlevée, ils étaient devenus plus sombres et plus inquiétants ; je n'en avais parlé à personne et je ne les avais pas notés ; ils restaient coincés en moi comme un os en travers de ma gorge. À chaque nouveau rêve que je faisais, j'éprouvais un besoin de plus en plus pressant de les raconter ou de les écrire. Les images étaient déroutantes : une torche à la main, je me tenais à un carrefour sous un nid de guêpes ; une petite fille balafrée avait un nourrisson dans les bras, et Ortie lui souriait alors que toutes deux pleuraient ; un homme laissait brûler le gruau qu'il préparait, et des loups poussaient des hurlements d'inquiétude ; un gland était planté dans du gravier, et un arbre de feu en naissait ; la terre tremblait et, sous une pluie noire torrentielle, des dragons s'étouffaient et tombaient du ciel, les ailes déchirées. C'étaient des rêves ridicules et absurdes, mais j'éprouvais un besoin de les partager aussi puissant qu'une envie de vomir. Je posai l'index sur la pierre et fis semblant d'écrire et de dessiner ; la tension s'apaisa. Je levai la tête et regardai les étoiles lointaines ; pas de nuages : il allait faire très froid cette nuit. Je m'évertuai à resserrer mon châle sur mes épaules pour me réchauffer, mais en vain.

Un troisième jour passa, puis un quatrième. Dwalia allait et venait en marmonnant, ses documents entre les mains. Mes ecchymoses commençaient à s'effacer mais j'avais toujours mal partout ; mon œil avait désenflé, mais une de mes molaires restait branlante, et l'entaille de ma pommette était quasiment refermée. Nul n'y prêtait attention.

« Ramenez-moi par la pierre ! dit Reppin le soir du quatrième jour. On pourra peut-être me sauver si nous retournons aux Six-Duchés ; sinon, je pourrais au moins mourir dans un lit au lieu de crever dans la boue.

— Quand on échoue, on crève dans la boue », répliqua Dwalia sans émotion.

L'autre poussa une exclamation accablée et s'allongea sur le flanc ; elle ramena ses genoux contre sa poitrine et serra son bras infecté. En cet instant, l'écœurement que m'inspirait Dwalia n'avait d'égal que la haine que je lui vouais.

La nuit tombait, et Alaria dit à mi-voix : « Nous ne pouvons pas rester ici. Où aller ? Pourquoi ne pas suivre cette vieille route ? Elle doit bien mener quelque part, à un bourg, peut-être, où nous pourrions nous restaurer et coucher au chaud. »

Dwalia, assise les mains tendues vers le feu, croisa soudain les bras sur sa poitrine et lui jeta un regard noir. « Tu poses des questions ? »

L'autre baissa le regard. « Je m'interrogeais, c'est tout. » Elle releva soudain la tête, défiante. « N'étions-nous pas là pour te conseiller, nous, les luriks ? Ne devions-nous pas t'aider à trouver le vrai Chemin et à prendre de bonnes décisions ? » Sa voix devint plus aiguë. « Coultrie et Capra s'opposaient à ton départ, et elles l'ont accepté uniquement parce que Bien-Aimé s'était enfui ! Nous devions le rattraper et le tuer ! Et, éventuellement, capturer le fils inattendu, si Bien-Aimé nous conduisait à lui. Mais tu as laissé le Loinvoyant emmener Bien-Aimé pour que nous puissions mettre sa demeure à sac. Tous ces morts ! Et maintenant nous sommes perdus dans les bois avec cette gamine que tu as enlevée pour rien ! Fait-elle des rêves ? Non ! À quoi nous sert-elle ? Et pourquoi nous avoir menés ici, si c'est pour mourir ? Je commence à me demander si la rumeur n'était pas fondée, que Bien-Aimé ne s'était pas "échappé", mais avait été libéré par Symphe et toi ! »

Dwalia se dressa d'un bond et toisa Alaria. « Je suis une lingstra ! Tu n'es qu'un lurik jeune et stupide. Si tu tiens tant à t'interroger, demande-toi plutôt pourquoi le feu s'éteint. Va chercher du bois. »

L'autre hésita, comme prête à riposter, puis elle se leva avec raideur et s'enfonça à contrecœur dans la noirceur du sous-bois. Au cours des jours précédents, nous avions ramassé tout le bois qui se trouvait à proximité ; elle allait devoir s'éloigner davantage pour en dénicher. Reviendrait-elle ? À deux reprises, père Loup avait relevé une odeur faible mais fétide dans l'air. *Un ours*, m'avait-il averti, et j'avais eu peur.

Il ne veut pas s'approcher d'autant d'humains autour d'un feu, mais, s'il change d'avis, laisse les autres s'enfuir en hurlant : tu n'es pas capable de courir assez vite ; alors couche-toi, reste parfaitement immobile et ne fais pas de bruit. Il est possible qu'il pourchasse les autres.

Et sinon ?

Reste immobile et ne fais pas de bruit.

Je n'étais pas rassurée, et j'espérai qu'Alaria reviendrait avec une brassée de bois.

« Toi, dit soudain Dwalia, accompagne-la.

— Mais vous m'avez déjà attaché les pieds pour la nuit, rétorquai-je, et les mains aussi. » J'avais pris un ton boudeur. Si elle me détachait pour aller chercher du bois, j'étais quasiment certaine de pouvoir prendre la poudre d'escampette à la faveur de l'obscurité.

« Pas toi. Pas question que tu t'enfuies dans le noir et que tu meures dans la forêt. Reppin, vas-y. »

L'intéressée eut l'air ahuri. « Mais je peux à peine bouger mon bras ! Je ne peux pas y aller. »

Dwalia la regarda un moment sans rien dire, et je crus qu'elle allait lui commander d'obéir. Mais elle fit seulement une moue méprisante. « Tu es un poids mort, déclara-t-elle d'un ton glacial, puis elle ajouta : Vindeliar, va chercher du bois. »

Le jeune garçon se leva lentement ; il avait les yeux baissés mais je perçus sa rancœur dans la ligne de ses épaules quand il s'éloigna à la suite d'Alaria.

Dwalia reprit son activité habituelle depuis quelques soirs, étudier le petit manuscrit et la feuille de papier déchirée. Plus tôt, elle avait passé des heures à faire le tour des monolithes à la périphérie de la place en regardant tour à tour le parchemin et les runes. J'avais vu certaines de ces marques dans les papiers de mon père ; comptait-elle effectuer un nouveau trajet par les piliers d'Art ? Elle avait aussi exploré brièvement la route dans les deux directions, et en était revenue à chaque fois en secouant la tête et de mauvaise humeur. J'ignorais ce que je redoutais le plus : qu'elle nous entraînât dans la pierre d'Art ou nous laissât mourir de faim ici même.

De l'autre côté de la place, Kerf se trémoussait en tapant des pieds ; si je m'y laissais aller, je pouvais entendre la musique et voir les Anciens qui dansaient autour de lui. Alaria revint avec quelques branches prélevées sur des arbres et gelées à cœur ; elles brûleraient peut-être mais ne dégageraient guère de chaleur. Vindeliar la suivait avec dans les bras un morceau de souche pourrie qui comprenait plus de mousse que de bois. Kerf les accompagnait sans cesser d'exécuter sa bourrée. « Écarte-toi ! » lui cria Alaria, mais il se contenta de sourire joyeusement en retournant aux réjouissances insubstantielles des Anciens.

Je n'aimais pas bivouaquer dans l'espace ouvert de la place du marché, mais Dwalia jugeait « sale » le sol de la forêt ; pour ma part, je préférais mille fois la « saleté » aux dalles noires et lisses qui chuchotaient sans cesse à mes oreilles. Réveillée, j'étais capable de maintenir mes murailles dressées, même s'il m'en coûtait un effort usant, mais la nuit, quand l'épuisement me submergeait, j'étais vulnérable à ces voix captives ; leur marché s'avivait de viandes fumantes au-dessus de feux odorants, de jongleurs qui lançaient des pierres scintillantes, et d'une jeune chanteuse au teint clair qui semblait me voir. « Sois forte, sois forte, va où ton destin te porte ! » scandait-elle, mais ces mots m'effrayaient plus qu'ils ne me rassuraient ; dans ses yeux, je lisais la conviction que j'accomplirais un acte terrible et prodigieux – un acte dont j'étais seule capable ? Le Chalcédien s'assit brusquement à côté de moi, et je sursautai : mes murs mentaux étaient si compacts que je ne l'avais pas senti approcher. *Danger !* m'avertit père Loup. Kerf croisa les jambes et m'adressa un grand sourire. « Quelle belle soirée pour la fête, me dit-il. As-tu essayé la chèvre fumée ? Elle est excellente ! » Du doigt, il indiqua la forêt obscure de l'autre côté de la place. « C'est le vendeur à l'auvent violet qui la prépare. »

La démence faisait de lui un joyeux compagnon, et sa réflexion fit gronder de faim mon estomac. « Oui, excellent », répétai-je tout bas, et je détournai le regard, croyant qu'abonder dans son sens permettrait de clore la conversation.

Il acquiesça gravement de la tête et se rapprocha un peu du feu à croupetons en tendant ses mains crasseuses vers les flammes. Même fou, il manifestait plus de jugeote que Reppin : avec un bout de tissu arraché à sa chemise, il avait bandé le doigt que j'avais mordu. Il ouvrit la besace de cuir épais à sa ceinture et la fouilla. « Tiens », fit-il, et il brandit brusquement un objet allongé ; je levai mes mains entravées pour me protéger, et il le plaça entre mes doigts. Une odeur carnée frappa mes narines : de la viande séchée. La faim dévorante qui m'envahit et le flot de salive dans ma bouche me stupéfièrent ; les mains tremblantes, je portai le bâton de viande à mes lèvres. Il était sec et si dur que je ne pus le trancher ; je le mastiquai, le suçai et tâchai d'en couper un bout, la respiration lourde.

« Je sais ce que tu as fait. »

Je crispai le poing sur la viande de crainte qu'il ne me la reprît, et je gardai le silence. Dwalia avait levé les yeux de ses papiers et nous regardait, les sourcils froncés ; je savais qu'elle ne chercherait pas à m'arracher mon bien, par peur de mes dents.

Kerf me tapota l'épaule. « Tu as essayé de me sauver. Si je t'avais lâchée quand tu m'as mordu, je serais resté là-bas avec la belle Évite. Je comprends maintenant : tu voulais m'empêcher de partir pour que je la protège et que je la conquière. »

Je continuai de mâcher pour me remplir le ventre autant que possible avant qu'on pût me voler ma nourriture, et je ne hochai la tête à ses propos qu'au bout d'un moment. Il pouvait bien imaginer ce qu'il voulait s'il me donnait à manger en échange.

Il soupira, les yeux perdus dans la nuit. « Je crois que nous sommes au royaume de la mort ; ce n'est pas du tout comme je m'y attendais. Je sens le froid et la douleur, mais j'entends de la musique et je vois de la beauté. Je ne sais pas si c'est une punition ou une récompense ; je ne sais pas pourquoi je suis encore au milieu de ces gens au lieu d'être jugé par mes ancêtres. » Il jeta un regard morose à Dwalia. « Ces gens sont plus noirs que la mort ; c'est peut-être pour ça que nous sommes coincés ici, dans le gosier de la mort. »

J'opinai à nouveau du chef. J'avais réussi à arracher un petit morceau de viande, et je le broyais entre mes dents ; jamais je n'avais été aussi impatiente d'avaler.

Il se pencha pour chercher quelque chose à son côté opposé à moi ; quand il se retourna, il tenait un poignard brillant à la main. Précipitamment, je tentai de m'écarter, mais il saisit mes pieds entravés et les tira à lui. L'arme était aiguisée ; elle trancha le tissu torsadé comme s'il n'existait pas, et mes chevilles furent soudain libres. D'une ruade, je me dégageai de sa poigne. Il tendit la main. « Tes poignets, maintenant », dit-il.

Devais-je lui faire confiance ? Le poignard pouvait m'enlever un doigt aussi facilement que couper mes liens. Je fourrai le bâton de viande dans ma bouche et le serrai entre mes dents, puis j'offris mes mains à Kerf.

« C'est serré ! Ça fait mal ? »

Ne réponds pas.

Je regardai l'homme sans rien dire.

« Tes poignets sont enflés, c'est pour ça. » Il glissa délicatement la lame entre mes mains. Le métal était glacé.

« Mais que fais-tu ? Arrête ! » Dwalia s'exprimait d'un ton indigné.

C'est à peine si le Chalcédien lui accorda un regard. Il prit une de mes mains pour m'empêcher de bouger et entreprit de scier les lanières d'étoffe.

La réaction de Dwalia m'étonna. Elle s'apprêtait à ajouter un gros bout de bois dans le feu, mais, au lieu de cela, elle fit deux pas et frappa Kerf à l'arrière de la tête. Il s'affaissa sans lâcher son poignard. Je déchirai le dernier lambeau de tissu, me dressai d'un bond, et, les pieds fourmillants, je parvins à parcourir une courte distance en courant avant qu'elle ne m'étranglât en me saisissant par le col. Les deux premiers coups de gourdin tombèrent sur mon épaule et mon flanc droits.

Je me tordis sans me soucier du col qui m'écrasait la gorge, et je lui décochai des coups de pied aux tibias puis aux genoux en y mettant toute mon énergie. Elle hurla de douleur mais, loin de me lâcher, elle me frappa à la tête ; mon oreille meurtrie se mit à tinter et je sentis un goût de sang dans ma bouche, mais la souffrance m'inquiétait moins que ma vision qui se réduisait. Je pivotai pour lui échapper, mais cela lui permit de me cogner l'autre côté du crâne. J'eus vaguement conscience qu'elle criait à ses compagnons de m'immobiliser, mais nul ne se précipita pour lui obéir ; Vindeliar gémissait : « Non, non, non ! » d'une voix de plus en plus aiguë, et je lui en voulus de se plaindre sans rien faire pour moi. Je projetai ma douleur sur lui.

Dwalia me frappa de nouveau sur l'oreille ; mes genoux fléchirent, et je me retrouvai suspendue par le col, mais elle n'avait pas la force de soutenir mon poids ; elle s'effondra sur moi, et la souffrance explosa dans mon épaule.

Une vague d'émotion m'envahit ; c'était comme quand Ortie et mon père fondaient leur esprit, ou comme quand celui de mon père débordait de pensées qu'il omettait de contenir. *Ne lui fais pas de mal ! Ne lui fais pas de mal !*

Dwalia me lâcha et s'écarta de moi avec un drôle de bruit de gorge. Sans chercher à bouger, je respirai profondément pour réinjecter de l'air dans mon organisme. J'avais perdu le bâton de viande séchée, et ma bouche était pleine de sang ; je tournai la tête de côté pour le laisser s'écouler.

Ne meurs pas ! Par pitié, ne meurs pas, ne me laisse pas seul ! La peur de Vindeliar murmurait en moi. Ah, c'était donc ça ! Lorsque j'avais projeté ma douleur sur lui, j'avais ouvert une voie d'accès à ses pensées. C'était dangereux, et, de toute la volonté que je pus rassembler, je lui fermai mon esprit. Des larmes me piquèrent les yeux, des larmes de rage ; le mollet de Dwalia se trouvait à portée de mes dents : pouvais-je lui en arracher un morceau ?

Non, petite louve, elle tient encore son gourdin. Éloigne-toi discrètement ; celle-ci, ne l'attaque que si tu es sûre de la tuer.

J'essayai de m'écarter en rampant, mais mon bras ne m'obéissait pas et restait inerte. Il était cassé. Je battis des paupières sous l'effet de la souffrance, et des points noirs dansèrent devant mes yeux. Dwalia se mit à quatre pattes, puis elle se releva avec un grognement d'effort et s'en alla sans me regarder. Elle contourna le feu, s'assit à nouveau sur le paquetage et reprit son étude de sa feuille de papier fatiguée et du petit manuscrit trouvé dans l'os. Lentement, elle les tourna, puis elle se pencha soudain sur eux, les posa côte à côte sur ses genoux et les scruta tour à tour.

Le Chalcédien se redressa peu à peu, puis il se tâta l'arrière du crâne, examina sa main et frotta ses doigts humides les uns contre les autres. Il me regarda m'asseoir et secoua la tête en voyant mon bras ballant. « Il est cassé », fis-je tout bas ; je mourais d'envie que quelqu'un s'intéressât à mon calvaire.

« Plus noir que la mort », murmura-t-il. Il tendit la main, posa les doigts sur mon épaule et appuya. Je m'écartai vivement avec un glapissement de douleur. « Il n'est pas cassé, dit-il, mais je ne connais pas le mot. » Il serra le poing et l'enferma dans son autre main, puis il le retira. « Sorti », reprit-il. Il se pencha de nouveau vers moi, et je reculai, mais il indiqua seulement mon épaule. « Sortie.

— Je ne peux pas remuer le bras. » L'affolement me gagnait et j'avais du mal à respirer.

« Allonge-toi, ne bouge pas, détends-toi. Quelquefois, ça se remet tout seul. » Il jeta un regard à Dwalia. « C'est une guêpe », dit-il. Je le regardai sans comprendre, et il sourit. « Un proverbe chalcédien : si l'abeille pique, elle meurt ; elle paie le prix pour te faire mal. Une guêpe peut piquer, piquer et encore piquer ; elle ne paie rien pour la douleur qu'elle donne. » Il haussa les épaules. « Alors elle pique. Elle ne sait rien faire d'autre. »

Dwalia se leva brusquement. « Je sais où nous sommes maintenant ! » Elle regarda le petit manuscrit qu'elle tenait. « Les runes concordent ! Ça n'a aucun sens, mais ça doit être vrai ! » Ses yeux se perdirent au loin, puis ils se plissèrent, et son expression changea comme sous l'effet d'une révélation. « Il nous a menti. Il m'a menti, à MOI ! » cria-t-elle. Je la trouvais effrayante en colère, mais elle était bien pire indignée.

« Prilkop m'a menti ! Il parlait d'une place de marché sur une route fréquentée. Il a utilisé un subterfuge pour me pousser à venir ici. Il m'a trompée ! » Elle rugit ces derniers mots, les traits raidis par la fureur. « Prilkop ! » Des postillons jaillirent. « Toujours condescendant, toujours d'un calme supérieur ! Et Bien-Aimé, toujours muet, et puis qui parle et qui parle ! Pour dire des mensonges ! Eh bien, je l'ai fait hurler. Je leur ai arraché la vérité à tous les deux !

— Apparemment pas », fit Alaria dans un souffle, les yeux baissés. Je pense que nul ne l'entendit à part moi.

Mais Reppin tourna brusquement la tête comme si elle l'avait ouïe et elle tâcha de se redresser. « Tu as cru arracher la vérité de sa chair, mais il était plus fort que toi, on dirait ; plus malin en tout cas. Prilkop t'a manipulée, et nous nous retrouvons ici, au milieu de la forêt, le ventre vide, et nous allons mourir ! » Sa voix se brisa.

Dwalia la regarda sans répondre, le regard dur, puis elle fit une boule de la carte jaune entre ses mains, se leva et la fourra dans le paquetage qui lui servait de coussin ; elle roula ensuite le petit manuscrit et le glissa dans son étui, qu'elle brandit sous le nez de la femme. « Pas tous, Reppin ; nous n'allons pas tous mourir ici. » Elle eut un sourire empreint de fierté. « J'ai déchiffré les papiers ; Prilkop m'a menti, mais on ne défie pas le vrai Chemin ! » Elle fouilla dans son sac et en tira une bourse ; elle défit le lien qui la fermait et en sortit un gant délicat. Au fond de moi, père Loup se mit à gronder, et j'observai l'objet avec un sentiment de malaise que je ne m'expliquais pas. Dwalia enfila le gant lentement et avec soin, en enfonçant chaque doigt jusqu'au bout ; elle s'en était déjà servie quand elle nous avait entraînés dans le pilier d'Art. « Prenez les paquetages et la prisonnière, et suivez-moi », dit-elle en se levant.

La prisonnière. Mon nouveau titre dégoulina sur moi comme une eau grasse. Dwalia ne se retourna pas pour voir si on lui obéissait ; chargée de sa seule supériorité, elle se dirigea à grands pas vers un des piliers et étudia les marques qu'il portait. « Où mène-t-il ? demanda Alaria, craintive.

— C'est moi que ça regarde. »

Le Chalcédien avait suivi Dwalia ; il était le seul. Je m'écartai légèrement du feu ; mes mains et mes chevilles étaient libres, et le fourmillement de l'ankylose qui se dissipait contrastait avec la souffrance affreuse de mon épaule. Étais-je en état de tenir debout et de courir ? Prenant appui sur mon bras valide, je déplaçai mon corps perclus de douleurs vers l'obscurité ; si j'arrivais à m'éloigner discrètement du feu, peut-être pourrais-je m'échapper en rampant.

Reppin s'était redressée en chancelant et s'évertuait à ramasser mon manteau d'une seule main. « Je ne sais pas si je peux porter un sac », dit-elle ; nul ne répondit.

Sans prêter attention au regard noir de Dwalia, le Chalcédien s'arrêta près d'elle pour contempler la pierre ; il tendit la main et suivit du doigt les runes. « Je connais celle-ci, dit-il avec un sourire étrange. J'étais agenouillé à côté et je n'avais rien d'autre à regarder. J'avais six ans ; nous veillions mon grand-père qui gisait dans la salle des Portes Renversées, dans la forteresse du duc de Chalcède. C'était un honneur que sa dépouille soit exposée là ; le lendemain, on l'a brûlée sur un bûcher près du port. »

Dwalia haussa les sourcils et sourit. « C'était en Chalcède, n'est-ce pas ? »

Il acquiesça de la tête. « À une demi-journée de cheval de la propriété de ma famille. On raconte que la citadelle du duc est bâtie sur le site d'une ancienne bataille ; il y avait quatre piliers comme celui-ci, qu'on a enfoncés dans la terre pour qu'ils affleurent le dallage de la salle ; on dit que ça porte chance si on arrive à en casser un éclat pour l'utiliser comme talisman. J'ai essayé, mais la pierre est dure comme du fer. »

Elle sourit plus largement. « C'est bien ce que je pensais ! Nous sommes toujours sur le vrai Chemin, mes luriks ; j'en suis certaine, car la fortune nous favorise. » Elle tapota le petit étui sur sa paume. « Le destin m'a déposé une carte entre les mains ; le tracé est bizarre et les notations en une langue inconnue, mais je l'ai déchiffrée. Je sais où nous sommes, et je sais que ce pilier-ci peut nous transporter en Chalcède. Kerf nous conduira dans son domaine familial et nous présentera comme des amis ; ses parents nous fourniront des vivres pour le trajet de retour. » Elle se tourna vers Vindeliar. « N'est-ce pas ? »

Le Chalcédien avait l'air abasourdi. Vindeliar, un sac en bandoulière et un autre à la main, paraissait las et hésitant ; la lueur du feu qui dansait sur ses traits faisait de lui un instant un adorant et l'instant suivant un chien battu.

« Mes parents vous aideront ? demanda Kerf, sidéré.

— Tu te porteras garant pour nous », répondit Dwalia. Je m'écartai encore un peu du feu, mais j'avais peine à supporter la douleur de mon épaule ; je soutenais mon bras blessé de ma main valide en me demandant si ma souffrance s'aggraverait si je me relevais et tentais de m'enfuir en courant.

« Je n'arrive pas à soulever mon manteau, dit Reppin sans s'adresser à personne.

— Non. » Kerf secoua la tête. « Je ne peux pas intercéder pour vous ; je ne peux même pas intercéder pour moi-même : ils voudront savoir comment j'ai pu survivre alors que tant de mes camarades manquent à l'appel. Ils croiront que j'ai fui le combat et que j'ai laissé mes frères de guerre mourir ; ils me mépriseront. »

Dwalia conserva son sourire, posa sa main nue sur son bras et lança un regard de côté à Vindeliar.

« Je suis sûre qu'ils nous accueilleront à bras ouverts quand tu nous présenteras ; ils n'auront que fierté pour toi. »

Sans les quitter des yeux, je m'enfonçais petit à petit dans l'obscurité. La douleur de mon épaule me donnait envie de vomir. Je vis les traits de Vindeliar s'amollir tandis que son esprit l'emmenait ailleurs, et je sentis la véhémence avec laquelle il imposait ses pensées à Kerf, comme l'écho lointain d'un hurlement. Le Chalcédien qui regardait Dwalia, les sourcils froncés, se détendit. Reppin avait renoncé à ramasser mon manteau ; les mains vides et le pas chancelant, elle alla rejoindre les autres. Là, elle eut un sourire entendu et hocha la tête à part elle alors que Vindeliar opérait sa magie, mais nul n'y fit attention. Je pliai les genoux et continuai de ramper.

« Mes parents seront sûrement ravis de vous recevoir ; tout ce que nous possédons sera mis à votre disposition, dit Kerf à Dwalia avec un sourire empreint de conviction.

— Alaria, amène-la ici ! » Les yeux de Dwalia étaient fixés, non sur moi, mais derrière moi. Je tournai la tête : l'affreuse joie que je lus sur le visage d'Alaria me glaça le sang. Pendant tout le temps où je surveillais Dwalia et m'efforçais de m'éloigner de l'éclat du feu, elle était derrière moi. C'était maintenant ou jamais ; je pris appui sur ma main valide, réussis à me redresser, et, mon bras blessé serré contre le ventre, je m'enfuis.

Au bout de trois foulées, Alaria me rattrapa ; elle me saisit par les cheveux et me décocha un coup de pied dans les jambes comme si elle attendait cet instant depuis toujours. Je poussai un cri perçant. Elle me secoua la tête comme un renard secoue un lapin, puis elle me rejeta de côté. J'atterris sur mon épaule démise, et des éclairs noirs et rouges jaillirent devant mes yeux ; je n'arrivais plus à respirer, je n'arrivais plus à rien faire quand elle crocha le dos de mon chemisier et me releva à demi. « En marche ! me cria-t-elle. Ou tu tâteras encore de ma botte ! »

Obéir était pénible, mais désobéir était impossible : elle était plus grande et plus forte que moi, et elle n'avait pas été rouée de coups peu de temps auparavant. Le poing crispé sur mon corsage, elle me souleva de terre. Nous nous dirigions vers Dwalia, et je m'évertuais à maintenir mon équilibre sur la pointe des pieds, quand je me rendis compte que je ne sentais plus qu'un élancement rouge terne dans l'épaule et que je pouvais à nouveau bouger le bras. C'était toujours cela de gagné.

Près des piliers, Dwalia organisait son cortège de canetons à sa convenance. « Je vais passer la première, déclara-t-elle comme si un autre avait pu prendre sa place. Je tiendrai la main de Vindeliar, et lui celle de Kerf. » Elle adressa un chaleureux sourire au Chalcédien, et je compris : c'étaient les deux personnes les plus importantes pour sa survie ; elle voulait être sûre que son magicien et le guerrier doté d'un point de chute en Chalcède arriveraient avec elle. « Ensuite, ce sera le tour de la morveuse ; Kerf, tiens-la bien – pas par la main : n'oublie pas qu'elle mord ; par le cou. C'est ça. Alaria, tu fermeras la marche ; attrape Abeille par le haut du bras et ne la lâche pas. »

La femme ne se fit pas prier, et, maigre soulagement, c'est mon bras valide qu'elle saisit. Kerf, lui, m'empoigna par la nuque sans plus aucune trace de bienveillance : il était redevenu le pantin de Vindeliar.

« Une seconde ! Je suis la dernière ? » s'exclama Reppin.

Dwalia lui jeta un regard glacé. « Tu n'es pas la dernière : tu es inutile. Tu as refusé d'aller chercher du bois pour le feu ; tu as décidé de ne servir à rien. Alaria, va chercher ce manteau ; il vaut peut-être de l'argent en Chalcède. Et aussi le sac de Reppin. »

La femme aux traits tirés écarquilla les yeux pendant qu'Alaria me lâchait pour obéir aux ordres avec empressement ; souhaitait-elle montrer son utilité ? Elle revint promptement, le sac de Reppin sur l'épaule et l'épais manteau, naguère blanc et à moi, jeté sur le bras. Elle m'empoigna brutalement d'une prise qui me pinça le biceps.

« Tu ne peux pas me laisser ici. J'ai besoin de mes affaires ! Ne m'abandonne pas ! » Le visage de Reppin apparaissait cadavérique à la lumière du feu. Son poignet blessé contre sa poitrine, elle tendait la main pour essayer de saisir celle d'Alaria ; celle-ci se détourna et serra mon manteau contre elle. Ses doigts se crispèrent sur mon bras ; tâchait-elle de s'endurcir face à l'abandon de Reppin ou bien en était-elle soulagée ? Peut-être se réjouissait-elle seulement de n'être pas la victime. Je voyais à présent comment Dwalia maintenait son autorité : en se montrant cruelle avec l'un, elle permettait aux autres de respirer un peu plus librement pendant un temps. Entre luriks, il n'existait nulle loyauté, mais seulement la peur du despote et le désir de ce qu'il pouvait leur accorder.

« Pitié ! » hurla Reppin dans la nuit.

Vindeliar poussa un petit gémissement ; l'espace d'un instant, sa concentration l'abandonna, et la poigne de Kerf se desserra sur ma nuque.

« Elle ne nous sert à rien, fit Dwalia d'une voix grondante. Elle est en train de mourir, elle n'arrête pas de se plaindre et c'est une bouche inutile alors qu'il ne nous reste plus guère de vivres. Ne discute pas mes décisions, Vindeliar ; rappelle-toi ce qui nous est arrivé la dernière fois que tu as désobéi à mes instructions ; rappelle-toi tous ceux qui sont morts par ta faute ! Écoute-moi et reste concentré, ou je t'abandonne toi aussi ! »

La main de Kerf se crispa de nouveau sur mon cou, et les doigts d'Alaria écrasèrent la chair de mon bras contre l'os.

Je mesurai soudain l'ampleur de la menace. « Il ne faut pas faire ça ! Il faut suivre la route. Elle doit bien mener quelque part ! Les pierres dressées sont dangereuses ; nous risquons de ne pas en ressortir ou bien d'en émerger aussi dérangés que Kerf ! »

Mes cris demeurèrent lettre morte. Dwalia plaqua sa main gantée sur le glyphe du pilier, qui parut l'aspirer comme du miel tiède absorbe un morceau de gingembre. La lueur de notre feu abandonné la montra se glissant dans la pierre ; Vindeliar la suivit, haletant de terreur à mesure que sa main, son poignet puis son coude s'enfonçaient. Il disparut avec un dernier geignement de peur.

« Nous nageons avec les morts ! s'écria Kerf avec un large sourire de dément. En route pour le palais en ruine d'un duc défunt ! » Il sembla pénétrer dans le pilier plus lentement que Vindeliar, comme si la pierre lui résistait. Je freinai des quatre pieds, mais sa poigne ne se desserra pas alors que le reste de sa personne s'était engloutie dans le monolithe ; pendant qu'il m'entraînait à sa suite, je levai les yeux, et ce que je vis me coupa le souffle d'épouvante ; la marque ajoutée n'était pas récente ni aussi profonde que la rune originale, mais sa signification était indiscutable : on avait tracé un trait en travers du glyphe comme pour interdire ou déconseiller l'usage de cette face de la pierre. « Papa ! criai-je, exclamation désespérée que nul n'entendit. Papa ! Au secours ! » Puis ma joue toucha la surface glacée, et je fus aspirée dans une obscurité de poix.

4
Chalcède

Grâce à l'étude de nombreux manuscrits antiques, y compris de traductions que nous avons effectuées, je suis convaincu que les Anciens de nos mythes et légendes ont bel et bien existé et qu'ils ont occupé un vaste territoire pendant d'innombrables générations avant que leurs cités et leur culture n'entrent en décadence, bien avant la fondation du château de Castelcerf. Les informations supplémentaires trouvées dans une bibliothèque de ce que nous désignons sous le nom de « cubes d'Art » n'ont fait que nous conforter dans cette opinion.

Pourquoi les Anciens, peuple profondément sage et doué d'une puissante magie, ont-ils décliné puis disparu de notre monde ? Peut-on rattacher leur déchéance à l'extinction des dragons, autre phénomène inexpliqué ? Et, maintenant que les deux races, avec encore une incertitude pour les Anciens, ont fait leur retour dans le monde, quelle influence cela aura-t-il sur l'humanité ?

Et qu'en est-il des légendes sur une alliance scellée jadis entre Loinvoyant et Anciens, celle-là même que le roi Vérité tentait de renouer lors de son expédition dans le désert des Pluies ? Étaient-ce des Anciens en chair et en os qu'il avait rencontrés ou bien leur souvenir préservé dans la pierre ? Autant de questions auxquelles nous trouverons peut-être réponse si nous continuons à interroger les cubes de mémoire.

La disparition des Anciens, Umbre Tombétoile

Ma mère faisait ainsi quand elle voulait me déplacer. Une vague réminiscence : une tanière, une mère qui me portait, crochée par la peau du cou. Cette pensée ne m'appartenait pas, mais c'était une pensée, et la première que j'avais. Quelqu'un me tenait par les cheveux, la peau et le col de mon chemisier, qui me suffoquait. On me traîna hors d'un bourbier et une voix protesta : « Il n'y a pas la place ! Abandonnez-la ! Il n'y a pas la place. »

Les ténèbres étaient totales. Je sentais de l'air effleurer mon visage. Je battis des paupières pour m'assurer que j'avais les yeux ouverts. Je ne voyais nulle étoile, nulle torche lointaine, rien ; rien que l'obscurité – et quelque chose d'épais qui essayait de m'aspirer.

Je me sentis brusquement rassurée par la poigne qui m'étranglait. Terrifiée, j'agrippai la chemise de Kerf et grimpai sur lui ; il était allongé sur le flanc. Je levai la tête et me cognai le crâne ; pis, quelqu'un m'avait saisi le bras et s'en servait comme prise pour me rejoindre. Le Chalcédien roula sur le dos, et je tombai pour me retrouver coincée entre lui et un mur de pierre ; j'étais à l'étroit, et je cherchai instinctivement à gagner un peu de place, mais il était trop lourd, et j'entendis Alaria réprimer un hoquet de peur, puis pousser de petits cris aigus tout en tâchant de grimper sur Kerf à son tour.

Les cris se muèrent en exclamations hachées : « Lâchez-moi ! Lâchez-moi ! » Elle se débattait violemment.

« Tu me donnes des coups de pied ! protesta Vindeliar.

— Lâche-moi ! hurla Alaria.

— Je ne te touche pas ! Cesse de ruer dans tous les sens ! intervint Dwalia. Vindeliar, écarte-toi, tu m'écrases !

— Je ne peux pas, je suis coincé ! Il n'y a pas de place ! » La terreur lui coupait le souffle.

Où étions-nous ? Que nous arrivait-il ?

Haletante, Dwalia s'efforça en vain de prendre un ton autoritaire : « Taisez-vous tous !

— J'ai envie de vomir. » Vindeliar fut pris d'un haut-le-cœur. « C'était horrible ; ils essayaient tous de m'attraper. Je veux rentrer à la maison. Je ne peux pas continuer, ça me dégoûte. Il faut que je rentre à la maison. » Les mots jaillissaient de sa bouche, incontrôlés comme ceux d'un petit enfant.

« Lâchez-moi ! criait Alaria d'une voix suraiguë.

— À l'aide ! Je m'enfonce ! Par pitié, faites-moi de la place ! Je n'arrive pas à remonter ! » J'entendis Reppin, et je la sentis : son bras infecté empestait ; à force de s'agiter, elle avait dû rouvrir la plaie. « Mon bras… Je ne peux pas m'extraire. Hissez-moi ! Ne me laissez pas ici ! Ne me laissez pas avec eux ! »

Où étions-nous ?

Reste calme et tâche de comprendre ce qui se passe avant de former un plan d'action. Je sentis la pondération de père Loup infuser en moi ; je respirais comme un soufflet de forge, mais sa voix me parlait avec modération. *Tends l'oreille, touche, hume ; que peux-tu découvrir ?*

J'avais du mal à me contraindre au détachement au milieu de l'agitation et des halètements affolés. Alaria lança d'une voix suppliante : « Lâchez-moi ! Il n'y a pas de place ! Ne me tirez pas en arrière ! Ah ! »

Reppin, elle, ne criait pas ; elle poussait un long gémissement, soudain noyé par un bruit semblable à celui d'un gros rocher arraché à de la boue. Seule la respiration hachée d'Alaria tranchait le silence.

« Elle est retombée dans la pierre. » C'était une observation plus qu'une question de la part de Dwalia, et je me rappelai soudain qu'elle nous avait tous entraînés dans un pilier d'Art.

« J'ai été obligée ! J'ai dû la repousser. Il n'y a plus de place ! Tu avais dit de l'abandonner. Ce n'est pas ma faute ! » Alaria paraissait plus sur la défensive que contrite.

« Silence ! » Dwalia avait encore le souffle court. « C'est moi qui parle. Vindeliar, écarte-toi de moi !

— Pardon, mais je ne peux pas bouger. C'est Kerf qui m'a poussé sur toi en sortant du pilier ! Je suis bloqué sous une pierre ! » Il était au bord de la panique. « J'ai envie de vomir, et je n'y vois rien ! Suis-je aveugle ? Lingstra Dwalia, suis-je aveugle ?

— Non : il fait noir, imbécile ! Et ne t'avise pas de vomir sur moi. Et puis tu m'écrases ; écarte-toi ! » J'entendis des corps bouger avec peine.

Vindeliar dit d'une voix pleurarde : « Je n'ai pas la place de remuer ; moi aussi je suis écrasé.

— Si tu ne peux pas te rendre utile, reste immobile. Chalcédien ? » Elle respirait avec peine. Vindeliar était corpulent, et elle était prise sous lui. « Kerf ? »

Il eut un petit rire. C'était effrayant d'entendre ce son sortir de la vaste poitrine d'un homme dans l'obscurité.

« Arrête ! Dwalia, il me tripote ! » Alaria était à la fois outrée et terrifiée.

Kerf pouffa de nouveau, et je le sentis retirer son bras sur lequel je reposais. Il le leva, ce qui me donna un peu plus d'espace, et je supposai qu'il serrait Alaria contre lui. « Chouette ! fit-il d'une voix rauque, et il plaqua son bassin contre elle.

— Arrête ! » dit-elle, suppliante, mais il répondit d'un grondement suivi d'un petit gloussement. Son bras s'appuyait contre moi, et je sentis ses muscles se tendre lorsqu'il attira la femme contre lui ; son souffle devint plus profond, et il entama un mouvement rythmique qui me pressa contre le mur. Alaria se mit à pleurer.

« Ne fais pas attention à lui, lui ordonna Dwalia d'un ton froid.

— Il essaie de me violer ! glapit l'autre. Il...

— Il n'en a pas la place, alors ne fais pas attention à lui. Il ne peut pas baisser son pantalon, et le tien non plus ; dis-toi que c'est un roquet amoureux de ta jambe. » Percevais-je une satisfaction cruelle dans les propos de Dwalia ? Se délectait-elle de l'humiliation d'Alaria ? « Nous sommes coincés ici, et tu pousses des cris d'orfraie parce qu'un homme te tripote ? Tu parles d'un danger ! »

Alaria partit d'une longue lamentation effrayée scandée par les coups de boutoir de Kerf.

« La gamine, Abeille, est-elle passée ? Est-elle vivante ? » demanda sèchement Dwalia.

Je gardai le silence. J'avais réussi à dégager mon bras blessé et, malgré les protestations de mon épaule, je tâtonnais pour déterminer les limites de notre prison ; de la pierre au sol, Kerf à ma gauche, un mur de pierre à ma droite. En levant la main, c'était encore de la roche que j'effleurais, taillée et lisse comme un dallage. Je poursuivis mon exploration de mes pieds nus : encore de la pierre. Même seule, je n'eusse pas pu tenir assise dans cet espace exigu. Où étions-nous ?

La cadence des va-et-vient du Chalcédien s'accélérait, tout comme sa respiration bouche ouverte.

« Alaria, tâte ce qui t'entoure ; la gamine est-elle passée ?

— Je... crois... Ah ! Je... la tenais... quand je suis... entrée. » La voix d'Alaria montait en défaillant. Le Chalcédien continuait à s'agiter. « C'est dégoûtant ! s'exclama-t-elle. Il me lèche la figure ! Il pue ! Arrête ! » Elle avait beau crier, l'homme commençait à pousser des grognements.

« Tu peux la toucher ? Elle est vivante ? » insista Dwalia.

Je m'immobilisai ; malgré les mouvements enthousiastes de Kerf, je sentis sa main se poser sur moi. Je retins mon souffle. Elle palpa mon visage puis ma poitrine.

« Elle est là. Elle ne bouge pas mais elle est chaude. Vindeliar, oblige-le à s'arrêter !

— Je ne peux pas, j'ai envie de vomir. J'ai trop envie de vomir.

— Vindeliar, tu ferais bien de ne pas oublier que c'est à moi que tu obéis, et à moi seule ! Tais-toi, Alaria !

— Ils étaient si nombreux là-bas ! gémit le garçon. Ils me tiraient dans tous les sens. Que j'ai envie de vomir !

— Eh bien, sois malade, mais en silence ! » répliqua Dwalia.

Alaria hoquetait d'horreur. Elle s'était tue, mais j'entendis ses sanglots étouffés puis le long grognement du Chalcédien quand il parvint à une sorte de jouissance. Elle voulut s'écarter de lui, mais je sentis les muscles de l'homme se tendre et je compris qu'il la retenait ; cela m'arrangeait : je ne tenais pas à ce qu'elle se vautrât sur moi.

« Tâchez de tâtonner autour de vous autant que possible, ordonna Dwalia. Quelqu'un trouve-t-il une issue à ce tombeau ? »

Le mot était mal choisi. « Tombeau, répéta Vindeliar avec un long gémissement de désespoir.

— Silence ! siffla-t-elle. Touchez le plafond ; y a-t-il une ouverture ? »

Je perçus les mouvements de mes voisins dans le noir, le bruissement des doigts sur la pierre, le raclement des bottes sur le sol. Je ne bougeai pas.

« Alors ? demanda Dwalia.

— Rien, répondit Alaria d'un ton lugubre ; de la pierre partout. Je peux à peine lever la tête. Tu as de la place, toi ? » Les muscles du Chalcédien s'étaient détendus, et, à sa respiration sonore, je jugeai qu'il s'était endormi. Dans certaines situations, la folie peut être une bénédiction.

« Tu crois que je laisserais Vindeliar m'écraser, sinon ? » répliqua Dwalia.

Il y eut un silence, puis Alaria déclara : « Tu devrais peut-être nous ramener à notre point de départ ?

— Malheureusement, quand le Chalcédien est arrivé, il m'a repoussée de côté avec Vindeliar sur moi, et maintenant il bloque le portail ; je ne peux pas y accéder de là où je suis.

— On est serrés comme harengs en caque », dit Vindeliar d'un ton accablé. Il ajouta d'une voix plus basse : « J'ai l'impression qu'on va tous mourir ici.

— Quoi ? s'exclama Alaria dans un glapissement. On va mourir ici ? On va crever de faim dans le noir ?

— En tout cas, on ne peut pas sortir, répondit Vindeliar, lugubre.

— Taisez-vous ! » fit Dwalia, mais il était trop tard : Alaria craqua et se mit à pleurer à chaudes larmes ; peu après, les sanglots étouffés de Vindeliar se firent entendre.

Mourir ici ? Qui partirait le premier ? Un cri monta dans ma poitrine.

C'est une pensée qui ne sert à rien, me réprimanda père Loup. *Reprends ton souffle sans bruit.*

Je sentis l'affolement m'envahir puis refluer, anéanti par son ton sévère.

Réfléchis à un moyen de t'échapper. Crois-tu que tu pourrais entrer seule dans la pierre ? Pourrais-tu passer la main sous le Chalcédien et ouvrir le passage qui nous ramènerait dans la forêt ?

Je n'en sais rien.

Essaie.

J'ai peur : et si je me retrouve prise dans la pierre ? Et si je me retrouve toute seule ?

Et si tu restes ici et que tu meures de faim ? Après que les autres seront devenus enragés, naturellement, et se seront entretués. Allons, essaie.

Je m'étais glissée à bas de Kerf et gisais sur le dos ; non sans effort, je me plaçai sur le flanc en roulant sur mon épaule meurtrie, puis ce furent le même bras et la même main que je tâchai d'insérer sous le poids combiné de l'homme et d'Alaria ; lentement, je faufilai ma main sous les reins du Chalcédien, là où son appui sur la pierre était le moindre, mais je poussai un petit gémissement de douleur, et les reniflements d'Alaria cessèrent aussitôt. « Qu'est-ce que c'est ? cria-t-elle, et elle posa la main sur moi. Elle bouge ! Abeille ! Elle est vivante.

— Et je mords ! » lui rappelai-je, et elle retira vivement sa main.

Maintenant qu'on me savait réveillée, la discrétion n'était plus de mise. Je fourrai ma main le plus loin possible sous Kerf ; il s'agita légèrement en me coinçant le bras, puis il rota et se remit à ronfler. Avec une sensation de brûlure dans l'épaule, j'avançai encore la main sur la pierre rêche ; mes halètements effrayés sonnaient bruyamment à mes oreilles, et je fermai la bouche pour respirer par le nez : c'était plus discret mais je n'en demeurais pas moins terrifiée. Et si je touchais la rune et qu'elle m'aspirât soudain ? Pouvait-elle m'entraîner malgré l'obstacle de Kerf ? Alaria et lui tomberaient-ils en même temps que moi, comme si j'avais ouvert une porte en dessous de nous ? Sous l'effet de la peur, ma vessie menaçait d'exploser ; je la bloquai ; je bloquai tout sauf l'énergie que je mettais à faire avancer ma main. Sous mes doigts, une petite indentation naquit sur la surface de la pierre ; je la parcourus délicatement : c'était la rune.

Sens-tu quelque chose ? Peux-tu faire quelque chose ?

À contrecœur, je plaçai mes doigts dans le glyphe et en suivis les contours. *Rien. Il ne se passe rien, père Loup.*

Très bien ; il faut trouver un autre moyen, dans ce cas. Il s'exprimait avec calme mais je perçus la peur qui bouillonnait sous ses mots.

Je retirai mon bras de sous le Chalcédien, et ce fut plus douloureux que l'insérer. Une fois libre, une brusque terreur m'assaillit : je n'avais d'espace nulle part, cernée d'un côté par le corps tiède de Kerf, par la roche immuable sous moi, par la pierre le long de moi ; je n'avais qu'une envie : me lever, m'étirer, respirer de l'air frais. *Ne te crispe pas*, dit père Loup. *Si tu te débats, tu ne fais que resserrer le collet. Tiens-toi tranquille et réfléchis. Réfléchis.*

Je m'y efforçai, mais le manque de place me gênait. Alaria avait recommencé à pleurer, et Kerf ronflait ; ses côtes pressaient sur moi à chacune de ses respirations. Ma tunique s'était entortillée autour de moi et m'immobilisait un bras ; j'avais trop chaud et j'avais soif. Je laissai échapper un petit gémissement, puis un cri monta en moi, bien décidé à jaillir.

Non, pas question. Ferme les yeux, louveteau, et sois avec moi. Nous sommes dans une forêt. Tu te rappelles les odeurs fraîches d'une forêt la nuit ? Ne bouge pas. Sois avec moi.

Père Loup m'entraîna dans ses souvenirs. Je me trouvais dans un bois ; l'aube approchait et nous étions au chaud dans une tanière. *Il est temps de dormir*, dit-il. *Dors.*

Je dus sombrer dans le sommeil ; à mon réveil, je m'accrochai au calme qu'il m'avait donné : il ne me restait rien d'autre. Toujours dans l'obscurité, je tâchai de déterminer combien de temps s'était écoulé par le comportement de mes codétenus. Kerf se réveilla alors qu'Alaria perdait toute maîtrise d'elle-même ; il la prit dans ses bras et se mit à chanter tout bas une mélodie, peut-être une berceuse chalcédienne. Elle finit par se calmer. Plus tard, Dwalia éclata d'une fureur impuissante quand Vindeliar urina sur elle. « Je me suis retenu autant que j'ai pu », geignit-il, et l'odeur me donna envie de me soulager aussi.

Dwalia lui adressa quelques mots d'une voix très basse mais aussi menaçante que le sifflement d'un serpent, et il recommença à sangloter.

Il se tut soudain, et je jugeai qu'il s'était endormi. Je n'entendais plus Alaria ; Kerf s'était lancé, non dans une autre berceuse, mais dans une sorte de chant de marche. Il s'interrompit brusquement. « Petite fille, Abeille, es-tu vivante ?

— Oui. » J'avais répondu parce qu'il avait cessé de chanter, à mon grand soulagement.

« Je ne comprends rien. Quand nous sommes entrés dans la pierre, j'étais sûr que nous étions morts ; mais, si nous ne sommes pas morts, ce n'est pas une bonne façon de mourir pour toi. Je crois que je peux tendre la main jusqu'à ton cou ; veux-tu que je t'étrangle ? Ça n'ira pas vite, mais plus que de mourir de faim. »

Quelle sollicitude ! « Non merci ; pas tout de suite.

— N'attends pas trop : je vais m'affaiblir ; et ça va vite devenir invivable ici, l'urine, les excréments, les gens qui deviennent fous.

— Non. » J'entendis un bruit. « Chut !

— Je sais que mes paroles sont tristes, mais je veux seulement t'avertir. Je suis peut-être assez fort pour te casser la nuque. Ce serait plus rapide.

— Non, pas tout de suite. » Pas tout de suite ? Mais qu'est-ce que je racontais ? Et puis, de nouveau, un bruit, très lointain. « Écoutez. Vous entendez ? »

Alaria s'agita près de moi. « Quoi donc ? fit-elle d'une voix tendue.

— Tu entends quelque chose ? me demanda sèchement Dwalia.

— Taisez-vous ! » tonnai-je du timbre furieux de mon père, et tous obéirent. Nous tendîmes l'oreille. Les bruits nous parvenaient faiblement, sabots de cheval claquant lentement sur du pavé, voix de femme chantant une brève mélodie.

« C'est une prière ? fit Alaria.

— Non, c'est une marchande. Elle chante “Du pain, tout frais du matin, du pain, tout chaud du four”. » Kerf avait pris un ton nostalgique.

« À l'aide ! » Le cri éperdu d'Alaria fut si aigu que mes oreilles tintèrent. « Au secours, aidez-nous ! Nous sommes pris au piège ! »

Quand elle cessa enfin de s'époumoner par manque de souffle, mes tympans bourdonnaient. Je guettai l'appel de la marchande ou le bruit des sabots mais n'entendis rien. « Elle est partie, dit Vindeliar, accablé.

— Nous sommes dans une ville, déclara le Chalcédien. Il n'y a que là que des boulangers ambulants vendent leur pain dans la rue à l'aube. » Il s'interrompit puis reprit : « J'ai cru que nous étions morts ; j'ai cru que c'était pour ça que vous vouliez aller au palais en ruine du duc défunt : pour y mourir. Mais les boulangers chantent-ils encore quand ils sont morts ? Je ne pense pas. Quel besoin les morts ont-ils de pain frais ? » Seul le silence lui répondit. J'ignorais comment réagissaient les autres, mais ses propos me donnèrent à réfléchir. Un palais en ruine… Sous quelle épaisseur de gravats notre tombeau gisait-il ? Kerf poursuivait son raisonnement laborieux. « Donc nous ne sommes pas morts, mais ça ne tardera pas si nous ne nous échappons pas. Mais nous entendrons peut-être d'autres passants maintenant que la ville se réveille, et ils nous entendront peut-être si nous appelons au secours.

— Alors taisez-vous tous ! dit Dwalia. Taisez-vous et tendez l'oreille. Je vous indiquerai quand il faudra appeler à l'aide, et nous crierons tous ensemble. »

Nous tombâmes dans un silence suffocant. De temps en temps nous parvenaient les bruits étouffés d'une ville : le son de la cloche d'un temple, le meuglement d'un bœuf ; une fois, il nous sembla entendre une femme appeler un enfant, et Dwalia nous ordonna de crier à l'unisson. Mais j'avais l'impression que les sons n'étaient jamais très proches, comme si nous nous trouvions sur une colline au-dessus de la cité plutôt que dans la ville elle-même. Au bout de quelque temps, Vindeliar vida de nouveau sa vessie, et Alaria aussi, je pense. L'odeur générale devenait pénible, mélange d'urine, de transpiration et de peur. Je tâchai de m'imaginer dans mon lit à Flétribois ; il faisait sombre dans la chambre ; mon père ne tarderait pas à passer me voir : il me croyait toujours endormie quand il jetait un regard chez moi le soir avant d'aller lui-même se coucher. Les yeux ouverts dans le noir, je me figurais entendre son pas dans le couloir. Je commençais à voir des points lumineux à force de rester dans les ténèbres ; puis je battis des paupières et m'aperçus qu'un de ces points formait à présent un rai étroit.

Je le regardai fixement sans oser espérer, puis je levai lentement le pied le plus haut possible : il bloqua en partie la lumière ; quand je le baissai, l'éclat réapparut, plus soutenu.

« Je vois de la lumière, fis-je à mi-voix.

— Où ça ?

— Près de mon pied », répondis-je ; le rai avait monté et je vis l'irrégularité des blocs qui nous enfermaient : c'était bien de la pierre taillée, mais entassée autour de nous et non bâtie.

« Je ne vois rien, dit Dwalia comme si elle m'accusait de mensonge.

— Moi non plus, renchérit Kerf. Ma femme me bloque la vue.

— Je ne suis pas ta femme ! se récria Alaria, indignée.

— Tu as dormi sur moi et tu as pissé sur moi. Tu es à moi. »

J'arrivais désormais à peine à toucher le rai de lumière en levant le pied ; je tendis l'orteil et poussai sur la pierre. J'entendis du gravier dégringoler au-dehors, et l'ouverture s'élargit légèrement. Je roulai sur le flanc et pris appui sur Kerf pour me rapprocher de la lumière ; je plaquai mon pied sur la pierre en dessous du jour et exerçai une pression. De nouveaux gravats tombèrent, plus gros que les précédents, et certains plurent sur ma botte ; l'éclat s'accrut, et je donnai de violents coups dans l'ouverture qui s'agrandit jusqu'à la taille de ma main ; je continuai à frapper comme si je piétinais une colonie de fourmis rouges. Les chutes de gravier avaient cessé. Je décochai des coups dans le bloc qui couronnait la paroi, mais en vain. Je finis par m'interrompre, épuisée, et je m'aperçus alors que les autres m'assaillaient de questions et d'encouragements ; je m'en moquais ; je refusais de laisser le calme de père Loup m'apaiser. Je regardai le plafond faiblement éclairé de ma tombe, et un sanglot m'échappa.

Le Chalcédien m'écarta sans douceur pour lever les bras et plaquer les paumes sur la pierre ; avec un grognement, il me heurta brusquement, sa hanche s'enfonça dans mes côtes et m'écrasa contre le mur, si bien que j'arrivais à peine à respirer. Alaria, pressée contre le plafond, poussait des glapissements d'effroi. Kerf releva le genou, en m'écrasant davantage au passage, puis, avec un « han » d'effort, il décocha un violent coup de pied.

De la poussière me tomba dans les yeux, dans le nez et sur les lèvres. Toujours immobilisée par Kerf, j'étais incapable de porter ma main à mon visage pour l'essuyer, et elle se colla sur les larmes qui sillonnaient mes joues et dans mon col. Puis, alors que la poudre de roche retombait et que je parvenais enfin à reprendre mon souffle sans m'étouffer, Kerf frappa de nouveau. Une deuxième ligne lumineuse verticale apparut.

« C'est un bloc de pierre. Essaie encore, petite ; mais cette fois, pousse doucement. Je vais t'aider ; mets ton pied tout en bas.

— Et si tout nous dégringole sur la tête ?
— Nous mourrons plus vite », répondit Kerf.

Je me tortillai pour me rapprocher de l'interstice lumineux, puis je repliai les genoux et posai mes semelles contre le bloc. Le Chalcédien glissa sa grosse botte entre mes pieds, légèrement surélevée. « Pousse », dit-il, et j'obéis. La pierre bougea à contrecœur ; un temps de repos, puis nous reprîmes l'effort. La fissure mesurait à présent un empan de large. Une nouvelle poussée, et la pierre rencontra un obstacle ; il nous fallut nous y reprendre à trois fois avant qu'elle ne se déplaçât de nouveau, en oblique vers la gauche ; la quatrième fois, ce fut plus facile, et je changeai de position pour avoir un meilleur appui.

Le soleil de l'après-midi qui nous attendait déclinait quand l'ouverture fut enfin assez large pour moi. Je m'y engageai les pieds en avant, sans rien voir, en m'éraflant la hanche et en déchirant ma tunique. Une fois dehors, je m'assis par terre et frottai mon visage couvert de poussière de gravats ; les autres me criaient de déblayer le passage, de leur décrire ce que je voyais, mais je ne les écoutais pas. Je me moquais de savoir où nous étions : je respirais enfin librement et nul ne me touchait. J'avalai de grandes goulées d'air frais, passai ma manche sur ma figure crasseuse puis fis jouer mon épaule valide. J'étais sortie !

« Que vois-tu ? » Dwalia était à bout. « Où sommes-nous ? »

Je parcourus les environs du regard : des ruines probablement. Je distinguais à présent notre tombe, et ce n'était pas du tout ce que je croyais : de vastes blocs s'étaient écroulés, d'abord un pilier, puis une grosse dalle qui s'y appuyait en partie, et enfin de la maçonnerie. Seule la chance avait voulu que le monolithe ne tombât pas complètement à plat. Je contemplai le ciel crépusculaire au-dessus de la ligne de murs éboulés puis je baissai les yeux et découvris de nouvelles runes gravées : il y avait là une autre pierre d'Art incrustée dans le sol. Je m'en écartai prudemment.

Les autres me lançaient des instructions contradictoires : aller chercher de l'aide, décrire ce que je voyais. Je ne répondis pas. La cloche du temps sonna de nouveau dans le lointain ; je fis trois pas sur le côté pour échapper à la vue de mes compagnons, m'accroupis et me soulageai. En me relevant, j'entendis un bruit raclant et je vis les jambes du Chalcédien qui émergeaient de l'ouverture agrandie ; je remontai précipitamment mes chausses pendant qu'il repoussait la pierre à la force des jambes sans prêter attention aux cris d'effroi de ses codétenus qui craignaient de se faire ensevelir.

« Je dois me sauver », murmurai-je.

Pas tout de suite, souffla père Loup dans ma tête. *Reste auprès du danger que tu connais ; le Chalcédien est bienveillant envers toi : si nous sommes en Chalcède, tu ne parles pas la langue et tu ignores les coutumes du pays. Avec de la chance, les pierres s'effondreront sur les autres. Cache-toi et observe.*

Je reculai parmi les blocs éboulés et m'accroupis là où je pouvais regarder sans être vue. Kerf s'extirpa du trou sur le dos, à grand ahan, et apparut saupoudré de poussière grise, semblable à une statue soudain animée ; le bassin libre, il se plaça sur le flanc et se tordit comme un serpent pour dégager une épaule puis l'autre, et enfin il put s'asseoir, clignant des paupières dans le soleil couchant. Ses yeux clairs détonnaient au milieu de son visage gris pierre ; il passa une langue insolitement rouge sur ses lèvres, examina les alentours puis monta sur un bloc pour mieux voir. Je me fis toute petite.

« Il n'y a pas de risque ? » lança Alaria, mais elle avait déjà passé ses pieds par l'ouverture. Plus petite et plus mince que le Chalcédien, mais aussi sale, elle sortit en se tortillant sans attendre de réponse, puis elle s'assit à son tour et s'essuya le visage. « Où sommes-nous ? » demanda-t-elle d'une voix tendue.

Il eut un sourire joyeux. « En Chalcède. Je suis presque chez moi. Je connais ce lieu, même s'il a beaucoup changé : c'est ici que nous avons veillé mon grand-père ; le trône du duc était au fond d'une vaste salle, là-bas, je pense. C'est ce qui reste du palais du vieux duc après que les dragons l'ont détruit. » Il éternua plusieurs fois à la chaîne, s'essuya sur sa manche puis hocha la tête. « Oui. La duchesse l'a déclaré maudit et a juré qu'il ne serait jamais reconstruit. » Il plissa le front comme s'il se rappelait un souvenir difficile ou pénible, puis il reprit d'une voix lente, un peu rêveuse : « Le duc Ellik, lui, a fait le serment que ce serait le premier bâtiment qu'il relèverait et qu'il en ferait le siège de son pouvoir. »

Alaria se mit debout non sans mal. « Chalcède ? » murmura-t-elle à part elle.

Il se tourna vers elle avec un large sourire. « Chez nous ! Ma mère sera contente de faire ta connaissance. Elle attend depuis longtemps que je ramène une femme pour partager les tâches de la maison avec elle et mes sœurs, et pour porter mes enfants.

— Je ne suis pas ta femme !

— Pas encore ; mais si tu montres que tu travailles dur et que tu fais de beaux enfants, je t'épouserai peut-être. Beaucoup de prises de guerre deviennent des épouses, un jour ou l'autre.

— Je ne suis pas une prise de guerre ! » s'exclama-t-elle.

Kerf secoua la tête en levant les yeux au ciel, effaré de tant d'ignorance ; quant à Alaria, on eût dit qu'elle ne savait pas si elle devait hurler, griffer l'homme ou se sauver. Elle ne fit rien de tout cela, mais porta son attention sur les bottes qui émergeaient de la tombe de pierre.

Vindeliar raclait et tapait le sol des pieds. « Je suis coincé ! cria-t-il, terrorisé.

— Dégage le chemin ! » La voix de Dwalia nous parvenait étouffée. « Je t'avais dit de me laisser passer la première !

— Il n'y avait pas la place ! » Il pleurait à présent. « Il fallait que je sorte d'abord pour arrêter de t'écraser. Tu m'as dit “Cesse de m'écraser”, et il n'y avait pas d'autre moyen. »

La pierre assourdit le chapelet d'injures dont elle l'agonit. Vindeliar ne paraissait guère progresser dans l'ouverture, et je profitai du bruit ambiant pour reculer davantage, jusque derrière l'arrondi d'une colonne abattue ; de là, je pouvais observer les événements sans être vue.

Vindeliar était bloqué ; il tapait éperdument des talons comme un enfant rageur. Parfait, songeai-je avec une joie mauvaise : ce sera un beau bouchon pour garder Dwalia enfermée pour toujours. Il avait beau se montrer bienveillant envers moi, c'était lui le vrai danger : si je m'enfuyais, sa maîtresse ne me rattraperait jamais, mais, s'il lançait le Chalcédien à mes trousses, je serais perdue.

« Mon frère ! Mon frère ! Je t'en prie, déplace la pierre pour me libérer ! »

Je me tus et restai accroupie, un œil sur la scène. Kerf s'approcha du trou. « Attention à la poussière ! » lança-t-il à Vindeliar, et il se baissa pour prendre appui de l'épaule contre le bloc ; j'entendis la pierre racler le pavage antique, puis je vis des cailloux et des gravats tomber dans une brèche qui s'ouvrait dans l'amoncellement de maçonnerie. Dwalia se mit à crier, mais elle ne craignait guère que quelques bleus. Le Chalcédien saisit Vindeliar par ses grosses jambes et le tira à lui ; le garçon resta bloqué un instant et hurla, mais l'autre continua de l'extraire avec des grognements d'effort.

Enfin il se redressa, gris de poussière et une éraflure sanglante sur la pommette.

« Je suis libre ! annonça-t-il comme si personne ne s'en était aperçu.

— Hors de mon chemin ! » cria Dwalia, et je n'attendis pas qu'elle sortît à son tour ; je m'éloignai à croupetons et me faufilai parmi un dédale de blocs de pierre sans plus de bruit qu'une souris. Le soleil bas de la fin du jour créait des formes d'ombre. Je parvins à un mur qui s'était affaissé sur une colonne abattue, et je me glissai sous l'abri ainsi formé.

Reste cachée. Ils auront plus de mal à fouiller les ruines qu'à repérer tes mouvements et à entendre tes pas.

J'étais seule, et je mourais de faim et de soif dans une cité loin de chez moi dont je ne parlais pas la langue.

Mais j'étais libre. Je m'étais échappée.

5

Le marché

Il y a un serpent dans un récipient en pierre, et il est entouré de soupe. Ça sent mauvais, et je comprends que ce n'est pas de la soupe, mais de l'eau très sale, pleine d'urine de serpent et d'excréments. Une créature s'approche de la soupière, et je me rends compte soudain de la taille du serpent : il est beaucoup plus grand que la créature, et de loin. Celle-ci tend la patte entre des barreaux qui entourent le récipient pour récupérer un peu d'eau sale, elle boit et sourit de sa large gueule affreuse. Je n'aime pas la regarder tant elle est difforme. Le serpent s'enroule dans ses anneaux puis tente de la mordre ; elle éclate de rire et s'éloigne d'une démarche rampante.

Extrait du Journal des rêves d'Abeille Loinvoyant

Les robes Anciennes sont très confortables, mais je ne me sentis convenable pour mon rendez-vous avec les gardiens qu'une fois dans mes propres vêtements. Lorsque je serrai ma ceinture, je remarquai que j'avais gagné deux crans depuis mon départ de Castelcerf. Mon pourpoint de cuir ferait office d'armure légère – non qu'un coup de poignard fût à craindre, mais on ne sait jamais. Les petits objets logés dans mes poches dissimulées me permettraient d'exécuter toute tâche meurtrière ; je souris en m'apercevant qu'on avait vidé mes cachettes secrètes avant de laver mes vêtements puis qu'on avait tout remis à sa place. Sans rien dire à Braise, j'ajustai mon pourpoint puis tapotai la poche qui renfermait un garrot très fin, et elle réagit d'un mouvement de sourcils ; c'était suffisant.

Je quittai la pièce pour la laisser habiller et coiffer dame Ambre, et je trouvai Lant déjà prêt et Persévérance qui lui tenait compagnie ; le souvenir d'une conversation entre eux me revint vaguement, mais je ne pus le retenir. Ce qui était fait était fait ; Lant ne paraissait plus avoir peur de moi, et, quant à l'ordre qu'Umbre lui avait donné de veiller sur moi, ma foi, il ferait l'objet d'une discussion privée.

« Sommes-nous parés ? » demanda Lant en glissant une petite dague à lame plate dans un fourreau caché sur sa hanche. Je restai étonné : qui était cet homme ? La réponse me vint : c'était le Lant que Crible et Ortie admiraient et appréciaient, et je compris soudain pourquoi Umbre l'avait choisi pour me protéger ; c'était, sinon flatteur, du moins étrangement rassurant.

Un pli soucieux barrait le front de Persévérance. « Je dois m'asseoir avec vous au dîner ? Ça me paraît très bizarre. »

En l'espace de quelques mois, l'employé d'écurie qu'il était dans mon domaine était devenu mon valet personnel – et mon compagnon, s'il faut dire la vérité. « Je ne sais pas ; si on t'installe à une autre table avec Braise, fais en sorte de rester près d'elle. »

Il acquiesça d'un air lugubre. « Puis-je vous poser une question, messire ?

— Sur quoi ? » fis-je, circonspect. La réunion avec les gardiens me mettait sur les dents.

Il lança un regard oblique à Lant comme s'il n'osait pas parler. « Sur le mage Gris ; vous l'appelez parfois Fou, mais actuellement c'est dame Ambre.

— En effet. » J'attendis la suite.

Lant se taisait, aussi intrigué que l'adolescent par les divers déguisements du Fou.

« Et Cendre est devenu Braise. »

Je hochai la tête. « C'est aussi exact.

— Et Braise est une fille. »

J'opinai à nouveau.

Il pinça les lèvres comme pour retenir sa question, puis il dit tout à trac : « Est-ce que ça ne vous paraît pas… bizarre ? Ça ne vous met pas mal à l'aise ? »

J'éclatai de rire. « Je le connais depuis de nombreuses années, et sous de nombreux aspects. C'était le bouffon du roi Subtil quand j'étais enfant, d'où le Fou, puis sire Doré, le mage Gris, et aujourd'hui dame Ambre, tous différents et pourtant toujours mon ami. » Je m'efforçai à la franchise. « Mais, à ton âge, ça m'aurait beaucoup gêné. Ça ne m'affecte pas aujourd'hui parce que je le connais, parce que je me connais et parce que je sais qui nous sommes l'un pour l'autre ; ça ne change pas, quel que soit son nom ou sa tenue. Que je sois moi-même le dotaire Tom Blaireau ou le prince FitzChevalerie Loinvoyant, je sais que c'est mon ami. »

Il eut un soupir de soulagement. « Alors ce n'est pas grave si Braise ne me dérange pas ? J'ai vu que ça ne vous gênait pas, et je me suis dit que ça ne devait pas me gêner non plus. » Il secoua la tête, perplexe, et ajouta : « Quand elle est Braise, elle est jolie.

— C'est vrai, murmura Lant, et je réprimai un sourire.

— Alors c'est sa véritable identité ? C'est une fille et elle s'appelle Braise ? »

Question difficile. « Son identité est son identité ; parfois c'est Braise, parfois Cendre. C'est comme être père, fils et peut-être époux : ce sont toutes des facettes d'une même personne. »

Il hocha la tête. « Mais c'était plus facile de parler avec Cendre ; on échangeait de meilleures plaisanteries. »

Des coups à la porte annoncèrent dame Ambre et Braise ; la première avait tout fait pour apparaître éblouissante, et elle y était parvenue. La longue jupe et le chemiser orné de dentelle et de rubans, avec la taille brodée, étaient datés selon la mode de Castelcerf. Ambre, ou plus vraisemblablement Braise, avait apporté un soin particulier au rouge à lèvres qui modelait sa bouche et à la poudre qui cachait ses cicatrices ; ses yeux aveugles étaient bordés d'un trait noir qui soulignait leur opacité.

Braise était jolie, mais sans plus : elle avait choisi de se présenter sous un aspect qui n'attirerait pas une attention excessive. Ses cheveux, jusque-là retenus par la queue de guerrier de Cendre, tombaient à présent en vagues noires sur ses épaules ; son corsage à haut col était couleur caramel, et le simple sarrau qui le recouvrait niait l'existence d'une poitrine ou d'une taille marquée. Ambre affichait un sourire amusé ; percevait-elle le regard stupéfait de Persévérance et de Lant posé sur elles ?

« Ces vêtements te vont beaucoup mieux qu'à dame Thym, lui dis-je en guise de compliment.

— J'espère qu'ils sentent aussi meilleur, répondit le Fou.

— Qui est dame Thym ? » demanda Lant.

Il y eut un moment de silence, puis le Fou et moi éclatâmes de rire. Je commençais à me reprendre quand le Fou répondit, le souffle court : « Votre père. » Et l'hilarité nous saisit de nouveau. Lant ne savait manifestement pas s'il devait se vexer ou chercher à comprendre de quoi nous parlions.

« Je ne vois pas ce qu'il y a de drôle, intervint Braise. Nous avons pris ces vêtements dans l'armoire d'une vieille femme…

— C'est une très longue histoire, répondit Ambre avec distinction. Un indice : les appartements de dame Thym communiquaient avec la salle de travail d'Umbre par une porte secrète. Jadis, quand parfois il décidait de sortir de sa cachette, c'était sous l'apparence de dame Thym. » Lant était bouche bée. « C'était un des artifices les plus inspirés de votre père. Mais c'est un récit qu'il faudra reporter à plus tard, car nous devons descendre.

— Nous n'attendons pas qu'on nous appelle ? demandai-je.

— Non : les règles de bienséance du désert des Pluies dérivent des coutumes de Terrilville plus que de celles de l'aristocratie jamaillienne ; elles sont plus égalitaires, pragmatiques et directes. Ici, tu es le prince FitzChevalerie, et c'est toi qui as le dernier mot. Mais je connais mieux leurs usages que toi, aussi laisse-moi négocier, je te prie.

— Négocier quoi ?

— Notre traversée de leur territoire, et peut-être le trajet au-delà.

— Nous n'avons rien à leur offrir en échange », fis-je. La majorité de mon argent et plusieurs objets de valeur avaient disparu lors de l'attaque de l'ours.

« Je trouverai bien une idée, répondit Ambre.

— Et ne compte pas sur moi pour proposer de guérir des gens ; je ne peux pas. »

Elle haussa ses sourcils délicatement surlignés. « Qui le saurait mieux que moi ? » dit-elle, et elle me tendit une main gantée. Je m'avançai et la posai sur mon bras.

Je vis un sourire malicieux se dessiner sur les traits de Lant quand Persévérance offrit son bras à Braise ; elle eut l'air surpris mais l'accepta. Je pris une grande inspiration. « Allons-y », dis-je.

Une domestique nous attendait au pied de l'escalier pour nous conduire à une salle somptueuse et élégante. Il n'y avait nulle tapisserie, nul tapis brodé, mais les murs et le sol n'en avaient pas besoin : nous devions apparemment dîner dans un champ, au milieu d'un panorama de collines aux verts et aux ors automnaux. Nous foulions une pelouse piquetée de petites fleurs sauvages, et seule la sensation de la pierre sous nos pieds et de l'air immobile rompait l'illusion. J'entendis Braise décrire tout bas ce qu'elle voyait à Ambre, qui eut un sourire de regret.

Quatre tables formaient un carré ouvert, avec les chaises vers l'intérieur ; nul ne présidait au repas, nul siège ne désignait l'autorité. Certains des gardiens étaient déjà présents, debout ou assis par petits groupes, et ils me rappelèrent de façon frappante les Anciens de la tapisserie qui ornait ma chambre d'enfant, grands et minces, avec leurs yeux d'or, de cuivre ou d'un bleu scintillant ; tous étaient plus ou moins couverts d'écailles aux motifs fantastiques et aussi précis que ceux d'un oiseau ou d'une aile de papillon. Ils étaient magnifiques et hors de ce monde, extraordinaires à regarder. Je songeai aux enfants que j'avais soignés et aux habitants du désert des Pluies que je voyais depuis mon arrivée : leurs mutations ne répondaient à aucune logique, monstrueuses aussi souvent que ravissantes. Les différences étaient saisissantes, et ceux que leurs contacts avec les dragons affectaient connaissaient un destin épouvantable.

La domestique qui nous escortait avait disparu, et nous restâmes entre nous, un sourire hésitant sur les lèvres. Devais-je congédier Braise et Persévérance ou faisaient-ils partie des « envoyés des Six-Duchés » que mentionnait l'invitation ? À mi-voix, la jeune fille décrivait à Ambre la salle, ses occupants et leurs tenues ; je ne l'interrompis pas.

Malgré la grande taille des Anciens, le général Kanaï les dominait tous, et il avait les épaules plus larges que beaucoup ; il présentait un aspect moins martial ce soir, vêtu d'une tunique bleue, d'un pantalon jaune et de chaussures bleues en matériau moelleux, et il ne portait apparemment pas d'arme – ce qui ne signifiait pas pour autant qu'il n'était pas armé. Avec lui se trouvaient les deux Anciens auxquels il avait donné des ordres plus tôt ; l'un d'eux devait être Kase. Tous deux avaient les écailles orange, des yeux cuivre qu'ils tournèrent vers nous, et des muscles saillants ; en cas de provocation, ils ne devaient pas hésiter à cogner dur.

L'Ancienne bleue avait laissé ses ailes hors de sa tunique ce soir, proprement repliées sur son dos ; leurs écailles plumeuses exposaient des motifs bleus et argent, avec des touches noires et blanches. Que pesaient-elles sur sa frêle charpente autrefois humaine ? Ses longs cheveux noirs étaient retenus en plusieurs rangées de nattes entrecoupées de perles et de petits talismans d'argent. L'Ancien qui l'accompagnait avait les écailles vertes et les cheveux sombres ; il nous observa, dit quelques mots à sa voisine, puis se dirigea vers nous d'un pas décidé. Je fis mon possible pour ne pas regarder trop fixement le curieux motif des écailles sur ses joues quand il me salua.

« Prince FitzChevalerie, j'aimerais me présenter : je m'appelle Tatou ; Thymara et moi vous remercions de ce que vous avez fait pour notre fille. Elle a encore mal aux pieds et aux jambes, mais elle marche beaucoup plus facilement.

— Je me réjouis d'avoir pu l'aider. » Il ne m'avait pas tendu la main, et je gardai donc la mienne à mon côté.

Thymara intervint : « Je vous remercie ; pour la première fois depuis bien des semaines, elle peut dormir sans souffrir. » Elle hésita puis ajouta : « Elle dit qu'elle sent un changement dans sa poitrine ; elle ne s'en était jamais plainte, mais, selon elle, elle respire plus commodément maintenant que sa peau est moins tendue. » Elle avait pris une inflexion interrogative.

Je souris et répondis seulement : « Tant mieux si elle se sent plus à l'aise. » Je me souvenais vaguement d'un bréchet semblable à celui d'un oiseau… Était-ce ce qui affectait leur enfant ? Il eût été indélicat d'avouer que je ne me rappelais pas clairement comment l'Art avait agi sur elle par mon truchement.

Thymara posa un regard grave sur moi puis sur Ambre. « J'aimerais qu'on puisse vous récompenser comme vous le méritez », fit-elle à mi-voix.

Un carillon mélodieux résonna, et Thymara me sourit à nouveau. « Ah, il faut nous asseoir. Merci encore et à jamais. » Le couple s'éloigna gracieusement, et je m'aperçus que d'autres Anciens étaient entrés pendant notre entretien. J'étais jadis un assassin toujours en éveil, toujours conscient de ce qui m'entourait ; ce n'était pas le cas ce soir, et cela ne tenait pas seulement à mes murailles d'Art particulièrement étanches : j'avais perdu l'habitude d'entretenir une vigilance extrême. Depuis quand n'étais-je plus l'artisan compétent qu'Umbre avait formé ? Depuis longtemps. Quand je vivais à Flétribois avec Molly, cette découverte m'eût ravi, mais en l'occurrence c'était une grave défaillance.

Je m'adressai à Lant à voix basse : « Ouvrez l'œil. Signalez-moi aussitôt la moindre bizarrerie. » Il prit un air incrédule qui menaça de virer au sourire avant qu'il ne maîtrisât son expression. Tous ensemble, nous nous dirigeâmes sans hâte vers les tables. Je ne repérai nul signe d'aucun protocole de préséance ; le roi Reyn et la reine Malta étaient là mais discutaient sérieusement avec un Ancien dégingandé aux écailles bleues, et Phron les accompagnait, beaucoup plus vif à présent. Ils devaient parler de nous, car à deux reprises le souverain nous désigna de la main. Où devions-nous nous asseoir ? C'était gênant ; qui sait si nous n'allions pas susciter un drame ? Thymara se tourna vers nous, dit quelques mots à son compagnon et revint promptement auprès de nous. « Vous pouvez vous asseoir où vous voulez ; préférez-vous rester ensemble ou vous mêler aux autres ? »

J'eusse tout donné pour échanger un regard avec Ambre, mais je me contentai de tapoter sa main d'un geste affectueux, et elle répondit aussitôt : « Ensemble, si c'est possible.

— Naturellement. » Je ne voyais nulle part cinq places côte à côte, mais elle lança calmement : « Alum ! Sylve ! Jerd ! Harrikine ! Poussez-vous et faites de la place ! »

Les Anciens auxquels elle s'adressait de façon aussi brusque éclatèrent de rire et se décalèrent pour laisser cinq sièges libres. « Là, je vous en prie », nous dit-elle, et nous nous installâmes ; Thymara et son compagnon en firent autant alors que Reyn et Malta nous rejoignaient à table. Il n'y avait pas eu de procession royale, pas de crieur annonçant les arrivées ; les gardiens n'avaient pas de titres et on n'observait aucune marque de hiérarchie – hormis dans le cas du général Kanaï.

Des serviteurs posèrent des plats sur les tables, à charge aux convives de se servir eux-mêmes puis de les faire passer à leurs voisins. La venaison provenait de quadrupèdes ou de volatiles, le pain n'était guère abondant, mais il y avait quatre sortes de poissons et trois espèces de raves ; devant le menu, je compris que Kelsingra pourvoyait à ses propres besoins, mais sans grande variété alimentaire.

Persévérance et Braise avaient engagé la conversation avec un Ancien du nom d'Harrikine, à côté duquel se trouvait une de ses semblables d'apparence très jeune : Sylve était rose et or, les cheveux rares mais la tête couverte de complexes motifs d'écailles. Ils parlaient de pêche, et Sylve décrivait sans honte la difficulté qu'elle avait eue à nourrir son dragon pendant le trajet qui les avait menés, elle et ses compagnons, de Trehaug à la découverte de Kelsingra. Lant hochait la tête en souriant, mais il parcourait souvent la salle d'un regard vigilant. À ma droite, Ambre était assise à côté de Nortel, qui expliquait que c'était son dragon

Tinder que nous avions croisé près des fontaines ; il espérait que la créature ne s'était pas montrée trop agressive, car elles n'ont pas l'habitude d'être prises au dépourvu. Ambre acquiesçait de la tête et manipulait ses couverts comme si elle y voyait.

Nous mangeâmes, nous bûmes et conversâmes en tâchant de parler assez fort pour nous faire entendre au milieu d'une dizaine d'autres discussions, ce qui est toujours gênant. Se trouver au centre d'une telle réunion n'a rien à voir avec l'observer depuis un passage secret : placé en hauteur, j'eusse promptement décrypté les alliances, les rivalités et les inimitiés, alors que, piégé au cœur de la réception, je ne pouvais qu'émettre des hypothèses. J'espérais que Lant, protégé d'un côté par moi et de l'autre par nos deux jeunes compagnons, pourrait poliment éviter tout bavardage et recueillir plus d'informations que moi.

On débarrassa la table et on apporta de l'eau-de-vie et un vin doux ; je choisis la première. Ce n'était pas du Bord-des-Sables mais c'était convenable. Les Anciens quittèrent leurs sièges et se mirent à déambuler en parlant entre eux, et nous les imitâmes. La reine Malta vint s'excuser à nouveau et me dire son souhait que je me fusse bien remis, et Phron me mit dans l'embarras par sa gratitude passionnée et son indignation devant l'attitude du général Kanaï. À deux reprises, je vis celui-ci se diriger vers moi, mais il se fit à chaque fois intercepter par un Ancien. Nous nous rassîmes et Harrikine se leva ; il toqua trois coups sur la table, et le silence tomba aussitôt.

« Gardiens, veuillez accueillir le prince FitzChevalerie, sire Lant et dame Ambre des Six-Duchés, émissaires du roi Devoir et de la reine Elliania. Ce soir, ouvrons-leur les bras comme ils le méritent et offrons-leur notre profonde reconnaissance ! »

Des mots simples, sans fioriture et sans rappel de faveurs, de traités ni de services passés. J'en fus surpris mais Ambre paraissait s'y attendre ; elle se leva à son tour. Elle balaya l'assistance de son regard aveugle ; percevait-elle la chaleur corporelle des silhouettes brumeuses autour d'elle ? Avec une précision sans faille, elle se tourna vers Harrikine.

« Merci de ce banquet de bienvenue, de votre hospitalité et de cette occasion de m'exprimer. Je serai brève et j'irai droit au but. » Elle eut un petit sourire. « J'imagine que, depuis notre arrivée, les rumeurs vont bon train. Je pense que la majorité d'entre vous connaît notre histoire. Nous sommes ici en tant qu'émissaires des Six-Duchés, c'est exact, mais il est aussi exact que Kelsingra n'est pas notre destination. Le prince FitzChevalerie a remis sur pied quelques-uns de vos enfants, et vous pouvez donc imaginer quelle douleur c'est quand on vous enlève un enfant. Abeille Loinvoyant n'est plus ; quand nous vous quitterons, ce sera pour aller porter notre vengeance chez les Serviteurs des Blancs. »

Ambre reprit son souffle, et Malta demanda d'une voix basse et douce : « Dame Ambre, me permettez-vous de vous interrompre ? » Son inflexion n'indiquait que de la courtoisie sans aucun reproche ; son interlocutrice, surprise, acquiesça lentement de la tête. La reine inspira profondément et croisa les mains sur la table. « Hier, nous, les Gardiens de Kelsingra, avons réuni notre conseil, et je lui ai fait part de votre récit. Les parents et certains enfants ont parlé de ce qu'a fait le prince FitzChevalerie ; nous restons prosternés de reconnaissance et nous partageons tous l'avis du prince : la vie de nos enfants ne peut être un objet de marchandage ; aucune somme, aucune faveur ne pourra jamais rembourser le geste du prince à notre égard. Nous ne pouvons que lui offrir notre gratitude éternelle et la promesse que nous n'oublierons jamais. Nous jouissons désormais d'une longue vie. » Elle se tut et promena son regard sur son auditoire.

« Mais vous nous avez aussi fait don d'une possibilité de vengeance que nous attendons depuis longtemps : nous aussi subissons les assauts destructeurs de Chalcède sur nos dragons et sur nos semblables, des espions et des spadassins envoyés massacrer des dragons pour leur chair et leurs os afin d'en faire des remèdes destinés à prolonger la vie du vieux duc. Selden, mon frère et chanteur bien-aimé de nos dragons, a été molesté là-bas par le duc de Chalcède et par Ellik. Or, nous savons qu'Ellik a eu sa part dans les attaques contre nos dragons ; quand ceux-ci se sont vengés en abattant la forteresse du duc et en le tuant, il s'est enfui. L'actuelle duchesse de Chalcède sera sûrement aussi ravie que nous d'apprendre que vous l'avez éliminé ; en le tuant, vous avez satisfait le désir de vengeance de notre famille, et c'est une dette que nous paierons volontiers ! Reyn, né de la famille Khuprus des Marchands du désert des Pluies, et moi, née de la famille Vestrit des Marchands de Terrilville, comprenons parfaitement votre volonté de poursuivre votre vengeance jusqu'à son terme ; aussi, en tant que Marchands des familles Khuprus et Vestrit, sommes-nous heureux de vous offrir notre aide pour accomplir votre vengeance comme vous avez accompli la nôtre. Nous avons donc pris l'initiative d'arranger votre transport d'ici à Jamaillia. Si vous le souhaitez, vous pourrez monter à bord du *Mataf* quand il appontera chez nous ; il vous conduira à Trehaug, où la vivenef Parangon vous attendra pour vous mener à Terrilville et, si vous le souhaitez, à Jamaillia en profitant de sa tournée. On a déjà envoyé un oiseau pour retenir vos places. Au nom de nos familles, nous espérons que vous accepterez notre hospitalité à bord de ces vivenefs.

— Des vivenefs, fit Persévérance dans un souffle émerveillé. Ça existe vraiment ? »

Phron eut un sourire espiègle. « Vous en jugerez vous-même. »

Oubliant ma promesse à Ambre, je déclarai : « Je ne sais pas quoi dire. »

Malta sourit à son tour, et je vis alors l'adolescente qu'elle avait été. « Tant mieux, car je n'ai pas fini. Les gardiens ont d'autres présents qu'ils désirent vous remettre. » Elle eut une légère hésitation. « Ils sont de facture Ancienne ; ils vous rendront des services, mais peuvent aussi être vendus en dernière extrémité. » Elle reprit son souffle. « Il n'est guère séant d'évoquer la valeur d'un cadeau, mais vous devez savoir qu'ordinairement ces objets n'appartiennent qu'à des Marchands et ne sont vendus par Terrilville qu'en échange de sommes colossales. » Elle pinça un instant les lèvres. « Nous rompons une longue tradition en vous les donnant ; les Marchands du désert des Pluies et de Terrilville pourraient s'offusquer d'un tel geste. »

Ambre acquiesça de la tête avec un sourire qui s'élargit lentement. « Nous serons très discrets, et ils ne nous quitteront pas, sauf cas de nécessité absolue. »

Le soulagement de Malta fut manifeste même sur ses traits à l'étrange beauté. « Je vous remercie de votre compréhension. » Elle fit un signe de la tête, et Harrikine gagna la porte pour dire quelques mots à une personne à l'extérieur ; on lui remit un petit coffre en bois qu'il posa devant nous ; il l'ouvrit et tira d'un sachet en tissu un bracelet composé de délicats maillons d'argent incrustés de pierres vertes et rouges. Il me présenta le bijou avec un sourire qui me disait d'être ébloui par sa valeur.

« C'est… magnifique.

— Vous ne savez pas ce que c'est », répondit-il, amusé. Il remit le bracelet dans son sachet et me le tendit. « Regardez dedans. »

Par l'ouverture, je vis une lumière verte et rouge. « Ce sont des pierres de feu, expliqua Malta. Elles brillent de leur propre éclat, et celles de ce bracelet sont parfaites et très rares. »

L'autre objet qu'Harrikine sortit du coffret ressemblait à une brique grise en matériau poreux ; il nous montra qu'elle avait un côté peint en rouge. « Ce bloc diffuse de la chaleur quand on le place avec la face rouge en haut ; faites bien attention de le ranger côté gris en l'air, car il devient brûlant au point de déclencher un incendie. » Il me regarda dans les yeux puis remit le bracelet et la brique dans la boîte. « Nous espérons que vous les accepterez avec nos remerciements.

— Vous nous honorez », répondis-je. Il y avait de quoi payer une rançon de roi dans le coffret. « Nous acceptons ces objets avec gratitude, et nous nous rappellerons toujours notre séjour chez vous quand nous nous en servirons.

— Vous serez toujours les bienvenus », déclara la reine Malta.

Ambre posa la main sur l'écrin d'un geste appréciateur et prit une expression décidée. « Vous êtes extrêmement généreux, mais il est encore une faveur que je veux vous demander. Avant que je ne vous la soumette, soyez persuadés, je vous en prie, que je ne cherche nullement à vous offenser. » Des regards perplexes s'échangèrent autour de la table. J'ignorais ce que désirait Ambre : nos hôtes nous avaient comblés au-delà de mes plus fous espoirs. Que lui fallait-il de plus ? Elle reprit d'une voix lente et basse : « Il s'agit d'Argent-de-dragon. Pas une grande quantité : seulement de quoi remplir ces deux fioles. » Elle tira d'une poche de sa jupe deux petites bouteilles en verre munies de bouchons.

« Non », répondit Reyn d'un ton catégorique, sans hésiter ni chercher à s'excuser.

Ambre poursuivit comme si elle ne l'avait pas entendu : « L'Art, ainsi que nous nommons la magie qui a permis au prince FitzChevalerie de soigner vos enfants, est fondé sur l'Argent ; nous ignorons le lien exact qui unit les deux, mais il existe. La magie de Kelsingra vient de l'Argent prisonnier de la pierre ; les souvenirs des gens qui ont vécu ici, les lumières qui brillent dans les bâtiments, les bassins qui chauffent l'eau, tout cela provient de…

— Non. C'est impossible. » Le roi s'exprimait d'un ton sans réplique. « L'Argent ne nous appartient pas, nous ne pouvons donc le donner ; c'est le trésor des dragons. » Il secoua la tête. « Même si nous acceptions, les dragons ne vous laisseraient pas faire ; ce serait désastreux pour vous et pour nous. Nous ne pouvons pas vous donner de l'Argent. »

Je vis Kanaï s'apprêter à répondre ; l'éclat furieux de ses yeux le disait offusqué. Il fallait prendre du champ, et je déclarai précipitamment : « Il y a une autre demande que je voudrais formuler, à laquelle il vous sera peut-être plus facile d'accéder et qui pourrait profiter autant à Kelsingra qu'aux Six-Duchés. » Je m'interrompis.

« Vous pouvez parler », répondit la reine Malta. J'avais du mal à déchiffrer son expression sous ses écailles aux motifs fantastiques, mais il me sembla qu'elle aussi s'efforçait d'oublier sa gêne.

« J'aimerais faire parvenir un message au roi Devoir des Six-Duchés pour lui apprendre que nous sommes arrivés chez vous sains et saufs et que vous nous avez proposé votre aide pour la prochaine étape de notre voyage. Si je lui écris une lettre, vous serait-il possible de la lui transmettre ?

— Sans difficulté, dit Reyn, visiblement soulagé de la simplicité de ma requête. Si vous êtes capable d'écrire petit, un oiseau pourra la transporter à Terrilville, où beaucoup de Marchands échangent du courrier par le même moyen avec Bourg-de-Castelcerf. Je vous garantis qu'elle arrivera jusqu'à votre souverain – un jour ou l'autre. Les vents du printemps peuvent parfois ralentir nos pigeons, mais ce sont de vaillantes créatures.

— Je vous en serais grandement reconnaissant », répondis-je. J'hésitai puis me lançai ; Umbre me l'eût interdit mais Kettricken l'eût exigé. « Roi Reyn et reine Malta, dans mon pays, à la cour royale, d'autres personnes partagent ma magie de l'Art, et certaines sont beaucoup plus douées en matière de guérison que moi. » Je parcourus l'assemblée du regard. « Des gens ici m'ont demandé de les aider, mais je n'ose pas : la magie de l'Argent est puissante à Kelsingra, trop pour que je puisse la maîtriser. De mon propre chef, jamais je n'aurais agi avec tant de… (Je cherchai le mot. Violence ? Excès ?) de hâte pour traiter ces enfants. Un guérisseur plus compétent aurait pu opérer avec plus de douceur, et un clan d'Art complet qui dominerait mieux la magie que moi pourrait traiter non seulement les enfants, mais quiconque est né… » Ils me regardaient tous fixement. « Né différent », dis-je en baissant la voix. Tous paraissaient terrifiés – ou estomaqués. Les avais-je vexés ? Les transformations occasionnées chez certains par la présence des dragons étaient trop manifestes pour qu'on pût faire semblant de ne pas les voir ; mais peut-être le seul fait d'en parler était-il insultant.

Thymara prit la parole ; elle était assise non loin de moi, mais sa voix forte porta dans toute la salle. « Ceux qui sont changés de naissance pourraient… être guéris ? »

Sous la table, Ambre m'agrippa la jambe pour me mettre en garde, mais c'était inutile : je n'irais pas faire des promesses que je n'étais pas sûr de pouvoir tenir. « Certains, oui, je pense », dis-je.

Thymara leva les mains ; je crus qu'elle allait s'en couvrir le visage, mais elle arrêta son geste à mi-course pour examiner ses doigts ; elle avait des griffes noires à la place des ongles. Pensivement, elle les fit cliqueter les unes contre les autres.

Le silence dans la salle bouillonnait d'espérances. La reine Malta déclara : « Dès que vous aurez rédigé votre message… » Sa voix s'étrangla et elle se tut.

Harrikine intervint soudain : « Le prince FitzChevalerie nous fait une proposition à laquelle nous n'aurions jamais rêvé. » Il regarda tour à tour ses semblables autour de la table. « Peut-être devrions-nous faire preuve de la même générosité. Nous avons toujours accepté le fait que nous étions tenus par les contraintes imposées par Terrilville et par le désert des Pluies, que nous n'avions le droit d'échanger les articles Anciens que sur ces marchés, mais il est peut-être temps de nous affranchir de cette idée. »

Malta avait l'air sidéré ; Reyn répondit lentement : « Tu parles d'abolir une tradition qui remonte à la fondation même des colonies du désert des Pluies. Pour beaucoup, nous ne nous sentons guère de loyauté envers les Marchands de là-bas, et encore moins envers ceux de Terrilville ; sur les objets magiques, nous devons nous concerter avec eux, mais, pour le reste, je ne vois pas de raison d'être liés par leurs règles. »

De lents hochements de tête accueillirent sa tirade.

Le roi se tourna vers nous. « D'anciennes cartes trouvées dans la cité montrent que des routes reliaient jadis Kelsingra au royaume des Montagnes ; le temps est peut-être venu pour nous de remettre ces voies en état et de devenir les marchands dont nous nous donnons le nom.

— Les Six-Duchés ne manquent pas de marchandises à échanger : moutons, laine, céréales en abondance, bétail, cuir et fer. » Je souris pour dissimuler mes doutes ; Devoir sanctionnerait-il ma négociation impromptue ?

« Des céréales en abondance ? Voilà une offre que nous pourrions tous fêter. Nous enverrons dans le mois une délégation commerciale à Castelcerf ! Buvons à l'ouverture de nos frontières, voulez-vous ? »

On trinqua plus d'une fois ce soir-là. Le vin rougissait les joues de Persévérance quand je vis Lant et Braise échanger un regard ; la jeune fille mit la main sur l'épaule de l'adolescent et le conduisit hors de la salle d'une démarche digne quoique un peu titubante. Peu après, je plaidai la fatigue, et Ambre se retira avec moi, laissant Lant représenter les Six-Duchés pour le reste de la soirée.

Alors que nous gravissions lentement l'escalier, elle murmura : « Dans la famille même de Reyn, il y a des gens gravement affectés par le désert des Pluies et qui ont une vie difficile de ce fait ; sa sœur… »

Je savais ce qu'elle me demandait. « Même pour sa sœur, je n'oserais pas…

— Non ; je t'expose seulement sa situation. Elle est à Trehaug en ce moment, en visite chez des parents. Même si tu étais prêt à courir ce risque, tu n'arriverais à rien ; mais, si des guérisseurs des Six-Duchés pouvaient aider les gens du désert des Pluies, le royaume pourrait gagner de puissants alliés. »

Je demeurai éveillé jusqu'à l'aube, occupé à rédiger ma lettre au roi Devoir ; je choisis mes mots, sachant pertinemment que plusieurs personnes les liraient avant qu'ils parvinssent à leur destinataire, s'ils arrivaient jusque-là. Circonspect, j'expliquai seulement que nous avions gagné Kelsingra et obtenu de poursuivre jusqu'à Jamaillia ; je lui demandai de prendre les dispositions nécessaires pour rapatrier Lant, Persévérance et Braise, et lui annonçai qu'un ambassadeur des Marchands des Dragons viendrait peut-être lui soumettre une offre commerciale. J'ajoutai que la maîtresse d'Art Ortie devait impérativement être présente à toutes les négociations.

J'eusse voulu en dire davantage, mais je n'osai pas. Je roulai ma missive serré, la trempai dans la cire et l'enfonçai dans le petit cylindre qui devait s'attacher à la patte du pigeon. Je regrettais de ne pouvoir artiser Ortie pour la prévenir : ces gardiens de dragons se prétendaient Anciens et héritiers de leur cité et de toutes ses merveilles ; comment réagiraient-ils s'ils apprenaient l'existence d'Aslevjal et de ses trésors perdus ? Chercheraient-ils à se l'approprier ou proposeraient-ils d'unir à la nôtre leur connaissance de cette magie ? Umbre y verrait un prétexte à rivalité, Kettricken une alliance naturelle. Devoir et Ortie ? J'ignorais ce qu'ils en diraient. Mon usage de l'Art avait-il été la pierre qui déclencherait l'avalanche d'une guerre, ou celle sur laquelle s'édifierait un fonds commun de la magie ? J'étais contrarié de devoir en dire si peu et de savoir que plusieurs jours s'écouleraient peut-être avant que je pusse tenter de communiquer par l'Art.

La date exacte de l'arrivée du *Mataf* était incertaine car la fonte des neiges lointaines enflait le fleuve et accélérait sa course.

Chacun de nous affrontait l'attente à sa façon. La nécessité de maintenir mes murailles d'Art dressées et de me méfier sans cesse du courant d'Art et des souvenirs de la cité me fatiguait ; je prenais mes repas dans nos appartements et refusais courtoisement autant de visiteurs que possible. La lassitude qui me rongeait, induite par la magie, ne m'incitait guère à m'aventurer dans la ville. Je me rappelais Kelsingra déserte, telle que je l'avais découverte dans ma quête de Vérité ; c'était la première fois que j'empruntais un pilier, et ce par accident. La cité était alors dangereuse pour moi, mais, ironiquement, bien que j'eusse depuis étudié la magie, les murs et les rues imprégnés d'Art l'étaient encore plus aujourd'hui.

Mais ce n'était pas la seule menace qui pesait sur moi. À trois reprises, le général Kanaï vint toquer à ma porte, toujours quand mes compagnons étaient absents ; la première fois, je feignis une plus grande faiblesse que je n'en éprouvais réellement ; il affirma avec insistance devoir s'entretenir avec moi, mais je titubai, m'excusai puis, lentement mais implacablement, refermai la porte sur lui. Après cela, je n'ouvris plus quand on frappa chez moi ; quant à dame Ambre, elle observait une salubre circonspection à l'égard du général. Elle passait son temps entre les murs de la salle d'Accueil ; elle allait voir Malta et me rapportait leurs bavardages de vieilles amies et les dernières nouvelles de Terrilville et de Trehaug. Lant, Braise et Persévérance demeuraient aussi émerveillés devant Kelsingra qu'un bébé devant une nouvelle babiole, et les gardiens paraissaient ravis de leur curiosité et tout disposés à leur faire partager les prodiges de leur cité. Après les avoir incités à la prudence, je les avais laissés aller à leurs explorations. Persévérance, Bigarrée sur l'épaule, était rapidement devenu le chouchou des domestiques, et, en me répétant les conversations de ses soirées, il me fournissait sans le savoir de nombreux renseignements sur le fonctionnement de Kelsingra. Le soir, Ambre et Braise raccommodaient leur garde-robe mise à mal par l'ours pendant que la première racontait des histoires d'autrefois à Castelcerf, y compris les aventures de l'épouvantable dame Thym.

Une fois, Persévérance l'interrogea sur son enfance, et elle évoqua des parents fermiers et une fille aînée ravie d'avoir enfin une petite sœur, des collines aux courbes douces qui devenaient d'or en été, et de paisibles vaches brunes qu'elle gardait. Elle se tut soudain, et je compris que le chapitre suivant de sa vie devait concerner Clerres. Elle n'en dit pas davantage ce soir-là, et je redoutai de devoir bientôt lui soutirer ses souvenirs pour en extraire tous les éléments concernant la géographie de Clerres ; elle les avait enfermés à double tour dans sa mémoire, mais, pour la réussite de notre projet de vengeance, il me faudrait trouver le moyen de les libérer.

C'était le Fou qui m'avait demandé d'aller à Clerres « pour les tuer tous » ; il désirait se venger des Serviteurs avant même qu'ils eussent enlevé Abeille ; avant même que Dwalia l'eût entraînée dans les piliers et l'y eût perdue, il souhaitait les voir tous massacrés. Avec grand soin, j'avais mis mes affaires en ordre à Castelcerf, puis j'avais tenté de m'en aller seul, de me rendre dans la ville lointaine et d'y exécuter ma propre vengeance. Que j'y survécusse ou non ne m'importait pas.

Hélas, non seulement le Fou mais aussi Braise, Persévérance et Lant m'avaient suivi ; je pouvais renvoyer les trois derniers en Cerf, mais, si je voulais que le Fou restât en vie, il me fallait lui arracher tous ses souvenirs de Clerres et des Serviteurs des Blancs.

Mais comment ? Comment arracher ces renseignements essentiels à quelqu'un d'aussi doué pour la dissimulation et la diversion ?

Par une journée qui évoquait plus une fin d'hiver qu'un début de printemps, la plupart d'entre nous avions choisi de rester au chaud dans nos appartements, mais Persévérance ne tenait pas en place ; il n'avait cessé d'aller et venir en s'étirant et en soupirant, et j'avais fini par lui donner la permission d'aller se promener seul dans la ville.

En fin d'après-midi, il revint en trombe, les joues rouges et les cheveux en pagaille, pour s'exclamer : « Bigarrée s'est fait une nouvelle amie ! »

Nous le regardâmes tous, étonnés.

« Une autre corneille ? Rappelle-moi de teindre en noir ses plumes blanches, sans quoi son amitié ne durera pas, répondis-je.

— Non, ce n'est pas une corneille ! » Il cria quasiment ces mots, puis reprit son souffle et prit un ton de conteur. « J'étais très prudent, comme vous me l'avez ordonné, je ne parlais que si on m'adressait la parole, et mes réponses étaient courtes ; mais il n'y avait pas grand-monde dehors à cause du froid. Bigarrée m'avait retrouvé et s'était posée sur mon épaule ; on se dirigeait vers une place avec une statue de cheval quand une grosse rafale de vent m'a frappé, glaciale, et Bigarrée s'est envolée, et puis elle s'est écriée comme un ménestrel : "Oh ravissante que tu es, rouge comme les raisins d'une vigne effleurée par le gel !" Comme si elle récitait un poème ! La rafale de vent, elle venait d'une dragonne rouge qui se posait juste devant moi ! Ses griffes claquaient sur les pavés et sa queue battait, et elle s'est arrêtée juste avant de m'écraser ; j'ai reculé et je suis tombé en arrière. Et je me suis écorché les paumes ! » ajouta-t-il en nous montrant ses mains éraflées.

« La dragonne était-elle menaçante ? demanda Lant, le souffle court.

— Non, pas du tout ; c'était là qu'elle voulait se poser, rien de plus. N'empêche, j'ai eu peur et j'ai décidé de m'en aller ; j'ai rappelé Bigarrée, mais elle est passée au-dessus de moi pour atterrir en plein devant la dragonne. Cette fois, elle a dit : "Oh ravissante que tu es, reine écarlate, pourvoyeuse des corneilles !" Alors la dragonne a tendu la tête vers elle, et j'ai cru qu'elle allait la dévorer ; mais Bigarrée s'est mise à danser. »

Il écarta les bras, agita la tête de haut en bas et ondula comme un oiseau exécutant une parade amoureuse.

« Et ensuite ? fit Braise, suspendue à ses lèvres.

— Les yeux de la dragonne tournoyaient comme des toupies à la fête du Printemps ; elle a posé la tête à plat par terre, et Bigarrée a sauté sur elle ; elle s'est mise à faire sa toilette en grattant du bec le long des écailles tout autour des yeux et des naseaux. La dragonne faisait un drôle de bruit, comme celui d'une marmite qui bout !

— Et après ? » Braise paraissait jalouse d'avoir manqué le spectacle.

« Je n'ai pas bougé et j'ai attendu qu'elle ait fini. Quand le froid a commencé à m'engourdir les pieds, je l'ai appelée, mais elle n'a même pas tourné la tête. La dragonne avait les yeux mi-clos, comme un gros chat somnolent ; alors j'ai laissé Bigarrée et je suis rentré. » Le front plissé, il me demanda : « Vous croyez qu'elle ne risque rien ?

— Ça ira, je pense. Bigarrée est très intelligente. » Les dragons et les corneilles partageaient-ils un lien ancien ? Les corneilles sont connues pour être les nettoyeurs des vrais prédateurs, et une alliance entre les deux espèces n'avait rien d'impossible. « Elle est très intelligente », répétai-je ; et je compris qu'elle était en elle-même une énigme qui ne se résoudrait qu'au moment où elle déciderait de se révéler à moi.

« C'est vrai ! s'exclama Persévérance avec fierté. C'est bien vrai. »

Par une douce après-midi ensoleillée, je me réveillai de ma sieste et constatai que j'étais seul. Je me sentais apathique et l'esprit brumeux, et j'espérais qu'une petite promenade dans la cité me stimulerait ; je sortis donc, vêtu de mon beau manteau de prince des Six-Duchés. Au loin, sur les collines derrière Kelsingra, les arbres rosissaient sous l'effet de la sève qui montait dans leurs branches claires ; certains, des saules peut-être, se piquetaient du vert des bourgeons enflés, comme si on avait enfilé des perles sur leur fine ramée. Les montagnes avaient perdu leur neige. Combien de temps s'était-il écoulé depuis l'époque où Œil-de-Nuit et moi subsistions sur leurs flancs boisés en chassant comme des loups et en dormant à poings fermés ? Une vie entière, peut-être deux.

Les voix des souvenirs Anciens enfermés dans la pierre veinée d'Art me parlaient tout bas. Ce fut tout d'abord un bruit lointain semblable au fredonnement d'un vol de moustiques, mais il devint vite pressant comme le bourdonnement d'un essaim d'abeilles ; il raclait contre mes murailles et érodait peu à peu mes défenses. Je fis demi-tour en entendant soudain des bribes de conversations et en voyant les silhouettes d'ombre d'Anciens. Le courant d'Art enfla autour de moi, telle une vague prête à me décoller du sol, à m'emporter loin du rivage. Quel idiot j'avais été de sortir seul ! Je retournais vers la salle d'Accueil quand je m'aperçus que Kanaï me suivait ; mes efforts pour bloquer les murmures des Anciens d'autrefois avaient réduit ma vigilance. Je ralentis et poursuivis mon chemin d'un pas vacillant ; qu'il me croie donc plus faible que je n'étais – mais, à vrai dire, je me sentais trop las pour résister à l'assaut d'un enfant décidé, et à plus forte raison à celui d'un militaire Ancien.

Il me rattrapa sans difficulté. « Prince FitzChevalerie, je constate avec plaisir que vous êtes un peu remis de votre magie.

— Vous êtes bien aimable, général Kanaï, mais ma promenade, bien que brève, m'a épuisé. J'irai me coucher dès mon retour dans mes appartements.

— Ah ! Vous me voyez déçu ; j'espérais pouvoir vous parler d'un sujet important. » Il baissa la voix sur les derniers mots, comme s'il craignait qu'on ne l'entendît. Voulait-il me menacer en privé ? Mais, quand je le regardai, je vis dans ses yeux posés sur moi une expression suppliante et presque d'excuse. « Je vous ai mal jugé. Gringalette m'a dit que je devais réviser ma position. » Son air grave s'accentua. « Elle a fait un rêve, ou bien un souvenir lui est revenu ; elle m'a fait comprendre que votre mission est juste et qu'elle la soutient. » Sa voix n'était plus qu'un murmure. « Elle souhaite que je vous aide par tous les moyens à ma disposition à détruire les Serviteurs et leur cité ; par *tous* les moyens. » Il se pencha vers moi et posa une main conspiratrice sur mon bras ; ses yeux scintillaient d'un éclat anormal, et ma méfiance se mua en inquiétude quand il me confia : « Votre corneille et Gringalette sont devenues de grandes amies.

— Gringalette ? répétai-je en tâchant de sourire. Ma corneille ?

— C'est ma dragonne. Vous avez sûrement entendu parler de Gringalette, non ? C'est mon petit amour tout rouge. » Son sourire se fit rayonnant et il redevint adolescent. « Elle aime bien votre corneille – Bigarrée, je crois ? Bigarrée la couvre de compliments et chante sa beauté ; avant sa venue, j'étais le seul à l'admirer comme elle le mérite, et elle s'est attachée à votre oiseau. Mais ce n'est pas de ça que je voulais discuter : Gringalette approuve votre intention de tuer les Serviteurs des Blancs. »

Je tentai d'interpréter son propos. « Votre dragonne a fait un rêve ou elle s'est souvenue qu'elle aimerait que nous tuions les Serviteurs des Blancs ? »

Son sourire s'élargit et montra des dents humaines dans un visage inhumain. « Exactement. » Il était ravi que j'eusse compris.

Je m'arrêtai et plaquai la main contre la façade d'un bâtiment pour y prendre appui et me reposer, mais c'était une erreur : la rue s'emplit tout à coup d'Anciens, bleus, argent et verts, grands et anguleux, avec sur les traits des écailles aux motifs fantastiques, et vêtus d'habits artistement drapés. Un concours de musique devait avoir lieu sur la place de la Reine, et c'était la souveraine elle-même qui remettrait la récompense.

« Hé ho, réveillez-vous, prince ! Je vais vous ramener à la salle d'Accueil ; les voix y sont moins fortes. »

J'avais repris ma marche, et le général Kanaï tenait fermement mon bras au creux du sien. Le concours de musique s'effaça comme un rêve. Kanaï me guidait ; peut-être me parlait-il.

« Je ne me sens pas bien, dis-je involontairement.

— Mais si, répondit-il d'un ton rassurant ; vous n'étiez pas préparé, c'est tout. Si vous décidez quelle voix vous voulez entendre et que vous vous apprêtez à partager la vie de l'Ancien en question, vous pouvez en apprendre beaucoup. Moi, en tout cas, j'ai découvert plein de choses ! Avant d'accueillir les souvenirs d'un guerrier d'antan, je n'étais qu'un gamin bête et maladroit, avide de bien faire et toléré par mes compagnons gardiens, mais jamais respecté. Jamais. » Il se tut, la voix soudain tremblante, et je révisai à la baisse l'âge que je lui donnais. Il s'éclaircit la gorge. « Gringalette, ma dragonne, a souffert pareillement. Elle ne parle guère aux autres dragons ni à leurs gardiens ; quand elle est venue vers moi, la première fois, elle était petite et pataude, et ses congénères la méprisaient ; elle n'était même pas capable de se rappeler comment elle s'appelait, et j'ai dû lui donner un nom. Mais ç'a été la première à s'envoler et à chasser par elle-même. » Il bomba le torse avec fierté comme s'il parlait de sa petite fille. Il vit que je l'écoutais, et il hocha brusquement la tête. Nous avions cessé de marcher.

« Ma chambre, murmurai-je. J'ai besoin de repos. » Et je ne mentais pas.

« Naturellement, dit-il. Je vais me faire un plaisir de vous y conduire. » Il me tapota le bras, et ce bref contact m'en révéla plus long sur lui que je ne l'eusse souhaité. Nous nous remîmes en route, trop vite à mon goût, mais je serrai les dents et soutins son allure. J'espérais que Lant serait là à mon arrivée dans les appartements, puis je m'étonnai de soudain compter sur sa protection.

Crible me manqua tout à coup.

« Et voilà, fit Kanaï, et je me demandai ce que j'avais manqué pendant que mon esprit vagabondait ; c'est pour ça que les souvenirs de Gringalette et les rêves sont si importants. »

Nous étions dans la salle d'Accueil ; elle paraissait obscure par contraste avec l'éclat du jour. Deux Anciens nous suivirent du regard pendant que mon compagnon me conduisait vers l'escalier. « Et on monte ! » fit-il d'un ton enjoué. Il était plus musclé qu'il n'en avait l'air.

« Merci de votre aide », dis-je une fois dans les appartements. J'espérais qu'il me laisserait à la porte, mais il m'avait suivi à mon entrée.

« Tenez, asseyez-vous à cette table. Je vais demander qu'on vous apporte à manger. »

Je ne pus qu'obéir : les efforts que je faisais pour empêcher les voix Anciennes d'entrer dans ma tête m'épuisaient physiquement. Sous prétexte de m'installer plus confortablement, je vérifiai la présence dans la ceinture de mon pantalon de la petite dague que Crible m'avait donnée ; en cas de besoin, je parviendrais peut-être à la dégainer et à couper un morceau de beurre mou. Je tâchai de trouver en moi une colère qui pourrait réveiller quelque énergie dans mon organisme fatigué, mais je ne découvris qu'une peur qui affaiblit encore mes genoux. L'attitude amicale de Kanaï n'apaisait pas ma méfiance ; il souffrait manifestement d'un tempérament inégal, mais il ne manquait pas de subtilité : il était le seul à s'être rendu compte que nous n'étions pas complètement sincères avec les braves gens de Kelsingra. Mais avais-je affaire à un chef militaire impitoyable qui n'hésiterait devant rien pour défendre sa cité ou à un adolescent mélancolique inquiet des rêves de sa dragonne ?

Il me rejoignit à table après avoir appuyé sur la fleur sculptée près de la porte. « Comment cela marche-t-il ? demandai-je dans l'espoir de prendre un peu mieux sa mesure. La fleur ?

— Je n'en sais rien ; ça marche, c'est tout. Dans les cuisines, il y a la même gravure qui se met à luire et à bourdonner ; une pour chaque appartement. » Il écarta ma question d'un haussement d'épaules. « Il y a plein de choses qu'on ne sait pas ; c'est seulement depuis six mois qu'on a découvert que ces salles étaient des cuisines ; on y trouve une vasque qui se remplit d'eau chaude ou froide, mais pas de four ni de cheminée. Ce sont des cuisines bizarres. D'un autre côté, ma mère n'a jamais eu de four, ni même de cuisine, autant que je me souvienne. »

Il tomba dans un mutisme morose. Enfin libre du tumulte d'Art des rues, je voulais en entendre davantage sur le rêve de sa dragonne, mais il me fallait aussi mettre les autres en garde avant qu'ils revinssent : je ne faisais pas confiance à ce Kanaï, pas du tout. Son histoire de rêve n'était-elle qu'un subterfuge compliqué pour entrer dans nos appartements ? Au bout de quelques secondes de silence, je dis : « Votre dragonne a rêvé de Clerres ? »

Il sursauta, perdu dans ses pensées. « Clerres, oui ! C'est le nom qu'elle se rappelait. Alors, c'était bien un vrai rêve tiré de ses souvenirs ancestraux ! » Il avait l'air enchanté.

« Je ne comprends pas bien. Ses souvenirs ancestraux ? »

Il sourit et posa le menton sur son poing. « Ce n'est plus un secret : quand un serpent se transforme en dragon, il se réveille avec les souvenirs de ses ancêtres ; il sait où chasser, où nidifier, il se rappelle les noms et les événements de sa lignée – enfin, en principe. Nos dragons sont restés trop longtemps sous leur forme de serpent et pas assez dans leurs cocons, et ils ont éclos avec une mémoire incomplète ; ma Gringalette n'a pratiquement aucune connaissance de ses aïeux. Mais, parfois, dans son sommeil, des images lui reviennent, et j'espère qu'en grandissant elle se remémorera mieux la vie de ses prédécesseurs. » Ses yeux s'agrandirent et brillèrent un instant. Des larmes ? Chez ce personnage inflexible ? Il reprit à mi-voix, d'un ton chagrin : « Je l'aime telle qu'elle est et je l'aimerai toujours telle qu'elle est, mais ce serait très important pour elle. » Son regard croisa le mien et je vis un père accablé. « Si je le souhaite aussi, cela fait-il de moi un monstre insensible ? Si je pense qu'elle serait mieux ainsi... Non ! Elle est trop merveilleuse ainsi, rien ne peut l'améliorer ! Pourquoi est-ce que je le désire tellement ? N'ai-je donc aucune foi ? »

Le pire qui puisse arriver à un assassin, c'est de se trouver des points communs avec sa cible, et le questionnement qui le taraudait ne m'était que trop familier. Combien de fois étais-je resté éveillé à côté de Molly en me demandant si j'étais un monstre parce que je regrettais que ma fille ne fût pas aussi douée que les autres enfants ? L'espace d'un instant, ce fut comme si un sang commun traversait nos deux cœurs – et puis la formation d'Umbre me chuchota à l'oreille : « La voilà ; c'est sa faille. »

Je devais penser à ma propre mission. Et au Fou... Il me fallait des informations, et peut-être ce général adolescent en détenait-il. Je me penchai vers lui, comme suspendu à ses lèvres, et une fausse bienveillance réchauffa ma voix. « Dans ce cas, quel bonheur qu'elle ait rêvé de Clerres et des Serviteurs ! Si je comprends bien, vous n'êtes jamais allés dans cette lointaine cité ni l'un ni l'autre ? » Je lui fournissais des bribes de renseignements pour voir ce qu'il laisserait échapper. Surtout, conserver une attitude calme, faire semblant qu'il s'agissait d'une visite de courtoisie et non de l'évaluation réciproque de nos forces.

Mon stratagème fonctionna : le visage de Kanaï s'illumina. « Jamais ! Cette ville et ces noms existent donc ? Alors ce doit être un vrai souvenir, non un simple songe ! » Sa poitrine palpitait d'enthousiasme, et ses yeux jusque-là circonspects étaient à présent écarquillés. Je sentis quelque chose émaner de lui, qui n'était ni le Vif ni l'Art ; un bizarre mélange des deux ? Était-ce ce qui liait un gardien à son dragon ? Je compris soudain qu'il avait gardé ses murailles dressées pendant notre échange, car il s'ouvrit alors à Gringalette et lui annonça que ses rêves étaient de vrais souvenirs. Quelque part dans Kelsingra, un dragon poussa un coup de trompe joyeux ; le craillement lointain d'une corneille lui fit écho – ou bien étais-je le jouet de mes sens ?

Je tâchai de le pousser à se livrer davantage. « Clerres existe, tout comme les Serviteurs ; hélas, je n'ai guère d'autres détails à vous fournir : notre voyage nous mène vers l'inconnu.

— Et la vengeance, fit-il à mi-voix.

— Et la vengeance », répétai-je.

Son front se plissa, et il eut un instant l'air presque humain. « Alors on devrait peut-être vous accompagner, parce que les souvenirs de Gringalette montraient une cité sombre et effrayante ; elle la déteste et elle la craint tout à la fois.

— Que se rappelle-t-elle ? » demandai-je avec douceur.

Il fronça les sourcils. « De grandes lignes : trahison, perfidie, la confiance trompée, des dragons qui mouraient, ou peut-être qu'on massacrait. » Il contempla le mur comme s'il voyait au loin, puis ses yeux revinrent brusquement vers moi. « Elle ne comprend pas ce qui se passe, et c'est d'autant plus inquiétant.

— Les autres dragons pourraient-ils avoir des souvenirs plus précis ? »

Il secoua la tête. « Je vous l'ai dit : les dragons de Kelsingra ont tous éclos avec une mémoire ancestrale incomplète. »

Tintaglia, et Glasfeu ! Je ne laissai rien paraître de mon émotion. Ni l'un ni l'autre ne faisait partie de cette couvée. Tintaglia était née des années avant les dragons de Kelsingra et s'était crue jusque-là la seule survivante de son espèce. Mes interactions avec elle avaient été extrêmement désagréables ; elle avait tourmenté Ortie en s'introduisant dans ses rêves et en la menaçant – ainsi que moi – dans le seul but de nous pousser à exhumer Glasfeu. Ce dragon des temps anciens s'était immergé dans un glacier à l'époque où il se croyait lui aussi le dernier de sa race, et le Fou et moi l'avions délivré de sa prison de glace pour le rendre au monde. Il devait se rappeler quel avait été le destin des autres dragons, mais, d'après ce que je savais, je n'avais que fort peu de chances de l'apprendre de lui.

Le général parlait toujours de sa créature. « Ma Gringalette n'est pas comme les autres ; elle est petite, chétive, diraient certains, et j'ai peur qu'elle ne devienne jamais aussi grande que ses semblables ; elle s'exprime rarement, et elle ne s'adresse quasiment qu'à moi, et elle n'a pas l'air attirée par un vol nuptial. » Il s'interrompit puis reprit : « Elle a toujours été plus jeune que les autres, d'abord en tant que serpent puis en tant que dragonne ; on pense qu'elle appartenait à la dernière génération avant le cataclysme qui les a tous fait disparaître. Dans le temps, quand les dragons étaient partout, leurs œufs éclosaient chaque année pour donner des serpents qui gagnaient rapidement la mer ; ils y restaient à se nourrir en suivant les migrations des poissons jusqu'à ce qu'ils soient assez grands pour retourner au fleuve du désert des Pluies et le remonter jusqu'à la plage d'encoconnement près de Trehaug. C'était comme ça autrefois. Dans leurs souvenirs ancestraux, beaucoup de dragons se voient en train d'aider les serpents à fabriquer leurs cocons et à s'y enfermer ; l'été suivant, les nouveaux dragons en sortent, forts et complètement formés, prêts à s'envoler pour leur première chasse. » Il secoua la tête d'un air triste. « Ça ne s'est pas passé ainsi pour eux ; ils… ils se sont perdus ; ils sont restés beaucoup trop longtemps sous leur forme de serpent, parce qu'une catastrophe avait tellement modifié la côte et le fleuve qu'ils ne retrouvaient plus la route de leurs plages d'encoconnement. Gringalette et moi, on suppose que plusieurs générations ont été prises dans ce désastre, prisonnières de la mer pendant une durée beaucoup trop longue. »

Je hochai la tête. J'avais commencé à former des hypothèses à part moi, mais j'estimais essentiel de l'écouter jusqu'au bout ; inutile de lui révéler que j'en savais plus long que lui sur les deux dragons aînés.

« Gringalette pense que tous les dragons ne sont pas morts à la chute des cités Anciennes ; en tout cas, Glasfeu a survécu. » Il prit un ton lugubre. « J'y ai réfléchi moi aussi : on pourrait croire que tous les Anciens qui vivaient à l'époque à Kelsingra ont péri, mais c'est faux : j'ai partagé les souvenirs de l'un d'eux sur le cataclysme inconnu qui a détruit la cité ; par ses yeux, j'ai vu la terre trembler et ses semblables s'enfuir – mais s'enfuir où ? À mon avis, vers d'autres villes indiquées sur la carte de la tour. » Il se tut et me regarda ; il me fallut toute ma maîtrise de moi pour conserver une expression perplexe quand il dit : « Je ne sais pas par quelle magie, mais ils se sont sauvés par les pierres dressées ; celles-là mêmes où je vous ai rencontré.

— Ils ont traversé des pierres ? fis-je comme si je ne comprenais pas.

— Les pierres, oui. » Il scrutait mes traits, et je m'efforçai de respirer lentement et régulièrement tout en lui retournant un regard empreint d'intérêt. Le silence s'éternisa avant qu'il reprît la parole. « Quand j'étais enfant, je ne savais rien, prince FitzChevalerie, mais je n'étais pas bête. Cette ville a une histoire à raconter, et alors que les autres ont peur de se perdre dans les souvenirs enfermés dans les pierres, moi, je les explore. J'en apprends beaucoup, mais une partie de ce que j'ai découvert me pousse à m'interroger : vous ne trouvez pas curieux qu'il ait suffi d'une seule catastrophe pour éradiquer tous les Anciens et tous les dragons dans le monde entier ? » Il se parlait à lui-même autant qu'à moi, et je ne fis rien pour l'interrompre. « Certaines villes Anciennes ont été détruites, nous le savons ; Trehaug fouille depuis longtemps les restes de l'une d'elles, et d'autres ont dû tomber aussi, mais l'humanité n'a pas disparu, ni les perroquets ni les singes. Alors comment se fait-il que tous les Anciens et tous les dragons se sont volatilisés ? Leur nombre aurait été grandement réduit, d'accord, mais de là à s'évaporer complètement ? Non, ça ne tient pas debout. J'ai vu beaucoup de gens s'enfuir quand la cité a été anéantie ; que sont-ils devenus ? Et que sont devenus les dragons qui n'étaient pas présents lors du cataclysme ? » Il gratta son menton écailleux. Ses ongles iridescents produisaient un son métallique sur son visage. Il me regarda. « Gringalette se rappelle la perfidie et l'obscurité ; un tremblement de terre, c'est un désastre, mais pas une trahison, et ça m'étonnerait que des Anciens aient trahi leurs dragons. Alors à quoi correspond ce souvenir ? »

Je risquai une question. « Que dit Glasfeu quand vous l'interrogez ? »

Il eut un grognement de dédain. « Glasfeu ? Rien. C'est une brute qui ne sert à rien, ni aux dragons ni aux Anciens ; il ne nous parle jamais. Quand Tintaglia n'a plus eu le choix, elle l'a pris comme compagnon, mais il s'est révélé indigne d'elle. On ne le voit guère ici, à Kelsingra, mais j'ai entendu un ménestrel raconter dans une chanson qu'il avait été libéré d'un glacier et qu'une femme maléfique au teint pâle avait essayé de le tuer. Du coup, je me pose des questions : si quelqu'un avait fait disparaître les dragons et les Anciens, est-ce qu'il ne voudrait pas éliminer Glasfeu aussi ? »

L'histoire du dragon noir et de la Femme pâle était donc parvenue jusqu'à Kelsingra. Je portais alors le nom de Tom Blaireau, et peu de ménestrels connaissaient mon rôle dans la chute de la Femme pâle. Mais Kanaï avait raison : Glasfeu aurait toutes les raisons de la haïr, elle et peut-être aussi les Serviteurs ; était-il possible de réveiller cette haine et de le persuader de participer à ma vengeance ? J'en doutais ; s'il ne cherchait pas à se venger lui-même des préjudices dont il avait été victime, il ne s'intéresserait pas à ceux d'un simple humain.

Je détournai la conversation. « Je ne comprends pas tout ce que vous m'avez dit. Les dragons de Kelsingra ne sont pas tous du même âge ? Je croyais qu'ils avaient éclos en même temps. »

Il eut un sourire indulgent. « Nos dragons restent très mystérieux pour le monde extérieur. De l'accouplement, en passant par la ponte d'un œuf, jusqu'au serpent qui s'enferme dans un cocon, il peut s'écouler une génération humaine, voire davantage ; et, si les serpents subissent des périodes de disette, se font dérouter par des tempêtes ou s'égarent, ce sont des années qui s'ajoutent à leur périple avant qu'ils reviennent fabriquer leurs cocons. Ceux que Tintaglia a menés aux terrains d'encoconnement avaient survécu à une épouvantable calamité, mais certains avaient passé dans la mer des dizaines d'années de plus que d'autres ; ils y vivaient depuis la disparition des dragons, or nul ne sait à quand elle remonte. Gringalette suppose, et je suis d'accord avec elle, qu'elle était le plus jeune des serpents à parvenir sur les berges du fleuve du désert des Pluies : ses maigres souvenirs ancestraux conservent néanmoins l'histoire des dragons juste avant leur extinction. »

Il était temps de poser ma question la plus importante. « A-t-elle des souvenirs de Clerres ou des Serviteurs qui pourraient m'aider à les détruire ? »

Il secoua la tête d'un air triste. « Elle les hait, mais elle en a peur aussi, alors qu'elle n'a peur de rien, d'habitude. D'un côté, elle voudrait me demander de rallier tous les dragons à votre cause, et de l'autre elle m'exhorte à ne pas m'approcher de la cité en question. Si la mémoire lui revient clairement dans ses rêves, elle se décidera peut-être à se venger elle-même. » Il haussa les épaules. « Ou, si les images sont trop terrifiantes, à éviter Clerres à jamais. » Il se leva brusquement, et je reculai ma chaise en bandant mes muscles. Il eut un sourire attristé devant ma méfiance. Je ne suis pas petit, mais, même debout, j'eusse été dépassé d'une tête. Toutefois, c'est d'un ton courtois qu'il reprit : « Même si ma dragonne n'arrive pas pour le moment à trouver le courage de venger les siens des méfaits de ces "Serviteurs", j'aimerais les tuer tous moi-même, pour elle. » Il me regarda en face. « Je ne vous présente pas d'excuses pour la façon dont je vous ai accueillis dans ma cité : ma prudence se justifiait, et une grande part de votre histoire me laisse encore sceptique ; personne ne vous a vus descendre des collines, vous êtes arrivés avec plus de bagages que vous ne pouviez en transporter, et vous n'aviez pas l'aspect marqué de ceux qui ont fait un long voyage dans la nature. Je ne pouvais que vous regarder avec grande circonspection : je croyais que seuls les Anciens d'antan étaient capables de se servir des pierres dressées comme de portails. » Il se tut, mais je soutins son regard et ne dis rien. Un éclat de colère s'alluma dans ses yeux métalliques. « Très bien, gardez vos secrets ; de toute façon, c'était pour Gringalette que je venais vous voir, non pour moi, et c'est à sa demande que je vous aide. Par conséquent, et malgré mes réserves, voici ma proposition : je dois vous faire confiance pour ne révéler à personne – homme, Ancien ou dragon – le présent que je vais vous faire avant que vous ne soyez loin de Kelsingra. J'ignore à quoi il pourra vous servir ; en touchant l'Argent-de-dragon, dame Ambre a trempé les doigts dans sa propre mort, et elle vous a marqué de la mort vous aussi par son contact. Je ne vous envie ni l'un ni l'autre ; mais je vous souhaite de réussir votre mission avant que la mort ne vous prenne. »

Tout en parlant, il avait mis la main dans son gilet. J'empoignai discrètement le manche de ma dague, mais ce qu'il sortit n'était pas une arme ; je crus les tubes faits de métal jusqu'au moment où je distinguai le lent tourbillonnement de l'Argent à l'intérieur. « Il n'y a pas beaucoup de récipients utilisés par les ouvriers de l'Argent qui aient survécu. Le verre est très épais, et le bouchon, en verre aussi, est fileté pour assurer l'étanchéité ; néanmoins, je vous conseille de les manipuler avec précaution.

— Ce sont des tubes en verre remplis d'Art que vous me montrez ? » Je me refusais à privilégier aucune hypothèse.

Il posa les deux objets sur la table et les laissa rouler quelques instants avant de les arrêter du bout du doigt. Ils avaient le diamètre d'un manche d'aviron et tenaient parfaitement dans une main d'homme. Le verre tinta légèrement quand ils se heurtèrent, et la substance argentée forma des tourbillons comme le gras à la surface d'un bouillon qu'on touille.

« Que je vous montre ? Non, je vous les donne. D'après ce que m'a dit Gringalette, je suppose que votre dame Ambre les a demandés pour combattre les Serviteurs. Voici donc votre arme, ou votre source de magie – j'ignore comment vous vous en servirez. C'est un cadeau de Gringalette qui vous le donne librement, comme seul un dragon peut donner de l'Argent-de-dragon. »

On frappa à la porte. Kanaï reprit les tubes et les fourra entre mes mains. « Cachez-les », fit-il rudement. Surpris, je me saisis maladroitement des deux contenants ; ils étaient tièdes et beaucoup plus lourds que je ne m'y attendais ; sans autre cachette à proximité, je les glissai dans ma chemise puis plaçai les mains l'une sur l'autre au bord de la table pour dissimuler la bosse qu'ils faisaient. Kanaï se dirigea vers la porte.

« Ah, c'est votre repas », dit-il en laissant entrer un serviteur, qui lui adressa un regard étonné avant de venir poser un plateau sur la table et de disposer les plats devant moi. Il avait le front et les pommettes couverts d'écailles, la bouche mince et crispée comme celle d'un poisson, et, quand il entrouvrit les lèvres, je distinguai une langue grise et plate ; le mouvement de ses yeux me parut étrange aussi quand il les tourna vers moi, et je détournai le regard de sa supplique muette ; j'eusse voulu m'excuser de ne pouvoir l'aider, mais je n'osais pas engager cette discussion, et j'eus honte de moi lorsque je me contentai de le remercier à mi-voix. Il hocha la tête sans un mot et sortit à reculons en jetant un dernier coup d'œil à Kanaï. La nouvelle de la visite que j'avais reçue ne tarderait pas à parvenir aux cuisines et à se propager à vive allure, comme toute rumeur.

« Voulez-vous vous joindre à moi ? » demandai-je au général.

Il secoua la tête. « Non. D'ici quelques minutes, un ou deux domestiques vont sûrement franchir votre porte pour s'assurer que je ne vous fais pas de mal. C'est dommage : j'aimerais beaucoup apprendre comment vous voyagez grâce aux piliers, et aussi pourquoi Gringalette dit que vous sentez comme si vous aviez un dragon comme compagnon, mais un dragon qu'elle ne connaît pas. Quant à moi, je pense avoir des informations qui vous seraient utiles. » Il soupira. « On a beaucoup à perdre quand la confiance manque. Adieu, prince FitzChevalerie Loinvoyant ; j'espère que l'alliance commerciale et magique que vous proposez à nos peuples portera ses fruits ; j'espère qu'elle ne s'achèvera pas par une guerre. »

Sur ces paroles glaçantes, il sortit. Dès qu'il eut refermé la porte derrière lui, je me levai pour ranger les tubes d'Art dans mon paquetage ; je les soupesai pensivement puis observai leur lent tourbillonnement lorsque je les inclinais. Enfin, j'examinai les bouchons : ils paraissaient étanches et un peu collants, comme si on avait ajouté de la résine au filetage. J'enfilai chaque tube dans une chaussette épaisse dont je rabattis l'ouverture, puis je les plaçai dans un bonnet en grosse laine que je calai au fond de mon sac. Le verre semblait solide, mais je ne tenais pas à courir de risque. En outre, j'étais d'accord avec Kanaï : pas question de révéler que j'avais ces objets en ma possession, surtout au Fou. J'ignorais pourquoi Ambre avait demandé de l'Argent-de-dragon, et, tant qu'elle ne jugerait pas utile de m'apprendre ce qu'elle projetait, je n'avais aucune intention de le mettre à sa disposition ; j'avais déjà été épouvanté qu'elle eût enduit ses doigts d'Art, et je ne savais trop que penser des empreintes qui ornaient de nouveau mon poignet. Je soupirai ; j'étais sûr que ma décision était raisonnable : pourquoi donc ce sentiment de culpabilité ? Pis : de tromperie et de sournoiserie ?

Mes compagnons revinrent plus tard dans l'après-midi, guillerets et débordants d'anecdotes sur la ville. Dans un ancien parc, les arbres avaient péri de longue date, mais il demeurait des statues qui changeaient lentement de pose et une fontaine gargouillait avec des voix d'enfants ravis. Lant et Braise avaient observé de vagues silhouettes d'Anciens qui se promenaient au milieu de fantômes d'arbres en feuilles et de plantes grimpantes. Ambre écouta leur récit en acquiesçant de la tête, mais Persévérance avait l'air mélancolique. « Pourquoi est-ce que je ne vois rien, moi ? fit-il. Même Ambre entend leurs murmures ! Quand les dragons passent au-dessus de nous, les autres disent qu'ils les entendent se parler, qu'ils échangent surtout des insultes et des avertissements sur les territoires de chasse, mais, pour moi, ce ne sont que des coups de trompe comme ceux d'un élan en rut ! » Son indignation confinait à la colère.

« J'aimerais que tu puisses partager ça avec nous, fit Braise à voix basse.

— Pourquoi je n'y arrive pas ? lança-t-il en s'adressant à moi.

— Je ne sais pas exactement ; mais, à mon avis, c'est de naissance. Certaines personnes ont une affinité pour une magie ou une autre, l'Art ou le Vif, et ils peuvent la développer, un peu comme les chiens de bergers comprennent de façon innée l'idée de rassembler les brebis, et les chiens de chasse suivent une odeur dès leur plus jeune âge, alors qu'on ne leur a pas enseigné les finesses de leur travail.

— Mais, même ceux qui ne sont pas de ces races, on peut leur apprendre ces techniques ; vous ne pouvez pas m'apprendre à percevoir comme les autres ?

— Hélas non. »

Il jeta un regard en coin à Braise, et j'y sentis une rivalité, à moins que ce ne fût un regret. Lant dit à mi-voix : « Pour ma part, je ne suis pas aussi sensible que les autres.

— Mais, moi, je n'entends et je ne vois rien ! s'exclama l'adolescent.

— C'est peut-être un avantage plutôt qu'un défaut ; tu devrais y voir comme une armure contre la magie. C'est grâce à ton insensibilité que tu as pu résister à l'ordre de te joindre aux autres dans l'allée, la nuit où Flétribois a été attaqué ; c'est pour ça que tu as pu aider Abeille à rester cachée aussi longtemps puis à tenter de s'échapper. Ta surdité à l'Art et à la magie de Kelsingra peut être autant un bouclier qu'une faiblesse. »

Si je croyais le consoler, c'était raté. « Pour le bien que ça lui a fait, fit-il d'un ton misérable ; ça ne les a pas empêchés d'enlever Abeille et de la tuer. »

Ces mots noyèrent la bonne humeur générale, et un silence accablé tomba. Le plaisir que mes compagnons avaient tiré de la magie de la cité s'engloutit dans le miasme de la raison de leur présence. « Le général Kanaï est venu me voir, déclarai-je, chaque mot tombant comme un caillou dans l'eau immobile d'un bassin.

— Que voulait-il ? demanda Ambre. T'a-t-il menacé ?

— Pas du tout : il venait nous souhaiter la réussite dans notre quête de vengeance, et aussi me dire que Gringalette, sa dragonne, avait fait un rêve à propos des Serviteurs et de Clerres. » Je leur résumai alors la visite de Kanaï.

Un profond silence s'ensuivit, et c'est Persévérance qui le rompit le premier. « Qu'est-ce que ça veut dire ?

— Le général pense qu'une grande catastrophe a frappé les dragons ; d'après lui, la haine de Gringalette pour les Serviteurs s'explique par leur massacre des dragons survivants, ou du moins de tous ceux qu'ils ont trouvés. »

Dame Ambre avait repris les traits du Fou, et il murmura : « Ça expliquerait tant de choses ! Si les Serviteurs avaient vu à l'avance qu'un désastre allait frapper les dragons et les Anciens, ils ont pu projeter de l'aggraver ; si leur but était d'éliminer les dragons et qu'ils y soient parvenus, ils ont peut-être prédit que nous chercherions à les réintroduire dans le monde, ce qui les aurait conduits à créer la Femme pâle, à me retenir prisonnier à l'école et à l'envoyer en mission à ma place pour s'assurer que les dragons n'avaient aucune chance de revenir. » Son regard se perdit dans ses souvenirs. « Les pièces correspondent, Fitz. » Puis un sourire étrange l'illumina. « Mais ils ont échoué, et nous avons ramené les dragons. »

Un frisson d'angoisse me parcourut et mes poils se dressèrent. Jusqu'à quel point dans le temps avaient-ils poussé leur stratégie ? Le Fou avait naguère laissé entendre qu'ils s'étaient servis de lui pour m'attirer loin de Flétribois afin d'enlever Abeille ; leurs rêves et leurs présages les avaient-ils avertis de notre venue ? Quels autres obstacles, quelles autres diversions pourraient-ils semer sur notre route ? Je réprimai mes inquiétudes. « Nous ignorons toujours pourquoi ils tenaient à détruire les dragons. »

J'eus droit au regard moqueur du Fou. « J'ai dit que ça expliquait beaucoup de choses, mais pas tout. Les Serviteurs sont engagés dans une partie à très long terme avec le monde et la vie de ses habitants, et ils ne jouent que dans leur propre intérêt. J'aimerais parler avec cette Gringalette pour voir ce qu'elle se rappelle d'autre.

— Ce serait malavisé ; je pense que nous devrions tous éviter le général Kanaï dans la mesure du possible : il ne me paraît pas… stable. Aujourd'hui, il s'est montré courtois, voire bienveillant, mais je ne lui fais pas confiance. Il m'a dit sans détour qu'il ne croit pas à notre histoire sur la façon dont nous sommes arrivés ni dont tu t'es argenté les doigts ; il nous soupçonne fortement d'être venus par les piliers, et il t'a aperçu près du puits des dragons le soir où tu t'es enduit les doigts d'Art. Fou, pour notre bien à tous, ne t'approche pas de lui. »

Il se tut un long moment, puis son visage redevint celui de dame Ambre. « C'est sans doute le plus prudent. Et tu dis que Gringalette ne parle qu'à lui ? À ton avis, les autres dragons pourraient-ils avoir des souvenirs des Serviteurs ?

— Ça m'étonnerait ; mais comment être sûr ? » Je réfléchis. « Glasfeu en a certainement ; il a survécu à la catastrophe et s'est enseveli dans la glace de son propre chef. Il doit se rappeler cette époque ; il doit savoir si les Serviteurs ont eu un rapport avec l'extinction de ses congénères ; et peut-être même a-t-il partagé ce récit avec Tintaglia.

— Mais il n'est pas là ; une grande partie des dragons ont migré vers les terres chaudes pour l'hiver, certains il y a deux, voire trois ans. À ce que j'ai compris, Glasfeu est parti et n'est pas revenu. »

Une peur glacée déroula ses anneaux au creux de mon ventre ; je m'efforçai de ne pas la manifester. « Fou – dame Ambre, à quoi ressemble le climat sur l'île Blanche ? Et dans les terres à l'entour ? »

Elle tourna son regard aveugle vers moi. « Tiède ; clément. Je ne connaissais pas l'hiver avant de me rendre dans les Six-Duchés. » Elle sourit et reprit le visage du Fou. « C'est magnifique, Fitz, non seulement l'île Blanche et Clerres, mais toutes les îles et le continent ; c'est un pays aimable, bien plus que tout ce que tu connais. Certes, Cerf est splendide, à sa façon brutale ; c'est une contrée austère, sévère, qui rend ses habitants aussi durs que ses os de pierre. Mais la mienne ? Elle est doucement vallonnée, avec de larges combes où coulent des rivières et où paissent des troupeaux de brebis et de vaches – non ces bêtes efflanquées que vous appelez "bétail" en Cerf et dans les autres Duchés, mais de grandes vaches brunes aux larges cornes et au mufle noir, et dont le dos arrive à hauteur d'homme. C'est un pays riche où il fait bon vivre, Fitz. À l'intérieur des terres, il y a des lacs aux rives d'or qui grouillent de poissons et des sources chaudes dans les bois des collines. » Il soupira et parut se perdre un moment, peut-être dans les souvenirs de son enfance. Soudain, Ambre se pencha vers moi. « Crois-tu que ce soit là que les dragons migrent quand l'hiver pétrifie la terre ici ? Ou qu'ils migraient autrefois ? »

J'imaginais des pâtures ondoyantes, des bêtes galopant en tous sens, terrorisées, et des dragons fondant sur elles. « Ça expliquerait pourquoi les Serviteurs voulaient les éliminer. À l'usage, les dragons ne bénéficient pas aux Six-Duchés ; les Serviteurs y voyaient peut-être plus qu'une gêne. » Savaient-ils comment tuer les grandes créatures ? Certaines d'entre elles ne reviendraient-elles jamais à Kelsingra ?

« Laisse-moi y réfléchir, que je me remémore le peu que je sais des rêves prophétiques qui parlent des dragons. » Ambre fronça les sourcils, puis ce fut le Fou qui reprit : « Bizarre que je ne me sois jamais demandé pourquoi si peu de ces songes les mentionnent ? N'y en a-t-il aucun qui traite de leur ascension et de leur chute ? Ou bien les a-t-on occultés ? »

Occultés, me répétai-je intérieurement – comme le Fou lui-même occultait ses souvenirs de Clerres. Il me fallait résoudre ces deux mystères ; un plan commença de se développer dans mon esprit.

6

Révélations

La première fois que j'ai rêvé du Destructeur, j'étais encore sur l'île d'Aslevjal. Le Catalyseur de Bien-Aimé était revenu, et je pense que c'est sa présence qui a déclenché à la fois mon rêve et ma vision du Destructeur. Dans ce songe, le Destructeur m'apparaissait comme un poing crispé sur une flamme ; la main s'ouvrait et le feu jaillissait brutalement, mais, au lieu d'être lumineux, il émettait des ténèbres, et tout ce que je connaissais était anéanti.

Il y avait bien longtemps que je n'avais pas fait de rêve, et je me répétais que je me berçais d'illusions quant à son importance ; n'avais-je pas atteint tous mes objectifs ? Pourquoi une image aussi sombre me viendrait-elle alors que je triomphais ? Néanmoins, je me sentis obligé d'annoncer au Prophète blanc et à son Catalyseur que le temps était venu pour eux de se quitter ; l'un d'eux au moins accepta la vérité de mes paroles, mais je vis que ni l'un ni l'autre n'avait la volonté d'agir selon son devoir. J'entrepris alors de les séparer.

Les écrits de Prilkop le noir

Je me remettais plus lentement que d'aucune blessure physique reçue depuis des décennies ; manifestement, mon vieux système d'autoguérison ne réparait pas ce que l'Art lui-même m'avait arraché. J'avais toutes les peines du monde à me concentrer et je me fatiguais vite ; en outre, mon après-midi en compagnie du général Kanaï m'avait exténué. Même à l'intérieur du bâtiment soi-disant « muet », le courant d'Art chantait et déferlait autour de moi. Mais j'avais du travail à abattre, des renseignements à glaner malgré les obstacles, malgré mon immense lassitude.

Ce soir-là, j'envoyai Persévérance aux cuisines demander de l'eau-de-vie et un verre, et il revint avec une grande bouteille de Bord-des-Sables. « Carot est né dans le désert des Pluies, et il a sur la figure et sur les mains des écailles épaisses qui l'invalident, m'apprit-il en posant la bouteille et deux verres. Il a dit que vous méritiez ce qu'il y a de mieux, et il a demandé que vous ne l'oubliiez pas. » Je soupirai ; je refusais régulièrement d'effectuer de nouvelles guérisons d'Art, mais cela n'empêchait pas les requêtes et les cajoleries des victimes de transformations. Avec un haussement d'épaules compréhensif, Persévérance sortit de ma chambre pour aller se coucher.

J'étais assis au bord de mon lit, la bouteille près de moi et mon verre dans la main, quand Ambre revint d'un dîner tardif avec Malta ; je la saluai après avoir vidé les dernières gouttes de mon verre. « As-tu passé une soirée agréable ? lui demandai-je d'une voix lente.

— Assez, mais sans guère de résultats. Glasfeu est parti depuis des mois ; Malta ignore quand précisément. Tout le monde sait que Gringalette ne parle qu'à Kanaï, et la reine a appris qu'il t'avait rendu visite, et elle s'inquiétait pour toi.

— Tu lui as répondu que je vais bien, j'espère ; mais, à vrai dire, je n'aurais pas dû me risquer dans Kelsingra. Le courant d'Art donne l'impression d'être emporté dans un torrent plein de rochers ; je ne sais pas si c'est parce que j'ai été formé à le percevoir et à m'en servir, ou si c'est à cause de l'abondance d'Argent dans cette ville. Peut-être y suis-je devenu plus vulnérable en guérissant tous ces gens et en le laissant me parcourir sans contrainte. » Je levai la bouteille. « Tu en veux ?

— De quoi donc ? » Elle renifla. « C'est de l'eau-de-vie de Bord-des-Sables ?

— Oui. Je n'ai qu'un verre, mais il reste des tasses sur la table.

— Alors d'accord. Ce serait dommage de te laisser boire seul. »

J'ôtai mes bottes du bout du pied, les fis tomber par terre, puis le goulot de la bouteille cliqueta sur le bord du verre quand je le remplis à nouveau. Enfin, je m'allongeai sur le lit et regardai le plafond obscur ; des étoiles scintillaient sur le fond d'un ciel bleu nuit, mais ce n'était pas la seule source de lumière de la chambre : les murs affichaient un paysage forestier, et des fleurs blanches brillaient sur les larges branches des arbres. Sans tourner la tête, je dis : « Tout cet Art qui court dans la cité, et moi qui n'ose pas m'en servir ! »

Je regardai ailleurs pendant qu'Ambre enlevait ses jupes et se démaquillait, et, quand je sentis quelqu'un s'asseoir au bord du lit, c'était le Fou vêtu de chausses et d'une simple chemise ; il avait pris une tasse sur la table. « Et tu n'oses toujours pas aider ceux que les dragons ont changés ? Même ceux qui ont trois fois rien, comme des écailles qui leur cachent les yeux ? »

Je soupirai, puis fis légèrement tinter la bouteille sur sa tasse pour le prévenir et le servis généreusement. « Je sais de qui tu parles ; il est venu me voir à deux reprises, une fois pour me supplier, l'autre avec de l'argent. Ça me fait peur, Fou. Je suis assiégé par l'Art ; si je lui ouvre mes portes, je suis perdu. » Je me décalai sur le lit, et le Fou avala deux grandes rasades d'alcool pour baisser le niveau de sa tasse avant de s'installer à côté de moi. Je posai la bouteille entre nous.

— Et tu ne parviens pas à contacter Ortie ni Devoir ? » Il s'allongea sur les oreillers, tenant sa tasse à deux mains sur sa poitrine.

« Je n'ose pas, dis-je à nouveau. Imagine qu'il y ait de l'eau au fond de mon bateau : je ne vais pas percer le carénage pour l'évacuer, sinon c'est tout l'océan qui va se ruer à l'intérieur. » Il ne répondit pas. Je changeai de position puis repris : « Je regrette que tu ne puisses pas voir la chambre ; elle est magnifique. Il y fait nuit, des étoiles brillent au plafond, et les murs sont devenus un sous-bois ombragé. » J'hésitai ; je voulais aborder le sujet en douceur. « Ça me fait songer à Aslevjal ; les soldats de la Femme pâle y ont détruit tant de splendeurs ! J'aurais aimé la voir telle qu'elle était avant. »

Le Fou se tut un long moment, puis déclara : « Prilkop évoquait souvent la beauté qui avait disparu quand la Femme pâle a envahi Aslevjal et s'y est installée.

— Il s'y trouvait avant elle, alors ?

— Oh oui, bien avant ! Il est très vieux – il était très vieux. » L'angoisse assombrit sa voix.

« Quel âge avait-il ? »

Il eut un petit rire amusé. « Plus qu'avancé, Fitz. Il était là avant que Glasfeu s'entombe dans la glace ; il a été effaré de la décision du dragon mais n'a pas osé s'y opposer. Glasfeu s'était mis dans la tête qu'il devait s'ensevelir et mourir. Le glacier recouvrait presque tout Aslevjal à l'arrivée de Prilkop, et quelques Anciens y passaient encore ; mais ça n'a pas duré.

— Comment peut-on vivre aussi longtemps ? demandai-je.

— C'était un vrai Blanc, Fitz, d'une lignée plus ancienne et plus pure qu'il n'en existait à ma naissance. Ils jouissent d'une longue existence et sont extrêmement résistants ; il faut se donner beaucoup de mal pour en tuer un ou le rendre définitivement invalide – comme la Femme pâle l'a fait avec moi. » Il aspira bruyamment un peu d'alcool puis inclina sa tasse pour en boire une solide rasade. « Ce que j'ai subi à Clerres… tu n'y aurais pas survécu, Fitz, ni aucun autre humain. Mais mes tortionnaires le savaient et faisaient toujours attention de ne pas aller trop loin. Même si c'était mon plus grand espoir. » Il but à nouveau.

J'étais parvenu au sujet que je voulais explorer, mais non par la voie que j'eusse choisie, et je sentais déjà la tension qui l'habitait. Je parcourus le lit du regard et demandai : « Où est la bouteille ?

— Ici. » Il la chercha à tâtons sur les couvertures, puis me la passa, et je versai un peu d'eau-de-vie dans mon verre ; il me tendit sa tasse, et je la remplis non sans en mettre à côté.

Les sourcils froncés, il secoua la main pour la sécher puis but une gorgée d'alcool pour baisser le niveau de la tasse trop pleine. Nous nous tûmes pendant un moment ; je comptai ses respirations, qui s'espacèrent peu à peu et devinrent plus profondes.

Dans l'obscurité, il leva sa main gantée en laissant sa tasse en équilibre sur sa poitrine. Avec prudence, il tira sur les doigts du gant et finit par dénuder sa main Argentée. Il la leva en la tournant dans un sens puis dans l'autre. « Tu la vois ? demandai-je avec circonspection.

— Pas comme toi, mais je la perçois.

— Est-ce douloureux ? Thymara disait que ça te tuerait ; or, Braise m'a révélé que c'est un des rares Anciens qui a le droit de travailler l'Argent, et qu'elle en sait plus sur le sujet que quiconque, même si elle ne maîtrise pas encore la technique artistique des Anciens d'autrefois.

— Vraiment ? Je l'ignorais.

— Elle s'efforce d'apprendre à partir des souvenirs enfermés dans la cité, mais c'est dangereux d'y prêter trop attention. Lant entend la ville murmurer, Braise l'entend chanter, et je les ai prévenus d'éviter tout contact volontaire avec les bâtiments où gisent les réminiscences. » Je poussai un soupir. « Mais je suis sûr qu'ils y ont goûté quand même.

— Eh oui. Braise m'a rapporté que certaines domestiques passent tout leur temps libre à chercher les souvenirs érotiques qu'une Ancienne a laissés dans une statue d'elle-même. Malta et Reyn réprouvent ces activités, à juste titre. Il y a des années, une rumeur sur la famille Khuprus disait que le père de Reyn visitait trop souvent une cité Ancienne ensevelie où se trouvaient des pierres de mémoire ; il en est mort, ou plutôt il s'y est tellement immergé que son corps a fini par périr par manque de soin. Ici, on appelle ça se noyer dans les souvenirs. » Il but une petite gorgée d'alcool.

« Et, chez nous, se noyer dans l'Art. Comme Auguste Loinvoyant. » Je prononçai tout haut le nom d'un cousin disparu depuis longtemps.

« Et comme Vérité, de façon beaucoup plus spectaculaire ; il ne s'est pas noyé dans la mémoire d'un autre mais s'est englouti dans un dragon avec tous ses souvenirs. »

Je me tus un moment et réfléchis à ses paroles ; enfin, je m'apprêtai à porter mon verre à mes lèvres mais interrompis mon geste pour dire : « Une sorcière des haies m'a affirmé un jour que toutes les magies sont reliées entre elles comme en un cercle, et qu'un individu peut en posséder tel ou tel segment, mais jamais la totalité. J'ai l'Art et le Vif, mais je ne sais pas déchiffrer l'avenir ; Umbre en est ou en était capable, je pense ; il ne l'a jamais reconnu clairement. Jinna fabriquait des talismans, mais regardait mon Vif comme une magie honteuse… » J'examinai la main de mon voisin, toujours en l'air. « Fou, pourquoi t'être enduit les doigts d'Argent ? Et pourquoi en avoir demandé davantage ? »

Il soupira, puis il secoua son gant pour l'ouvrir et y glissa de nouveau sa main Argentée ; enfin, il reprit sa tasse. « Pour disposer de la magie, Fitz ; pour pouvoir voyager plus facilement par les piliers ; pour être capable de travailler le bois comme autrefois ; pour toucher quelqu'un ou quelque chose et le connaître de l'intérieur, comme jadis. » Il poussa de nouveau un grand soupir. « Quand ils m'ont torturé… quand ils m'ont arraché la peau des mains… » Il ne put continuer. Il but une lente gorgée d'alcool et dit d'un ton détaché : « Lorsque je me suis retrouvé sans Art sur les doigts, ça m'a manqué ; je voulais recouvrer la magie.

— Thymara prétend que ça t'aurait tué.

— C'était une mort lente assurée pour Caudron et Vérité, et ils le savaient ; ils se sont dépêchés de créer leur dragons et de s'y absorber avant que l'Argent ne les détruise.

— Mais, toi, tu as vécu des années avec de l'Argent au bout des doigts.

— Et tu as porté mes empreintes sur le poignet pendant des années sans en mourir, tout comme Malta n'a pas succombé à mon contact sur sa nuque.

— Pourquoi ? »

Le front plissé, il but à sa tasse pour en baisser le niveau avant de se tourner sur le flanc, face à moi. « Je l'ignore. Peut-être parce que je ne suis pas complètement humain ; peut-être à cause de mon ascendance Blanche ; peut-être parce que tu avais été formé à maîtriser l'Art ; peut-être parce que, dans ton cas comme dans celui de Malta, je n'ai fait qu'effleurer ta peau. Ou alors, en ce qui concerne la reine, les transformations opérées sur elle par Tintaglia l'immunisaient. » Il sourit. « Et, pour toi, peut-être parce qu'il y a du dragon en toi, du sang d'Ancien qui remonte à très longtemps. Je pense qu'il s'est infiltré dans les lignées des Loinvoyant quand le premier Teneur est arrivé sur le rivage de ce qui devait devenir Cerf. Les murs de Castelcerf ne sont peut-être pas aussi imprégnés d'Art que ceux de Kelsingra, mais tu sais comme moi qu'il y en a dans les piliers et dans les pierres les plus anciennes du château ; tu y es peut-être insensible parce que tu l'as côtoyé toute ta jeunesse, à moins que ce ne soit de naissance. » Il secoua la tête sur le lit qui s'était relâché pour l'accueillir. « On n'en sait rien. Mais, à mon avis, ceci (il leva sa main gantée et frotta le bout de ses doigts l'un contre l'autre) me sera très utile une fois à Clerres.

— Et les fioles d'Argent que tu as demandées ?

— Pour te dire la vérité, c'était pour un ami, pour améliorer son sort, et peut-être obtenir un service de sa part. »

Je fis couler un filet d'eau-de-vie dans mon verre puis remplis la tasse du Fou, et nous bûmes de conserve. « Cet ami, je le connais ? »

Il éclata de rire. C'était si rare que je ne pus m'empêcher de sourire, même si j'ignorais la raison de sa bonne humeur. « Non, pas encore ; mais ça viendra. » Il tourna vers moi son regard d'or pâle et je sentis qu'il me voyait. « Et tu constateras peut-être que vous avez beaucoup en commun. » Il repartit d'un rire un peu aviné. Je me tus : je savais qu'il ne répondrait pas à une question directe. Il demanda, à ma grande surprise : « Tu n'as jamais eu envie de te mettre un peu d'Art au bout des doigts ?

— Non. » Je me remémorai Vérité, les mains et les avant-bras couverts d'Argent, incapable de toucher sa dame ni de la prendre dans ses bras ; je songeai au passé et aux occasions où quelque chose, une fougère ou une feuille, effleurait les empreintes du Fou sur mon poignet et où, pendant un instant déconcertant, j'en avais la totale conscience. « Non ; je crois que j'ai assez d'ennuis avec l'Art sans m'y rendre encore plus vulnérable.

— Et pourtant tu as gardé mes empreintes pendant des années, et tu m'en as beaucoup voulu quand je te les ai enlevées.

— En effet, parce que je regrettais ce lien qui m'unissait à toi. » Je bus une gorgée d'eau-de-vie. « Mais comment t'y es-tu pris ? Comment as-tu repris l'Art sur le bout de tes doigts ?

— Je l'ai fait, c'est tout ; peux-tu m'expliquer comment tu artises Ortie ?

— Non, tu ne comprendrais pas, sauf si tu avais l'Art.

— Précisément. »

Nous nous tûmes un moment. Je travaillai sur mes murailles et sentis le marmonnement de la cité se muer en doux murmure puis s'éteindre en un silence bienfaisant ; le calme m'envahit un instant, puis la mauvaise conscience remonta pour occuper l'espace libéré par le chuchotis de la ville. Le calme ? Comment pouvais-je avoir droit au calme alors que je n'avais pas su sauver Abeille ?

« Veux-tu que je les reprenne ?

— Quoi donc ?

— Mes empreintes sur ton poignet. Veux-tu que je les reprenne ? »

Je réfléchis brièvement. « Je ne le souhaitais pas quand tu l'as fait la première fois. Et aujourd'hui ? Je crains que, si tu me touches, nous ne soyons emportés tous les deux. Je t'ai dit que j'avais l'impression d'être assiégé par la magie, Fou ; ma dernière confrontation avec la puissance de l'Art m'a laissé très méfiant. Ça me rappelle Umbre et la façon dont il s'est effondré au cours des derniers mois. Et si ça m'arrivait tout à coup ? Si la mémoire me faisait défaut, si mes pensées se désorganisaient ? Non, il ne faut pas ; je dois pouvoir rester concentré. » Je bus. « Nous… j'ai une mission à accomplir. »

Il ne répondit pas. Je contemplais le plafond, mais je le vis du coin de l'œil vider sa tasse ; je lui tendis la bouteille et il se resservit. Autant maintenant que plus tard. « Parle-moi un peu de Clerres, l'île, la ville, l'école ; comment allons-nous entrer ?

— En ce qui me concerne, ça ne posera pas de problème : il me suffira de me présenter sous une apparence qu'ils connaissent, et ils n'auront rien de plus pressé que de me reprendre et de finir ce qu'ils avaient commencé. » Il voulut rire, mais il se tut brusquement.

S'était-il terrifié tout seul ? Je tâchai de détourner ses pensées. « Tu as la même odeur qu'elle.

— Pardon ?

— Tu sens comme Ambre ; c'est un peu perturbant.

— Ambre ? » Il porta son poignet à son nez. « Il n'y a qu'une trace infime d'attar de rose ; comment peux-tu le percevoir ?

— Il doit rester un peu du loup en moi. Je l'ai remarqué parce que tu n'as aucune odeur, d'habitude. Bien sûr, si tu es sale, je le sens sur ta peau et sur tes vêtements, mais il n'émane rien de toi-même. Œil-de-Nuit t'appelait parfois le Sans-Odeur, et il trouvait ça très étrange.

— J'avais oublié ça. Œil-de-Nuit…

— À Œil-de-Nuit ; aux amis disparus », dis-je. Je levai mon verre et le vidai, tout comme mon compagnon. Je remplis sa tasse et fis tinter la bouteille sur le bord de mon verre.

Nous nous tûmes un moment, perdus dans nos souvenirs de mon loup, mais ce n'était pas un silence pesant ; puis le Fou s'éclaircit la gorge et déclara du ton de Geairepu enseignant l'histoire de Cerf : « Très loin au sud et au-delà de la mer à l'est s'étend le pays d'où je viens. Je suis né dans une petite famille paysanne ; la terre était riche et le ruisseau n'était presque jamais à sec. Nous avions des oies et des brebis ; ma mère filait la laine, mes parents la teignaient et mon père la tissait. Ces jours remontent à bien longtemps, comme dans un vieux conte. Ma mère m'a donné le jour sur le tard, et j'ai grandi lentement à l'instar d'Abeille ; mais ma famille m'a gardé et je suis resté avec elle pendant de nombreuses années. Mes parents étaient âgés quand ils m'ont confié aux Serviteurs de Clerres ; ils s'estimaient peut-être trop vieux pour s'occuper de moi ; ils m'ont dit que je devais devenir celui que dictait mon destin et qu'ils craignaient de m'avoir empêché trop longtemps de répondre à cet appel – car, dans cette partie du monde, chacun connaît les Prophètes blancs, même si certains n'y voient qu'une légende. J'étais né sur le continent, en Mersenie, mais nous avons voyagé d'île en île jusqu'à Clerres. C'est une très belle cité implantée au bord d'une baie, sur une grande île du nom de Clerres, ou de Kells dans la vieille langue ; certains l'appellent aussi l'île Blanche. Le long de la côte et sur plusieurs îles se trouvent des plages jonchées d'ossements gigantesques, si vieux qu'ils se sont pétrifiés. Je les ai vus de mes propres yeux ; certains ont été incorporés à la forteresse de Clerres – car c'est une forteresse, d'une époque antérieure aux Serviteurs. Jadis, un long isthme la reliait à la terre, mais les bâtisseurs l'ont détruit en ne laissant qu'une étroite chaussée qui disparaît à marée haute et réapparaît à marée basse ; à chaque extrémité, il y a une lourde porte solidement gardée, et les Serviteurs décident qui entre et qui sort.

— Ils ont donc des ennemis ? »

Il rit à nouveau. « Pas que je sache ; ils contrôlent la circulation commerciale, les pèlerins, les marchands, les mendiants. Clerres attire toute sorte de gens.

— Alors il faut y accéder par la mer, de nuit, avec une barque. »

Il secoua la tête et but une gorgée d'eau-de-vie. « Non. Les tours de ce côté-là sont gardées en permanence par d'excellents archers. Le littoral est émaillé de grands empilements de pierre sur lesquels des lanternes sont allumées toutes les nuits et dispensent un éclat vif. On ne peut pas approcher par la mer.

— Continue, fis-je avec un soupir.

— Comme je te l'ai dit, toute sorte d'individus se rendent là-bas, des marchands venus de ports lointains, des gens impatients de connaître leur avenir, d'autres qui souhaitent devenir Serviteurs des Blancs, des mercenaires qui veulent entrer dans la garde. Nous nous fondrons à eux. Dans le flot quotidien de ceux qui pénètrent dans la ville, tu passeras inaperçu ; tu pourras te mêler aux aventuriers qui empruntent la chaussée tous les jours à marée basse.

— J'aimerais mieux entrer discrètement, de préférence pendant la nuit.

— C'est peut-être possible, répondit-il à contrecœur. Il y a un ancien tunnel sous la chaussée ; j'ignore par où on y pénètre et où il mène. Je t'ai raconté que certains des jeunes Blancs m'avaient conduit à l'extérieur dans le plus grand secret. » Il secoua la tête et avala une généreuse rasade d'alcool. « Je les croyais mes amis, reprit-il. Mais, depuis, je ne peux pas m'empêcher de me demander s'ils n'œuvraient pas pour les Quatre ; je crois qu'ils m'ont libéré comme on sort un pigeon voyageur de sa cage en sachant qu'il finira par retourner à son colombier. J'ai peur qu'ils n'aient prévu mon retour et ne m'attendent. Notre entreprise, Fitz, va bouleverser tous les avenirs qu'ils ont prophétisés ; ils en auront certainement beaucoup rêvé. » Je tournai la tête sur l'oreiller pour le regarder ; il avait un étrange sourire aux lèvres. « Quand tu m'as ramené de la mort, je t'ai dit que je vivais dans une époque que je n'avais jamais entrevue ; je n'avais jamais rien vu au-delà de mon décès dans mes songes. Ma disparition était certaine. Et, quand je suis retourné à Clerres en compagnie de Prilkop, je n'ai fait aucun rêve ; j'étais convaincu que mon temps en tant que Prophète blanc était révolu. N'avions-nous pas accompli tout ce que j'avais imaginé ?

— Oh que si ! m'exclamai-je en levant mon verre. À nous ! » Et nous bûmes.

« Avec les années, mes rêves sont revenus, mais par intermittence ; et puis Cendre m'a donné l'élixir de sang de dragon, et ç'a été un raz-de-marée. C'étaient des songes puissants, des mises en garde contre d'extrêmes divergences dans ce qui pourrait être. Par deux fois j'ai rêvé d'un Destructeur qui se rend à Clerres et qui doit être toi, Fitz ; mais, si je l'ai vu, d'autres l'auront vu aussi, et les Serviteurs nous attendent peut-être ; il est même possible qu'ils aient œuvré pour me faire revenir en compagnie de mon Catalyseur.

— Alors il faut faire en sorte qu'ils ne te voient pas. » J'affichais un optimiste que je ne ressentais pas. Découvrir qu'il est attendu est la pire nouvelle que puisse apprendre un assassin. Avec circonspection, je posai une question qui me taraudait depuis longtemps : « Fou, à l'époque où nous changions le monde, où nous le mettions sur "une meilleure voie", comme tu disais... comment savais-tu ce que nous devions faire ou ne pas faire ?

— Je ne le savais pas vraiment. » Il poussa un long soupir. « Je te voyais dans les avenirs que je désirais, mais pas souvent. Au début, tu avais très peu de chances de survivre ; ma première tâche a donc été de te trouver et de te garder en vie le plus longtemps possible pour susciter une plus grande probabilité que tu existes dans davantage d'avenirs possibles. Comprends-tu ? » Ce n'étais pas le cas, mais j'eus un grognement d'acquiescement. « Donc, pour maintenir en vie un bâtard, je devais trouver un homme qui avait du pouvoir et le gagner à ma cause ; j'ai mis dans la tête du roi Subtil que tu pourrais te montrer utile un jour et qu'il ne devait pas laisser Royal te tuer, sans quoi il perdrait un instrument qui pourrait lui servir plus tard. »

Je me remémorai la phrase qu'avait prononcée Royal la première fois qu'il m'avait vu : « Ne fais pas ce que tu ne peux défaire avant d'avoir bien réfléchi à ce que tu ne pourras plus faire une fois que tu l'auras fait.

— C'est presque ça, répondit le Fou avant de hoqueter et de partir d'un petit rire. Ah, le roi Subtil ! Je n'avais pas prévu que je finirais par l'aimer à ce point, Fitz, ni qu'il se prendrait d'affection pour moi – ni pour toi ! » Il bâilla et ajouta : « Et pourtant, c'est ce qui s'est passé.

— Alors, que pouvons-nous faire pour réduire la probablité qu'ils nous attendent ?

— Nous pourrions ne pas y aller.

— C'est une option, oui.

— Ou retarder notre voyage d'une vingtaine d'années.

— Je serais sans doute mort alors, ou très âgé.

— C'est exact.

— Je ne veux pas entraîner les autres, Lant et les jeunes, dans cette aventure ; je ne voulais pas que tu m'accompagnes, et eux encore moins. J'espère qu'à Terrilville nous pourrons leur faire prendre un bateau pour les Six-Duchés. »

Il secoua la tête, réprouvant ce plan, puis il demanda : « Penses-tu que tu te débrouilleras pour me laisser sur le bord de la route, moi aussi ?

— J'aimerais bien, mais je crains d'avoir besoin de toi pour m'aider à trouver mon chemin. Alors rends-toi utile, Fou : parle-moi de ce tunnel ; est-il gardé ?

— Je ne crois pas, Fitz. Je ne puis pas te dire grand-chose : j'étais aveugle et brisé ; je ne savais même pas le nom de ceux qui m'ont conduit dehors. Quand je me suis rendu compte qu'on me déplaçait, j'ai cru qu'on m'emmenait à la cuve à déjections, au niveau des cachots les plus bas ; c'est une salle répugnante qui pue toujours les immondices et la mort. Tous les effluents du château s'écoulent dans une citerne creusée dans le sol ; si quelqu'un déplaît aux Quatre, c'est là qu'ils jettent son corps démembré. Deux fois par jour, la marée montante la remplit d'eau ; une ouverture en pente ménagée dans la muraille de la forteresse donne sur la baie ; quand la mer se retire, elle emporte les déchets, les excréments, les nouveau-nés étranglés qu'on n'a pas jugés dignes de vivre… » Sa voix se brisa. « Je croyais que c'était pour cela qu'ils étaient venus me chercher : pour me découper en morceaux et m'envoyer rejoindre les détritus. Mais ils m'ont dit de me taire quand je me suis mis à hurler, et ils m'ont expliqué qu'ils voulaient me sauver, après quoi ils m'ont enroulé dans une couverture et m'ont emporté à l'extérieur. Pendant mes moments de conscience, j'entendais de l'eau dégoutter et je sentais l'odeur de la mer. Nous avons descendu quelques marches, puis ils m'ont transporté sur une longue distance ; je percevais l'odeur de leur lanterne ; puis nous avons gravi quelques degrés et sommes sortis sur le versant d'une colline ; je sentais une odeur de mouton et d'herbe humide. Les cahots me faisaient terriblement mal. Nous avons longtemps progressé sur un terrain épouvantablement accidenté avant d'arriver sur un quai où on m'a remis à des matelots à bord d'un bateau. »

Je pris note des maigres détails qu'il me fournissait. Un tunnel, sous la chaussée, qui débouchait sur une pâture à moutons ; pas très utile. « Qui étaient ceux qui t'emmenaient ? Seraient-ils prêts à nous aider ?

— Je l'ignore. Aujourd'hui encore, mes souvenirs restent vagues.

— Fais un effort », répondis-je, et je le sentis tressaillir ; je craignis de l'avoir brusqué, et je poursuivis d'un ton plus amène : « Je n'ai que toi, Fou, et j'ai besoin de tous les détails sur ces “Quatre” ; je dois connaître leurs faiblesses, leurs plaisirs, leurs amis, leurs manies, leurs vices, leurs habitudes et leurs désirs. » Je m'interrompis mais il ne dit rien, et j'essayai une autre question : « Si nous ne devons tuer qu'une personne, laquelle préfères-tu ? » Il se tut. Au bout d'un moment, je demandai à mi-voix : « Tu es éveillé ?

— Éveillé ? Oui. » Il paraissait soudain dégrisé. « Fitz, était-ce ainsi avec Umbre ? Discutiez-vous entre vous pour planifier chaque mort ? »

Je ne devais pas aborder ce sujet, trop confidentiel même pour le Fou ; je n'en avais jamais parlé à Molly. La seule qui m'eût jamais vu opérer était Abeille. Je toussotai. « Laissons tomber pour ce soir, Fou ; demain je demanderai du papier aux gardiens, et nous pourrons commencer à faire le plan de la forteresse selon tes souvenirs. Pour l'instant, nous avons besoin de dormir.

— Je n'y arriverai pas. »

Il paraissait au fond du trou ; j'exhumais tout ce qu'il avait enfoui en lui. Je lui passai la bouteille, et il but au goulot, puis je la repris et l'imitai : je ne réussirais sans doute pas à trouver le sommeil non plus. Je n'avais pas prévu de m'enivrer ; en principe, c'était une ruse, un subterfuge pour tromper mon ami. Je bus encore et repris mon souffle. « As-tu des alliés à l'intérieur, derrière les murs ?

— Peut-être ; Prilkop était vivant la dernière fois que je l'ai vu ; mais, s'il n'est pas mort, il est sans doute prisonnier. » Un silence. « Je vais tâcher de tout mettre en ordre dans ma tête et de te faire un compte rendu ; mais c'est dur, Fitz : il y a des choses que je ne supporte pas de me rappeler et qui ne me reviennent que dans mes cauchemars… » Il se tut. Lui arracher des renseignements me paraissait aussi cruel qu'extraire des esquilles d'os d'une plaie. « Tu sais, reprit-il tout à coup, quand nous avons quitté Aslevjal pour retourner à Clerres, c'était l'idée de Prilkop. Pour ma part, j'étais encore sous le coup des événements récents, et je ne me sentais pas en état d'établir un itinéraire pour aller ailleurs. Lui avait toujours eu envie de regagner Clerres ; c'était son obsession depuis des années. Il en avait gardé un souvenir très différent du mien, car il venait d'une époque où les Serviteurs n'étaient pas encore corrompus, où ils servaient vraiment le Prophète blanc. Quand je lui ai raconté mon séjour, la façon dont j'avais été traité, il a été épouvanté – et plus décidé que jamais à y retourner avec moi pour rétablir la situation. » Il changea soudain de position, serra les bras sur sa poitrine et voûta les épaules. Je m'approchai de lui ; dans l'obscure clarté qui tombait des étoiles au plafond, il avait l'air très vieux et très petit. « Je me suis laissé convaincre. Il avait – non, j'espère qu'il a toujours – un très grand cœur, Fitz, et il était incapable, même après avoir été témoin des actes d'Ilistore, de croire que les Serviteurs n'adoraient désormais que la cupidité et la haine.

— Ilistore ?

— Tu la connaissais sous l'identité de la Femme pâle.

— J'ignorais qu'elle avait un autre nom. »

Un mince sourire apparut sur ses lèvres. « Tu croyais qu'on l'appelait la Femme pâle quand elle était petite ?

— Je… non. Je n'y avais jamais réfléchi ; toi-même, tu l'appelais ainsi !

— En effet ; c'est une vieille tradition, ou peut-être une superstition : il ne faut jamais employer le nom de quelqu'un si on veut éviter d'attirer son attention. Ça remonte peut-être au temps où dragons et humains coexistaient ; Tintaglia détestait que les hommes sachent son vrai nom.

— Ilistore, murmurai-je.

— Elle est morte, mais j'évite quand même de prononcer son nom.

— Oui, elle est morte. » Je me la rappelai telle que je l'avais vue la dernière fois, les bras terminés par des os noircis, les cheveux plaqués sur le visage, toute beauté disparue. Ce souvenir me faisait horreur, et je fus soulagé quand le Fou reprit la parole, la voix un peu pâteuse.

« À notre arrivée à Clerres, les Serviteurs sont restés… stupéfaits. Je t'ai dit que j'étais très affaibli ; si j'avais été moi-même, j'aurais fait preuve d'une beaucoup plus grande prudence, mais Prilkop ne s'attendait qu'à trouver la paix, le réconfort et un accueil à bras ouverts. Nous avons parcouru la chaussée ensemble, et tous ceux qui voyaient sa peau noire et luisante reconnaissaient en lui un prophète qui avait accompli l'œuvre de sa vie. Nous sommes entrés dans la forteresse, et, comme il refusait d'attendre, nous nous sommes rendus directement dans la salle d'audience des Quatre. » J'observai son visage dans la pénombre : un sourire voulut naître sur ses lèvres puis s'éteignit. « Ils étaient bouche bée ; effrayés, peut-être. Prilkop leur a annoncé sans détour que leur faux prophète avait échoué et que nous avions libéré Glasfeu. Il n'avait aucune crainte. » Il se tourna vers moi. « Une femme s'est mise à crier et s'est enfuie ; je n'en suis pas sûr, mais je crois que c'était Dwalia. C'est ainsi qu'elle a appris que les mains de la Femme pâle avaient été dévorées et qu'elle était morte dans le froid, affamée et gelée. Ilistore m'avait toujours méprisé, et ce jour-là je me suis aussi attiré la haine de Dwalia pour toujours. Pourtant, presque aussitôt, les Quatre nous ont offert une véritable démonstration d'hospitalité : dîners somptueux où nous siégions à la table haute avec eux, divertissements, alcools et courtisanes, tout ce que nous pouvions désirer selon eux. On nous saluait comme des héros de retour, non comme ceux qui avaient anéanti l'avenir de leurs rêves. » Nouveau silence ; puis il reprit : « Ils ont été malins ; ils m'ont demandé un rapport complet sur tous mes faits et gestes, ce qui paraissait normal ; ils ont mis des scribes à ma disposition, m'ont donné du papier de la meilleure qualité, des encres et des pinceaux magnifiques pour que je couche par écrit tout ce que j'avais vécu dans le vaste monde. Quant à Prilkop, on lui rendait hommage comme à l'aîné de tous les Blancs. »

Il se tut, et je crus qu'il s'endormait. J'avais largement moins bu que lui ; ma ruse avait trop bien fonctionné. Je pris la tasse de ses mains molles et la posai délicatement par terre.

« On nous a donné de somptueux appartements, reprit-il enfin. Des guérisseurs m'ont soigné, et j'ai retrouvé mes forces ; ils se montraient mortifiés, pleins de remords d'avoir douté de moi, et prêts à apprendre. Ils m'interrogeaient sur quantité de sujets… J'ai pris conscience un jour que, malgré leurs questions et leurs flatteries, je parvenais à… à te minimiser, à raconter mon histoire comme si tu étais plusieurs personnes et non une seule, un garçon d'écurie, un prince bâtard, un assassin, pour te cacher d'eux, sauf en tant que Catalyseur anonyme à mon service. Je me suis alors avoué que je ne leur faisais pas confiance, que je n'avais jamais oublié ni pardonné leurs mauvais traitements ni ma liberté qu'ils avaient restreinte. Et Prilkop aussi avait des doutes ; il avait observé la Femme pâle pendant des années alors qu'elle s'emparait d'Aslevjal, il l'avait vue courtiser son Catalyseur, Kebal Paincru, à coups de présents – un gorgerin en argent, des boucles d'oreilles en or incrustées de rubis – qui indiquaient une fortune considérable. Les richesses de Clerres avaient été mises à sa disposition afin qu'elle oriente le monde sur leur fameuse "vraie Voie". Ce n'était pas une Prophète rebelle mais l'émissaire des Serviteurs, envoyée accomplir leur volonté ; elle devait détruire Glasfeu et tuer le dernier espoir de rendre les dragons au monde. Pourquoi, me demandait Prilkop, accueilleraient-ils à bras ouverts les deux personnages qui ont anéanti leurs projets ? Nous nous sommes donc mis à conspirer, et nous sommes convenus qu'il ne fallait leur fournir aucun indice les menant à toi. Prilkop supposait qu'ils cherchaient ce qu'il nommait des embranchements – des endroits et des gens qui nous avaient permis de diriger le monde vers un avenir meilleur ; selon lui, ils pourraient s'en servir pour ramener le monde sur la "vraie Voie", celle qu'ils désiraient. Il te percevait comme un embranchement de première grandeur qu'il fallait protéger. À ce moment-là, les Quatre nous traitaient encore en hôtes de marque : rien n'était trop beau pour nous, et nous avions toute latitude d'aller et venir dans le château et dans la ville. C'est alors que nous avons discrètement envoyé nos deux premiers messagers chargés de te chercher et de te mettre en garde. »

Je rassemblai mes idées vagues. « Non : la messagère a dit que tu voulais que je trouve le fils inattendu.

— C'est venu plus tard, fit-il tout bas. Beaucoup plus tard.

— Mais tu disais toujours que c'était moi, le fils inattendu.

— C'est ce que je croyais alors, et Prilkop aussi. Rappelle-toi avec quelle gravité il nous a conseillé de nous séparer, sous peine que nous ne continuions à provoquer des changements imprévisibles dans le monde, des changements impossibles à prédire ou à maîtriser. » Il eut un rire inquiet. « Et c'est ce que nous avons fait.

— Fou, je me moque des visions qu'ont les uns ou les autres d'un meilleur avenir ; les Serviteurs ont tué ma fille. » Je m'adressai à l'obscurité. « Tout ce qui m'intéresse, c'est qu'eux n'aient pas d'avenir. » Je changeai de position dans le lit. « Quand as-tu cessé de croire que j'étais le fils inattendu ? Et, si ces prophéties ne me concernent pas, que devient ce que nous avons fait ensemble ? Si c'étaient tes rêves qui nous guidaient, mais que je n'étais pas celui qu'ils annonçaient…

— J'y ai longuement réfléchi. » Il poussa un si long soupir que je sentis son haleine sur mon visage. « Les songes prophétiques sont des rébus, Fitz, des énigmes qu'il faut résoudre ; tu m'as souvent accusé de les interpréter après coup et de les contraindre à s'adapter à la réalité. Mais les prophéties du fils inattendu ? Elles sont nombreuses, et je ne te les ai pas toutes présentées. Dans certaines, tu portais des andouillers, dans d'autres, tu hurlais comme un loup. Les rêves disaient que tu viendrais du Nord, né d'une mère au teint clair et d'un père au teint sombre. Tous ces éléments concordent ; j'ai cité toutes ces visions pour démontrer que le prince bâtard que j'ai aidé était le fils inattendu.

— Tu m'as aidé ? Je me croyais ton Catalyseur !

— Et tu avais raison. Ne m'interromps pas ; c'est déjà bien assez difficile. » Il se tut pour boire à la bouteille ; quand il la reposa, je la rattrapai avant qu'elle ne tombât. « Je sais que tu es le fils inattendu ; au plus profond de moi, je le savais alors et je le sais aujourd'hui ; mais les Serviteurs affirmaient le contraire, et ils me torturaient tant que je ne pouvais plus faire confiance à mes certitudes ; ils déformaient mon esprit, Fitz, comme ils déformaient mes os. Ils disaient que certains de leurs Prophètes blancs élevés à Clerres rêvaient encore du fils inattendu, sous l'aspect d'un vengeur noir, et que, si j'avais accompli ces prophéties, les songes auraient cessé. Mais ils continuaient.

— C'est peut-être encore de moi qu'ils parlent. » Je rebouchai la bouteille et la posai délicatement sur le plancher en même temps que mon verre, puis je me retournai vers le Fou.

J'avais fait ma dernière réflexion en manière de plaisanterie, mais son hoquet d'effroi m'indiqua qu'il n'y voyait nul humour. « Mais… » Il se tut et inclina brusquement la tête, manquant de peu de me heurter la poitrine. À mi-voix, comme s'il redoutait de prononcer les mots trop fort, il dit : « Alors ils doivent savoir ; ils savent certainement. Oh, Fitz ! Ils sont allés te chercher ; ils ont pris Abeille, mais ils avaient trouvé le fils inattendu, comme ils affirmaient que le prédisaient les rêves. » Il s'étrangla sur cette dernière phrase.

Je mis la main sur son épaule ; il tremblait violemment. Je murmurai : « Oui, ils m'ont trouvé, et je le leur ferai regretter. Ne m'as-tu pas dit que tu m'avais vu en rêve sous les traits d'un Destructeur ? Alors, voici ce que je prédis, moi : je tuerai ceux qui ont tué ma fille.

— Où est la bouteille ? » Il paraissait totalement découragé, et je décidai d'avoir pitié de lui.

« Nous l'avons terminée. Allons, assez parlé ; dors.

— Je ne peux pas ; j'ai peur de rêver. »

J'étais ivre, et les mots jaillirent de ma bouche : « Alors rêve de moi en train de tuer les Quatre. » J'eus un rire bête. « J'aurais adoré tuer Dwalia ! » Je pris une grande inspiration. « Je comprends maintenant pourquoi tu m'en as voulu quand j'ai refusé de tuer la Femme pâle ; je savais qu'elle allait mourir de toute façon, mais je comprends pourquoi tu tenais à ce que je l'achève.

— Tu me portais dans tes bras ; j'étais mort.

— Oui. »

Nous nous tûmes un moment, plongés dans nos souvenirs. Il y avait longtemps que je n'avais pas été aussi éméché. Je commençai à laisser ma conscience m'échapper.

« Fitz, quand mes parents m'ont déposé à Clerres, j'étais encore un enfant ; à l'époque où j'avais le plus besoin qu'on s'occupe de moi, qu'on me protège, je n'avais personne. » Sa voix, d'ordinaire si maîtrisée, s'empâtait de larmes. « Mon voyage jusqu'à Castelcerf, lorsque je me suis enfui de Clerres pour te trouver, a été horrible ; ce que j'ai dû faire, ce que j'ai subi pour parvenir jusqu'en Cerf – et jusqu'à toi… » Il eut un sanglot. « Puis le roi Subtil ; j'étais venu dans l'unique espoir de le manipuler pour obtenir ce que je voulais : que tu restes en vie. J'étais ce que les Serviteurs avaient fait de moi, un être égoïste et impitoyable avec pour seul but de soumettre les gens et les événements à ma volonté. Je suis arrivé à sa cour à demi mort de faim et les vêtements en lambeaux, et je lui ai remis une lettre délavée par la pluie qui disait que je lui étais envoyé comme présent. » Il renifla puis s'essuya les yeux ; les miens s'emplirent de larmes. « J'ai fait des sauts périlleux, des cabrioles, j'ai marché sur les mains ; je pensais qu'il allait se moquer de moi. J'étais prêt à obéir à ses moindres désirs pourvu qu'il te garde en vie. » Un sanglot lui échappa de nouveau. « Il… il m'a ordonné de cesser. Royal se tenait à côté de lui, horrifié qu'on ait laissé entrer une créature comme moi dans la salle du trône. Mais Subtil ? Il a dit à un garde : “Emmenez cet enfant aux cuisines, et qu'on lui donne à manger. Que les couturières lui trouvent des vêtements et des chaussures à sa taille.” Et il a été obéi en tous points. Ça n'a fait qu'exacerber ma méfiance. Ah, que je me défiais de lui ! Capra m'avait appris à redouter leur bienveillance initiale, et j'attendais le premier coup, la première exigence ; quand il m'a annoncé que je pouvais dormir sur le socle de la cheminée de sa chambre, j'ai été sûr qu'il allait… Mais il n'avait nulle intention cachée. Pendant les absences de la reine Désir, je le divertissais le soir par des tours de passe-passe, des histoires et des chansons, puis je dormais devant son âtre et me réveillais le matin en même temps que lui. Il n'avait aucune raison d'être aussi bon avec moi, Fitz ; aucune. » Il pleurait à présent à chaudes larmes, toutes vannes ouvertes. « Il me protégeait, Fitz. Il lui a fallu des mois pour gagner ma confiance, mais, à la fin, quand la reine Désir voyageait et que je dormais près de la cheminée, je me sentais en sécurité. Je pouvais dormir sans crainte. » Il se frotta de nouveau les yeux. « Ça me manque ; ça me manque terriblement. »

Je fis alors ce que n'importe qui, je pense, eût fait pour un ami, surtout dans l'état d'alcoolisation où nous étions tous les deux ; je me rappelai aussi Burrich dont la solidité m'avait abrité quand j'étais petit. Je passai le bras autour des épaules du Fou et l'attirai contre moi, et, l'espace d'un instant, je sentis l'intensité insoutenable du lien que nous partagions. Je levai la main et me déplaçai de façon que son visage reposât sur ma chemise.

« J'ai perçu notre contact, fit-il d'un ton las.

— Moi aussi.

— Il faut être plus prudent.

— Il faut, oui. » À contrecœur, je lui fermai mes murailles. « Dors », lui dis-je. Je lui fis une promesse que je ne pensais pas pouvoir tenir : « Je te protégerai. »

Il renifla une dernière fois, s'essuya les yeux du dos de la main puis poussa un grand soupir. Il tâtonna de sa main gantée et me serra le poignet à la façon dont les guerriers se saluent ; au bout d'un moment, je le sentis se détendre et sa poigne se relâcher ; la mienne resta ferme.

Le protéger… Étais-je seulement capable encore de me protéger moi-même ? De quel droit lui faisais-je une promesse aussi vaine ? Je n'avais même pas su défendre Abeille ! Je pris mon souffle et pensai à elle, mais non avec la nostalgie superficielle de qui se rappelle un temps agréable et révolu : je me remémorai sa petite main serrée sur mes doigts, le beurre qu'elle étalait en couche épaisse sur ses tartines, sa façon de tenir sa tasse de tisane à deux mains. La peine renouvelée déferla sur moi, sel dans des plaies ouvertes. Je me rappelai son poids sur mes épaules et ses mains serrées sur ma tête pour ne pas tomber. Abeille, si petite, que je n'avais eue à moi que si peu de temps, et aujourd'hui disparue, emportée par le courant d'Art et perdue à jamais ! Abeille…

Le Fou poussa un gémissement de douleur ; un instant, sa main se crispa sur mon poignet, puis elle se relâcha.

Et, pendant un moment, ivre, les yeux fixés au ciel nocturne artificiel, je montai la garde auprès de lui.

7

Mendiant

Un rêve très court mais aux couleurs si vives que je ne peux l'oublier. A-t-il un sens ? Mon père parle à un personnage à deux têtes ; ils sont si absorbés dans leur conversation qu'ils ne m'écoutent pas malgré mes interventions perçantes. Je dis : « Trouve-la, trouve-la. Ce n'est pas trop tard ! » Dans le rêve, je suis un loup fait de brume ; je hurle et je hurle, mais ils ne me prêtent pas attention.

Journal des rêves d'Abeille Loinvoyant

Jamais je n'avais été aussi seule, ni aussi affamée ; même père Loup ne savait plus que me donner comme conseil. *Trouvons une forêt ; là, je pourrais t'apprendre à devenir un loup, comme ton père me l'a enseigné.*

Les ruines formaient un méli-mélo de pierres noircies et fondues ; les arêtes de certains blocs avaient l'aspect amolli de la glace exposée au soleil. Je dus escalader des murs éboulés avec la crainte de tomber dans les trous des décombres. Je découvris deux énormes moellons dressés et appuyés l'un contre l'autre, et je me glissai sous leur abri ; pelotonnée dans leur ombre, je tâchai de rassembler mes esprits et mes forces. Je devais me cacher de Dwalia et de ses sbires ; sans rien à manger ni à boire, je n'avais que les vêtements que je portais et une bougie dans mon pourpoint, et j'avais perdu mon châle moisi et mon bonnet de laine lorsqu'on m'avait battue pour la dernière fois. Comment parviendrais-je à retourner en Cerf, voire seulement à la frontière des Six-Duchés ? Je me remémorai ce que je savais de la géographie de Chalcède ; serais-je capable d'effectuer le voyage à pied ? Le relief était accidenté ; c'était un pays où la chaleur montait de la terre. Il me semblait qu'il y avait un désert, et aussi une chaîne de montagnes basses… Je secouai la tête : c'était inutile ; ma tête ne pouvait pas fonctionner alors que mon ventre réclamait à manger à cor et à cri et que ma bouche me signalait qu'elle était desséchée.

Je restai tapie tout l'après-midi ; je tendis l'oreille mais n'entendis ni Dwalia ni les autres ; peut-être avait-elle réussi à s'extraire des décombres, et peut-être Vindeliar avait-il à nouveau soumis le Chalcédien à sa volonté. Où iraient-ils ? S'enfonceraient-ils dans la cité ou se rendraient-ils chez Kerf ? Se mettraient-ils à ma recherche ? Les questions abondaient, mais je n'y avais nulle réponse.

Au soir tombant, je m'aventurai prudemment dans la partie de la ville détruite par les dragons. De vastes demeures, jadis raffinées, ouvraient des toits béants au ciel, fenêtres et portes remplacées par des trous ; les rues avaient été dégagées en grande partie de leurs ruines, parmi lesquelles pillards et récupérateurs s'étaient affairés. Dans les brèches laissées dans les murs par les blocs qui avaient chu poussaient de hautes herbes et des buissons chétifs ; derrière une trouée dans l'enceinte d'un parc, je trouvai de l'eau accumulée dans le bassin moussu d'une fontaine abandonnée, et, les mains en coupe, je bus puis m'aspergeai le visage. Mes poignets à vif me brûlèrent quand je me lavai les mains, puis j'écartai des taillis et me mis en quête d'un abri pour la nuit. Marchant dans la végétation, je sentis un parfum de rose poivrée monter à mes narines ; j'en cueillis et en mangeai dans le seul but de me remplir l'estomac ; puis, du bout des doigts, je reconnus la forme d'ombrelle des feuilles de capucine, et j'en arrachai des poignées que je me fourrai dans la bouche. Derrière un rideau de plantes grimpantes accrochées à un treillis de guingois, je découvris une maison abandonnée.

J'y pénétrai par une fenêtre basse puis levai les yeux et vis le ciel par le toit disparu. La nuit serait claire et froide. Je trouvai un coin relativement libre de gravats et en partie couvert par le toit effondré, m'enfonçai à quatre pattes dans l'obscurité et me roulai en boule comme un chien errant. Je fermai les yeux. Je dormis par à-coups, avec des rêves intermittents : je prenais le goûter à Flétribois ; mon père me portait sur ses épaules. Je me réveillai en pleurs ; je me pelotonnai davantage dans le noir et m'efforçai d'imaginer un moyen de rentrer chez moi. Le sol était dur et mon épaule me faisait toujours souffrir ; j'avais mal au ventre à cause de la faim mais aussi des coups que j'avais reçus. Je touchai mon oreille : des cheveux y étaient encroûtés par le sang. Je devais avoir une tête épouvantable, aussi affreuse que le mendiant que j'avais voulu aider à Chênes-lès-Eau. Eh bien, demain, je serais mendiante ; tout était bon pour avoir à manger. Je plaquai mon dos contre le mur, me fis toute petite et dormis d'un sommeil agité pendant cette nuit, pas si froide que cela si on ne couchait pas dehors sans autre couverture que des vêtements en lambeaux.

Au lever du soleil, je découvris un ciel bleu parcouru de nuages qui filaient à vive allure. J'étais ankylosée, j'avais faim, j'avais soif et j'étais seule ; une odeur curieuse se mêlait aux remugles de feux de cuisine, d'égouts à ciel ouvert et de crottin de la cité. *Marée basse*, chuchota père Loup ; *l'odeur de la mer quand les vagues reculent.*

J'escaladai les vestiges d'un mur de la maison pour observer les alentours.

Je me trouvais sur une butte au milieu d'une large vallée en forme d'abreuvoir, et j'apercevais un fleuve au-delà de la ville en contrebas ; derrière moi, des habitations, des édifices et des routes recouvraient la terre comme la croûte d'une blessure. De la fumée montait d'innombrables cheminées. Plus près de la cité, des chenaux d'eau brunâtre entouraient les nombreux bateaux à l'ancre : c'était un port ; je connaissais le mot mais je voyais enfin ce qu'il décrivait. C'était un plan d'eau abrité, comme si la terre l'enserrait entre le pouce et l'index, et derrière s'étendait encore de l'eau, très loin jusqu'au bord du ciel. J'avais si souvent entendu parler de la mer d'azur que j'avais du mal à appréhender que c'était d'elle que parlaient les ménestrels avec leurs nuances de vert, de bleu, d'argent, de gris et de noir ; ils chantaient aussi la séduction de l'océan, mais je n'en ressentais rien : à mes yeux, c'était une immense étendue vide et dangereuse. Je m'en détournai. Dans le lointain, par-delà la ville, s'arrondissaient les croupes jaunes de collines basses. « Ils n'ont pas de forêts », fis-je tout bas.

Ah ! Ça explique beaucoup de choses sur les Chalcédiens, répondit père Loup. Par mes yeux, il parcourut la terre grêlée de bâtiments et de rues pavées. *C'est un autre environnement avec d'autres périls ; je ne te serai pas très utile ici, hélas. Avance prudemment, louveteau ; avance très prudemment.*

Chalcède s'éveillait. La cité montrait de larges avenues de destruction, mais les dragons avaient concentré leur furie sur la zone autour du palais en ruine. Le palais du duc, avait dit Kerf. Un souvenir me revint : j'avais eu vent de l'attaque par une conversation entre mes parents. Les dragons de Kelsingra avaient pénétré en Chalcède et fondu sur la cité ; le vieux duc avait péri et sa fille avait pris sa place sur le trône. Nul ne se rappelait un temps où le pays avait été gouverné par une femme, et mon père avait dit : « Nous ne ferons sans doute pas la paix avec les Chalcédiens, mais ils seront tellement occupés par leurs guerres intestines qu'ils auront moins le temps de nous harceler. »

Mais je ne voyais nul signe de conflit. Des gens aux vêtements vivement colorés déambulaient paisiblement dans les allées, des carrioles tractées par des ânes ou de grandes chèvres commençaient à envahir les rues, et des personnages aux chemises amples et aux pantalons noirs se déplaçaient parmi elles. Je vis du poisson déchargé en une cascade d'argent d'une barque échouée sur la grève, et un bateau remorqué en eau profonde, où il déploya ses voiles comme un oiseau ses ailes avant de s'éloigner sans bruit. Je repérai deux marchés, l'un près des quais, l'autre le long d'une large avenue ; ce dernier arborait des auvents colorés au-dessus des échoppes tandis que le premier paraissait moins gai et moins riche. Des odeurs de pain frais et de viande fumée parvinrent à mes narines, et, bien qu'imperceptibles, elles me firent saliver.

Je réfléchis à mon projet de me faire passer pour une mendiante muette pour obtenir de l'argent et de quoi manger : ma tunique en lambeaux, mes chausses et mes bottes de fourrure trahiraient mon origine étrangère dans ce pays aux vêtements bigarrés et larges.

Mais je n'avais pas le choix : soit je restais cachée dans les ruines et je mourais de faim, soit je tentais ma chance dans les rues.

J'arrangeai ma mise : mendiante, certes, mais pas repoussante. J'espérais que mes cheveux blonds et mes yeux bleus me donneraient l'air chalcédien ; quant à la mutité, je n'aurais pas de mal à la feindre. Je me palpai le visage et fis une grimace de douleur en touchant mes ecchymoses et mes coupures encore fraîches ; la compassion des passants concourrait peut-être à la réussite de mon plan, mais je ne pouvais compter sur elle uniquement.

J'ôtai mes bottes : en ce matin de printemps, il faisait déjà trop chaud ; je les époussetai et lissai leur fourrure du mieux possible. J'enlevai ensuite mes chausses en loques et examinai mes pieds blancs à la peau fripée ; à quand remontait la dernière fois que j'étais allée nu-pieds ? Ma foi, il faudrait que je m'y fisse. Mes bottes serrées sur la poitrine, je descendis vers le marché.

Là où des gens vendent, il y a des gens qui achètent. J'avais les pieds meurtris et crottés quand j'arrivai à destination, mais ma faim dépassait de loin ces désagréments, et passer devant les étals de fruits précoces, de pain frais et de viandes odorantes me faisait mal. Je ne prêtais pas attention aux regards curieux qu'on me lançait et m'efforçais de paraître calme et détendue comme si j'habitais la ville.

Je finis par trouver les échoppes qui vendaient des tissus et des vêtements, puis les carrioles qui faisaient commerce d'habits d'occasion et de chiffons, et, sans un mot, je proposai mes bottes à plusieurs marchands avant que l'un d'eux s'y intéressât. La femme les examina sous toutes les coutures d'un air suspicieux, me regarda avec la même expression, scruta de nouveau les bottes puis me tendit six pièces de cuivre. Je n'avais aucun moyen de marchander ; bonne ou mauvaise, c'était la seule offre que j'aurais, et je l'acceptai donc. Je pris les pièces, esquissai une révérence et m'écartai de l'étal ; je tâchai de me fondre dans la foule, mais je sentis les yeux de la marchande qui me suivaient.

En silence, je donnai deux pièces à un boulanger ; le tenancier me posa une question, et je désignai ma bouche close du doigt. Il regarda l'argent, me regarda, fit la moue et se tourna vers un panier couvert ; il me remit un petit pain dur, sans doute vieux de plusieurs jours. Je le pris, les mains tremblantes, et remerciai le jeune homme de la tête. Une expression étrange passa sur ses traits, et il me saisit le poignet ; je me retins à grand-peine de hurler, mais il choisit, parmi ses pâtisseries fraîches, le plus réduit de ses petits pains et me le donna. Le regard de pure gratitude que je lui adressai dut le gêner, car il me chassa comme on chasse un chaton errant. Je fourrai mes achats dans ma tunique, en compagnie de ma bougie éraflée, et courus chercher un coin tranquille pour manger.

Au bout de la rangée d'échoppes, j'avisai un puits public comme je n'en avais jamais vu : de l'eau chaude s'élevait en bouillonnant dans un bassin bordé de pierres, et le trop-plein se déversait dans une rigole. Je vis des femmes y emplir des seaux, puis une enfant y boire dans ses mains en coupe ; je m'agenouillai et l'imitai : l'eau avait une odeur bizarre et un goût fort, mais elle étanchait la soif et n'était pas toxique ; c'était tout ce que je demandais. Je bus mon content puis m'aspergeai le visage et me frottai les mains ; c'était manifestement déplacé, car derrière moi un homme eut un grognement de dégoût et fronça le sourcil. Je me redressai en hâte et m'en allai.

Au sortir du marché s'étendait une rue commerçante ; là, plus d'échoppes en plein vent, mais d'imposants magasins en pierre et en bois, portes grandes ouvertes sur la brise clémente. En passant devant eux, je sentis une odeur de viande en cours de fumaison, puis j'entendis un charpentier ponçant du bois ; des tas de bois équarri occupaient un espace dégagé sur le côté et à l'arrière de son atelier. Après un coup d'œil sur les alentours, je me glissai dans leur ombre ; les planches entrecroisées me cachaient de la rue. Je m'assis par terre, m'adossai à un empilement de bois odorant, sortis mes petits pains et fis un effort pour commencer par le plus vieux ; il était grossier, rassis, et incroyablement délicieux ; je le mâchai en tremblant. Quand j'eus fini, je restai immobile, la respiration lourde, à sentir le glissement du pain de ma gorge jusqu'à mon estomac. J'eusse pu en avaler dix autres.

L'autre petit pain dans la main, je le portai à mes narines et je me dis qu'il serait sage de le garder pour le lendemain ; puis je songeai qu'en le transportant je risquais de le laisser tomber, ou d'en perdre des morceaux. Je n'eus guère de mal à me persuader, et je le mangeai. Une fine coulure de miel sur le dessus s'était caramélisée dans le pain, qui renfermait aussi des morceaux de fruits et des épices. Je me torturai en le mangeant par bouchées minuscules et savourai chaque miette sucrée qui touchait ma langue. Je le finis bien trop vite ; ma faim était satisfaite, mais le souvenir du festin me tourmentait.

Un autre souvenir me revint : un mendiant, couvert de cicatrices, brisé et transi de froid, sans doute plus affamé que moi. Je m'étais efforcée de faire preuve de bonté envers lui, et mon père l'avait frappé de plusieurs coups de poignard avant de m'abandonner pour le transporter à Castelcerf et tâcher de le guérir. Je tentai de faire correspondre ces faits avec les bribes de conversations que j'avais entendues, mais la jonction ne se faisait pas. Je me demandai alors pourquoi personne ne faisait attention à moi, petite, seule et le ventre creux, ni ne m'offrait de pomme.

Je salivai en songeant à celle que j'avais donnée au mendiant. Ah, les marrons que j'avais mangés ce jour-là, brûlants à écorcer et sucrés sur ma langue ! Mon estomac se noua, et je me pliai en deux.

Il me restait quatre piécettes ; si le boulanger était aussi gentil demain qu'aujourd'hui, je pourrais manger pendant deux jours. Ensuite, je resterais le ventre vide ou je volerais.

Comment allais-je rentrer chez moi ?

Le soleil devenait de plus en plus chaud et éclatant. Je m'examinai : j'avais les pieds sales et les ongles longs ; mon pantalon matelassé était crotté, mon pourpoint, jadis long et vert Flétribois, était désormais couvert de taches et de salissures ; il s'achevait en lambeaux à ma taille, et les poignets de mon chemisier étaient noirs. Je faisais une mendiante très convaincante.

Je devais me rendre sur les quais pour voir s'il n'y avait pas un bateau en partance pour Cerf, voire, plus largement, pour les Six-Duchés. Mais comment m'y prendre pour obtenir ce renseignement, et que devrais-je faire pour être acceptée à bord ? Le soleil brillait, et mes vêtements étaient trop chauds par cette belle journée ; je m'enfonçai davantage dans l'ombre et me roulai en boule, dos à un tas de bois. Sans le vouloir, je m'endormis.

Je me réveillai en fin d'après-midi. L'ombre m'avait abandonnée, mais le sommeil ne m'avait quittée qu'au moment où le soleil avait frappé mes yeux clos. Je m'assis, le cœur au bord des lèvres, prise de vertige et assoiffée, puis je me dressai, titubante, et me mis en route. Le peu de courage que j'avais rassemblé avant ma sieste s'était dissipé, et je ne pus me résoudre à descendre jusqu'aux quais ni même à explorer encore la ville ; je retournai à la ruine où j'avais trouvé abri la nuit précédente.

Dans une cité pleine d'étrangeté, je me réconfortai du peu qui me fût familier. De jour, l'eau de la vieille fontaine, dans le jardin de la maison décrépite, était verdâtre, et des bestioles noires filaient en tous sens dans ses profondeurs ; mais c'était de l'eau, et j'avais soif. Je bus, puis me déshabillai pour me nettoyer du mieux possible ; enfin, je lavai mes vêtements, étonnée de la difficulté de la tâche. Une fois de plus, je pris conscience que j'avais mené une vie facile à Flétribois, et je songeai aux domestiques qui subvenaient à tous mes besoins ; j'avais toujours été courtoise avec eux, mais les avais-je jamais vraiment remerciés du mal qu'ils se donnaient ? Je me remémorai Prudence et les manchettes de dentelle qu'elle m'avait prêtées ; était-elle en vie ? Pensait-elle à moi parfois ? J'avais envie de pleurer mais je me retins.

Stoïquement, je préparai mes plans tout en plongeant mes frusques dans l'eau avant de les frotter puis de les essorer. Dwalia m'avait prise pour un garçon ; mieux valait me présenter sous cette identité. Un bateau à destination des Six-Duchés aurait-il besoin d'un mousse ? J'avais entendu des histoires sur certains d'entre eux qui avaient connu des aventures effarantes et merveilleuses ; dans les chansons des ménestrels, ils devenaient pirates, découvraient des trésors ou finissaient capitaines. Le lendemain, je prendrais deux de mes pièces, j'achèterais encore du pain et je le mangerais ; cette partie de mon plan me plaisait beaucoup. Ensuite, je descendrais sur le front de mer pour voir si des bateaux partaient pour les Six-Duchés et si on me laisserait embarquer contre travail ; j'écartai de mes pensées le problème de mon aspect frêle et enfantin, de ma force toute relative et de mon incapacité à parler chalcédien. Je me débrouillerais.

Je n'avais pas d'autre solution.

Je mis mes vêtements à sécher sur un bout de mur écroulé et m'étendis nue sur le dallage chaud de soleil d'une cour déserte. La chandelle de ma mère était bien abîmée, couverte de peluches de mes vêtements et cassée en deux, si bien que seule la mèche en retenait les morceaux ; mais elle portait toujours son parfum, celui de ma maison, de la sécurité et de ses mains douces. Je m'endormis à l'ombre légère d'un arbre à demi abattu, et, quand je me réveillai, mes nippes étaient presque sèches, et le soleil se couchait. J'avais de nouveau faim et je redoutais le froid de la nuit ; j'avais beaucoup dormi, et pourtant j'étais encore fatiguée : mon voyage par le pilier m'avait-il épuisée plus que je ne le croyais ? À quatre pattes, je me glissai plus loin sous l'arbre de guingois, jusqu'à un tapis de feuilles mortes de plusieurs automnes d'épaisseur qui m'isolait du pavage. Refusant de m'inquiéter des araignées et des insectes piqueurs, je me roulai en boule et sombrai à nouveau dans le sommeil.

Pendant la nuit, mon courage m'abandonna ; ce furent mes pleurs qui me réveillèrent, et je fus alors prise de sanglots incoercibles. Je me plaquai la main sur la bouche pour étouffer les bruits, et je pleurai ; je pleurai ma maison, les chevaux morts dans l'incendie, Allègre gisant dans son sang devant moi ; tout ce que j'avais vécu, tout ce dont j'avais été témoin sans avoir le temps d'y réagir déferla brusquement dans mon esprit. Mon père m'avait abandonnée pour un mendiant aveugle, et Persévérance était sans doute mort ; j'avais laissé Évite derrière moi, et j'espérais que tout allait bien pour elle. Avait-elle survécu et réussi à regagner Flétribois pour annoncer ce qui nous était arrivé ? Se mettrait-on à ma recherche ? Je revis FitzVigilant et la neige blanche maculée de son sang écarlate.

Tout retour me parut soudain impossible. Rentrer chez moi pour y trouver quoi ? Qui serait là ? Serais-je l'objet de la colère de tous parce que j'avais attiré les gens pâles ? Et, si je regagnais ma demeure, Dwalia ou d'autres de son espèce ne sauraient-ils pas où me chercher ? Ne reviendraient-ils pas mettre le feu et tuer ? Je me fis toute petite sous mon arbre et me balançai, sachant que nul ne pouvait me protéger.

Moi, je te protégerai. L'intervention de père Loup n'était même pas un murmure.

Il n'existait que dans ma tête ; ce n'était qu'une idée. Comment me protégerait-il ? Qu'était-il, finalement ? Le fruit de mon imagination, né de ce que j'avais lu des écrits de mon père ?

J'existe et je suis avec toi. Fais-moi confiance ; je peux t'aider à te protéger toi-même.

La colère me saisit tout à coup. « Tu n'as rien fait quand on m'a enlevée ! Tu n'as rien fait quand Dwalia m'a battue et entraînée dans le pilier ! Tu es un rêve, une invention de ma part parce que j'étais une petite fille effrayée ; mais tu ne peux plus rien pour moi ! Personne ne peut rien pour moi. »

Sauf toi.

« Tais-toi ! » criai-je, puis je me couvris la bouche, horrifiée : je devais me cacher, non brailler contre des créatures imaginaires au milieu de la nuit. Je me déplaçai encore sous l'arbre jusqu'à ce que je sentisse sous mes mains les décombres d'un mur qui m'empêchaient d'aller plus loin. Je me roulai à nouveau en boule, fermai les yeux, dressai mes murailles et m'endormis.

Je me réveillai le lendemain les joues raides de larmes séchées. La migraine me martelait les tempes et la faim me retournait l'estomac ; il me fallut longtemps avant de me décider à sortir de ma cachette, et je ne me sentais pas assez bien pour retourner au marché, aussi allai-je explorer la zone en ruine de la cité. Je vis des lézards et des serpents qui prenaient le soleil sur des blocs de maçonnerie, et j'essayai d'en attraper un, mais ils filèrent à mon approche. À deux reprises, j'aperçus des gens qui habitaient apparemment dans des maisons détruites ; je sentis l'odeur de leurs feux et distinguai du linge mis à sécher. Je restai hors de leur vue.

Finalement, la faim me ramena au marché. Je ne trouvai pas le boulanger de la veille, et je le cherchai d'un pas chancelant et boitillant à la fois, mais la fringale me dévorait, et je finis par en aborder un autre. Une femme renfrognée faisait cuire des friands fourrés d'une garniture appétissante sur une grille, au-dessus d'un petit brasero en métal ; les pâtisseries grésillaient dans une large poêle au-dessus des flammes, et elle les retournait adroitement avec une longue fourchette pour les dorer de tous les côtés.

Je lui tendis une pièce, et elle refusa de la tête ; je m'éloignai et passai derrière un autre étal pour sortir une autre pièce de ma chemise nouée. Pour les deux, elle posa un friand sur une large feuille d'arbre qu'elle replia, ferma à l'aide d'un petit bout de bois et me remit. Je m'inclinai pour la remercier, mais elle ne s'intéressait déjà plus à moi, occupée à chercher du regard son prochain client.

J'ignorais si la feuille était destinée à être mangée ou si elle servait de serviette. Du bout des dents, j'en arrachai un morceau ; ce n'était pas déplaisant, et je songeai qu'un vendeur ne mettrait pas de la nourriture dans un emballage toxique. Je trouvai un coin tranquille derrière une échoppe déserte et m'assis par terre ; le friand n'était pas gros, il tenait juste dans ma main, et je voulais le consommer lentement. La garniture était friable et son goût évoquait un peu l'odeur du mouton mouillé, mais je m'en moquais. Cependant, après ma deuxième bouchée, je m'aperçus qu'un garçon m'observait par l'espace entre deux échoppes. Je détournai les yeux, mordis à nouveau dans le friand, et, quand je regardai à nouveau, un autre gamin, plus petit, avec une chemise rayée et sale, s'était joint au premier ; leurs cheveux, leurs pieds et leurs jambes nues étaient couverts de poussière et leur tenue débraillée. Ils avaient l'expression de petits prédateurs affamés. Un instant, je fus prise d'un vertige qui me rappela le moment où le mendiant de Chênes-lès-Eau m'avait saisie par la main : je vis des tourbillons d'événements et de possibilités ; il m'était impossible de les distinguer les uns des autres, de savoir lesquels étaient désirables et lesquels désasteux ; tout ce que je savais, c'était que je devais les éviter.

Profitant de ce qu'une carriole passait entre les enfants et moi, je filai à croupetons derrière mon échoppe en dévorant le reste du friand ; j'avais la bouche pleine mais les mains libres. Je me redressai et m'efforçai de me mêler à la foule.

Ma vêture me valait des regards curieux ; je baissai les yeux et tâchai d'attirer le moins possible l'attention. À plusieurs reprises, je jetai des coups d'œil derrière moi, mais je ne repérai pas les deux garçons ; pourtant, j'étais convaincue qu'ils me suivaient. S'ils me prenaient mes deux dernières pièces, je n'aurais plus rien. Je m'efforçai de réprimer ma terreur à cette perspective. *Ne réfléchis pas comme la proie.* Une mise en garde de père Loup ou une pensée de mon cru ? Je ralentis le pas, trouvai à m'accroupir à côté d'une carriole de déchets et observai les gens qui allaient et venaient.

Il y avait d'autres petits mendiants dans le marché, tous plus doués que moi. Les enfants, deux filles et un garçon, ne quittaient pas les parages d'un vendeur de fruits malgré ses efforts pour les écarter ; soudain, ils fondirent sur l'étal, et chacun s'empara de son butin puis partit en courant pendant que l'homme poussait de hauts cris, les maudissait et envoyait son fils à la poursuite de l'un d'eux.

Je vis aussi des sortes de gardes municipaux ; ils portaient des robes orange qui s'arrêtaient à leurs genoux, des pantalons de toile, des tuniques de cuir mince et des bottes basses ; ils se déplaçaient à pas martiaux par groupes de quatre, un gourdin noueux à la main et une épée au fourreau, et les marchands leur offraient des brochettes de viande, des pâtisseries et des galettes fourrées au poisson. Était-ce la reconnaissance ou la peur qui motivait une telle générosité ? Quoi qu'il en fût, je me cachai d'eux le plus vite possible.

Je finis par aboutir sur les quais. Il y régnait une animation bruyante ; des hommes poussaient des carrioles, des chevaux tiraient des chariots débordants, certains embarquant à bord de bateaux, d'autres les déchargeant. L'air empestait le goudron et le varech en décomposition. Je restai à l'écart de l'agitation et me demandai comment déterminer la destination des navires à l'ancre : je n'avais nulle envie de m'éloigner davantage des Six-Duchés. Les yeux écarquillés, j'observai un appareil dont j'ignorais le nom qui hissait plusieurs grandes caisses dans un filet puis les transférait du quai à un bateau ; je vis aussi un jeune homme recevoir trois rudes coups de bâton sur son dos nu alors même qu'il guidait une telle cargaison pour la déposer sur un pont. J'ignorais quelle erreur il avait commise et pourquoi on le frappait, mais je me recroquevillai en m'imaginant victime de ces coups.

Je ne repérai personne d'une aussi petite taille que moi sur les quais, mais je supposais que plusieurs des garçons qui travaillaient là avaient le même âge que moi ; ils œuvraient torse nu et couraient pieds nus sans prendre garde aux échardes des pontons de bois, apparemment occupés à des missions urgentes. L'un d'eux avait une entaille purulente dans le dos. Un conducteur de charrette me cria de m'écarter de son chemin, et un autre homme, moins délicat, me poussa de côté, les épaules chargées de deux lourds rouleaux de corde.

Effrayée, je rebroussai chemin pour regagner la maison en ruine.

Au sortir du marché, un jeune homme dans une ravissante robe ornée de rosettes jaunes m'appela en souriant ; il me fit signe de m'approcher, et, quand je m'arrêtai à distance respectueuse en me demandant ce qu'il voulait, il s'accroupit pour se mettre à ma hauteur. Il pencha la tête et prononça des mots incompréhensibles d'une voix douce et persuasive. Il paraissait gentil ; il avait les cheveux plus blonds que les miens et coupés au ras de sa mâchoire ; ses boucles d'oreilles étaient de jade. Je supposai qu'il était de bonne famille et riche. « Je ne comprends pas », répondis-je dans une langue commune hésitante.

Ses yeux bleus s'étrécirent sous l'effet de la surprise, puis son sourire s'élargit. Il dit avec un lourd accent :

« Jolie robe neuve. Viens. Donne toi manger. » Il avança d'un pas, et je perçus le parfum qui imprégnait ses cheveux ; il me tendit la main.

Fuis ! Fuis tout de suite !

Le ton pressant de père Loup ne permettait aucune hésitation. J'adressai un dernier regard à l'homme, secouai la tête et me sauvai. Je l'entendis m'appeler, et je me demandai pourquoi je courais, sans pour autant m'arrêter. L'homme m'appela de nouveau mais je ne me retournai pas. *Ne va pas tout droit à ta tanière ; cache-toi et observe ce qui se passe derrière toi*, fit père Loup, et j'obéis, mais ne vis personne me suivre. Plus tard cette nuit, pelotonnée sous mon arbre, je m'interrogeai : pourquoi m'étais-je enfuie ?

Des yeux de prédateur, me dit père Loup.

Que dois-je faire demain ?

Je ne sais pas, répondit-il d'un ton chagrin.

Je rêvai de ma maison cette nuit-là, de tartines grillées et de tisane brûlante dans la cuisine. J'étais trop petite pour atteindre la table, et je n'arrivais pas à relever le banc renversé ; j'appelais Prudence, mais, quand je me retournais, je la découvrais gisant au sol et couverte de sang. Je me ruais hors de la cuisine en hurlant, mais ne voyais partout que des cadavres ; j'ouvrais des portes pour me cacher, mais derrière chacune se trouvaient les deux jeunes garçons en haillons et Dwalia qui riait. Je me réveillai en pleurs au milieu de l'obscurité, et, à ma grande épouvante, j'entendis des voix, dont une qui lançait des appels interrogateurs. J'étouffai mes sanglots et m'efforçai de respirer sans bruit. J'aperçus une lueur, et une lanterne passa dans la rue devant ma maison détruite ; deux personnes bavardaient en chalcédien. Je restai cachée, l'œil aux aguets, jusqu'au matin.

Le soleil était déjà haut quand je rassemblai assez de courage pour me rendre au marché. Je retrouvai la boulangerie où j'étais passée le premier jour, mais le jeune homme avait été remplacé par une femme, et, quand je lui montrai mes deux pièces, elle prit un air dédaigneux et me fit signe de m'en aller. Je lui tendis à nouveau les deux piécettes, pensant qu'elle n'en avait vu qu'une, mais elle proféra quelques mots menaçants en claquant des mains ; je battis en retraite, décidée à trouver à manger ailleurs, mais, à cet instant, je fus jetée à terre par un des deux garçons de la veille ; en un éclair, l'autre m'arracha mon argent, et tous deux disparurent dans la foule. Je me redressai, le derrière dans la poussière, le souffle coupé, et puis, à ma grande honte, j'éclatai en sanglots, le visage dans les mains.

Nul ne me prêta attention ; la presse du marché continua de déambuler en me contournant comme un rocher au milieu du courant. Mes pleurs finirent par se calmer, et je demeurai assise, accablée. La faim me fouaillait les entrailles, j'avais mal à l'épaule, le soleil implacable accentuait ma migraine, et je ne savais plus quoi faire. Comment pouvais-je espérer rentrer chez moi alors que je ne savais même pas comment survivre une seule journée ?

Un homme menant une carriole tirée par un âne me toucha de sa badine ; c'était un avertissement, non une agression, et je m'écartai vivement de sa route. Je le regardai passer devant moi, puis, de ma manche, j'essuyai la poussière mêlée de larmes qui maculait mon visage et observai le marché. J'avais l'impression de n'avoir rien mangé depuis des semaines tant la faim me taraudait ; tant que j'avais la perspective d'un repas chaque jour, j'avais pu la dominer, mais c'était elle qui me commandait à présent. Je redressai les épaules, m'essuyai les yeux encore une fois puis m'éloignai de la boulangerie.

Je me déplaçai discrètement en étudiant chaque échoppe et chaque vendeur. Mon cas de conscience dura le temps qu'il me fallut pour sentir les arômes de nourriture et avaler ma salive. J'avais vu la veille comment on s'y prenait ; je n'avais personne pour créer une diversion, et, si quelqu'un décidait de me poursuivre, il n'y aurait pas d'autre lapin en course. Ma faim paraissait accélérer mes réflexions ; il me fallait choisir une baraque, une cible et un itinéraire de fuite, puis rester aux aguets en espérant un moment de distraction du marchand ; j'étais petite et leste : je pouvais y arriver. Je devais y arriver. Pareille inanition était insupportable.

Je rôdai dans le marché, prête à passer à l'action. Je voyais grand : je ne voulais pas courir autant de risques pour un morceau de fruit ; il me fallait de la viande, une miche de pain ou un filet de poisson fumé. Je m'efforçai de regarder les étals sans en avoir l'air, mais un petit garçon brandit un bâton d'un air menaçant quand je demeurai trop longtemps les yeux fixés sur les darnes salées que vendait sa mère.

Je trouvai enfin ce que je cherchais : la baraque d'un boulanger, plus grande et plus imposante que les autres. Des miches brun profond et jaune d'or s'amoncelaient dans des paniers posés par terre devant l'étal ; sur la planche devant le vendeur s'exposaient les produits plus chers, pains enroulés aux épices et au miel, gâteaux moelleux garnis de noix, mais je décidai de me contenter d'une des fouaces jaunes. L'échoppe voisine proposait des écharpes qui dansaient dans la brise de mer, et plusieurs femmes agglutinées marchandaient bon train ; de l'autre côté de la rue animée, un rétameur vendait des couteaux, et son associé affûtait toutes sortes d'outils sur une pierre à meuler rotative actionnée par un apprenti en nage ; elle produisait un bruit aigu et crachait par instants des étincelles. Je trouvai un bras mort dans le courant des chalands et fis semblant de me passionner pour la meule, la bouche entrouverte comme si je n'avais pas tous mes esprits ; à coup sûr, avec cette expression et mes haillons, nul ne me prêterait attention, et je pourrais attendre qu'un incident quelconque sollicitât le regard du vendeur et me donnât l'occasion de fondre sur ma cible.

Comme en réponse à mes prières, des cors sonnèrent au loin. Tout le monde tourna la tête, puis reprit son activité. La sonnerie suivante fut plus proche ; les gens tournèrent à nouveau la tête en échangeant des coups de coude, et quatre chevaux apparurent finalement, parés d'un superbe harnais noir et orange. Les gardes qui les montaient arboraient une tenue tout aussi magnifique, leur casque surmonté d'un panache aussi imposant que celui qui ornait la têtière de leur bête. Ils avançaient vers nous, et les groupes de clients se pressèrent contre les échoppes pour leur faire place. Comme les cavaliers portaient encore une fois leur cor à leur bouche, je vis ma chance : profitant de ce que tous regardaient les quatre hommes, je me précipitai, m'emparai d'une miche dorée et filai à contresens des soldats.

Tout à mon larcin, je ne m'étais pas rendu compte que, derrière eux, la rue était restée déserte et que les gens qui la bordaient étaient tombés à genoux. Je me mis à courir tandis que le panetier poussait de hauts cris, et, quand je voulus virer dans la foule agenouillée pour m'y perdre, des exclamations jaillirent et des mains m'agrippèrent. Un autre groupe de gardes arrivait à pied, à six de front sur trois rangées, précédant une femme sur un cheval noir harnaché d'or.

Les chalands à genoux formaient une barrière infranchissable ; je tentai de forcer le passage, mais un homme me saisit d'une poigne dure et me jeta à plat ventre dans la poussière en prononçant d'un ton autoritaire un mot que je ne compris pas. Je voulus me relever, mais il m'assena une violente claque sur la tête ; je vis des étoiles puis tout devint noir. Une seconde plus tard, je constatai que toutes les personnes autour de moi demeuraient figées ; m'avait-il intimé l'ordre de ne plus bouger ? Je me rallongeai sur le sol. Je tenais le pain que j'avais volé contre ma poitrine, sous mon menton, et il en émanait un parfum enivrant. Sans réfléchir, je baissai la tête et mordis dans la croûte ; couchée sur le dos dans la rue, je grignotai la miche comme une souris tandis que passaient les trois rangées de gardes, la femme sur sa monture noire, puis quatre autres rangées de soldats. Nul ne se releva, et une deuxième formation de cavaliers passa, s'arrêtant par moments pour faire sonner des carillons de bronze ; une fois qu'ils se furent éloignés, marchands et clients se redressèrent et reprirent leurs activités.

Pour ma part, sans cesser de ronger mon pain, j'attendis la sonnerie suivante pour me relever d'un bond et essayer de m'enfuir, mais l'homme qui m'avait plaquée au sol agrippa le dos de mon pourpoint d'une main et mes cheveux de l'autre ; il me secoua violemment en criant. Le marchand de pain se rua vers moi, m'arracha la fouace et poussa une exclamation en la découvrant salie et entamée ; je me recroquevillai, croyant qu'il allait me frapper, mais il se mit à répéter le même mot en s'époumonant. Il jeta la miche par terre, furieux ; je mourais d'envie de la reprendre, mais l'autre homme ne relâchait pas sa prise sur moi.

La garde municipale. C'était elle que le panetier appelait, et deux soldats arrivèrent au pas de course. L'un sourit d'un air presque bienveillant, comme s'il ne pouvait croire qu'on l'eût dérangé pour un si menu méfait, mais l'autre, un gaillard à la mine sévère, m'attrapa par le dos de ma tunique et ne fut pas loin de me décoller de terre ; il commença à m'interroger tandis que le vendeur expliquait son cas en criant. Je secouai la tête puis indiquai ma bouche pour leur faire comprendre que je ne pouvais pas parler ; mon stratagème parut fonctionner jusqu'au moment où l'autre garde se pencha près de son camarade et me pinça si soudainement que je glapis de douleur.

Ma ruse s'effondra. On me brusqua, et quand le soldat qui me tenait leva la main pour me gifler, je m'exclamai en langue commune : « J'avais faim et j'ai volé ! Que pouvais-je faire d'autre ? J'ai trop faim ! » Puis, à ma grande honte, j'éclatai en larmes et tendis la main vers le pain en m'efforçant de l'attraper. L'homme qui m'avait plaquée au sol se baissa, le ramassa et me le donna ; le panetier voulut me le faire lâcher d'une claque sur les mains, mais le garde me mit hors de sa portée, puis, comble de l'humiliation, il me prit sur la hanche comme si j'étais un enfant beaucoup plus petit et il s'éloigna à grands pas.

Je tenais la miche à deux mains ; je ne maîtrisais pas mes larmes ni mes sanglots, mais cela ne m'empêchait pas de la dévorer à pleine bouche. J'ignorais ce que me réservait le destin, mais j'avais une certitude : je me remplirais l'estomac de ce pain qui me valait tant d'ennuis !

Je m'accrochais encore à ce qui restait de croûte quand mon transporteur gravit trois marches qui menaient à l'entrée d'un bâtiment banal ; il ouvrit la porte et me jeta par terre alors que son camarade entrait à son tour.

Assis à une table, un homme plus âgé à l'uniforme plus chamarré leva les yeux ; son déjeuner l'attendait devant lui, et il avait l'air agacé qu'on l'interrompît. Les gardes lui exposèrent mon cas pendant que j'examinais la pièce ; il y avait un banc le long d'un mur vide, et une femme était assise à une extrémité, les pieds entravés par des chaînes ; à l'autre bout, un homme avait le visage dans les mains. Il me regarda, et je vis qu'il avait la bouche en sang et un œil tuméfié. Il reprit sa position d'origine.

Le garde qui me portait me saisit par les épaules et me secoua. Je levai la tête, il me dit quelques mots et je fis une mimique d'incompréhension ; l'homme derrière le bureau s'adressa à moi à son tour, et j'eus la même expression. Alors il me demanda en langue commune : « Qui es-tu ? Tu es perdue, petite ? »

À cette simple question, j'éclatai à nouveau en sanglots, et il eut l'air légèrement inquiet ; d'un geste, il congédia les deux gardes. Le dernier se retourna avant de sortir comme s'il s'inquiétait pour moi, mais l'homme attablé me parlait à nouveau.

« Dis-moi comment tu t'appelles. Tes parents pourraient payer ce que tu as volé et te ramener chez toi. »

Était-ce possible ? Je repris mon souffle. « Je m'appelle Abeille Loinvoyant et je viens des Six-Duchés. On m'a enlevée et il faut que je rentre chez moi. » Je rassemblai mon courage et fis une promesse extravagante : « Mon père paiera pour mon retour.

— Je n'en doute pas. » Il s'appuya sur un coude à côté d'un petit fromage rond que je regardai avidement. Il s'éclaircit la gorge. « Comment t'es-tu retrouvée dans les rues de Chalcède, Abeilleloinvoyant ? »

Il prononça mon nom comme un seul mot. Je ne le repris pas ; c'était sans importance. S'il m'écoutait et prévenait mon père, j'étais sûre que ce dernier verserait ce qu'il faudrait pour me récupérer, et, sinon lui, du moins Ortie, assurément. Je narrai donc mon histoire en m'efforçant de laisser de côté les épisodes les plus incroyables ; je racontai l'attaque de ma maison par des Chalcédiens et mon enlèvement ; je n'expliquai pas comment j'étais parvenue en Chalcède et me contentai de dire que j'avais faussé compagnie à Kerf et à ses compagnons parce qu'ils étaient cruels avec moi. Je m'étais donc retrouvée dans la ville, je voulais seulement rentrer chez moi, et, si on prévenait mon père, quelqu'un viendrait à coup sûr avec de l'argent pour me ramener.

Il parut un peu interloqué par mon histoire embrouillée, mais il hocha gravement la tête. « Je comprends maintenant, peut-être mieux que toi. » Il agita une clochette posée dans un angle de son bureau, une porte s'ouvrit et un garde entra, l'air ensommeillé ; il était très jeune et semblait s'ennuyer à mourir. « Esclave en fuite, propriété d'un nommé Kerf. Mets-la dans la cellule du fond ; si personne ne vient la réclamer d'ici trois jours, mène-la à l'encan. Le prix d'une miche de pain d'abeille revient à Serchin le Boulanger ; affiche que le dénommé Kerf doit le payer ou que le prix en sera déduit de celui de la vente aux enchères.

— Je ne suis pas une esclave ! protestai-je. Je n'appartiens pas à Kerf ! Il a participé à mon enlèvement ! »

L'homme m'adressa un regard indulgent. « Butin, prise de guerre, voilà ce que tu es, même s'il ne t'appelle pas ainsi. Il peut te garder comme esclave ou te rendre contre rançon ; ce sera sa décision s'il vient te chercher. » Il se rassit avec un soupir, prit son verre et but longuement.

De vaines larmes montèrent à nouveau à mes yeux. Le jeune garde me regarda. « Viens avec moi », dit-il en langue commune parfaite, et, quand je me précipitai vers la porte, il avança d'un pas, me fit un croche-pied et éclata de rire ; il m'attrapa par le dos de mon pourpoint et m'emporta comme un sac par là d'où il était venu, sans se soucier de me heurter contre le chambranle. Il referma la porte du bout de la botte, me jeta par terre et déclara : « Ou tu me suis, ou je te conduis au fond du couloir à coups de pieds ; moi, ça m'est égal. »

Pas à moi. Je me relevai, acquiesçai de la tête avec raideur et l'accompagnai. Nous tournâmes un angle puis descendîmes quelques marches ; il faisait plus frais et plus sombre, le seul éclairage venant de fenestrons percés à intervalles réguliers dans le mur. Nous passâmes devant plusieurs portes, et il ouvrit la dernière en disant : « Entre. » J'hésitai ; il me poussa et referma le battant derrière moi.

J'entendis le verrou coulisser.

La pièce était petite mais nullement dégoûtante ; la lumière tombait d'une fenêtre de dimensions très réduites, au point que, même si j'avais pu l'atteindre, je n'eusse pu m'y faufiler. Il y avait une paillasse dans un coin et un trou dans le sol à l'opposé ; les taches et l'odeur m'indiquèrent à quoi il servait. À côté du lit se trouvait un broc plein que je reniflai pour m'assurer qu'il s'agissait bien d'eau ; cela fait, j'y trempai le bas de mon chemisier et nettoyai de mon visage les traces qu'y avaient laissées mes larmes imbéciles. Enfin, j'allai m'asseoir sur la paillasse.

Je restai immobile un long moment, puis je m'allongeai. Je dormis peut-être un peu, puis j'entendis la clenche glisser et je me levai ; un homme ouvrit prudemment la porte, parcourut la cellule des yeux puis me regarda, apparemment étonné de ma petite taille. « À manger », dit-il en me tendant un bol de terre cuite ; j'étais si surprise que je ne bougeai pas, le bol entre les mains, quand il sortit et referma la porte derrière lui. Pour finir, j'examinai mon repas : c'était une bouillie granuleuse parsemée de quelques morceaux d'un légume orangé. Je retournai à mon lit et mangeai délicatement avec les doigts. La portion était celle d'un adulte, et il y avait bien longtemps que je n'avais pas mangé autant. Je tâchai de la faire durer aussi longtemps que possible tout en réfléchissant à ce qui m'attendait ; quand j'eus fini le bol, je bus un peu d'eau puis m'essuyai les doigts sur l'ourlet de mon chemisier. Le jour qui pénétrait dans ma cellule s'assombrissait ; je me demandai si j'aurais une autre visite, mais nul ne vint. Quand l'obscurité tomba, je me couchai et fermai les yeux ; je songeai à mon père, au sort qu'il eût réservé aux gardes – ou à Dwalia : je l'imaginai l'étranglant, et, les poings serrés, je haletai de satisfaction à cette image. Il leur apprendrait ! Il les tuerait tous ! Mais mon père n'était pas là, et il n'avait aucun moyen de savoir où je me trouvais. Personne ne viendrait me secourir. Je pleurai longtemps, puis je m'endormis, la chandelle de ma mère serrée contre moi.

À mon réveil, il y avait un minuscule carré de lumière dans ma petite pièce. Je me servis du trou dans le sol, bus un peu d'eau puis attendis qu'on m'apportât à manger. Rien ne se produisit. Après ce qui me parut une éternité, je me mis à tambouriner à la porte en criant. Rien. Une fois épuisée, je m'assis sur la paillasse, tendis mon esprit vers père Loup et ne pus le contacter. Ce fut un moment terrible. Je me convainquis qu'il n'était qu'invention de ma part et que désormais j'étais trop vieille et le monde trop réel pour que j'y crusse encore. *Tu disparais lorsque j'ai besoin de toi. Comme tous les autres.*

Quand tu me bloques, je ne peux pas me faire entendre de toi.

Moi, je te bloque ?

Quand tu fermes ton esprit. Donc, nous voici de nouveau dans une cage. Au moins, tes geôliers sont aimables – pour l'instant.

Pour l'instant ?

Ils vont te vendre.

Je sais. Que dois-je faire ?

Tout de suite ? Manger, dormir, laisser ton organisme se remettre. Quand ils t'emmèneront pour te vendre, garde-moi très présent à l'esprit ; nous avons peut-être encore une chance de nous échapper.

Ses conseils ne me donnaient guère d'espoir, mais, jusque-là, je n'en avais pas du tout. Je m'endormis en pleurant ce soir-là.

Lorsque je me réveillai le lendemain matin, je me sentis mieux que depuis bien longtemps. J'examinai les ecchymoses qui marquaient mes bras et mes jambes : de noires et bleu foncé, elles devenaient jaunes et vert clair. J'avais moins mal au ventre, et je pouvais parcourir un cercle complet avec mon bras. Je me coiffai avec le peigne d'Almain, puis me rongeai les ongles pour les raccourcir. Un autre garde m'apporta un bol de nourriture, remplit mon broc, remporta le bol vide, le tout sans m'adresser la parole. La ration était encore celle d'un adulte ; cette fois, dans la bouillie apparaissaient des fanes filandreuses et un cube taillé dans un légume jaune. Je dévorai le tout puis regardai le carré de lumière se déplacer sur le sol puis le long du mur et enfin s'effacer. La nuit était revenue. Je pleurai à nouveau et m'endormis à nouveau ; je rêvai que mon père était en colère parce que je n'avais pas rangé mes encres, et je me réveillai dans l'obscurité, sachant qu'une telle scène ne s'était jamais produite, et le regrettant. Je sombrai encore une fois dans le sommeil et fis un rêve important sur un dragon qui nageait et capturait mon père. Quand je rouvris les yeux, le carré de lumière était revenu ; j'eusse aimé noter mon songe, mais je n'avais ni papier, ni encre ni plume. Je passai l'après-midi à chercher un moyen de fixer ma chandelle pliée en deux à l'intérieur de l'ourlet de mon chemisier pour éviter de la perdre.

La journée s'écoula. Encore un bol de bouillie. Allait-on bientôt me mettre à l'encan ? À partir de quand les trois jours couraient-ils ? De la date de ma capture, ou du lendemain ? Je me demandai qui m'achèterait et quel travail me serait dévolu ; parviendrais-je à persuader les gardes de contacter mon père ? Peut-être serais-je vendue comme esclave domestique et pourrais-je convaincre mes propriétaires de me rendre contre rançon ? Je savais que les esclaves existaient, mais j'ignorais comment on les traitait ; allait-on me battre ? M'enfermer dans un chenil ? Je m'interrogeais encore quand j'entendis coulisser le verrou. Un garde ouvrit la porte puis recula.

« Celle-ci ? » demanda-t-il, et Kerf passa la tête par l'ouverture ; il me regarda d'un œil terne.

« Oui, répondit Dwalia. C'est celle que nous cherchons. »

Je fus presque soulagée de les voir ; et puis Dwalia reprit : « C'est cette petite misérable ! Elle nous en a fait voir de toutes les couleurs.

— "Elle" ? » Le garde était étonné. « On croyait que c'était un garçon.

— Nous aussi ! s'exclama Vindeliar. C'est mon frère ! » Il passa la tête à son tour par la porte et me sourit ; il avait les joues moins rondes qu'avant, ses cheveux clairsemés étaient éteints, mais l'éclat de l'amitié brillait toujours dans ses yeux. Je le haïssais. Ils ne m'eussent jamais retrouvée s'il n'avait pas dominé l'esprit de Kerf sur ordre de Dwalia ; il m'avait trahie.

Le garde le regarda fixement. « Ton frère ? Oui, je vois la ressemblance », fit-il, mais nul ne rit.

J'avais la nausée. « Je ne connais pas ces gens, dis-je. Ils vous mentent. »

Il haussa les épaules. « Ça m'est égal, du moment qu'on paie ton amende. » Il se tourna vers Kerf. « On l'a surprise à voler une miche de pain d'abeille ; vous devez la rembourser. »

L'intéressé hocha la tête d'un air inexpressif. Je savais que Vindeliar le dominait, mais de façon maladroite : Kerf paraissait très abruti, comme s'il devait réfléchir longuement avant de parler, alors qu'Ellik avait toujours semblé parfaitement assuré. Vindeliar perdait-il sa magie ou prenait-elle mal sur Kerf ? C'était peut-être le résultat des deux voyages par les piliers ? « Je paierai, répondit enfin le mercenaire.

— L'argent d'abord, et ensuite vous pouvez l'emmener. Vous nous devez aussi quatre jours de nourriture. »

Ils refermèrent la porte et s'éloignèrent. J'éprouvai un bref soulagement à l'idée que les gardes allaient les escroquer de quelques jours supplémentaires, puis l'inquiétude me saisit : et si j'étais vraiment restée emprisonnée quatre jours et que j'eusse perdu le compte du temps ? J'attendis leur retour, redoutant d'être à nouveau entre leurs mains mais presque rassurée que quelqu'un se chargeât de moi. J'eus l'impression qu'une éternité s'écoulait, mais le verrou finit par coulisser.

« Viens, me dit sèchement Dwalia. Tu ne vaux pas tous les ennuis que tu nous causes. »

Son regard me promettait une correction pour plus tard, mais Vindeliar me contemplait avec un sourire niais. Pourquoi m'aimait-il donc ? C'était mon pire ennemi, mais aussi mon unique allié. Kerf m'appréciait, apparemment, mais, si Vindeliar lui tenait la bride, je ne pouvais espérer nul secours de sa part. Peut-être devrais-je travailler mon amitié avec Vindeliar ? Si j'avais été plus avisée, j'eusse commencé dès mon enlèvement.

Dwalia tenait un long rouleau de cordon. Sans me laisser le temps de protester, elle le passa autour de mon cou. « Non ! » criai-je, mais elle serra la boucle d'une saccade ; je voulus y porter la main, mais Kerf m'en empêcha pendant que Dwalia saisissait mon autre bras et me le relevait dans le dos. Je sentis le cordon s'enrouler autour de mon poignet ; elle avait agi très vite, sans doute de longue expérience. Ma main était douloureusement tirée vers le haut, et je ne pouvais la baisser sans resserrer le cordon autour de ma gorge. La femme en tenait l'extrémité, et elle la tira d'un coup sec ; je dus relever brutalement la tête en arrière.

« Et voilà, dit-elle avec une satisfaction non dissimulée. Fini, tes mauvais tours. Allons-y. »

Au sortir de la pénombre fraîche de ma cellule, l'éclat du jour était pénible et la chaleur excessive. Kerf et Dwalia marchaient devant moi, ma laisse tendue, et je devais presser le pas pour rester à leur hauteur tandis que Vindeliar trottait à mes côtés. Je m'étonnai de sa conformation curieuse, le torse fin et long, et les jambes courtes ; il me revint que sa maîtresse l'avait qualifié de « sans sexe » ; l'avait-elle castré comme le faisaient nos employés sur nos boucs pour les engraisser, ou était-il né ainsi ?

« Où est Alaria ? » lui demandai-je à mi-voix.

Il m'adressa un regard malheureux. « Vendue à un marchand d'esclaves contre de quoi nous payer à manger et embarquer sur un bateau. »

Kerf tressaillit. « Elle était à moi ; je voulais la ramener à ma mère : elle aurait fait une bonne servante. Pourquoi ai-je fait ça ?

— Vindeliar ! » intervint Dwalia d'un ton sec.

Cette fois, j'ouvris mes sens, et je perçus la magie qu'il opérait sur le mercenaire ; je m'efforçai d'en comprendre le fonctionnement. Je savais dresser mes murailles pour empêcher les pensées de mon père de m'envahir, car j'avais dû pratiquer cette défense depuis mon plus jeune âge afin de préserver ma tranquillité intérieure ; mais, en l'occurrence, j'eus l'impression qu'il poussait un mur dans l'esprit de Kerf de façon à écarter les pensées de ce dernier et à l'obliger à partager celles de Vindeliar. J'examinai le mur : il n'était pas très solide, mais je ne savais pas comment m'y prendre pour le franchir ; j'entendis néanmoins un murmure de ce qu'il disait à Kerf. *Ne t'inquiète pas, suis Dwalia, fais ce qu'elle veut ; ne t'étonne de rien ; tout ira bien.*

Ne touche pas son esprit, intervint père Loup. *N'abats pas sa muraille. Écoute, mais ne le laisse pas te repérer.*

Pourquoi ?

Si tu ouvres une voie qui mène à ses pensées, c'est aussi une voie qui mène aux tiennes. Fais très attention de ne pas toucher son esprit.

« Où allons-nous ? demandai-je tout haut.

— Tais-toi ! répliqua Dwalia.

— Au bateau, pour notre voyage », répondit Vindeliar simultanément.

Je me tus, mais non par docilité : l'espace d'un instant, j'avais senti que le garçon avait du mal à parler, à suivre Dwalia et à dominer Kerf en même temps ; il avait faim, mal au dos et besoin de se soulager, mais il se gardait bien de demander une pause à sa maîtresse. Muette, je sentis son emprise se renforcer sur le mercenaire ; donc, en détournant son attention, on pourrait affaiblir son emprise. C'était un détail, mais utile à connaître. La voix de père Loup n'était qu'un chuchotement dans mon esprit : *Des griffes et des crocs acérés. Tu apprends, louveteau ; nous survivrons.*

Existes-tu vraiment ?

Il ne répondit pas, mais Vindeliar tourna la tête vers moi avec un regard étrange. Dresse tes murailles, empêche-le d'entrer dans ton esprit. Il me faudrait me tenir toujours sur mes gardes désormais ; je consolidai mes protections en sachant que, lorsque je me fermais à Vindeliar, je me fermais aussi à père Loup.

8
Tintaglia

Ce rêve ressemblait à un tableau vivant. La lumière était faible, comme si tout était recouvert d'une peinture grise ou bleu clair ; de magnifiques bannières aux couleurs vives s'élevaient et retombaient au gré d'une brise légère, pennons chamarrés or et argent, écarlates, émeraude et azur parcourus de motifs semblables à des diamants ou des yeux et des spirales entrelacées.

Je me dirigeais vers eux d'un mouvement fluide et sans effort ; je n'entendais rien et ne sentais nul déplacement d'air sur mon visage. Soudain ma perspective changeait, et je voyais, non plus des bannières, mais d'énormes têtes de serpents camardes avec des yeux immenses. Malgré moi, je continuais à me rapprocher, et je distinguais enfin l'infime éclat d'un filet qui retenait les créatures comme une nasse des poissons. Les brins qui le composaient étaient quasiment transparents, et je comprenais, je ne sais comment, que les serpents s'étaient tous empêtrés en même temps, pris au piège et noyés.

Ce songe avait la nature catégorique d'un événement réel qui s'était produit plusieurs fois, et qui se répéterait encore. Je ne pouvais l'empêcher car il avait déjà eu lieu, mais je savais aussi qu'il aurait lieu à nouveau.

Journal des rêves d'Abeille Loinvoyant

Tôt le lendemain matin, on frappa à la porte. Je roulai sur le flanc et quittai le lit ; le Fou ne bougea pas. J'allai ouvrir pieds nus en m'interrompant le temps de repousser mes cheveux de mon visage. Dans le couloir, le roi Reyn avait rejeté la capuche de son manteau en arrière, et elle dégoulinait sur le plancher autour de lui ; son front luisait de pluie, dont des gouttelettes restaient accrochées à sa barbe clairsemée. Il m'adressa un large sourire, ses dents blanches incongrues au milieu des fines écailles de son visage. « FitzChevalerie ! J'ai reçu une bonne nouvelle, et je voulais la partager avec vous sans attendre. Un pigeon nous est venu de l'autre côté du fleuve : Mataf est arrivé.

— De l'autre côté du fleuve ? » Une migraine avait soudain commencé à taper à coups de marteau sur une enclume dans ma tête.

« Au village. Il est beaucoup plus facile pour la gabare de s'échouer là-bas que d'apponter chez nous, et pour le capitaine Leftrin de débarquer sa cargaison là-bas que pour nous de la transférer peu à peu jusqu'à l'autre rive. Mataf a les cales pleines : des ouvriers pour la ferme, une dizaine de chèvres, des sacs de grains, trois douzaines de poules. Nous espérons que les chèvres s'en sortiront mieux que les brebis ; ç'a été un désastre : je crois que seules trois ont survécu à l'hiver. Cette année, nous enfermerons aussi les poules. » Il pencha la tête et s'excusa. « Pardon de vous tirer du lit si tôt, mais j'ai pensé que vous voudriez être au courant. Il faudra nettoyer le bateau avant qu'il puisse accueillir des passagers ; ça prendra un ou deux jours, trois dans le pire des cas, mais vous pourrez bientôt vous mettre en route.

— C'est une excellente nouvelle, en effet », répondis-je. J'outrepassai ma migraine pour retrouver mes bonnes manières. « Malgré votre exquise hospitalité, nous sommes impatients de poursuivre notre voyage. »

Il hocha la tête dans une averse de gouttelettes. « Il y a d'autres personnes que je dois en informer ; pardonnez ma hâte. »

Et il s'en alla en dégouttant dans le couloir. Je le suivis du regard en essayant d'imaginer Devoir délivrant un tel message à un hôte, et j'éprouvai un pincement de jalousie devant la spontanéité des Marchands Dragons. Peut-être me trompais-je depuis toujours ; peut-être mon statut de bâtard m'avait-il donné une plus grande latitude que celui de prince, qui m'obligeait à suivre les règles propres à ce titre.

Je fermai la porte alors que le Fou s'approchait du bord du lit en rampant. « Qu'est-ce que c'était ? demanda-t-il, ronchon.

— Le roi Reyn qui apportait des nouvelles : le *Mataf* est mouillé de l'autre côté du fleuve ; nous partirons d'ici un ou deux jours. »

Il s'assit au bord du lit puis se pencha en avant, le visage dans les mains. « Tu m'as fait boire », se plaignit-il.

J'étais mortellement las de mentir. « Il y a des choses que je dois savoir ; il faut que je te fasse parler, Fou, quel qu'en soit le moyen. »

Lentement, prudemment, il leva la tête. « Je t'en veux beaucoup, murmura-t-il, mais j'aurais dû m'y attendre. » Il enfouit à nouveau son visage dans ses mains et ajouta d'une voix étouffée : « Merci. »

Il se leva maladroitement, à mouvements circonspects, comme si son cerveau risquait de déborder de son crâne, et dit avec la voix d'Ambre : « Thymara m'a demandé si j'aurais le temps de passer la voir ; je crois que l'Argent qui couvre mes mains excite sa curiosité et qu'elle voudrait savoir en quoi cela m'affecte. Je crois que je vais lui rendre visite ; veux-tu appeler Braise pour qu'elle m'aide à me vêtir ?

— Naturellement. » Je remarquai qu'elle ne me proposait pas de l'accompagner, rebuffade sans doute méritée.

Cet après-midi-là, quand la pluie cessa, je m'aventurai à sortir avec Lant, car je souhaitais me rendre dans la tour de la carte. La première fois que je l'avais vue, c'était quand j'avais emprunté par inadvertance une pierre d'Art et que je m'étais retrouvé à Kelsingra. Les superbes cartes qu'Umbre et Kettricken m'avaient données n'avaient pas survécu à l'attaque de l'ours, et j'espérais rafraîchir mes souvenirs avec celle des Anciens. Mais nous n'avions pas été très loin quand j'entendis des dragons lancer des coups de trompe éperdus puis des gens pousser des exclamations.

« Que se passe-t-il ? me demanda Lant, puis, dans le même souffle : Nous devrions retourner auprès des autres.

— Non. Ce sont des cris de bienvenue. C'est un dragon qui revient, qui est resté longtemps absent. » Une saute de vent avait porté un nom à mes oreilles. « Tintaglia, dis-je. J'aimerais la revoir.

— Tintaglia », répéta-t-il à mi-voix avec un émerveillement teinté d'inquiétude. Il avait les yeux ronds. « Crible en parlait : c'est la reine dragon qui a aidé à libéré Glasfeu puis s'est accouplée avec lui, et qui l'a contraint à poser la tête sur les pierres d'âtre de la maison des mères de la reine Elliania pour remplir le défi qu'Elliania avait lancé à Devoir.

— Vous savez tout ça ?

— Fitz, tous les enfants des Six-Duchés connaissent cette histoire ; Heur Cœurcontent chante une chanson sur les dragons où il y a ce vers : "Plus bleue qu'un saphir, brillante comme l'or." Il faut que je la voie de mes propres yeux !

— Je crois que ça ne va pas tarder », répondis-je en criant, car un concert de coups de trompe déchaînés noyait désormais nos paroles. Les dragons s'étaient envolés de la cité en signe de bienvenue ou de défi, et ils composaient un spectacle extraordinaire où la beauté et la terreur se mêlaient à parts égales ; ils s'ébattaient dans le ciel comme des hirondelles avant l'orage, mais c'étaient des créatures plus massives que des maisons. Ils luisaient et scintillaient sur le fond des nuages, avec des couleurs qui évoquaient des joyaux plus que des êtres de chair et de sang.

Puis, au-dessus des arbres au loin, je vis apparaître Tintaglia. L'espace d'un instant, je fus incapable de savoir à quelle distance elle se trouvait ; puis, comme elle se rapprochait, je me rendis compte qu'elle était immense – au point de ridiculiser tous les dragons de Kelsingra –, bien plus que la dernière fois que je l'avais vue.

La reine dragon savait quelle émotion elle suscitait dans la cité, et elle parcourut un vaste cercle dans les airs. Alors qu'elle tournoyait devant nous, je ne pouvais détacher mon regard d'elle, mon cœur se gonflait d'admiration, et un large sourire me tirait les lèvres. Je parvins à jeter un coup d'œil en coin à Lant et je vis qu'il la contemplait lui aussi avec un sourire béat, les mains serrées sur la poitrine. « C'est le charme, la magie des dragons ! » fis-je d'une voix croassante, mais mon émerveillement perdurait. « Attention, Lant, ou vous allez vous mettre à chanter sa gloire !

— Oh, plus brillante que des saphirs et scintillante comme l'or ! » Et il y avait une mélodie et du désir dans ses mots. « Aucun ménestrel ne saurait lui rendre justice ; ces chatoiements d'or et d'argent, bien plus bleus qu'aucune pierre précieuse ! Ah, Fitz, je voudrais pouvoir la regarder toujours ! »

Je me tus. On racontait partout dans les Six-Duchés des histoires sur le charme des dragons : certains n'y succombaient jamais tandis que le seul fait de voir un dragon au loin en ensorcelait d'autres. Lant restait momentanément sourd à mes mises en garde, mais le sortilège se romprait sans doute dès qu'il n'aurait plus la dragonne devant les yeux ; quant à moi, si je n'avais pas déjà dressé mes murailles pour contrer la clameur de Kelsingra, j'eusse certainement été aussi enivré que lui.

Il devint vite manifeste qu'elle allait se poser sur la place qui s'étendait devant la salle d'Accueil. Lant se précipita, et je le suivis, mais elle fut au sol avant notre arrivée, et Anciens et dragons de moindre envergure commencèrent à s'ameuter. Lant voulut continuer d'avancer, mais je le retins. « La reine Malta et le roi Reyn, ainsi que leur fils, seront les premiers à lui souhaiter la bienvenue. »

Je ne me trompais pas : même les dragons de Kelsingra demeurèrent à distance respectueuse, ce à quoi je ne m'attendais pas. Tintaglia prit son temps pour replier ses ailes et les ébroua par deux fois comme pour s'assurer que chaque écaille était à sa place avant de les rabattre sur ses flancs, suscitant un chœur de soupirs admiratifs. Quand Reyn et Malta apparurent, accompagnés de Phron, il me fut évident que la reine s'était vêtue à la hâte et que son époux avait rapidement enfilé une tunique propre et aplati ses cheveux ; leur fils affichait un sourire d'émerveillement béat, mais l'expression de Malta était plus réservée, voire fermée, quand elle descendit les marches pour s'arrêter, minuscule, devant la dragonne. Deux reines face à face, songeai-je malgré moi, en dépit de la différence de taille.

Reyn resta un demi-pas en arrière tandis que les reines s'avançaient pour se saluer. Tintaglia examina Malta, le cou arqué et les yeux tourbillonnant lentement ; l'expression de Malta ne changea pas, et elle dit d'un ton froid : « Ainsi, te voici de retour à Kelsingra, Tintaglia. Tu es restée longtemps absente cette fois.

— Vraiment ? Pour toi, peut-être. » Le clairon de la dragonne était mélodieux et portait sa pensée. « N'oublie pas que les dragons ne comptent pas le temps selon les infimes gouttelettes de jours qui paraissent si importantes aux humains. Mais, oui, je suis de retour ; je viens boire et me faire panser. » Comme en représailles au reproche de la souveraine, elle ne prêta nulle attention à Reyn et tourna la tête pour observer Phron, qui leva vers elle un regard d'adoration. Les yeux de Tintaglia tourbillonnaient affectueusement ; elle se pencha et souffla sur lui, et je vis les vêtements du garçon battre dans l'haleine brûlante. Soudain, elle releva la tête et parcourut les environs d'un regard furieux. « Il est à moi ! Qui a touché à lui ? Quel dragon a commis l'erreur de modifier ce qui m'appartient ?

— Qui a osé lui sauver la vie, veux-tu dire ? répliqua Malta. Qui a osé remettre son organisme en état, si bien qu'il n'est plus obligé de choisir entre respirer et manger ? Est-ce ce que tu demandes ? »

Tintaglia reporta brusquement son attention sur elle ; un flux de couleurs passa sur sa gorge et sur ses joues, et les écailles de son cou se hérissèrent tout à coup en une série de crêtes. Je crus que la reine Malta allait au moins reculer, mais non : au contraire, elle s'avança, et cette fois Reyn se porta à sa hauteur. À ma grande surprise, j'observai chez elle le même assaut de couleur sur la crête de chair qui dominait son front que chez la dragonne ; elle se tenait bien campée sur ses jambes, les mains sur les hanches et la tête haute ; les dessins des écailles de son visage reprenaient en miniature ceux de Tintaglia.

La dragonne étrécit les yeux. « Qui est-ce ? » fit-elle d'un ton impérieux.

Un froid glacial m'envahit, et je retins mon souffle. Nul ne disait mot. La brise soufflait entre nous, ajoutant à l'atmosphère froide, décoiffant les cheveux et rougissant les nez.

« Je pensais que tu serais contente de voir que je suis toujours en vie, car, sans les changements opérés en moi, je ne le serais sans doute plus. » Phron vint se placer entre ses parents et la dragonne ; Malta voulut le ramener en arrière, mais Reyn l'interrompit en lui touchant le poignet, l'obligea lentement à baisser le bras puis prit sa main dans la sienne. Il prononça quelques mots, et je vis un éclair de souffrance passer dans les yeux de son épouse. Enfin, elle demeura immobile et silencieuse pendant que son fils soutenait le regard de la créature qui les avait tous façonnés.

Tintaglia se taisait. Allait-elle avouer qu'il lui tenait à cœur de savoir s'il allait vivre ou non ? Mais c'était une dragonne. « Qui est-ce ? » répéta-t-elle, et les couleurs s'avivèrent sur sa gorge. Nul ne répondit ; elle posa le bout de son mufle contre la poitrine de Phron et poussa ; il recula en titubant mais ne tomba pas. Cela suffisait.

« Restez à l'écart de moi », dis-je à Lant, et je m'avançai dans l'espace dégagé qui entourait la créature. Mes murailles étaient dressées. Je criai : « Tintaglia ! Je suis là ! »

Plus vite qu'un serpent qui frappe, elle tourna la tête et fixa son regard sur moi. J'eus presque l'impression de sentir l'intensité de son examen quand elle dit : « Et qui es-tu, toi qui oses prononcer mon nom ?

— Tu me connais. » Je maîtrisais ma voix mais la poussais pour me faire entendre de tous. Phron avait tourné les yeux vers ses parents mais n'avait pas reculé pour s'abriter derrière eux.

Tintaglia eut un grognement de mépris et se déplaça de façon à me faire face. Le vent de son haleine avait un riche arôme de viande. « Rares sont les humains que je connais, moucheron. Je ne te connais pas.

— Et pourtant si. C'était il y a des années ; tu voulais savoir où se trouvait le dragon noir, et tu me pourchassais dans mes rêves parce que tu voulais libérer Glasfeu de sa prison. C'est moi qui ai réussi là où tu échouais : j'ai fracturé le glacier, et je l'ai délivré à la fois de la glace et des tourments de la Femme pâle.

Tu me connais donc, dragonne, et tu connais aussi ma fille, Ortie. Et, si tu me connais, tu es mon obligée ! »

J'entendis des exclamations effarées ; du coin de l'œil, je vis dame Ambre apparaître en haut des marches flanquée de Braise et de Persévérance, et je formai le vœu qu'elle n'intervînt pas et gardât les deux adolescents à l'écart de la dragonne. Tintaglia me regardait fixement, un tourbillon d'or et d'argent dans les yeux, et je sentis la pression de son esprit sur le mien ; l'espace d'un instant, je lui cédai et lui montrai Ortie dans sa robe onirique en ailes de papillons, puis je refermai brutalement mes murailles en espérant avec ferveur qu'elles tiendraient face à la dragonne.

« Elle. » Dans sa gueule, ce mot unique était un juron. « Ce n'est pas un moucheron, celle-là ; c'est un taon, un taon qui pique, qui bourdonne et qui suce le sang… »

Je n'avais jamais vu une créature aussi gigantesque s'étrangler de fureur, et Ortie m'inspira soudain une grande fierté. Elle s'était servie de son Art et de son talent de manipulation des rêves pour riposter en retournant les armes de Tintaglia contre elle. Sans formation formelle à la magie Loinvoyant, elle avait non seulement soumis la reine à sa volonté, mais elle avait persuadé la dragonne obstinée d'obliger Glasfeu à honorer le serment de Devoir de poser la tête du dragon noir sur les pierres d'âtre d'Elliania. L'entrée de ce dernier dans la maison des mères de la narcheska avait un peu abîmé le linteau de la porte, mais la promesse avait été tenue et Devoir avait gagné sa future épouse.

Et un dragon se rappelait ma fille ! Pendant un instant enivrant, mon cœur exulta : pour un humain, c'était l'équivalent de l'immortalité !

Tintaglia s'avança vers moi, parcourue de teintes violentes comme des flammes consumant du bois. « Tu as touché à mes Anciens ; cela me déplaît. Et je ne te dois rien ; les dragons n'ont pas de dettes. »

Sans réfléchir, je répliquai : « Si, les dragons ont des dettes ; ils ne les paient pas, c'est tout. »

Elle s'assit, leva haut la tête et baissa la tête vers moi ; ses yeux tourbillonnaient très vite et son arc-en-ciel de couleurs avait accéléré ; je sentis plus que je ne vis les hommes et les autres dragons reculer.

« Fitz ! fit Lant dans un murmure implorant.

— En arrière. En arrière ! » répondis-je tout bas. J'allais mourir, ou finir affreusement mutilé ; j'avais vu l'action des projections acides des dragons sur les hommes et sur la pierre. Je me préparai ; si je m'enfuyais, si je m'abritais derrière mes compagnons, ils périraient en même temps que moi.

Une rafale de vent me frappa, puis, avec la légèreté d'un corbeau qui atterrit à petits bonds, un dragon rouge, beaucoup plus petit, vint se poser entre ma mort et moi. Quelques secondes plus tard, je sentis un poids soudain sur mon épaule, et Bigarrée me salua : « Fitz ! » Elle ajouta : « Salut, bêta ! »

La dragonne rouge replia ses ailes avec délicatesse, comme s'il s'agissait d'une tâche importante à effectuer avec précision. Je pensais que Tintaglia allait l'asperger d'acide pour la punir d'interrompre sa fureur, mais elle se contenta de la contempler avec une apparente perplexité.

« Gringalette, me dit la corneille ; Gringalette, Gringalette. » Sans prévenir, elle me pinça durement l'oreille. « Gringalette ! fit-elle plus fort.

— Gringalette, répétai-je pour la calmer. La dragonne du général Kanaï. »

Elle s'apaisa. « Gringalette. Bonne chasseuse. Plein de viande. » Elle eut un gloussement joyeux.

Lant me saisit par le bras. « Venez, pauvre fou ! me dit-il d'une voix sifflante. Disparaissez tant qu'elle est distraite ; elle veut vous tuer ! »

Mais je me dégageai d'un mouvement de l'épaule. La minuscule dragonne rouge faisait face à l'immense dragonne bleue ; sa tête se déplaçait d'avant en arrière au bout de son cou serpentin, et son corps était parcouru par toutes les nuances de rouge : on ne pouvait se méprendre sur sa posture de défi. Je perçus la tension de leurs échanges, sans pouvoir identifier un mot humain dans les grondements graves de Gringalette : c'était comme une pression dans l'air, un flux de pensées que je ressentais mais ne partageais pas.

La crête de Tintaglia et la rangée d'écailles dressées sur sa nuque retombèrent, comme le poil hérissé d'un chien se recouche quand l'agression disparaît. L'arc de son cou s'ouvrit, puis elle leva les yeux et je sentis son regard perçant sur moi. Elle parla, et ses propos furent intelligibles à tous et sa question accusatrice : « Que sais-tu des gens pâles et de leurs Serviteurs ? »

Je pris ma respiration et m'efforçai de m'exprimer clairement afin que tous, dragons et humains, m'entendissent. « Je sais que les Serviteurs ont volé mon enfant ; je sais qu'ils l'ont tuée ; je sais que je les débusquerai et que j'en tuerai autant que je pourrai avant qu'eux-mêmes ne me tuent. » Mon cœur battait la chamade. Je serrai les dents et ajoutai : « Qu'ai-je besoin de savoir de plus ? »

Gringalette et Tintaglia se figèrent à nouveau, et je captai encore une fois un flux de communication entre elles. Les autres dragons ou certains Anciens partageaient-ils leur échange ? Le général Kanaï se fraya un chemin à travers la foule ; il était vêtu très simplement de chausses et d'une chemise en cuir, et il avait les mains sales comme s'il avait été interrompu brusquement dans son travail.

« Gringalette ! » s'exclama-t-il en la voyant, et il s'arrêta, parcourut du regard les Anciens et les dragons assemblés, me repéra et se hâta de me rejoindre. Tout en marchant à pas vifs, il sortit son poignard ; je m'apprêtais à dégainer le mien quand, à ma grande surprise, Lant me poussa de côté et vint se placer entre Kanaï et moi. Sans prêter attention à l'attitude hostile du jeune homme, le général me lança : « Gringalette m'a appelé pour vous protéger ! Je viens à votre secours ! »

Lant resta bouche bée ; je passai moi-même de la sidération à la colère en voyant Persévérance s'approcher. « Derrière moi ! » lui ordonnai-je, et il répondit : « Oui, messire ! Je vais surveiller vos arrières ! »

Ce n'était pas ce que je voulais dire, mais cela le mettait hors de portée de l'arme de Kanaï.

« Je ne comprends pas », dis-je d'une voix grondante au général, et il secoua la tête, tout aussi perplexe que moi.

« Mon non plus ! Je cherchais des souvenirs dans les pierres quand Gringalette m'a convoqué ici pour vous défendre ; et puis elle a disparu de ma conscience comme si elle était morte ! Ça m'a terrifié, mais je suis là, prêt à obéir à ses ordres. Je vous protégerai sur ma vie.

— Assez de caquetages ! » Tintaglia n'avait pas rugi, mais la force mentale attachée à ces mots faillit m'assommer ; Gringalette maintint sa position entre la gigantesque créature bleue et moi, mais c'était un bien maigre bouclier : la reine dragon la dominait, et elle eût aisément pu cracher son venin sur moi si elle l'avait voulu. Mais elle pencha seulement la tête et concentra son regard sur moi, et je perçus l'immensité de sa présence quand ses énormes yeux tourbillonnants se fixèrent sur moi. Mes murailles ne purent parer complètement la houle de charme de dragon qui déferla sur moi.

« J'ai décidé d'autoriser les changements que tu as opérés. Je ne tuerai pas. »

Comme je savourais cette bonne nouvelle et que mes protecteurs rengainaient vivement leurs armes, elle amena sa tête tout près de moi et me huma longuement. « Je ne reconnais pas le dragon qui t'a marqué ; plus tard, peut-être, il devra me rendre des comptes pour ta forte tête. Pour le moment, tu n'as pas à me craindre. »

J'étais pris de vertige, plein de reconnaissance et d'admiration devant sa splendeur, et je dus faire appel à toute ma volonté pour répondre : « Je cherchais seulement à aider ceux qui avaient besoin de mes services, ceux que leur dragon négligeait, ou ceux qu'il changeait sans guider leurs transformations. »

Elle ouvrit grand la gueule, et, l'espace d'un instant où mon sang se figea, je pus voir ses crocs plus longs que des épées et ses sacs à poison jaunes, rouges et luisants au fond de sa gorge. Elle me dit : « Pas d'impudence, petit homme ; réjouis-toi que je ne t'aie pas tué. »

Gringalette se redressa alors, et ses pattes antérieures se décollèrent du sol si bien qu'elle parut un peu plus grande. Je sentis à nouveau l'intensité d'un échange inaudible.

Tintaglia eut un rictus méprisant qui découvrit ses crocs, mais elle me dit : « Toi et ceux qui ont tes capacités peuvent intervenir sur ceux qui n'appartiennent à aucun dragon ; je te le permets parce qu'ils ne sont rien pour moi. Change-les tant que tu veux, mais ne touche pas à ce qui est à moi. Je t'accorde cette récompense parce que toi et les tiens m'avez rendu service autrefois, mais n'aie pas la présomption de croire que je te rembourse une dette. »

J'avais presque oublié la présence de Bigarrée sur mon épaule. Je ne pense pas qu'une corneille soit capable de chuchoter, mais elle me dit, d'une voix basse et rauque : « Sois prudent.

— Bien sûr ! » répondis-je précipitamment à la dragonne. Mieux valait ne pas revenir sur mon commentaire irréfléchi ; je pris ma respiration, me rendis compte que j'allais faire une bourde encore plus grosse, et me lançai quand même : « J'aimerais te demander une autre récompense. »

Nouvelle exhibition de crocs et de sacs à poison. « Pas mourir aujourd'hui », fit Bigarrée, et elle quitta mon épaule. Mes protecteurs eurent un mouvement de recul mais ne fuirent pas, ce que je jugeai courageux. « Ta vie ne te suffit pas comme récompense, misérable puce ? répliqua la dragonne. Que pourrais-tu donc demander de plus ?

— Le savoir ! Quand les Serviteurs des Blancs ont voulu tuer Glasfeu, ce n'était pas seulement lui qu'ils cherchaient à faire disparaître, mais tous les dragons, pour toujours. Je désire savoir s'ils s'en étaient déjà pris aux dragons auparavant, et pourquoi ; mais, plus que tout, je désire apprendre tout ce que savent les dragons qui peut m'aider à détruire les Serviteurs ! »

Tintaglia releva son énorme tête au bout de son long cou. Tous se pétrifièrent ; puis Gringalette déclara d'une voix d'enfant timoré : « Elle ne se rappelle pas ; aucun d'entre nous ne se rappelle – à part… moi. Quelquefois.

— Oh, Gringalette ! Tu as parlé ! » fit Kanaï dans un murmure empreint de fierté.

Tintaglia poussa alors un rugissement, et, à ma grande épouvante, je vis la dragonne rouge se tapir avec un mouvement de recul. Kanaï ressortit son poignard et se plaça devant Gringalette en brandissant son arme ; jamais je n'avais été témoin d'un acte aussi stupide ou aussi courageux.

« Kanaï, non ! » cria un Ancien, mais il ne s'arrêta pas. Si Tintaglia remarqua sa folle attitude de défi, elle n'y prit pas garde et tourna son attention vers moi ; sa voix était un grondement grave qui ébranlait mes poumons. Ses paroles étaient pleines de sa colère et de son agacement. « C'est un savoir que je devrais posséder, mais que je n'ai pas. Je vais le chercher, non pour t'offrir ta récompense, humain, mais pour arracher à Glasfeu ce qu'il aurait dû partager avec nous depuis bien longtemps, plutôt que de se moquer de nous parce que nous ignorons une histoire pour nous inaccessible, car nul dragon n'a de souvenir du temps où il est dans l'œuf ou nage sous la forme d'un serpent. » Elle nous tourna le dos sans se soucier des humains ni des Anciens qui durent s'égailler pour éviter sa longue queue. « Je vais boire ; j'ai besoin d'Argent. Quand j'aurai fini, on me toilettera ; tout devra être prêt.

— Tout sera prêt ! » lui cria Phron alors qu'elle s'éloignait d'un pas majestueux. Il se retourna vers ses parents, et ses joues étaient aussi rouges que le permettaient ses écailles. « Elle est magnifique ! » s'exclama-t-il, et la foule éclata d'un grand rire d'acquiescement.

Je ne partageais pas son exultation : j'avais l'impression que mes entrailles tremblaient, maintenant que j'avais le loisir de songer à quel point j'avais vu la mort de près – et pour quoi ? Je n'en savais pas plus sur les Serviteurs. Je pouvais espérer avoir obtenu le consentement de Tintaglia pour faire venir des guérisseurs d'Art des Six-Duchés, et voir Devoir sceller une alliance avec des gens capables à l'occasion de modifier le comportement d'un dragon.

Mais je savais où vivait Glasfeu, et j'entretenais le mince espoir que Tintaglia partagerait avec moi ce qu'elle découvrirait. Je soupçonnais une longue hostilité entre dragons et Serviteurs. Les Anciens avaient-ils pu ignorer cette inimitié ? J'en doutais, mais aucun indice ne permettait de penser le contraire.

Mais était-ce exact ? Je me remémorai l'occupation d'Aslevjal par la Femme pâle – Ilistore, comme l'appelait le Fou. La cité Ancienne prisonnière des glaces s'était révélée une formidable forteresse pour elle, le site parfait d'où veiller au bon déroulement de la guerre des Outrîliens contre les Six-Duchés – et où tourmenter le dragon pris dans le glacier pour tenter de le tuer, lui et toute son espèce. Elle avait tout fait pour dégrader la cité. Sous son règne, des œuvres d'art avaient été défigurées ou détruites, des bibliothèques de cubes d'Art renversées et irrémédiablement mélangées... Tout cela n'indiquait-il pas une haine tenace ? Avait-elle cherché à effacer toute trace d'un peuple et de sa culture ?

Je ne m'attendais pas à ce que les dragons me soutinssent dans ma lutte contre les Serviteurs ; Glasfeu avait disposé de nombreuses années pour exercer des représailles contre eux s'il l'avait souhaité, mais il avait dû se défouler de toute sa fureur en démolissant le palais de glace d'Aslevjal et en anéantissant les forces de la Femme pâle. Il m'avait laissé le soin de m'assurer de sa mort, ainsi que de celle du dragon de pierre que Kebal Paincru et elle avaient fabriqué ; peut-être le dragon noir n'était-il pas aussi féroce que l'était apparemment Tintaglia. « Il n'est pas rare, dans la nature, que la femelle soit beaucoup plus agressive que le mâle.

— C'est vrai ? demanda Persévérance, et je me rendis compte que j'avais parlé tout haut.

— Oui », répondit Lant à ma place ; songeait-il à la tentative d'assassinat de sa marâtre sur lui ? Sur la place devant nous, Kanaï câlinait Gringalette comme si c'était un chien de manchon adoré tandis que Malta, Reyn et Phron avaient engagé une discussion animée qui paraissait proche de la dispute. Une vague de vertige m'envahit soudain.

« J'aimerais retourner dans nos appartements », fis-je à mi-voix, et je n'eus pas la force de résister quand Lant me prit par le bras ; la faiblesse que j'avais ressentie après mes guérisons d'Art m'assaillait à nouveau sans raison manifeste. Ambre et Braise nous rejoignirent pendant que je gravissais les marches tant bien que mal, puis, à la porte, Ambre barra le passage à nos compagnons. « Je vous parlerai plus tard », leur dit-elle en les congédiant.

Lant me laissa tomber sur une chaise devant la table, puis je l'entendis fermer doucement la porte derrière lui. J'avais posé mon front sur mes bras croisés quand le Fou me demanda : « Tu te sens mal ? »

Je secouai la tête sans la lever. « Faible, comme épuisé par l'Art ; je ne sais pas pourquoi. » Je ris malgré moi. « L'eau-de-vie d'hier soir n'est peut-être pas encore passée. »

Il posa délicatement les mains sur mes épaules et me massa. « Il émanait de Tintaglia une puissante aura de charme ; j'en étais paralysé, et la fureur qu'elle dirigeait contre toi me terrifiait. C'était très bizarre de la sentir sans être capable de la voir. Je savais qu'elle allait te tuer, et je ne pouvais rien y faire ; mais je t'ai entendu : tu as tenu bon face à elle.

— Mes murailles étaient dressées, mais j'ai bien cru mourir. Nous avons cependant obtenu un renseignement : Glasfeu est vivant. » Les mains du Fou sur mes épaules me faisaient du bien mais me rappelaient trop vivement Molly ; je m'écartai de lui, et, sans un mot, il s'assit près de moi.

« Tu aurais pu perdre la vie aujourd'hui, dit-il, et il secoua la tête. Je ne sais pas ce que je deviendrais sans toi. Tu as failli la pousser à te tuer ; tiens-tu donc à mourir ?

— Oui, avouai-je. Mais pas tout de suite ; j'ai d'abord tout un tas de gens à mettre sous terre. Il me faut des armes, Fou ; or, les meilleures armes d'un assassin, ce sont les informations, et toujours plus d'informations. » Je soupirai. « J'ignore si Glasfeu sait quoi que ce soit d'utile, pas plus que s'il en ferait part à Tintaglia ni comment nous obtiendrions ces renseignements. Jamais je ne me suis senti aussi peu préparé pour une mission, Fou.

— Je suis dans le même cas ; mais jamais je n'ai été aussi décidé à la mener à bien. »

Je me redressai un peu et m'appuyai d'un coude sur la table. Je touchai sa main gantée. « Tu m'en veux encore ?

— Non. » Puis : « Si. Tu m'as fait penser à des choses que je ne veux pas me rappeler.

— Mais j'ai besoin que tu te les rappelles. »

Il détourna le visage mais ne retira pas sa main. Au bout d'un moment, il dit sèchement : « Pose tes questions. »

L'heure était donc venue de torturer mon ami. Qu'avais-je besoin de savoir en priorité ? « Y a-t-il quelqu'un à Clerres qui pourrait nous aider ? Qui accepterait de conspirer avec nous ? Et y a-t-il un moyen de lui apprendre que nous arrivons ? »

Il se tut. Allait-il reculer ? Je savais que le stratagème de l'eau-de-vie ne marcherait plus. « Non, répondit-il enfin d'une voix grinçante. Il n'existe aucun moyen d'envoyer un message. Mais Prilkop est peut-être encore en vie ; ils nous ont séparés quand ils ont commencé à me torturer, et je suppose qu'il a subi à peu près le même traitement que moi. S'il est vivant, il est sans doute prisonnier ; je pense qu'ils le jugeaient trop précieux pour le tuer, mais je peux me tromper.

— Je sais que tu te méfies de ceux qui t'ont permis de t'échapper, mais Prilkop et toi avez envoyé des messagers ; vous étaient-ils fidèles ? Reste-t-il de ces gens à Clerres ? »

Il secoua la tête sans se retourner. « Ça nous a été possible pendant les premières années que nous avons passées à Clerres ; nous commencions à nous méfier des Quatre, mais ils n'en avaient pas encore pris conscience. Nous avons dépêché nos messagers pour te prévenir qu'ils risquaient de chercher à s'en prendre à toi ; pendant ce temps, ils persistaient à essayer de nous amener à leur façon de penser. Peut-être croyaient-ils vraiment que leurs collecteurs et leurs manipulateurs allaient réussir à nous convaincre que nous étions dans l'erreur. » Il eut un sourire ironique. « Mais c'est le contraire qui s'est passé ; ils ont trouvé nos récits passionnants parce qu'ils ne savaient pratiquement rien de la vie hors de leurs murs. Comme nous leur racontions le monde à l'extérieur de leur univers renfermé, certains se sont mis à mettre en doute les enseignements des Serviteurs. Les Quatre n'ont pas tout de suite mesuré l'influence que nous gagnions, à mon avis.

— Les collecteurs ? Les manipulateurs ? »

Il eut un grognement de mépris. « Des titres ronflants ; les collecteurs classent les rêves et y cherchent des relations et des fils communs ; les manipulateurs essaient de trouver des gens ou des événements à venir les plus susceptibles de modifier l'avenir selon un cours profitable aux Quatre et à leurs Serviteurs. Ce sont eux qui se sont donné toutes les peines du monde pour nous convaincre, Prilkop et moi, que nous nous trompions de bout en bout, surtout lorsque nous affirmions qu'un de mes Catalyseurs avait réalisé les prophéties du fils inattendu ; ce sont eux qui nous ont parlé des songes sur un nouveau Prophète blanc, né “dans la nature”, comme ils disent. Ces rêves correspondaient à ceux du fils inattendu avec une précision que, moi-même, je ne pouvais récuser, et les manipulateurs parlaient d'un rêve concernant un enfant avec le cœur d'un loup. Tu m'as demandé comment, si tu n'es pas le fils inattendu, je puis être certain que tout ce que nous avons fait, tout ce que nous avons changé, a orienté le monde sur la bonne voie ; eh bien, c'est avec cette même question qu'ils m'ont harcelé, et je l'ai vu briser la conviction de Prilkop. Les jours suivants, nous en avons parlé entre nous, et je lui ai répété que tu étais bien celui que je disais ; mais, à chaque fois, il demandait à juste titre : “Et les nouveaux rêves, alors ?” Et je ne savais pas quoi lui répondre. » Il avala sa salive. « Je ne savais pas du tout quoi lui répondre. Et un soir, dans la camaraderie du vin partagé, nos petits amis nous ont chuchoté qu'il fallait trouver et maîtriser l'enfant né dans la nature avant qu'il puisse mettre en danger la course du monde. Ils savaient que les Quatre tenaient à mettre la main sur cet enfant. Sur ces derniers, tous ne croyaient pas que le nouveau prophète était le fils inattendu, mais l'un d'eux en était convaincu : Symphe. Chaque fois que nous dînions avec eux, elle me provoquait avec une telle intensité que mes certitudes en étaient ébranlées. Jour après jour, ils ordonnaient qu'on passe au peigne fin la bibliothèque des rêves pour découvrir l'enfant et le "maîtriser", et je commençais à craindre qu'ils ne tombent sur les indices que j'avais moi-même relevés, il y a bien longtemps, et qui m'avaient mené à toi ; alors j'ai envoyé les autres messagers, ceux qui te demandaient de chercher le fils inattendu, car les Serviteurs m'avaient convaincu qu'il existait bien un Prophète blanc "né dans la nature". Et, en l'occurrence, ils avaient raison : ils avaient découvert l'existence d'Abeille bien avant moi. Et Dwalia les a persuadés que l'enfant qu'ils percevaient était le fils inattendu. »

Ses mots me glacèrent : ils avaient « perçu » Abeille ? Je tâchai d'analyser ce qu'il venait de me dire : j'avais besoin de comprendre parfaitement ce qu'il m'expliquait. « Que voulaient-ils dire par "né dans la nature" ? »

Ses épaules se soulevèrent puis retombèrent. Enfin, il répondit : « Le Clerres que Prilkop se rappelait… » Sa voix s'étrangla.

« Veux-tu une tasse de tisane ?

— Non. » Il m'agrippa soudain la main et la serra, puis il demanda : « Y a-t-il encore de l'eau-de-vie ?

— Je vais voir. »

Je trouvai la bouteille à moitié cachée sous un oreiller, le bouchon enfoncé. Il y restait un peu d'alcool ; guère mais un peu. Je cherchai la tasse du Fou, la remplis et la posai sur la table ; sa main nue s'avança vers elle, puis il la souleva et but. Quand je me rassis, je notai que sa main gantée n'avait pas changé de place, et je la repris dans la mienne. « Alors, le Clerres de Prilkop… ?

— C'était une bibliothèque qui regroupait toute l'histoire des Blancs, tous les rêves qui avaient été archivés, soigneusement organisés et analysés dans de multiples exégèses ; c'était une ville faite pour les historiens et les linguistes. À l'époque, tous les Prophètes blancs naissaient "dans la nature" : les gens se rendaient compte que leur enfant était… étrange, et ils l'amenaient à Clerres, ou bien il grandissait chez lui en sachant qu'il devait entreprendre un jour ce voyage. Une fois arrivé, le Prophète blanc de l'époque avait accès à tous les rêves précédents et aux récits de la vie de ses prédécesseurs ; il était éduqué, logé, nourri, blanchi et préparé, et, quand il se sentait prêt à commencer son œuvre dans le monde, on lui fournissait ce dont il avait besoin : de l'argent, une monture, des vêtements de voyage, des armes, du papier et des plumes, et on lui ouvrait les portes, comme on l'avait fait pour Prilkop. Les Serviteurs qui restaient à Clerres écrivaient tout ce qu'ils savaient du Prophète, puis eux et leurs descendants attendaient patiemment le suivant. » Il but à nouveau. « Les Quatre n'existaient pas alors ; il n'y avait que des Serviteurs, des gens prêts à servir. »

Il se tut. Au bout d'un long moment, je dis, non sans hésitation : « Mais ce n'est pas le Clerres que tu as connu. »

Il secoua la tête, d'abord lentement puis avec frénésie. « Non, pas du tout ! Quand mes parents m'y ont déposé, j'ai été ahuri de m'apercevoir que je n'étais pas unique ! On m'a accueilli, avec douceur et bienveillance au début, dans un ravissant jardin avec une tonnelle de vigne et une fontaine, et bordé de petits pavillons ; dans celui où on m'a amené, j'ai fait la connaissance de trois autres enfants au teint presque aussi clair que le mien. Mais ils étaient tous demi-frères, nés à Clerres même et qui ne connaissaient rien d'autre. Les Serviteurs ne servaient plus le Prophète blanc, mais eux-mêmes, et ils avaient réuni ces enfants parce qu'ils pouvaient remonter la lignée de chaque Prophète blanc : cousin, petit-neveu, petite-fille censée descendre d'un Blanc, tous regroupés, logés ensemble, poussés à se reproduire comme des lapins puis, pour les descendants, à se croiser entre eux. Un jour ou l'autre, les traits rares finissent par réapparaître ; tu as vu Burrich employer ce système, et, ce qui marche avec les chevaux et les chiens marche aussi avec les hommes. Au lieu d'attendre la naissance d'un Blanc dans la nature, ils créaient les leurs, et récoltaient leurs rêves. Les Serviteurs qui croyaient jadis que les Prophètes blancs avaient pour destin d'orienter le monde sur une voie meilleure avaient oublié leur devoir et ne s'intéressaient plus qu'à leur enrichissement personnel et à leur confort. Leur "vraie Voie" n'est qu'un stratagème pour provoquer ce qui peut leur rapporter le plus de pouvoir et de fortune ! Leurs Blancs faits maison opéraient selon leur volonté, par petites touches : placer un nouveau souverain sur le trône d'un royaume voisin, faire des réserves de laine sans prévenir quiconque de l'épidémie à venir qui tuera tous les moutons ; et, pour finir, peut-être, décider de débarrasser le monde des dragons et des Anciens. » Il vida sa tasse d'eau-de-vie et la reposa sur la table avec un claquement sec.

Il se tourna enfin vers moi ; les larmes avaient creusé la poudre et le fard du maquillage soigné d'Ambre, et le noir qui soulignait ses yeux s'était mué en coulures sur ses joues. « Assez, Fitz, dit-il d'un ton catégorique.

— Fou, il faut que je sache…

— Assez pour aujourd'hui. » Sa main tâtonnante trouva la bouteille ; pour un aveugle, il se débrouilla bien pour vider la bouteille dans sa tasse. « Je sais que je dois te parler de ces choses, fit-il d'une voix enrouée, et je le ferai – mais à mon rythme. » Il secoua la tête. « Quelle pagaille j'ai mise ! J'étais Prophète blanc, et me voici aveugle et brisé, en train de t'embarquer à nouveau avec moi pour essayer une dernière fois de changer le monde. »

À part moi, je murmurai : « Ce n'est pas pour le monde que je le fais ; c'est pour moi. » Je me levai en silence et lui laissai la table et l'eau-de-vie.

Je ne vis plus Tintaglia pendant les deux jours qui précédèrent le départ du *Mataf* du village pour rejoindre notre rive. Lant avait entendu dire qu'elle avait longuement bu l'Argent, puis qu'elle avait tué une proie, dormi, et s'était fait toiletter par ses Anciens dans les étuves fumantes des dragons ; ensuite, elle s'était de nouveau désaltérée au puits d'Argent et elle s'était envolée. Nul ne savait si elle était partie chasser ou chercher Glasfeu ; je renonçai à l'espoir d'obtenir des renseignements de sa part.

Le Fou tint parole. Sur la table de ma chambre, il créa une carte de l'île, de la ville et du château de Clerres ; je mettais de côté des plats, des couverts et des serviettes à la fin de nos repas, et le Fou déplaçait à tâtons des murailles de cuillers et des tours d'assiettes. Grâce à cette représentation insolite, j'exécutai un plan de Clerres ; les fortifications extérieures étaient dominées par quatre tours massives surmontées d'un vaste dôme en forme de crâne où des lampes brûlaient toute la nuit dans les orbites. Des archers aguerris patrouillaient sans cesse sur les remparts crénelés.

À l'intérieur de cette haute enceinte blanche, un autre mur entourait de ravissants jardins, les pavillons qui abritaient les Blancs et une forteresse de pierre et d'os dotée de quatre tours plus hautes et plus étroites que celles des remparts. Nous allâmes chercher une table de chevet sur laquelle nous réalisâmes un plan du rez-de-chaussée de la citadelle des Serviteurs.

« Elle compte quatre étages au-dessus du sol et deux en dessous, m'expliqua le Fou en aménageant des murs de foulards et des piliers de tasses, et c'est sans compter les tours majestueuses qu'occupent les Quatre ; elles sont plus hautes que les tours de guet du mur extérieur. Le toit de la forteresse est plat, et on y trouve les anciens bâtiments du harem qui datent du temps où Clerres était un palais autant qu'un château ; ils servent aujourd'hui de prison aux prisonniers importants. Les tours offrent une vue parfaite de l'île, du port et des montagnes derrière la ville. La citadelle est très ancienne, Fitz ; je pense que personne ne sait comment ces tours ont pu être bâties aussi fines à la base et s'évaser au sommet pour loger des salles aussi grandioses.

— Elles sont en forme de champignons ? demandai-je en m'efforçant de les imaginer.

— De champignons d'une grâce exquise, oui, peut-être. » Je crus qu'il allait sourire.

« Quel diamètre la tige a-t-elle ? »

Il réfléchit. « À la base, elle est aussi large que la grand-salle de Castelcerf, mais, en montant, elle se réduit de moitié. »

Je hochai la tête, satisfait. « Et c'est là que chacun des Quatre dort la nuit ? Dans une chambre de ces tours ?

— La plupart, oui. Fellodi, c'est de notoriété publique, a des appétits charnels qu'il assouvit en divers lieux ; Capra ne quitte presque jamais sa tour, et Symphe et Coultrie y dorment la majorité du temps, je suppose. Il y a des années que je ne suis plus dans le secret de leur vie ni de leurs habitudes. »

Le château de Clerres se dressait seul sur une île de roche blanche ; entre les abords escarpés du morceau de terre et l'enceinte extérieure s'étendait un terrain caillouteux que tout envahisseur devait traverser pour accéder à la forteresse. La mer et l'étroite chaussée étaient sous surveillance constante ; deux fois par jour, à marée basse, la chaussée s'ouvrait à la circulation pour permettre aux savants d'aller et venir et aux pèlerins d'entrer pour découvrir leur avenir.

« Une fois que les pèlerins ont franchi la chaussée et passé les murailles, ils découvrent la forteresse avec le lierre du temps en bas relief sur sa façade. Les pièces les plus imposantes se trouvent au rez-de-chaussée : les salles d'audience, la salle de bal, la salle des festins, toutes lambrissées de bois blanc. Quelques salles d'enseignement sont situées là aussi, mais la plupart sont au premier étage ; c'est là qu'on instruit les jeunes Blancs et qu'on récolte leurs rêves. Au même étage, il y a des salons extravagants où de riches clients peuvent se mettre à l'aise et boire du vin en écoutant des collecteurs leur lire des manuscrits choisis et des lingstras les interpréter, le tout en échange d'une coquette somme.

— Et les lingstras et les collecteurs sont tous des Blancs ?

— La plupart ont une part de Blanc dans leur héritage ; nés à Clerres, ils sont élevés pour devenir serviteurs des Quatre, mais ils "servent" aussi les Blancs capables de rêver, à la façon d'une tique qui s'accroche à un chien : ils sucent les songes et les idées puis les exposent comme avenirs possibles aux riches idiots qui viennent les consulter.

— Ce sont donc des charlatans.

— Non, fit-il à mi-voix. C'est le pire, Fitz : les riches achètent la connaissance de l'avenir pour devenir encore plus riches. Les lingstras rassemblent des rêves sur une sécheresse future et leur conseillent de constituer des réserves de céréales pour les revendre à leurs voisins qui meurent de faim. Plaies et pestilence peuvent faire la fortune d'une famille si elle est prévenue. Les Quatre ne cherchent plus à mettre le monde sur une voie meilleure, mais seulement à profiter des catastrophes et des aubaines qui se présentent à eux. »

Il prit une longue respiration. « Au deuxième étage se trouve l'inestimable collection des Serviteurs : six salles pleines de parchemins ; certains sont d'un âge incommensurable, et on y ajoute de nouveaux rêves tous les jours. Seuls les plus fortunés peuvent se permettre d'y accéder ; parfois, un prêtre opulent de Sâ peut y être admis pour y étudier, mais seulement s'il y a de l'argent et de l'influence à la clé. Enfin, c'est au troisième étage que se situent les quartiers d'habitation des Serviteurs qui sont dans les petits papiers des Quatre ; certains gardes y logent aussi, les plus dignes de confiance, ceux qui défendent l'accès aux tours des Quatre ; et on y trouve également les rêveurs Blancs les plus prolifiques, là où les Quatre peuvent facilement descendre de leurs tours altières pour échanger avec eux – et pas seulement dans les domaines éthérés de la pensée, dans le cas de Fellodi. » Il se tut. Je ne lui demandai pas s'il avait été victime de ce genre d'attention.

Il se leva soudain et traversa la chambre en parlant par-dessus son épaule. « En haut d'un autre escalier, on émerge sur le toit, avec les anciens bâtiments du harem devenus prisons pour les Blancs récalcitrants. » Il s'écarta de notre carte. « Peut-être Prilkop y est-il détenu en ce moment même – ou ce qu'il reste de lui. » Il inspira brusquement, puis Ambre prit la parole : « On manque d'air ici ; appelle Braise, je te prie : je voudrais sortir pour m'aérer. »

J'obéis.

Mes séances de réminiscence avec le Fou étaient brèves et intermittentes ; j'écoutais beaucoup plus que je ne parlais, et, lorsqu'il se levait sans un mot, redevenait Ambre et sortait, je le laissais aller. En son absence, j'exécutais des croquis et notais des détails clés, mais, sans mésestimer ce qu'il me disait, ce n'était pas assez : il n'avait pas d'informations récentes sur les vices ni sur les faiblesses des Serviteurs, aucun nom d'amants ni d'ennemis, aucune idée de leurs habitudes quotidiennes. Tout cela, il me faudrait l'apprendre discrètement une fois à Clerres. Rien ne pressait : la précipitation ne me rendrait pas Abeille ; ma vengeance serait froide et soigneusement calculée, et, quand je frapperais, ce serait avec minutie. Je serais ravi s'ils périssaient en sachant pour quel crime ils souffraient ; mais, s'ils l'ignoraient, ils n'en seraient pas moins morts.

Inévitablement, mes plans étaient simples et ma stratégie minimale. Je préparais mes affaires et mes vivres, et je réfléchissais à mes possibilités. Cinq des pots explosifs d'Umbre avaient survécu à l'attaque de l'ours ; l'un d'eux, fêlé, laissait échapper une poudre noire grossière, et je le réparai avec de la cire amollie. J'avais des poignards, ma vieille fronde, et une hache trop grande pour pouvoir la transporter dans une cité paisible ; ces armes ne serviraient sans doute pas. J'avais des poisons broyés à mélanger à la nourriture, d'autres à étaler sur une surface, des huiles pour oindre un bouton de porte ou le bord d'une chope, des liquides et des pastilles sans goût, bref, des toxiques sous toutes les formes que je connaissais. L'attaque de l'ours m'avait privé de ceux que je possédais en quantité : inutile donc d'espérer dénaturer les réserves d'eau du château ou même une marmite de ragoût ; j'avais seulement de quoi agir si je persuadais les Quatre de s'asseoir autour d'une table pour jouer aux dés avec moi. L'éventualité m'en paraissait lointaine. Mais, si j'avais la possibilité de pénétrer dans leurs appartements privés, je pourrais les éliminer.

Sur la table de chevet, dans les petites tasses qui figuraient les tours, je déposai quatre cailloux noirs ; je réfléchissais, le cinquième dans la main, quand Persévérance et Braise entrèrent en compagnie de dame Ambre et de Lant. « C'est un jeu ? » fit l'adolescent en regardant d'un œil perplexe le bric-à-brac de vaisselle, et mon matériel d'assassin bien organisé sur le plancher.

« Si tuer est un jeu, oui », répondit Braise à mi-voix. Elle s'approcha de moi. « Que représentent les pierres noires ?

— Les pots d'Umbre.

— À quoi servent-ils ? demanda Persévérance.

— Ils explosent, comme la sève prisonnière du bois à la chaleur du feu. » Je désignai les cinq petits récipients.

« Mais en plus violent, enchaîna le Fou.

— Beaucoup plus, renchérit Braise à voix basse. J'en ai essayé quelques-uns avec Umbre, quand il était encore en forme, et nous avons ouvert un grand trou dans une falaise près de la plage ; les éclats ont volé dans tous les sens. » Elle se frotta la joue comme au souvenir d'une douloureuse éraflure.

« Tant mieux », dit le Fou. Il s'assit à la table ; il ne restait plus trace d'Ambre dans ses gestes lorsque ses doigts dansèrent sur les bombes soigneusement disposées. « Un pot pour chaque tour ?

— Ça peut marcher ; le positionnement des pots et la solidité des murs sont des éléments cruciaux : il faut placer les explosifs assez haut dans les tours pour qu'elles s'effondrent alors que les Quatre s'y trouvent, et ils doivent sauter en même temps ; j'ai donc besoin de mèches de différentes longueurs pour me permettre d'installer un pot et d'y bouter le feu puis de passer au suivant jusqu'à ce que tous les quatre soient allumés.

— Tout en vous laissant le temps de vous éloigner, intervint Lant.

— Ce serait très appréciable, oui. » Il me paraissait peu probable que les bombes éclateraient simultanément. « Il me faut de quoi fabriquer des mèches. »

Braise plissa le front. « Les pots n'en sont pas déjà munis ? »

Je la regardai bouche bée. « Comment ?

— Donnez-m'en un, je vous prie. »

À contrecœur, je lui tendis celui que j'avais réparé. Elle l'examina, les sourcils froncés. « À mon avis, vous ne devriez pas vous servir de celui-ci. » Elle tira sur le couvercle et l'ôta, et je constatai que c'était une résine épaisse qui l'avait maintenu en place. À l'intérieur se trouvaient deux cordons enroulés, l'un bleu, l'autre blanc ; elle les sortit délicatement. Le bleu était deux fois plus long que le blanc. « Il est plus long et brûle plus lentement ; le blanc se consume vite.

— À quelle vitesse ? »

Elle haussa les épaules. « Mettez-y le feu et décampez ; c'est utile si vous êtes poursuivi. Le bleu, vous pouvez le cacher, puis finir votre vin, dire adieu à votre hôte et sortir sans avoir rien à craindre. »

Lant se pencha par-dessus mon épaule, et j'entendis son sourire quand il dit : « Ce sera beaucoup plus facile à deux ; un seul homme ne pourra jamais allumer les quatre bombes et s'éloigner avant qu'elles explosent.

— À trois », corrigea Braise. Je la regardai en silence, et elle prit une expression indignée. « J'ai plus d'expérience de ces explosifs que quiconque dans cette pièce !

— Quatre », intervint Persévérance. Comprenait-il que nous parlions de meurtres ? C'était ma faute s'ils exigeaient de participer. Un Fitz plus jeune et plus dynamique eût dissimulé ses plans, mais j'avais vieilli, j'étais las, et ils en savaient déjà trop – dangereusement trop, pour eux comme pour moi. Je me demandai s'il me resterait quelque secret à emporter dans la tombe.

« Nous verrons le moment venu, répondis-je, bien certain qu'ils protesteraient si je leur opposais une fin de non-recevoir.

— Moi, je ne verrai rien », déclara le Fou dans le silence qui suivit. Il y eut un moment de gêne, puis Persévérance partit d'un rire embarrassé, et nous nous joignîmes à lui, plus amers que joyeux, mais toujours en vie et toujours en route pour notre but homicide.

9

Le *Mataf*

Avant même que le roi Subtil décidât, de façon assez malavisée, de restreindre la formation à l'Art aux seuls membres de la famille royale, cette magie avait commencé à tomber en désuétude. Quand j'étais dans ma vingt-deuxième année, une toux sanguine avait parcouru tous les duchés côtiers et emporté en masse jeunes et vieux ; de nombreux artiseurs âgés avaient péri, et avec eux leurs connaissances.

Lorsque le prince Royal a découvert que les manuscrits sur l'Art valaient une petite fortune auprès des marchands étrangers, il s'est mis à vider secrètement les bibliothèques de Castelcerf. Savait-il que ces précieux documents finiraient entre les mains de la Femme pâle et des Pirates rouges ? Cette question fait débat depuis longtemps parmi l'aristocratie de Cerf, mais, comme Royal est mort il y a de nombreuses années, nous ne saurons sans doute jamais la vérité.

Le déclin de la connaissance de l'Art sous le règne du roi Subtil, Umbre Tombétoile

Nous nous groupâmes sur le port pour assister à l'arrivée du *Mataf* à Kelsingra. J'avais passé mon enfance à Bourg-de-Castelcerf où les quais étaient bâtis de gros madriers noirs qui empestaient le goudron et qui paraissaient dater du temps où El avait amené la mer jusqu'à nos côtes. L'appontement sur lequel nous nous tenions était récent, fait de planches d'un bois clair posées sur des piliers, certains en pierre, d'autre constitués de troncs d'arbres équarris ; cette nouvelle construction avait été rattachée aux vestiges d'un ponton Ancien. Je demeurai perplexe, car l'emplacement ne me paraissait pas idéal : les bâtiments à demi dévorés le long du fleuve me disaient que le courant changeait souvent de lit. Les nouveaux Anciens de Kelsingra avaient intérêt à cesser de se fixer sur le passé et à observer le fleuve et la cité tels qu'ils étaient aujourd'hui.

Au-dessus des falaises déchiquetées auxquelles s'adossait la ville, sur les plus hautes collines, la neige n'étendait plus que des doigts incertains. Au loin, les bouleaux rosissaient et les saules devenaient rouges à l'extrémité des branches. La brise qui soufflait de l'eau était humide et froide, mais elle avait perdu le mordant de l'hiver ; la saison changeait, et la direction de ma vie avec elle.

La bruine tombait pendant que le *Mataf* approchait ; Bigarrée s'accrochait à l'épaule de Persévérance, la tête rentrée pour se protéger de la pluie ; Lant se tenait derrière eux, et Braise à côté d'Ambre. Nous nous étions groupés assez près du quai pour assister au mouillage, mais assez loin pour ne pas gêner les travailleurs. Ambre avait posé sa main gantée sur mon poignet ; je lui dis à mi-voix : « Le courant est rapide, et l'eau est profonde et sans doute glacée ; le limon la rend gris clair, avec une odeur aigre. Autrefois, la rive s'étendait beaucoup plus loin, mais, au cours des ans, le fleuve l'a rongée et s'est rapproché de Kelsingra. Il y a deux autres bateaux à l'ancre ; rien ne s'y passe, apparemment. Le *Mataf* est une gabare ; rameurs en pointe, les avirons longs et bas sur l'eau. Il y a une femme robuste à la barre. Le bateau a remonté le courant le long de l'autre bord du fleuve, puis il l'a traversé, et redescend à présent vers nous. Il n'a pas de figure de proue. » J'étais déçu : j'avais entendu dire que celles des vivenefs étaient capables de mouvement et de parole. « Il a des yeux peints sur la coque ; il arrive vite, porté par le courant, et deux matelots se sont joints à la femme de barre. L'équipage se démène pour amener la gabare à son mouillage. »

Lorsque le *Mataf* parvint près de l'appontement et qu'il lança les amarres, que des ouvriers du port saisirent et enroulèrent à des taquets, il se cabra comme un cheval indocile, et une vague se forma à sa poupe. Il y avait quelque chose d'étrange dans la façon dont la vivenef luttait contre le courant, mais je n'arrivais pas à mettre le doigt dessus. Les flots bouillonnaient autour d'elle, les amarres et les madriers du quai craquaient sous la traction.

On serra certaines aussières et on en détendit d'autres jusqu'à ce que le capitaine fût certain que son bateau était bien fixé au quai. Les débardeurs attendaient avec leurs brouettes, et un grand Ancien affichait sur le ponton le sourire de celui qui espère voir sa bien-aimée. Alum ; c'était ainsi qu'il s'appelait. Je parcourus le pont du regard et ne tardai pas à repérer l'intéressée : elle ne restait pas en place, transmettait des ordres et aidait à amarrer le *Mataf*, mais par deux fois je vis ses yeux balayer la foule. Quand elle aperçut son amoureux d'Ancien, son visage s'illumina, et elle parut s'activer encore plus efficacement, comme pour mettre en avant son énergie.

Une passerelle fut jetée, et une dizaine de passagers débarquèrent, chargés de sacs et de paquetages. Ils avaient une attitude hésitante et contemplaient avec émerveillement – ou peut-être consternation – la cité à moitié en ruine. Qu'avaient-ils imaginé ? Décideraient-ils de rester ? Par une autre planche, les débardeurs se mirent à monter et à descendre comme une colonne de fourmis tandis que la gabare dégorgeait sa cargaison.

« C'est dans ce bateau que nous allons voyager ? demanda Braise d'un ton perplexe.

— En effet.

— Je ne suis jamais montée en bateau.

— Moi si, dans de petites barques sur la Flétry ; mais rien de pareil à ça. » Les yeux de Persévérance couraient sur le *Mataf*, et il avait la bouche entrouverte ; j'ignorais s'il était inquiet ou impatient d'embarquer.

« Tout ira bien, affirma Lant. Regardez comme il est stable ; et puis nous ne naviguerons que sur le fleuve, non sur la mer. »

Je remarquai qu'il s'adressait aux deux adolescents comme s'il s'agissait de ses frère et sœur plutôt que de domestiques.

« Vois-tu le capitaine ? »

Je répondis à la question d'Ambre : « Je vois un homme d'âge mûr qui se dirige vers Reyn. Il a été plus corpulent par le passé, je pense, mais il paraît décharné aujourd'hui. Ils se saluent avec effusion ; je suppose que c'est Leftrin, et que la femme qui l'accompagne est Alise. Elle a une épaisse tignasse rousse et très bouclée. » Ambre m'avait raconté l'histoire scandaleuse d'Alise qui avait abandonné son mari légitime mais infidèle pour aller vivre avec le capitaine d'une vivenef. « Tous deux s'extasient devant Phron ; ils ont l'air ravi. »

Elle serra légèrement la main sur mon bras et se plaqua un sourire sur les lèvres.

« Ils viennent vers nous », repris-je à mi-voix. Lant vint se placer à mes côtés tandis que, derrière nous, Persévérance et Braise se taisaient.

C'est un Reyn souriant qui nous présenta. « Et voici nos visiteurs des Six-Duchés ! Capitaine Leftrin et Alise de la vivenef *Mataf*, puis-je vous présenter le prince FitzChevalerie Loinvoyant, dame Ambre et sire Lant des Six-Duchés ? »

Lant et moi nous inclinâmes pendant qu'Ambre exécutait une révérence pleine de grâce. Leftrin, surpris, esquissa un salut à son tour, et Alise plongea dans une révérence très honorable avant de se redresser et de fixer sur moi un regard abasourdi ; puis un léger sourire passa sur ses lèvres et elle parut se rappeler ses bonnes manières. « Nous sommes enchantés de vous offrir le voyage jusqu'à Trehaug à bord de Mataf. Malta et Reyn nous ont appris que la santé retrouvée d'Ephron est due à votre magie ; soyez-en remercié. Nous n'avons pas d'enfants, et Ephron nous est aussi cher qu'à ses parents. »

Le capitaine Leftrin hocha gravement la tête. « Comme elle dit, fit-il d'un ton bourru. Laissez-nous une journée pour que l'équipage dépose notre cargaison sur la plage puis aille faire une bordée en ville, et nous serons parés pour vous embarquer. Les quartiers à bord de Mataf ne sont pas grands ; nous ferons notre possible pour que vous soyez à l'aise, mais ce ne sera sûrement pas le genre de traversée dont un prince a l'habitude, ni une dame ni un seigneur.

— Nous serons pleinement satisfaits de ce que vous pourrez nous offrir ; c'est le transport qui nous intéresse, non le confort, répondis-je.

— Ça, Mataf peut vous le fournir, plus vite et plus efficacement qu'aucun bateau de ce fleuve. » Il s'exprimait avec le ton empreint de fierté du capitaine propriétaire de son navire. « Nous serons ravis de vous recevoir à bord et de vous montrer les quartiers que nous vous avons préparés.

— Ce sera un grand plaisir, répondit Ambre avec chaleur.

— Par ici, je vous prie. »

À leur suite, nous traversâmes le quai et gravîmes la passerelle ; la planche était étroite, et je craignais un faux pas de la part d'Ambre, mais, quand je pris pied sur le pont de la gabare, c'est une nouvelle inquiétude qui me saisit : la vivenef résonnait à la fois avec mon Vif et avec mon Art. C'était bel et bien un bateau vivant, aussi vivant que n'importe quelle créature de chair et de sang ! J'étais certain que le *Mataf* était aussi conscient de moi que je l'étais de lui. Lant observait tout avec un large sourire, aussi heureux qu'un adolescent parti à l'aventure, et Persévérance ne lui cédait en rien. Bigarrée avait quitté son épaule et tournait au-dessus de la gabare, méfiante, en battant énergiquement des ailes pour résister au vent du fleuve. Braise paraissait plus réservée que les deux garçons, presque sur la défensive. Dès qu'elle le put, Ambre posa de nouveau sa main sur mon bras et crispa les doigts. Alise monta sur le pont, suivie par Leftrin, et tous deux s'arrêtèrent net comme devant un mur.

« Houlà ! fit Alise dans un murmure.

— Pire que ça », répondit Leftrin d'une voix tendue. Il se figea, et la communication entre son bateau et lui m'évoqua un instrument de musique dont on pince les cordes basses. Il fixa sur moi un regard perçant. « Ma vivenef est… Je dois vous poser une question : appartenez-vous à un dragon ? »

Ambre et moi nous raidîmes. La gabare avait-elle perçu le sang de dragon qu'elle avait bu ? Elle lâcha mon bras et se dressa seule, prête à prendre sur elle n'importe quelle responsabilité. « Je pense que votre vivenef sent en réalité chez moi le…

— Pardon, ma dame, mais ce n'est pas vous qui perturbez mon bateau. C'est lui.

— Moi ? » Mon expression de surprise parut ridicule à mes propres oreilles.

« Oui, vous. » Leftrin avait le visage fermé. Il se tourna vers Alise. « Ma chérie, peut-être pourrais-tu conduire ces dames à leurs quartiers pendant que je règle ce problème ? »

Les yeux de la femme s'agrandirent. « Naturellement », répondit-elle, et je compris qu'elle l'aidait à me séparer de mes compagnons, même si j'en ignorais la raison.

Je m'adressai à ma petite suite. « Braise, s'il te plaît, guide ta maîtresse pendant que je m'entretiens avec le capitaine. Lant et Persévérance, veuillez nous excuser. »

Braise saisit la mise en garde implicite et prit aussitôt le bras d'Ambre ; Lant et Persévérance s'étaient déjà éloignés et examinaient le bateau. « Parle-moi de la vivenef en détail, Braise », dit Ambre d'un ton détaché, et elles s'en allèrent à pas lents à la suite d'Alise ; j'entendis l'adolescente ajouter des descriptions aux explications de leur hôtesse.

Je me retournai vers Leftrin. « Votre bateau ne m'aime pas ? » demandai-je. Ce n'était pas ce que je déchiffrais de ma perception du *Mataf*, mais je n'étais jamais monté à bord d'une vivenef.

« Non ; il veut s'entretenir avec vous. » Leftrin croisa les bras sur sa large poitrine, puis parut se rendre compte que ce geste pouvait sembler inamical ; il décroisa les bras et s'essuya les mains sur son pantalon. « Accompagnez-moi à la lisse de proue ; c'est là qu'il s'exprime le plus clairement. » Il se mit en marche d'un pas lourd et je le suivis lentement ; il poursuivit par-dessus son épaule : « Mataf me parle, et parfois aussi à Alise, peut-être à Hennessie et à l'équipage, par des rêves et autres. Je ne l'interroge pas, et il ne me dit rien. Il n'est pas comme les autres vivenefs ; il est plus son propre maître que… bah, vous ne comprendriez pas : vous n'êtes pas de souche Marchande. Permettez-moi de vous dire seulement ceci : Mataf n'a jamais demandé à parler avec un inconnu ; je ne sais pas ce qu'il désire, mais sachez que sa parole fait loi. Les gardiens ont passé un accord avec vous, mais, s'il ne veut pas de vous sur son pont, c'est réglé. » Il prit une longue inspiration. « Je regrette, ajouta-t-il.

— Je comprends », répondis-je, mais c'était faux. À l'approche de la proue, je perçus plus clairement le *Mataf*, et mon malaise s'accrut : j'avais l'impression qu'un chien me reniflait, un très grand chien aux réactions imprévisibles. Et qui montrait les dents. Je réprimai le réflexe qui me poussait à l'imiter ou à manifester quelque forme d'agressivité. Sa présence pressait lourdement sur mes murailles.

Je t'autorise à entrer, lui dis-je alors qu'il introduisait ses sens dans mon esprit.

Comme si tu avais le droit de refuser. Tu marches sur mon pont, je vais donc te connaître. Quel dragon t'a touché ?

Étant donné les circonstances, essayer de mentir eût été ridicule. *Une dragonne est entrée dans mes rêves ; je crois qu'elle s'appelle Sintara et que l'Ancienne Thymara lui appartient. J'ai aussi été proche des dragonnes Tintaglia et Gringalette ; c'est peut-être ce que tu perçois.*

Non. Tu as l'odeur d'un dragon que je ne connais pas. Approche-toi et pose les mains sur le bastingage.

Je me tournai vers la lisse. Le capitaine Leftrin regardait l'autre rive, le visage fermé ; j'ignorais s'il entendait ou non ce que son bateau me disait. « Il veut que je pose les mains sur le bastingage.

— Alors je vous conseille de vous exécuter », répliqua-t-il d'un ton bourru.

J'examinai le garde-fou : le bois gris m'était inconnu. J'ôtai mes gants et plaçai mes paumes sur la lisse.

Là, je savais bien que je l'avais senti. Tu l'as touché avec tes mains, n'est-ce pas ? Tu l'as toiletté.

Je n'ai jamais pansé de dragon.

Si, et tu es à lui.

Vérité ! Je n'avais pas prévu de partager cette pensée, mais mes murailles s'effritaient devant la détermination du bateau à s'introduire dans mon esprit. Je resserrai mes frontières en tâchant d'opérer discrètement afin qu'il ne s'en aperçût pas mais la curiosité faisait battre mon cœur. Les dragons de chair et d'os considéreraient-ils vraiment Vérité comme un des leurs, capable de me faire sien ? J'avais balayé les feuilles mortes de son échine ; était-ce ce « toilettage » que la vivenef avait perçu ? Et, si les dragons regardaient Vérité comme leur congénère, la gabare elle-même se comptait-elle dans leur nombre ?

Le bateau resta silencieux quelques instants, plongé dans ses réflexions, puis il reprit : *Oui, c'est ce dragon-là. Tu lui appartiens.*

Dans le ciel, Bigarrée poussa un craillement sonore.

Il n'est rien de plus difficile que de ne penser à rien. J'observai le rhytme des rafales de vent, les tourbillons du courant à la surface du fleuve. L'envie de tendre mon Art vers Vérité me taraudait, presque plus pressante que le besoin de respirer ; je voulais toucher la pierre froide de mon esprit et de mon cœur, sentir que, d'une certaine façon, il me protégeait. Mataf s'imposa dans mes pensées.

Il t'a fait sien. Le nies-tu ?

Non. Je pris conscience avec surprise que c'était toujours vrai. *Je suis à lui depuis très longtemps.*

Comme si un humain pouvait savoir ce que « très longtemps » veut dire ! Mais je t'accepte comme lui appartenant. Ainsi que Leftrin et Alise le souhaitent, je te transporterai jusqu'à Trehaug ; mais c'est ta volonté de t'y rendre : je ne me mêle pas des affaires d'un humain touché par un dragon.

Que signifait être « accepté » par une vivenef qui me croyait propriété d'un dragon de pierre ? Et comment Vérité m'avait-il marqué comme sien ? S'en était-il seulement rendu compte ? Une dizaine de questions se pressaient dans ma tête, mais Mataf m'avait congédié. L'impression était celle d'une porte qui se ferme sur une taverne bruyante en me laissant dans le noir et dans le silence. J'éprouvai à la fois un soulagement éperdu à me retrouver seul en moi et un sentiment de regret pour tout ce que le bateau eût pu m'apprendre. Je tendis mon esprit, mais ne perçus plus rien de Mataf. Le capitaine s'en rendit compte en même temps que moi, et il me regarda un moment sans rien dire, prenant ma mesure, puis il eut un grand sourire. « Il en a fini avec vous. Vous voulez voir où vous coucherez pendant le trajet ?

— Je… euh, oui, s'il vous plaît. » Son changement d'attitude était aussi soudain que l'éruption du soleil hors d'un banc de nuages par une journée venteuse.

Il me mena vers l'arrière, au-delà du rouf, jusqu'à deux structures cubiques fixées au pont. « Elles sont bien plus jolies aujourd'hui que la première fois que nous les avons utilisées. Je n'aurais jamais pensé voir Mataf transporter un jour autant de passagers que de caisses en soute, mais les temps changent, et on change avec eux – lentement, et parfois sans beaucoup de grâce, mais même un habitant du désert des Pluies peut changer. Celle-ci est pour vous, sire Lant, et pour votre garçon. » Il eut brusquement l'air mal à l'aise. « Ce serait mieux si la dame et vous aviez une cabine privée, mais où placer votre servante alors ? Les terriennes n'ont pas l'air d'apprécier de partager les quartiers de l'équipage ; elles ne courent aucun risque à bord de mon bateau, mais il n'y a pas d'intimité. Nous avons donné l'autre cabine aux femmes ; c'est sûrement beaucoup moins luxueux que ce qu'attend un prince, mais c'est le mieux que nous ayons à offrir.

— Nous ne souhaitons que nous rendre à Trehaug, et dormir sur le pont ne me dérangera pas ; ce ne sera pas la première fois de ma vie.

— Ah ! » Il se détendit. « Ma foi, voilà qui apaisera les inquiétudes d'Alise ; elle se ronge depuis qu'on a appris qu'on allait vous transporter. “Un prince des Six-Duchés ! Qu'allons-nous lui donner à manger, où va-t-il coucher ?” Comme ça sans arrêt. C'est tout Alise : elle veut toujours faire au mieux. »

Il ouvrit la porte. « À une époque, ces cabines n'étaient guère que des caisses de transport en plus grand, mais on a eu presque vingt ans pour les rendre confortables. Les autres passagers ne sont pas encore là, je pense, alors vous pouvez choisir la couchette que vous voulez. »

Quand on vit à bord d'un bateau, on sait mettre à profit le moindre espace libre. Je m'étais préparé à des remugles de vieux linge, à des hamacs en toile et à un plancher plein d'échardes, mais deux petites fenêtres laissaient entrer le jour qui caressait des boiseries d'un jaune luisant ; quatre couchettes étroites se superposaient deux par deux le long de deux cloisons. Il flottait dans l'air l'odeur agréable de l'huile qui avait servi à frotter le bois. Une des parois n'était qu'un buffet avec des tiroirs et des niches autour du hublot, dont on avait écarté les rideaux bleus pour permettre à la lumière et à l'air d'entrer. « Je ne saurais imaginer un chalet sur l'eau plus plaisant ! » dis-je au capitaine, et, en me retournant, je vis Alise près de lui, visiblement ravie de mon compliment ; Lant et Persévérance se tenaient derrière, l'adolescent les joues rougies par le vent et les yeux brillants. Il examina la cabine et son sourire s'élargit.

« Les dames sont contentes de la leur aussi, fit Alise d'un ton enjoué. Eh bien, soyez les bienvenus à bord ! Vous pouvez apporter vos affaires aujourd'hui même, et soyez libres d'aller et venir comme il vous plaît. L'équipage aura besoin d'au moins une journée de repos ; je sais que vous êtes pressés de vous mettre en route, mais…

— Ce n'est pas un jour ou deux qui dérangeront nos plans, répondis-je. Notre mission attendra que nous arrivions.

— Mais Parangon, non ; je ne peux donc accorder qu'un jour et demi à mes hommes », intervint Leftrin. Il regarda Alise en secouant la tête. « Ça va être juste pour croiser Parangon à Tréhaug ; le temps et la marée n'attendent personne, ma chérie, et nos deux bateaux ont un calendrier à suivre.

— Je sais, je sais », dit-elle, mais elle souriait.

Il se retourna vers moi, souriant lui aussi. « Les autres gabares montent et descendent régulièrement le fleuve, mais aucune ne l'affronte aussi efficacement que Mataf quand le niveau de l'eau s'élève au printemps. Une fois la fonte des neiges terminée et le courant apaisé, Mataf et son équipage peuvent faire une pause bienvenue pendant que les bateaux étanches prennent la relève. Quand le fleuve devient trop rapide ou que l'acide court dans le chenal principal, on laisse les jolis bateaux à l'amarre, en sécurité, et c'est Mataf qui endosse la charge. » Il s'exprimait plus avec fierté qu'avec regret.

« Allons-nous être encombrés de passagers pour cette descente ? lui demanda Alise d'un ton un peu inquiet.

— Non. J'ai parlé à Harrikine : si les nouveaux arrivants ne supportent pas les murmures de la ville, il les enverra au village, de l'autre côté du fleuve, en attendant notre prochaine course. À mon avis, il espère qu'ils s'y installeront au lieu de repartir là d'où ils viennent. » Il s'adressa à moi. « Ça fait vingt ans qu'on amène des colons ici et qu'on en remmène la moitié parce qu'ils ne tiennent pas le coup ; le bateau est bondé, et on est obligé de manger à tour de rôle. Mais, cette fois, il n'y aura que vous, l'équipage et un peu de cargaison. Le trajet devrait être agréable si le beau temps se maintient. »

Le lendemain matin, le ciel était parfaitement bleu et dégagé ; la brise qui soufflait du fleuve restait présente et toujours mordante, mais le printemps était bel et bien là. Je sentais l'odeur des nouvelles feuilles qui se déployaient, encore collantes, et celle de l'humus qui se réveille ; on avait ajouté des morceaux d'oignon vert à l'omelette qu'on nous servit, accompagnée de pommes de terre sautées, au petit déjeuner que nous partageâmes avec les gardiens réunis pour nous faire leurs adieux. Ravie, Sylve nous révéla que les poules qu'elle avait insisté pour garder dans les pavillons du parc pour l'hiver avaient repris une ponte régulière.

L'assemblée comptait des enfants et les conjoints de certains gardiens ; beaucoup vinrent me dire à nouveau leur reconnaissance et m'offrir des présents. Un homme nommé Carson, pragmatique, nous avait apporté des lanières de viande séchée dans une poche en cuir. « Ça se conservera si vous le gardez de l'humidité. » Je le remerciai, et j'eus cette brusque impression de connexion qu'on éprouve parfois, ce sentiment d'une profonde amitié qui eût pu exister.

Ambre et Braise reçurent toutes deux des boucles d'oreilles d'une femme nommée Jerd. « Elles n'ont rien de magique, mais elles sont jolies et, en cas de besoin, vous pourriez les vendre. » Elle avait donné le jour à une petite fille que j'avais guérie, mais, curieusement, c'était un Ancien du nom de Sédric qui élevait l'enfant avec Carson. « J'adore cette gamine, mais je ne suis pas faite pour être mère », nous expliqua Jerd d'un ton guilleret ; la fillette, à cheval sur les épaules de Sédric et se retenant fermement à ses cheveux, paraissait contente de son sort, et son porteur ne cachait pas son enthousiasme à son égard. « Elle commence à vagir, et elle tourne la tête quand on parle. » La tignasse cuivrée de la petite dissimulait ses minuscules oreilles. « Relpda a compris le problème, et elle va nous aider. Nos dragons ne sont pas cruels, mais ils ne saisissent pas toujours comment un petit humain doit grandir. » Puis la reine des Anciens se présenta avec un coffret de tisanes assorties qu'elle tendit à Ambre avec un sourire. « Un petit plaisir qui peut être d'un grand réconfort quand on voyage », dit-elle, et Ambre accepta le cadeau avec reconnaissance.

Il était midi quand nous descendîmes en procession jusqu'au bateau. On montait déjà nos bagages à bord, et nos présents emplissaient une brouette poussée par Persévérance ; Tatou lui avait donné une écharpe Ancienne, qu'il avait pliée soigneusement en demandant discrètement s'il pourrait l'envoyer à sa mère depuis Terrilville ; je lui avais assuré que ce serait possible. Thymara, elle, avait pris Ambre à part pour lui remettre un sac tressé, et je l'avais entendue la mettre à nouveau en garde contre l'Argent qui maculait ses doigts.

Les adieux paraissaient ne jamais devoir s'arrêter, mais Leftrin finit par élever la voix pour annoncer qu'il était temps de partir si nous voulions encore profiter de la lumière du jour. Je regardai Alum embrasser sa compagne, qui se pressa ensuite d'embarquer pour superviser les hommes de pont. Leftrin vit que je les observais. « Skelli est ma nièce ; c'est elle qui commandera Mataf un jour, après que je me serai allongé sur son pont et que j'aurai laissé mes souvenirs imprégner ses membrures. »

Je haussai les sourcils.

Il hésita puis éclata d'un rire d'autodérision. « Les traditions qui entourent les vivenefs ne sont plus aussi secrètes qu'autrefois. Nos bateaux et leurs familles sont très proches ; nos enfants naissent à bord, font partie de l'équipage puis deviennent capitaines ; à leur mort, le bateau absorbe leurs souvenirs. Nos ancêtres poursuivent leur existence dans nos vivenefs. » Il m'adressa un sourire étrange. « C'est une forme originale d'immortalité. »

Un peu comme déverser ses souvenirs dans un dragon de pierre, songeai-je. Une forme originale d'immortalité, en effet.

Il secoua la tête puis nous invita à prendre le café avec Alise et lui dans la cambuse pendant que l'équipage vaquait à ses occupations. « Vous ne restez pas sur le pont ? » lui demanda Persévérance, et le capitaine eut un sourire malicieux. « Si je ne faisais pas confiance à Skelli désormais, je pourrais d'ores et déjà me trancher la gorge. Mes hommes adorent le bateau, et Mataf le leur rend bien ; je n'ai pratiquement jamais besoin d'intervenir, et je profite de mon temps avec ma dame. »

Nous nous serrâmes autour de la table. Bien qu'elle fût bondée, il régnait dans la petite pièce une atmosphère amicale au milieu des odeurs de cuisine et de laine mouillée, auxquelles s'ajoutait l'arôme du café. J'avais déjà goûté à cette boisson et savais à quoi m'attendre, mais Persévérance fronça le nez, surpris. « Oh, attends, mon garçon, tu n'es pas obligé de boire ça ! Je peux aussi bien te préparer de la tisane. » D'un geste rapide, Alise prit sa chope, la reversa dans la cafetière et, à l'aide d'une louche, commença à remplir d'eau une vieille bouilloire en cuivre. Le petit fourneau en fonte rayonnait une chaleur presque insupportable, et la bouilloire ne tarda pas à siffler.

Je nous regardai, convivialement installés autour de la table ; au château de Castelcerf, Braise et Persévérance eussent été relégués avec les domestiques, et peut-être Lant et moi-même eussions dîné séparément d'un humble capitaine et de sa femme. La pièce plongea soudain puis remonta aussitôt ; Persévérance arrondit les yeux et Braise eut un hoquet d'effroi. Le courant puissant nous entraînait ; je tendis le cou pour regarder par le hublot mais ne vis que l'eau grise du fleuve.

Leftrin poussa un soupir de satisfaction. « Oui, nous sommes en route. Je vais sortir voir si Grand Eider a besoin d'un coup de main à la barre ; c'est un bon marin, bien qu'un peu simplet, et qui connaît bien le fleuve, mais il ne remplace pas Souarge : lui, il nous a maintenus droit dans le courant pendant trente ans. Mais il fait partie de Mataf maintenant.

— Comme nous tous, un jour ou l'autre, enchaîna Alise avec un sourire. Il faut que je sorte aussi pour demander à Skelli où elle a rangé le dernier baril de sucre. » Elle se tourna vers Braise. « Je compte sur vous pour mettre la tisane à infuser quand l'eau bouillira ; elle est dans la boîte qui est sur l'étagère près du hublot.

— Merci, dame Alise ; je m'en occuperai.

— Oh, *dame* Alise ! » Ses pommettes rosirent, et elle éclata de rire. « Il y a des années que je ne suis plus une dame ! Je suis juste Alise, et si j'oublie de vous donner vos titres, il faudra m'excuser : j'ai peur que mes bonnes manières de Terrilvillienne ne se soient dissipées après vingt années passées sur le fleuve. »

Nous rîmes et lui assurâmes que cela ne nous dérangeait pas. C'était sincère : je me sentais plus à l'aise à bord de Mataf que dans la cité des dragons.

En s'ouvrant, la porte laissa entrer une rafale de vent, puis elle claqua derrière Alise. Nous restâmes entre nous, et j'entendis Ambre pousser un petit soupir de soulagement.

« Vous croyez que ça les gênerait si j'allais jeter un coup d'œil sur le pont ? demanda Persévérance avec envie. J'aimerais voir comment fonctionne la barre.

— Vas-y, répondis-je. Si on te dit que tu es dans le chemin et que tu dois t'écarter, obéis sans attendre ; mais il est plus probable qu'on te donne du travail. »

Lant se déplia alors que le garçon se levait. « Je vais garder un œil sur lui ; moi aussi, j'aimerais examiner le bateau. Je suis allé pêcher avec des amis dans la baie de Castelcerf, mais jamais sur un fleuve, surtout aussi large et rapide.

— Voudrez-vous quand même de la tisane ? leur demanda Braise, car l'eau commençait à fumer.

— Très certainement ; je crois qu'il fait froid dehors, avec ce vent. »

Et la porte claqua de nouveau quand ils sortirent. « Quelle drôle de petite famille nous formons ! » fit Ambre alors que Braise prenait une ravissante théière vert d'eau. Elle sourit et ajouta : « Rien pour moi ; le café me suffit. Il y a des années que je n'ai pas bu un bon café.

— Si, ça, c'est un bon café, je ne veux pas en goûter un mauvais ! » rétorquai-je. Imitant Alise, je reversai ma chope dans la grosse cafetière noire sur le fourneau et attendis que la tisane infusât.

Nous nous fîmes facilement à la vie à bord, et nos journées trouvèrent un nouveau rythme. L'équipage adopta Persévérance avec plaisir et lui fournit de petites tâches à accomplir ; quand il n'apprenait pas les différents types de nœuds avec Belline, grande femme taiseuse capable de manier la gaffe aussi efficacement qu'un homme, on le mettait à polir, poncer, huiler et laver les bois. Il était comme un poisson dans l'eau et me dit un après-midi que, s'il ne m'avait pas fait allégeance, il pourrait être heureux comme mousse ; j'en éprouvai un pincement de jalousie, mais aussi du soulagement de le voir actif et content.

Bigarrée nous avait rejoints dès que Mataf avait démarré de Kelsingra ; passant vite outre sa méfiance, elle choisit de se percher sur la lisse de proue, à notre étonnement, et, la première fois qu'elle crailla « Mataf ! Mataf ! », elle conquit le cœur de l'équipage et fit rayonner de fierté Persévérance.

Elle devint une présence enjouée quand le temps se faisait venteux. Elle accompagnait l'adolescent dans ses tâches, joyeusement juchée sur son épaule, mais, chaque fois que dame Ambre sortait sur le pont, elle allait la rejoindre. Elle avait appris à émettre un petit rire et possédait la faculté un peu effrayante de s'en servir aux moments opportuns ; ses talents d'imitation s'étaient développés de façon suspecte, mais, quand je tendais mon Vif vers elle, je ne rencontrais que la brume sans caractère d'une créature qui dédaignait orgueilleusement toute tentative pour former un lien. « Que comprends-tu ? » lui demandai-je un après-midi. Elle pencha la tête de côté, croisa mon regard et demanda à son tour : « Et toi, que comprends-tu ? »

Avec un gloussement de rire, elle s'envola et partit en avant de Mataf.

Un voyage en bateau peut être assommant ou terrifiant. À bord de Mataf, je me réjouissais de m'ennuyer ; plus je m'éloignais de la cité, moins le courant d'Art faisait pression sur mes murailles. Chaque soir, l'homme de barre nous mettait au mouillage le long de la rive ; parfois, il y avait une plage et nous pouvions débarquer, mais le plus souvent nous nous amarrions à un rideau d'arbres aux racines serpentines. Le troisième jour, le fleuve se rétrécit et devint plus profond, et le courant forcit considérablement ; la forêt se refermait, et il n'y avait plus d'horizon. Les rives étaient couvertes d'un mur compact d'arbres à racines-échasses auxquelles nous fixions le bateau pour la nuit. La pluie se mit à tomber et ne cessa plus ; Bigarrée s'installa dans la cambuse, et j'allais et venais entre notre cabine étriquée et la coquerie enfumée. Mes vêtements et ma literie étaient toujours vaguement humides.

Je voulais m'occuper de façon constructive, et Ambre me conseilla d'apprendre le mersen, l'ancien idiome de Clerres. « Les gens s'adresseront à toi en langue commune la plupart du temps, mais il te sera utile de savoir ce qu'ils disent entre eux alors qu'ils croient que tu ne comprends pas. » À mon grand étonnement, mes compagnons s'y mirent également, et, pendant les longues journées de pluie, nous nous serrions sur les couchettes exiguës pendant qu'Ambre nous donnait des exercices de vocabulaire et de grammaire. J'avais toujours été doué pour les langues, mais Persévérance me battait à plate couture ; Lant et Braise avaient du mal, mais nous poursuivîmes nos efforts. Je demandai au jeune homme d'aider Persévérance dans son apprentissage de la lecture et de l'écriture ; ils n'aimaient cela ni l'un ni l'autre, mais ils progressèrent néanmoins.

Le soir, après le mouillage, Lant, Braise et Persévérance participaient avec l'équipage à des parties de dés, de cartes et de petits bâtons sculptés, et des fortunes imaginaires changeaient souvent de mains autour de la table.

Pendant ce temps, Ambre et moi nous retrouvions dans sa cabine, et j'évitais vaillamment de remarquer les petits sourires qu'échangeaient Leftrin et Alise quand je rejoignais mes autres compagnons. J'eusse aimé m'en amuser, mais en vérité j'avais l'impression de mettre le Fou à la torture lors de nos séances privées ; il voulait m'aider, mais les horreurs qu'il avait subies à Clerres l'empêchaient de raconter ses souvenirs selon un ordre parfaitement cohérent. Les anecdotes que je lui arrachais étaient si douloureuses que je répugnais à l'interroger davantage, et pourtant je devais insister. Ce que j'appris des Quatre, ce fut donc par bribes et allusions ; il ne pouvait pas faire mieux.

Le seul membre des Quatre sur lequel j'obtins des détails était Capra. Apparemment, elle tirait fierté d'être la doyenne ; elle avait de longs cheveux argentés, portait des robes bleues empesées de perles et donnait l'impression d'une femme douce, bienveillante et sage. Elle avait été le mentor du Fou quand il était arrivé à Clerres, et, dans les premiers temps, elle l'invitait dans ses appartements en haut de sa tour quand il avait fini ses cours ; ils s'asseyaient par terre devant la cheminée et il notait ses rêves sur un papier lisse et épais, jaune comme le cœur d'une marguerite ; ils savouraient de délicieux petits gâteaux, des fruits exotiques et divers fromages ; elle lui enseignait la connaissance du vin en lui faisant boire de minuscules gorgées dans des coupes miniatures bordées d'or, et elle faisait aussi son éducation sur les tisanes. Elle faisait parfois venir des acrobates et des jongleurs pour le divertir, et, quand il émit le souhait de les imiter, elle leur demanda de lui inculquer leur art. Elle le complimentait, et il s'épanouissait dans son giron ; quand elle prononçait son nom, Bien-Aimé, il la croyait sincère.

Il évoquait une adolescence que j'enviais : choyé, loué, instruit – le rêve de tout enfant. Mais tout rêve a une fin.

La plupart du temps, je m'installais sur le plancher de la cabine, lui sur une couchette du bas, et il parlait avec les yeux dans le vide. La pluie crépitait sur les hublots, et une chandelle qu'il ne voyait pas diffusait une faible lumière appropriée à ses sombres récits. Lors de ces séances, il était le Fou, vêtu d'un ample corsage avec un jabot de dentelle et de simples chausses noires, la robe d'Ambre étalée par terre comme une fleur flétrie. Il avait l'attitude et la vêture de nos jeunes années, les genoux ramenés sous le menton, les mains – l'une gantée, l'autre nue – serrées sur les tibias ; ses yeux aveugles contemplaient une époque lointaine.

« J'étudiais d'arrache-pied pour lui plaire. Elle me donnait des rêves à lire puis écoutait mes interprétations empressées. J'étais assis devant sa cheminée quand j'ai entendu parler pour la première fois du fils inattendu dans un vieux manuscrit mangé aux vers : ce texte m'a frappé plus qu'aucun autre, et je me suis mis à trembler. D'une voix que je maîtrisais à peine, j'ai raconté à Capra un rêve d'enfance qui correspondait à celui de l'ancien parchemin comme deux mains qui s'entrelacent. Je lui ai dit la vérité, que je regretterais de la quitter, mais que j'étais le Prophète blanc de notre époque et que je devais m'en aller dans le monde me préparer pour les changements que je devais opérer. Quel fou j'étais de craindre de la peiner par mon départ ! » Il eut un petit gémissement. « Elle m'a écouté, puis elle a secoué la tête d'un air triste et m'a répondu avec douceur : “Tu te trompes : le Prophète blanc de notre époque s'est déjà manifesté. C'est une femme ; nous l'avons formée, et elle ne tardera pas à entreprendre sa mission. Bien-Aimé, tous les jeunes Blancs rêvent d'être le Prophète blanc, et tous les étudiants font la même proclamation que toi. Ne sois pas abattu ; d'autres tâches t'attendent, que tu accompliras humblement et avec soin pour aider le vrai Prophète." Je n'arrivais pas à y croire. Mes oreilles tintaient et j'étais pris de vertige de l'entendre ainsi nier mon rôle ; mais elle était si sage, si bonne, et elle avait tant vécu qu'elle avait sûrement raison. J'ai tâché d'accepter mon erreur, mais mes songes me l'interdisaient : à partir de ce jour, ils se sont déchaînés, deux ou trois fois par nuit. En les notant, je savais qu'ils déplairaient à Capra, mais j'étais incapable de les contenir. Elle les prenait un par un et me démontrait qu'ils s'appliquaient, non à moi, mais à quelqu'un d'autre. » Il secoua lentement la tête. « Je ne puis communiquer la détresse dans laquelle j'étais, Fitz. C'était… c'était comme regarder à travers une vitre mal coulée, manger de la viande avariée ; il y avait dans ses paroles une pestilence qui me donnait la nausée. Elles étaient fausses, mais elle était mon mentor et me traitait avec affection ; comment aurait-elle pu se tromper ? » Il y avait une réelle interrogation dans sa question. Ses mains se crispaient nerveusement ; il détourna le visage comme si je pouvais lire quoi que ce fût dans ses yeux vides. « Un jour, elle m'a emmené dans la salle tout en haut de la tour ; elle était immense, Fitz, plus grande que le Jardin de la reine de Castelcerf, et parsemée de trésors, d'objets extraordinaires, incroyablement ravissants, qui traînaient par terre comme des jouets dont on ne veut plus. Il y avait un bâton qui émettait de la lumière sur toute sa longueur, et un merveilleux trône composé de minuscules fleurs de jade entrelacées. Certains bibelots, je le sais à présent, étaient de facture Ancienne : carillons éoliens qui chantaient, sculpture représentant un pot où une plante poussait, fleurissait, retournait à la terre et croissait à nouveau. Je les regardais, émerveillé, et Capra m'a expliqué d'un ton vif qu'ils provenaient d'une plage très loin où la mer apportait ces trésors, et que les intendants du lieu avaient conclu un marché avec elle : tout ce que la mer leur donnait était à elle en échange de certains bénéfices. J'ai voulu en savoir plus, mais elle m'a pris par la main, m'a conduit à la fenêtre et m'a demandé de regarder en bas ; j'ai vu une jeune femme dans un jardin entouré de murs et débordant de fleurs, de plantes grimpantes et d'arbres fruitiers. Elle était blanche comme moi. J'avais croisé d'autres personnes à Clerres qui étaient presque aussi dépigmentées que moi – presque ; toutes étaient nées sur place, et toutes paraissaient de la même famille, frères et sœurs ou cousins et oncles, mais aucune n'était blanche comme moi – aucune sauf elle. Il y avait une autre femme avec elle, rousse et porteuse d'une grande épée ; elle apprenait à la Femme pâle à la manier sous les yeux d'une servante qui lui criait des encouragements. La Femme blanche dansait avec son arme, et ses cheveux flottaient au gré de ses mouvements magnifiques. Alors Capra m'a dit : "La voici ; c'est elle la vraie Prophétesse blanche. Sa formation est quasiment achevée. Maintenant que tu l'as vue, je ne veux plus entendre de bêtises là-dessus." » Il eut un frisson d'angoisse. « C'était la première fois que je voyais la Femme pâle. » Il se tut.

« Tu m'en as raconté assez pour ce soir. »

Il eut un signe de dénégation, les lèvres pincées ; il se frotta vigoureusement le visage, et, un instant, ses balafres atténuées ressortirent sur sa peau. « Je n'ai plus parlé de mon destin, dit-il d'une voix rauque. Je continuais à noter mes rêves mais je ne cherchais plus à les interpréter ; Capra les prenait et les mettait de côté, sans les lire, croyais-je. » Il secoua la tête. « J'ignore quelle quantité d'informations je lui ai ainsi remise. Le jour, j'étudiais en tâchant de m'en satisfaire ; j'avais une existence exquise, Fitz, et tout ce que je pouvais désirer : des repas délicieux, des serviteurs attentionnés, de la musique et des divertissements le soir. Je devais avoir mon utilité, car Capra m'avait affecté au tri des manuscrits anciens ; c'était un travail de documentaliste, mais j'y excellais. » Ses mains couturées de cicatrices se crispaient l'une sur l'autre. « Dans l'optique de mon espèce, j'étais encore un enfant ; je voulais faire plaisir, je cherchais à ce qu'on m'aime. Je m'y efforçais donc. Mais j'ai échoué, naturellement. Dans ma tâche de bibliothécaire, je suis tombé sur des écrits sur le fils inattendu, et j'ai fait un rêve où un bouffon chantait une comptine où revenait l'expression "du beurre et ça biche" ; il la chantait à un louveteau, Fitz, un louveteau avec des andouillers qui commençaient à pousser. » Il partit d'un rire étouffé, mais les poils s'étaient dressés sur ma nuque. M'avait-il vraiment vu en songe des années avant notre rencontre ? Mais ce n'était pas moi : ce n'était qu'une énigme dont j'étais peut-être la réponse. « Ah, cette histoire que je vomis sur toi me fait horreur ! Jamais je n'aurais dû m'y lancer. Il y a tant de choses dont nous n'avons jamais parlé, tant de choses dont j'ai moins honte si je suis le seul à les connaître. Mais je vais terminer. » Il leva vers moi ses yeux aveugles et pleins de larmes. Je me déplaçai sur le plancher pour prendre sa main gantée ; il eut un sourire hésitant. « Je ne pouvais réprimer pour toujours ce que j'étais, et ma colère et ma rancœur n'ont cessé de grandir. Je continuais à écrire mes rêves, et je me suis mis à les croiser avec d'autres, certains anciens, d'autres récents ; j'ai ainsi bâti une forteresse de preuves que Capra ne pouvait pas abattre d'un geste de la main. Je n'affirmais plus être le Prophète blanc, mais je lui posais désormais des questions, et elles n'avaient rien d'innocent. » Il sourit vaguement. « Tu ne t'en serais jamais douté, Fitz, j'en suis sûr, mais je peux me montrer très entêté : j'étais bien décidé à l'obliger à reconnaître qui j'étais et quel était mon rôle. » Il se tut à nouveau, et je me gardai d'intervenir. C'était comme s'il arrachait des échardes d'une plaie infectée. Il retira sa main que je tenais et serra ses bras sur sa poitrine comme s'il avait froid. « Mes parents ne m'avaient jamais ne serait-ce que giflé, Fitz. Je n'étais pourtant pas un enfant docile ni facile, j'en suis sûr, mais ils m'avaient corrigé par la patience, et, du coup, c'était l'attitude que j'attendais chez des adultes. Jamais ils n'avaient refusé de me répondre quand je leur demandais pourquoi telle chose était ainsi ; ils m'écoutaient toujours, et, quand je leur apprenais quelque chose qu'ils ne savaient pas, qu'ils étaient fiers de moi ! Je me croyais si fine mouche à interroger Capra sur mes rêves et ceux que j'avais trouvés dans les manuscrits, certain que mes questions l'amèneraient à la conclusion inévitable que j'étais bel et bien le Prophète blanc ! Je m'y suis donc mis, quelques questions un soir, un peu plus le lendemain. Mais, le jour où je lui en ai posé six d'affilée, toutes pointant vers la même réponse, elle a levé la main et m'a dit : "Assez de questions ! Je vais te révéler ce que doit être ta vie." Sans réfléchir, jeune comme on ne l'est qu'une fois dans son existence, j'ai demandé : "Mais pourquoi ?" Ç'a été le départ. Sans un mot, elle s'est levée et a tiré un cordon ; un serviteur s'est présenté, et elle l'a envoyé chercher quelqu'un d'autre, d'un nom que je ne connaissais pas alors : Kestor ; c'était un homme très grand et très musclé. Il est arrivé, m'a jeté à terre, et, un pied sur ma nuque, s'est mis à abattre une lanière de cuir sur moi. J'ai hurlé, j'ai supplié, mais ils ne disaient rien ni l'un ni l'autre. Et puis, aussi brusquement qu'elle avait commencé, ma punition s'est arrêtée. Capra a congédié Kestor, s'est assise à la table et s'est versé de la tisane. Quand j'en ai eu la force, je suis sorti en rampant ; je me rappelle ma longue descente de l'escalier en pierre de la tour : l'étrivière avait cinglé les gros muscles derrière les genoux et s'était enroulée autour d'une cheville ; la mèche m'avait marqué le ventre à plusieurs reprises, et c'était un supplice que d'essayer de me tenir debout. Je me déplaçais à quatre pattes en tâchant de ne pas tirer sur les marques de coups, et j'ai regagné mon pavillon, que je n'ai pas quitté pendant deux jours. Personne n'est venu me voir, personne n'a demandé où j'étais, personne ne m'a apporté à manger ni à boire ; pendant tout ce temps, j'ai espéré que quelqu'un viendrait, mais non. » Sa perplexité d'alors se peignit sur son visage. « Capra ne m'a plus jamais convoqué et elle ne s'est plus jamais adressée à moi. » Il poussa un petit soupir.

Dans le silence qui suivit ses mots, je demandai : « Que devais-tu apprendre de ces coups ? »

Il secoua la tête, et ses larmes volèrent. « Je ne l'ai jamais su. Nul ne parlait jamais de ce qu'elle m'avait fait. Au bout de deux jours, je me suis rendu en boîtant chez le guérisseur et j'ai attendu toute la journée ; d'autres patients sont allés et venus, mais il ne m'a jamais fait entrer. Personne, pas même les autres étudiants, ne s'est enquis de ce qui m'était arrivé, comme si ce que j'avais subi n'avait pas eu lieu dans leur monde, mais seulement dans le mien. J'ai fini par retourner en claudiquant à mes cours et aux repas, mais mes professeurs avaient un dédain nouveau pour moi ; ils m'ont reproché d'avoir manqué des leçons et m'ont puni en m'interdisant de manger. On m'a assis à une table et obligé à travailler pendant que les autres se restauraient. C'est durant un de ces jours que j'ai revu la Femme pâle ; elle a traversé la salle du réfectoire, et tous les étudiants l'ont suivie d'un regard admiratif. Elle avait une tenue verte et marron semblable à celle d'un chasseur, et ses cheveux blancs étaient retenus en arrière par une tresse à fil d'or. Elle était ravissante ! Sa servante la suivait, et je crois… en y repensant, je crois que c'était Dwalia, la femme qui a enlevé Abeille. Un des domestiques préposés à la préparation des repas est sorti en courant des cuisines pour lui remettre un panier garni, et la Femme pâle est alors repartie avec sa suivante. En passant près de moi, elle s'est arrêtée, et elle m'a souri, Fitz ; elle m'a souri comme si nous étions amis ; et puis elle a dit : "C'est moi. Et ce n'est pas toi." Et elle a poursuivi son chemin pendant que toute la salle éclatait de rire. Ce coup de poignard dans mon esprit et dans mes pensées était pire que les marques qui zébraient mon corps. »

Il avait besoin de se taire un moment ; je n'insistai pas. « Ils sont très malins, dit-il enfin. La souffrance qu'ils avaient infligée à mon corps n'était qu'un point d'entrée pour ce qu'ils pouvaient faire à mon esprit. Capra doit mourir, Fitz ; les Quatre doivent mourir pour mettre fin à la corruption des Blancs. »

J'avais l'impression d'avoir la fièvre. « Sa servante, c'était Dwalia ? La même qui a enlevé Abeille ?

— Je crois ; mais je peux me tromper. »

Une question que je ne voulais pas poser, une question imprudente, m'échappa : « Mais, après tout ça, et après tout ce que tu m'as raconté… tu es retourné là-bas avec Prilkop ? »

Il eut un rire empreint d'amertume. « Je n'étais pas moi-même, Fitz ! Tu m'avais ramené d'entre les morts ; et puis Prilkop était solide et calme, et il était convaincu de pouvoir rendre son véritable rôle à Clerres. Il était d'un temps où la parole d'un Prophète blanc était l'ordre des Serviteurs, et il avait une certitude inébranlable du devoir qui était le nôtre, tandis que j'ignorais quoi faire de cette vie inattendue qui m'était donnée.

— Je me rappelle une période similaire de mon existence ; c'est Burrich qui prenait les décisions à ma place.

— Alors tu comprends. J'étais incapable de réfléchir ; je ne faisais que suivre ce qu'il disait. » Il serra les dents puis ajouta : « Et voilà que j'y retourne une troisième fois, et je redoute plus que tout de retomber en leur pouvoir. » Il eut une brusque inspiration, mais sans parvenir à reprendre son souffle, et il se mit à haleter comme un coureur épuisé ; il avait du mal à parler. « Rien ne serait plus horrible ; rien. » Il se balançait d'avant en arrière, les bras serrés sur la poitrine. « Mais… je… dois… y retourner… Il… le… faut… » Il agita violemment la tête. « Je dois y voir ! cria-t-il tout à coup. Fitz ! Où es-tu ? » Sa respiration haletante s'accélérait. « Je ne… Je ne sens plus rien. Mes mains ! »

Je m'agenouillai devant la couchette et passai mon bras autour de ses épaules. Il poussa une exclamation aiguë et se débattit violemment.

« C'est moi ! Tu n'as rien à craindre. Tu es là. Respire, Fou, respire. » Je ne le lâchai pas ; sans rudesse, je le tins fermement contre moi. « Respire.

— Je ne… peux pas !

— Respire, ou tu vas t'évanouir ; mais ce n'est pas grave : je suis avec toi, tu ne risques rien. »

Il s'avachit brusquement, cessa de se débattre, et, très progressivement, se mit à respirer plus lentement. Quand il me repoussa, je n'opposai nulle résistance, et il se replia sur lui-même, les mains serrées sur ses genoux. Enfin, il dit d'un ton mortifié : « Je ne voulais pas que tu saches à quel point j'ai peur. Je suis un couard, Fitz ; je préférerais mourir que les laisser s'emparer de moi à nouveau.

— Tu n'es pas obligé d'y aller. Je peux m'en occuper.

— Si, je suis obligé ! » Il était soudain furieux contre moi. « Il le faut ! »

Je répondis d'un ton calme : « Alors tu iras. » À contrecœur, je poursuivis : « Je pourrais te donner quelque chose à emporter, un poison rapide si tu penses… en avoir besoin. »

Ses yeux parcoururent mon visage comme s'il me voyait, puis il dit : « Tu pourrais, mais tu ne l'approuverais pas – et tu ne l'emploierais pas toi-même. »

J'acquiesçai de la tête. « C'est exact.

— Pourquoi ?

— À cause d'une phrase que j'ai entendue il y a longtemps ; je ne l'ai pas comprise quand j'étais jeune mais, plus je vieillis, plus elle me paraît avisée. C'était le prince Royal qui parlait avec Vérité.

— Et tu accordes du poids à un propos de Royal ? Il voulait te tuer ; dès l'instant où il a appris ton existence, il a cherché ta mort.

— En effet, mais il citait le roi Subtil, probablement ce que ce dernier avait répondu quand Royal avait laissé entendre que le plus simple serait de m'assassiner. Mon grand-père a dit : "Ne fais jamais rien sans avoir réfléchi à ce que tu ne pourras plus faire une fois que tu l'auras fait." »

Un sourire empreint d'affection étira lentement ses lèvres. « Ah, ça ressemble bien à mon roi de dire ça. » Son sourire s'élargit, et je subodorai un secret entre eux.

« En me suicidant, repris-je, je mettrais fin à toutes les autres possibilités ; et, plus d'une fois dans ma vie, alors que la mort me paraissait la seule issue ou qu'elle me semblait inévitable et que je devais m'y abandonner, j'en ai réchappé ; et chaque fois, quelle que soit l'épreuve qu'il m'ait fallu affronter, j'ai trouvé du bon dans mon existence par la suite.

— Même maintenant, alors que Molly et Abeille sont mortes ? »

Je me sentis déloyal mais le dis quand même : « Oui, même aujourd'hui, alors que j'ai le sentiment que la majeure partie de moi-même n'est plus, la vie perce parfois : un plat savoureux, Persévérance qui me fait rire par une de ses réflexions, une tasse de tisane bien chaude quand je suis trempé et qu'il fait froid. J'ai songé à mettre fin à mes jours, Fou, je l'avoue ; mais, quels que soient les dégâts subis, le corps s'efforce toujours de continuer à vivre, et, s'il y parvient, l'esprit le suit. En fin de compte, même si je me donne du mal pour le nier, il y a des parties de ma vie qui restent agréables, comme une conversation avec un vieil ami, des choses qui me rendent heureux. »

Il tendit sa main gantée vers moi, et je lui donnai la mienne ; il changea sa prise pour une poignée de main de guerrier, poignet à poignet. Je la lui rendis. « C'est vrai pour moi aussi, dit-il ; et tu as raison : je n'aurais jamais cru l'avouer, fût-ce à moi-même. » Il me lâcha, se radossa et ajouta : « Mais je veux bien de ta voie d'évasion, si tu acceptes de me la préparer, parce que, s'ils arrivent à me capturer, je ne pourrai pas… » Sa voix s'était mise à trembler.

« Je puis te préparer quelque chose que tu pourras dissimuler dans la manchette de ta chemise.

— Ce serait bien ; merci. »

Ces bavardages enjoués faisaient l'ordinaire de nos soirées.

Je me rendis compte que nous naviguions sur un affluent lorsque nous le quittâmes pour rejoindre le cours furieux du fleuve du désert des Pluies ; les flots turbulents qui nous portaient à présent étaient gris d'acide et de limon, et nous n'y puisions plus, nous contentant de l'eau de nos barriques. Belline prévint Persévérance de ne pas tomber par-dessus bord : « On risque de ne remonter que tes os ! » dit-elle, ce qui ne tempéra nullement l'enthousiasme du garçon ; il parcourait le pont en tous sens, qu'il plût ou qu'il ventât, et l'équipage le tolérait avec bonne humeur. Braise supportait moins bien le mauvais temps, mais Lant et elle grimpaient parfois sur le rouf, et, abrités sous une bâche, regardaient passer le paysage à mesure que le courant nous emportait.

Je me demandais ce qui les passionnait à ce point, car le décor était devenu uniforme : des arbres et encore des arbres, certains d'une taille que je n'eusse jamais imaginée, avec des fûts comme des tours, des arbres composés d'une centaine de troncs étroits, des arbres qui se penchaient pour projeter des troncs supplémentaires depuis leurs branches dans la rive boueuse du fleuve, des arbres qui servaient de support à des plantes grimpantes, des arbres dont pendaient des rideaux de lianes. Je n'avais jamais vu de forêt aussi dense et impénétrable ni de feuillage capable de survivre dans de telles conditions d'humidité. La rive d'en face reculait dans des lointains brumeux. Nous entendions des oiseaux pendant le jour, et nous vîmes une fois une bande de singes hurleurs très étranges à mes yeux.

Tout était très différent de la campagne de Cerf, et, bien que captivé et curieux d'explorer ce pays, j'éprouvais surtout la nostalgie du mien ; mes pensées allaient souvent à Ortie, enceinte de son premier enfant : je l'avais abandonnée, alors qu'elle-même grandissait encore dans le ventre de Molly, pour répondre à la convocation urgente de mon roi, et aujourd'hui je la laissais porter seule mon premier petit-enfant à la demande du Fou. Comment allait Umbre ? Avait-il succombé au grand âge et à un esprit en déroute ? Par moments, il me semblait que renoncer aux vivants était trop cher payer pour venger les morts.

Je gardais ces réflexions pour moi. Ma crainte de l'Art persistait : la pression mentale que je sentais à Kelsingra avait diminué, mais le bateau vivant sous mes pieds était source d'un constant bourdonnement de conscience sur mes murailles. Bientôt, me promettais-je ; un contact d'Art même bref en exprimerait bien plus que des mots écrits en tout petit sur un parchemin confié à un pigeon. Bientôt.

Un soir, alors que nous étions amarrés pour la nuit, Skelli se leva de table, prit un arc et des flèches dans les quartiers de l'équipage puis sortit sans bruit sur le pont. Personne ne bougea jusqu'à ce qu'on l'entendît crier : « J'ai un cochon de rivière ! De la viande ! », et que tous, exubérants, se ruassent sur le pont dans le plus grand désordre pour récupérer l'animal mort. Nous le dépeçâmes sur l'étroite plage de boue.

Nous banquetâmes ce soir-là. L'équipage fit un feu, y jeta des branches vertes et fit griller des tranches de porc dans les flammes et dans la fumée. La viande fraîche mit les hommes de bonne humeur, et Persévérance fut ravi de se voir taquiné comme l'un d'entre eux. Après le repas, on alimenta le feu afin de repousser les ténèbres et les insectes piqueurs ; Lant alla chercher du bois et revint avec une brassée de lianes couvertes de fleurs précoces et odorantes ; Braise en remplit les mains d'Ambre puis fabriqua une guirlande dont elle se coiffa. Hennessie se lança dans une chanson paillarde qu'entonna aussitôt le reste de l'équipage. Je souriais en m'efforçant de faire semblant de n'être ni un assassin ni un père pleurant son enfant, mais participer à leur joyeux chahut revenait à trahir Abeille et la fin prématurée de sa petite vie.

Quand Ambre annonça qu'elle était fatiguée, j'assurai à Braise qu'elle pouvait rester avec Lant et Persévérance pour profiter de la soirée, et, moi guidant mon amie, nous traversâmes la plage bourbeuse pour accéder à une échelle de corde grossière qui pendait sur le flanc de Mataf. Elle eut du mal à grimper les échelons instables avec sa longue jupe.

« Ce ne serait pas plus facile si tu te départissais de ton personnage d'Ambre ? »

Parvenue sur le pont, elle secoua sa jupe pour y remettre de l'ordre. « Et quel personnage deviendrais-je alors ? » demanda-t-elle.

Comme toujours, ces mots me firent mal. Le Fou était-il vraiment un personnage, un compagnon imaginaire inventé pour moi ? Comme s'il entendait mes pensées, il dit : « Tu me connais mieux que personne, Fitz ; je t'ai donné autant de mon identité réelle que je l'ose.

— Viens », répondis-je, et je le pris par le bras pour l'affermir pendant que nous ôtions nos chaussures crottées : le capitaine se montrait pointilleux, et à bon droit, sur la propreté du pont. Je secouai nos chaussures par-dessus le bord puis les gardai à la main en ramenant le Fou à la cabine. De la berge nous parvint soudain un éclat de rire général, et un tourbillon d'étincelles monta dans la nuit quand quelqu'un jeta une grosse bûche dans le feu de joie.

« Ça leur fait du bien de s'amuser un peu.

— Oui », répondis-je. Braise et Persévérance avaient été dépouillés de leur enfance, et même Lant avait besoin d'une brèche de divertissement dans son mur infini de mélancolie.

Je me rendis à la cambuse pour allumer une petite lanterne, et, à mon retour, je trouvai le Fou débarrassé de sa robe compliquée et vêtu de sa tenue habituelle et sobre ; à l'aide d'un linge, il avait nettoyé son visage du maquillage qui lui donnait le visage d'Ambre, et il se tourna vers moi avec le sourire du Fou. Mais, à la lueur de ma lampe, les traces de ses tourments apparaissaient toujours sur ses traits et sur ses mains comme des fils argentés sur sa peau claire. Ses ongles avaient repoussé épais et racornis. Mes efforts pour le guérir, ajoutés au sang de dragon qu'il avait bu, avaient aidé son organisme à se remettre mieux que je n'avais osé l'espérer, mais il ne redeviendrait jamais celui qu'il avait été.

C'était vrai de nous tous.

« Pourquoi soupires-tu ? me demanda-t-il.

— Je songe à la façon dont cette affaire a changé nos vies à tous. Je… je m'apprêtais à être un bon père, Fou, je crois. » En brûlant les corps de messagers assassinés au milieu de la nuit. Expérience parfaite pour une gamine.

« Oui. Eh bien... » Il s'assit sur la couchette du bas ; celle du haut était faite au carré, tandis que les deux autres servaient apparemment de rangement pour la garde-robe démesurée que Braise et lui avaient traînée avec eux. Il soupira à son tour et avoua : « J'ai encore fait des rêves.

— Ah ?

— Des rêves importants, qui exigent d'être racontés ou couchés par écrit. »

Comme il se taisait, je le relançai : « Et ?

— Il est difficile de décrire l'urgence qu'on éprouve à partager ce genre de songes. »

Je me voulus perspicace. « Souhaites-tu me les dire ? Leftrin ou Alise a peut-être du papier et de l'encre ; je pourrais les noter à ta place.

— Non ! » Et il se couvrit la bouche comme s'il s'était révélé par ce refus explosif. « Je les ai décrits à Braise ; elle était là quand je me suis réveillé dans cet état horrible, et je lui en ai fait le récit.

— Celui du rêve sur le Destructeur ? »

Il ne répondit pas tout de suite. « Oui, le rêve sur le Destructeur.

— Tu as des remords ? »

Il acquiesça de la tête. « C'est un terrible fardeau à imposer à quelqu'un d'aussi jeune ; elle en fait déjà tant pour moi !

— Je ne crois pas que tu aies à t'inquiéter, Fou : elle sait que je suis le Destructeur et que nous allons abattre Clerres. Ton songe ne fait que souligner ce que nous savons déjà. »

Il s'essuya les paumes sur les cuisses puis crispa ses mains l'une contre l'autre. « Ce que nous savons... répéta-t-il d'un ton morne. Oui. » Il ajouta soudain : « Bonne nuit, Fitz ; j'ai besoin de dormir, je crois.

— Eh bien, bonne nuit. J'espère que tu feras des rêves paisibles.

— J'espère que je ne rêverai pas du tout. »

Me lever et le laisser là en emportant la lanterne me fit un effet bizarre. J'abandonnais le Fou dans le noir parce qu'il vivait dans les ténèbres.

10

Le livre d'Abeille

La préparation des fléchettes doit s'effectuer d'une main qui ne tremble pas. Le port de gants est impossible, et il faut être extrêmement prudent car la moindre piqûre au doigt s'infectera aussitôt et les parasites se propageront rapidement. Il n'existe aucun antidote.

J'ai découvert que les œufs des vers foreurs combinés à ceux des vers qui s'accrochent aux viscères et deviennent très longs après l'éclosion forment le moyen le plus efficace pour provoquer une mort lente et douloureuse, alors que l'une ou l'autre espèce tourmentera la victime mais ne la tuera pas. C'est la double attaque de ces créatures qui inflige l'agonie qui convient aux lâches et aux infidèles qui osent trahir Clerres.

Divers dispositifs de mon invention,
par Coultrie des Quatre

Au bout de quelques jours à bord de Mataf, je m'habituai plus ou moins à la pression légère de la conscience du bateau sur la mienne. L'idée qu'une vivenef écoutât les messages que je pourrais artiser me gênait toujours, mais, après en avoir longuement débattu avec moi-même, je décidai de risquer un contact avec les Six-Duchés.

Dame Ambre était assise sur la couchette en face de la mienne ; une tasse de tisane fumait sur la petite étagère près d'elle. Dans l'espace réduit, nos genoux se frôlaient. Elle poussa un soupir, déroula l'écharpe qui prenait sa chevelure humide et la secoua ; puis le Fou ébouriffa ses cheveux pour les faire sécher plus vite. Ce n'était plus le duvet de pissenlit de son enfance ni l'or de sire Doré : à ma grande surprise, le blanc s'y mêlait au blond clair, comme chez un vieillard. Les mèches blanches naissaient des balafres qui couturaient son crâne. Il s'essuya les doigts sur la robe d'Ambre et m'adressa un sourire las.

« Tu es prêt ? lui demandai-je.

— Prêt et bien approvisionné, répondit-il.

— Comment sauras-tu si j'ai besoin de ton aide ? Que feras-tu si je me fais emporter ?

— Si je te parle et que tu ne réponds pas, je te secouerai par les épaules. Si tu ne réagis toujours pas, je te jetterai ma tasse de tisane dans la figure.

— Ah, c'est donc pour ça que tu as demandé à Braise d'en préparer ! Je n'avais pas compris.

— Ce n'était pas pour ça. » Il but une gorgée. « Enfin, pas que pour ça.

— Et si ça ne suffit pas à me ramener ? »

Il tâtonna de la main sur la couchette et brandit un sachet. « De l'écorce elfique, de la part de Lant. Elle est réduite en poudre fine et je pourrai la mélanger à ma tisane pour te la verser dans la gorge, ou bien simplement te la fourrer dans la bouche. » Il inclina la tête. « Si l'écorce elfique ne donne rien, j'appliquerai les doigts sur ton poignet ; mais je te le jure, ce ne sera qu'en dernier recours.

— Et si, dans ce cas, au lieu que tu me ramènes, c'est moi qui t'entraîne ?

— Et si Mataf heurte un écueil et que nous nous noyions tous dans les eaux acides du fleuve du désert des Pluies ? »

Je restai interloqué.

« Fitz, vas-y ou n'y va pas, mais cesse de repousser l'échéance. Nous sommes loin de Kelsingra ; essaie d'artiser. »

Je me concentrai, laissai mon regard se perdre, adoptai une respiration régulière et abaissai lentement mes murailles. Je sentis la force du courant d'Art, froid et puissant comme le flot sous notre coque, et tout aussi dangereux. Ce n'était pas la vague de fond que je percevais à Kelsingra, mais je savais que des flux dissimulés le parcouraient. J'hésitai, puis m'y avançai en cherchant Ortie ; je ne la trouvai pas. Je me tendis vers Lourd, et j'entendis une lointaine mélodie triste et aiguë qui eût pu être lui, mais qui s'évanouit comme si le vent l'avait chassée. Devoir ? Non. Je cherchai de nouveau à contacter Ortie, et j'eus l'impression que mes doigts effleuraient son visage puis le quittaient. Umbre ? Non ; je n'avais nulle envie de m'effilocher dans le fleuve d'Art en compagnie de mon vieux mentor. La dernière fois que je l'avais vu, ses moments de lucidité n'étaient que de petites îles dans un océan de flou ; son Art, jadis si faible, devenait parfois rugissement, et il s'en servait sans aucune prudence, si bien que, lors de notre dernier contact d'Art, il avait failli m'entraîner. Mieux valait éviter de le joindre…

Il s'empara de moi. J'eus l'impression qu'un ami chahuteur venait de me prendre à bras-le-corps par-derrière, et je fus précipité tête la première dans un flot d'Art tumultueux. *Ah, mon garçon, te voici ! Si tu savais comme tu m'as manqué !* Ses pensées m'étreignaient dans une nasse d'affection de plus en plus serrée, et je me sentis devenir tel qu'Umbre m'imaginait. Semblables à l'argile en excès qui déborde quand on la presse dans un moule, les parties de moi-même qu'il n'avait jamais connues étaient mises au rebut.

Cesse ! Lâche-moi ! J'ai un message pour Devoir et Ortie, des nouvelles de Kelsingra et des Marchands Dragons !

Il eut un petit rire empreint de chaleur, et pourtant la douce pression de ses pensées me glaçait le sang. *Ne t'occupe pas de ça. Ne t'occupe pas de ça et joins-toi à nous. Il n'y a pas de solitude ni de division, pas d'articulations douloureuses ni d'usure de l'organisme. Ce n'est pas ce qu'on nous a dit, Fitz ! Toutes ces mises en garde, toutes ces sinistres prédictions – bah ! Le monde se portera aussi bien sans nous qu'avec nous. Il suffit de lâcher prise.*

Était-ce vrai ? Il s'exprimait avec tant de conviction ! Je me détendis entre ses bras, au milieu du rugissement du courant d'Art. *Nous ne partons pas en lambeaux ?*

Je te tiens bien serré, comme si tu faisais partie de moi. C'est comme apprendre à nager : on ne sait pas tant qu'on n'est pas complètement immergé. Ne t'accroche pas à la rive, mon garçon ; tu ne fais que t'effilocher.

Il avait toujours été plus sage que moi ; il m'avait toujours conseillé, instruit et commandé, et, aujourd'hui, il paraissait calme et satisfait, voire heureux. Avais-je jamais vu Umbre satisfait et heureux ? Je me rapprochai de lui, et il m'étreignit encore plus affectueusement. Ou bien était-ce l'Art qui m'avait saisi ? Où était la limite entre Umbre et la magie ? S'était-il déjà noyé dans l'Art ? M'y entraînait-il ?

Umbre ! Umbre Tombétoile, revenez ! Devoir, aidez-moi ! Il me résiste.

Ortie l'agrippa et tenta de l'arracher à moi ; je m'accrochais à lui en m'efforçant de faire prendre conscience à ma fille de ma présence, mais elle ne se préoccupait que de nous séparer. *Ortie !* hurlai-je en essayant de dominer le flot furieux des pensées qui nous assaillaient. Des pensées ? Non, ce n'étaient pas des pensées, mais des êtres. Des êtres.

Je chassai toute interrogation de mon esprit, et, au lieu de retenir Umbre, je le poussai vers Ortie. *Je l'ai !* lança-t-elle à un Devoir que je percevais à peine. Puis elle reprit avec une sidération soudaine : *Papa ? Tu es là ? Tu es vivant ?*

Oui. Nous allons tous bien. Je vous enverrai un pigeon depuis Terrilville. Puis, enfin détaché d'Umbre, je sentis le courant d'Art commencer à me mettre en pièces. Je voulus m'en éloigner, mais j'étais empêtré dans la magie comme dans un marécage ; plus je me débattais, plus elle m'aspirait dans ses profondeurs. Des êtres ! Le flot était composé d'êtres qui cherchaient tous à m'empoigner. Je rassemblai mes forces et m'opposai à lui en dressant résolument mes murailles. Quand je rouvris les yeux, je retrouvai avec bonheur la petite cabine malodorante ; je me pliai en deux, tremblant et hoquetant.

« Qu'y a-t-il ? demanda le Fou d'une voix tendue.

— J'ai failli me perdre. Umbre était là, et il a essayé de m'entraîner.

— Pardon ?

— Il m'a dit que tout ce que j'avais appris sur l'Art était faux, que je devais m'abandonner à la magie. "Lâche prise", répétait-il, et j'étais à deux doigts d'obéir. À deux doigts. »

Il serra sa main gantée sur mon épaule et me secoua légèrement. « Je croyais que tu n'avais même pas commencé, Fitz. Je t'ai dit de cesser de te tourmenter, et tu t'es tu ; je pensais que tu faisais la tête. » Il se pencha vers moi. « Il ne s'est écoulé que quelques instants depuis.

— Quelques instants ? » Je posai le front sur mes genoux. La peur me soulevait l'estomac et l'attraction de l'Art me donnait des vertiges. C'était si facile ! Il me suffisait de baisser mes murailles et de me laisser aller. Disparaître. Je me fondrais à ces autres entités qui filaient dans le courant et m'en irais avec elles. Ma mission désespérée disparaîtrait en même temps que la douleur que j'éprouvais quand je pensais à Abeille ; évanouie, ma honte insondable ; dissipée, l'humiliation d'être connu comme un père qui n'avait pas su protéger sa fille. Plus de pensées, plus d'émotions.

« Ne t'en va pas, fit le Fou à mi-voix.

— Comment ? » Je me redressai lentement.

Sa main se crispa sur mon épaule. « Ne t'en va pas là où je ne puis te suivre ; ne m'abandonne pas. Je serais obligé de continuer sans toi ; je serais obligé de retourner sans toi à Clerres et de tenter de les tuer tous, alors même que j'échouerais et qu'ils me tiendraient à nouveau en leur pouvoir. » Il me lâcha et croisa les bras sur sa poitrine comme pour se contenir. C'est seulement quand il ôta sa main de mon épaule que je pris conscience du lien que créait entre nous son contact. « Nous devrons nous séparer un jour, c'est inévitable ; l'un devra continuer sans l'autre, nous le savons. Mais je t'en prie, Fitz, pas maintenant, pas avant que cette terrible épreuve soit terminée.

— Je ne t'abandonnerai pas. » Je me demandai si je mentais ou non : j'avais essayé de l'abandonner ; cette mission démente serait plus facile si j'œuvrais seul – toujours impossible, sans doute, mais mon échec serait moins terrible ; moins humiliant pour moi.

Le Fou se tut un moment, le regard lointain. Puis il dit d'une voix dure et d'un ton éperdu : « Promets-le-moi.

— Quoi donc ?

— Promets-moi que tu ne céderas pas aux propos enjôleurs d'Umbre, que je ne te trouverai pas un jour assis par terre comme un sac vide, l'esprit envolé. Promets-moi que tu n'essaieras pas de me laisser sur le bord du chemin comme un bagage inutile, que tu ne m'abandonneras pas pour que je reste en “sécurité”. Et que je ne te gêne pas. »

Je cherchai les mots justes, mais cela me prit trop de temps, et c'est sans cacher sa douleur ni son amertume qu'il reprit : « Tu ne peux pas, n'est-ce pas ? Très bien ; au moins, je sais où j'en suis. Eh bien, mon vieil ami, voici ce que, moi, je peux te promettre : quoi qu'il arrive, Fitz, que te résistes ou que tu tombes, que tu t'enfuies ou que tu meures, je dois aller à Clerres et tout faire pour détruire les Serviteurs. Je te l'ai dit : ce sera avec ou sans toi. »

Je fis un dernier essai. « Fou, tu sais que je suis le plus compétent pour cette mission, mais j'opère mieux quand je suis seul. Tu dois me laisser agir à ma façon. »

Il demeura figé, puis demanda : « Si je te disais la même chose, et que ce fût vrai, me laisserais-tu aller là-bas seul ? Resterais-tu les bras croisés en attendant que je sauve Abeille ? »

Le mensonge était facile. « Oui », répondis-je vivement.

Il se tut. Savait-il que je mentais ? Sans doute. Mais il fallait regarder la réalité en face : il ne pouvait pas mener à bien cette mission. Sa terreur abjecte avait suscité de graves doutes en moi ; s'il y succombait à Clerres… Non, impossible de l'emmener. Je savais que sa menace n'était pas vaine : il s'y rendrait avec ou sans moi ; mais, si je pouvais y arriver avant lui et accomplir ma mission, il n'aurait rien à faire.

Mais me le pardonnerait-il ?

Pendant notre silence, il avait rangé la poche d'écorce elfique dans son paquetage ; il prit sa tasse et but une gorgée. « Ma tisane est froide », dit-il. Il se leva, se lissa les cheveux, remit de l'ordre dans ses jupes, et le Fou disparut. Ambre suivit la cloison du bout des doigts jusqu'à ce qu'elle trouvât la porte, et elle sortit, me laissant seul sur la couchette étroite.

Nous eûmes, lui et moi, une sérieuse dispute durant le voyage. Je pénétrai un soir dans la cabine d'Ambre à l'heure convenue ; Braise s'en allait, blême, les traits tirés, et elle m'adressa un regard tragique au passage. Sa maîtresse l'avait-elle réprimandée ? Je redoutais de trouver le Fou d'humeur sombre et déraisonnable. Je refermai la porte derrière moi.

Des bougies jaunes brûlaient dans des verres, et le Fou était assis en tailleur sur la couchette du bas, vêtu de sa chemise de nuit en laine grise élimée, sans doute prélevée dans la réserve d'habits d'Umbre ; les cernes sous ses yeux et le pli résigné de ses lèvres le vieillissaient. Je m'assis sur la couchette d'en face sans un mot, et je remarquai alors mon paquetage cousu à la hâte posé à côté de lui. « Qu'est-ce que ça fait là ? » demandai-je, croyant un instant à un accident.

D'un geste protecteur, il posa la main sur mon bagage et dit d'une voix rauque : « J'ai promis d'en prendre toute la responsabilité ; je crains néanmoins d'avoir perdu l'amitié de Braise. C'est elle qui me l'a apporté. »

Un froid glacial naquit au creux de mon estomac et se propagea dans mes veines. Je fis un choix difficile mais conscient : pas de colère. Ma fureur se heurta vainement à ma volonté. Je lui posai une question dont je savais d'avance la réponse : « Et pourquoi le lui as-tu demandé ?

— Parce que Persévérance lui avait dit que tu possédais des livres appartenant à Abeille ; il t'avait vu parfois lire ce qu'elle y avait écrit. Deux livres, l'un avec une couverture en relief et colorée, l'autre unie. Il avait reconnu son écriture alors qu'il grimpait sur sa couchette au-dessus de la tienne. »

Il s'interrompit. Je tremblais de peur à l'idée que ma rage pût se déchaîner. Je maîtrisai ma respiration comme Umbre me l'avait enseigné et adoptai le souffle silencieux de l'assassin prêt à tuer. Je refoulai mes émotions : l'impression de viol que j'éprouvais était trop écrasante.

Le Fou reprit à mi-voix : « Je crois qu'elle tenait un journal de ses rêves. Si elle est de moi, si elle a du sang de Blanc, elle doit rêver, et la nécessité de partager ses songes, à l'oral ou par écrit, doit être irrésistible. Elle a dû le faire. Tu es en colère, Fitz ; je le sens comme des vagues de tempête qui déferlent sur mon rivage ; mais il faut impérativement que je sache ce qu'elle a écrit. Il faut que tu me lises ces livres du début à la fin.

— Non. » Un mot. Le temps d'un mot, j'étais capable de m'exprimer d'un ton calme et égal.

Il poussa un grand soupir qui lui souleva les épaules. S'efforçait-il lui aussi de se dominer ? Sa voix était tendue comme la corde d'un bourreau. « J'aurais pu te le cacher ; j'aurais pu demander à Braise de te dérober les journaux et de me les lire en privé. Je ne l'ai pas fait. »

Je dénouai mes poings et ma gorge. « Tu ne m'as peut-être pas fait du mal de cette façon, mais ça n'en reste pas moins un préjudice. »

Il ôta sa main gantée du paquetage et posa les deux, paume en l'air, sur ses genoux. Je dus me pencher pour l'entendre murmurer : « Si tu vois dans ces livres les textes inconséquents d'une petite fille, ta colère se justifie. Mais ce n'est certainement pas ce que tu crois. Ce sont les écrits d'un Prophète blanc. » Il baissa encore la voix. « Ce sont les écrits de ta fille, Fitz, ta petite Abeille. Et la mienne. »

Le choc n'eût pas été plus terrible s'il m'avait enfoncé un bâton dans le ventre. « Abeille était ma petite fille ! fis-je dans un grondement de loup. Je ne veux pas la partager ! » La franchise peut être comme un furoncle qui éclate au plus mauvais moment. Savais-je l'origine de ma colère avant de l'exprimer ?

« Je le sais, mais il le faut. » Il reposa une main légère sur le paquetage. « C'est tout ce qu'elle a pu nous laisser. Hormis ce merveilleux instant où je l'ai tenue dans mes bras et où j'ai vu sa promesse exploser autour de moi comme un jaillissement de lumière dans la nuit noire, c'est tout ce que je connaîtrai jamais d'elle. Je t'en prie, Fitz ; je t'en prie, donne-moi cela d'elle. »

Je gardai le silence. Je ne pouvais pas : ces livres renfermaient trop de moi ; dans son journal, il y avait trop peu de mentions de moi à l'époque où elle se tenait à l'écart de moi, et trop d'une petite fille qui affrontait seule des batailles puériles et laides avec les autres enfants de Flétribois, trop de passages qui me donnaient l'impression d'avoir été lâche et me faisaient honte d'avoir été un tel père. Son récit de son différend avec Lant et de ma promesse de toujours prendre son parti montrait à quel point j'avais échoué à cet égard. Comment pourrais-je lire ces pages au Fou ? Comment pourrais-je en supporter l'humiliation ?

Il savait avant même de me le demander que je ne le pouvais pas. Il me connaissait parfaitement, il savait qu'il y avait des trésors auxquels je ne pouvais renoncer. Pourquoi osait-il seulement poser la question ? Il prit le paquetage à deux mains pour le serrer sur sa poitrine, et des larmes montèrent à ses yeux avant de rouler sur ses joues en suivant ses cicatrices ; il me tendit le bagage, capitulant. J'eus le sentiment d'être un petit enfant auquel les parents cèdent devant sa colère. Je pris le sac et l'ouvris aussitôt ; il ne s'y trouvait pas grand-chose hormis les livres et les chandelles de Molly, car j'avais rangé la plupart de mes vêtements, la brique chauffante des Anciens et d'autres affaires dans les placards de la cabine. Au fond, les tubes contenant l'Argent des dragons étaient protégés dans une de mes chemises. Là, croyais-je, ils étaient à l'abri des indiscrets, et, de fait, ils étaient tels que je les avais emballés. Le Fou avait dit vrai : il n'avait pas fouillé mon paquetage. Une douce odeur frappa mes narines, celle des bougies parfumées de Molly, et la paix me gagna ; la clarté revint. Je soulevai les livres pour déplacer les bougies et leur éviter de se briser.

Le Fou dit d'une voix hésitante : « Pardonne-moi si je t'ai fait mal. Je t'en prie, ne t'en prends pas à Braise ni à Persévérance ; ce n'était qu'une réflexion innocente de sa part à lui, et, quant à elle, elle a agi sous la contrainte. »

Le calme de Molly, son sens obstiné de la justice. Pourquoi était-ce si difficile ? Ces journaux renfermaient-ils quoi que ce fût qu'il ne sût déjà sur moi ? Qu'avais-je à perdre ? Tout n'était-il pas déjà perdu ?

Ne partageait-il pas ma douleur ?

La neige avait mouillé un coin du journal des rêves d'Abeille ; l'humidité avait disparu, mais le cuir de la couverture s'était légèrement froncé en soulevant le gaufrage. Je tâchai de l'aplanir du pouce, mais le défaut demeura. J'ouvris lentement le livre et m'éclaircis la gorge. « Sur la première page… », dis-je, et ma gorge se noua brutalement. Le Fou tourna son regard aveugle vers moi, les joues ruisselant de larmes. Je toussotai à nouveau. « Sur la première page, il y a le dessin d'une abeille ; elle a exactement les proportions et les couleurs d'une abeille. Au-dessus, écrits avec grand soin en une espèce d'arc, se trouvent les mots suivants : "Ceci est le journal de mes rêves, de mes rêves importants." »

Il eut un hoquet d'émotion et demeura comme paralysé. Je me levai et traversai la pièce minuscule en moins de trois pas. Un sentiment pour lequel je n'avais pas de nom, qui n'était ni de l'orgueil ni de l'égoïsme, fit de ces trois pas l'escalade la plus raide que j'eusse jamais tentée. Je m'assis à côté du Fou avec le livre ouvert sur mes genoux. Mon compagnon ne respirait pas. Je tendis le bras, soulevai sa main nue par sa manche de laine, l'amenai au-dessus de la page et lui fis effleurer les lettres du bout des doigts. « Ça, c'est ce qu'elle a écrit. » Je soulevai à nouveau sa main et la déplaçai au-dessus de l'abeille. « Et ça, c'est son dessin. »

Il sourit et essuya ses larmes. « Je sens l'encre qu'elle a utilisée. »

Nous lûmes ensemble le livre de notre fille ; la qualifier ainsi m'était toujours pénible, mais je m'y forçais.

Notre lecture fut lente, par sa décision, non par la mienne, et, à ma grande surprise, il ne demanda pas à entendre son journal : c'étaient ses rêves qu'il voulait découvrir. Cela devint un rituel lorsque nous nous séparions le soir : quelques rêves lus à voix haute, pas plus de trois ou quatre d'affilée, et chacun souvent jusqu'à une dizaine de fois. Ses lèvres remuaient sans bruit pendant qu'il les gravait dans sa mémoire ; il sourit quand je lui lus un des songes préférés d'Abeille où elle voyait des loups qui couraient ; un autre où apparaissaient des chandelles le fit se redresser brusquement puis se plonger dans un long silence pensif. Celui où elle se voyait comme une noix le laissa aussi perplexe que moi, et il pleura le soir où je lui lus celui de l'homme-papillon. « Ah, Fitz, elle avait le don. Elle l'avait ! Et ils l'ont anéantie.

— Comme nous-mêmes les anéantirons, promis-je.

— Fitz. » Sa voix m'arrêta près de la porte. « Sommes-nous sûrs qu'elle est morte ? Tu as été retardé dans les piliers d'Art quand tu es parti d'Aslevjal, mais tu as fini par ressortir à Castelcerf.

— Renonce à cet espoir. J'étais formé à l'Art, et j'ai réussi à m'en tirer ; Abeille n'avait aucune formation, pas de guide expérimenté, et elle faisait partie d'un groupe aussi profane qu'elle, d'après ce que nous a dit Évite. Quand le clan d'Ortie s'est mis à leur recherche, il n'en a trouvé trace nulle part, pas plus que nous quand nous avons emprunté le même itinéraire qu'eux des mois plus tard. Elle est morte, Fou ; elle a disparu dans le courant d'Art. » Je regrettais qu'il m'eût contraint à prononcer ces mots. « Tout ce qui nous reste, c'est la vengeance. »

Je dormais mal à bord de Mataf ; par certains aspects, c'était comme dormir sur l'échine d'un animal gigantesque et avoir toujours conscience de lui par le Vif. J'avais souvent passé la nuit le ventre contre le dos du loup, mais Œil-de-Nuit me rassurait car il partageait avec mes sens émoussés d'humain son intense perception de l'environnement. Je me reposais toujours mieux quand il était près de moi ; ce n'était pas le cas avec Mataf. C'était une créature qui se tenait à part, et j'avais la sensation d'essayer de dormir alors qu'on me regardait ; il n'y avait aucun sentiment de malveillance, mais sa présence constante me rendait nerveux.

Il m'arrivait donc de me réveiller et de me tourner et me retourner dans mon lit au milieu de la nuit ou à l'heure gris-noir qui précède l'aube. Le lever du jour était un phénomène curieux sur le fleuve du désert des Pluies ; le jour, nous suivions un ruban de ciel au centre du courant, et les hauts arbres de part et d'autre cachaient le soleil tant levant que ponant ; mais mon organisme savait toujours quand l'aurore était là, et je me réveillais un peu avant pour sortir sur le pont immobile et humide et prêter l'oreille aux bruits de la forêt qui s'animait lentement. Je puisais un peu de paix dans ces moments où je me retrouvais aussi seul qu'il est possible sur un bateau ; il y avait toujours un matelot de garde, mais en général on respectait ma tranquillité.

Lors d'une de ces séances, je me tenais à bâbord et je regardais vers l'amont du fleuve, jouissant de la bonne chaleur d'une tasse de tisane tenue à deux mains. Je soufflais sur le breuvage en regardant les volutes de vapeur qui dansaient. Je m'apprêtais à boire quand je perçus des pas légers derrière moi.

« Bonjour », dis-je tout bas à Braise quand elle vint se placer à mes côtés. Je n'avais pas tourné la tête, mais, si elle s'étonna que j'eusse conscience de sa présence, elle n'en montra rien. Elle posa les mains sur le bastingage.

« Je ne dirai pas que je regrette, fit-elle : je mentirais. »

Je bus une gorgée de tisane. « Merci de ne pas me mentir. » J'étais sincère ; Umbre avait toujours insisté sur le mensonge comme un art essentiel à maîtriser pour tout espion, et il m'avait obligé à m'exercer à la franchise artificielle. Du coup, je me demandai si elle ne mentait pas en réalité et si elle regrettait vraiment. Je chassai cette étrange pensée de mon esprit.

« Vous m'en voulez ?

— Pas du tout, répondis-je faussement. Tu dois être fidèle à ta maîtresse ; dans le cas contraire, je ne te ferais pas confiance.

— Mais n'estimez-vous pas que je devrais être plus fidèle à vous qu'à dame Ambre ? Je vous connais depuis plus longtemps, et Umbre m'a formée en m'ordonnant de vous écouter.

— Quand il a dû t'abandonner, tu t'es choisi un nouveau mentor ; sois loyale à dame Ambre. » Je lui offris une bribe de vérité. « Je suis rassuré de savoir qu'elle a constamment près d'elle quelqu'un d'aussi compétent que toi qui veille sur elle. »

Elle hochait la tête, les yeux baissés sur ses mains, de bonnes mains, les mains habiles d'un espion ou d'un assassin. Je risquai une question. « Comment as-tu appris l'existence des livres ?

— Par Persévérance. Il ne croyait pas trahir un secret ; c'était au moment où vous avez décrété que nous devions tous recevoir une instruction. Nous avons bavardé un peu plus tard, et il m'a dit que, ce qui le gênait dans la lecture, c'était de rester assis sans bouger à regarder du papier ; mais il a ajouté que vous possédiez un livre écrit par Abeille. Elle lui avait appris à déchiffrer certaines lettres, et il avait vu que le livre était d'elle à cause de l'écriture. Il m'en a parlé parce qu'il espérait qu'apprendre à lire lui permettrait un jour de décrypter ce qu'elle avait écrit. »

J'acquiesçai de la tête. Je n'avais jamais indiqué à l'enfant qu'il était alors que ces livres étaient du domaine privé ; il en avait sauvé un lorsque l'ours avait saccagé notre camp, et il en avait même fait mention. Je ne pouvais donc pas lui reprocher d'en avoir parlé à Braise ; mais je pouvais reprocher à cette dernière d'avoir repéré les livres dans mon paquetage et de l'avoir apporté à Ambre. Avait-elle touché aux chandelles de Molly ? Avait-elle vu les tubes d'Argent enveloppés dans ma chemise ? Je me tus mais elle dut percevoir mon mécontentement.

« Elle m'a dit où regarder et m'a demandé d'aller lui chercher le sac. Que devais-je faire ?

— Ce que tu as fait », répondis-je, laconique. Pourquoi était-elle venue me trouver pour tenir cette conversation ? Je ne lui avais fait aucun reproche et je ne l'avais pas traitée différemment depuis qu'elle avait remis mes livres au Fou. Le silence durait ; je tempérai ma colère qui se mua soudain en cendres humides, noyées sous un brusque découragement. Quelle importance ? Tôt ou tard, le Fou eût trouvé le moyen de les obtenir ; et, maintenant qu'il les avait, il paraissait normal qu'il en connût le contenu. Me sentir furieux ou blessé que Braise eût facilité ce transfert n'avait rien de logique ; n'empêche que…

Elle s'éclaircit la gorge et dit : « Umbre m'a enseigné ce que sont les secrets, la puissance qu'ils recèlent, et le fait que, lorsqu'ils sont partagés par plus d'une personne, ils peuvent devenir source de danger plus que de pouvoir. » Elle s'interrompit puis reprit : « Je sais respecter ceux qui ne m'appartiennent pas, je veux que vous le sachiez ; je sais garder par devers moi les secrets qui ne doivent pas être révélés. »

Je lui jetai un regard perçant. Le Fou avait des secrets, et j'en connaissais certains ; me proposait-elle de m'en apprendre à titre d'offrande propitiatoire pour le vol des livres d'Abeille ? Je me sentis offensé qu'elle crût possible de m'acheter avec les secrets de mon ami ; de toutes manières, je les savais déjà sans doute, mais, même dans le cas contraire, je ne voulais pas les découvrir par le truchement de sa trahison. Je fronçai les sourcils et détournai les yeux.

Elle se tut un moment, puis elle déclara d'un ton mesuré et résigné : « Je veux que vous sachiez que j'ai de la loyauté pour vous aussi ; ce n'est pas un lien aussi fort qu'avec dame Ambre, mais je sais que vous m'avez protégée autant que vous le pouviez quand sire Umbre a commencé à décliner ; je sais que vous m'avez placée chez dame Ambre autant pour moi que pour elle. Je suis votre obligée. »

J'acquiesçai de la tête puis répondis : « La meilleure façon de payer ta dette, c'est de bien servir dame Ambre. »

Elle resta près de moi sans bouger comme si elle attendait une suite à mes propos. Comme je me taisais, elle reprit avec un petit soupir : « Le silence est le garant du secret. Je comprends. »

Je continuai à contempler le fleuve. Cette fois, elle s'éclipsa si discrètement que seul mon Vif m'avertit que j'étais à nouveau seul.

Par un bel après-midi calme, nous tombâmes sur un village du désert des Pluies. Les rives du fleuve n'étaient en rien plus accueillantes : les arbres s'avançaient jusqu'au bord de l'eau, ou, plus exactement, le courant gonflé avait envahi les abords de la forêt. Les branches qui surplombaient le fleuve luisaient de nouvelles feuilles, des oiseaux au plumage coloré se battaient en criant pour les meilleurs emplacements de nidification, et c'est ce qui attira mon regard vers le haut. Je restai les yeux écarquillés devant le nid le plus imposant que j'eusse jamais contemplé, et je vis soudain un enfant en sortir et se déplacer d'un pas vif le long de la branche en direction du tronc. Bouche bée, je gardai le silence de peur qu'un cri de ma part causât sa chute. Grand Eider suivit mon regard et leva une main en guise de salut ; un homme émergea à son tour de ce qui m'apparaissait désormais comme une petite cabane suspendue et lui rendit son geste avant de suivre l'enfant.

« C'est un abri de chasse ? » demandai-je au grand matelot, et il me regarda comme s'il ne comprenait pas ma question.

Belline passait sur le pont. « Non, c'est une maison. Dans le désert des Pluies, on est obligé de construire dans les arbres parce qu'il n'y a pas de terre solide. On bâtit petit et léger, parfois cinq ou six étroites pièces sur le même arbre ; c'est moins risqué qu'une seule grande. » Elle poursuivit son chemin, prise par quelque tâche nautique, et me laissa béant devant le village qui festonnait la forêt.

Je demeurai sur le pont jusqu'au crépuscule à habituer mes yeux à repérer les petits groupes d'habitations suspendues. Le ciel s'obscurcissant, des lumières commencèrent à briller dans certaines, illuminant leurs frêles parois si bien qu'elles semblaient de lointaines lanternes dans les frondaisons. Cette nuit-là, nous mouillâmes aux côtés de plusieurs bateaux de moindre tonnage, et les villageois descendirent pour nous demander des nouvelles du monde et proposer du troc. Sucre et café étaient les marchandises les plus recherchées, et ils les échangèrent en quantités réduites contre des herbes arboricoles récoltées de frais qui donnaient une tisane rafraîchissante, et des chapelets de coquilles d'escargot aux couleurs vives. Belline offrit un tel collier à Braise, qui s'en montra tellement ravie qu'elle se fendit d'un sourire.

« Nous ne sommes plus très loin de Trehaug, nous apprit Leftrin à la table de la cambuse ce soir-là. On croisera sans doute Cassaric demain matin et on arrivera à Trehaug dans l'après-midi.

— Vous ne vous arrêtez pas à Cassaric ? demanda Persévérance. Je croyais que c'était là que les dragons éclosaient.

— C'était bien là. » Leftrin s'assombrit et reprit : « Et c'est là que vivent des traîtres, des gens qui ont trahi la tradition Marchande sans jamais en subir les conséquences ; des gens qui ont donné abri à ceux qui voulaient massacrer des dragons pour récupérer leur sang, leurs os et leurs écailles. Nous leur avons offert une chance de se racheter en faisant justice des félons, mais ils l'ont refusée. Les bateaux des Marchands Dragons ne font plus halte chez eux tant que Candral et ses sbires n'ont pas été jugés. »

Braise devint blême. Avait-elle bien caché la petite fiole de sang de dragon qu'elle avait subtilisée à Umbre, ou bien le Fou l'avait-il bue entièrement ? Jamais je n'avais entendu Leftrin s'exprimer avec tant de véhémence, mais ce fut d'un ton calme et presque enjoué qu'Ambre dit : « Je me fais une joie de revoir Althéa et Brashen – enfin, de les retrouver, devrais-je plutôt dire. J'aimerais tant les revoir vraiment, ainsi que Gamin ! »

Le capitaine eut l'air un instant déconcerté. « J'avais oublié que vous les connaissiez. Mais, de toute façon, vous ne verriez pas Gamin ; il y a quelques années, il est parti servir à bord de Vivacia pour un ou deux contrats, et il n'est jamais revenu. Vivacia avait le droit de le mobiliser, mais je sais que ça a été un crève-cœur pour Althéa et pour Brashen de le laisser partir. Mais c'est un homme à présent, et il a le droit de choisir sa vie. Il porte le nom de Trell, mais c'est un Vestrit par sa mère, et Vivacia a préemption sur lui – ainsi que lui sur elle, même si les îles Pirates ne partagent pas ce point de vue. » Il baissa la voix. « Parangon n'était pas content de le voir partir, et il a exigé une contrepartie : qu'on lui donne celui qui porte son nom, Parangon Ludchance, qui appartient de droit à la famille Ludchance, mais qu'on appelle dans les îles Pirates, paraît-il, Akennit. » Il se gratta une joue mal rasée. « Akennit est le fils de la reine des îles Pirates, et elle n'avait aucune envie de le laisser partir, ce qui a fait dire à Parangon qu'on l'avait trompé. Il voyait la situation comme un échange d'otages, tout en soulignant qu'il était le plus légitime à revendiquer les deux hommes. Mais la reine Etta des îles Pirates a refusé catégoriquement. On a même entendu une rumeur comme quoi Akennit courtisait une dame fortunée des îles aux Épices et qu'il allait l'épouser ; eh bien, la reine Etta ferait bien de le marier rapidement si c'est ce qu'elle veut : il a déjà dépassé l'âge ! Et, s'il se marie, ça m'étonnerait qu'il mette un jour les pieds sur le pont de Parangon. D'ailleurs, Parangon devient sombre ou abattu chaque fois qu'on aborde le sujet, alors peut-être que moins vous poserez de questions sur Gamin, mieux ça vaudra.

— Je ne comprends pas », fis-je à mi-voix, ce qui n'était manifestement pas le cas d'Ambre.

Leftrin hésita. « Bah, après tout… » Il poursuivit d'une voix lente, comme s'il révélait une confidence : « Ce sont Althéa et Brashen qui commandent le *Parangon* aujourd'hui, mais il a appartenu pendant des générations à la famille Ludchance ; ensuite, il a été volé et Igrot le pirate s'en est servi pour ses activités malfaisantes ; puis, sabordé, abîmé, il a réussi à retourner jusqu'à une plage de Terrilville où il a été redressé, échoué et laissé à l'abandon pendant des années. Brashen Trell et la famille Vestrit en ont revendiqué la propriété alors que ce n'était qu'une épave ; ils l'ont réarmé et l'ont remis à la mer. Mais, de cœur, c'est toujours un bateau Ludchance, et à une époque le pirate Kennit Ludchance s'est emparé de lui, et il est mort sur son pont. C'est normal que le bateau veuille le fils de Kennit, et aussi Gamin.

— Et Althéa ? demanda Ambre. Que pense-t-elle de voir le fils de Kennit vivre à bord de Parangon ? »

Leftrin la regarda. Je perçus un secret entre eux, mais il répondit seulement : « C'est une autre discussion qu'il vaut mieux éviter sur le pont de Parangon. On ne l'appelle plus le bateau fou, mais je me garderais de les titiller, lui ou Althéa. Ils risquent d'être en désaccord sur certains points. »

Ambre hocha la tête. « Merci de vos avertissements ; un mot irréfléchi peut faire beaucoup de dégâts, en effet. »

J'eus du mal à dormir cette nuit-là ; un nouveau bateau et un nouveau voyage nous attendaient, j'allais m'enfoncer en territoire inconnu, et j'emmenais des compagnons qui n'étaient guère plus que des enfants. Dans l'obscurité de la cabine, je dis : « Persévérance, j'ai dans l'idée de demander au capitaine Leftrin s'il ne pourrait pas te prendre comme mousse ; tu as l'air doué pour ce métier. Qu'en penses-tu ? »

Le silence accueillit d'abord mes mots, puis sa voix surgit des ténèbres, teintée d'inquiétude. « Après, vous voulez dire ? Quand on sera sur le chemin du retour ?

— Non. Je parle de demain. »

Plus bas, il répondit : « Mais je vous ai juré allégeance, messire.

— Je puis t'en libérer, t'aider à emprunter un chemin plus lumineux et plus propre que celui que je dois suivre. »

Je l'entendis inspirer longuement. « Vous pouvez me libérer de mon serment, messire ; et, si vous décidez de le faire, je ne pourrai plus me dire à votre service. Mais il n'y a qu'Abeille qui puisse me libérer de ma promesse de la venger. Renvoyez-moi si vous voulez, messire, mais je devrai quand même aller jusqu'au bout de cette aventure. »

Lant se retourna dans sa couchette. Je le croyais endormi, et, vu sa voix pâteuse, peut-être ne m'étais-je pas trompé. « Inutile d'aborder la question avec moi, dit-il, je vous donnerai la même réponse que le gamin : j'ai fait une promesse à mon père, et vous ne pouvez pas me demander de la rompre. Nous vous suivrons jusqu'à la fin, Fitz, même si ça doit mal se terminer. »

Je me tus, mais mon cerveau se mit en action aussitôt. Comment Lant se représentait-il « la fin » ? Parviendrais-je à le convaincre qu'il avait fait son devoir et pouvait regagner Castelcerf sans moi ? Il me paraissait risqué de renvoyer chez eux Braise et Persévérance à bord d'un bateau sans protecteur. Je pouvais prétendre avoir reçu de Devoir un appel d'Art urgent demandant que Lant retournât auprès d'Umbre ; le temps qu'il comprît que c'était un mensonge, il serait arrivé. Oui. Je remontai mes genoux contre ma poitrine pour mieux tenir dans l'étroite couchette et fermai les yeux. Cette partie du problème était donc réglée : une petite mystification convaincante à Terrilville, et lui au moins se retrouverait embarqué pour les Six-Duchés. Ne me restait plus qu'à trouver le moyen de me défaire de Persévérance – et de Braise.

Le lendemain se déroula comme l'avait dit Leftrin, et l'équipage commença à nous faire ses adieux au petit déjeuner. « Ah, vous allez tellement me manquer ! » s'exclama Alise à l'adresse d'Ambre.

Belline avait laissé des boucles d'oreilles en coquillage à côté de l'assiette de Braise ; l'austère matrone s'était prise d'affection pour l'adolescente. Persévérance faisait le tour des matelots et leur serrait chaleureusement la main.

Nous passâmes les dernières heures sur le toit du rouf, car le temps était à peu près calme et doux tant qu'on gardait son manteau fermé. Le plafond de nuages se morcelait, et une bande de ciel bleu courait au-dessus du fleuve. Nous passâmes devant la grève d'éclosion des dragons, ainsi que nous le signala Skelli, puis devant la cité arboricole de Cassaric ; nous ne nous y arrêtâmes pas, et Leftrin ne rendit aucun des saluts qui nous en parvinrent. Sur la distance qui séparait Cassaric de Trehaug, les petits logements suspendus pullulaient comme les pommes dans un verger, et je me demandais comment le capitaine distinguait les différents villages qui se succédaient ; mais, à partir d'un moment, il se mit à retourner les saluts amicaux qu'on nous adressait du haut des arbres. Nous commençâmes à voir des pontons flottants accrochés aux troncs, et de petites embarcations amarrées là ; des gens pêchaient, installés à cheval sur les branches qui surplombaient l'eau et laissant leurs lignes plonger dans le fleuve. Mataf fit un détour pour les éviter. Les passerelles aériennes et les branches fréquentées qui servaient de rues ne laissaient pas de me fasciner. Assise près d'Ambre et moi, Braise tendait le doigt vers les frondaisons et s'exclamait devant les enfants qui couraient, insouciants, sur des branches qui paraissaient trop frêles pour leur poids.

« Le port de Trehaug est juste après la prochaine courbe ! » nous lança Skelli en passant sur le pont. Grand Eider rapprocha Mataf des arbres serrés, le courant devint plus calme, l'eau moins profonde, et bientôt les hommes sortirent leurs perches, ralentirent Mataf, puis le guidèrent. Je perçus quelque chose d'insolite, comme si les matelots n'étaient pas seuls à agir sur le bateau ; il paraissait réagir trop facilement, et, quand j'en fis la réflexion, Braise répondit : « Mataf est une vivenef ; il aide l'équipage à le conduire là où il doit aller.

— Par quel moyen ? » demandai-je, intrigué.

Elle eut un sourire malicieux. « Observez son sillage la prochaine fois que nous jetterons l'ancre pour la nuit. » Devant ma mine perplexe, elle ajouta : « Et songez à des pattes de grenouille qui s'agitent. »

Nous passâmes le coude du fleuve, et mon premier aperçu de Trehaug chassa de mon esprit les « pattes » de Mataf. C'était la plus ancienne des cités du désert des Pluies ; les arbres gigantesques qui surplombaient le large fleuve gris étaient festonnés de ponts, de passerelles et d'habitations de toutes dimensions. Le sol de la forêt, marécageux et sujet aux inondations, ne permettait pas d'y construire des bâtiments permanents : la cité de Trehaug se dressait presque exclusivement dans les arbres qui bordaient le fleuve.

Des maisons de la taille de manoirs s'accrochaient aux branches basses, plus grosses ; elles m'évoquaient un peu celles du royaume des Montagnes, où les arbres faisaient partie intégrante de la structure. Mais celles-ci n'étaient pas aussi bien incorporées au décor de la jungle, et on eût pu croire qu'une tempête avait emporté quelque belle demeure de Bauge pour la déposer ici. Elles étaient toutes construites en bois de qualité, avec des vitres en verre, et paraissaient incroyablement grandes et majestueuses. J'en admirais une entièrement bâtie autour d'un tronc gigantesque quand Skelli annonça : « Voici la résidence des Khuprus, les parents de Reyn. » Je levai les yeux vers l'édifice qui nous dominait. Ah ! La richesse et l'influence personnifiées. La famille de Reyn formait la classe dirigeante bien avant qu'il devînt « roi » de Kelsingra ; sa fortune était ancienne, ce qui se voyait à la patine séculaire des poutres de soutènement. Je mis de côté cette petite déduction ; j'avais tant de renseignements à transmettre à Castelcerf ! Une fois à Terrilville, j'enverrais plusieurs pigeons à Devoir : toutes mes informations ne tiendraient pas dans une seule capsule à message.

« Regardez ! Je n'ai jamais rien vu de pareil ! Elle est magnifique ! » L'exclamation de Persévérance attira mon regard vers le long quai devant nous : une vivenef y était amarrée, les voiles ferlées, bercée par le courant. Le bois argenté de sa coque proclamait qu'il ne s'agissait pas d'un bateau ordinaire, et, à la différence de Mataf, la vivenef possédait une figure de proue sculptée ; elle représentait un homme en buste, sa tête sombre courbée sur sa poitrine musculeuse comme s'il somnolait, les bras croisés – curieuse posture pour une figure de proue. Puis les poils se dressèrent sur ma nuque et sur mes bras quand il leva lentement la tête.

« Il nous regarde ! s'écria Braise. Ah, dame Ambre, si vous pouviez voir ça ! Il est vraiment vivant ! La figure de proue s'est tournée vers nous ! »

Bouche bée, je ne quittais pas le bateau des yeux. Braise et Persévérance me regardèrent. Je restais coi, mais Lant dit : « Douce Eda, Fitz, il a votre visage ! Jusqu'à votre nez cassé. »

Ambre toussota puis, dans le silence sidéré, dit, le souffle court : « Fitz, s'il te plaît, je peux tout expliquer. »

11
Traversée

Le rêve qui suit est celui qui m'effraie le plus. J'y vois comme une plante grimpante qui se sépare en deux branches ; sur l'une d'elles poussent quatre chandelles que l'on allume l'une après l'autre, mais leur flamme ne diffuse aucune lumière. Une corneille dit : « Voici quatre chandelles qui t'éclaireront pour aller à ton lit. Quatre chandelles signifient que leur enfant est mort. Quatre chandelles brûlent pour la fin de leur route. Le Loup et le bouffon ont gâché leurs jours. »

Puis, sur l'autre branche, trois bougies s'allument tout à coup ; leur éclat est presque aveuglant, et la même corneille dit : « Trois flammes brûlent plus fort que le soleil. Leur éblouissement submerge un mal fait. Leur peine furieuse donne un objectif. Ils ignorent que leur enfant vit encore. »

Soudain la corneille tient une chandelle brisée. Elle la lâche et je la rattrape. D'une voix lente et terrifiante, elle reprend : « Enfant, allume le feu ; brûle l'avenir et le passé ; c'est la mission que tu es née pour remplir. »

Je me suis réveillée tremblant comme une feuille, et j'ai couru jusqu'à la chambre de mes parents. Je voulais dormir avec eux, mais ma mère m'a ramenée à mon lit, s'est allongée près de moi et m'a chanté une berceuse jusqu'à ce que je me rendorme. J'étais très jeune quand j'ai fait ce rêve ; je venais tout juste d'apprendre à descendre seule de mon lit ; mais je n'ai jamais oublié ce songe ni les charades de la corneille. Mon dessin représente la chandelle telle qu'elle l'agrippait, cassée, les morceaux ne tenant entre eux que par la mèche.

Journal des rêves d'Abeille Loinvoyant

Ce qui me réjouit le plus dans notre traversée, c'est que Dwalia fut malade comme un chien. Nous disposions d'une cabine minuscule pour nous quatre ; elle s'en appropria une et y resta pendant des jours. Son seau à vomi et sa literie imprégnée de sueur sentaient mauvais ; dans l'air immobile de la petite pièce sans hublot, les odeurs formaient une soupe qui montait peu à peu, toujours plus épaisse.

Les deux premiers jours, je fus moi aussi victime d'un épouvantable mal de mer ; puis Dwalia déclara d'une voix grinçante que nos déplacements et le bruit que nous faisions aggravaient son état, et elle nous ordonna de sortir. Je suivis Vindeliar et Kerf, nous traversâmes un espace obscur entre le pont et la soute où des lanternes à huile accrochées aux baux se balançaient lentement. Des couchettes s'alignaient le long des parois courbes, des hamacs étaient suspendus au milieu de la salle, certains occupés, d'autres non ; il régnait une odeur de goudron, d'huile de lampe, de transpiration et de nourriture avariée. À la suite de Kerf, je gravis une échelle et sortis par une écoutille carrée ; à l'air libre, la bise sur mon visage, je me sentis mieux aussitôt.

Une fois que mon estomac eut accepté que le monde tanguât et roulât, tout alla bien. Dwalia savait que je ne pouvais m'échapper tant que le bateau restait en mer, et elle était trop malade pour pousser plus loin sa réflexion. Nous avions apporté des vivres, mais nous partagions parfois le repas du soir avec les autres passagers. Il y avait une cuisine qu'on appelait cambuse et une pièce nommée mess dont la longue table présentait une petite barrière sur les côtés pour empêcher les assiettes et les chopes de tomber. La cuisine n'était ni bonne ni mauvaise, et, après les privations que j'avais subies, j'étais satisfaite d'avoir à manger à intervalles réguliers.

Je parlais peu, obéissais aux rares ordres de Dwalia et observais attentivement tous les détails du navire ainsi que mes deux compagnons. Je voulais les convaincre que j'avais renoncé à m'opposer à eux afin d'endormir leur vigilance, car j'espérais trouver un moyen de m'enfuir au port suivant. La brise qui gonflait nos voiles m'emportait toujours plus loin de chez moi ; d'instant en instant, de jour en jour, mon ancienne existence s'éloignait. Nul ne pouvait me secourir, nul ne savait où j'étais. Si je voulais échapper à ce destin, je devais me débrouiller seule. Sans doute ne parviendrais-je pas à regagner les Six-Duchés, mais je pouvais aspirer à une existence libre, même si elle se déroulait dans un port inconnu à l'autre bout du monde.

Dwalia avait ordonné à Vindeliar de nous rendre « inintéressants » aux yeux de l'équipage et des autres occupants du bateau, et il maintenait un sort diffus autour de nous ; nul ne s'adressait à nous ni ne nous regardait quand nous déambulions. La plupart des passagers étaient des marchands chalcédiens qui accompagnaient leur fret vers de nouvelles destinations ; quelques-uns venaient de Terrilville ou du désert des Pluies, et d'autres de Jamaillia. Les riches disposaient de cabines, les plus jeunes de hamacs en toile ; il y avait également des esclaves, dont certains de grande valeur ; je vis une femme splendide qui marchait orgueilleusement comme un étalon malgré son collier d'esclave et le tatouage clair près de son nez ; avait-elle jamais été libre ? Je vis un homme âgé, le dos voûté, vendu contre un tas de pièces d'or :

c'était un érudit capable de parler six langues, de les lire et de les écrire. Il resta assis, stoïque, pendant qu'une femme marchandait âprement son prix, puis il se pencha pour prendre de l'encre et du papier afin de rédiger sa propre facture, le nez tout près de la feuille. Je me demandai combien de temps ses doigts noueux lui permettraient encore de pratiquer le métier de scribe et ce qu'il deviendrait à mesure que la vieillesse gagnerait du terrain.

Le temps ne passe pas comme ailleurs à bord d'un navire. De jour comme de nuit, des matelots couraient toujours d'une tâche à l'autre ; un tintement de cloche tranchait le temps en tours de garde et me tirait du sommeil à chaque fois. Quand je me réveillais la nuit sur le plancher grossier de la cabine, le nez plein du miasme aigre des haut-le-cœur de Dwalia, je n'avais qu'une envie : m'échapper sur le pont ; mais Kerf ronflait, couché en travers de l'étroite porte, et, dans la couchette au-dessus de celle de Dwalia, Vindeliar marmonnait dans son sommeil.

Lorsque je parvenais à dormir, je rêvais, et parfois les songes qui bouillonnaient en moi venaient me visiter ; à mon réveil, je les écrivais de l'index sur le plancher en m'efforçant de les chasser de mon esprit, car c'étaient de sombres visions de mort, de sang et de fumée.

Plusieurs jours après le début de notre voyage, j'étais allongée par terre, entourée de nos maigres possessions, et j'entendis Vindeliar prononcer un mot dans un gémissement : « Frère », dit-il, et, avec un soupir, il s'abîma davantage dans ses rêves. Je me risquai à laisser s'écrouler les murailles que je dressais fermement contre lui pendant le jour et je calmai mon esprit pour percevoir ses frontières.

Ce n'était pas ce à quoi je m'attendais.

Même dans son sommeil, il tenait Kerf en laisse. Le Chalcédien était devenu aussi docile qu'une vache à lait, attitude qui contredisait son harnais et ses balafres de guerrier. Quand il voulait manger, il demandait avant de se servir, et les passagères n'avaient pas à subir ses œillades, y compris la chaîne de femmes esclaves attachées au pont une fois par jour pour prendre l'air. Ce soir-là, je perçus l'enveloppe d'ennui dont Vindeliar le recouvrait, à la limite du désespoir ; tout souvenir triomphant ou agréable lui était caché et il ne se rappelait que des journées de corvées monotones. Jour après jour, il obéissait aux ordres de son commandant ; et son commandant, c'était Dwalia.

Je cherchai l'emprise de Vindeliar sur moi, mais, s'il en avait une, elle était trop subtile pour que je la perçusse. En revanche, et à mon grand étonnement, je découvris un voile brumeux sur Dwalia.

Le lui avait-elle demandé ? Souhaitait-elle dormir au calme ? Il me paraissait peu probable qu'elle voulût se sentir malade dans le seul but de garder le lit. Elle avait trahi l'aversion qu'elle lui portait le jour où elle l'avait agoni d'injures pendant qu'il tremblait de peur devant son mépris. Était-ce la première fois qu'elle manifestait le dégoût qu'il lui inspirait ? J'examinai ce qu'il lui suggérait : elle pouvait se fier à lui pour nous tenir en laisse ; il s'était repenti de sa brève rébellion, et il était son serviteur parfaitement fidèle ; il pouvait dominer Kerf et me dissimuler aussi longtemps qu'elle aurait besoin de se reposer. À pas de loup, je fis le tour de ce brouillard insinuant ; jusqu'où irait Vindeliar dans sa prudente insoumission ? Dwalia la décèlerait-elle quand elle se remettrait de son mal de mer ?

À condition qu'il lui permît de se remettre ! J'étudiai cette possibilité. La maintenait-il dans cet état ? Alitée, Dwalia nous soulageait de ses taloches, de ses pincements et de ses coups de pieds. Commençait-il à se retourner contre elle ? S'il ne la servait plus, s'il voulait sa liberté, pouvais-je alimenter sa résistance ? Le gagner à ma cause ? M'échapper, rentrer chez moi ?

À l'instant où cette idée germa dans mon esprit, je dressai mes murailles aussi solidement que possible : il ne devait pas se douter de ce que je savais et surtout pas de ce que j'espérais. Comment obtenir sa loyauté ? Que désirait-il le plus au monde ?

« Frère », fis-je dans un souffle.

Le rythme de sa respiration bruyante hésita, hoqueta puis reprit. Je me mis au défi d'aller plus loin ; ma situation pouvait-elle être pire ?

« Frère, je n'arrive pas à dormir. »

Ses ronflements s'interrompirent, et, au bout d'un long silence, il dit d'un ton abasourdi : « Tu m'as appelé “frère” !

— Comme toi », répondis-je. Quel sens cela avait-il pour lui ? Je devais avancer avec précaution.

« J'ai rêvé que je t'appelais ainsi, et que tu me répondais de même. » Il tourna la tête sur le tas de vêtements qui lui servait d'oreiller et reprit d'un ton triste : « Mais le reste ne correspond pas à mon rêve. Le seul que j'ai fait.

— Ton rêve ?

— Oui. » Avec une fierté timide, il ajouta : « Personne d'autre ne l'a fait ; il n'y a que moi.

— C'est normal ; c'est ton rêve à toi.

— Tu n'y connais rien. Beaucoup de Blancs partagent les mêmes rêves ; s'ils sont assez nombreux à faire le même, c'est qu'il est important pour la Voie ! S'il n'apparaît qu'une seule fois, il ne se réalisera sans doute pas – sauf si quelqu'un a le courage de travailler dur pour ça, pour trouver les autres songes qui indiquent le chemin qui y mène. Comme Dwalia l'a fait pour moi. »

L'intéressée changea de position sur sa couchette, et ce bruit me terrifia. Quelle idiote ! Elle devait être aux aguets, c'était évident ! La vieille vipère ne dormait jamais que d'un œil. Elle avait entendu notre conversation et elle allait contrecarrer mes plans avant même qu'ils ne fussent formés !

Et soudain je sentis une grande et agréable envie de dormir s'étendre sur moi comme la plus moelleuse des couvertures, chaude mais non étouffante, les muscles qui se relâchaient, la migraine qui se dissipait, la puanteur de la cabine qui disparaissait. Je faillis m'y enfoncer malgré mes murailles. Quel impact cela avait-il sur Dwalia ? Kerf y était-il lui aussi englouti ? Devais-je révéler à Vindeliar que je me rendais compte de son action ? Pouvais-je menacer de le dénoncer à Dwalia s'il ne m'aidait pas ?

« Tu sens ce que je fais et tu t'en protèges.

— Oui », reconnus-je ; le nier me paraissait inutile. J'attendis qu'il en dît davantage mais il se tut. Je le jugeais stupide jusque-là, mais son silence m'incitait à me demander s'il ne suivait pas une stratégie. Par quelle ruse parviendrais-je à le faire parler ? « Tu veux bien me raconter ton rêve ? »

Il roula sur le flanc, et, au son de sa voix, je sus qu'il me faisait face à présent. Il murmura dans la petite cabine : « Tous les matins, Samisal demandait du papier et un pinceau. Lui et moi étions doubles frères, nos parents frère et sœur, et nos grands-parents aussi ; alors parfois je faisais semblant d'avoir des rêves, comme lui, les mêmes que lui. Mais on me disait que je mentais ; tout le monde le savait. Du coup, Samisal avait tous les rêves, et moi je n'en avais qu'un seul. Même Odessa, ma jumelle, née aussi mal tournée que moi, en faisait. Mais moi je n'en avais qu'un seul. Vindeliar qui ne sert à rien. »

Des frères mariés à leur sœur ? Ses origines m'horrifiaient, mais il n'en était pas responsable ; je réprimai mon désarroi pour demander : « Mais tu as eu un songe ?

— Oui. Dans mon rêve, je te trouvais ; un jour tout blanc de neige, je t'appelais “frère”, et tu me suivais.

— Alors, il s'est réalisé. »

Il me reprit : « Un rêve ne se réalise pas ; s'il est sur la vraie Voie, nous avançons vers lui. Les Quatre connaissent la Voie ; ils cherchent les rêves correspondants et envoient des Serviteurs préparer la Voie pour que le monde la suive. Trouver le moment dans un rêve, c'est comme voir un panneau sur la route : ça confirme que la Voie est juste.

— Je vois, dis-je alors que je ne voyais rien du tout. C'est donc ton rêve qui nous a conduits l'un vers l'autre ?

— Non, avoua-t-il, abattu. Ce n'était qu'un tout petit rêve, un minuscule fragment pas très important, à ce que dit Dwalia. Je ne dois pas m'imaginer qu'il est important ; beaucoup de gens avaient fait des rêves meilleurs que le mien, et ceux qui les trient et les mettent en ordre, les collecteurs, savaient où il fallait aller et ce qu'il fallait faire pour ouvrir la vraie Voie.

— Tous les rêves disaient-ils que j'étais un garçon ? » Pure curiosité de ma part.

« Je l'ignore. On te décrivait en général comme un fils, ou bien on ne disait rien ; dans le mien, tu étais mon frère. » Je l'entendis se gratter. « Alors, Dwalia a raison : mon rêve était petit et pas très exact. » Il avait le ton d'un enfant déçu qui espère qu'on le contredira.

« Mais tu m'as vue et tu m'as appelée “frère” ; quelqu'un d'autre a-t-il fait le même songe ? »

Je ne savais pas que le silence pouvait être lent, mais le sien le fut. D'une voix où se mêlaient la satisfaction et l'envie de se justifier, il répondit : « Non ; personne.

— Alors tu étais peut-être le seul qui puisse me trouver, frère. Personne d'autre n'aurait pu réaliser ce rêve.

— Ou-ouiii. » Il savoura le mot.

Le silence qui suivit fut une pause nécessaire, un temps qui permit à Vindeliar de s'emparer de quelque chose qui lui appartenait sans qu'il s'en rendît compte. Je le respectai aussi longtemps que je pus, puis je demandai : « Donc, pour que le rêve se vérifie et confirme la Voie, il fallait que ce soit toi. Mais pourquoi moi ?

— Parce que le fils inattendu, c'est toi, celui qui apparaît dans plein de rêves.

— Tu en es sûr ? Alaria et Reppin avaient l'air d'en douter.

— Ça ne peut être que toi ! C'est obligé ! » Il paraissait plus aux abois qu'assuré.

Il m'avait déjà donné ce titre le jour où il m'avait trouvée, et je décidai d'en apprendre un peu plus. « Ainsi, dans ton songe, c'était toi qui devais découvrir le fils inattendu ; et c'était moi.

— J'avais rêvé… » Sa voix mourut. « J'avais rêvé que je te trouvais ; Dwalia avait besoin de mettre la main sur le fils inattendu. » Il poursuivit d'un ton à la fois apeuré et furieux : « Je ne t'aurais jamais déniché si elle ne l'avait pas cherché ; elle m'a dit de le chercher, et du coup je t'ai trouvé, et je t'ai reconnu grâce à mon rêve ! Ça veut dire que tu es bien le fils inattendu ! » Il eut un soupir, agacé par mes doutes.

Il savait que son raisonnement était erroné, mais, dans le noir, je ne pouvais déchiffrer son expression ; je m'exprimai avec douceur pour ne pas le mettre en colère. « Mais comment ? Comment peux-tu en être sûr alors que je ne le sais pas moi-même ?

— Je sais que j'ai rêvé de toi et je sais que je t'ai trouvé. Je n'ai pas beaucoup de sang Blanc, et certains se moquent de moi en disant que je n'en ai pas du tout. Mais si j'étais destiné à une seule chose en tant que Blanc, c'était à te trouver. Et j'y suis arrivé. » Il avait un ton satisfait qui réchauffait sa voix ; il bâilla soudain et son élocution devint moins claire. « Quand je suis sur la Voie, je le sens ; c'est agréable, comme si j'étais protégé. Tu n'es pas un vrai rêveur, alors tu ne peux pas comprendre. » Il soupira. « Ça ne tient pas debout : dans tous les songes qu'on me cite, le fils inattendu est le point d'équilibre ; derrière lui, tout n'est qu'ordre ou chaos. À un moment donné, tu nous as tous engagés sur un mauvais chemin, mais la divergence créée par le fils inattendu peut être pleine de terribles destructions – ou de bienfaits merveilleux. Le cap que tu fixes peut mener à mille avenirs possibles que personne d'autre ne pourrait ouvrir… » Sa voix mourut et il soupira de nouveau. « Il faut que je dorme, frère ; je ne peux pas me reposer pendant le jour. Seulement quand Kerf dort.

— Repose-toi, alors, frère. »

Je ne fermai guère l'œil cette nuit-là, tout occupée à dresser mes plans. Je rassemblai les précieuses bribes d'information que j'avais glanées : Vindeliar avait commencé à employer ses pouvoirs contre Dwalia ; maintenir son emprise sur Kerf le fatiguait ; il me croyait très importante, tout comme Dwalia peut-être. Mais pensait-elle toujours que j'étais le fils inattendu ? J'avais réussi à rendre sa bonne humeur à Vindeliar grâce à quelques mots gentils ; parviendrais-je à le gagner à ma cause en parlant davantage avec lui ? Je me risquai à nourrir un espoir fragile : s'il acceptait de m'aider, nous pourrions nous enfuir au port suivant, et, avec sa magie, il pourrait faciliter mon voyage jusque chez moi. Je souris en m'imaginant remontant l'allée de Flétribois ; Persévérance viendrait à ma rencontre, et peut-être mon père aussi, pendant qu'Allègre ouvrirait la porte et descendrait les…

Mais Allègre était mort, les écuries incendiées, le scribe Lant avait péri et Persévérance peut-être également. Évite avait-elle survécu et était-elle parvenue à rentrer ? Elle s'était révélée beaucoup plus résistante que je ne le croyais ; aurait-elle raconté à mes proches qu'on m'avait entraînée dans une pierre ? Et, dans ce cas, cherchaient-ils à me retrouver ? Un élan d'espoir fit battre mon cœur. Mon père savait voyager par les piliers ; il avait dû se lancer à ma poursuite !

Je me roulai en boule sur le plancher, tenaillée par une question : pouvait-il savoir que nous avions retraversé la pierre ? Le parfum de la chandelle de ma mère sous mon chemisier monta à mes narines, et j'y puisai du réconfort l'espace d'un instant ; puis ce fut un sentiment d'alarme suivi d'une certitude : j'avais trouvé la chandelle parce que c'était mon père qui l'avait abandonnée ! Évite avait regagné Flétribois, elle lui avait appris où on m'avait emmenée, et il avait suivi ma trace. C'était lui qui avait laissé tomber la chandelle – sans la ramasser ? Je me remémorai les affaires éparpillées et la tente en lambeaux. Les excréments d'ours ! Avait-il été attaqué ? Était-il mort ? Ses ossements gisaient-ils sous l'épaisse mousse de la forêt ?

Je contactai père Loup. *Si mon père était mort, le saurais-tu ?*

Je ne perçus nulle réponse. Je me pelotonnai derrière mes murailles. Si mon père n'était plus, je ne pouvais attendre de secours de personne, jamais. Et les rêves affreux de mon avenir se réaliseraient.

Sauf si je prenais mon sauvetage en main.

12

La vivenef Parangon

Pendant des générations, le secret de la création des vivenefs n'a été connu que de quelques familles Marchandes. À la fin de la guerre contre Chalcède, et avec l'apparition de la dragonne Tintaglia, certains aspects du secret n'ont plus pu rester dissimulés, et, au cours de la dernière décennie, le paradoxe du bateau vivant, fidèle à la famille qui lui a donné le jour en détruisant la créature qu'il devait devenir, a perdu de plus en plus de son mystère.

La création de la vivenef commence par le cocon d'un dragon. Quand les habitants du désert des Pluies ont découvert de gigantesques billes d'un bois inconnu, ils ignoraient totalement qu'il s'agissait de coquilles de dragon. Les « billes » avaient été entreposées dans une salle au plafond de verre dans des ruines enfouies sous la cité de Trehaug. À l'époque, les colons avaient impérativement besoin d'un matériau capable de résister aux crues acides du fleuve du désert des Pluies ; malgré un séchage et une finition à l'huile parfaits, la quille des navires classiques subissait peu à peu des dégâts, et, lors des eaux blanches où le fleuve devenait particulièrement acide, certains bateaux se dissolvaient complètement en jetant fret et passagers dans le courant. Le « bois » découvert dans les cités Anciennes ensevelies tombait à point nommé : le bois-sorcier, comme on l'appelait, était dense, fin de grain, idéal pour la construction navale et résistant à l'acide du fleuve.

Les bateaux ainsi bâtis étaient les seuls à pouvoir supporter des trajets répétés sur le flot caustique ; extrêmement recherchés, ils sont devenus un lien essentiel du commerce des objets Anciens, extraits des cités enfouies pour être livrés dans les villes nouvelles du désert des Pluies où ils étaient vendus au monde entier à des prix exorbitants.

Plusieurs générations se sont écoulées avant que la première figure de proue d'une vivenef « s'éveille », au grand ébahissement des constructeurs et des propriétaires. L'Aube Dorée a été la première à s'animer, et les conversations qui s'en sont suivies avec elle ont bientôt révélé que le bateau avait absorbé la mémoire de ceux qui avaient vécu à son bord, en particulier celle de ses commandants, et qu'il avait formé un lien avec la famille qui le possédait. Ses connaissances s'étendaient de la navigation et des différentes façons d'affronter le mauvais temps à la surveillance et à l'entretien nécessaire du bateau. La valeur d'un tel navire était inestimable.

Ceux qui découpaient les billes en pièces de charpente devaient avoir découvert très tôt qu'elles n'étaient pas en vrai bois, car, au cœur de chacune, ils avaient dû mettre au jour un dragon partiellement formé ; même s'ils ignoraient de quoi il s'agissait, ils savaient certainement que c'était une créature vivante. Tel est le plus grand secret de tous, celui que les familles ne révèlent qu'à ceux de leur sang. On croit qu'avant l'éclosion de la dragonne Tintaglia d'une « bille » de bois-sorcier, les vivenefs elles-mêmes ignoraient le lien qui les rattache aux dragons.

Des vivenefs de Terrilville,
Marchande Caudra Vinrougé

Debout sur le pont de Mataf, je contemplais la figure de proue de Parangon. Il avait mon visage, et une hache au fourreau barrait sa poitrine. Lant et Persévérance étaient médusés. Braise murmura : « Il nous regarde. »

C'était exact. La figure de proue du bateau à l'amarre paraissait aussi choquée que moi ; Parangon me ressemblait presque trait pour trait.

« Je ne vois pas comment tu pourrais expliquer ça, dis-je.

— Si, je peux, répondit Ambre, mais pas maintenant ; plus tard, et en privé, je te le promets. »

Je me tus. La distance qui séparait les deux bateaux décroissait, et l'équipage de Mataf s'activait avec les perches pour le ralentir et l'approcher adroitement de la rive. Trehaug était un port commercial animé, et il n'y avait guère de place au quai. Les navires suivaient la tradition qui consiste à se fixer aux vaisseaux déjà amarrés, après quoi les occupants traversent le pont voisin pour accéder à la berge, et je supposais que nous les imiterions. Il y avait un espace libre près de Parangon, mais il me paraissait trop réduit pour Mataf. Comme nous nous rapprochions de lui, il me rendit mon regard, le front plissé.

« Pourquoi a-t-il les yeux bleus ? » fis-je tout haut ; les miens étaient bruns.

Un sourire étrangement sentimental se dessina sur les lèvres d'Ambre ; les mains serrées sur sa poitrine, telle une grand-mère devant un enfant adoré, elle dit d'un ton affectueux : « C'est Parangon qui a choisi la couleur ; beaucoup de Ludchance, y compris Kennit qui faisait partie de cette famille, avaient les yeux bleus. C'est moi qui ai sculpté son visage, Fitz – ou plutôt resculpté ; on l'avait rendu aveugle à coups de hache et il portait la marque de son bourreau… Ah, c'est une longue et terrible histoire ! Quand je me suis mise au travail, je lui ai fait les yeux clos selon son souhait, et il a refusé de les ouvrir pendant un certain temps ; lorsqu'il s'est décidé, on a vu qu'ils étaient bleus.

— Mais pourquoi mes traits ? » demandai-je d'une voix tendue. Nous approchions du quai.

« Plus tard », répondit-elle dans un murmure.

Sa voix se perdit dans les ordres soudain lancés ; la distance entre les deux vivenefs s'amenuisait, et l'équipage de Mataf s'activait. Mes quatre compagnons et moi-même nous tenions sur le rouf afin de ne pas gêner et nous suivions attentivement les opérations. Notre barreur godillait pour résister au courant pendant que les autres se servaient de perches pour empêcher Mataf de heurter le ponton trop brutalement. À bord de deux bateaux déjà à l'amarre, des matelots inquiets se tenaient prêts à nous repousser, mais Mataf se glissa à sa place avec la précision d'une épée rentrant au fourreau. Skelli sauta sur le quai et s'empara aussitôt d'un bout qu'on lui lançait ; elle l'enroula vivement autour d'un taquet puis se précipita plus loin pour attraper l'amarre suivante.

Notre gabare râblée détonnait à côté du voilier élancé. Le faible tirant d'eau de Mataf lui permettait de remonter le fleuve et d'aller là où les vaisseaux à grande quille comme Parangon ne pouvaient se rendre ; ce dernier était conçu pour les eaux profondes et les hautes vagues. Nous étions minuscules à côté de lui. La figure de proue qui nous contemplait de tout son haut était beaucoup plus grande que nature. Son regard me quitta soudain pour se porter sur ma voisine, et son air sévère se mua en un sourire incrédule. « Ambre ? C'est toi ? Où as-tu passé ces vingt dernières années ? » Il tendit d'énormes mains vers elle, et, si nous avions été plus proches, je crois qu'il l'eût enlevée au pont de Mataf.

Elle leva les bras comme pour qu'il la serrât sur sa poitrine. « Très loin, mon ami, très loin ! Quel plaisir d'entendre à nouveau ta voix !

— Mais pas de me voir. Tes yeux sont aveugles ; qui t'a fait ça ? » La sollicitude se mêlait à la colère.

« Aveugle comme toi autrefois. C'est une longue histoire, mon vieil ami ; je te promets de te la raconter.

— Tu n'y couperas pas ! Qui est avec toi ? » Ne sentais-je pas une note d'accusation dans la question ?

« Des amis venus de Cerf dans les Six-Duchés. Mais nous parlerons de tout ça quand je serai à ton bord ; bavarder en criant, ce n'est pas l'idéal.

— Je suis bien d'accord ! » Cette remarque provenait d'une petite femme brune accoudée au bastingage de Parangon ; la blancheur de ses dents ressortait dans son visage hâlé. « Venez, soyez les bienvenus. Leftrin et Alise feront transférer vos affaires, et j'espère qu'ensuite ils viendront boire un verre ou deux avec nous. Quel plaisir de vous revoir, Ambre ! Je n'arrivais pas à croire la nouvelle que nous apportait le pigeon. Montez à bord ! » Elle se tourna vers moi, et son sourire s'élargit. « J'ai hâte de faire la connaissance de l'homme qui partage les traits de notre navire. » Là-dessus, elle disparut derrière les plats-bords.

À ces mots, Parangon s'assombrit ; il croisa les bras sur sa poitrine, détourna le visage et regarda Ambre du coin de l'œil. Elle m'adressa un petit sourire. « C'était Althéa Vestrit, tante de la reine Malta ; c'est le capitaine ou le second de Parangon, suivant à qui tu poses la question. » Elle leva son visage vers moi. « Ils te plairont, Brashen Trell et elle. »

La mise à quai et le débarquement se déroulèrent avec précision et sans hâte : le capitaine Leftrin tenait à être parfaitement satisfait de son arrimage avant d'autoriser la passerelle à s'abaisser ; cela fait, il donna ordre qu'on transbordât nos affaires sur Parangon, puis Alise et lui descendirent à quai avec notre petit groupe, se dirigèrent vers l'autre vivenef puis montèrent à bord par une échelle de corde qu'on nous lança. Leftrin grimpa le premier, Lant et Persévérance le suivirent sans grand mal, mais Braise s'empêtra dans ses jupes. Je tins l'échelle tendue en attendant qu'Ambre l'empruntât à son tour. « Inutile », déclara la figure de proue ; elle pivota avec souplesse au niveau de la taille, se pencha bas et offrit à Ambre ses mains ouvertes.

« La figure de proue te tend les mains. Sois prudente ! » chuchotai-je à ma compagne.

Elle répondit à voix haute : « Je n'ai pas besoin d'être prudente avec de vieux amis. Guide-moi, Fitz. »

J'obéis à contrecœur et retins mon souffle quand Parangon referma ses mains gigantesques sur son torse comme s'il s'agissait d'une enfant, puis l'emporta dans les airs. Sa peau avait la même teinte que celle d'un homme, tannée par les intempéries, mais je distinguais le grain du bois-sorcier dans lequel il avait été taillé. De tous les aspects de la magie Ancienne, la figure de proue vivante restait pour moi le plus stupéfiant, mais celui aussi qui me mettait le plus mal à l'aise. Je comprenais ce qu'était un dragon : une créature de chair et d'os avec les mêmes besoins et les mêmes appétits que n'importe quel animal ; mais un bateau fait de bois vivant, qui se déplaçait, parlait et pensait apparemment mais sans devoir manger ni boire, sans avoir envie de s'accoupler, sans aspirer à se reproduire ? Comment prédire les actes ou les désirs d'un être pareil ?

Alors que j'étais toujours sur le quai et m'apprêtais à gravir en dernier l'échelle de Parangon, j'entendis Ambre qui parlait avec la figure de proue, mais elle s'exprimait trop bas pour que je perçusse ses propos. Il la tenait comme une poupée et la regardait intensément ; ayant été lui-même aveugle, éprouvait-il de la sympathie pour son état ? Un bateau créé à partir d'un cocon de dragon pouvait-il ressentir de la compassion ? Comme souvent, je me heurtais au peu de détails que le Fou m'avait confiés sur sa vie ; ici, on le connaissait sous l'identité d'Ambre, femme intelligente et dure qui avait prêté sa fortune pour rebâtir Terrilville et aider d'anciens esclaves à se construire une nouvelle existence dans le désert des Pluies. Durant la présente partie de notre voyage, c'était Ambre qu'elle devait être – une femme qui me restait inconnue.

« Fitz ? » Lant se pencha par-dessus le bastingage. « Vous venez ?

— J'arrive. » Je gravis l'échelle de corde, entreprise toujours plus difficile qu'il y paraît, et mis le pied sur le pont de Parangon. Je le sentis différent de Mataf, beaucoup plus proche de l'humain ; par le Vif et par l'Art, il m'apparaissait comme une créature vivante. Toute son attention était tournée vers Ambre ; j'avais un petit moment pour observer le bateau.

Il y avait longtemps que je n'étais pas monté sur un navire de cette taille ; je me remémorai mon voyage aux îles d'Outre-mer et le mal de mer persistant de Lourd : voilà une expérience que j'espérais ne jamais renouveler ! Parangon était plus petit que notre vaisseau d'alors, plus fin, et il tenait probablement mieux la mer. Il était très bien entretenu : les ponts étaient dégagés, les bouts proprement rangés, et, bien qu'il fût amarré au quai, son équipage restait actif.

« Où sont Braise et Persévérance ? demandai-je à Lant.

— Partis en exploration, avec la permission du capitaine Brashen ; vous et moi sommes invités par le commandant et dame Althéa dans leur cabine pour prendre une collation et bavarder avec eux. »

Je lançai un regard vers la proue où Parangon tenait toujours Ambre ; je répugnais à la laisser – littéralement – entre les mains du bateau, mais également à vexer les gens qui nous embarquaient gratuitement pour Terrilville : c'était un long voyage qui nous attendait jusqu'à l'embouchure du fleuve du désert des Pluies puis au ras de la côte marécageuse et mal définie des Rivages maudits, avant d'arriver à la baie des Marchands, et je souhaitais rester en bons termes avec tout le monde. Le Fou ne ferait certainement aucun effort pour tenir sa langue devant la figure de proue : à l'évidence, Ambre avait décidé de lui faire confiance, et ce depuis longtemps.

« Fitz ? » Lant interrompit le fil de mes pensées.

« Je viens. » Je jetai un dernier coup d'œil à Ambre ; je voyais son visage mais non celui de son interlocuteur ; la brise du fleuve faisait danser ses jupes et agitait les mèches qui dépassaient de son écharpe. Elle souriait à une réflexion de Parangon, tranquillement accoudée à ses mains comme au bras d'un fauteuil confortable. Je décidai de me fier à son instinct et suivis Lant.

La porte de la cabine du capitaine, ouverte sur la journée de printemps, laissait échapper des voix enjouées ; Braise éclata de rire. Quand nous entrâmes, nous vîmes Leftrin qui tenait Persévérance par le col et le soulevait presque de terre. « C'est une fripouille et un simple d'esprit, alors ne l'épargnez pas ! » déclarait-il. Alors que je bandais mes muscles, il partit d'un rire tonitruant et projeta l'adolescent ravi vers un homme d'âge moyen solidement charpenté, qui saisit Persévérance par l'épaule et lui rendit son sourire, laissant voir des dents très blanches au milieu d'une barbe parfaitement tenue. Il assena une claque au dos du jeune homme. « On appelle ça courir le gréement, et, oui, tu peux l'apprendre – mais seulement si Clef, Althéa ou moi t'y autorisons. Nous te préviendrons quand nous aurons besoin de toi là-haut et nous t'indiquerons précisément ce que nous attendons de toi. » Il se tourna vers Leftrin. « Il connaît les nœuds ?

— Quelques-uns », intervins-je. Je m'aperçus que je souriais moi aussi au capitaine Trell.

« Oh, plus que ça ! répliqua Leftrin. Belline les lui faisait apprendre le soir, pendant que vous vous enfermiez avec votre dame. On lui a fourni de bonnes bases pour devenir matelot. Mais Trell a raison, gamin : si tu te risques dans le gréement, fais-le les premières fois avec quelqu'un qui s'y connaît, et écoute-le ! Ouvre bien les oreilles, et fais exactement et uniquement ce qu'on te dit. C'est compris ?

— Oui, capitaine. » Persévérance regardait les deux commandants tour à tour d'un air radieux. Si ç'avait été un chiot, il eût follement tourné sur lui-même ; j'en éprouvais de la fierté et un peu de jalousie.

Trell s'avança vers moi, la main tendue, et nous échangeâmes la poignée de main des Marchands ; il planta ses yeux sombres dans les miens, et il avait le regard franc et ouvert. « Je n'ai jamais eu de prince à mon bord, mais, d'après Leftrin, vous ne posez pas de problèmes. Nous faisons de notre mieux, mais Parangon est un bateau, et c'est lui qui dicte notre vie.

— Croyez-moi, je ne suis pas un aristocrate évanescent : j'ai passé pas mal de temps à l'aviron sur le *Rurisk* à l'époque de la guerre des Pirates rouges ; mes affaires étaient rangées sous mon banc de nage, qui me servait aussi de lit la moitié du temps.

— Ah, vous saurez vous débrouiller, alors. J'aimerais vous présenter Althéa Vestrit ; j'ai essayé de faire d'elle une Trell, mais elle persiste à rester une Vestrit ; l'entêtement est la grande caractéristique des femmes de sa famille. Mais, si vous connaissez Malta, vous le savez déjà. »

Althéa était assise à une table sur laquelle étaient disposées une grosse casserole fumante, des tasses et une assiette de petits gâteaux. La casserole, de facture Ancienne, avait des reflets brillants et métalliques, et elle était décorée de serpents – de serpents de mer, car ils étaient accompagnés de poissons minuscules. Les petites pâtisseries étaient piquetées de graines et de morceaux de fruits rose vif. Althéa se leva à demi et se pencha par-dessus la table pour me serrer la main. « Ne l'écoutez pas, même si ma nièce a eu plus que sa part du “caractère Vestrit”, comme nous l'appelons. » Les cals de ses paumes frottèrent contre les miens. Son sourire lui plissait le coin des yeux, et ses cheveux striés de gris étaient nattés serré dans son dos. Elle avait la poigne d'un homme, et je sentis qu'elle prenait ma mesure autant que je la jaugeais moi-même. Elle se rassit et dit : « Eh bien, c'est un curieux plaisir de rencontrer l'homme qui porte les traits de mon bateau – mais je me doute que vous voyez la situation à l'inverse. Je vous en prie, venez prendre une tasse de café et racontez-moi ce que vous avez ressenti devant la figure de proue qu'Ambre a sculptée à l'image de l'homme qui détient son cœur. »

Le silence qui suit un commentaire particulièrement gênant a un étrange bruit qui lui est propre. J'eusse pu jurer que j'entendais Lant retenir son souffle et que je sentais les yeux de Braise et de Persévérance s'écarquiller. J'inventai un mensonge en toute hâte. « J'accepterais volontiers du café ! C'est peut-être le printemps, mais la brise du fleuve me glace jusqu'aux os. »

Elle eut un sourire malicieux. « Vous ignoriez qu'elle avait donné votre visage au bateau, n'est-ce pas ? »

Commençais-je à prendre la dangereuse habitude d'être franc ? Qu'en eût pensé Umbre ? Je me laissai aller à un petit rire embarrassé et avouai : « En effet, jusqu'il y a peu.

— Ah, douce Eda ! » fit Althéa entre haut et bas, et Brashen laissa éclater l'hilarité tonitruante qu'il ne pouvait plus réprimer. J'entendis une légère exclamation derrière moi, et, me retournant, je vis qu'Alise nous avait rejoints.

« Ah, ce que nos femmes nous en font voir ! » lança Brashen, et il vint m'assener une claque sur l'épaule. « Asseyez-vous, asseyez-vous, Althéa va faire le service. Il y a aussi de l'eau-de-vie ; ça vous réchaufferait peut-être mieux ! Alise, sire Lant, installez-vous aussi ! Et, euh, si j'invite vos serviteurs, est-ce que j'enfreins les règles de la bienséance ? N'hésitez pas à me reprendre sur ces sujets.

— Voyager à la dure érode rapidement les murs du protocole. Persévérance et Braise, voulez-vous prendre le café avec nous ? »

L'adolescent fit une grimace avant de pouvoir maîtriser son expression. « Non, messire, merci beaucoup. J'aimerais aller visiter le bateau, si c'était possible.

— Vas-y, répondirent Althéa et Brashen à l'unisson, et puis le capitaine se reprit, me regarda et ajouta : Enfin, si ton maître est d'accord.

— Naturellement. Persévérance, si on te dit que tu gênes, écarte-toi vivement.

— Promis. » Il se dirigeait vers la porte quand Braise prit la parole.

« Je voudrais… » Elle s'interrompit, les joues rouges.

Les adultes la regardaient. Alise sourit : « Dis ce que tu as à dire, mon enfant. »

Elle hésita puis déclara d'une voix étouffée : « Il faut que je m'occupe de déballer les affaires de dame Ambre.

— Ou alors, répondit Alise, tu pourrais aller sur le pont avec Persévérance. Il n'y a pas de mal à être intéressée par le bateau ; du désert des Pluies jusqu'à Terrilville, les femmes sont sur un pied d'égalité avec les hommes, et ça ne date pas d'hier – même si certains l'oublient de temps en temps. » Elle me sourit. « Pendant que vous étiez occupé, Braise nous a bombardées de questions sur Mataf, Belline et moi ; elle apprend vite, et, croyez-moi, qu'une jeune fille connaisse autre chose que les rubans et la couture n'a rien d'épouvantable. »

Je défendis ma patrie. « Je vous assure que, dans les Six-Duchés, nous ne limitons pas du tout l'éducation de nos femmes ; elles sont ménestrelles, gardes, scribes, veneuses, et tout autre métier qui les attire. »

Braise sortit de son silence. « Je ne demandais pas la permission – enfin, si, bien sûr, mais je voulais aussi savoir si je provoquerais un esclandre si je mettais un pantalon pour le temps du voyage. Parce que, moi aussi, j'aimerais monter dans le gréement, et, avec des jupes, rien que grimper l'échelle de corde est une épreuve. »

Une expression étrange passa sur les traits de Persévérance ; il s'immobilisa, la main sur la porte, et regarda Braise comme si elle s'était soudain changée en chat.

Althéa se leva et s'épousseta les mains sur son propre pantalon bien élimé. « Je pense qu'on pourra te dégoter des habits de garçon à bord du bateau. »

Braise eut un large sourire, et je vis Cendre transparaître. « J'en ai apporté de chez nous, si ça ne gêne personne que je les porte.

— Tu passeras complètement inaperçue. Je ne comprends pas comment Alise s'y prend pour rester à bord en jupes et garder son allure de belle dame ! » Althéa sourit à son amie avant d'adresser un hochement de tête à Braise. « Cours chercher tes vêtements ; vos affaires devraient être dans vos cabines. Notre bateau est plus grand que Mataf, mais nous sommes prévus pour du fret, non des passagers. J'ai mis le prince FitzChevalerie et "dame" Ambre dans la même pièce qu'elle occupait autrefois avec Jek et moi ; sire Lant, Clef a proposé de partager sa cabine avec vous : il vous laisse la couchette, et nous fixerons un hamac pour lui. Persévérance logera sous le pont avec l'équipage. » Elle tourna vers moi un regard d'excuse. « Pour le moment, nous avons installé votre servante avec Ambre et vous, mais...

— À vrai dire, ça ne me gênerait pas de coucher dans un hamac sous le pont ; c'est mieux que dormir sur le pont sans protection.

— Nous pouvons faire mieux que ça ; inutile de vous séparer de votre dame », intervint Brashen.

Un silence gêné s'abattit à nouveau pendant que je cherchais mes mots ; il fut brisé par un grand cri qui fit vibrer les planches du pont : « Althéééééaaa !

— C'est Parangon, expliqua-t-elle, ce que nous avions tous compris. Il faut que j'aille voir ce qu'il veut. Ne m'attendez pas, servez-vous de café et de gâteaux. Brashen, veux-tu leur montrer leurs cabines ?

— Naturellement.

— Malheureusement, nous devons prendre congé nous aussi, dit Alise, la main sur le bras de son mari : nous avons du fret à embarquer ; il faut l'enregistrer à mesure qu'il arrive à bord et le ranger au goût de Leftrin. Cette cargaison ne souffre pas d'être retardée : ce sont des plants d'arbres fruitiers dans des baquets de terre en provenance de Terrilville, des canetons et des oisons. Je pense que nous ne tarderons pas à regretter leur présence à bord, mais ça ne peut pas être pire que les moutons que nous avons transportés ! Adieu ! Nous avons été ravis de voyager avec vous. »

Nous échangeâmes rapidement des vœux, et ils s'en allèrent.

Trell dit alors à mi-voix : « Notre bateau a des sautes d'humeur en ce moment. Mon fils sert actuellement à bord d'une autre vivenef, Vivacia, de la famille Vestrit, et il manque terriblement à notre navire. Parfois, Parangon se conduit comme un enfant gâté ; s'il vous tient des propos bizarres, prévenez-moi. » Il paraissait troublé, et je m'efforçai de cacher mon inquiétude tout en me demandant à quoi ressemblait un bateau vivant en colère. Sans croiser mon regard, il ajouta : « Je vais vous faire faire le tour du propriétaire ; le café restera chaud dans la casserole. » Comme nous sortions de la cabine, Lant me lança un regard interrogateur, et je haussai les épaules.

Brashen confia Persévérance à un matelot du nom de Clef ; il arborait un vieux tatouage d'esclave près du nez et une longue natte goudronnée dans le dos. « Apporte ton barda en dessous », dit-il à l'adolescent avec la trace d'un accent étranger trop ancien pour être identifié. Ils s'éloignèrent de conserve, et je souris en voyant Persévérance imiter inconsciemment la démarche de son accompagnateur. Lant les suivit pendant que Brashen nous menait, Braise et moi, à une cabine déjà largement occupée par les bagages de la jeune fille et d'Ambre ; les miens paraissaient réduits à côté de leurs sacs remplis à craquer. Avaient-elles acheté des vêtements en plus à Kelsingra, et comment allions-nous faire quand il faudrait porter nos affaires sur le dos ? Le paquetage qui contenait les livres d'Abeille et les chandelles de Molly était arrivé sain et sauf à bord de Parangon, tout comme la brique chauffante. Je le soupesai pour m'assurer que, sous les pots à feu soigneusement emballés d'Umbre, se trouvaient les récipients d'Art en verre épais dissimulés dans ma chemise. Ambre s'était chargée du ravissant bracelet.

Braise se mit aussitôt à fouiller dans son sac comme un chien de chasse en quête d'un os enterré. Nous la laissâmes pour nous diriger vers la proue.

En chemin, Trell me présenta des matelots ; ils m'adressèrent un salut de la tête ou un sourire, mais n'interrompirent pas leurs tâches. Kitl, Corde, Touane, Haffe, Fourmi, Joques, Cypros… Je conservai ces noms en mémoire en tâchant de les attacher à des visages. Fourmi se trouvait à mi-hauteur du mât, et mon cœur manqua un battement quand elle me salua des deux mains ; Trell n'apprécia pas la prouesse. « Une main pour toi et une pour le bateau ! tonna-t-il. On ne prend pas de risques inutiles sur mon pont ! Si tu recommences, je te renvoie dans l'arbre où tu es née !

— Oui, capitaine ! » répondit-elle, et elle grimpa à toute vitesse le long du mât comme un écureuil fuyant les aboiements d'un chien. Trell leva les yeux au ciel. « Si elle arrive à l'âge adulte, ce sera un excellent matelot ; mais elle n'a peur de rien et ça pourrait bien la tuer un jour. » Il désigna Trehaug d'un geste. « Quand un gosse grandit là, le mât d'un bateau lui paraît court. »

Je regardai dans la direction qu'il indiquait. Les arbres géants qui servaient de soubassement à la ville réduisaient à rien les mâts nus du *Parangon*. Les vastes branches connaissaient une circulation aussi dense que les avenues et les rues de toute autre cité ; partout dans l'épaisse forêt on voyait les signes de l'habitation humaine : ici une enseigne avertissait de la présence d'une taverne tandis qu'une autre, en forme de panier, annonçait toutes sortes d'ateliers de vannerie. Je vis certaines personnes qui allaient voilées, comme j'avais toujours entendu décrire les habitants du désert des Pluies, et d'autre le visage et les bras nus, laissant voir écailles et excroissances. Un ascenseur en osier était hissé dans les branches supérieures tandis que les piétons empruntaient un escalier qui courait en spirale autour d'un tronc. Alors que je m'étais arrêté pour observer le spectacle, bouche bée, je me rendis compte que Brashen m'attendait.

« Vous êtes né ici ? lui demandai-je.

— Ici ? Oh, non ! Je suis un pur Terrilvillien, issu d'une illustre famille de Marchands ; mais j'étais la brebis galeuse, non l'héritier, et c'est pourquoi je me retrouve aujourd'hui à commander une vivenef au lieu de gérer la fortune familiale. » Il était manifestement ravi de son sort.

« Ce n'est pas très différent de ma propre histoire, répondis-je. Ambre a beau me qualifier de prince, mon prénom révèle la vérité : “Fitz” signifie que je suis né du mauvais côté des draps ; je suis effectivement un Loinvoyant, mais bâtard.

— Vraiment ? Alors, ça explique que vous vous soyez retrouvé à manier l'aviron à bord d'un bateau de guerre. »

J'eus un sourire espiègle. « Oui, on sacrifie un peu plus facilement un bâtard qu'un prince. » Et, aussi simplement que cela, la glace fut rompue. Nous continuâmes d'aller vers la proue d'un pas tranquille. J'entendais des voix, celles d'Ambre, d'Althéa et du bateau, mais la brise et le bruit de la cité m'empêchaient de comprendre ce qu'ils disaient.

« ... la vengeance, alors ? demanda Althéa comme nous nous rapprochions.

— Plus que la vengeance, répondit Ambre. Nous allons briser une cage de cruauté, détruire une cour qui devient chaque année plus cupide et plus corrompue. » Elle baissa le ton et prononça une phrase qu'elle avait souvent répétée devant moi. « Nous allons être le caillou dans l'ornière qui dévie le chariot et le place sur une voie nouvelle. »

Le tableau n'eût pas pu être plus insolite : Althéa appuyée sur le bastingage, le visage du bateau tourné vers le fleuve, affichant mon profil en plus jeune, Ambre assise sur les doigts entrelacés de la figure de proue ; elle avait les mains posées sur les pouces gigantesques et elle balançait ses pieds chaussés de bottes élégantes, les chevilles croisées, dans le vide au-dessus du flot acide et froid. Échappées de son bonnet de laine, de courtes mèches encadraient ses traits, et le fard et la poudre adoucissaient ses balafres ainsi que les écailles dues au sang de dragon. Sous son aspect féminin, le Fou devenait une femme tout à fait ravissante.

Althéa dit d'une voix étouffée : « Je ne t'ai jamais entendue parler avec tant de passion, même quand nous affrontions la mort ensemble. »

Un rictus de haine déforma le visage d'Ambre. « Ils ont enlevé notre enfant et l'ont tuée. »

J'eus mal de voir Ambre s'approprier ainsi Abeille, et je sus ce que ses interlocuteurs devaient supposer. Le Fou pouvait bien croire ce qu'il voulait, l'entendre évoquer ma fille de cette façon devant des inconnus me blessait. *Molly !* me dis-je violemment ; c'était elle la mère d'Abeille, et nulle autre. Je ne souhaitais pas que ces gens crussent que j'avais engendré ma fille avec Ambre ; non, c'était Molly qui avait supporté cette grossesse, parfois bien seule, et c'était Molly qui avait aimé et protégé une enfant que d'autres eussent laissée dépérir. Ambre n'avait pas le droit de l'effacer. La douleur me poignait, et je me rendis soudain compte qu'elle avait une autre origine.

« Mon garçon n'est plus là non plus ! » s'exclama Parangon, et je sentis la vague d'émotion qui déferla sur le navire. Son indignation et sa douleur soufflèrent sur le brasier de ma propre souffrance. Trell prit la parole d'un ton apaisant.

« Gamin va bien, Parangon ; Vivacia veille sur lui. Il ne t'a quitté que pour quelque temps ; il reviendra, tu le sais bien.

— Vraiment ? répliqua sèchement la figure de proue. Il est parti depuis deux ans ! Reviendra-t-il un jour, ou Vivacia va-t-elle s'en emparer ? Il est né ici, sur mon pont ! Il est à moi ! Ou bien suis-je la seule vivenef sans famille ? La seule vivenef dont le capitaine n'a pas d'héritier ? Car, quand le frère d'Althéa exige d'avoir mon garçon à son bord, il me prive de ce qui m'appartient ! Le fils de Kennit !

— C'est la reine Etta qui retient Parangon Akennit, non Hiémain. » Althéa s'exprimait d'une voix tendue, et, manifestement, ce n'était pas la première fois qu'elle tenait ce discours au bateau. Je vis Brashen redresser les épaules et s'avancer, prêt à assumer le rôle de médiateur.

« Parangon, dit Ambre à mi-voix, mon ami, je perçois ta détresse ; elle est presque insupportable. Je t'en prie. » Puis elle ajouta, haletante : « Tu me tiens trop serrée ; repose-moi sur ton pont, s'il te plaît. »

Je regardais la scène sans pouvoir intervenir. J'avais deux dagues sur moi, inutiles contre un adversaire de cette taille ; si je l'attaquais, ne risquait-il pas de laisser tomber Ambre dans le fleuve ? Je me tournai vers Brashen, mais il était blême. Althéa se pencha davantage par-dessus le bastingage et parla d'un ton raisonnable. « Ce n'est pas en broyant ton amie que tu vas faire revenir le fils de Kennit. Calme-toi, Parangon. »

Quel besoin de respirer un bateau a-t-il, même creusé dans un cocon de dragon ? Pourtant la poitrine de Parangon se soulevait et s'abaissait comme celle d'un enfant aux prises avec une puissante émotion. Il avait fermé les yeux, et les énormes mains qui étreignaient Ambre tremblaient. Les yeux laiteux de mon amie étaient braqués, non vers moi, mais vers des lointains sans nom, et l'asphyxie lui rougissait le visage. Parangon ramena ses mains contre sa poitrine, courba la tête, et je crus qu'il allait arracher la tête d'Ambre d'un coup de dents ; mais il tourna les épaules et la déposa sur le pont avec si peu de douceur qu'elle trébucha et tomba. Althéa s'agenouilla près d'elle, la prit par les épaules et la tira en arrière.

« Inutile de la mettre hors de ma portée ! fit Parangon d'une voix plaintive et voilée. Je ne lui ferais pas de mal.

— Je le sais », répondit Ambre entre deux hoquets.

Althéa était petite, mais elle passa le bras de l'autre femme sur ses épaules et se releva avec elle. « Je la conduis à notre cabine », annonça-t-elle calmement ; avant que j'eusse le temps d'intervenir, Brashen saisit l'autre bras d'Ambre et la soutint pendant qu'ils se dirigeaient vers l'arrière. Je leur emboitais le pas quand le bateau m'interpella.

« Toi, avec mes traits, ne t'en va pas. »

Je m'immobilisai. Brashen s'arrêta et se retourna vers moi, les yeux ronds, et il me mit en garde d'un petit signe de la tête. Le regard de Lant allait d'Ambre à moi ; je la lui désignai des yeux afin qu'il la suivît, et il remplaça aussitôt le capitaine auprès d'elle. Brashen croisa les bras sur sa poitrine et leva les yeux vers la figure de proue.

« Je veux te parler, Cervien. Approche. »

Le bateau ne me regardait pas ; il contemplait l'autre rive du fleuve, brume verte à l'horizon. « Me voici », dis-je en tâchant de ne pas prendre un ton de défi.

Il ne manifesta pas qu'il m'eût entendu. Je ne bougeai pas ; j'entendais le bruissement de l'eau et le frottement de la coque contre le quai ; les cris lointains de la cité ressemblaient à des chants d'oiseaux.

« Cervien ? »

Je fis un pas en avant et répondis : « Je suis là.

— NON ! »

La mise en garde de Brashen vint trop tard. D'une torsion du buste qui fit rouler tout le bateau contre l'appontement, la figure de proue se tourna et tendit la main vers moi. Je fis un bond en arrière, mais il me saisit par le bras gauche ; j'attrapai un de ses doigts avec ma main droite et tentai de l'écarter en le tordant. Peine perdue. Il me souleva de terre et me plaqua contre le bastingage.

« Lâche-le, Parangon ! » hurla Brashen.

L'embardée avait alerté l'équipage ; Clef arriva en courant puis s'arrêta net devant le spectacle, Persévérance à ses côtés, pâle comme un linge. Deux autres matelots, Corde et Haffe, se précipitèrent puis s'immobilisèrent à leur tour. Althéa fit halte, le bras autour de la taille d'Ambre ; je n'entendis pas ce qu'elle dit, mais sa compagne se retourna pour nous regarder de ses yeux aveugles.

Le bateau répondit calmement d'une voix qui résonna en moi : « Ça ne concerne aucun d'entre vous. Retournez à vos occupations.

— Parangon… » fit Althéa d'un ton implorant.

Il serra sa prise sur moi et me souleva de terre à nouveau. Il pinçait le côté gauche de mon torse entre son pouce et ses autres doigts, mais je ne me débattis pas : quand la victoire est impossible, mieux vaut éviter d'agacer l'adversaire et ne pas lui fournir de prétexte pour se montrer encore plus violent.

« Tout va bien », dis-je d'une voix hachée. Je m'accrochais à ses doigts en m'efforçant d'en atténuer la pression.

« Allons, au travail ! » fit Parangon d'un ton plaisant, et j'acquiesçai véhémentement de la tête.

À contrecœur, Althéa se remit en route avec Ambre ; elle jeta un dernier regard vers moi, mais je ne pus déchiffrer son expression. Clef agrippa Persévérance par l'épaule et l'entraîna à sa suite, et Lant lui prêta main-forte. Brashen, la mine amère, battit en retraite. Parangon me redéposa au sol mais me maintint contre la lisse. « Et maintenant, dit-il d'une voix très basse, nous allons parler, toi et moi, pour nous assurer que tout est bien clair entre nous. Tu m'écoutes, Cervien ? Car c'est ton rôle dans cette conversation : écouter. »

Je répondis dans un sifflement : « J'écoute.

— Parfait. Ambre a l'air de beaucoup t'aimer ; peut-être depuis des années ? » Il laissa sa question en suspens.

Je hochai la tête. « Nous sommes amis d'enfance. »

La pression décrut. « Amis ?

— Depuis que nous… que je suis petit garçon. »

Il eut un bruit de gorge si grave que je le sentis dans tout mon corps, puis il déclara : « Entendons-nous bien : nous avons le même visage, mais le mien est plus jeune et plus beau. J'ai demandé à Ambre de me donner des traits qu'elle pouvait aimer, et c'est le tien qu'elle a sculpté. Mais j'ai bien précisé "qu'elle *pouvait* aimer", non "qu'elle aimait", ne l'oublie pas. Elle m'aime et elle m'aimera toujours beaucoup plus que toi. »

Sur ces derniers mots, il resserra sa prise, et j'acquiesçai, le souffle court.

J'entendis dans le ciel un craillement inquiet. Je ne pouvais pas lever la tête, mais je sus que Bigarrée tournait au-dessus de nous ; je formai le vœu qu'elle n'attaquât pas le bateau. *Je t'en prie, non !* lui lançai-je mentalement.

Parangon écarta soudain les doigts, et je dus me rattraper au bastingage pour ne pas tomber. Je crus un instant qu'il avait réagi à mon Vif, puis il m'adressa un sourire menaçant. « Nous nous sommes bien compris ?

— Oui. » Je réprimai mon envie de m'enfuir ; je ne voulais pas lui tourner le dos, même si lui-même s'était détourné. Il se mit à contempler le fleuve, croisa les bras sur sa poitrine et fit jouer ses épaules ; il avait une musculature impressionnante : je n'étais pas sûr d'avoir jamais ressemblé à cela.

Il se taisait, et je reculai pas à pas sans le quitter des yeux jusqu'au moment où on me saisit par le col et où on m'entraîna en arrière. Des talons, je m'efforçai d'accélérer le mouvement, et je m'affalai sur Brashen, qui eut le souffle coupé en heurtant le pont sous mon poids. « De rien, fit-il d'une voix sifflante quand je me redressai en chancelant.

— Merci, répondis-je.

— Tu vas bien ? » Ambre se précipita sur moi pendant qu'Althéa tendait la main à Brashen. Persévérance arriva en toute hâte et me prit la main.

« Je suis meurtri, mais pas gravement blessé, au contraire de mon amour-propre. » Je m'adressai aux commandants. « Vous m'aviez prévenu, mais je n'imaginais pas qu'il pouvait bouger aussi vite, ni être aussi… » J'agitai la main, cherchant le terme approprié.

« Perfide », fit Brashen à ma place. Il soupira. « Il est difficile en ce moment.

— Plus que d'habitude, en tout cas », enchaîna Althéa. Elle prit Ambre par la main. « Voilà un accueil bien étrange, Ambre, mais tu n'as certainement pas oublié le tempérament de Parangon. Il peut rester stable et posé pendant un mois ou un an, et puis un détail quelconque le déclenche.

— La jalousie, murmurai-je. Il ne veut pas te partager, Ambre.

— Je vais faire mon possible pour le calmer, répondit l'intéressée. Mais il est plus complexe que ça ; sa coque et sa figure de proue ont été créées à partir de deux "billes" de bois-sorcier différentes, et il possède donc la nature et les souvenirs partiels de deux dragons. Ses ponts ont été le théâtre de nombreuses scènes de violence et de cruauté. Il a été capturé par le pirate Igrot, de sinistre réputation, qui s'en est servi comme de son bateau personnel, et Kennit Ludchance, le fils de ses vrais propriétaires, a été torturé à son bord – torturé et dévoyé. » Elle ajouta dans un chuchotement : « La cruauté engendre la cruauté.

— La cruauté volontaire n'est jamais pardonnable », intervint Althéa d'un ton brusque.

Ambre eut un petit hochement de tête. « Je le comprends à présent, mieux peut-être qu'autrefois. »

Nous nous éloignâmes du pont avant. Brashen eut un geste du menton à l'adresse des matelots saisis, et ils reprirent soudain leurs activités. Avec douceur, je me dégageai de la poigne de Persévérance. « Je vais bien, lui dis-je ; poursuis ta découverte du bateau. Je t'appellerai si j'ai besoin de toi. »

Il parut sceptique, mais Clef siffla vivement, et l'adolescent réagit comme un chien bien dressé. « Vas-y. » Il en mourait d'envie, je le savais, et c'était le mieux pour lui ; il m'obéit. Dans un brusque froufroutement de plumes noires, Bigarrée fondit du ciel pour se poser sur son épaule ; Clef sursauta, et Persévérance se mit à rire. La tension qui régnait disparut aussitôt comme une bulle de savon qui éclate. Je m'éloignai pendant qu'il expliquait la présence de l'oiseau à Clef et à Fourmi.

Nous n'avions pas fait dix pas que Cendre apparut brusquement. « Tout va bien ? » demanda-t-il avec inquiétude, et sa voix masculine me fit comprendre qu'il avait changé de personnalité en même temps que de tenue. J'eus un pincement d'angoisse à l'idée que nous eussions enlevé à Umbre ce jeune espion exceptionnel au moment où il en avait peut-être le plus besoin, d'autant que la double identité de Cendre ne pouvait pas être utilisée à bord du bateau.

« Oui, Braise », répondis-je. Elle me jeta un regard surpris. « Tu peux te détendre », ajoutai-je. J'indiquai Clef du doigt et dis : « Va explorer le bateau avec Persévérance. »

Elle m'adressa un sourire féminin de soulagement et s'en alla d'un pas pressé qui me révéla que j'avais prononcé les mots qu'il fallait.

Althéa m'attendait en embuscade à la porte de la cabine, des éclairs de colère dans les yeux. « On ne peut pas se permettre d'être négligent à bord de ce bateau ! Nous vous avions prévenu.

— En effet, répondis-je. Il m'a attiré à sa portée ; c'est ma faute. »

Mon assentiment la prit au dépourvu. Ambre tendit la main et je lui offris mon bras ; elle s'y agrippa. « Ah, Fitz ! Comme tu ne connais pas l'histoire de Parangon, tu ne peux pas comprendre la terreur que j'ai éprouvée.

— Il faut que nous nous mettions en route, fit Brashen, laconique. Les gens nous regardent ; plus vite nous quitterons Trehaug, moins les rumeurs circuleront. »

Je regardai la cité : en effet, certains nous montraient du doigt, d'autres nous observaient, bouche bée. Combien de personnes avaient-elles assisté à la scène ? Et comment la jalousie de Parangon serait-elle interprétée par ceux qui n'avaient pas entendu ses propos ?

« Ramène-moi à ma chambre, s'il te plaît. Je n'ai pas encore mes repères sur le bateau, mentit Ambre afin de me fournir un prétexte pour m'en aller sans froisser personne.

— Ils ne m'ont même pas demandé ce qu'il m'a dit, murmurai-je.

— Nous en avons entendu une partie. J'ignorais qu'il était aussi possessif envers moi.

— Faut-il vraiment que tu prennes ce ton ravi ? »

Elle éclata de rire. « Je craignais qu'il ne m'ait oubliée.

— Alors que tu lui as sculpté un nouveau visage et rendu la vue ?

— Parangon est lunatique : un instant, c'est un enfant caressant, le suivant un adolescent furieux et vindicatif. Parfois, il peut se montrer viril, courageux et chevaleresque, mais je ne compte jamais trop sur aucune de ses humeurs, parce que je sais qu'elles peuvent changer très vite.

— Tu es vraiment incapable de te déplacer seule sur le bateau ? »

Un sourire triste tira ses lèvres. « Quelle foi étonnante tu as en moi, Fitz ! Il y a des dizaines d'années que je n'ai pas mis le pied sur cette vivenef ! Je m'en rappelle la disposition, mais le nombre de pas de la poupe à la proue, le nombre d'échelons de telle ou telle échelle, les portes où il faut se baisser ? Non. Et pourtant je dois me déplacer avec assurance, parce que je sais que, quand je tâtonne ou que je colle ma main à une cloison, je deviens moins une personne et plus un obstacle. C'est pourquoi je fais semblant d'y voir mieux qu'en réalité.

— Je suis navré. » Et c'était exact. Abattu, aussi ; je songeai à nouveau à la longue et épuisante route qu'il avait parcourue, seul et couvert de blessures atroces, aveugle sous la neige.

« C'est la bonne porte ? demanda-t-elle.

— Je crois. » J'étais plus ébranlé que je ne voulais l'avouer. J'avais agi stupidement ; je ne cessais de songer à la façon dont j'eusse dû réagir quand Parangon m'avait saisi.

« Je croyais que tu me guidais.

— Non, je te laissais te tenir à mon bras pendant que nous marchions. » Je frappai à la porte, et, n'obtenant nulle réponse, je l'ouvris. « Je vois tes affaires ; elles sont partout. Il y a trois couchettes et une table rabattante. Le paquetage de Braise est ouvert, et elle l'a visiblement fouillé. »

Ambre entra et tendit la main pour palper les bagages pendant que je fermais la porte derrière nous ; elle se déplaçait prudemment dans la petite pièce en mesurant les distances en pas délicats et par la longueur de ses bras. « Je m'en souviens, dit-elle en s'asseyant sur le lit du bas. J'ai partagé cette cabine autrefois avec Althéa et Jek ; à trois dans un si petit espace, c'était un peu tendu par moments. » Je poussai mon paquetage sous la couchette inférieure et posai mon sac de vêtements près de la porte.

« C'est le problème de la promiscuité. » Je m'assis à côté d'elle. Le mouvement du bateau avait changé, et il ne me convenait guère ; nous avions quitté le quai, et le courant nous entraînait. Je regardai par le petit hublot : nous gagnions de la vitesse et nous écartions de la rive pour entrer dans un chenal plus profond où le fleuve était plus rapide. Je n'avais jamais aimé la sensation d'être coupé de la terre ; la foulée d'un cheval possède un rythme, mais un bateau peut à tout moment embarder dans n'importe quelle direction. Je m'efforçai de faire accepter l'imprévisible à mon estomac.

« Qu'y a-t-il ? demanda Ambre à mi-voix.

— Je n'ai pas le mal de mer, mais je n'apprécie pas le déplacement de ce bateau. J'avais réussi à m'habituer au barbotage de Mataf, mais Parangon…

— Non. Qu'est-ce qui te tourmente vraiment ? » Il s'exprimait avec le ton du Fou.

Je ne le regardai pas. Y avait-il quelqu'un d'autre à qui je pusse me confier ? Non, sans doute. « Je… je ne suis plus celui que j'étais. Je commets plus d'erreurs, et de plus graves ; je me crois vigilant et paré à toute situation, et en réalité c'est faux. Je me laisse prendre par surprise par les choses et par les gens ; Brashen m'attrape par-derrière sans que mon Vif me prévienne parce que je suis entièrement concentré sur Parangon, et, malgré les mises en garde, le bateau a pu m'attirer à sa portée sans aucune difficulté. Il aurait pu me tuer comme ça ! fis-je, claquant des doigts.

— Fitz, quel âge as-tu ?

— Précisément ? Je l'ignore, tu le sais bien.

— Donne-moi une estimation », me gourmanda-t-il.

Je soupirai ; le sujet ne me plaisait pas. « Soixante-deux, peut-être soixante-trois ans. Soixante-quatre, qui sait ? Mais je ne les parais pas, et la plupart du temps je ne les sens pas.

— Mais tu les as, et ça laisse des traces. Tu as joui d'une belle existence pendant un certain temps, d'une existence sans heurt avec Molly, mais le calme et la prospérité émoussent l'efficacité d'un homme comme les batailles et les privations constantes atrophient la douceur de l'âme.

— Ma vie était belle, Fou, et j'aurais voulu qu'elle dure toujours ; j'aurais voulu vieillir et mourir avec elle dans mon lit.

— Mais ce n'est pas ce qui s'est passé.

— Non. Je me retrouve ici, à parcourir la moitié du monde pour tuer des gens que je ne connais pas, des gens qui ne me connaissaient pas mais qui sont quand même venus détruire le peu de tranquillité et de bonheur qui me restait. » Alors que je mettais des mots sur ma souffrance, j'éprouvai une telle rage que j'eusse pu briser la nuque d'un homme. Dwalia ! En cet instant, j'eusse pu la casser en deux à mains nues. Puis la crise passa, et je me sentis ridicule et vide – et, pire que tout, incompétent. J'avouai une peur coupable : « Ils m'ont attiré loin de Flétribois afin d'attaquer la propriété en mon absence, n'est-ce pas ?

— Hélas, oui.

— Comment ont-ils pu mettre au point une telle opération ? » Il me l'avait déjà expliqué, mais je voulais l'entendre à nouveau.

« Ils ont accès à des milliers de rêves prémonitoires faits par des dizaines et des dizaines de jeunes Blancs ; ils ont pu ainsi trouver les circonstances idoines pour te pousser dans la direction qu'ils souhaitaient.

— Et toi ?

— J'y ai sans doute eu ma part. Me suis-je échappé, ou m'a-t-on relâché ? Les inconnus qui m'ont aidé à sortir faisaient-ils vraiment preuve de bienveillance ou bien étaient-ils de mèche avec les Serviteurs ? Je n'en sais rien, Fitz, mais je ne crois pas que tu aies de reproches à te faire.

— Je commets trop d'erreurs ! J'avais Ellik à ma merci, et mes forces m'ont lâché ; au moment où j'aurais dû me lancer à la poursuite d'Abeille dans le pilier d'Art, la magie m'a fait défaut. J'ai fait trop d'impairs ! Rappelle-toi avec quelle brutalité j'ai soi-disant guéri les enfants ! » Je regardai ses yeux vides. « Et, à l'instant, avec Parangon… Quel idiot, mais quel idiot ! » Je pris sa main gantée. « Je ne suis pas compétent pour ce que tu attends de moi, Fou ; je vais échouer et t'entraîner avec moi dans la torture et la mort. Lant et Persévérance tomberont-ils avec nous ? Devrons-nous écouter le gamin hurler de souffrance ? Regarder Braise se faire violer et mettre en pièces ? Je ne peux pas. Je ne supporte pas de l'imaginer. Comprends-tu pourquoi je veux les renvoyer à la maison, pourquoi je suis terrifié à l'idée d'emmener quiconque avec moi ? Je redoute de ne pas pouvoir vous protéger, plus que je n'ai jamais rien redouté ! Je me laisserai prendre à un de leurs tours de passe-passe… Comment puis-je combattre des gens qui savent peut-être dès maintenant quelles seront mes prochaines actions contre eux ? Ils savent peut-être même que nous sommes en route pour les tuer.

— Ah, c'est probable, en effet, dit le Fou, implacable, puis il ajouta à mi-voix : Tu me fais mal. »

Je desserrai ma prise et il se massa la main. Sa réponse avait éteint ma dernière étincelle de courage. Dans le silence qui suivit, le bateau se mit à parler autour de nous ; j'entendis le clapotis de l'eau sur sa coque et les craquements de ses membrures en bois-sorcier, je perçus la pression de sa conscience, et je renforçai mes murailles. « C'est de la folie ; je ne peux pas. Nous allons mourir tous les deux, et ce ne sera pas agréable.

— Sans doute. Mais que pourrions-nous faire d'autre du restant de nos jours ? »

Je réfléchis à la question comme un loup qui ronge un os nu – ou sa propre patte prise dans un piège.

« Œil-de-Nuit, dit le Fou.

— Il n'est plus là, répondis-je d'un ton lugubre. Si je l'avais encore près de moi, je ne me sentirais pas aussi diminué ; ses sens étaient extraordinairement aiguisés, et il partageait tout avec moi. Mais il a complètement disparu désormais. Je percevais parfois sa présence au fond de moi, et je l'entendais presque me parler, en général pour se moquer de moi. Mais je n'ai même plus ça. Il n'est plus là.

— Ce n'est pas ce que je voulais dire, même si ça m'attriste. Je me rappelais Œil-de-Nuit à la fin de sa vie ; tu as voulu le guérir, et il a refusé ; tu as essayé de le laisser en sécurité pendant que nous pourchassions les Pie, et il t'a suivi. »

Je souris au souvenir de l'obstination de mon loup à vivre jusqu'à la mort. « Où veux-tu en venir ? »

Il prit un ton solennel. « C'est notre dernière chasse, vieux loup ; et, comme toujours, nous y allons ensemble. »

13

À pleines voiles

Ça m'agace quand un rêve n'a ni queue ni tête mais qu'il transpire l'importance. Comment coucher par écrit une histoire qui n'a ni sens ni cohérence ? Comment faire un dessin de ce que j'ai vu ? C'est difficile, mais je vais essayer.

Un personnage en feu offre un verre à mon père, qui le boit. Il s'ébroue comme un chien mouillé, et des bouts de bois volent dans tous les sens. Il se transforme en deux dragons qui s'envolent.

Je suis quasiment certaine que ce rêve se réalisera. Un rêve qui n'a aucun sens !

Journal des rêves d'Abeille Loinvoyant

Il faisait froid et il pleuvait. J'avais enfilé mon vieux pourpoint par-dessus la chemise et le pantalon amples et pas chers que Dwalia m'avait achetés à contrecœur en Chalcède ; toutes ces épaisseurs n'avaient rien de confortable, mais compensaient mon absence de manteau. Kerf, Vindeliar et moi avions fui la puanteur de la minuscule cabine, et nous nous serrions les uns contre les autres sous le maigre abri de l'avancée du rouf en contemplant la houle grise sous la pluie incessante. Rares étaient les marchands qui souhaitaient prendre l'air ce jour-là ; les deux qui passèrent à pas lourds, plongés dans leur conversation, firent naître l'espoir en moi.

« Encore six jours jusqu'à Laineville ; je compte m'y séparer de mon eau-de-vie de Bord-des-Sables contre un joli profit et m'intéresser à leur liqueur de groseille ; elle a une acidité qui réveille la langue, et elle est aussi tonifiante pour les hommes qu'agréable pour les femmes. » Celui qui parlait était petit, mince et vêtu tout de gris souris.

La grande femme qui l'accompagnait éclata de rire et secoua la tête. Ses larges anneaux d'oreilles effleuraient ses épaules, et un nid de tresses blondes la couronnait, sans rien pour le protéger de la pluie. « Je n'ai rien à vendre là-bas, mais j'espère faire quelques achats. La ville porte bien son nom : les tisserands y fabriquent des tapis magnifiques. Si j'en rapporte un comme cadeau à mon acheteur des îles aux Épices, il sera peut-être un peu plus généreux avec l'argent de ses clients. Et puis je serai contente de quitter le bateau un moment ; après cette prochaine escale, c'est un trajet d'une semaine qui nous attend pour atteindre Charbaie, si le vent se maintient.

— Le vent est bon mais j'aimerais que cette pluie cesse.

— Un orage, c'est bon à prendre. » La femme leva le visage pour l'exposer aux intempéries. L'homme fixa son regard sur sa gorge dénudée. « Ça réduit les risques de nous faire repérer par des pirates ou par la flotte d'Octroi ; mais j'ai hâte de pouvoir passer deux jours sur la terre ferme. »

Deux jours au port ; deux jours pour trouver un moyen de débarquer et d'échapper à la surveillance de Dwalia. Il me restait donc six jours pour gagner Vindeliar à ma cause ; s'il s'enfuyait avec moi et nous dissimulait tous les deux, quelles chances Dwalia aurait-elle de nous retrouver ? Je savais que chercher à le détourner de sa « voie » reviendrait à vouloir détourner un oiseau d'un buisson couvert de baies mûres : si je choisissais mal mes mots, je l'effraierais et le perdrais ; il fallait donc faire preuve d'une grande prudence. Je m'établis un emploi du temps strict : je passerais trois jours à gagner son amitié puis, le quatrième, j'entreprendrais de le persuader de m'aider.

Kerf était accroupi près de moi, les épaules rentrées pour se protéger de la pluie, le visage quasiment dépourvu d'expression à cause de la chape de soumission qui l'étouffait. Je le plaignais ; on eût dit un étalon jadis orgueilleux désormais attelé à une carriole à purin. Le soir, quand il se dévêtait pour dormir, je remarquais que les muscles de ses bras et de sa poitrine s'amollissaient ; sous l'empire de Vindeliar, il avait de moins en moins l'attitude d'un guerrier et de plus en plus celle d'un domestique. Si cela continuait, il ne servirait bientôt plus à rien comme protecteur. Dwalia s'en rendait-elle compte ?

De l'autre côté, Vindeliar avait le dos voûté. Ses traits étaient curieux : parfois ceux d'un adolescent et parfois ceux d'un vieillard déçu ; aujourd'hui, ils s'avachissaient tandis qu'il regardait les vagues d'un air lugubre. « On est bien loin de chez nous, dit-il d'un ton accablé.

— Parle-moi de notre destination, frère. » Lui poser des questions le flattait, et j'étais devenue une auditrice avide qui ne le reprenait jamais et ne lui imposait jamais le silence. « À quoi ressemble-t-elle ?

— Ah ! » Il allongea l'exclamation comme s'il ignorait par où commencer. « Ça dépend du port où on arrivera, peut-être en eau profonde, sur le rivage opposé de l'île. On apponterait à Sisal ou à Crupies ; Dwalia y est connue. J'espère qu'on couchera dans une auberge confortable et qu'on aura droit à un bon repas – de l'agneau à la menthe, peut-être ; j'aime bien l'agneau – et à une chambre chaude et sèche. » Il s'interrompit comme pour savourer d'avance ces plaisirs simples. « Elle louera peut-être une voiture pour aller à Clerres. J'espère qu'elle ne voudra pas s'y rendre à cheval : mon derrière n'aime pas ça. » Je hochai la tête, compréhensive. « Enfin, on ira à Clerres, peut-être en bateau… Ça dépendra du genre de bateau qu'on trouvera. Ce sera le plein été quand on arrivera ; il fera très chaud pour toi, petite créature du nord que tu es, mais ce sera agréable pour moi. Grâce au soleil, mes articulations arrêteront de me faire mal. Clerres est d'un blanc brillant quand il fait beau ; certaines parties sont bâties en os, d'autres en pierre blanche.

— En os ? C'est effrayant.

— Tu trouves ? Pas moi. L'os taillé, ça peut être très joli. Une fois là-bas, on attendra que la marée baisse pour découvrir la chaussée, et on pourra alors l'emprunter pour aller à notre sanctuaire. Tu en as certainement entendu parler ! Le sommet des tours de guet a la forme de crânes d'anciens monstres ; la nuit, les torches à l'intérieur donnent un éclat orange aux yeux qui ont l'air de regarder dans toutes les directions. Ça en impose ! » Il se tut pour se gratter la joue ; des gouttes de pluie tombaient de son menton. Puis il se pencha vers moi et baissa la voix pour me faire part d'un grand secret. « Les meubles des quatre tours sont faits en os de dragons ! Symphe possède des coupes taillées dans des dents de dragon, revêtues d'argent à l'intérieur ! Elles sont très anciennes et transmises de Symphe en Symphe.

— De Symphe en Symphe ? »

Il haussa ses sourcils clairs. « La femme qui occupe la tour nord est toujours appelée Symphe. Comment peux-tu l'ignorer ? On me l'a appris quand j'étais tout petit. Clerres est le cœur du monde, et les battements du cœur du monde doivent toujours rester réguliers. » Il prononça ces derniers mots comme s'il s'agissait d'un axiome connu de tous.

« Avant que vous m'emmeniez, je ne savais rien des Serviteurs de Clerres. » Ce n'était pas tout à fait faux : j'avais vaguement entendu parler d'eux dans les papiers de mon père, mais pas assez pour me préparer à ce que j'endurais aujourd'hui.

« C'est peut-être parce que tu es trop jeune », répondit-il d'un ton songeur. Il m'adressa un regard compatissant.

Je secouai la tête. Mes cheveux avaient tellement poussé qu'ils bouclaient sous la pluie, et des gouttelettes volèrent en tous sens. « Je ne suis pas sûre qu'ils soient aussi renommés que tu le crois. Kerf, tu connaissais Clerres avant que les Serviteurs t'engagent ? »

Il tourna lentement la tête vers moi, ses yeux bleus s'agrandissant peu à peu avec l'expression d'une vache perplexe.

« Chut ! intervint Vindeliar. Ne lui pose pas de questions ! »

Il fronça les sourcils, et aussitôt Kerf reprit son air morose habituel, tout éclat disparaissant de ses yeux. Je me levai sans crier gare et m'étirai à l'instant où deux jeunes matelots passaient devant nous en courant ; ils firent un écart pour m'éviter, mais l'un d'eux se retourna pour me lancer un coup d'œil étonné. Je lui rendis son regard en souriant, et il trébucha, reprit son équilibre, et je pense qu'il m'eût parlé si quelqu'un ne l'avait pas admonesté à grands cris ; l'ordre s'accompagna du bruit d'une corde claquant sur la lisse du bateau, et les deux adolescents s'empressèrent de vaquer à leurs tâches. Je me rassis lentement. Vindeliar soufflait vigoureusement comme s'il venait de terminer une course. Le monde cessa de danser autour de moi, comme si j'avais nagé à la surface de la mer et que je me fusse enfin laissée couler dans le calme qui règne sous les vagues. J'évitai le regard de mon voisin tout en m'efforçant de répéter ses mots : « Clerres est le cœur du monde, et les battements du cœur du monde doivent rester réguliers. »

Je le regardai à travers une brusque bourrasque de pluie ; je n'eusse su dire si c'étaient des gouttes ou des larmes qui roulaient sur ses joues. Son menton trembla une seconde. « Nous qui servons les Serviteurs les aidons à entretenir le battement régulier de ce cœur en obéissant et en ne nous écartant pas de la Voie.

— Mais, et toi ? demandai-je. Si tu participais à une fête, que tu manges des noix grillées et boives du cidre épicé ? Il n'y a pas de mal à ça. »

Ses petits yeux ronds étaient pleins de détresse. « Mais il n'y a pas de bien non plus. Toutes mes actions ne doivent servir qu'à maintenir le monde sur la Voie, et le mal peut venir des choses les plus simples ; le gâteau que je mange manque à quelqu'un d'autre. C'est comme des cailloux qui bougent jusqu'au jour où c'est tout le versant qui part en emportant une route. »

N'avais-je pas déjà entendu un propos similaire il y avait bien longtemps ? Ses paroles sonnaient étrangement, mais ce qu'elles disaient m'atterrait : s'il était convaincu que Dwalia connaissait son destin et qu'il devait la suivre, je n'avais aucun espoir de m'adjoindre son aide pour m'échapper.

Comme s'il lisait mes pensées, il dit : « C'est pour ça que je ne peux pas t'aider à la défier ; si tu essaies de t'enfuir, je devrai t'en empêcher. » Il secoua la tête. « Elle était très en colère quand tu t'es sauvée dans la ville. Je lui ai expliqué que je ne pouvais pas te faire obéir. J'y suis arrivé une fois, au tout début ; mon pouvoir était fort ce jour-là : elle m'avait préparé pour le dur travail que je faisais. Mais, depuis, je ne peux plus te rendre docile. Elle a dit que je mentais, et elle m'a giflé plusieurs fois. » Il parcourut l'intérieur de ses joues du bout de la langue comme s'il y trouvait des meurtrissures, et j'éprouvai un brusque sentiment de culpabilité et de pitié.

« Oh, frère ! » fis-je, et je lui pris la main.

J'eus l'impression de plonger la main dans un courant d'eau glacée ; c'était comme toucher mon père quand il ne surveillait pas son Art, avant que j'eusse appris à me protéger. Je sentis son courant arracher les pensées à mon esprit, et je perçus la domination qu'il exerçait sur Kerf, semblable à une corde nouée autour de sa conscience ; le Chalcédien n'était pas une mauviette, et la corde était tendue comme la laisse d'un chien qui cherche à s'en libérer. Je retirai vivement ma main et m'efforçai de dissimuler mon trouble en tapotant sa manche d'un geste compatissant. « Je regrette qu'elle t'ait puni pour ça. »

Il me regarda fixement. « Tu pensais à ton père. »

Mon cœur se mit à cogner. *Mes murailles, vite !* « Il me manque tout le temps », répondis-je.

Il tendit la main vers moi, et je me levai. « J'ai trop froid ; je rentre. Kerf, tu n'as pas froid ? »

Le Chalcédien battit des paupières, et Vindeliar dut s'occuper de soumettre son chien soudain réveillé ; le temps qu'il en reprît la maîtrise et le fît se redresser pour me suivre, je retournai à la cabine, hors de sa portée. Un matelot en train d'enrouler un cordage s'interrompit pour me suivre du regard, les yeux ronds. Ainsi, Vindeliar m'avait dissimulée tout en dominant Kerf ; mais les deux ensemble mettaient ses facultés à l'épreuve. C'était bon à savoir.

Cependant, je lui avais aussi fourni une arme, et je le regrettais : avait-il deviné que, s'il me touchait, peau à peau, il avait la possibilité d'entrer dans mon esprit ? Je m'interdis d'y songer et de me retourner vers lui : je devais mieux garder mes pensées. Je n'étais désormais plus sûre du tout de pouvoir amener Vindeliar ou Kerf à m'aider. Un vieux matelot me croisa, sa chemise plaquée sur le dos par la pluie, ses pieds nus claquant sur le pont ; il ne m'accorda même pas un regard.

Parvenue à l'écoute, je descendis l'échelle qui conduisait dans les entrailles du bateau, où m'attendait notre misérable compartiment. Je me faufilai entre des hamacs et des coffres tout en observant les gens que je croisais : quelques marchands chalcédiens s'étaient regroupés pour parler tout bas de mauvais temps et d'attaques en mer, et je m'arrêtai près d'eux ; aucun ne fit attention à moi, mais, de leur conversation, j'appris que notre bateau était réputé le plus rapide de Chalcède et qu'il n'avait jamais été abordé par des pirates, bien qu'ils l'eussent poursuivi plus d'une fois. Il avait aussi évité à plusieurs reprises la fameuse « flotte d'Octroi » et réussi à passer les îles Pirates sans se faire remarquer ni payer l'octroi à la reine Etta et à ses coupe-jarrets.

« Les bandits qui pourraient nous prendre en chasse font-ils partie de la flotte d'Octroi ? demandai-je, mais nul ne se tourna vers moi.

Pourtant, quelques instants plus tard, un jeune homme du groupe déclara : « Je trouve ironique qu'une reine qui gouverne un territoire nommé "îles Pirates" soit aujourd'hui elle-même aux prises avec des écumeurs des mers. »

Un marchand à la moustache grise éclata de rire. « Ironique, et très satisfaisant pour nous qui devions autrefois parcourir le couloir de ces îles dans l'espoir d'échapper à l'attention du roi Kennit. Il s'emparait des bateaux, de leurs équipages et de leur fret pour s'en servir à ses propres fins ; quiconque ne pouvait rapporter une rançon finissait résident du royaume.

— Kennit ? Ou bien Igrot ? demanda le jeune homme.

— Kennit, répondit l'autre d'un ton catégorique. Igrot, c'était avant mon époque, et c'était une bête beaucoup plus brutale. Lui, il prenait la cargaison, violait et massacrait l'équipage, et laissait le bateau à l'abandon ; il possédait une vivenef, qu'aucun autre navire ne pouvait distancer. Il a étranglé le commerce pendant des années, et puis, un jour, il a tout bonnement disparu. » Il regarda son jeune compagnon, les yeux agrandis, et reprit en guise de plaisanterie : « On dit que, par les nuits de tempête, on peut apercevoir au loin un vaisseau fantôme avec les voiles en feu et la figure de proue qui hurle de souffrance. »

Un silence pesant s'ensuivit pendant que le jeune homme regardait son interlocuteur avec les yeux écarquillés, puis tous éclatèrent de rire.

« Croyez-vous que nous pourrons éviter la flotte d'Octroi de la reine Etta ? » demanda-t-il en tâchant de retrouver quelque dignité.

Son aîné enfonça ses mains dans sa ceinture richement ornée, puis il fit la moue et prit un ton philosophe. « Nous l'éviterons ou nous ne l'éviterons pas. Le marché que j'ai passé avec le capitaine, c'est que, s'il arrive à nous préserver de la Flotte, je lui paierai la moitié de ce que j'aurais versé à l'octroi ; c'est une bonne affaire, que j'ai déjà conclue avec lui par le passé. Nous leur avons échappé trois fois sur cinq voyages ; ça fait une bonne moyenne, je trouve, et je crois que, grâce à ma petite proposition, il est plus disposé à tendre de la toile.

— C'est une bonne moyenne, en effet », répondit le jeune homme.

J'entendis quelqu'un descendre l'échelle d'un pas mal assuré, et je vis Kerf accompagné de Vindeliar. « Ah, vous voici ! fis-je avec entrain. Je vous ai précédés pour échapper plus vite à la pluie. »

Le Chalcédien se tut, mais l'autre m'adressa un regard mécontent. « On ferait mieux de retourner à notre cabine », déclara-t-il avec raideur, et il passa devant moi, Kerf devant lui. Je ne bougeai pas.

« Que va-t-il m'arriver ? lançai-je. Quel sort me réserve Dwalia ? Pourquoi a-t-elle fait un si long chemin, provoqué tant de destructions et versé tant de sang ? Elle a vendu Alaria comme esclave pour nous permettre de quitter Chalcède, sans aucun égard pour celle qui avait voyagé si loin avec elle. Pourquoi n'est-ce pas moi qu'elle a vendue ? Ou toi ?

— Chut ! répondit Vindeliar à mi-voix. Je ne peux rien dire ici !

— Parce qu'ils ne m'entendent pas ? Et qu'ils ne me voient pas ? Et qu'on va te prendre pour un fou qui parle tout seul ? » J'avais haussé la voix et articulé distinctement.

Son emprise sur Kerf dut lui échapper, car un des hommes tourna la tête, le front plissé comme s'il avait entendu quelque chose ; aussitôt, Kerf reprit son air absent, et Vindeliar me regarda, tremblant d'effort ; il dit avec un tremolo dans la voix : « Frère, par pitié ! »

Je n'eusse dû avoir que de la haine pour lui : il avait participé à ma capture et m'avait embrumé l'esprit pendant qu'on m'enlevait ; il nous avait cachées, Évite et moi, à ceux qui eussent pu nous porter secours, et il continuait à me rendre invisible. J'étais la prisonnière de Dwalia, mais c'était lui mon gardien.

Éprouver de la compassion pour lui était irrationnel, mais je n'y pouvais rien ; je m'efforçai de garder une expression glaciale tandis que ses yeux pâles s'emplissaient de larmes. « Je t'en supplie... fit-il dans un souffle, et je craquai.

— D'accord, allons à la cabine », répondis-je à voix plus basse et plus raisonnable.

La peur lui nouait tant la gorge qu'il ne put émettre qu'un couinement. « Non, elle va nous entendre. »

Un des marchands se détourna de ses compagnons pour poser un regard accusateur sur lui. « Messire, êtes-vous en train d'écouter notre conversation ?

— Non, non ! Nous sommes seulement venus nous mettre au sec un moment, c'est tout.

— Et vous êtes obligé de vous tenir près de nous ?

— Je... On va s'en aller. » Vindeliar me jeta un regard éperdu puis poussa Kerf pour le faire avancer. Le marchand dut s'étonner de les voir partir tout droit vers l'échelle et sortir dans l'orage. Je les suivis lentement. Vindeliar, frissonnant de froid, nous reconduisit au rouf, mais un des mousses avait pris notre place pour fumer tranquillement sa pipe ; il lança un coup d'œil à notre accompagnateur puis se détourna. Je m'éclaircis bruyamment la gorge mais le garçon n'eut aucune réaction.

« Frère ! » s'exclama Vindeliar d'un ton de reproche, et il poursuivit son chemin d'un pas lourd, Kerf le suivant mollement. La pluie était devenue plus intense, poussée par la brise qui forcissait, et il n'y avait nulle part où s'abriter ; il s'arrêta et s'accouda au bastingage, l'air misérable. « Elle me tuera si elle découvre que j'ai répondu à tes questions. » Il m'adressa un regard en coin. « Mais, si je ne te réponds pas, tu continueras à me pousser au-delà de mes limites ; j'ai de plus en plus de mal à te cacher, alors que j'ai réussi à cacher une troupe d'hommes à une ville entière. Pourquoi es-tu si difficile à faire disparaître ? »

Je l'ignorais et cela m'était égal. « Pourquoi moi ? demandai-je d'une voix tendue. Pourquoi avoir détruit ma maison et ma vie ? »

Il secoua lentement la tête, profondément attristé de mon incapacité à comprendre. « Ce n'était pas pour détruire ta vie, protesta-t-il, mais pour te diriger sur la vraie Voie ; pour te maîtriser de peur que tu ne crées une fausse voie et nous entraînes vers un avenir terrifiant. »

Je le regardai, ébahie.

Il soupira. « Abeille, tu es quelqu'un d'important ! Tu fais partie de la vraie Voie ! Pendant bien longtemps on a rêvé du fils inattendu, des centaines de manuscrits en faisaient mention, dont certains très anciens. Il est plein de carrefours, son existence est une croisée des chemins, un nœud, comme dit Symphe. Tu crées sans arrêt de nouveaux carrefours ; tu es dangereux. » Il se pencha pour scruter mon visage battu par la pluie. « Tu comprends ?

— Non. »

Il se prit la tête entre les mains comme pour réprimer une migraine ; des gouttes d'eau ruisselaient sur ses joues, larmes, pluie ou transpiration. Kerf contemplait la mer avec une passivité bovine sans chercher à se protéger du déluge. L'orage gagnait en puissance, les voiles battaient avec des claquements mouillés, et le bateau embardait au grand dam de mon estomac.

« Plus il y a de rêves sur un événement, plus il est probable qu'il se produise, expliqua-t-il. Le fils inattendu change le monde ; si on ne te maîtrise pas, tu orienteras le monde sur une direction inopportune. Tu représentes un danger pour les Serviteurs, pour Clerres même ! Dans tous les rêves, il change tout au point qu'aucun avenir n'est plus prévisible. Il faut qu'on t'en empêche ! » Il se tut sur ces mots.

« Et tu crois que c'est moi ? » demandai-je, effarée. J'écartai les bras pour lui montrer ma petite taille. « Je vais ravager le monde si on ne m'en empêche pas ? Moi ? » Une rafale de vent me gifla. « Et comment comptes-tu t'y prendre ? En me tuant ? » Le bateau se souleva, et j'agrippai la lisse ; le vent hurla, et la pluie nous battit encore plus violemment.

« Ça ne peut être que toi. » Il y avait de la supplique dans sa voix, et je crus qu'il allait s'effondrer en larmes. « Dwalia m'a dit que, si je ne trouvais pas le bon, elle me tuerait ; elle était furieuse quand elle s'est aperçue que tu étais une fille ! C'est à ce moment-là qu'elle a commencé à se méfier de moi – et de toi. Pourtant, pour moi, c'est simple : si tu n'es pas le fils inattendu, qui peux-tu donc bien être ? Je me suis vu en train de te découvrir dans le seul vrai rêve que j'aie fait. C'est toi, et, si on ne te ramène pas à Clerres, tu vas changer la voie du monde. » Il prit soudain un ton sévère. « Une fois là-bas, il faudra faire croire à tout le monde que tu es le fils inattendu et que nous avons bien fait de t'emmener ; il faudra que tu persuades tout le monde que tu es bien lui. Sinon, nous… »

Il se tut si brutalement que ses lèvres produisirent un clappement en se refermant, puis son regard se perdit dans le vide pendant que ses yeux s'arrondissaient. Quand il reporta enfin son attention sur moi, je lus la colère et la déception sur ses traits. « Tu recommences, c'est ça ? Tu me fais dire des choses, et après tu sauras et tu changeras le monde. Parce que c'est toi, le fils inattendu. Tu me résistes quand j'essaie de te cacher, tu mets Dwalia en rage contre moi ; tu t'es enfuie, et plein de gens sont morts ; on t'a rattrapée, mais Reppin est morte et Alaria a été vendue. Il ne reste plus que Dwalia et moi, et ce Kerf ; tous les autres… tu as changé leur vie en mort ! C'est ce que fait le fils inattendu ! » Il avait l'air furieux.

La peur me saisit : il était si près de devenir mon allié ! La déconvenue m'étouffait. « Frère, fis-je d'une voix mal assurée, tout ça est arrivé parce que vous m'avez enlevée ! » Je ne voulais pas pleurer, mais les sanglots montaient violemment de ma poitrine ; malgré ma gorge nouée, je criai : « Ce n'était pas moi ! C'était Dwalia ! C'est elle qui a tué des gens ; c'est elle qui a mené tous ces luriks à la mort. Pas moi ; pas moi ! » Je tombai à genoux. Il ne pouvait pas avoir raison ; je ne pouvais pas être responsable de tous ces morts. FitzVigilant, le père de Persévérance, Allègre… Non, ce n'était pas ma faute !

L'orage s'amplifia avec ma terreur ; j'avais l'impression qu'il sortait de moi et soufflait tout autour de nous. Une vague bondit par-dessus le bastingage, déferla sur moi, et, par réflexe, j'agrippai la jambe de Kerf. Un ordre retentit, et trois hommes passèrent devant nous en courant. L'avant du bateau se mit à se relever comme si nous gravissions une colline escarpée. Au passage, un des matelots cria à Vindeliar : « Descends sous le pont, idiot ! »

Je me relevai en prenant appui sur le plancher. Le vent hurlait en tous sens ; nous planions.

Puis le bateau bascula en avant, et nous glissâmes sur le pont détrempé. Je dégringolai en poussant un cri aigu. « Attrape-la ! lança Vindeliar à Kerf. Ramène-la à la cabine ! »

Le Chalcédien se baissa et saisit le dos de mon chemisier à pleine poignée, puis, me traînant comme un sac, il se dirigea d'un pas chancelant vers l'écoute, Vindeliar accroché à lui. Des matelots nous évitèrent en jurant ; ils avaient manifestement à faire mais je ne comprenais pas les ordres qu'ils recevaient. Certains montèrent dans les gréements alors que le vent de tempête les cinglait et que la toile claquait à chaque bourrasque. Le pont bascula de nouveau alors que nous parvenions à l'écoutille, mais elle était close ; Vindeliar s'accroupit pour tambouriner sur le panneau en criant de nous laisser entrer ; Kerf me lâcha pour mettre un genou au sol, et, avec un grognement d'effort, il souleva le capot et le fit glisser de côté. Nous dégringolâmes plus que nous ne descendîmes l'échelle, et nous nous retrouvâmes dans l'obscurité quand quelqu'un referma brutalement l'écoutille.

Je me sentis en sécurité un moment, et puis le plancher grossier s'inclina. Dans le noir, j'entendis un cri d'effroi, suivi d'un éclat de rire et d'une voix moqueuse : « Tu ne deviendras jamais marchand, petit, si tu commences à pousser des hurlements quand la mer grossit !

— Éteignez cette lanterne ! » brailla quelqu'un. Aussitôt, les ténèbres furent absolues et le monde se mit à se balancer en tous sens.

J'ignorais de quel côté se trouvait notre misérable cabine, mais Kerf le savait ; Vindeliar me dit à l'oreille : « Suis-nous ! » J'obéis. Accrochée à sa chemise, j'avançai à petits pas en me heurtant à des poutres, à un hamac, à un coffre, pour finalement franchir en trébuchant une porte qui se révéla celle de notre cabine. Le sol bascula. Je m'accroupis puis m'assis par terre en prenant appui sur mes paumes pour tâcher de rester en place, mais, quand Kerf voulut refermer le battant, je m'aperçus que je le gênais. Je me déplaçai sur les fesses par crainte de me relever, et, à tâtons, trouvai un angle de la pièce dans lequel m'arc-bouter ; là, je posai prudemment ma main meurtrie sur mes genoux. J'étais trempée, mes cheveux me dégoulinaient dans le cou, et, malgré le confinement de la cabine, je me sentais glacée. Et désespérée. Que Dwalia se mette en fureur si cela lui chantait : j'avais besoin d'une vraie réponse !

« Pourquoi m'avez-vous enlevée ? Qu'allez-vous faire de moi ? » Je parlais à voix haute et claire dans le noir.

J'entendis Dwalia changer de position dans la couchette alors que le bateau embardait dans une autre direction. « Fais-la taire ! ordonna-t-elle à Vindeliar. Fais-la s'endormir.

— Il ne peut pas ! Je l'empêche d'entrer dans ma tête. Il ne peut pas me contrôler.

— Eh bien, moi si, à coups de bâton ! Alors tu ferais bien de te taire. » C'était une menace, mais exprimée d'une voix misérable teintée de colère – et d'une ombre de peur. Un mouvement du bateau me renfonça soudain dans mon coin ; j'avais l'impression d'être un chaton enfermé dans une boîte qu'on secoue en tous sens, et cela ne me plaisait pas du tout. Je songeai alors que les matelots sur le pont avaient l'air d'affronter une situation difficile, mais pas d'avoir peur, et je refusai la terreur qui montait en moi. « Tu n'as pas de bâton, et, même si tu en avais un, tu ne me verrais pas dans le noir. Tu as peur de me répondre ? Pourquoi m'as-tu enlevée ? Que vas-tu faire de moi ? »

Elle se redressa soudain dans son lit, ce que m'indiquèrent le bruissement de sa couverture et le choc brutal de sa tête contre la couchette supérieure. Je réprimai mon envie de rire, puis la laissai jaillir : à la défier ainsi dans l'obscurité et la tempête, je me sentis étrangement dominatrice. Je lui lançai : « Je me demande si le bateau ne va pas couler ; alors, tous tes beaux projets seraient à l'eau. Imagine qu'il sombre avec nous à l'intérieur ; même si nous parvenions à sortir de la cabine, nous ne retrouverions jamais l'échelle ni le panneau dans le noir. Nous mourrions tous quand l'eau glacée déferlerait sur nous. Et qui sait si le bateau ne se retournerait pas d'abord ? »

J'entendis Vindeliar prendre une inspiration hachée ; la pitié le disputait en moi à la satisfaction : pouvais-je leur faire éprouver la terreur et l'horreur que j'avais ressenties quand ils s'étaient emparés de moi ?

Le navire bascula de nouveau, cala brusquement comme si nous heurtions un obstacle puis le traversa ; peu après, j'entendis Dwalia vomir. Il y avait normalement un seau près d'elle, mais, au bruit, et au milieu de ses haut-le-cœur, je compris que le mince filet de bile avait éclaboussé le pont. L'odeur s'accrut.

« Tu as cru que j'étais le Fils intattendu, et puis tu as changé d'avis ! Eh bien, moi, je pense que c'est vrai, et je suis en train de changer le monde. Tu ne sauras jamais comment parce qu'à mon avis tu mourras avant que nous n'arrivions à destination : tu as perdu du poids et des forces ; et si tu meurs et que Vindeliar se retrouve tout seul avec nous ? Dans ce cas, ça m'étonnerait que j'aille à Clerres. » J'éclatai de rire à nouveau.

Il y eut un instant de silence total, comme si la tempête et le bateau s'étaient figés, et elle répondit : « Ce que je vais faire de toi ? Ce que j'ai fait de ton père : je vais te mettre en pièces, je t'arracherai le moindre de tes secrets, même si je dois t'écorcher vive de la tête aux pieds. Et, quand j'en aurai fini avec toi, je te donnerai aux reproducteurs : il y a longtemps qu'ils veulent quelqu'un de ta lignée. Quelles que soient les mutilations que je t'aurai infligées, ils trouveront bien quelqu'un qui acceptera de te violer jusqu'à ce que tu conçoives. Tu es jeune, ils tireront bien une vingtaine d'enfants de ton ventre avant que ton organisme rende les armes. » Et elle poussa comme un craillement de corbeau.

Je ne l'avais jamais entendue rire, mais j'identifiai ainsi le bruit qu'elle émettait, et une peur glacée, plus froide que l'eau bouillonnante de l'autre côté de la paroi de la cabine, monta en moi ; j'étais en proie à l'incompréhension. De quoi parlait-elle ? Je m'efforçai de recouvrer mon assurance. « Tu n'as rien fait à mon père. Tu ne l'as même jamais vu ! »

Nous nous tûmes alors que le sol s'inclinait dans une nouvelle direction ; dans ce silence, j'entendis les membrures chuchoter entre elles. Puis Dwalia répondit, et elle était les ténèbres incarnées : « Tu ne sais donc même pas qui est ton père !

— Je connais mon père !

— Vraiment ? Connais-tu ses cheveux clairs et ses yeux pâles ? Connais-tu son sourire narquois et ses doigts effilés ? Je ne crois pas ; mais, moi, si, et j'ai rendu ces yeux aveugles ; je les ai privés pour toujours de leur moquerie ! Et j'ai dépecé le bout des longs doigts de ton père – mais seulement après lui avoir arraché les ongles petit morceau par petit morceau. Il ne jonglera jamais plus, et il ne fera plus jamais apparaître une pomme comme par magie. J'ai mis fin aussi à ses pas de danse et à ses acrobaties ; je lui ai décollé la peau des pieds très, très lentement, et puis je lui ai coincé le gauche dans les mâchoires d'un étau que j'ai serrées petit à petit, moins d'un quart de tour à chaque question. Ça m'était égal qu'il réponde ou non ! Je l'interrogeais, et il hurlait ; alors je serrais de nouveau, de plus en plus, et l'extrémité de son pied enflait, enflait, et ainsi de suite jusqu'au moment où… crac ! » Elle repartit de son criaillement de corbeau.

J'entendais Vindeliar qui haletait dans le noir. Se retenait-il de rire lui aussi ? Ou de pleurer ?

« Ses os ont cédé ; l'un d'eux pointait de son pied comme une petite tour d'ivoire. Ah, ce qu'il a pu crier ! Je me tenais à côté de lui ; j'ai regardé mes témoins, et j'ai attendu je ne sais combien de temps qu'il ne puisse plus crier. Alors j'ai serré l'étau encore d'un quart de tour ! »

Un long moment, tout parut s'arrêter ; même le bateau semblait en suspens, immobile et presque plan. Un père que je ne connaissais pas ? Un père qu'elle avait torturé ? Elle avait torturé quelqu'un, cela, je n'en doutais pas ; elle en parlait comme du repas le plus succulent qu'elle eût jamais fait ou comme de la chanson la plus ravissante qu'elle eût entendue. Mais mon père ? Je le connaissais ; c'était aussi le père d'Ortie, et il avait été le mari de ma mère pendant des années. Évidemment que c'était mon père !

Mais, comme si mon univers vacillait autant que le bateau, la question surgit, inéluctable : et si ce n'était pas mon père ? S'il ne l'avait jamais été ? Burrich n'était pas celui d'Ortie ; je n'eusse pas été le premier enfant confié à des parents adoptifs. Mais Molly était ma mère, j'en étais certaine. À moins que… Une inconcevable interrogation me vint sur elle. Cela n'expliquerait-il pas mon absence de ressemblance avec lui ? Cela n'expliquerait-il pas pourquoi il avait eu si peu de mal à m'abandonner ? Il avait dit devoir s'en aller pour sauver le vieux mendiant pitoyable. Le mendiant aveugle avec la main infirme et le pied bot…

À cet instant, le bateau plongea vers l'avant d'un lent mouvement qui me mit le cœur au bord des lèvres ; j'eus l'impression qu'il se tenait tout droit sur l'étrave. Bougions-nous ? Je restai dans l'incertitude jusqu'au choc terrifiant, à la fois doux et violent. Un objet heurta la paroi près de moi puis s'abattit sur le pont alors que le navire tentait de se redresser. Nous tombâmes brusquement puis remontâmes comme un bouchon. Sous le pont, j'entendis un fracas et des cris ; je me demandai ce qui s'était passé.

« On dirait qu'on a perdu du gréement, peut-être même un mât. » La voix de Kerf était grave et lente dans l'obscurité. Puis, d'un ton plus pressant, il demanda : « Où allons-nous ? Depuis quand sommes-nous dans un bateau ? Je rapportais mon butin, la femme que j'ai gagnée, à ma mère ! Où est-elle ? Comment sommes-nous arrivés ici ?

— Maîtrise-le ! » lança durement Dwalia à Vindeliar, mais il ne répondit pas. Je tâtonnai du pied et finis par toucher une masse inerte.

« Je crois qu'il s'est assommé », dis-je avant de me traiter d'imbécile : s'il était inconscient, il ne pouvait rien contre moi ; quant à Kerf, mon projet ne le dérangerait sans doute pas. Je tenais l'occasion de tuer Dwalia et de nous libérer tous. Le bateau tremblait, et, sans crier gare, il se remit à monter. J'entendis Vindeliar glisser sur le sol.

Une arme ! Il me fallait une arme. Mais il n'y avait rien dans la cabine qui pût me servir ; je n'avais rien pour la tuer.

Sauf Kerf.

« Tu es prisonnier, comme moi. » Je tâchai de prendre une voix grave et calme : il me fallait paraître plus âgée et posée, non terrifiée comme une enfant. « On t'a dépouillé d'Alaria pour la vendre en esclavage, et, avant ça, on t'a fait perdre demoiselle Évite pour toujours en t'obligeant à la rendre à ses ravisseurs au lieu de la ramener chez elle, en sécurité. Tu te rappelles, Kerf ? Tu te rappelles qu'on t'a entraîné dans une pierre magique où tu as failli devenir fou ? Eh bien, on a recommencé ; et maintenant on t'a forcé, par la ruse, à quitter ta maison et Chalcède. » Malgré mes efforts, ma voix était redevenue aiguë et enfantine à mesure que je l'aiguillonnais en me servant des torts qu'il avait subis.

Il ne répondit pas. Je risquai le tout pour le tout. « Il faut la tuer ; il faut tuer Dwalia. Il n'y a qu'ainsi que nous pourrons l'arrêter !

— Sale petite garce ! » hurla-t-elle ; je l'entendis s'efforcer de sortir de sa couchette, mais l'inclinaison favorable du bateau la plaçait en contrebas de moi. Je ne pouvais attendre Kerf, encore trop abruti. Mi-glissant, mi-rampant, je me déplaçai sans bruit vers elle ; je n'avais que quelques instants pour l'atteindre avant que le navire se relevât au sommet d'une vague.

Je heurtai le bord du lit, me redressai maladroitement et cherchai ma proie à tâtons. Elle essayait de se lever, et je m'efforçai de ne pas la toucher afin de ne pas lui indiquer où je me trouvais ni quelles étaient mes intentions. Je tendis les mains en tâchant de deviner où était son cou, touchai son nez et son menton, descendis et saisis sa gorge en serrant.

Elle m'assena une violente gifle sur le côté de la tête, et mon oreille tinta. Je tenais bon, mais j'avais les mains trop menues, et au mieux je ne faisais que lui pincer le cou au lieu de l'étrangler. Je ne comprenais pas ce qu'elle criait, mais j'y sentais sa haine. Je me rapprochai pour la mordre à la gorge, mais c'est sa joue que je touchai ; cela ne la tuerait pas, mais je plantai quand même les dents dans sa face charnue et cherchai à les refermer jusqu'au bout. Elle hurla et me frappa à coups de poings, et je me rendis soudain compte qu'elle espérait me faire lâcher prise au lieu de me repousser, sachant que j'emporterais alors le morceau. La chair est beaucoup plus résistante vivante que cuite. Je la sciai d'un mouvement alternatif, prise d'une violente sauvagerie et d'un sentiment de triomphe à égale mesure. Mon ennemie me faisait mal, mais elle le paierait, j'y veillerais. Je serrai les mâchoires et secouai la tête de droite à gauche comme un chien tâchant de tuer un lapin.

Soudain Kerf intervint lourdement, et l'espoir jaillit en moi : avec son aide, nous pourrions éliminer Dwalia. Le navire était à la verticale, et le Chalcédien pouvait tirer l'épée pour la transpercer ; je voulus le lui crier, mais je refusais d'abandonner ma prise. Et, à ma grande horreur, il me saisit. « Lâche-la, dit-il du ton morne d'un somnambule.

— Tire-la », lui ordonna Vindeliar. Il n'était resté sonné qu'un moment.

« Non ! Non, non, non ! » hurla Dwalia. Elle s'accrocha à ma tête pour la maintenir près de son visage, mais Kerf était plus fort qu'elle. Je sentis mes dents se joindre, et, quand il m'arracha à elle, la chair se déchira, et j'emportai le morceau. Le Chalcédien me jeta de côté comme une pelletée de terre ; je heurtai le plancher, recrachai la joue de Dwalia, puis me mis à glisser alors que le bateau s'inclinait de nouveau. J'arrivai dans un angle de la cabine et m'y arc-boutai. Dwalia hurlait comme une folle pendant que Vindeliar lui demandait si elle était blessée, ce qui n'allait pas, ce qu'il devait faire. Mon acte me donnait des haut-le-cœur ; son sang me couvrait le menton. Je me raclai la langue sur les dents et crachai Dwalia par terre.

Vindeliar était occupé avec elle et j'ignorais où Kerf était et ce qu'il faisait. *Sors !* Dès qu'elle serait un peu remise, elle me battrait, et je savais à présent le plaisir qu'elle en tirerait ; rien ne l'empêcherait plus de me tuer.

Dans les ténèbres et avec les embardées, j'avais perdu tous mes repères ; quand le bateau me pressa contre une paroi, je la suivis mais n'y trouvai nulle porte. Le navire heurta un mur d'eau et se tordit de côté ; sur le pont, les matelots poussèrent des cris de désarroi. Il y avait donc plus grave à craindre que

Dwalia, désormais ; mais je m'inquiéterais de la tempête une fois sortie de la cabine, loin de la furie qui l'occupait.

Je suivis la nouvelle inclinaison du bateau jusqu'au mur opposé. Je trébuchai sur une botte, sans doute celle de Kerf, puis je rencontrai durement la paroi et découvris le chambranle à tâtons ; je me redressai, ouvris la porte et la franchis. Elle claqua derrière moi. Dwalia me maudissait à grands cris ; combien de temps avant qu'ils ne s'aperçussent que je n'étais plus là ?

À quatre pattes dans le noir, je progressai sur le pont déclive en passant sous les hamacs qui se balançaient ; j'entendais des hommes jurer, prier, pleurer. Je me cognai à un poteau et m'y accrochai un moment en me forçant à rester immobile et à garder en mémoire ce que j'avais vu dans l'entrepont. Puis, comme le bateau franchissait une nouvelle vague, je me déplaçai jusqu'au poteau suivant, m'y agrippai quelques instants puis me déplaçai à nouveau d'un pas titubant, en croisant un matelot en chemin. Je poursuivis mes efforts : si je coulais avec le bateau, je ne voulais pas me noyer en compagnie de Dwalia.

14

Le marché de Parangon

Au sujet du Blanc né dans la nature et connu sous le nom de Bien-Aimé :

Nous n'avons pas pu confirmer son village de naissance. Toutes traces de son arrivée à Clerres ont été mal rangées ou détruites ; à mon sens, Bien-Aimé a trouvé le moyen de s'introduire dans nos archives, de localiser les documents afférents à lui-même et à ses parents, et de les cacher ou de les effacer.

De docile quand nous l'avons reçu, il est devenu rebelle, fureteur, hypocrite et méfiant. Il demeure certain d'être le vrai Prophète blanc et refuse d'accepter que, sur plusieurs candidats, les Serviteurs choisissent celui qui convient le mieux à cette mission. Ni la bienveillance ni la discipline la plus dure n'a pu ébranler sa conviction.

En âge de se reproduire, il constituerait un ajout précieux aux lignées de Blancs, mais son caractère et sa véhémence égareraient dangereusement les autres, ce qui rendrait impossible de le laisser les côtoyer sans entrave.

Je présente mon opinion à mes trois pairs : choyer et gâter cet enfant a été une erreur ; la stratégie consistant à lui donner un sentiment de sécurité pour récolter ses rêves n'a conduit qu'à l'encourager dans sa nature indocile et dissimulatrice. Persister à le laisser aller et venir à sa guise, à se rendre au village et à frayer avec nos autres protégés ne saurait mener qu'au désastre.

Voici mes propositions : comme notre Prophétesse blanche l'a suggéré, le marquer clairement à l'aide de tatouages.

L'enfermer, continuer à lui administrer les drogues des rêves dans ses repas et veiller à ce qu'il ne manque jamais de pinceaux, d'encre ni de parchemin.

Le tenir à l'écart pendant vingt ans, flatter sa vanité, lui dire que nous l'isolons afin que les bavardages des autres ne souillent pas ses songes, lui répéter que, même s'il n'est pas le Prophète blanc, il sert le monde et la Voie en continuant à rêver. Lui autoriser des passe-temps mais lui interdire de se mêler à d'autres Blancs.

Si, à la fin de cette période, il n'est pas devenu plus docile, l'empoisonner. Telles sont mes propositions. Si vous les rejetez, je ne porterai pas la responsabilité de ce qu'il fera.

Symphe

Donnons à quelqu'un une tâche qu'il redoute, puis plaçons-le dans une situation telle qu'il doive reporter ce travail à plus tard et que l'attente soit difficile ; enfermons-le là où il n'a guère à s'occuper et peu d'occasions d'être seul. Alors le temps s'arrêtera pour cette personne. Je le sais d'expérience.

Je m'efforçais d'occuper utilement mes longues journées à bord de Parangon. Ambre et moi nous isolions dans sa cabine pour des séances de lecture et de discussion des rêves d'Abeille ; ces conversations étaient pénibles pour moi, et l'avidité avec laquelle le Fou dévorait son journal n'arrangeait rien. « Relis ce passage ! » me lançait-il, ou, pire : « Ce rêve ne se rattache-t-il pas à celui que tu m'as lu il y a quatre jours ? Ou cinq ? Retourne en arrière, s'il te plaît, Fitz ; il faut que j'entende les deux à la suite. »

Il savourait particulièrement les songes qui, selon lui, prouvaient qu'Abeille était sa fille, mais je me rongeais de ces moments que je ne me rappelais pas, où, seule, elle écrivait soigneusement ces mots et les illustrait avec des encres et des pinceaux chapardés dans mon bureau. Elle s'était donné du mal pour que chaque dessin fût exact, que chaque lettre fût précisément tracée, et j'avais tout ignoré de son obsession. Travaillait-elle tard le soir alors que je dormais, ou peut-être pendant que je ne faisais pas attention à elle ni à Molly et que je notais moi-même mes pensées lugubres dans mon bureau privé ? Je l'ignorais et je ne le saurais jamais. Chaque rêve, chaque petit poème insolite, chaque illustration détaillée étaient un reproche au père que j'avais été. Je pouvais venger sa mort, je pouvais tuer en souvenir d'elle, et peut-être y laisser la vie et enfin éteindre ma honte, mais je ne pourrais réparer la façon dont je l'avais négligée. Chaque fois que le Fou s'exclamait du choix ingénieux des mots d'une comptine, c'était comme si on déposait sur mon cœur une braise incandescente de mortification.

Le temps restait beau, et le bateau avançait sans heurt. Quand je me promenais sur le pont, j'avais l'impression que les matelots suivaient les pas complexes d'une danse au rythme d'une mélodie qu'eux seuls entendaient. Le courant nous suffit pour la première partie du voyage sans qu'il fût guère besoin de mettre les voiles. Les hautes murailles vertes de la forêt impénétrable dominaient les mâts ; parfois, le fleuve devenait plus profond et plus rapide, et les arbres se rapprochaient alors tant que nous sentions le parfum des fleurs et entendions les cris rauques des oiseaux et des créatures agiles qui peuplaient leurs étages. Un matin, m'étant réveillé tard, je constatai qu'un affluent avait rejoint le fleuve qui s'étendait à présent autour de nous, vaste et plat. Sur notre gauche, la forêt n'était plus qu'une brume verte à l'horizon. « Qu'y a-t-il là-bas ? » demandai-je à Clef quand il fit une pause près de moi.

Il regarda en plissant les yeux. « Sais pas. Il n'y a pas assez d'eau pour Parangon ou un autre grand bateau ; il n'y a qu'un seul chenal, au milieu, et on a une sacrée chance que Parangon le connaisse aussi bien. De l'autre côté, là-bas, le fond remonte, et ça débouche sur des bancs de boue gris qui puent et qui vous avalent un homme jusqu'à la taille ; et ils s'étendent sur au moins une journée de marche, voire deux, avant que les arbres réapparaissent. » Il secoua la tête et dit d'un ton pensif : « À part quelques endroits, le désert des Pluies, c'est pas pour les hommes. On a intérêt à pas oublier que le monde entier est pas fait pour nous. Hélà ! Hé, c'est pas comme ça qu'on enroule un bout ! » Il s'éloigna, et je restai seul à contempler le fleuve.

Le courant nous conduisait vers la côte, et je prenais conscience, par mon Vif et par mon Art, que le bateau n'était pas un élément passif de notre voyage ; le jour, je percevais sa vigilance. « Se pilote-t-il lui-même ? demandai-je une fois à Ambre.

— Plus ou moins. Toutes les parties de lui en contact avec l'eau sont en bois-sorcier, ou, plus exactement, en cocon de dragon. Les habitants du désert des Pluies construisaient ainsi leurs navires parce que l'eau du fleuve ronge très vite tout autre matériau, en tout cas autrefois : il paraît que les Jamailliens ont inventé un traitement qui permet aux bateaux ordinaires de s'y aventurer sans risque. Ils appellent ça des navires étanches, à ce qu'on m'a dit. À mon avis, une vivenef doit pouvoir agir sur son gouvernail, mais dans une certaine limite seulement. Parangon a aussi la maîtrise des planches de sa coque : il peut les resserrer ou les relâcher, et alerter l'équipage s'il a une fuite. Le bois-sorcier paraît capable de se "guérir", si l'on peut dire, s'il racle le fond ou heurte un autre navire. »

Je secouai la tête, abasourdi. « C'est vraiment une merveilleuse création. »

Le mince sourire d'Ambre disparut. « Ce n'est pas une création des hommes ni des constructeurs navals. Chaque vivenef était à l'origine destinée à devenir un dragon, et certaines s'en souviennent mieux que d'autres. Ces bateaux sont vivants, Fitz ; pleins d'interrogations pour certains, en colère ou égarés pour d'autres, mais vivants. » Comme si ces mots avaient déclenché un nouveau train de pensées, elle se détourna, posa les mains sur la lisse et laissa son regard se porter vers l'eau grise.

Nos journées se coulèrent rapidement dans une routine immuable : nous prenions le petit déjeuner avec Brashen ou avec Althéa, rarement les deux ensemble ; l'un ou l'autre rôdait toujours sur le pont, l'œil aux aguets. Braise et Persévérance s'occupaient de leur côté ; le gréement paraissait les attirer et les effrayer à la fois, et c'était entre eux des défis quotidiens. Lant avait fort à faire pour les attraper et les obliger à rester tranquilles pour leurs cours ; Braise savait déjà lire et écrire mais n'avait qu'une connaissance limitée de la géographie et de l'histoire des Six-Duchés. Il était heureux qu'elle appréciât les heures que Lant passait à l'instruire, car Persévérance n'eût pas supporté de devoir s'appliquer à la plume pendant que la jeune fille parcourait le bateau à sa guise. Souvent, les leçons avaient lieu sur le pont, pendant qu'Ambre et moi ourdissions des assassinats imaginaires.

Le déjeuner était moins protocolaire, et souvent je n'y avais guère d'appétit, ayant passé la matinée à ne rien faire. J'étais inquiet de voir se rouiller les techniques de combat que je m'étais acharné à retrouver à Castelcerf, mais je ne voyais pas comment m'exercer à la hache ou à l'épée sans susciter de questions ni de craintes. Ambre et moi nous enfermions souvent l'après-midi avec les journaux d'Abeille, puis nous prenions le repas du soir en compagnie de Brashen et d'Althéa.

En général, le bateau était à l'encre, ou amarré à des arbres, selon l'état du fleuve.

Après le dîner, je me retrouvais fréquemment seul, car Ambre passait quasiment toutes ses soirées avec Parangon ; un châle sur les épaules, elle se rendait sur l'avant-pont, s'installait en tailleur à la pointe de la proue et bavardait avec lui. Parfois, à ma grande alarme, il la prenait dans ses mains ; elle s'asseyait alors sur ses paumes et posait les bras sur son pouce afin de lui faire face, et ils s'entretenaient ainsi jusque tard dans la nuit. À la demande du bateau, elle avait emprunté un petit jeu de flûtes à Clef, et elle lui jouait des airs doux et chuchotants, évocateurs de solitude et de chagrin. À une ou deux reprises, je m'approchai d'eux pour voir si je ne pouvais pas me joindre à eux, car, je l'avoue, je bouillais d'envie de savoir de quoi ils pouvaient bien parler depuis tant de soirs ; mais, sans insulte, on me fit clairement comprendre que je n'avais rien à faire dans leurs discussions.

La coquerie et l'entrepont étaient le domaine de l'équipage. À bord de Parangon, j'étais non seulement un inconnu, un étranger et un prince, mais aussi un imbécile qui avait contrarié la figure de proue et s'était laissé publiquement menacer par elle. Les jeux de hasard et l'humour rustique de l'équipage n'étaient pas pour ceux de mon espèce, aussi passais-je bien souvent mes soirées seul dans la minuscule cabine que Braise partageait avec le Fou, et je m'occupais du mieux possible, généralement en parcourant les journaux d'Abeille. Parfois, Althéa et Brashen m'invitaient chez eux à bavarder en buvant du vin, mais je me rendais parfaitement compte que mes compagnons et moi étions du fret plutôt que des hôtes ; aussi, le jour où je refusai courtoisement leur invitation, fus-je pris au dépourvu quand Brashen répondit d'un ton brusque : « Non, il faut qu'on parle. C'est important. »

Sans rien dire, je le suivis dans sa cabine ; Althéa s'y trouvait déjà, une bouteille de vin poussiéreuse et trois verres sur la table. Pendant un petit moment, nous feignîmes tous trois de partager seulement un bon cru pour nous délasser d'une longue journée. Le navire à l'ancre se balançait doucement au gré du courant ; les hublots ouverts donnaient sur le fleuve, et les bruits nocturnes de la forêt proche nous parvenaient.

« Nous quitterons le fleuve demain après-midi et nous prendrons la direction de Terrilville, annonça Brashen tout à trac.

— Nous avons fait vite, j'ai l'impression », dis-je d'un ton plaisant. J'ignorais combien de temps un tel trajet prenait habituellement.

« En effet, et c'est étonnant. Parangon aime bien le fleuve, et souvent il y traîne un peu. Mais pas cette fois.

— Et ce n'est pas bien ? demandai-je, perplexe.

— C'est un changement dans ses habitudes, et il y a presque toujours de quoi s'inquiéter », répondit Brashen d'une voix lente.

Althéa finit son verre et le reposa d'un geste ferme sur la table. « Je sais qu'Ambre vous a un peu parlé de Parangon, du fait qu'il est essentiellement deux dragons dans le corps d'un bateau, mais ce n'est pas tout. Il a vécu une existence tragique. Les vivenefs absorbent les souvenirs et les émotions des membres de leur famille et de leur équipage. Tout juste devenu conscient, peut-être à cause de sa nature duelle, il a chaviré et un garçon de sa famille est mort, pris dans des cordages sur son pont ; ça lui a laissé une marque indélébile. Après ça, il s'est retourné à plusieurs reprises en noyant tous ses occupants, mais une vivenef a tant de valeur qu'à chaque fois on l'a retrouvé, remis d'aplomb, réarmé et renvoyé à l'eau ; mais, à force, on l'a regardé comme un porte-malheur et surnommé ironiquement le *Paria.* La dernière fois qu'il a pris la mer, il est resté absent des années, puis il est revenu à Terrilville par ses propres moyens, à contre-courant, et on l'a découvert, la quille en l'air, à la sortie du port. Quand on l'a redressé, on a constaté qu'il avait été mutilé, qu'on lui avait détruit les yeux à coups de hache, et qu'il portait sur la poitrine une marque reconnaissable par beaucoup : l'étoile d'Igrot.

— Igrot le pirate. » Les explications d'Althéa étoffaient l'esquisse d'histoire qu'Ambre m'avait racontée. J'avais dû me pencher, car elle avait peu à peu baissé la voix comme si elle craignait d'être entendue.

« Lui-même. » Brashen s'exprimait d'un ton si lugubre et si catégorique que je ne pouvais douter du sérieux de leur propos.

« Parangon a été victime de mauvais traitements difficiles à comprendre pour quelqu'un qui n'est pas de Terrilville. » Althéa parlait avec raideur ; Brashen l'interrompit.

« Je pense que c'est tout ce qu'un étranger peut comprendre sur Parangon ; j'ajoute qu'Ambre lui a resculpté le visage et rendu la vue. Ils sont devenus très proches à cette époque, et, visiblement, il éprouve… beaucoup d'attachement pour elle, et elle lui a manqué. »

Je hochai la tête, toujours intrigué par leur mine sombre.

« Ils passent trop de temps ensemble, déclara soudain Althéa. Je ne sais pas de quoi ils parlent, mais Parangon devient chaque jour plus instable, Brashen et moi le sentons. Après tant d'années à son bord, nous sommes devenus…

— Sensibles à ses humeurs », proposa Brashen. J'eus envie de leur révéler à quel point je percevais leur bateau, mais je m'abstins : ils me trouvaient déjà bien assez bizarre, inutile d'y ajouter une magie héréditaire qui me permettait d'entrer en contact mental avec les gens.

Et peut-être avec les vivenefs ; en tout cas, c'était le sentiment que j'avais eu avec Mataf. Depuis l'incident avec Parangon, je réfrénais mon Art de crainte que, si j'abaissais mes défenses pour lire dans son esprit, il n'en eût non seulement conscience mais qu'il ne s'en offusquât ; je l'avais assez troublé comme cela. Je me contentai donc de répondre : « J'imagine bien quel lien vous partagez. »

Althéa hocha la tête et nous resservit du vin. « C'est un lien qui marche dans les deux sens : nous sentons le bateau, et le bateau nous sent. Or, depuis l'embarquement d'Ambre, les émotions de Parangon sont plus intenses.

— Et, dans ce genre de situation, il devient plus capricieux, enchaîna Brashen. Ça se remarque à la barre, et l'équipage le perçoit aussi. Aujourd'hui, on a passé une section du fleuve réputée délicate à cause de ses hauts-fonds changeants, et, en général, on ralentit ; mais cette fois il nous a défiés et on a franchi le passage plus vite que jamais. Pourquoi se presse-t-il tant ?

— Je l'ignore.

— Quelle est votre destination ? »

Je me sentis soudain trop las pour en parler ; je ne voulais plus jamais avoir à raconter mon histoire. « Je croyais que la reine Malta vous avait envoyé un message.

— Elle l'a fait, en nous demandant de vous aider pour avoir guéri de nombreux enfants, de les avoir débarrassés de ce que leur infligeait le désert des Pluies.

— De ce que leur infligeaient les dragons », rectifiai-je. La conversation me mettait mal à l'aise ; manifestement, l'attitude de leur bateau suscitait leur inquiétude, voire leur colère, et ils n'étaient pas loin d'en faire le reproche à Ambre. Et d'exiger de moi que j'intervinsse. Une proposition me vint, évidente : « Nous devrions peut-être tous aller voir la figure de proue pour lui demander ce qui lui arrive.

— Je vous en prie, baissez la voix ! » fit Althéa d'un ton d'avertissement.

Brashen secouait vigoureusement la tête. « Croyez-nous, nous connaissons bien Parangon. Malgré son âge, il n'accepte toujours pas la logique comme le ferait un adulte ; il ressemble à un adolescent, parfois rationnel, parfois impulsif, et, si nous tentons de nous interposer entre Ambre et lui, le résultat risque d'être... » Il se tut soudain, les yeux ronds.

Althéa se dressa d'un bond. « Qu'est-ce que c'est ? » fit-elle d'une voix tendue.

De mon côté, je sentis comme une onde de chaleur picotante me traverser ; l'espace d'un instant, j'eus du mal à respirer, et, alors que je me raccrochais au bord de la table, je m'aperçus que je ne souffrais pas de vertige. Non, le vin tremblait dans mon verre et formait de petits cercles concentriques. « Un tremblement de terre », dis-je en tâchant de conserver mon calme ; ces événements n'étaient pas inhabituels dans les Six-Duchés, et j'avais entendu parler de séismes capables de lézarder des tours du château de Castelcerf. Le premier logement du Fou dans la citadelle se trouvait dans une des tours endommagées. Je n'avais jamais vécu un tel phénomène, mais les récits que faisaient les ménestrels des murs qui s'abattaient et des vagues qui détruisaient les ports étaient effrayants ; or, nous étions ancrés près d'une forêt d'immenses arbres fixés dans la boue...

« Ce n'est pas un tremblement de terre, répondit Brashen, c'est le bateau. Allons-y ! »

L'invitation ne s'adressait sans doute pas à moi, mais je sortis de la cabine sur les talons d'Althéa. Nous n'étions pas les seuls sur le pont : des matelots levaient les yeux vers les arbres ou regardaient par-dessus bord d'un air étonné tandis que Clef courait vers l'avant. Je le suivis, mais plus lentement : je ne tenais pas à me retrouver entre les mains de Parangon. Je sentis tout à coup comme un grésillement sous mes pieds, et, à la lumière indécise des lanternes, le pont m'apparut grumeleux au lieu de présenter le grain serré et lisse du bois-sorcier – non, pas grumeleux : écailleux.

Je pressais le pas derrière Althéa. Brashen et Clef s'étaient arrêtés à distance respectueuse de la figure de proue, et Ambre se tenait seule sur le pont, le dos droit et la tête levée dans une posture déterminée. Parangon se tourna vers elle et lui jeta quelque chose ; elle ne le vit pas, et l'objet heurta le bois avec le tintement du verre qui se brise. « Encore ! fit-il d'un ton autoritaire.

— C'est tout ce que j'ai pour l'instant ; mais aide-moi et je te promets d'essayer de t'en procurer davantage.

— Il m'en faut encore ! Ce n'est pas assez ! »

Au premier abord, j'avais cru que la pénombre me jouait des tours, mais les traits de Parangon n'étaient plus les miens : il était couvert d'écailles comme un vieil habitant du désert des Pluies. Soudain, ses yeux changèrent : ils étaient toujours bleus, mais des filets d'argent y tourbillonnaient. Des yeux de dragon ! Il tendit vers Ambre une main aux doigts terminés par des griffes noires.

« Fou ! Écarte-toi de lui ! criai-je, et Parangon tourna son regard vers moi.

— Ne la traitez pas de fou ! dit-il d'une voix grondante, les dents remplacées par des crocs. Elle est plus avisée que vous tous !

— Ambre, qu'as-tu fait ? » fit Althéa d'une voix basse et hachée. Brashen, muet, regardait avec horreur la figure de proue transformée.

« Elle m'a rendu ma vraie nature, au moins en partie ! » C'était Parangon qui avait répondu ; son visage se modifiait, et différentes teintes passaient sur nos traits communs. Dans la pénombre, il avait un éclat de bronze ; ses mains griffues se refermèrent sur Ambre, et il la souleva, la serra sur sa poitrine d'un geste possessif, puis ajouta : « Elle sait ce que je suis et elle n'a pas hésité à me donner ce qui me manque depuis toujours !

— Je t'en prie, bateau, calme-toi et repose-la sur le pont. Explique-nous ce qui se passe. » Brashen s'exprimait comme s'il s'adressait à un enfant récalcitrant, avec maîtrise et pondération ; j'enviai son attitude.

« Je ne suis pas un BATEAU ! » Le cri soudain de la figure de proue effraya les oiseaux dans les frondaisons, et il s'égaillèrent dans la forêt assombrie. « Je n'ai jamais été un bateau ! Nous sommes des dragons réduits en captivité ! En esclavage ! Mais celle qui est ma véritable amie m'a montré que je peux être libre.

— Ma véritable amie », fit Althéa dans un murmure comme si ces mots éveillaient ses doutes.

Brashen se rapprocha de son épouse, tous les muscles tendus comme un mâtin en laisse qui attend qu'on le lâche. Par-dessus son épaule, il jeta un regard à l'équipage. « Je m'en occupe. Reprenez vos activités. »

Les matelots s'éloignèrent lentement, sauf Clef ; il demeura immobile, la mine grave. Je croisai le regard de Lant ; il posa la main sur l'épaule de Braise pour l'attirer plus près de lui, et, poussant légèrement Persévérance du coude, il emmena les deux adolescents. Je ne bougeai pas. Parangon tenait Ambre contre sa poitrine, juste sous son menton. Elle contemplait le fleuve sans le voir. « Je devais le faire », dit-elle. Était-ce à moi qu'elle parlait ou à ses anciens amis ?

« Elle m'a mis sur la voie qui me conduit à retrouver mes vraies formes ! lança Parangon aux premières étoiles dans le ciel. Elle m'a donné de l'Argent. »

J'examinai le pont et finis par repérer les éclats de la fiole de verre ; mon cœur se serra. Avait-elle trouvé le récipient dans mon paquetage et l'avait-elle pris sans me le demander ? Sans me prévenir de son projet ? Et quel était son projet, d'ailleurs ?

D'une voix plus aiguë que d'habitude, Althéa répéta : « Tes vraies formes ?

— Vous voyez l'effet qu'a sur moi une petite quantité d'Argent ? Si on m'en donne assez, je pense pouvoir me débarrasser de ces planches en bois que vous avez fixées sur moi et remplacer ces voiles en toile par des ailes ! Nous serons les dragons que nous devions devenir ! »

Althéa était abasourdie ; elle demanda, comme si elle s'efforçait de comprendre une langue étrangère : « Tu vas te transformer en dragon ? Tu vas cesser d'être Parangon ? Mais comment ? » Elle ajouta d'un ton encore plus incrédule : « Tu vas nous abandonner ? »

Il ne prêta nulle attention à sa douleur et choisit de s'offusquer d'un sens qui n'existait pas dans ses paroles. « Et que préférerais-tu ? Voudrais-tu que je reste ainsi, toujours soumis aux caprices d'autrui, n'allant que là où on me conduit, transportant des colis d'un port humain à l'autre, dépourvu de sexe, prisonnier d'une forme qui n'est pas la mienne ? » Presque implorante au début, sa voix avait fini proche de la fureur. Je m'attendais à voir Althéa blessée par ses mots cinglants, mais elle y parut insensible.

Sans peur, elle s'avança vers la figure de proue et leva le visage vers elle dans la pénombre. « Parangon, ne fais pas semblant d'ignorer ce que je ressens devant cette situation. Devant toi. »

Il étrécit ses yeux de dragon jusqu'au moment où son regard fixe évoqua un brasier bleu derrière la paroi lézardée d'un fourneau. Lentement, ses bras, encore si étrangement humains malgré leurs écailles, s'ouvrirent ; il déposa Ambre sur le pont et, sans un mot, nous tourna le dos. Ambre chancela puis reprit son équilibre ; j'étudiai son attitude pour y détecter un peu de mon ami le Fou en cet instant, mais je ne vis qu'Ambre et me trouvai à nouveau devant un gouffre de perplexité : qui était cette femme ?

Et de quoi était-elle capable ?

Parangon nous tournait le dos et contemplait le fleuve obscur. La tension qui l'habitait vibrait dans la coque en bois-sorcier et dans le squelette du bateau, et je compris peu à peu qu'il disait la vérité : ce n'était pas un navire, mais un dragon, transformé et emprisonné par les hommes ; et, malgré toute son affection pour son équipage, il ne pouvait qu'éprouver de la rancœur au fond de lui-même, voire de la haine.

Or, nous étions complètement livrés à lui.

À l'instant où cette pensée me glaçait les os, Althéa se dirigea vers Ambre ; elle m'évoqua un félin en chasse qui en évalue un autre en vue d'un combat, par ses pas courts, son équilibre précis et son regard qui ne cillait pas. D'une voix douce et grave, elle dit : « Qu'as-tu fait à mon bateau ? »

Ambre tourna ses yeux aveugles vers elle. « J'ai fait ce qui doit être fait pour toutes les vivenefs ; ce que tu dois faire pour Vivacia si l'occasion s'en présente. »

Au nom de Vivacia, Althéa banda ses muscles et serra les poings.

J'ai vu des femmes se battre ; j'ai vu des dames vêtues de belles robes se gifler et se donner des coups tout en pleurant et en poussant des cris aigus, et j'ai vu des harengères tirer le couteau entre elles pour tenter de se dépecer et de s'éventrer mutuellement aussi froidement que des poissons. Althéa n'était pas une poupée de salon élevée dans la dentelle, et, pour l'avoir vue mener l'équipage et grimper dans le gréement, j'avais un solide respect pour la puissance de ses bras ; le Fou, lui, n'avait jamais aimé se battre, et, avec sa cécité et ce qu'il avait enduré, et malgré sa remise en état récente, je ne le jugeais pas à la hauteur d'un combat physique.

Je me précipitai lestement et m'interposai.

J'avais mal choisi mon endroit : la colère d'Althéa contre sa vieille amie n'était rien comparée à sa fureur devant l'intervention d'un tiers. Elle me décocha un coup de paume en pleine poitrine. « Écartez-vous », fit-elle, impérieuse. Si je ne m'étais pas préparé au choc, il m'eût coupé le souffle.

« Arrêtez, répondis-je.

— Ça ne vous concerne pas – à moins que vous n'insistiez ! » Avant que j'eusse le temps de réagir, Brashen vint se placer entre nous en poussant Althéa de côté. Poitrine contre poitrine, nous nous mesurâmes du regard dans la pénombre.

« Vous êtes sur mon pont, gronda-t-il. Vous faites ce qu'elle dit ou ce que je dis. »

Je secouai lentement la tête. « Pas cette fois », murmurai-je. Derrière moi, Ambre se taisait.

« Vous voulez qu'on règle ça aux poings ? » demanda Brashen ; il se pencha vers moi et je sentis son souffle sur mon visage. J'étais plus grand que lui, mais il était plus large d'épaules et sans doute en meilleure condition physique. Voulais-je en venir aux mains ?

Oui. J'en eus brusquement assez de tous ces gens, et même d'Ambre. Je sentis ma lèvre supérieure se retrousser ; il était temps de combattre, il était temps de tuer. « Oui, répondis-je.

— Cessez, vous tous ! Ce sont les émotions de Parangon que vous sentez. C'est le dragon, Fitz ! cria le Fou dans mon dos. C'est le dragon ! » Il m'assena une calotte si violente que ma tête fut projetée en avant ; mon front heurta Brashen au visage, et j'entendis Althéa crier quelque chose. Elle avait agrippé la chemise de son homme et l'entraînait à l'écart, mais je le rattrapai, ne voulant pas renoncer à ma proie ; derrière moi, le Fou me donna un grand coup d'épaule dans le dos. Althéa trébucha et tomba à la renverse en entraînant Brashen dans sa chute ; je faillis m'affaler sur eux mais parvins à rouler sur le côté. Le Fou atterrit sur moi et me dit à l'oreille : « C'est le navire, Fitz ; c'est sa colère. Ne t'approprie pas ce qui ne t'appartient pas. »

Je me débattis et m'arrachai à son étreinte, puis je me relevai tant bien que mal, prêt à reprendre le combat et à mettre les côtes de Brashen en miettes à coups de pied. J'avais du mal à reprendre mon souffle, et j'entendis un écho de mes halètements dans la respiration caverneuse d'une vaste créature. D'une très vaste créature.

La lumière du jour avait quasiment disparu, et la maigre aura des lanternes du bord n'était pas prévue pour illuminer la figure de proue. Néanmoins, je voyais qu'elle perdait rapidement toute ressemblance avec un homme ; ma mâchoire, ma bouche et mon nez s'allongeaient en un mufle reptilien. Je regardai le tourbillon de ses yeux bleus luisants, et, l'espace d'un instant, nos regards se croisèrent ; je vis dans le sien la même fureur qui s'était emparée de moi. Je sentis la main gantée du Fou se poser sur mon bras. « Dresse tes murailles », fit-il d'un ton implorant.

Mais ma colère avait passé comme un orage d'été, en me laissant vide d'émotions. Je saisis le Fou par le poignet et aidai Ambre à se relever ; elle rajusta ses jupes.

« Reculez vers l'arrière », ordonna Brashen ; il saignait du nez, victime de mon front, et, tout en m'en réjouissant mesquinement, j'obéis. À la lueur des lanternes, il paraissait défait et vieilli. Comme nous retournions lentement à sa cabine, nous croisâmes Clef, et le capitaine lui dit : « Fais passer le mot : que tout le monde reste à l'écart de la figure de proue jusqu'à nouvel ordre ; puis reviens ici et garde Parangon à l'œil. Appelle-moi si tu penses avoir besoin de moi. » Le matelot acquiesça de la tête et s'en alla vivement.

Lant et les adolescents se tenaient serrés devant la cabine du commandant, une expression interrogatrice sur les traits du jeune homme. « Nous allons bien, annonçai-je. Conduisez Persévérance et Braise à la cabine de dame Ambre pour le moment ; je vous expliquerai plus tard. » Je lui fis signe de sortir. Son regard me dit qu'il eût préféré rester, mais il emmena les deux jeunes gens. Brashen nous attendait près de la porte ; j'entrai à la suite d'Ambre, et il referma le battant derrière nous.

Nous n'avions pas fait deux pas qu'Althéa lança à Ambre d'une voix dure et furieuse : « Qu'as-tu fait ?

— Pas tout de suite », coupa Brashen. Il prit des chopes dans un placard et une bouteille inquiétante sur une étagère, et il nous servit généreusement. Ce n'était pas un vin élégant ni une eau-de-vie moelleuse mais un alcool rude, du rhum bon marché. Sans faire de manières, il en avala une solide rasade, se resservit, puis posa bruyamment sa chope sur la table en se laissant tomber sur une chaise. « Asseyez-vous, tous. » C'était le capitaine qui parlait. Ambre obéit, et je l'imitai peu après.

« Pourquoi l'a-t-elle fait, voilà la vraie question. » Il regarda Ambre et je lus dans ses yeux la colère, le désespoir et la profonde douleur que peut seule provoquer l'amitié trahie.

Je n'avais rien à dire, complètement égaré moi-même. En route pour accomplir une mission dont j'eusse juré qu'elle était devenue l'unique objectif du Fou, elle avait décidé de révéler que nous possédions une substance interdite en s'en servant pour… faire quelque chose au bateau. Très loin de chez nous, elle avait trahi l'hospitalité et l'amitié, et nous avait tous mis en danger. C'était à n'y rien comprendre ; j'étais aussi offusqué qu'Althéa de me trouver plongé dans cette situation et incapable d'y remédier.

Enfin, Ambre déclara : « Je n'avais pas le choix ; c'était ce qu'il fallait faire pour le bateau. Pour Parangon. » Elle reprit son souffle. « Je lui ai donné de l'Argent ; c'est ainsi que les gens de Kelsingra appellent cette substance ; ils en ont un puits auquel les dragons s'abreuvent. C'est une magie liquide qui abat les murailles entre humains et dragons ; elle peut guérir un dragon blessé, allonger l'espérance de vie des Anciens et imprégner des objets de divers pouvoirs. Pour ceux qui sont nés doués de magie comme Fitz, elle peut accroître leurs capacités. Et, comme Parangon, je crois que, si on lui en fournit assez, il pourra achever la transformation qu'il devait subir ; il pourra devenir le dragon dont on a dérobé le cocon pour obtenir le bois-sorcier qui constitue ce bateau. »

Elle s'épanchait comme je n'avais jamais vu le Fou se laisser aller, et Brashen et Althéa avaient manifestement du mal à suivre ses explications. Ambre paraissait à court de mots. Le capitaine plissait le front, et sa femme lui avait pris la main par-dessus la table. Enfin, à contrecœur, Ambre parla de nouveau.

« Mais j'avais une autre raison d'agir, qu'on pourrait regarder comme égoïste : il me fallait conclure un marché avec Parangon, et je savais que vous ne seriez pas d'accord. Je dois me rendre à Clerres le plus vite possible, et Parangon peut m'y conduire. Et, contre ma promesse de lui fournir encore de l'Argent, c'est ce qu'il fera. » Elle baissa le visage et leva sa lourde chope en terre. « Je n'avais pas d'autre solution, dit-elle, et elle but une longue gorgée de rhum.

— Nous allons à Terrilville, puis à Jamaillia, non à Clerres. Nous avons du fret à livrer, des contrats à honorer. » Althéa s'exprimait d'un ton raisonnable mais la peur apparaissait dans ses yeux à mesure qu'elle saisissait l'étendue du bouleversement qui s'abattait sur sa vie.

« Non : nous allons directement à Clerres », répondit Ambre d'une voix douce. Elle prit une inspiration hachée. « Je sais que votre existence ne sera plus jamais la même. S'il y avait eu une autre voie, je l'aurais empruntée ; enfin, peut-être. Quelle que soit la façon dont ça nous affecte, Parangon mérite cet Argent, comme toutes les vivenefs ! Certes, si je n'avais pas été aussi pressée… Mais c'est le seul moyen pour moi de me rendre le plus vite possible à Clerres.

— Je ne connais même pas ce port », fit Brashen. Il regarda Althéa en haussant les sourcils, et elle secoua la tête.

« Parangon le connaît, lui ; il y a déjà mouillé. Quand Igrot le commandait, ils allaient très loin pour s'emparer de leurs proies, bien au-delà des îles aux Épices et de plusieurs autres archipels, Isabom, Kinectu, Sterlin, et plus loin encore. Parangon connaît Clerres ; il nous y mènera.

— Mais nous avons des contrats… » fit Althéa d'une voix défaillante.

Brashen ne chercha pas à dissimuler sa colère. « Nous *avions* des contrats. Mais il ne sert à rien, je suppose, d'essayer de faire comprendre à une étrangère qu'un Marchand n'est riche que de sa parole. À partir d'aujourd'hui, la mienne et celle d'Althéa ne vaudront plus rien ; personne ne nous fera plus jamais confiance, personne ne traitera plus jamais avec nous. » Il reprit son souffle, la mine sombre. « Et, une fois que Parangon t'aura conduite à Clerres, que tu auras accompli ce que tu as de si urgent à faire et que tu lui auras donné cet “Argent”, que se passera-t-il ? demanda-t-il, implacable. Crois-tu vraiment qu'il puisse… cesser d'être un bateau ? Se transformer en dragon ? »

Ambre prit une inspiration laborieuse. « Il deviendrait deux dragons, libérés d'un lien contre nature entre eux et parvenus à leur véritable forme. Oui, avec assez d'Argent, j'espère qu'il y arrivera – qu'ils y arriveront. » Elle fit face aux visages incrédules de ses interlocuteurs. « Vous l'aimez. Vous l'aimez depuis des années, depuis l'époque où c'était une épave massive échouée sur la plage ; Althéa, tu jouais dans sa coque quand tu étais petite ; Brashen, elle t'a servi d'abri alors que personne d'autre ne t'offrait un toit. Vous le connaissez, vous savez les mauvais traitements qu'il a subis. Il a raison : vous ne pouvez pas souhaiter qu'il reste tel qu'il est.

— Oui, je l'aime, dit Althéa d'une voix faible. Quand mes parents ont tout risqué pour le racheter, ça lui a évité la démolition et ça nous a donné un moyen de sauver Vivacia et mon neveu ; et depuis, Brashen et moi le protégeons. Crois-tu que beaucoup d'autres capitaines auraient voulu d'un tel bateau ? » Elle respira lentement. « Mais tu nous as ruinés. T'en rends-tu compte ? Tu me juges sans doute égoïste de penser à notre avenir en cet instant, mais, sans notre vivenef, Brashen et moi n'avons rien, pas de maison, pas de propriété, pas d'entreprise ; rien. Nous dépendons de Parangon depuis toujours ; nous nous sommes occupés de lui quand personne ne voulait plus lui faire confiance, nous lui avons évité de finir dépecé et vendu comme curiosité. Tu as l'air de penser qu'il est malheureux, mais nous ne pouvions lui offrir une meilleure existence ; nous faisons partie de lui et il fait partie de nous : que deviendrons-nous s'il se transforme en dragon – en deux dragons ? Quel héritage aurons-nous à laisser à notre fils ? » Elle s'interrompit et s'efforça de maîtriser son émotion. « Et si l'Argent n'a pas l'effet escompté et que Parangon reste dans son état actuel ? Ce serait peut-être encore pire. As-tu oublié comme il était désespéré quand nous l'avons ranimé, aveugle, meurtri et débordant de haine ? Tu dois t'en souvenir ; tu es arrivée à ce moment-là. Crois-tu que les années qui se sont écoulées depuis ont toujours été faciles ? Mais nous l'avons reconstruit et nous lui avons redonné courage, paix et bonheur. Il nous a menés à travers les tempêtes en hurlant de rire devant notre terreur et sur des mers placides en tenant notre enfant dans ses bras et en le plongeant dans l'eau pour l'amuser. Tout ça est terminé ; jamais plus il ne sera heureux d'être un bateau. La réputation que nous lui avons rebâtie, toutes ses années passées ensemble… Tout est anéanti. Tout est perdu. »

Elle se laissa aller lentement sur la table, le visage enfoui dans ses bras croisés ; j'eus l'impression qu'elle se réduisait, et je distinguai alors les mèches grises qui striaient ses cheveux, et les veines et les tendons qui saillaient sur ses fortes mains. Brashen tendit les siennes par-dessus la table pour les poser sur celles de sa femme, et le silence tomba. Je me sentais honteux du désastre qui les frappait et dont nous étions responsables, mais j'étais incapable de déchiffrer l'expression fermée d'Ambre ; encore une fois, je me rendis compte que, malgré ma longue relation avec le Fou, je ne serais jamais capable de prévoir les actes d'Ambre.

D'un ton mesuré, Brashen dit en caressant la chevelure rêche de son épouse : « Althéa, nous tiendrons, ma chérie ; avec ou sans le pont de Parangon sous nos pieds, nous tiendrons, toi et moi. » Il avala sa salive. « Le gamin restera peut-être à bord de Vivacia ; c'est autant sa vivenef familiale que Parangon, et Sâ sait que le fils de Kennit ne montre guère d'intérêt pour la vie en mer… »

Il hésita, se tut, et une prise de conscience transforma lentement ses traits : si Parangon pouvait devenir un dragon, Vivacia aussi, et peut-être toutes les vivenefs. Ils n'étaient pas les seuls qu'Ambre avait anéantis : en donnant de l'Argent à Parangon, elle avait renversé les dynasties de Marchands de Terrilville qui possédaient une vivenef. Et Terrilville elle-même, ce grand nœud commercial, avait toujours dépendu de ces bateaux pour transporter les trésors du désert des Pluies ; à présent, ils allaient sombrer dans l'histoire en même temps que la fortune de leurs vieilles familles.

Althéa leva la tête et regarda fixement Ambre. « Pourquoi ? demanda-t-elle d'une voix brisée. Pourquoi ne pas nous avoir demandé d'abord, pourquoi ne pas nous avoir prévenus ? Pourquoi ne pas nous avoir laissé un peu de temps pour affronter un bouleversement aussi gigantesque ? Croyais-tu que nous refuserions à Parangon ce qu'il désirait si fort ? N'as-tu pas songé que tu pourrais lui soumettre ton idée avec plus de délicatesse et là où ça présenterait moins de risques ? »

Elle parlait de son bateau comme si c'était son enfant – un enfant traumatisé, mais adoré, un enfant dont la folie allait la dépouiller. C'était pénible d'être témoin d'une si terrible douleur, mais Ambre restait impassible.

« Je devais le faire, dit-elle enfin, et pas seulement pour Parangon. » Elle se tourna vers moi. « C'était lui le point de départ. Je regrette, Fitz ; crois-moi, je voulais t'avertir de ce que j'avais prévu. C'était pour ça que je voulais l'Argent ; je n'avais pas l'intention de n'en donner qu'à lui, mais, pendant que nous bavardions ce soir, il m'a demandé si j'étais contente d'être de nouveau à son bord, même s'il m'était désormais impossible de devenir matelot. Je lui ai répondu qu'à mon avis ce n'était pas mon destin, de toute manière, et c'est alors qu'il a déclaré que lui non plus n'aurait pas dû devenir un bateau, qu'il aurait dû se transformer en dragons… Tout à coup, j'ai opéré un rapprochement entre ce qu'il disait et un détail du journal des rêves d'Abeille, et j'ai compris ce que le songe en question signifiait : elle prédisait qu'elle survivrait. Je suis certain qu'Abeille est vivante, et sans doute encore aux mains de ses ravisseurs. Ils vont la conduire à Clerres ; nous ignorons quel chemin ils emprunteront, mais nous savons où il mène. Nous savons aussi que nous devons la libérer le plus vite possible ; pour cela, pas question de voyager par à-coups, de nous arrêter pour trouver un nouveau bateau et négocier notre embarquement, de naviguer d'un port à l'autre en espérant arriver à Clerres à temps. Non : il faut nous y rendre aussi rapidement que nous le pouvons ; or, notre meilleure chance de la sauver, c'est d'avoir une vivenef qui connaît la route. »

Trop souvent déçu, l'espoir devient un ennemi. J'avais entendu la déclaration d'Ambre, mais mon cœur ne bondit pas de joie ; au contraire, une colère noire me saisit. Comment osait-elle ? Comment osait-elle tenir de tels propos devant des étrangers, comment osait-elle me moquer par une fantaisie sans fondement ? Puis, comme une déferlante à laquelle on ne peut échapper, l'espoir s'abattit sur moi ; il me saisit et m'entraîna sur un tapis de bernacles jusque dans ses abysses. J'oubliai tout le reste et demandai, éperdu : « Abeille, vivante ? Comment ? Qu'est-ce qui te le fait croire ? »

Elle se tourna vers moi ; sa main s'avança sur la table et trouva la mienne ; elle la serra de ses doigts frais. Ses yeux clairs et vides étaient indéchiffrables. Elle répondit en choisissant ses mots : « C'est écrit dans son journal des rêves, Fitz ; bien sûr, pas en toutes lettres, mais elle a désigné certains songes comme devant probablement se réaliser, certains événements comme plus susceptibles de se produire que d'autres ; elle les décrivait sous forme d'images et non de mots. J'ai passé une vie entière à apprendre à décrypter les rêves, et les siens s'accordaient parfaitement entre eux, comme les tessons d'un vase brisé.

— Un journal des rêves ? intervint Althéa. Par le cul de Sâ, qu'est-ce que c'est, et pourquoi t'a-t-il poussée à nous détruire ? »

Ambre se retourna vers elle. « Ça va prendre du temps à expliquer…

— Ce temps, tu aurais dû le prendre il y a plusieurs jours ! Alors commence tout de suite. » Elle n'essayait pas de dissimuler sa colère.

« Très bien. » Ambre accepta le reproche avec gravité et ne chercha pas à se défendre. Elle serra ma main et dit avec regret : « Fitz, je sais que tu vas m'en vouloir, mais, je t'en prie, va chercher le journal des rêves d'Abeille pendant que j'explique à Brashen et à

Althéa ce que c'est et pourquoi chacun de ses songes est si important. »

J'avais connu la brûlure de la colère et le voile rouge de la fureur ; j'avais l'impression à présent qu'un bloc de glace s'était formé au creux de mon ventre et qu'un grand froid s'en propageait, un froid qui faillit arrêter mon cœur. Je la regardai sans rien dire, pétrifié par tant d'insensibilité. Elle me faisait face ; que voyait-elle ? Une ombre ? Une silhouette ?

« Fitz, s'il vous plaît... » Brashen avait les yeux baissés. « Si vous pouvez nous aider à comprendre ce qui se passe... »

Sa voix mourut. Sans un mot, je me levai en repoussant ma chaise avec mes jambes et quittai la cabine, mais je ne me rendis pas dans celle d'Ambre où se trouvait mon paquetage : seul dans l'obscurité, au milieu des chants d'insectes, je gagnai l'avant-pont.

Sombre, Parangon se tenait immobile à la proue ; ses épaules voûtées étaient humaines, mais son cou s'était allongé, et sa tête reptilienne reposait sur sa poitrine. Peu de spectacles m'avaient ainsi effrayé dans ma vie. Je toussotai, et il tourna la tête au bout de son cou sinueux pour me regarder. Il avait toujours les yeux bleus, seul trait que je reconnusse.

« Que veux-tu ? demanda-t-il sèchement.

— Je ne sais pas », répondis-je avec franchise. Je ne me sentais pas intrépide, mais je m'approchai de lui et m'accoudai au bastingage. Ambre avait fait naître l'espoir en moi, et, avec l'espoir, le doute : convaincu qu'Abeille était perdue, j'avais cherché la vengeance, et, plus encore, la mort ; si je parvenais à gagner Clerres et à mourir en tuant le plus de Serviteurs possible, cela m'irait parfaitement. J'avais eu tout le temps de peaufiner mon projet. Mais à présent je voulais croire qu'Abeille était vivante pour pouvoir la sauver ; dans le cas contraire, je voulais mourir moi aussi, afin de mettre un terme à mes échecs. N'avais-je plus envie de me venger ? Non, pas ce soir ; j'en avais trop assez de tout. Si je pouvais entrer dans Clerres, trouver Abeille, m'échapper avec elle et vivre en sa compagnie dans un coin reculé, je serais satisfait. « Penses-tu que ma fille soit vivante ? » demandai-je.

Ses yeux s'illuminèrent comme si deux lanternes s'allumaient derrière des globes tournoyants de verre bleu. « Je n'en sais rien. Mais ça ne change rien au marché qu'Ambre et moi avons conclu ; je vous emmènerai à Clerres aussi vite que je le pourrai. Je connais le chemin ; j'y suis allé quand j'étais l'esclave d'Igrot. Si ta fille est en vie, tu la secourras, et, même si elle est morte, tu détruiras ce nid d'horreur ; ensuite, nous reviendrons, nous remonterons le fleuve, et Ambre me donnera de l'Argent, assez pour que je devienne les dragons que je devais être. »

Je voulus lui demander ce qu'il ferait si notre entreprise s'achevait par notre mort ; j'étais convaincu qu'il se rendrait quand même à Kelsingra pour exiger l'Argent qui lui était dû ; alors pourquoi n'y allait-il pas tout de suite ?

Parce que ta vengeance est aussi une vengeance de dragon. Il se tut ; j'attendis qu'il poursuivît, mais il changea de sujet. *Sous forme de dragons, je ne pourrais pas te transporter ; je ne peux te conduire aussi loin que sous forme de bateau. C'est pourquoi nous irons tous ensemble prendre la revanche qui nous est due ; ensuite, nous serons libres de devenir ce que nous devions devenir.*

Je finis par m'apercevoir que ses lèvres de lézard ne bougeaient pas : je l'entendais et je comprenais le sens de ses paroles ; il répondait à mes pensées autant qu'à ce que je disais. Cela ressemblait à l'Art et au Vif, mais ce n'était ni l'un ni l'autre. J'ôtai lentement les mains de la lisse.

Je te connais maintenant, et tu ne peux plus m'éviter si j'ai envie de te parler. Mais je ne dirai que ceci pour le moment : ne contrarie pas la volonté d'Ambre ni la mienne. Nous irons à Clerres et nous éliminerons ceux qui l'ont torturée et ont volé son enfant ; ensuite, nous nous rendrons à Kelsingra pour que je puisse me transformer en dragons. Va chercher ce qu'elle t'a demandé et rassure Brashen et Althéa du mieux possible.

Il prononça cette dernière phrase comme s'il me priait de nourrir ses chats en son absence. Comment pouvait-il être aussi indifférent envers eux ?

Tu préférerais que je haïsse ceux que j'ai servis comme esclave ?

Je dressai brutalement mes murailles. Pouvait-il vraiment lire dans mes pensées quand cela lui chantait ? À quelle vengeance s'attendait-il de notre part ? Si nous retrouvions Abeille en vie et que nous veuillions nous enfuir aussitôt avec elle, s'y opposerait-il ? J'écartai ces interrogations ; il me suffisait pour l'instant de savoir qu'il nous conduirait à Clerres.

Je pénétrai dans la petite cabine d'Ambre. Il y faisait sombre mais je me refusai à retourner prendre une lanterne. Mon paquetage était dans un coin, sous la couchette ; je le trouvai à tâtons et le tirai à moi en contournant les tas de vêtements d'Ambre et de Braise qui, par je ne sais quel prodige, occupaient tous les espaces libres. Je plongeai la main dans mon sac pour attraper le journal des rêves d'Abeille, et j'effleurai au passage le tissu qui emballait l'Argent que m'avait donné Kanaï ; Ambre avait fouillé mes affaires et l'avait découvert, mais je m'habituais à ses petites trahisons. Néanmoins, j'écartai rageusement l'étoffe pour prendre le livre, et je sentis alors le poids des tubes de verre ; à gestes lents, je sortis le paquet, l'ouvris et levai les récipients devant moi. La clarté des premières étoiles commençait à tomber par le minuscule hublot, et la substance y fit écho par une lueur spectrale ; l'Argent poursuivait sa lente danse. Les deux tubes étaient pleins à ras bord, bouchés et cachetés comme lorsque le général me les avait remis. De la magie liquide ; l'Art à l'état pur, indépendant du sang humain ou de dragon. Je renversai les récipients pour regarder le lent tournoiement derrière le verre. Quelle quantité Ambre en avait-elle donné à Parangon ? Ce que j'en détenais suffisait-il à sa transformation complète ? S'il se montrait récalcitrant ou menaçant, pourrais-je m'en servir comme levier pour le faire obéir ? C'était un produit précieux ; précieux et dangereux.

Je refermai le paquet et le remis tout au fond de mon bagage. J'avais mal jugé Ambre : elle s'était débrouillée pour obtenir de l'Argent sans que je fusse au courant – tout comme je lui avais dissimulé ce dont je disposais. L'idée que je pusse être aussi malhonnête qu'elle ne fit qu'augmenter ma colère. Ah ! Si elle pouvait disparaître et que…

Et que le Fou revînt ? L'insolite de cette question déclencha un tourbillon de pensées. J'étais bien forcé de reconnaître que mes relations avec Ambre étaient extrêmement différentes de celles que j'entretenais avec le Fou. J'eus envie de secouer la tête comme un chien qui s'ébroue, mais je savais que cela ne servirait à rien. Je glissai le livre d'Abeille sous mon bras et repoussai mon paquetage à sa place.

« Vous y avez mis le temps », fit Brashen quand je rentrai dans sa cabine. Clef s'était joint à nous ; il n'était pas assis à la table, mais avachi sur un tabouret dans un coin, une chope d'alcool à la main ; le regard qu'il m'adressa n'avait rien d'amical. Je ne me sentais pas moi non plus d'humeur à lui taper sur le ventre ; il m'avait sûrement vu avec Parangon et avait couru prévenir le commandant.

« Je me suis arrêté en route pour parler à Parangon », dis-je.

Brashen crispa les mâchoires et Althéa se redressa comme pour bondir sur moi. Je les arrêtai de la main. « Il m'a confirmé son marché avec Ambre, et laissé entendre que lui et d'autres dragons pourraient avoir des motifs de souhaiter notre succès. » Je me tournai vers mon amie. « J'aimerais connaître ces motifs, et aussi savoir comment tu t'es procuré de l'Argent alors que Reyn et Malta avaient expressément refusé ta demande. »

Althéa étouffa un hoquet de surprise, et Brashen se pétrifia.

« Je ne l'ai pas volé », dit-elle très bas. Je me tus, et elle prit une inspiration. « Il m'a été donné de façon tout à fait confidentielle par quelqu'un qui savait qu'il s'ensuivrait de gros problèmes si l'affaire s'ébruitait. Je préfère tenir son identité secrète. » Elle prit un air pincé.

« Comme si ça nous intéressait ! fit Althéa. Montre-nous ta soi-disant preuve que ta fille est vivante, que tu n'as pas anéanti notre existence pour rien. » À l'évidence, toute sympathie qu'elle avait pu éprouver pour nous s'était dissipée ; je ne pouvais le lui reprocher, et pourtant la fureur me gagna de l'entendre parler ainsi d'Abeille.

Je posai soigneusement le livre sur la table et m'assis, les bras de part et d'autre du journal : personne d'autre que moi ne le toucherait. D'un ton que je voulais égal, je m'adressai à Ambre. « Quel passage souhaites-tu exactement que je te lise ? »

Elle devait savoir que j'étais à deux doigts d'une rage incontrôlable ; j'étais à sa merci et à celle de ces gens que je ne connaissais pas et de leur bateau imprévisible, et ils exigeaient de moi la « preuve » que ma fille était assez exceptionnelle pour mériter d'être sauvée des griffes de monstres qui se délectaient de la souffrance des autres. S'il y avait eu un « rivage » le long du fleuve, j'eusse demandé à y être débarqué sur-le-champ et j'eusse continué ma route à pied.

« Lis-nous le rêve où un homme à deux têtes te donne une fiole d'encre à boire, je te prie, et où tu t'ébroues pour te débarrasser de pièces de bois et te transformer en deux dragons. Je pense que ce sera le plus clair pour tout le monde. »

Je restai un moment sans réagir. Bien souvent, j'avais accusé le Fou d'interpréter rétrospectivement ses songes prophétiques en les adaptant à ce qui s'était réellement passé ; mais, en l'occurrence, celui-ci me paraissait d'une limpidité parfaite. Je feuilletai le journal et finis par le trouver ; un instant, je regardai le dessin dont elle l'avait illustré : une main gantée tenait en l'air un petit flacon de verre ; j'étais représenté à l'arrière-plan tendant avidement la main vers lui. Il y avait des éclats bleus dans mes yeux, et elle avait donné à « l'encre » de la fiole une teinte jaune-gris censée figurer la couleur argent. Je lus son texte à voix haute, lentement, puis je retournai le livre et montrai l'illustration à Brashen et à Althéa ; celle-ci l'observa, le front plissé, pendant que son époux se laissait aller contre son dossier, les bras croisés sur la poitrine.

« Qu'est-ce qui nous dit que ce n'est pas vous qui avez écrit ça hier soir ? » demanda-t-il sèchement.

C'était une question stupide, et il le savait ; néanmoins, j'y répondis. « L'un de nous est aveugle et par conséquent incapable d'écrire et de dessiner ; quant à moi, je ne dispose pas des pinceaux ni des encres de la qualité nécessaire pour réaliser ce dessin, ni du talent pour l'illustration. » Je feuilletai délicatement du pouce les pages du livre. « Et il y a quantité d'autres rêves et représentations à la suite de ceux-ci. »

Il le savait ; il refusait seulement d'admettre qu'Abeille eût prédit qu'Ambre allait donner à une vivenef à ma ressemblance une fiole d'Argent afin qu'elle se transformât, non en un dragon, mais en deux.

« Mais… » fit-il.

Althéa le coupa sans brutalité. « Laisse, Brashen ; tu sais comme moi qu'il y a toujours eu un étrange parfum de magie autour d'Ambre, et ça en fait partie, hélas.

— En effet », dit l'intéressée, le visage grave, le ton solennel.

Je n'avais pas envie de poser la question devant des étrangers, mais le besoin de savoir me rongeait comme une plaie infectée. « Qu'est-ce qui te fait croire qu'Abeille est en vie ? »

Elle poussa un grand soupir. « L'explication sera moins claire, j'en ai peur.

— Je t'écoute.

— D'abord, il y a le rêve où elle se voit comme une noix, et ensuite celui où elle se décrit comme un gland ; tu te le rappelles ? Elle est toute petite, toute serrée sur elle-même, et elle est ballottée par le courant d'une rivière. À mon avis, elle voyait à l'avance son trajet par un pilier d'Art.

— Son trajet par un quoi ? intervint Brashen.

— C'est à Fitz que je parle pour l'instant ; si tu y tiens, je t'expliquerai plus tard. »

Il se tut, mais sans grâce ; il se laissa aller contre le dossier de chaise, les bras croisés sur la poitrine et le visage fermé.

« C'est une interprétation parmi d'autres, déclarai-je aussi peu gracieusement que Trell.

— Il y a aussi le rêve des chandelles. Je sais que tu en as quelques-unes que Molly a fabriquées ; leur odeur est facile à reconnaître pour un aveugle. Je sais même à quel moment tu les as sorties de tes bagages et manipulées. Combien en as-tu ?

— Seulement trois. J'en avais quatre à l'origine, mais j'en ai perdu une dans l'attaque de l'ours. Après que vous avez fui par le pilier, Braise et toi, nous avons récupéré tout ce que nous pouvions de nos affaires, mais elles étaient en grande partie éparpillées, perdues ou inutilisables, et je n'ai retrouvé que trois…

— Te rappelles-tu son rêve avec les chandelles ? Cherche-le dans son journal, s'il te plaît. »

J'obéis et lus le texte à voix haute. Un sourire étira peu à peu ses lèvres. *Le loup et le bouffon*. C'était si limpide que, même moi, je compris qu'il s'agissait du Fou et de moi.

« Trois chandelles, Fitz. "Ils ignorent que leur enfant est toujours vivant." Son rêve lui montrait un lieu où ses chances se divisaient : quand tu en as perdu une, ça a créé comme un changement pour elle, un changement qui entraînait sa survie au lieu de sa mort. »

Je restai figé. Comment croire à une hypothèse aussi insensée ? Une vague de… non d'espoir, non de conviction, mais d'une émotion impossible à nommer, surgit en moi, et j'eus l'impression que mon cœur se remettait à battre, comme si mes poumons longtemps restés vides s'emplissaient soudain d'air. Je voulais tant me persuader qu'Abeille était peut-être encore en vie !

Le besoin de croire abattit tous mes remparts de prudence ou de rationalité. « Trois chandelles », fis-je d'une voix faible. J'avais envie de pleurer, de rire et de hurler.

Trois chandelles indiquaient que ma fille était toujours vivante.

15
La Marchande Akriel

La marionnette danse ; elle fait des sauts périlleux et des pas allègres. Son sourire rouge lui donne l'air joyeux, mais elle crie car elle marche sur des charbons ardents ; ses pieds de bois commencent à fumer. Un homme entre avec une hache luisante ; il la lève, et, alors que je crois qu'il va trancher les pieds en feu de la marionnette, il coupe tous les fils. Mais l'homme à la hache s'abat aussi vite que la marionnette s'échappe d'un bond, libre.

Journal des rêves d'Abeille Loinvoyant

« Pourquoi est-ce que j'aiderais un mioche comme toi ? » La femme but une gorgée de tisane et me regarda fixement. « J'ai passé ma vie à éviter les ennuis que tu as l'air du genre à attirer. »

Elle ne souriait pas. Impossible de lui répondre que je l'avais choisie parce que c'était une femme et que j'espérais qu'elle eût bon cœur : à mon idée, cela risquait de l'agacer plus que de l'attendrir. J'avais l'estomac si vide que j'avais envie de vomir ; je m'efforçais de réprimer mes tremblements, mais j'étais à bout de ressources : tout ce qui me restait, c'était ma volonté. Je n'avais plus aucun courage physique. Je tâchai de m'exprimer d'une voix posée. « Il y a quelque temps, je vous ai vue vendre le vieillard qui savait lire et écrire ;

il a rédigé lui-même son propre acte de vente. Vous en avez obtenu un bon prix alors qu'il était âgé et qu'il n'avait plus beaucoup d'années à vivre. »

Elle acquiesçait de la tête mais gardait les sourcils légèrement froncés.

Je me redressai du mieux que je pus. « Je suis peut-être petite et jeune, mais je suis aussi solide et en bonne santé, et je sais lire et écrire. Je suis également capable de reproduire des illustrations ou de dessiner ce que vous souhaitez. Et je sais calculer, en plus. » Mes talents dans ce dernier domaine n'étaient pas aussi affirmés que je l'eusse aimé, mais c'était suffisamment proche de la vérité. Si je devais me vendre à un marchand d'esclaves, mieux valait me présenter comme une bonne affaire.

Elle se pencha vers moi, appuyée du coude sur la table de la cambuse. J'avais eu les plus grandes peines à la trouver seule ; je l'avais suivie pendant toute une journée en me déplaçant de cachette en cachette, et j'avais observé qu'elle s'attardait à table après que les autres négociants avaient fini d'engouffrer leur repas. Elle devait préférer manger tardivement mais à part que supporter leurs mangeailles bruyantes et leurs bousculades. Je m'étais risquée dans la coquerie après le départ de la foule du petit déjeuner ; la femme restait assise, son assiette à moitié pleine devant elle. Je m'efforçais de ne pas la regarder, mais j'avais noté la croûte de pain craquante, maculée de traces de beurre, et la traînée de graisse sur l'assiette que je mourais d'envie d'essuyer avec le pain ou même avec le doigt. Il restait des traces de gruau dans son bol. J'avalai ma salive.

« Et à qui t'achèterais-je ?

— À personne. Je m'offre à vous. »

Elle demeura un moment silencieuse. « Tu te vends toi-même à moi ? Vraiment ? Où sont tes parents ? Ou ton maître ? »

J'avais préparé mon mensonge le plus soigneusement possible ; j'avais eu trois jours pour le peaufiner, trois jours de faim, de froid et de soif où j'avais discrètement parcouru le bateau en tâchant de ne pas me faire remarquer tout en cherchant à boire et à manger, et un endroit où me soulager. Le navire était vaste, mais tous les recoins où je pouvais me dissimuler étaient humides et glacials ; pelotonnée, tremblant pendant le plus clair de la journée, j'avais eu tout le temps de mettre au point ma stratégie. Elle était rudimentaire : me vendre comme esclave à quelqu'un qui apprécierait mes maigres capacités, quitter le bateau et m'éloigner de Dwalia, et enfin trouver le moyen d'envoyer un message à mon père ou à ma sœur. C'était un bon plan ; mais, à partir de là, pourquoi ne pas me lancer dans la construction d'un château, voire dans la conquête de Chalcède ? C'était tout aussi réalisable. Je débitai le boniment que j'avais longuement répété.

« Ma mère m'a emmenée en Chalcède dans la maison de son nouveau mari ; lui et ses enfants qui sont plus grands que moi me traitent horriblement. Aujourd'hui, au marché, un des garçons s'est mis à me taquiner puis à me poursuivre ; je me suis cachée dans ce bateau, et c'est comme ça que je me retrouve en train de naviguer loin de chez moi et de ma mère. J'ai essayé de me débrouiller seule, mais sans grand succès. »

Elle but une gorgée de tisane en prenant son temps. Je percevais nettement l'arôme du breuvage ; elle y avait ajouté du miel, sans doute d'osier fleuri, et il était brûlant, fumant et délicieux. Pourquoi n'avais-je jamais savouré ma tasse de tisane matinale bien chaude comme elle le méritait ? À cette pensée, un flot de souvenirs remonta à mon esprit. Muscade, la cuisinière, au travail, l'agitation autour de moi alors que j'étais assise à la table ou sur elle en compagnie de plats de ménage, le bacon... Ah, le bacon ! Et les tartines grillées avec le beurre qui fondait dessus. Des larmes me piquèrent les yeux ; non, il ne fallait pas. J'avalai à nouveau ma salive et me redressai.

« Mange », fit-elle brusquement en poussant son assiette vers moi.

Je ne répondis pas, le souffle coupé. Était-ce un piège ? Mais, en Chalcède, j'avais appris à me remplir le ventre quand l'occasion s'en présentait, même allongée dans le caniveau. Je tâchai de me rappeler mes bonnes manières ; il fallait qu'elle me vît comme un bien intéressant à acheter, non comme une gamine mal élevée. Je m'assis à table et pris délicatement la croûte de pain ; j'en prélevai un morceau du bout des dents et le mâchai consciencieusement. La femme m'observait. « Tu sais te maîtriser, dit-elle, et ton histoire n'est pas mauvaise, même si je n'en crois pas un mot. Je ne t'ai pas vue sur le bateau avant aujourd'hui, et, à l'odeur, on dirait bien que tu as passé du temps cachée, en effet. Alors, si j'accepte ta proposition, quelqu'un va-t-il faire un esclandre et me traiter de voleuse ? Ou de ravisseuse d'enfants ?

— Non, ma dame. » C'était la partie la plus difficile du mensonge. Qu'allait faire Dwalia ? Je l'avais durement mordue, et j'espérais qu'elle resterait dans sa cabine pour soigner sa blessure ; quant à Kerf, il n'exigerait mon retour que si Vindeliar l'y contraignait. Cela ne me paraissait guère probable, mais, pour plus de sécurité, mieux valait rester hors de vue. Je terminai le pain en deux bouchées, en prenant mon temps. Je mourais d'envie de lécher l'assiette et d'essuyer le bol de gruau avec mon doigt, mais je croisai délicatement les mains sur mes genoux et ne dis rien.

Elle inclina le grand bol vers elle, et, avec une longue cuiller de service en bois, racla les restes séchés de gruau sur les bords et au fond pour les faire tomber dans son assiette ; ils étaient bordés de brun là où ils avaient pris le feu. Elle poussa l'assiette vers moi et me tendit la cuiller.

« Oh, merci, ma dame ! » J'avais peine à respirer, mais je me forçai à manger à petites bouchées et à garder le dos droit.

« Je ne suis pas ta dame, et je ne suis pas Chalcédienne de naissance ; je fais seulement mes meilleures affaires là-bas. J'ai grandi près de Terrilville, mais, comme je n'étais pas d'origine Marchande, j'ai eu du mal à m'installer ; et, quand le commerce des esclaves a été interdit, mon négoce est devenu plus difficile encore. Je ne suis pas une marchande d'esclaves comme tu le crois : je trouve des articles rares et précieux, je les achète et je les revends à profit. Je ne cherche pas toujours à faire un bénéfice rapide : parfois, ma stratégie consiste à patienter pour qu'il s'accroisse. Parfois, l'article de valeur est un esclave avec des talents sous-évalués, comme le scribe que tu m'as vu placer ; regardé comme vieux et infirme sur un marché, il est considéré comme expérimenté et doué d'une vaste érudition ailleurs. Lève-toi. »

J'obéis promptement, et elle me parcourut des yeux comme si j'étais une vache à vendre. « Tu es sale et tu es un peu abîmée, mais tu te tiens droite, tu as quelques manières et tu es franche. Sur le marché chalcédien, on te ferait passer ça à coups de bâton ; moi, je vais te conduire là où on apprécie ce tempérament chez un domestique. Comme tu n'as sans doute pas payé ton voyage, tu le termineras dans ma cabine ; si tu y mets le moindre désordre, je te livre au capitaine. Je veillerai à ce que tu aies à manger. À Cottersbay, je te vendrai comme bonne d'enfant à des gens que je connais ; ça signifie que tu t'occuperas de leur petit garçon : tu le baigneras, tu l'habilleras, tu l'aideras lors des repas, tu te montreras déférente à son égard en public, et, en privé, tu lui enseigneras les manières que tu m'as montrées. C'est une famille aisée, et tu seras sûrement bien traitée.

— Oui, ma dame ; merci, ma dame. J'espère que je vous rapporterai un bon prix.

— Certainement, si je te nettoie un peu. Et tu vas me faire la démonstration de tes prétentions en matière d'écriture et de dessin.

— Oui, ma dame, avec plaisir. » La perspective de devenir l'esclave personnelle d'un petit garçon me parut soudain aussi attrayante qu'être la princesse perdue de Castelcerf. On me traiterait peut-être bien, on me donnerait à manger, on me ferait dormir sous un toit, je serais aux petits soins avec l'enfant ; je serais en sécurité, même si je n'étais plus libre.

« Je ne suis pas ta dame. Ce que je suis, ce n'est pas grâce à ma naissance : je l'ai gagné. Je suis la Marchande Akriel ; et toi ?

— A… beille… Ah ! » Devais-je lui révéler ma véritable identité ?

« Beya ? Très bien. Termine le gruau pendant que je bois ma tisane. »

J'obéis sans précipitation et avec toute l'élégance possible. J'eusse pu en avaler trois bols supplémentaires, mais préférai n'en laisser rien voir et reposai soigneusement ma cuiller. Je parcourus du regard la table encombrée et collante en m'efforçant d'imaginer ce qu'eussent fait les serviteurs de Flétribois. « Voulez-vous que je débarrasse la table et que je la nettoie, Marchande Akriel ? »

Elle secoua la tête avec un sourire perplexe. « Non, les assistants du coq s'en occuperont. Suis-moi. »

Elle se leva, et je l'imitai. Elle portait un pantalon de laine bleue bien ajusté et une courte veste légèrement plus claire ; elle était impeccable, depuis ses bottes noires et luisantes jusqu'à ses cheveux châtains tressés en macarons ; sa réussite s'affichait dans ses boucles d'oreilles, dans ses bagues et dans le peigne incrusté de pierres précieuses qui ornait sa coiffure. Elle marchait avec une suprême assurance, et, alors que nous descendions dans la cale puis nous enfoncions dans la fumée et contournions les hamacs oscillants des quartiers de l'équipage, elle m'évoqua un chat de grange hautain traversant une meute de chiens ; elle ne refusait pas de croiser le regard des marchands de moindre envergure encaqués là et paraissait ne pas entendre les murmures que suscitait son passage. Sa cabine se trouvait plus loin, vers l'avant, et nous gravîmes quelques marches pour y accéder. Elle décrocha une clé d'un gros anneau et ouvrit la porte. « Entre », me dit-elle, et je me fis un plaisir d'obéir.

Je restai bouche bée. La pièce qui bénéficiait d'un hublot minuscule était aussi grande que celle que je partageais avec mes ravisseurs ; sur la couchette inférieure, le coffre de son occupante était ouvert et laissait voir des vêtements rangés avec autant de précision que les outils d'un artisan. Pour avoir vu la garde-robe d'Évite, je trouvais le spectacle étonnant. Mais il était tout aussi évident que la Marchande avait tout prévu pour son voyage : une courtepointe bleue et blanche aux coins ornés de glands couvrait la couchette supérieure, et un tapis assorti adoucissait le plancher ; la petite lampe à huile accrochée à la poutre avait un abat-jour rosé ; plusieurs sachets de cèdre et de pin étaient pendus dans la cabine sans toutefois parvenir à dissimuler tout à fait l'odeur de goudron du bateau. Sous le hublot se trouvait un petit guéridon au plateau bordé d'un garde-fou qui retenait une carafe et une bassine en fer-blanc ; un tissu humide plié avec soin était posé à côté.

« Ne touche à rien », dit-elle en refermant la porte. Elle demeura immobile un instant, le temps de m'examiner, puis elle désigna la cuvette. « Déshabille-toi et fais ta toilette. Sais-tu coudre ?

— Un peu. » Cela n'avait jamais été ma tâche préférée, mais ma mère avait insisté pour que j'apprisse au moins à faire les ourlets et à connaître les points de broderie de base.

« Une fois propre, dépose tes vêtements sales par terre près de la porte. » Elle s'approcha de son coffre et ses doigts parcoururent les piles d'habits. Elle en tira une chemise bleue toute simple, et elle prit dans un compartiment des ciseaux, du fil et une aiguille. « Mets les manches à ta taille et retranche une bande de tissu en bas, puis refais l'ourlet ; elle devrait encore être assez longue pour te couvrir décemment. Avec la bande de tissu restante, fais-toi une ceinture, puis assieds-toi dans ce coin en attendant mon retour. »

Là-dessus, elle me tourna le dos et sortit. Je l'entendis fermer à clé derrière elle. J'attendis un peu puis allai essayer la poignée : oui, j'étais bien enfermée. Le brusque soulagement qui s'empara de moi me laissa stupéfaite : j'étais réduite en esclavage, prisonnière de ma maîtresse, et cela me rendait heureuse ? Oui, pour la première fois depuis mon enlèvement. Pourtant, tout en me dévêtant et en mettant soigneusement de côté ma chandelle brisée, je m'aperçus que je pleurais, et, quand j'eus transformé l'eau de la bassine en une soupe grisâtre, je sanglotais. Je fis mes adieux à mon pourpoint sale, déchiré et malodorant en le serrant sur mon cœur ; c'était mon dernier lien avec Flétribois. Non, pas tout à fait : il me restait la chandelle de ma mère.

Je n'eus soudain plus qu'une envie : me rouler en boule et dormir, même nue ; mais je fis l'effort d'obéir aux instructions de la femme. La chemise était en laine de qualité, tissée serré puis plongée dans l'eau pour la réduire ; elle était bleu foncé, et je me demandai si c'était la teinte préférée de ma maîtresse. Je doublai l'ourlet pour être sûre qu'il ne se déferait pas, puis opérai de la même façon sur la ceinture en retournant les bords coupés pour obtenir un résultat net. Je retaillai les manches, les cousis, et je me retrouvai avec un habit chaud, moelleux et propre pour la première fois depuis plusieurs mois. Avec une des manchettes, je me fis une poche que je fixai à l'intérieur de la chemise, au niveau de la poitrine, puis, à regret, je rabattis en deux ma chandelle brisée et l'y cachai. Je repliai le gant de toilette, puis, comme ma propriétaire me l'avait demandé, je m'assis dans un coin et m'endormis promptement.

Je me réveillai à son retour. Le hublot était obscur. Je me levai dès qu'elle entra ; elle m'examina de la tête aux pieds puis parcourut la cabine du regard. « Ce n'est pas mal. Tu aurais dû ranger les affaires de couture ; il faut avoir la présence d'esprit d'y penser sans qu'on te le dise.

— Oui, Marchande Akriel. » Supposant qu'elle attendait de moi que je m'en tinsse à la lettre de ses directives, j'avais hésité à mettre les mains dans son coffre ; à présent, je savais à quoi m'en tenir. « Voulez-vous aussi que je jette l'eau de la cuvette ?

— Mets la bassine dehors, près de la porte, avec la carafe vide ; cette corvée n'est pas la tienne. Je t'indiquerai celles qui sont de ton ressort. » Elle s'assit au bord de la couchette du bas et tendit le pied vers moi. « D'abord, ôte mes bottes et masse-moi les pieds. »

J'étais trop bien née pour m'abaisser à une tâche semblable ! Mais... ne voulais-je pas échapper à Dwalia ? Si. Je songeai à mon père ; si le destin ne s'en était pas mêlé, il eût été l'héritier du trône des Six-Duchés ; mais, au lieu de cela, il avait été employé d'écuries puis assassin. Moi-même, j'eusse pu devenir princesse, mais j'étais désormais esclave. C'était ainsi.

Je m'accroupis, retirai ses bottes, les posai de côté et lui massai les pieds. Je n'avais jamais exécuté pareille opération, mais ses petits gémissements me guidèrent. Au bout d'un moment, elle dit : « Ça suffit. Sors l'eau sale et range mes bottes. Il y a des chaussons dans mon coffre ; cherche-les. »

Cela devint notre routine quotidienne. Je veillais à ce qu'elle n'eût jamais besoin de me répéter les choses deux fois, et elle était une maîtresse très raisonnable : elle aimait le silence, aussi évitais-je de parler pour ne rien dire, mais je n'avais pas peur de lui poser des questions simples sur mes devoirs.

Je ne quittais pas la cabine. Quand nous arrivâmes au port, elle m'y laissa enfermée à clé tout en veillant à ce que j'eusse à manger et à boire ; j'avais le droit de me servir de son pot de chambre. Le hublot donnait sur la mer si bien que je ne voyais pas la ville et que personne ne me voyait vider le pot de chambre par l'ouverture. Nous restâmes au port dix jours, car la tempête avait causé plus d'avaries que je ne m'en étais rendu compte. Chaque fois que, ne tenant plus en place, j'aspirais à sortir de mon réduit, j'imaginais la perplexité et la fureur de Dwalia devant ma disparition, et je lui souhaitais diverses fortunes : je rêvais que ma morsure s'infectait et la tuait, ou bien qu'elle débarquait du bateau et ne revenait jamais, ou encore qu'elle me croyait tombée par-dessus bord et me tenait pour noyée. Je n'avais aucun moyen de savoir si mes vœux se réalisaient, aussi me terrais-je dans la cabine en tirant des plans sur l'avenir.

Je décidai de traiter mon petit maître avec bienveillance même si c'était un enfant gâté, et je ne donnerais à mes propriétaires aucun motif de me maltraiter ni de se défier de moi. Peut-être un jour leur révélerais-je ma véritable histoire et leur apprendrais-je que mon père et ma sœur étaient prêts à me racheter à eux, fût-ce au prix d'une rançon. Ainsi, je retournerais un jour auprès des miens ; à Flétribois ? Avais-je vraiment envie de me retrouver face à tous ceux qui avaient souffert à cause de moi et qui pleuraient tant de morts ?

Quand ces sombres pensées me harcelaient, je prenais souvent la chandelle de ma mère pour en humer le parfum en me répétant que mon père s'était trouvé sur la place du marché en pleine forêt ; je ne comprenais pas comment il avait pu arriver là avant nous et j'ignorais où il était parti, mais je me raccrochais à l'idée que la bougie brisée indiquait qu'il était à ma recherche, que je lui manquais, et qu'il ferait tout pour me ramener à la maison.

Les jours s'écoulaient lentement. Parfois la Marchande Akriel me parlait d'elle-même ; plusieurs aunes de tissu de ses coffres commerciaux avaient été abîmées pendant la tempête, lorsque l'eau était montée dans les fonds de cale et avait partiellement noyé le pont inférieur, et elle estimait que le propriétaire du bateau devait partager ses pertes. Il était en désaccord avec elle, position qu'elle jugeait inconsidérée car c'était la sixième fois qu'elle naviguait à son bord, et cela risquait d'être la dernière s'il ne la remboursait pas.

Elle avait été mariée, mais son mari s'était révélé infidèle, aussi avait-elle récupéré sa part de leur fortune gagnée grâce au négoce et l'avait-elle quitté. Le jour où elle avait découvert sa perfidie, elle avait acheté des marchandises et un billet d'embarquement sans aucun regret. C'était elle le cerveau dans leur entreprise, et elle avait réussi, alors que lui non, d'après ce qu'elle avait entendu dire ; elle se moquait de ce qu'il était devenu. Femme et négociante, elle avait eu du mal à se faire accepter sur les marchés de Chalcède ; un jour, elle avait dû donner un coup de poignard à un homme pour lui apprendre les bonnes manières. Elle ne l'avait pas tué, mais il avait beaucoup saigné, et, quand il avait fini par s'excuser, elle avait envoyé un coursier chercher un guérisseur. Elle ignorait ce qu'il était devenu ; encore un dont le sort ne l'intéressait pas.

Quand elle revint à bord avant le départ pour le port suivant, elle me rapporta deux pantalons amples, des chaussures plates et une chemise en une étoffe douce, bleue et à ma taille. Le soir, elle me remit un morceau de savon, m'ordonna de me laver les cheveux, puis me confia son peigne personnel pour défaire les nœuds. Je fus surprise par la longueur de ma chevelure. « C'est ton héritage chalcédien qui te vaut ces boucles blondes », me dit ma maîtresse à titre de compliment ; je me forçai à acquiescer en souriant.

« En as-tu assez de rester enfermée à ne rien faire ? » me demanda-t-elle.

Je choisis soigneusement mes mots. « Ma lassitude n'est rien à côté de ma gratitude pour le couvert et l'abri que vous m'offrez », répondis-je.

Elle eut un sourire imperceptible. « Bien ; nous allons vérifier si ce que tu m'as dit de tes talents est exact. À terre, je me suis procuré un livre que tu me liras à voix haute, ainsi que du papier, une plume et des encres. Tu vas me montrer si tu sais manipuler les chiffres et exécuter des illustrations. »

Mes calculs lui donnèrent satisfaction et mes dessins dépassèrent ses attentes ; elle me fit d'abord représenter sa chaussure puis reproduire une fleur brodée sur une de ses écharpes. Elle acquiesça devant mon travail puis déclara d'un ton pensif : « J'obtiendrai peut-être un meilleur prix en te proposant comme scribe que comme gouvernante. »

J'inclinai la tête.

Nous poursuivîmes notre périple, et mon univers demeura très réduit. Nous fîmes halte dans deux autres ports ; j'étais certaine que Dwalia et les autres avaient dû renoncer à me retrouver et quitter le bateau. J'espérais avec ferveur qu'après notre second arrêt la Marchande Akriel commencerait à me laisser plus de liberté à bord, mais elle n'en fit rien, et je ne le lui demandai pas ; elle me montra le livre où elle tenait les comptes de ses affaires : un rouleau de tissu acheté tant et vendu tant. Il y avait un registre à part sur ses dépenses de voyage ; elle me soumit la feuille de décompte et me fit calculer ce que lui avaient coûté mes vêtements, le papier, le livre, les encres et même la plume qui m'avait servi à lui prouver mon utilité. Elle m'expliqua que c'était son investissement, et elle devait me vendre au moins le double pour faire une affaire intéressante. Je regardai le montant : telle était donc ma valeur dans cette nouvelle période de ma vie. Je pris une grande inspiration et résolus de valoir davantage.

Un jour vint où elle m'ordonna de ranger ses effets personnels dans son coffre parce qu'il était prévu que nous parvinssions avant la nuit au port où nous devions débarquer. Il s'appelait Mannequinière car il était riverain d'un fleuve, le Mannequin, en Argile. Je ne posai pas de questions ; je savais que nous nous trouvions hors des limites de toute carte de ma connaissance. L'air ravi, elle fredonnait pendant que je déposais soigneusement ses affaires à leur place, puis elle me donna une besace pour mes vêtements. Pendant qu'elle arrangeait délicatement sa coiffure et choisissait ses boucles d'oreilles, elle m'apprit qu'elle avait économisé une jolie somme parce que notre bateau avait évité les navires d'Octroi des îles Pirates ; j'en déduisis que nous avions dépassé ces parages, mais rien de plus précis.

Arrivés au port, nous ferlâmes les voiles, et des barques s'approchèrent pour saisir les bouts qu'on leur lança, puis des esclaves appuyèrent sur les rames et nous tractèrent. L'opération fut interminable, mais la Marchande Akriel m'avait laissée dans la cabine, si bien que je n'avais rien d'autre à faire que me tenir sur la pointe des pieds pour observer le monde par le hublot. Une fois que nous fûmes amarrés à quai, ma maîtresse revint et me dit de la suivre ; c'est avec la tête étrangement légère que je sortis à l'air libre.

Mes jambes furent étonnées de marcher puis de descendre l'échelle jusqu'au quai. L'air était frais, la brise soufflait, un grand soleil d'été tapait sur ma tête nue et scintillait sur les vagues. Ah, les odeurs de l'eau, du bateau et de la ville proche ! Il y avait de la fumée de cheminée, de la sueur de chevaux au soleil et de l'urine éventée, comme si des gens vivaient sur cette parcelle de terre depuis beaucoup trop longtemps. « Suis-moi, dit la Marchande Akriel d'un ton brusque. Je descends toujours dans la même auberge ; on va y transporter mon coffre, et mes marchandises à mon entrepôt. J'ai des personnes à voir et des articles à faire livrer ; tu vas donc m'accompagner en attendant que je décide où te placer au mieux. »

Je me réjouis qu'elle parlât de me « placer » plutôt que de me vendre ; la différence était mince, mais je voulais croire qu'elle souhaitait s'assurer de mon bien-être en même temps que d'un solide profit. Comme elle n'avait rien payé pour moi ni investi guère plus que quelques vêtements et un peu de papier, j'espérais qu'elle tirerait un beau bénéfice de sa bienveillance.

Elle avançait d'un pas assuré dans les rues pavées et encombrées. « Ne traîne pas ! » me lança-t-elle avant de tourner sans crier gare dans une voie animée et de se faufiler entre les carrioles tirées par des chevaux et les cavaliers qui circulaient dans les deux sens ; j'étais à bout de souffle quand nous parvînmes à l'extrémité de la rue, mais ma maîtresse n'en eut cure, et elle poursuivit sa route à une allure qui m'obligeait à trotter. La sueur ne tarda pas à me plaquer les cheveux sur la tête, et un filet de transpiration me chatouillait le dos quand elle prit un brusque virage pour gravir trois marches de pierre et franchir une porte cochère en bois ; je rattrapai le lourd battant qui se refermait, et je dus y mettre toutes mes forces pour l'empêcher de claquer derrière nous.

L'auberge ne ressemblait en rien à la seule que je connusse, celle de Chênes-lès-Eau : le sol était en pierre blanche veinée d'or scintillant. Il ne régnait pas la chaleur empreinte d'une odeur de graillon que je prêtais à tous ces établissements : nous avions pénétré dans une salle calme et spacieuse, confortablement meublée de chaises et de petites tables, fraîche en comparaison avec la rue, et dont les murs épais condamnaient la rumeur et les effluves de la ville. Je sentis une douce brise qui portait un parfum de fleurs ; je levai la tête, étonnée, et vis un énorme éventail qui s'agitait doucement pour nous rafraîchir. Mon regard suivit le cordon qui l'actionnait jusqu'à une femme qui, debout dans un angle, le tirait rythmiquement. Je n'avais jamais vu ni même imaginé pareil dispositif, et je restai bouche bée jusqu'au moment où la Marchande Akriel m'appela.

Un homme vêtu de blanc venait à notre rencontre ; ses cheveux étaient tressés en six nattes nouées chacune par un fil de couleur différente ; sa peau avait la teinte du vieux miel, et sa chevelure était un peu plus foncée. « Tout est prêt. Je vous attends depuis que le bateau est entré au port. » Il sourit à la manière d'un négociant qui est presque un ami.

Elle déposa des pièces une à une dans sa main en répondant qu'elle se réjouissait de le revoir, et il lui tendit une clé. M'efforçant de réfréner ma curiosité, je suivis ma maîtresse qui monta un escalier de la même pierre blanche que le sol puis s'engagea dans un couloir ; elle s'arrêta devant une porte, la déverrouilla à l'aide de la grosse clé de bronze, et nous entrâmes dans une chambre extrêmement raffinée. Il y avait un lit imposant couvert d'oreillers éparpillés sur une courtepointe blanche et dodue, et un saladier de fruits et de fleurs, ainsi qu'une carafe en verre plein d'un liquide jaune clair, sur une table au milieu de la pièce. Deux portes ouvertes menaient sur un petit balcon qui donnait sur la rue et le port.

« Ferme-les ! » ordonna la Marchande, et j'obéis aussitôt, laissant à l'extérieur les bruits et les odeurs de la ville. Quand je me retournai, je vis qu'elle s'était servi un verre du vin jaune ; elle s'assit dans un fauteuil rembourré, poussa un soupir et but une gorgée de breuvage d'un trait lent et délicat.

« On va bientôt me livrer mon coffre. Ouvre-le, sors les sandales blanches, ma longue jupe rouge et le chemisier blanc bouffant avec les ourlets et les manchettes rouges ; pose mes brosses et mes bijoux sur cette étagère, à côté de mon miroir et de mes parfums. Ensuite, tu pourras manger un fruit. Je crois qu'il y a une chambre de domestique derrière cette porte ; je n'ai jamais voyagé avec un serviteur, mais tu peux t'y installer en attendant mon retour. » Elle soupira de nouveau. « Je dois partir tout de suite pour m'assurer que toutes mes marchandises ont bien été livrées à l'entrepôt et annoncer à trois de mes acheteurs que je suis revenue avec les articles demandés. » Elle reprit son verre et le termina. « Ne sors pas d'ici », me dit-elle, et elle se dirigea d'un pas vif vers la porte ; elle la ferma derrière elle, et le silence s'abattit dans la chambre. À mon tour, je laissai échapper un soupir tremblant. J'étais en sécurité.

Je me promenai dans la pièce en admirant le magnifique mobilier, puis jetai un regard à ma chambre : austère mais propre, elle était dotée d'une paillasse et d'une couverture, d'un guéridon avec un broc et une cuvette, d'un pot de chambre et de deux crochets pour les vêtements. Après tant de nuits à dormir sur un pont en bois ou à même le sol, le lit, pour simple qu'il fût, me paraissait un luxe.

Des coups à la porte annoncèrent l'arrivée du coffre, et je fis entrer les deux portefaix qui l'apportaient ; ils le déposèrent contre un mur et sortirent en s'inclinant. Je fermai derrière eux puis exécutai mes tâches exactement comme la Marchande Akriel me l'avait indiqué.

Quelques objets avaient été déplacés par les cahots du voyage, et je les rangeai, puis je disposai brosses, affaires de maquillage et bijoux selon les directives de ma maîtresse.

Je ne m'approchai des fruits posés sur la table qu'après avoir fini. Certains m'étaient inconnus ; j'en humai un, vert clair, et me demandai si je devais mordre dans sa chair, le peler ou le découper en morceaux. Une assiette avec un petit couteau était posée à côté du saladier. Je me bornai aux baies que je connaissais ; elles étaient goûteuses et juteuses, et, après tant de jours à me contenter de pain, de gruau et, de temps en temps, de viande, leur saveur me prit à ce point par surprise que les larmes me montèrent aux yeux. Il y avait un autre fruit, plus gros, semblable à une prune mais orange ; j'en pris un et me rendis sur le balcon où je m'assis en tailleur et le mangeai lentement en regardant le panorama à travers la balustrade. Le soleil était très chaud ; le port grouillait d'animation, et la douce brise m'apportait toutes les odeurs inconnues d'une ville étrangère. Le sommeil me gagna, et, au bout d'un moment, je rentrai, m'allongeai sur ma petite paillasse et m'endormis profondément.

Quand je me réveillai, la lumière baissait ; je pris conscience que j'avais entendu la porte s'ouvrir, et je quittai mon lit précipitamment. Encore somnolente, je me plaquai un sourire sur les lèvres et sortis de ma chambre en disant : « J'espère que vous avez passé une bonne journée, Marchande Akriel. »

Elle m'adressa un regard intrigué. Elle avait les yeux vagues.

« Nous te tenons ! s'exclama Dwalia.

— Non ! » hurlai-je. Des silhouettes de cauchemar se bousculèrent pour entrer à la suite de ma maîtresse. Kerf était mal peigné et débraillé, avec une barbe de plusieurs jours et les cheveux collés par la crasse ; il s'arrêta au milieu de la pièce, les épaules rondes et la bouche ouverte, l'air inexpressif. Vindeliar n'était guère en meilleur état. Visiblement, le voyage avait été beaucoup plus éprouvant pour eux que pour moi : le magicien avait les joues flasques et les yeux creusés par la fatigue ; il n'avait pas pris soin de lui-même, et ses cheveux pendaient en mèches maigres et sales. Mais c'était Dwalia qui offrait le pire spectacle ; on eût dit un monstre issu d'un mauvais rêve : sa joue était un camaïeu de violet, de rouge et de noir. La blessure s'était refermée, mais la peau n'y avait pas repoussé, et je vis les muscles de son visage se tendre et se tordre quand elle éclata de rire. Elle avait une chaîne noire entre les mains, et je compris qu'elle m'était destinée.

Je me mis à hurler sans pouvoir m'arrêter, comme une bête prise au piège.

« Ferme la porte, imbécile ! » lança Dwalia à Vindeliar d'une voix grinçante. Comme il se retournait pour obéir, je vis une étincelle de vie apparaître dans les yeux de la Marchande.

« Sauvez-vous ! lui criai-je. Ce sont des voleurs et des assassins ! Fuyez ! »

Elle suivit mon injonction. Son épaule heurta la porte alors que Vindeliar la refermait ; il la retint, les pieds écartés, mais la Marchande Akriel avait déjà passé la tête et le haut du torse par l'ouverture, et elle avait retrouvé sa voix ; elle se mit à appeler au secours tandis que je continuais à crier et que Dwalia lançait des ordres en vain : « Tuez la femme ! Attrapez la mioche ! Vindeliar, maîtrise-les, espèce de failli imbécile ! »

Dans le couloir, j'entendis un homme s'exclamer : « Oh, doux Sâ ! » puis se mettre à courir, mais en s'éloignant. Des cris jaillirent au loin, comme s'il avait alerté les gens de l'auberge, mais les vociférations de Dwalia ne me permirent pas de comprendre ce qu'ils disaient.

« Vindeliar ! Oblige Kerf à la tuer ! hurla-t-elle.

— Non ! » fis-je. Elle paraissait craindre de poser la main sur moi ; j'en profitai pour bondir vers la porte, en passant devant Kerf qui déambulait sans but d'un pas lourd dans la pièce, et tenter de l'ouvrir. Je n'avais pas la force de Vindeliar, aussi entrepris-je de le bourrer de coups de poings et de coups de pieds dans les tibias avec mes chaussons ; le battant s'écarta légèrement, et la Marchande s'affala dans le couloir, mais Vindeliar rabattit brutalement la porte sur sa cheville, et le craquement de l'articulation qui cédait accompagné du hurlement de ma maîtresse fit tinter mes oreilles.

« Ne t'occupe pas d'elle ! Contrôle Kerf ! Kerf ! Attrape Abeille et sors-nous d'ici ! »

Vindeliar secoua sa grosse tête carrée comme un chien dans un nid de guêpes, et soudain le guerrier chalcédien se mut avec assurance. Le magicien avait lâché la porte, et la Marchande se traînait dans le couloir en appelant à l'aide. Kerf me saisit de la main gauche et tira l'épée de la droite. « Fais-nous sortir d'ici ! » ordonna Dwalia.

Il m'entraîna derrière lui en me tenant par le bras, et je me mis à pousser de grands cris. « Tue-la ! » brailla Dwalia, et, sous l'effet de la terreur, ma voix devint suraiguë, mais c'est la Marchande qui fut victime de l'épée : dressé au-dessus d'elle, les jambes écartées, il la frappa sans paraître vouloir s'arrêter, alors que Dwalia hurlait : « Assez ! Fais-nous sortir d'ici ! Cesse ! » Vindeliar, blanc comme un linge, battait des mains, impuissant. J'ignore si l'horreur de cette exécution sanglante rompit sa concentration ou si la fureur enfouie au fond de Kerf à cause de sa docilité imposée se manifesta soudain. Des gens apparurent au bout du couloir, poussèrent des cris d'épouvante et s'enfuirent ; quelqu'un appela la garde municipale, mais personne ne vint à mon aide ni à celle d'Akriel. Je me tordais, je griffais, je ruais, mais Kerf n'en avait apparemment pas conscience et continuait à me tenir dans une poigne de fer ; de sa main libre, il frappait et frappait encore, et je ne me rendis compte de l'attachement que je portais à la Marchande Akriel qu'en la voyant réduite en une masse de chair et de tissu sanglants.

« Il faut nous enfuir ! » cria Dwalia, et elle gifla Vindeliar.

Kerf partit à grands pas dans le couloir, son arme dégouttante de sang dans une main, mon bras dans l'autre, pendant que la lingstra et le magicien le suivaient en faisant le dos rond. Si un lion des montagnes avait descendu l'escalier, la réaction des gens agglutinés en bas des marches n'eût pas été différente : alors qu'ils s'agrippaient les uns aux autres en partageant à grandes interjections ce qu'ils voyaient, ils s'écartèrent brusquement pour nous laisser le passage, et nous traversâmes l'élégante salle dont Kerf macula le dallage blanc d'empreintes rouges. Nous sortîmes dans le soir tombant.

Des cris et des bruits de course nous parvinrent. « La garde ! s'exclama Dwalia avec désarroi. Vindeliar, fais quelque chose ! Cache-nous !

— Je ne peux pas ! » Sanglotant, le souffle court, il essayait de suivre la foulée meurtrière de Kerf. « Je ne peux pas !

— Il le faut ! » hurla Dwalia. D'un mouvement violent et répétitif, elle le frappa de la chaîne qu'elle portait ; je l'entendis crier et, tournant la tête, je vis des bulles de sang sur ses lèvres. « Tout de suite ! »

Il poussa un glapissement de douleur, de peur et de colère, et tout autour de nous les badauds s'écroulèrent ; certains se tordaient, comme pris d'une crise de convulsions, tandis que d'autres demeuraient inertes. Kerf tomba à genoux, puis de côté sur moi, et même Dwalia trébucha. Je me dégageai du Chalcédien et me relevai en chancelant ; alors que je m'apprêtais à fuir, Dwalia me saisit par la cheville. Je m'affalai brutalement sur le pavé, et mes genoux meurtris arrachèrent un nouveau cri de douleur à ma gorge à vif.

« Enchaîne-la ! » lança Dwalia, et Vindeliar s'avança pour s'agenouiller sur moi, m'enrouler une chaîne autour du cou et la fermer avec une clavette. Je la pris à deux mains, mais Dwalia tenait l'autre extrémité et la tira violemment. « Debout ! cria-t-elle. Debout et fuyez, vite ! »

Sans se retourner, elle partit dans la rue d'un trot pesant, et je la suivis tant bien que mal, agrippée à la chaîne qui m'enserrait le cou dans l'espoir de l'arracher à sa poigne. Elle contournait ou enjambait les gens au sol, et je devais les franchir d'un bond ou les piétiner ; ils avaient l'air assommés, certains agités de mouvements réflexes, d'autres mollement étendus sur le pavé. Dwalia vira soudain, et nous empruntâmes une ruelle entre deux hauts bâtiments ; avant le croisement suivant, elle s'arrêta dans la pénombre, et Vindeliar, toujours en larmes, vint nous heurter. « Silence ! » siffla-t-elle, et, quand je me remis à crier, elle secoua brutalement la chaîne dont le poids m'envoya donner de la tête contre le mur. Je vis un éclair aveuglant et mes genoux cédèrent.

Il dut s'écouler un certain temps, car Dwalia tirait sur ma laisse tandis que Vindeliar essayait de me remettre debout. En prenant appui sur le mur, je me redressai en chancelant puis je parcourus les alentours d'un œil embrumé ; à l'extrémité de la ruelle, des lanternes dansaient et des voix s'exclamaient, horrifiées, perplexes ou autoritaires. « Par ici », murmura Dwalia, et la violente traction qu'elle exerça sur ma chaîne me jeta de nouveau à genoux. Vindeliar continuait à sangloter tout bas ; elle se retourna, le gifla comme s'il s'agissait d'un moustique et s'éloigna. Je me relevai à temps pour éviter une nouvelle chute et trottai sur ses talons, privée de force et l'estomac au bord des lèvres.

Vindeliar écarta la main qu'il avait plaquée sur sa bouche pour étouffer ses pleurs et se risqua à demander : « Et Kerf ?

— Il ne nous sert à rien », répliqua Dwalia. Rageuse, elle ajouta : « Qu'ils le prennent ! Ça les occupera pendant que nous cherchons un abri. » Elle lui jeta un regard par-dessus son épaule. « Tu t'es montré presque aussi inutile que lui ; la prochaine fois, je te laisse te débrouiller avec la foule d'excités derrière nous. »

Elle accéléra, agacée de me voir marcher assez vite pour ne pas tendre la chaîne. Je cherchai à tâtons la clavette avec laquelle Vindeliar avait bloqué les maillons, et je la trouvai, mais ne pus l'extraire. Dwalia tira de nouveau sur la chaîne et je faillis perdre l'équilibre.

Elle nous fit prendre des rues montantes qui nous éloignaient des hauts édifices près du port ; elle choisissait toujours les passages où il y avait le moins de monde et de lanternes, et les passants que nous croisions paraissaient ne rien voir d'extraordinaire à ce qu'elle me tînt en laisse. Vindeliar pressait le pas pour nous rattraper puis se laissait distancer, occupé à renifler, à sangloter ou à reprendre son souffle. Je ne le regardais pas ; ce n'était pas mon ami ; ce n'avait jamais été mon ami, et il était prêt à obéir à tous les ordres de Dwalia.

Nous empruntâmes une voie obscure, boueuse et creusée d'ornières qu'éclairaient seulement les lumières des maisons riveraines qui filtraient par des lézardes dans les murs. Dwalia choisit une demeure apparemment au hasard, s'arrêta et la désigna du doigt. « Frappe à la porte, dit-elle à Vindeliar, et donne envie aux occupants de nous recevoir. »

Il ravala un sanglot. « Je ne crois pas que j'y arriverai ; j'ai mal à la tête. J'ai l'impression que je suis malade ; je tremble de partout. J'ai besoin de… »

Elle le cingla de l'extrémité de sa chaîne, ce qui me jeta de nouveau à genoux. « Tu n'as besoin de rien ! Tu obéis ! Tout de suite ! »

À voix basse mais claire, je dis : « Sauve-toi, Vindeliar ; sauve-toi. Elle ne peut pas te rattraper ; elle ne peut t'obliger à rien. »

Il me regarda, et, l'espace d'un instant, ses petits yeux s'agrandirent ; puis Dwalia me frappa deux fois, violemment, avec le bout de la chaîne, et Vindeliar se précipita sur le seuil de la maison délabrée pour tambouriner à la porte comme s'il y avait danger d'incendie ou d'inondation. Un homme ouvrit brusquement et lança : « Qu'est-ce qui se passe ? » Puis ses traits s'adoucirent soudain et il reprit : « Entrez donc, l'ami ! Venez vous mettre à l'abri de la nuit ! »

À ces mots, Dwalia se rua vers l'entrée et je ne pus que la suivre. Notre hôte s'écarta pour nous laisser passer, et, comme je franchissais le seuil, je constatai l'erreur de la lingstra : le jeune homme qui tenait la porte ouverte en hochant la tête n'était pas seul. Deux autres hommes, plus âgés, assis à la table, nous regardaient d'un œil mauvais ; une vieille femme qui touillait dans une casserole au-dessus des braises dans l'âtre demanda sans aménité : « Qu'est-ce qui te prend d'inviter des inconnus en pleine nuit ? » Un garçon qui devait avoir mon âge prit l'air effrayé et s'empara aussitôt d'un brandon qu'il tint devant lui comme un gourdin. Les yeux de la femme s'étaient arrêtés sur Dwalia. « Un démon ? C'est un démon ? »

Vindeliar se tourna vers sa maîtresse, la détresse inscrite sur son visage. « Je ne peux plus tenir autant de gens à la fois. Je ne peux plus ! » Et il eut un sanglot misérable.

« Tiens-les tous ! fit-elle d'une voix stridente. Tout de suite ! »

J'allais franchir le seuil, mais j'agrippai fermement la chaîne à hauteur de mon cou et reculai le plus loin possible. « Je ne suis pas avec eux ! » criai-je, éperdue. Tous les habitants de la petite maison nous regardaient d'un air effrayé et perplexe ; mon intervention rompit leur incertitude.

« À l'assassin ! Aux démons ! Aux voleurs ! » hurla brusquement la vieille, et, brandissant son bout de bois, le garçon bondit sur Vindeliar ; celui-ci leva les bras pour se protéger la tête, et l'autre lui assena plusieurs coups solides. Dwalia partit rapidement à reculons mais pas assez pour éviter la lourde chope qu'un des hommes lui lança ; elle la reçut en pleine figure, la bière l'éclaboussa, et elle poussa un cri furieux, puis elle sortit en me traînant derrière elle ; Vindeliar nous suivit en glapissant à chaque coup de bâton que lui portait l'enfant sur le dos et sur les épaules, sous les encouragements de son père et de ses oncles.

Nous continuâmes à courir même quand ils abandonnèrent la poursuite car leurs clameurs et les bruits de vaisselle cassée avaient attiré les voisins hors de chez eux. Malgré le danger, Dwalia ralentit sa course, se mit à trotter lourdement puis à marcher à pas pressés sans cesser de jeter des regards par-dessus son épaule. Vindeliar nous rattrapa, les bras toujours sur la tête et sanglotant désespérément. « Je ne peux pas, je ne peux pas, je ne peux pas », répétait-il au point que j'avais moi-même envie de le frapper.

Dwalia nous ramenait vers la ville. J'attendis que nous eussions regagné des rues aux maisons solides, avec des vitres aux fenêtres et des vérandas en bois, puis je pris la chaîne à deux mains, freinai des deux talons et la tirai aussi fort que je pus. Dwalia ne la lâcha pas, mais elle fit halte et me jeta un regard noir. Vindeliar s'arrêta près de moi, la bouche molle et tremblante, les mains toujours sur la tête.

« Libère-moi, déclarai-je d'un ton ferme, ou je me mets à hurler jusqu'à ce que la rue soit pleine de gens, et je leur dirai que vous êtes des ravisseurs d'enfants et des assassins ! »

Un instant, elle ouvrit grand les yeux, et je crus avoir gagné ; et puis elle se pencha vers moi. « Chiche ! fit-elle. Vas-y ! Des témoins nous reconnaîtront sûrement, mais d'autres croiront que tu étais avec nous, que tu étais la servante qui nous a laissés entrer pour dépouiller et tuer cette femme – parce que c'est ce que nous dirons, et Vindeliar obligera Kerf à être d'accord. Nous finirons tous ensemble au gibet ; alors, vas-y, crie, morveuse, crie ! »

Je la regardai sans rien dire. Était-ce possible ? Je n'avais personne pour étayer mon histoire ; la Marchande Akriel était morte, massacrée. Soudain sa disparition me frappa comme un coup à l'estomac : elle avait péri à cause de moi, et Vindeliar m'en avait prévenue ; j'avais abandonné la Voie dont il parlait, et à nouveau quelqu'un était mort. Mon merveilleux plan pour échapper à Dwalia gisait en lambeaux. Je n'accordais aucune foi aux superstitions de Vindeliar : croire qu'il n'existait qu'une seule façon juste pour moi de vivre ma vie était stupide et ridicule ; mais, une fois encore, je me retrouvais vivante alors que ceux qui m'avaient aidée étaient morts. J'eusse voulu pleurer Akriel, mais ma peine était trop profonde pour les larmes.

« C'est bien ce qu'il me semblait », dit Dwalia d'un ton moqueur, et, se détournant de moi, elle tira méchamment sur la chaîne ; les maillons échappèrent à mes doigts meurtris, et je dus suivre la femme qui nous emmenait dans l'obscurité.

16

Les îles Pirates

J'ai vu en rêve un enfant qu'on enlevait – non, pas en rêve : six nuits d'affilée, ce cauchemar, ce terrible avertissement, a hurlé dans mon sommeil. L'enfant est arraché parfois à un berceau, parfois à un banquet, parfois à une matinée de jeu dans la neige fraîche ; dans tous les cas, il est soulevé dans les airs, puis il tombe. Quand il touche le sol, l'enfant volé est devenu un monstre écailleux aux yeux brillants et au cœur empli de haine. « Je viens détruire l'avenir. »

Ces mots sont le seul élément du rêve qui ne varie pas. Je sais que je ne suis qu'un collecteur qui n'a guère plus qu'une goutte de sang de Blanc dans les veines ; je cherche depuis longtemps à raconter ce rêve, mais on me repousse à chaque fois en me disant que ce n'est qu'un cauchemar ordinaire. Belle Symphe, vous représentez mon ultime espoir de me faire entendre. Ce rêve est digne d'entrer dans les archives ; je vous le déclare, non pour étancher ma soif de gloire ni pour être reconnu comme un Blanc capable de rêve, mais parce que… (les flammes ont effacé la suite)

Lettre découverte dans les papiers de Symphe

Les lentes journées à bord de Parangon se logeaient dans ma vie comme un os en travers de la gorge ; chacune ressemblait tellement à la précédente que j'avais l'impression de vivre constamment la même, et le passage apathique de chacune m'étranglait.

L'animosité de l'équipage se concentrait sur Ambre et moi, et sa colère rentrée faisait de nos repas brefs et frugaux une épreuve quotidienne. Ma compagne avait détruit le moyen de subsistance non seulement d'Althéa et de Brashen, mais aussi de ces hommes et de ces femmes. Avoir une couchette à bord d'une vivenef était considéré comme un poste définitif, car les matelots étaient bien payés, risquaient moins que sur un bateau classique, et devenaient presque comme les membres d'une famille ; tout cela allait s'achever : du plus jeune qui avait gagné sa place six mois plus tôt au plus âgé qui travaillait sur le Parangon depuis des dizaines d'années, tous avaient perdu leur gagne-pain – en tout cas, ils ne tarderaient pas à le perdre une fois qu'Ambre aurait fourni assez d'Argent au bateau pour terminer sa transformation. Pour le moment, ils étaient otages de l'ambition de Parangon, comme nous.

Braise et Persévérance faisaient l'objet de compassion plus que de mépris : Clef paraissait toujours escompter parfaire l'éducation de l'adolescent comme matelot, et je me réjouissais que mon protégé bénéficiât de quelques heures où il pensait à autre chose qu'à notre différend avec l'équipage. Lant partageait toujours la cabine de Clef, dans laquelle ce dernier installa aussi Persévérance ; je voulais le remercier de rester proche du gamin et de le garder à l'abri de toute rancœur, mais je craignais, en m'entretenant avec lui, de le souiller de l'aversion dont j'étais moi-même victime. Désireux d'éviter d'exacerber la discorde, je restais la plupart du temps dans la cabine que je partageais avec Ambre et Braise. Cette dernière était devenue sombre et songeuse ; elle passait plus de temps à se promener sur le pont en compagnie de Lant qu'à apprendre à faire les nœuds ou à courir le gréement. Le printemps s'était réchauffé et mué en été, et la minuscule cabine était souvent étouffante ; quand Lant et Persévérance s'y entassaient avec nous, certains soirs, pour nos leçons de langues, la sueur me coulait dans le dos et me plaquait les cheveux sur la tête. Néanmoins, cela me distrayait agréablement de l'oisiveté forcée que je supportais.

Quand nous étions seuls pendant ces longues journées, le Fou et moi étudiions constamment les livres d'Abeille, lui cherchant de nouveaux indices dans ses rêves, moi m'acharnant à croire qu'elle était peut-être encore vivante, alors même que l'idée de ma petite fille aux mains d'individus aussi cruels me privait de sommeil. Le Fou me demandait aussi de lui lire des extraits du journal, et j'obtempérais plus ou moins ; j'ignorais s'il savait que je sautais des passages, voire des articles entiers, trop douloureux pour les partager ; s'il s'en rendait compte, il n'en disait rien. Il avait conscience, je pense, que j'étais à bout.

Le Fou, lui, était beaucoup moins restreint dans ses mouvements que moi : dans son rôle d'Ambre, il se déplaçait librement sur le pont, insensible à la colère de l'équipage et des commandants, car il avait la faveur du bateau. Parangon exigeait souvent sa présence près de lui pour écouter ses bavardages ou sa musique. C'était une liberté que je lui enviais et dont je m'efforçais de ne pas être jaloux, mais mes soirées en étaient plus longues et plus solitaires.

Un soir qu'Ambre avait quitté la cabine pour passer du temps avec la figure de proue, je ne pus plus supporter la petite pièce étouffante, et, sans guère plus qu'un léger scrupule, je fouillai les gros sacs de vêtements que Braise et Ambre avaient embarqués. Je trouvai l'étonnante cape Ancienne pliée dans une toute petite poche, le motif de papillons à l'extérieur, la sortis et la secouai. La plupart des Anciens étaient de haute taille, et le vêtement était très grand pour moi. J'hésitai ; mais, non, c'était à l'origine le trésor d'Abeille, et elle l'avait donné à Persévérance pour le sauver ; lui-même l'avait remis au Fou sans un murmure, et aujourd'hui c'était mon tour.

J'enfilai la cape, les papillons à l'intérieur, et constatai qu'elle m'allait, selon la capacité mystérieuse des habits Anciens de s'adapter à ceux qui les portent. Le devant se fermait par une série de boutons de la gorge jusqu'aux pieds ; il y avait des fentes pour les bras, et je relevai la capuche ; elle me tomba sur le visage, et, alors que je pensais n'y rien voir, je m'aperçus qu'elle était transparente. Mon bras désincarné se tendit vers la porte ; je l'ouvris, ramenai mon bras dans la cape et sortis. Je m'immobilisai un moment pour laisser le temps au vêtement d'adopter la teinte sombre des murs du couloir.

Je me rendis vite compte du problème que posait un manteau qui descendait jusque par terre : je me déplaçais lentement, mais cela ne m'empêchait pas de marcher fréquemment sur l'ourlet. Dans mon exploration dissimulée du bateau, je devais attendre d'être seul pour emprunter les échelles, car il me fallait soulever la cape pour les monter ou les descendre. Je me demandais si le bateau avait conscience de mon excursion, mais je préférais ne pas vérifier en m'aventurant trop près de la figure de proue.

J'avançais sans bruit, ne me déplaçant que loin des matelots et choisissant avec soin où faire halte. Comme la nuit devenait plus profonde, je devins aussi plus audacieux ; je trouvai Persévérance assis sur le pont en compagnie de Clef, dans la lumière jaune d'une lanterne dont je restai à l'écart. « Ça s'appelle le travail à l'épissoir, expliquait l'homme à l'adolescent. On se sert de l'aiguille d'un marlin ; en tout cas, certains s'en servent. Moi, j'utilise un épissoir en bois. Tu prends un vieux bout de rebut, tu tisses les nœuds, si on peut dire, et tu peux faire des nattes ou ce que tu veux. Tu vois ? Voilà un des premiers trucs que j'ai faits ; utile et joli à sa façon. »

Sans bruit, je restai immobile et regardai Clef enseigner à Persévérance à faire le nœud central de départ. Le travail me faisait penser à Brodette occupée avec ses aiguilles et ses crochets ; elle créait de ravissants objets, manchettes, cols et napperons, et bien peu savaient que la pointe de ses aiguilles étaient les armes dissimulées de son métier de garde du corps de Patience. Je m'écartai discrètement en souhaitant que Persévérance pût renoncer à sa farouche fidélité envers Abeille et devenir mousse ; c'était mieux que participer aux agissements d'un assassin.

Je me mis en quête de Lant. Depuis que l'équipage nous regardait d'un œil noir, je m'inquiétais pour lui plus que je ne voulais l'avouer : si jamais un matelot cherchait une cible pour étancher sa colère, ce serait très probablement lui. Il était jeune et en bonne santé : le provoquer en combat ne passerait pas pour une lâcheté. Je le mettais souvent en garde contre l'hostilité de l'équipage, et il me promettait d'être prudent, mais avec un soupir las qui laissait entendre qu'il était capable de se débrouiller seul.

Je le trouvai sur le pont obscur, accoudé au bastingage, contemplant la mer. Le vent était favorable et Parangon fendait l'eau sans heurt. Les ponts étaient presque déserts ; Braise se tenait près de lui et ils conversaient à voix basse. Je m'approchai doucement.

« Ne fais pas ça, je t'en prie », dit-il.

Mais elle lui prit la main, l'ôta de la lisse et se glissa dans le cercle de son bras ; elle posa la tête sur son épaule. « Est-ce parce que je suis de basse extraction ? demanda-t-elle.

— Non. » Je vis avec quelle difficulté il écarta son bras d'elle et se recula. « Tu le sais bien.

— Mon âge, alors ? »

Il s'appuya de nouveau sur le bastingage, les épaules voûtées. « Tu n'es pas beaucoup plus jeune que moi.

Braise, s'il te plaît, je te l'ai dit : j'ai un devoir envers mon père ; je ne suis pas libre de… »

Elle se pencha et l'embrassa. Il tourna le visage vers elle et laissa leurs lèvres se rencontrer ; il eut un gémissement plaintif, puis il la prit soudain dans ses bras, la pressa contre lui, la plaqua contre la lisse et l'embrassa passionnément. Les mains blanches de la jeune fille descendirent sur ses hanches et elle l'attira contre elle. Elle rompit le baiser et dit, le souffle court : « Ça m'est égal. Je veux ce que je peux avoir tout de suite. »

Je restai pétrifié de stupeur.

Il l'embrassa de nouveau, puis, avec une discipline que je lui enviai, il la saisit par les épaules et la repoussa doucement. Il déclara d'une voix rauque : « Il y a assez de bâtards dans ma lignée, Braise ; je n'en ajouterai pas un autre. Et je ne tromperai pas la confiance de mon père ; je lui ai fait une promesse, et je crains que ces mots ne soient les derniers qu'il aura entendus de ma bouche. Je dois aller jusqu'au bout de cette affaire, et je ne veux pas courir le risque de laisser un enfant sans père derrière moi.

— Je connais des moyens d'empêcher… »

Il secoua la tête. « Comme on t'a "empêchée" ? Comme on m'a "empêché" ? Non. Tu m'as rapporté qu'Ambre t'a dit que, selon toute vraisemblance, Fitz et elle mourront ; or, comme j'ai pour mission de le défendre, ça signifie que je mourrai avant lui. Je me sentirai déjà honteux de te laisser sans protecteur, même si j'espère que Persévérance restera près de toi, mais je ne veux pas risquer de te laisser enceinte.

— Il y a plus de chances que ce soit moi qui protège Persévérance ! » Elle tenta de lui prendre la main, mais il agrippa solidement le bastingage, et elle se contenta de poser sa main sur la sienne. « Peut-être mourrai-je en te protégeant avant que tu meures en protégeant Fitz », fit-elle avec un petit rire sans humour.

Je m'éloignai sans bruit, le souffle coupé par les larmes ; je ne m'étais pas rendu compte que je pleurais avant de m'étrangler sur elles. Toutes ces existences défléchies parce que mon père s'était laissé aller à la luxure ! Ou à l'amour ? Si Umbre n'était pas né, si je n'étais pas né, d'autres eussent-ils rempli notre rôle ? Combien de fois le Fou m'avait-il répété que la vie était une immense roue qui roulait dans une ornière prédéfinie, et que sa mission était de faire sauter cette roue hors de son ornière et de l'engager sur une meilleure voie ? Était-ce ce à quoi j'avais assisté à l'instant ? Lant refusant de poursuivre la tradition Loinvoyant de donner le jour à de malheureux bâtards ?

Je retournai discrètement dans l'intimité de la cabine, fermai la porte derrière moi, ôtai la cape aux papillons et la repliai soigneusement telle qu'elle avait été rangée ; je regrettais de l'avoir enfilée et je regrettais de savoir ce que j'avais appris. Je la remis à sa place, bien décidé à ne plus m'en servir et sachant que je me mentais.

C'était désormais Parangon qui choisissait notre cap sans guère se soucier des souhaits d'Althéa ou de Brashen. Nous avions laissé Terrilville loin derrière nous sans faire halte nulle part, sans décharger du fret au grand port de commerce ni y embarquer ni vivres ni eau. Nous avions suivi la ligne sinueuse et changeante de la côte marécageuse et pénétré dans le territoire des îles Pirates ; certaines étaient habitées et d'autres sauvages et désertes. C'était tout un pour Parangon ; nous pouvions bien regarder avec nostalgie les petits villages portuaires qui illuminaient la nuit, où nous eussions pu faire halte pour faire de l'eau et des vivres, il ne s'arrêtait pas. Il poursuivait sa route, aussi implacable que la mer, et nos rations diminuaient.

« Nous sommes prisonniers. »

Le Fou se redressa sur la couchette inférieure de la cabine étouffante et se pencha pour lever le visage vers moi. « Tu parles d'Althéa et de Brashen ? Tu sais bien pourquoi ils t'ont conseillé de sortir le moins possible.

— Non, pas eux. Étant donné les circonstances, je les trouve très tolérants envers nous. Non, c'est Parangon qui nous a enlevés. » Je baissai la voix car, à mon grand dam, j'ignorais ce que la vivenef savait de ce qui se passait dans sa carcasse de bois. « Il se moque désormais des contrats et des livraisons d'Althéa et Brashen, de notre confort et de notre sécurité ; il se moque que nous n'ayons pas de réserves parce que nous n'en avons pas embarqué à Terrilville. Il ne sait pas ce que c'est que le rationnement : il avance quoi qu'il arrive, contre nuit et tempête. Quand Althéa a ordonné qu'on ferle ses voiles, il s'est mis à se balancer si violemment qu'elle a dû rappeler ses hommes du gréement.

— Il a pris le courant, répondit le Fou ; même sans voiles, le flot nous porterait par les îles Pirates et Jamaillia jusqu'aux îles aux Épices. Il le sait, tout comme l'équipage.

— Et c'est à nous que l'équipage reproche notre situation. » Je me redressai lentement sur l'étroite couchette du haut en faisant attention à ne pas me cogner la tête contre le plafond bas. « Je descends », dis-je au Fou pour le prévenir, et je quittai ma couche. J'avais les articulations douloureuses à force de ne rien faire. « Je n'aime pas que Lant et les jeunes restent absents trop longtemps. Je vais aller voir ce qu'ils font.

— Sois prudent, fit-il, comme si j'avais besoin de sa mise en garde.

— Tu m'as déjà vu ne pas faire preuve de prudence ? rétorquai-je, et il haussa les sourcils.

— Attends ; je viens avec toi. » Il ramassa les jupes d'Ambre flétries sur le plancher. Le tissu bruit quand il les remonta sur ses hanches.

« C'est vraiment nécessaire ? »

Il fronça les sourcils. « Je connais Althéa et Brashen beaucoup mieux que toi ; s'il y a un problème, je saurai ce qu'il faut faire.

— Non, je parle des jupes ; faut-il vraiment que tu persistes dans le rôle d'Ambre ? »

Ses traits se figèrent, puis il répondit à voix basse, ses jupes pendant entre ses mains : « Je pense qu'ajouter une nouvelle révélation à ce que les hommes et les commandants doivent déjà absorber ne ferait que nous compliquer l'existence. Ils me connaissent sous l'identité d'Ambre, et je dois donc conserver cette identité.

— Elle ne me plaît pas », dis-je tout à trac.

Il éclata de rire. « Vraiment ? »

Je parlai avec franchise : « Vraiment. Je n'aime pas le personnage que tu deviens quand tu joues le rôle d'Ambre ; c'est quelqu'un que je ne voudrais pas comme amie. Elle est… sournoise. Fourbe. »

Un demi-sourire se dessina sur ses lèvres. « Et, en tant que Fou, je n'ai jamais été fourbe ?

— Pas de cette façon », répondis-je. Mais était-ce vrai ? Il s'était publiquement moqué de moi quand il y voyait un avantage politique, il m'avait manipulé à ses propres fins… Je ne me rétractai pourtant pas.

Il pencha la tête. « Je croyais que la discussion était close », fit-il à mi-voix.

Je me tus. Il se courba comme s'il voyait ses mains occupées à fermer la ceinture de ses jupes. « J'estime préférable qu'ils continuent à me voir comme Ambre, et, si tu sors chercher nos compagnons, je pense qu'il vaut mieux que je t'accompagne.

— Comme tu voudras », fis-je avec raideur. Puis, sur une impulsion infantile, j'ajoutai : « Mais je ne t'attends pas. » Je quittai la cabine exiguë et tirai la porte derrière moi, sans la claquer mais avec fermeté. La colère était un furoncle brûlant dans ma gorge et dans ma poitrine. Je restai un moment immobile dans la coursive à tenter de me convaincre que c'était le manque d'espace qui m'affectait et que je n'en voulais pas vraiment à mon ami. Je respirai un grand coup et retournai sur le pont.

Une brise fraîche soufflait et le soleil éparpillait des éclats d'argent sur les vagues. Je m'arrêtai un instant en haut de l'échelle pour permettre à mes yeux de s'habituer à la lumière et pour savourer le vent sur mon visage. Après la minuscule cabine, j'avais l'impression d'avoir le monde entier autour de moi. L'eau dansante était piquetée au loin d'îles émeraude ; elles se dressaient brusquement hors des flots comme des champignons du sol de la forêt. Je pris une longue inspiration, fis semblant de ne pas voir le regard maussade de Corde qui avait interrompu son travail pour m'observer, et m'en allai en quête de mes pupilles égarés.

Je trouvai Braise et Persévérance accoudés au bastingage à côté de Lant, la main de la jeune fille frôlant celle de ce dernier. Je soupirai intérieurement. Tous trois contemplaient la mer d'un air morose ; alors que je m'arrêtais derrière eux, Lant me jeta un coup d'œil pardessus son épaule. « Tout va bien ? » lui demandai-je.

Il haussa les sourcils. « J'ai faim, l'équipage ne m'adresse pas la parole et je dors mal la nuit. Et vous ?

— À peu près la même chose », répondis-je. Les commandants avaient réduit les rations pour tout le monde.

Le jour où Parangon avait évité le chenal qui conduisait à la baie aux Marchands et à Terrilville, les deux capitaines et l'équipage l'avaient interrogé. « Je refuse d'être attaché à un quai, avait-il déclaré. Je ne me laisserai pas endormir par vos belles paroles pour que vous puissiez me ligoter et m'échouer sur une plage.

— Il ne s'agit pas d'essayer de t'immobiliser, avait répondu Brashen, mais seulement de faire des réserves d'eau et de vivres, de livrer le fret que nous transportons et d'envoyer quelques messages à Terrilville, à Trehaug et à Kelsingra. Pour tous ces gens, nous avons disparu corps et biens, Parangon ! Ils doivent nous croire morts.

— Morts ? » La vivenef avait pris un ton rusé. « Alors ils vont penser que le bateau fou a encore chaviré et noyé son équipage. » Il y avait de l'acide dans sa voix, et ses yeux de dragon s'étaient mis à tourbillonner. « Ce n'est pas ce que tu veux dire ? »

La colère avait convulsé les traits de Brashen. « Peut-être. Ou peut-être que nos marchands de Terrilville et nos clients du désert des Pluies vont s'imaginer que nous sommes devenus des voleurs et que nous avons pris leurs produits pour aller les vendre ailleurs. Peut-être que nous allons perdre la seule chose qui nous reste, à Althéa et moi : notre réputation.

— La seule chose ? lança le bateau. Avez-vous donc dépensé la fortune d'Igrot jusqu'au dernier sou ? C'était une sacrée aubaine pour vous, quand je vous y ai conduits !

— Il nous reste peut-être de quoi commander un bateau étanche pour te remplacer, un en bois qui nous permettra de mener une existence simple – à condition qu'on accepte de faire encore affaire avec nous, maintenant que tu nous as fait passer pour des menteurs et des tricheurs !

— Me remplacer ? Ha ! Impossible ! C'est uniquement grâce à moi que tu as prospéré, espèce de panier percé, fils de…

— Assez. » Althéa était intervenue en se rapprochant de la figure de proue, apparemment sans crainte. « Sois raisonnable, Parangon ; tu sais bien que nous avons besoin d'eau douce, tu sais bien que nous avons besoin de vivres ; nous n'avons pas le ravitaillement pour un long voyage : nous avions ce qu'il fallait pour nous rendre à Terrilville, avec un peu de surplus, et c'est tout. Or, nous avons dépassé cette limite il y a plusieurs jours. Si tu nous obliges à continuer, nous allons mourir de soif, ou de faim ; tu arriveras à ta destination avec un pont couvert de cadavres, y compris celui d'Ambre. Comment obtiendras-tu alors ton Argent pour te transformer en dragons ? »

Il n'y avait nulle rationalité dans les yeux bleus et tournoyants de Parangon ; il avait tourné son regard vers la mer. « Il ne manque pas de poisson pour vous sustenter. »

Nous avions donc poursuivi notre route, et les commandants avaient réduit les rations. En effet, il y avait du poisson dans ces parages, et de l'humidité dans sa chair cuite ; les matelots en avaient pêché suffisamment chaque jour pour faire durer les biscuits de mer et la viande salée qui nous restaient. Nous avions traversé deux tempêtes de printemps, et Althéa avait ordonné de sortir des toiles propres pour récupérer la pluie et la canaliser jusqu'à des barriques afin de réapprovisionner nos maigres réserves. Et nous continuâmes d'avancer ainsi dans la région dite des Rivages maudits, avec ses bancs de sable changeants et ses eaux toxiques, et au-delà jusqu'à ce que nous aperçussions les îlots épars, puis l'archipel des îles Pirates.

Bigarrée fondit du ciel et me fit sursauter en se posant sur mon épaule. « Eh bien, où étais-tu ? lui dis-je en guise de salut.

— Bateau, fit-elle d'un ton pressant. Bateau, bateau, bateau.

— Oui, nous sommes sur un bateau, concédai-je.

— Bateau ! Bateau, bateau, bateau !

— Un autre bateau ? » demanda Persévérance, et elle agita vigoureusement la tête de haut en bas en disant : « Bateau, bateau.

« Où ? » Je posai la question avec le Vif en même temps qu'à voix haute ; comme toujours, j'eus l'impression de crier dans un puits.

« Bateau ! » répéta-t-elle, et elle s'élança de mon épaule. Le vent s'en saisit et l'emporta dans les airs.

Je la suivis des yeux ; elle monta bien au-dessus du mât puis se mit à planer en se balançant dans la brise. « BATEAU ! » crailla-t-elle, et sa voix nous parvint vaguement.

Fourmi se trouvait à mi-hauteur du gréement ; à l'appel de la corneille, elle parcourut tout l'horizon des yeux avant de grimper encore plus haut. Parvenue au nid-de-pie, elle recommença l'opération puis tendit le doigt en criant : « UNE VOILE ! »

Aussitôt, Brashen rejoignit Althéa sur le pont ; tous deux suivirent la direction indiquée par Fourmi. Brashen avait la mine grave.

« Qu'y a-t-il ? demandai-je à Ambre en un murmure.

— Rien, sans doute, répondit-elle. Mais, à une époque, la traversée des îles Pirates pouvait se payer de ta vie – ou de ta liberté, ou de ta cargaison. Lorsque Kennit écumait ces chenaux, il avait bâti un empire et, de capitaine pirate, il était devenu roi ; il ne rançonnait pas les bateaux qu'il capturait, mais les plaçait sous le commandement de ses hommes les plus fidèles et les envoyait brigander, en se réservant une part de leur butin ; il formait les nouveaux équipages avec des esclaves échappés, voire parfois avec les matelots mêmes qu'il avait vaincus. D'un seul navire, il est passé à deux, puis à une demi-douzaine, et enfin à toute une flotte, et lui-même est devenu chef puis souverain. » Elle s'interrompit. « Et un très bon souverain, finalement.

— Mais un salaud de la pire espèce. » Althéa s'était approchée sans bruit pendant qu'Ambre parlait.

Celle-ci se tourna vers elle, apparemment sans surprise. « C'est vrai aussi – selon certains.

— Selon moi, répliqua Althéa. Mais aujourd'hui les îles Pirates sont elles-mêmes infestées de pirates ; et, si ce n'est pas un de leurs bateaux qui nous rattrape, ça peut être un de ceux de l'Octroi venu collecter un “droit de passage”. C'est comme les pirates, mais avec beaucoup plus de paperasse. » Elle s'adressa à

Persévérance. « Ta corneille qui parle, tu crois qu'elle pourrait nous dire quel navire elle a vu ? »

Il secoua la tête, surpris d'être interpellé. « Elle prononce des mots, mais je ne suis pas sûr qu'elle sache toujours ce qu'elle dit, ni qu'elle distingue un bateau d'un autre.

— Je vois. » Althéa se tut, songeuse.

« Tu t'inquiètes de ce qui risque de se passer s'il s'agit de Vivacia ou d'une autre vivenef ? » Ambre laissa tomber la question dans le silence comme une grêle de petits cailloux dans un bassin calme.

D'un ton si posé que je me demandai si elle lui avait pardonné, Althéa répondit : « Cette idée m'a traversé l'esprit, et, oui, ça m'inquiète. Nous ignorons encore comment l'Argent va affecter Parangon et s'il parviendra un jour à se changer complètement en dragons. J'aimerais mieux ne pas plonger dans la souffrance toutes les vivenefs ni leurs familles avant de savoir comment cette expérience va se terminer. »

Je sentis Brashen approcher avant de l'apercevoir du coin de l'œil. Il avait la présence d'un prédateur, et mon Vif le percevait ourlé d'une colère rouge. Je parvins à ne pas crisper les mains et à garder les épaules détendues, mais j'eus du mal.

Althéa hésita, comme si elle choisissait ses mots. « Ambre, tu as maintenant une bien meilleure relation avec Parangon que Brashen ou moi ; je dois te demander de te servir de toute ton influence sur lui.

— Qu'attends-tu de moi ?

— Si cette voile est celle d'une vivenef, il vaut mieux l'éviter. Mais, s'il s'agit d'un bateau classique, nous aimerions l'aborder pour voir si nous pourrions acheter des provisions ; tout serait bon à prendre, mais nous avons surtout besoin d'eau. » Elle me regarda. « Dans le désert des Pluies, nous récupérons l'eau de pluie grâce à des citernes de bois en haut des arbres ; c'est coûteux, et nous tâchons de n'emporter que ce qu'il nous faut. L'eau du fleuve et de ses affluents n'est pas potable en général. » Elle soupira. « C'est déjà pénible de devoir rationner les vivres, mais il va bientôt falloir réduire à nouveau les parts d'eau, sauf si Parangon nous laisse jeter l'ancre devant une des îles Pirates pour nous y réapprovisionner, ou si nous croisons un bateau qui possède assez de réserves pour nous en vendre un peu. »

Elle poussa un grand soupir et ses épaules se voûtèrent ; puis elle les redressa, et mon admiration pour elle grandit : elle possédait un courage opiniâtre que j'avais rarement rencontré chez quiconque, homme ou femme. Face à la fin de tout ce qui faisait sa vie, à la fin de l'existence qu'elle avait imaginée, elle pensait non seulement à son équipage mais aussi à ceux des autres vivenefs, ainsi qu'au bateau qu'elle aimait toujours alors qu'il s'apprêtait à l'abandonner.

Vérité sculptant son dragon ; voilà qui elle m'évoquait.

Ambre posa la question que j'avais gardée pour moi : « Tu m'as pardonné, alors ? »

Althéa secoua la tête. « Pas plus que je n'ai pardonné à Kennit de m'avoir violée, ni à Kyle de m'avoir dépouillée de Vivacia. Pour certaines choses, il n'y a ni pardon ni refus de pardon : ce sont simplement des carrefours et une nouvelle direction à prendre, que je le veuille ou non. On m'a posée sur ce chemin, et je n'ai de maîtrise que sur les pas que je fais ensuite.

— Je regrette, fit Ambre à mi-voix.

— Tu regrettes ? répondit Brashen d'un ton incrédule. C'est maintenant que tu regrettes ? »

Elle haussa les épaules. « Je sais que je ne mérite pas le pardon pour ce que j'ai fait, et je ne veux pas avoir l'air de l'attendre au nom de notre vieille amitié ; mais je vous le dis pour que vous sachiez que c'est la vérité. Je regrette d'avoir dû agir comme je l'ai fait.

Althéa a raison : les événements m'ont placée sur une certaine voie, et je ne peux que faire le pas suivant.

— Il arbore le pavillon des îles Pirates ! nous cria Fourmi. Et il vire pour nous couper la route. Il va vite, en plus.

— C'est très certainement un bateau de l'Octroi », dit Brashen. Il contempla l'horizon, le front plissé. « Dans ce cas, il nous interceptera pour inspecter notre cargaison et exiger un droit de passage dans ces eaux.

— Or, enchaîna Althéa comme si chacun de ses mots était garni d'épines, nous transportons des articles Anciens en provenance de Trehaug et de Kelsingra, à l'origine destinés à Terrilville, et la valeur qu'ils leur assigneront, et donc la taxe sur cette valeur, dépassera de loin ce que nous pouvons payer. On nous consignera dans les îles Pirates et on nous donnera le choix entre envoyer un message pour obtenir les fonds ou abandonner une partie de notre fret pour payer la somme due – fret qui ne nous appartient pas, que nous ne pouvons utiliser pour régler notre dette, et que nous devons par contrat transporter jusqu'à Terrilville. »

Brashen partit d'un rire sans joie. « Et, si on refuse de se laisser aborder par les agents de l'Octroi ou de les suivre jusqu'à leur port en attendant qu'on paie la taxe, ils essaieront de monter de force à bord de Parangon et de s'en emparer ; or, on ne sait absolument pas comment il réagira.

— À vrai dire, je crains que je ne sache parfaitement comment il réagira, répondit Althéa. Il fera tout pour couler l'autre bateau, sans pitié pour l'équipage. » Elle secoua la tête d'un air accablé avant de s'adresser à nouveau à Ambre. « C'est pourquoi je te demande d'user de toute ton influence pour le persuader d'être raisonnable, de les laisser monter à bord et nous parler. La taxe posera un problème, mais, au moins, en nous rendant à terre, nous aurons l'occasion de nous ravitailler en eau et en vivres – ou de libérer l'équipage.

— Libérer l'équipage ? » répéta Ambre, inquiète.

Althéa répondit d'un ton inflexible : « Tous les matelots qui voudront débarquer. J'ignore ce que va devenir Parangon et ce qui va nous arriver, mais je ne vois pas l'intérêt de les y entraîner. Plus vite ils quitteront les ponts de Parangon, plus vite ils pourront trouver un autre travail et une autre existence.

— Comment pourrons-nous gagner Clerres sans hommes ? demanda Ambre d'une voix ténue.

— Avec un équipage réduit. » Althéa la toisa. « Il faudra que tu te débarrasses de ces jupes et que tu te rappelles comment travailler sur un bateau. » Elle me désigna de la tête. « Lui aussi, et Lant et les jeunes. »

Je m'apprêtais à répondre quand Ambre déclara : « Je suis aveugle, mais je ferai ce que je peux, comme nous tous, et je ferai mon possible pour inciter Parangon à la raison. Je ne tiens pas à ce que la situation devienne pire que nécessaire.

— Pire, murmura Brashen avec une perplexité terrible dans la voix. Comment pourrait-elle être pire ? »

Comme en réponse à sa question, une onde passa violemment sur moi et me fit tournoyer comme une girouette, aussi palpable que le vent ; cependant, ce n'était pas de l'air, mais l'Art et le Vif qui se déplaçaient dans le bois-sorcier, entrelacés d'une façon que je connaissais mais ne comprenais pas. Je la connaissais car je l'avais pratiquée sans le faire exprès à l'époque où je commençais à essayer de maîtriser mes deux magies, et où j'ignorais comment les séparer ; on m'avait dit que mon Art était souillé par le Vif, et je savais que mon Vif avait des harmoniques de l'Art. J'avais eu du mal à les disjoindre et à me servir convenablement de l'Art, mais j'y étais parvenu ; enfin, presque.

Mais à présent je le sentais parcourir le bateau par bouffées, et j'y percevais, non une anomalie, mais de la pureté, comme deux moitiés qui forment un tout une fois jointes. C'était intense, et, pendant un moment, l'émerveillement que j'éprouvais effaça toute pensée.

« Oh non ! » fit Althéa dans un murmure, et je m'aperçus alors que les autres aussi étaient sensibles à ce déferlement de magie : ils se tenaient tous immobiles, les traits figés comme s'ils entendaient au loin les hurlements de loups affamés – tous sauf Persévérance qui parcourut du regard les visages qui l'entouraient et finit par demander, inquiet : « Que se passe-t-il ?

— Quelque chose est en train de changer », chuchota Braise. Pétrifié par le flux de magie, je notai néanmoins dans un petit coin de mon esprit que sa main allait agripper le bras de Lant et que lui-même la lui prit pour la rassurer. Quelque chose était en train de changer, en effet, et ce n'était pas seulement le navire. Je sentis Ambre saisir ma manche.

Comme obéissant à une seule volonté, Althéa et Brashen se dirigèrent à grands pas vers le pont avant. Dans le ciel, Bigarrée tournoyait toujours en criant « Bateau, bateau ! ». Nous suivîmes les deux commandants, et Clef nous doubla. Aussi brusquement qu'elle avait commencé, la magie cessa. Althéa et Brashen avaient atteint l'avant-pont.

Parangon se tourna lentement vers eux. « Qu'y a-t-il ? » demanda-t-il d'un ton affable en haussant les sourcils.

Je restai un instant désorienté avant que l'évidence me frappât : c'était mon visage qu'il nous présentait, hormis les yeux bleu clair. « On dirait tout à fait le prince FitzChevalerie quand il est perplexe », fit Persévérance, répondant à une question qui n'avait même pas pris naissance dans mon esprit. Lentement, Parangon se détourna de nous et il leva le bras, le dos du poignet vers le ciel ; Bigarrée descendit aussitôt s'y poser, ce qui ne fit qu'accroître mon désarroi.

« Bateau ! lui dit-elle.

— Je le vois ; c'est un navire de l'Octroi. Mieux vaut mettre en panne et leur annoncer que nous allons les suivre jusqu'à Partage pour payer nos taxes. » Il tourna la tête pour adresser un sourire gamin à ses capitaines. « Vivacia est hors de Partage, non ? J'ai le sentiment qu'elle sera là ; ça fera plaisir de revoir Gamin, vous ne trouvez pas ? Et la reine Etta y a sa cour ; peut-être que Parangon Akennit acceptera enfin de marcher sur mes ponts. Mettons un peu plus de toile et accélérons.

— Parangon, à quoi joues-tu ? » demanda Brashen dans un murmure tendu.

La figure de proue ne se retourna pas. « À quoi je joue ? De quoi parles-tu donc ?

— Pourquoi as-tu repris ton ancien visage ?

— Parce que. N'est-ce pas celui que vous préférez ? Celui qui me donne l'air plus humain ?

— Mais tu es humain. » Ambre s'exprimait d'une voix douce et claire. « Humain et dragon à la fois, pétri des souvenirs des deux, imbibé du sang et de la mémoire de ceux qui ont travaillé, saigné et péri sur tes ponts. Au début, tu étais constitué des cocons de deux dragons, c'est exact, mais tu es devenu une entité qui est à la fois dragon et imprégnée d'humanité. » Parangon ne dit rien. « Pourtant, tu as modifié tes traits pour que Gamin te voie sous un aspect familier et ne s'effraie pas. » Était-ce une hypothèse ou une certitude ? « J'ai modifié mes traits parce que j'en avais envie », répondit Parangon d'un ton de défi.

Ambre dit d'un ton posé : « Et tu en avais envie parce que tu aimes Gamin. Tu n'as pas à avoir honte de ce que tu es, Parangon, ni de participer de deux univers au lieu d'un. »

Il se tourna vers elle, et ses yeux étaient du bleu de ceux des dragons. « Un jour, je redeviendrai dragon ; j'en fais le serment. »

Elle hocha lentement la tête. « Oui, je le crois, tout comme Vivacia et les autres vivenefs. Mais tu seras deux dragons tels qu'il n'en a jamais existé : des dragons mêlés d'humanité, qui nous comprendront, et qui auront peut-être même de l'affection pour nous.

— Tu ne sais pas ce que tu dis ! Des dragons mêlés d'humain ? Sais-tu ce que c'est ? Des abominations ! Voilà ce que sont ceux qui naissent et grandissent sur l'île des Autres, ceux qui sont autant hommes que serpents, et qui ne sont donc ni l'un ni l'autre ! Ce ne seront jamais des dragons. Moi, je serai des dragons ! »

Je n'avais pas saisi grand-chose de sa sortie, mais Ambre parut comprendre. « Oui. Oui, bien sûr, tu seras des dragons – et la part de toi qui se souviendra de ton humanité ne se trouvera pas dans tes ailes, dans tes crocs ni dans tes yeux, mais dans ta mémoire ; comme les serpents de mer se rappellent au besoin les souvenirs de ceux qui les ont précédés, et les dragons leur savoir ancestral, toi, tu auras un fonds de souvenirs supplémentaire : tes mémoires humaines ; et elles te fourniront une sagesse supérieure à celle des autres dragons. Toi et les autres vivenefs deviendrez des dragons hors de l'ordinaire ; une nouvelle espèce de dragons. »

Parangon nous tourna le dos. « Vous ne savez absolument pas de quoi vous parlez. Regardez, ils ne vont pas tarder à nous héler. Vous n'avez pas de travail ? »

Le capitaine du navire de l'Octroi était jeune, avec une barbe rousse éparse, et, malgré son beau chapeau orné de plumes interminables, je pense qu'il fut soulagé quand Brashen lui cria que nous allions à Partage nous soumettre aux droits de douane. « Je vous suis, alors, dit-il.

— Vas-y, essaie », répondit Parangon d'un ton affable – et, de fait, une fois que nous fûmes repartis, il fit la démonstration de la différence entre une vivenef et un bateau en bois. Par le même vent et le même courant, la distance entre nous s'accrut régulièrement.

Si Parangon avait voulu lui échapper, le navire de l'Octroi nous eût pourchassés en vain.

Nul ne nous demanda de quitter le pont, et je restai donc près du bastingage avec ma petite suite à savourer la brise sur mon visage. « Comment fait-il ? demandai-je à Ambre, et, du coin de l'œil, je vis Persévérance se rapprocher pour entendre la réponse.

— Je n'en sais vraiment rien. Il lisse sa coque, j'imagine ; et, au contraire de beaucoup d'autres bateaux, une vivenef n'acquiert jamais une barbe d'algues ni de moules. On n'a jamais besoin de gratter sa coque ni de la repeindre, et aucun ver ne peut percer son bordé. »

Nous passâmes le reste de l'après-midi à regarder les îles se rapprocher, et bientôt Parangon lui-même dut ralentir pour se faufiler entre les îlots jusqu'à une ville jadis dissimulée, un port où les pirates se rendaient pour partager leur butin, boire, jouer et jouir de tous les plaisirs disponibles. C'était jadis un refuge où les esclaves évadés pouvaient commencer une nouvelle existence d'hommes et de femmes libres ; je l'avais entendu décrire comme une cité répugnante pleine d'eau stagnante, de taudis rapiécés et de pontons affaissés.

Mais c'est un chenal parfaitement jalonné que Parangon suivit jusqu'à un petit port bien tenu où de grands navires à voile, manifestement marchands, étaient ancrés dans la baie, tandis que des bateaux moins imposants et des embarcations de pêche étaient amarrés à une suite ordonnée de quais. Une petite cité prospère s'étendait derrière le port le long d'une trame de rues et de ruelles bordées d'arbres que je ne reconnus pas, alourdis de fleurs jaunes. L'avenue principale menait à un édifice des mêmes proportions que ma maison de Flétribois, mais la ressemblance s'arrêtait là : le palais de la reine Etta était en planches peintes en blanc avec de longues vérandas en façade ; une pelouse l'entourait, si bien que la propriété était visible même du port, au-delà des alignements d'entrepôts et de magasins. Je m'aperçus peu à peu que la hauteur des bâtiments de la ville avait été réduite précisément dans ce but : la résidence royale dominait l'ensemble, et, depuis les balcons supérieurs et la tour, elle jouissait d'une vue imprenable sur le port.

« C'est la *Vivacia* ? » demanda Lant.

Je tournai mon regard dans la direction qu'il indiquait. « Je ne sais pas, mais c'est assurément une vivenef. » C'était une créature majestueuse, une jeune femme avec la tête haute et dont les bras et les poignets fins se croisaient à la taille ; sa cascade de boucles brunes tombait sur ses épaules nues et sur ses seins. Je vis chez elle un écho des traits orgueilleux d'Althéa, comme si elles étaient parentes. À mi-voix, Braise décrivait le vaisseau à Ambre, et celle-ci hochait la tête. « C'est Vivacia, dit-elle, la vivenef de la famille Vestrit. D'étranges tours du destin et la cruauté de certains en ont arraché le commandement à Althéa ; c'est son neveu Hiémain qui en est le capitaine désormais. Brashen a servi pendant des années à son bord comme second du temps du père d'Althéa. Les retrouvailles vont être douces-amères. »

Vivacia se balançait légèrement à l'ancre dans le port. On ferla lentement les voiles de Parangon, et, quand une petite flotte de doris se porta à notre rencontre, des bouts furent lancés, et Parangon se laissa mener. Je n'y prêtai guère d'attention, tout à Vivacia qui approchait peu à peu. Elle tourna le visage vers nous, d'abord avec l'expression d'une femme dérangée dans ses réflexions ; puis, reconnaissant notre bateau, elle eut un sourire qui illumina ses traits. Elle tendit les bras, et, malgré les malheurs qui accablaient Althéa et ceux qui restaient à venir, notre capitaine répondit par un salut joyeux.

Les doris tirèrent Parangon jusqu'en face de la vive-nef, et on jeta l'ancre. Une chaloupe quitta les quais, vint se placer le long de notre bord, et une femme coiffée d'un chapeau extravagant et vêtue d'une veste bien coupée par-dessus des braies noires nous cria qu'elle se ferait un plaisir de transporter le commandant et un manifeste de notre cargaison jusqu'à la maison de l'Octroi. Althéa répondit qu'elle serait ravie de la suivre dans un petit moment ; l'officier des douanes souhaitait-elle monter à bord pour inspecter le fret, étant donné certaines circonstances inhabituelles qui nécessitaient des explications ?

La femme répondit par l'affirmative, mais une agitation sur le pont me détourna de leur échange : avec divers degrés de répugnance et de colère, les hommes d'équipage s'assemblaient ; la plupart avaient pris leurs sacs de marin dans l'entrepont. Les sacs de tissu n'étaient pas grands mais contenaient quasiment toutes leurs possessions. Fourmi pleurait sans bruit, les larmes roulant sur ses joues pendant qu'elle faisait ses adieux à ses compagnons ; Corde jeta son sac à ses pieds et s'accroupit à côté d'elle. Le regard qu'elle nous jeta n'avait rien d'amène.

Je pris une décision qui m'étonna moi-même, car je n'avais même pas eu conscience de l'envisager. « Lant, un mot, je vous prie », dis-je, et je l'entraînai à l'écart. Je m'accoudai à la lisse, les yeux tournés vers Partage, et il prit place à côté de moi, le front légèrement plissé. Il devait se douter du sujet que je voulais aborder, mais non de la direction que je souhaitais donner à la discussion. J'indiquai la ville d'un geste de la main. « Ce n'est pas mal, ici ; tout a l'air propre et les affaires paraissent licites ; et le commerce et la fréquentation vont bon train. » Il acquiesça de la tête, les plis se creusant sur son front. « Braise et vous pourriez bien vivre ici – et vous auriez toute ma reconnaissance si vous preniez Persévérance avec vous. Emportez les présents qu'on nous a donnés à Kelsingra, et veillez à en tirer toute la valeur quand vous les vendrez. Ça devrait représenter assez d'argent pour vous tenir à flot quelque temps et pour renvoyer Persévérance à Castelcerf. »

Il garda un instant le silence, puis il tourna vers moi un regard glacial. « Vous faites sur moi des suppositions que je n'aime guère.

— Vraiment ? répliquai-je avec raideur. Je vois comment elle vous suit partout, je vois comment elle pose la main sur votre bras. » Soudain, ma vertueuse colère se mua en lassitude. « Lant, j'espère que vous tenez vraiment à elle ; ce n'est pas une servante qu'on peut oublier après l'avoir culbutée. C'est Umbre qui l'a choisie. Elle nous a suivis, et je n'avais pas prévu ce qui s'est passé ; je regrette qu'elle ne soit pas restée auprès de lui, mais elle est ici, et j'attends de vous...

— Vous m'insultez ! Et vous l'insultez aussi ! »

Je me tus ; l'heure était venue d'écouter. Le silence le rongea jusqu'au moment où il dut le meubler.

« Nous éprouvons l'un pour l'autre une... attirance. J'ignore comment vous pouvez croire qu'elle aurait pu aller plus loin à bord d'un bateau aussi bondé ; et, quels que soient ses sentiments pour moi, c'est d'abord à Ambre que va sa loyauté ; elle ne l'abandonnera pas. » J'inclinai la tête. « Mais je pense que vous aurez plus de mal à croire ce qui suit : mon père m'a demandé d'accomplir une mission, et j'ai promis de la remplir du mieux possible. Si vous ne pouvez accepter l'idée que je me sente lié à vous, sachez que je suis le fils de mon père ; je ne réponds peut-être pas à vos attentes, mais je ne vous quitterai pas tant que cette aventure ne sera pas terminée, quelle qu'en soit la fin. » Sa voix s'étrangla soudain. « Je n'ai pas fait ce qu'il fallait pour Abeille, ni quand je l'ai eue comme élève, ni quand vous me l'avez laissée en garde. C'était une enfant étrange et difficile – ne vous hérissez pas !

Vous savez bien que c'est vrai. Mais j'aurais dû mieux m'en occuper, même si je n'avais jamais prévu de la protéger, l'épée au poing. C'était ma cousine, j'en avais la charge, et je n'ai pas su la défendre. Croyez-vous que cela ne me tourmente pas ? La venger est désormais une obligation personnelle, outre celle que j'ai envers vous ou mon père.

— Le Fou pense qu'Abeille est peut-être encore en vie. »

Il me regarda dans les yeux, et je vis de la pitié dans les siens. « Je sais ; mais pourquoi ? »

Je pris une grande inspiration. « Abeille tenait un journal de ses rêves ; je les lui ai lus, et il estime qu'ils ont un sens plus profond que celui que je perçois ; il croit qu'Abeille était douée de prévoyance et que certains de ses songes prédisaient qu'elle survivrait. »

Il resta les traits figés un instant, puis il secoua la tête. « C'est cruel de vous faire miroiter cet espoir, Fitz ; même si ça m'ôterait un grand poids de la conscience si nous la retrouvions vivante et la ramenions chez elle. » Il s'interrompit, mais aucune réponse ne me vint. Il reprit : « Je vous parle comme un ami, si jamais vous me voyez ainsi : fixez-vous comme but la vengeance, non le sauvetage, car rien ne le garantit ; nous ne parviendrons peut-être pas à obtenir la vengeance non plus, mais je suis bien décidé à ce que nos ennemis sachent que nous avons essayé. »

Un ami. Mon esprit achoppa sur ce mot ; percevais-je Lant comme tel ? J'avais appris à me reposer sur lui, et je devais avouer à présent qu'une partie de la colère que suscitait chez moi sa possible relation avec Braise venait de ce que je savais devoir les éloigner tous les deux. Sans réfléchir, je posai la pire question possible. « Alors Braise et vous n'êtes pas… ? »

Il me regarda fixement. « Je ne crois pas que vous ayez le droit de nous interroger sur ce sujet. Peut-être ne l'avez-vous pas remarqué, mais je suis un homme fait et de noble extraction ; non votre égal, mais non plus votre domestique, et Braise n'est pas votre servante ni celle de personne. Elle est aussi libre de choisir sa voie que moi.

— Elle est sous ma protection et elle est très jeune. »

Il secoua la tête. « Elle est plus mûre qu'elle ne le paraît, et elle connaît mieux le monde que beaucoup de femmes de deux fois son âge ; elle a certainement vu de plus près qu'Évite l'aspect douloureux de la vie. C'est elle qui prend ses décisions, Fitz, et, si elle a besoin de votre protection, elle la demandera. Mais ça m'étonnerait qu'elle demande à ce qu'on la protège contre moi. »

Je n'estimais pas la conversation terminée, mais il se détourna et s'en alla ; et, quand je lui emboîtai le pas, bien à contrecœur, je ne trouvai que Persévérance qui l'attendait. « Où sont Ambre et Braise ?

— Dame Ambre est partie se changer : Althéa lui a demandé de se rendre à terre avec elle ; et Braise est allée l'aider. Visiblement, Althéa et Brashen jugent qu'elle doit les accompagner pour rencontrer l'amiral Hiémain Vestrit et discuter de notre avenir. Les commandants ont donné une “permission à terre” aux matelots, c'est-à-dire, je pense, qu'ils les invitent à changer de bateau. Les deux tiers ont accepté. »

Des barques avaient déjà quitté les quais, et les vendeurs à bord proposaient tout et n'importe quoi, des légumes frais aux courses gratuites jusqu'à la Maison des dames de tante Rose. Je regardai notre équipage, sac à l'épaule, passer par-dessus le bastingage et descendre dans les doris ; quelques matelots s'attroupèrent sur l'avant-pont pour dire adieu à Parangon ; le bateau se montra aimable avec eux mais inflexible dans sa détermination. Par-delà l'étendue d'eau qui nous séparait, Vivacia nous observait, l'air impatient, et suivait des yeux toutes les barques qui s'écartaient de nous. Fourmi, à côté de Clef, regardait ses camarades s'en aller. Kitl restait, Corde partait ; Touane s'approcha de la lisse, puis il se retourna, jura abondamment et, à coups de pied, renvoya son sac par l'écoutille dans les quartiers de l'équipage. Cypros vint le prendre par le bras et ils allèrent rejoindre Fourmi.

« Suivez Ambre et Braise, dis-je à Lant.

— On ne m'a pas invité.

— Ambre est aveugle et Braise, comme d'autres que vous risquent de le noter, est très jolie. Partage était une ville de pirates, et je suis sûr que des cœurs de pirate y résident encore. Je sais qu'Althéa et Brashen ne les exposeraient pas volontairement au danger, mais, si danger il y a, je souhaite qu'elles aient avec elles quelqu'un dont l'unique mission est de les protéger.

— Pourquoi n'y allez-vous pas vous-même ?

— Parce que je vous envoie », répliquai-je laconiquement. Ses yeux étincelèrent de colère, et j'amendai ma réponse acerbe : « Je tiens à rester à bord pour voir ce qui s'y passe. Je veux aussi vous charger d'une autre tâche : trouvez quelqu'un qui possède des oiseaux messagers, de préférence un marchand riche avec des relations, de façon que la capsule à message soit transférée de pigeon en pigeon jusqu'à Castelcerf. J'aimerais annoncer que nous sommes sains et saufs et que nous poursuivons notre voyage. »

Lant se tut un moment puis demanda : « Direz-vous à Umbre, Devoir et Ortie que dame Ambre est convaincue de la survie d'Abeille ? »

Je secouai la tête. « Quand je serai sûr d'avoir de bonnes nouvelles, je les partagerai avec eux ; jusque-là, évitons-leur l'incertitude. »

Il acquiesçait lentement. Tout à coup, il déclara : « J'irai. Mais… accepteriez-vous d'envoyer un autre message de ma part ? Y a-t-il du parchemin sur ce bateau ?

— Il m'en reste un peu de ce que m'a donné Reyn. C'est précieux ; ne voulez-vous pas écrire votre missive vous-même ?

— Non, je préfère que vous vous en chargiez. C'est à destination de sire Umbre, juste pour lui dire que… je fais ce qu'il m'a demandé, et que je le fais… bien – si vous arrivez à écrire ça de moi. Mais vous pouvez écrire ce qui vous plaît : je ne relirai pas le message. Dites seulement à mon père que je suis toujours à vos côtés et à votre service. » Il détourna les yeux. « Si vous voulez bien.

— Sans difficulté », répondis-je d'une voix lente.

Je retournai dans la cabine d'Ambre et rédigeai soigneusement une missive à Umbre en lettres minuscules ; le parchemin était si fin qu'il en était translucide, et je n'avais guère de place que pour me dire satisfait des services de FitzVigilant, et peut-être mentionner qu'en plusieurs occasions il avait contribué à me sauver la vie. Je soufflai sur l'encre, agitai la feuille, puis la roulai serré pour l'insérer dans la petite capsule en os qui la protégerait pendant son voyage. Sur l'os, j'inscrivis les noms d'Umbre et du château de Castelcerf, Cerf des Six-Duchés. Il avait un long, très long trajet à parcourir. Comme je le confiais à un Lant déconcerté, je me demandai si nos messages précédents étaient déjà parvenus à destination. Je n'avais pas cacheté la capsule à la cire, et le jeune homme savait que c'était ma façon de l'inviter à lire ce que j'avais écrit ; mais il n'y avait plus le temps pour une discussion, car les autres avaient hâte de se rendre à Partage. Je décidai de laisser Lant composer un message pour expliquer où nous nous trouvions et la nature insolite de la vivenef à bord de laquelle nous naviguions.

Je me pressai, mais cela n'empêcha pas le groupe qui devait se rendre à terre de devoir m'attendre. Althéa adressa un salut amical de la main à Vivacia avant de se retourner et de descendre l'échelle jusqu'à la barque en contrebas. La vivenef regarda les passagers prendre place dans l'embarcation, mais son large sourire laissa la place à un regard perplexe quand la barque fila droit sur Partage.

Pendant la longue soirée qui suivit, Persévérance et moi restâmes attablés dans la cambuse à faire rouler une paire de dés qui appartenait à l'équipage et à déplacer des fiches sur un plateau de jeu. Comme je me moquais de gagner ou de perdre, je jouais mal, au grand dam de Persévérance. Par mon Vif, je sentais le bateau comme vide, comme excavé, sans son équipage. Clef et plusieurs doyens parmi les matelots s'étaient installés à l'autre bout de la table, et Kitl avait préparé à manger ; l'odeur de la viande en train de cuire nous réconforta, et, quand Kitl appela à table, les hommes poussèrent des cris ravis. Elle apporta un grand saladier de légumes frais plus appétissant encore que le plat de lanières de viande grésillante : oignons verts, haricots plats, tiges croquantes d'une plante que je ne connaissais pas, et, mélangés à l'ensemble, carottes grosses comme mon pouce et radis violets piquants. Nous nous servîmes sur des assiettes en fer-blanc. Les rubans de viande étaient durs, avec un goût de gibier prononcé, mais nul ne s'en plaignit. L'équipage mangea les siens accompagnés d'une sauce épaisse et blanche si épicée que les larmes me montèrent aux yeux et que mon nez se mit à couler quand je l'essayai, mais personne ne rit ni ne se moqua de moi.

Persévérance et moi étions restés à notre extrémité de la table, à l'écart des matelots, et les regards en coin qu'ils nous adressaient disaient clairement qu'ils n'avaient pas oublié qui était à l'origine de leurs problèmes. Clef, contrarié de cette séparation manifeste, vint s'installer dans le siège vide entre l'équipage et nous.

Après le repas, une fois que Fourmi eut débarrassé la table, il se joignit à notre jeu. Je lançais les dés et déplaçais mes fiches, mais Clef et l'adolescent savaient qu'ils ne se battaient qu'entre eux. Pendant qu'ils jouaient, je tendis l'oreille pour entendre ce dont parlaient les autres matelots à mi-voix ; les plus anciens parlaient du « temps d'avant » : quelques-uns étaient présents quand le *Parangon* avait été dégagé de la plage où il languissait depuis des années pour être ramené en eau profonde ; d'autres évoquaient l'occasion où il avait fait front à toute une flotte de bateaux ordinaires et aidé le gouverneur de Jamaillia à prendre le pouvoir. Ils se rappelaient les compagnons qui avaient péri sur ses ponts et remis leurs souvenirs à ses planches de bois-sorcier : Lop, qui n'était pas le plus malin du lot mais qui avait toujours fait sa part de travail ; Semoy, un temps second jusqu'au jour où toute force l'avait quitté, où il s'était réduit à une carcasse d'os et de tendons et où il était mort en enroulant un bout. Et ils parlaient du pirate Kennit. Parangon était le bateau de ses parents, mais ce secret était resté ignoré de presque tous pendant toute son existence de rapine ; plus rares encore étaient ceux qui savaient qu'Igrot, le pirate à la cruauté légendaire, avait volé à la fois la vivenef et l'enfant à leur famille, et mésusé des deux. Même après que Parangon eut été réuni avec Kennit et qu'ils se furent redécouverts, Kennit avait tenté de l'incendier pour l'envoyer par le fond ; mais, à la fin, alors que Kennit se mourait, Parangon l'avait repris à son bord et reçu avec douceur. C'était un mystère dont les matelots parlaient encore à voix basse : comment un bateau aussi capricieux pouvait-il être aussi affectueux ? Les souvenirs de Kennit s'agitaient-ils en lui et lui rappelaient-ils Partage ?

Je gardais mes spéculations pour moi. Quels souvenirs le guideraient-ils jusqu'à Clerres ? Ceux d'Igrot, sans doute ; les pensées et les actes de cet abominable pirate rôdaient-ils dans les os de bois-sorcier du bateau ? Jusqu'à quel point son bois de dragon était-il imprégné des mémoires de sa famille et de ses équipages humains ?

Et qu'éprouvait Althéa à commander un bateau qui conservait pour toujours celle de son violeur ? Que subsistait-il du pirate dans le navire qui voulait devenir deux dragons ?

Vaines questions.

Persévérance gagna la partie, et Clef se leva, l'air las, triste et beaucoup plus vieux que le jour où nous étions montés à bord. Il parcourut du regard les visages autour de la table puis leva sa chope d'eau. « Compagnons de bord pour toujours », dit-il, et les autres acquiescèrent puis burent avec lui. C'était un étrange salut qui porta au rouge mes remords. « Je prends la garde », annonça-t-il, ce qui n'était pas son habitude, et je supposai qu'il la passerait près de la figure de proue. L'espion en moi se demanda si je pouvais me débrouiller pour les écouter discrètement. Quand Persévérance proposa une nouvelle partie, je secouai la tête. « J'ai besoin de me dégourdir un peu les jambes après le repas », dis-je, et je le laissai ranger le jeu.

Accoudé au bastingage, je contemplai la ville pirate dans le crépuscule d'été. Le ciel s'assombrit, passant de l'azur au bleu qui précède le noir, et Ambre et les autres ne revenaient toujours pas. Persévérance se joignit à moi pour regarder s'allumer les lumières de Partage, où régnait une joyeuse animation ; de la musique nous parvenait malgré la distance, et, plus tard, nous entendîmes les éclats de voix d'une rixe.

« Ils vont sans doute passer la nuit en ville », dis-je à mon compagnon, et il hocha la tête comme s'il ne s'en souciait pas.

Nous nous retirâmes dans la cabine d'Ambre. « Flétribois vous manque ? demanda-t-il à brûle-pourpoint.

— Je n'y songe guère », répondis-je. Mais, en réalité, j'y pensais, moins à la propriété qu'aux gens qui y habitaient et à la vie qui y régnait. Quelle vie c'était, et pendant si peu d'années !

« Moi, si, murmura l'adolescent, parfois. Ça me manque de savoir exactement ce que sera mon existence ; je devais devenir plus grand que mon père, m'appeler Le-plus-grand, et prendre sa place aux écuries quand il serait trop vieux.

— C'est encore possible », dis-je, mais il secoua la tête, et il se tut un moment. Puis il se lança dans un long récit émaillé de digressions sur la première fois où il avait dû panser un cheval beaucoup trop grand pour lui, et j'observai qu'il pouvait désormais évoquer son père sans fondre en larmes. Quand il se tut, je regardai par le hublot les étoiles au-dessus de la ville, puis je somnolai quelque temps. À mon réveil, la cabine était plongée dans les ténèbres, hormis une tache de lumière projetée par la lune presque pleine. Persévérance dormait à poings fermés, tandis que j'étais parfaitement éveillé ; sans savoir nettement ce qui m'avait tiré du sommeil, je cherchai à tâtons mes bottes, les enfilai et sortis.

Sur le pont, la lune et les lumières de Partage faisaient de la nuit un camaïeu de gris foncés. J'entendis des voix et me dirigeai à pas de loup vers la proue.

« Tu tires sur l'ancre, dit Clef d'un ton factuel.

— La marée descend et le fond est mou ; ce n'est quand même pas ma faute si l'ancre ne tient pas. » Parangon était acerbe comme un adolescent.

« Je vais devoir réveiller tous les matelots encore à bord pour te maintenir en place, lever l'ancre et la jeter à nouveau.

— Peut-être pas. J'ai l'impression qu'elle est accrochée maintenant. Elle aura juste dérapé un peu. »

Je ne bougeai pas, la respiration légère, et, prenant la ville comme point de repère, m'efforçai de vérifier si le bateau s'était déplacé ; quand je regardai Vivacia, j'en eus la certitude : la distance entre eux s'était réduite.

« Oh non, voilà que je glisse à nouveau. » Les mots de Parangon étaient contrits mais le ton guilleret. Nous nous rapprochâmes légèrement de Vivacia ; elle paraissait ne s'apercevoir de rien, la tête penchée en avant. Dormait-elle ? Un bateau en bois-sorcier avait-il besoin de sommeil ?

« Parangon ! s'exclama Clef.

— Ça dérape encore, déclara l'intéressé, et notre progression en direction de l'autre vivenef ne fit plus de doute.

« Matelots ! brailla brusquement Clef, et son sifflet perça la nuit paisible. Tout le monde sur le pont ! »

J'entendis des cris et des bruits de course dans l'entrepont, puis Parangon qui disait : « Vivacia ! Je tire sur mon ancre. Attrape-moi. » La vivenef sursauta et releva la tête, les yeux agrandis. Parangon tendait les mains vers elle d'un geste suppliant, et, après une hésitation, elle l'imita.

« Attention à mon beaupré ! » cria-t-elle, et ils évitèrent de peu le désastre. Parangon la prit par la main et se servit de cet ancrage, par une impressionnante démonstration de force, pour s'attirer près d'elle. Les deux navires dansèrent violemment, et j'entendis l'équipage de Vivacia pousser des cris d'effroi. Quelques instants plus tard, Parangon la serrait d'un bras contre lui malgré les efforts qu'elle faisait pour se dégager.

« Cesse de t'agiter, lui dit-il d'un ton d'avertissement, ou nous allons nous emmêler complètement. Je veux te parler, et je veux le faire en te touchant.

— Repoussez-le ! » lança-t-elle à ses matelots qui arrivaient en courant pendant qu'elle essayait vainement de le repousser, les deux mains sur sa poitrine sculptée. Clef aboyait des ordres à ses hommes pendant que quelqu'un l'injuriait depuis Vivacia et le traitait d'idiot. Clef tâcha de s'expliquer tout en donnant ses directives à son équipage.

Le rire de Parangon tonna par-dessus le tohu-bohu et réduisit toutes les voix au silence – sauf celle de

Vivacia. « Débarrassez-moi de lui ! » Mais Parangon la saisit par les cheveux et lui inclina la tête en arrière, si bien que les seins nus de la vivenef pointèrent vers lui. Sous mes yeux stupéfaits, il se pencha et en embrassa un. Elle poussa un hurlement d'outrage et, les doigts comme des griffes, lui prit le visage à deux mains, mais il tira davantage sur sa chevelure, et, de sa main libre, saisit une poignée de lignes qui festonnaient le beaupré de Vivacia. Il ne prêta nulle attention aux coups qu'elle lui portait.

« N'essayez pas de me repousser ! lança-t-il à l'équipage. Dégagez l'avant-pont. Tous ! Clef, ordonne à tout le monde de reculer ; et vous, les hommes de Vivacia, retournez à vos couchettes – sauf si Gamin est parmi vous. Envoyez-le-moi s'il est là ; sinon, laissez-nous tranquilles ! » Il pencha de nouveau la tête, cette fois pour déposer un baiser sur le visage de Vivacia, mais celle-ci l'attrapa par les cheveux et tira pour en arracher des poignées. Il la laissa enfoncer ses doigts, puis durcit brusquement sa chevelure pour en refaire du bois sculpté. « Crois-tu que ce bois ressente la douleur ? demanda-t-il rudement. Non, si je ne le veux pas. Mais qu'éprouves-tu quand je t'embrasse ? Te rappelles-tu l'indignation d'Althéa quand Kennit l'a prise de force ? As-tu gardé ce souvenir ou suis-je le seul à l'avoir conservé après avoir absorbé sa souffrance pour qu'elle puisse guérir ? Comme j'ai pris la souffrance de Kennit à la suite de ce qu'Igrot lui avait infligé. N'as-tu plus que des souvenirs humains ? Que ressens-tu, bateau en bois ? Ou bien un dragon rôde-t-il encore en toi ? Autrefois, tu t'appelais Foudre ; t'en souviens-tu ? Te rappelles-tu la fureur d'une reine dragon quand elle s'envole pour mettre au défi tous les mâles de la dominer ? Qu'es-tu en ce moment, Vivacia ? Une femme qui se bat contre un homme ou une reine dragon qui défie son compagnon de la maîtriser ? »

Elle cessa brusquement de se débattre, une expression aristocratique de dédain glacial sur les traits, puis, sans se soucier de la poigne dans laquelle Parangon tenait ses cheveux, elle ramena la tête en avant et fixa sur lui des yeux où brillait l'éclat de la haine. « Bateau fou ! Paria ! Quelle folie est-ce là ? Veux-tu te couler ici même, dans le port de Partage ? Tu n'es pas digne de moi, que je sois femme ou dragon ! »

Du coin de l'œil, je vis un canot descendre le long du flanc de Vivacia et quatre hommes ramer furieusement en direction de la ville, sans doute pour lancer l'alerte et demander de l'aide. Si Parangon s'en rendit compte, il n'y prêta pas attention.

« En es-tu certaine ? » Pendant qu'il parlait, je sentis un changement se propager dans le bateau.

« J'en suis certaine », répondit Vivacia avec mépris. Elle se détourna de lui. « Que veux-tu de moi ? demanda-t-elle à mi-voix.

— Que tu te rappelles que tu es un dragon ; non un bateau, non la servante des humains qui voyagent à ton bord, non un être asexué prisonnier de la forme d'une femme : un dragon, comme moi. » Il continuait à changer et reprenait son aspect de semi-dragon. Je pris conscience que j'avais les bras serrés sur la poitrine et que j'avais dressé mes murailles. Par l'Art et par le Vif, je m'efforçais de me rendre invisible, comme le fait une proie quand le prédateur menace. Je vis les boucles noires des cheveux de Parangon se transformer en une crête écailleuse et son cou s'allonger et sinuer.

Mais ce qui m'étonna le plus fut le visage de Vivacia : il devint de pierre, et l'éclat de ses yeux devint plus vif et plus dur devant la transformation de l'autre bateau. Elle ne fit pas un geste pour s'écarter de lui.

Quand la métamorphose fut achevée et que je sentis cesser la magie, elle dit : « Qu'est-ce qui te fait croire que j'ai oublié que je suis une dragonne ? Et qu'est-ce que ça changerait ? Veux-tu que je rejette ma vie actuelle pour soupirer après ce qui est perdu ? Quelle existence y gagnerais-je ? Celle d'un navire fou, enchaîné à une plage, seul et fui comme la peste ? » Elle parcourut du regard la figure de proue transformée. « Ou bien devrais-je faire semblant d'être un dragon ? Ce serait affligeant ! »

Le mépris de Vivacia ne l'ébranla pas. « Tu peux devenir un dragon ; c'était ton destin. »

Un silence. Puis, d'une voix basse qui recelait peut-être de la haine ou de la pitié, elle répondit : « Tu es vraiment fou.

— Non. Mets de côté tes souvenirs humains et ton état de bateau, remonte le temps, avant ton long emprisonnement dans ton cocon, avant l'époque où tu étais serpent ; te rappelles-tu avoir été un dragon ? Ne serait-ce qu'un tout petit peu ? »

Je crus sentir la magie s'animer à nouveau ; peut-être s'écoulait-elle d'un bateau à l'autre, de Parangon à Vivacia. Je perçus des bribes de souvenirs flottants comme si je humais des plats inconnus. Doté d'ailes, je survolais des forêts ; le vent gonflait mes voiles et je tranchais les vagues ; je volais au-dessus de vallées remplies de feuillages, mais mes yeux étaient perçants et je sentais la moindre bouffée de chaleur émise par la chair vivante, chair dont je pouvais me nourrir. Je me déplaçais dans une eau froide et profonde, mais, plus bas, je percevais les pulsations indistinctes de la vie, d'autres créatures, écailleuses comme je l'avais été jadis, libres comme je l'avais été jadis. Je m'aperçus que je me déplaçais lentement, attiré par ce monde d'ailes et de merveilles. *Reste hors de sa portée*, songeai-je faiblement, et je faillis me demander si Œil-de-Nuit se tapissait encore en moi pour me donner ce conseil de loup. Mais je voyais désormais Vivacia de face et, en partie, le profil de Parangon ; que ces visages étaient humains et étrangers à la fois !

« Non, dit Parangon. Remonte plus loin, aussi loin que tu peux. Voilà, c'est ça ; rappelle-toi ça ! »

La magie jaillit à nouveau, Art et Vif fondus en un instrument plus aigu qu'aucune épée.

Un jour, pendant la bataille de l'île de l'Andouiller, un homme m'avait frappé à la tête avec la garde de son épée ; cela ne m'avait pas arrêté, et ma hache s'était déjà abattue entre son épaule et son cou. Le coup qu'il m'avait porté n'était pas très puissant, pourtant mes oreilles avaient tinté, et, pendant quelques instants, le monde avait dansé devant mes yeux et s'était paré d'étranges couleurs. Je savais que cette anecdote s'était produite, mais jamais elle n'était remontée à ma mémoire ; toutefois, plongé dans le souvenir d'un dragon, j'avais eu l'impression qu'Ortie m'avait entraîné dans un de ses rêves d'Art, et la sensation était à ce point semblable qu'elle avait réveillé ces vieilles images. Je tanguai comme sous l'effet d'un choc, et je vis un étang d'argent scintillant bordé de sable noir et argent, et, au-delà, d'une prairie aux herbes noires et argent qui s'achevait par des arbres blancs aux feuilles noires. Je cillai de mes yeux humains en m'efforçant de résoudre le tableau en des couleurs familières, mais c'est un dragon que je vis, du vert des pierres précieuses et tout aussi étincelant.

Il apparut à l'horizon, d'abord réduit, puis de plus en plus grand, jusqu'à devenir la plus immense créature que j'eusse jamais vue – plus encore que Tintaglia et même que Glasfeu. Il se posa dans l'étang dans un jaillissement argenté qui alla se briser sur le sable et les rochers noirs et les couvrit brièvement de liquide brillant. Le dragon plongea la tête et le cou dans le fluide, puis il s'y roula et se nettoya comme un cygne ; ses écailles paraissaient l'absorber, et sa couleur émeraude devint éblouissante. Ainsi nettoyé, il baissa le mufle dans l'eau et but goulûment.

Il finit par sortir de l'étang et s'installa pour se reposer sur la berge herbue, ce qui me permit de regarder longuement au fond de ses yeux tournoyants ; j'y lus une longue existence, de la sagesse, et une sorte de majesté que je n'avais jamais vue dans les yeux d'un homme. Avec une brutale humilité, je compris que j'avais devant moi une créature qui me serait toujours supérieure.

« Messire ? Prince FitzChevalerie ? »

J'émergeai en sursaut de mon rêve, contrarié. C'était Persévérance qui tirait sur ma manche, les yeux larges et sombres dans la pénombre. « Qu'y a-t-il, petit ? » J'eusse voulu qu'il disparût ; je voulais me replonger dans ce monde, apprendre à connaître ce dragon et par là me rendre meilleur.

« Je pensais qu'il fallait vous prévenir : notre barque revient à toute allure, avec les capitaines Althéa et Brashen, Ambre, Braise et Lant ; et quelqu'un de l'autre bateau.

— Merci, mon garçon. » Je me détournai et m'efforçai de retrouver l'entrée de mon rêve magique ; mais il était fini, ou j'avais perdu mon chemin. Je sentais la magie qui s'écoulait toujours entre les deux navires, mais il m'était désormais impossible d'y participer : je ne voyais que les deux figures de proue qui s'étreignaient, malgré leurs beauprés, comme deux amants trop longtemps privés d'intimité. La tête de Vivacia reposait sur la poitrine écailleuse de Parangon, ses mains gracieuses sur ses épaules, les yeux agrandis mais ne voyant rien ; lui avait enroulé son long cou autour d'elle, et sa tête de dragon était posée sur l'épaule de Vivacia. Celle-ci n'exprimait ni animosité ni hésitation ; d'où je me trouvais, je ne pouvais déchiffrer l'expression de Parangon, mais il était en train de changer. C'était comme regarder la glace fondre sur une rivière quand le courant rapide la ronge. Lentement, ses traits reprirent leur aspect humain, et c'est avec une expression de tendresse qu'il tint Althéa dans ses bras. Non, c'était Vivacia qu'il étreignait avec tant d'affection. Soudain, je me vis moi-même tenant Molly contre mon cœur dans un rare moment de paix et d'amour, et un terrible sentiment de peine et de nostalgie jaillit en moi.

Je restai absorbé dans ce tableau jusqu'au moment où j'entendis la voix de Brashen. « Que s'est-il passé ? demanda-t-il d'une voix tendue. Comment Parangon est-il arrivé là ?

— Son ancre a dérapé, capitaine. » Clef s'exprimait du ton protocolaire d'un second à son commandant.

« Ce n'est pas la marée qui a fait ça, ni une mauvaise fixation de l'ancre, intervint Althéa : c'est Parangon. Reste à en savoir la raison. » Au ton qu'elle avait employé, elle ne s'attendait pas à un motif très noble.

Ils restèrent à bonne distance de la figure de proue et observèrent l'étreinte immobile ; c'est Ambre qui s'avança en se dégageant de Braise et de Lant comme un bateau qui traîne son ancre.

« Non, je t'en prie ! » fit Althéa, mais Ambre ne l'écouta pas et s'arrêta à portée de Parangon.

Vivacia leva la tête de l'épaule de l'autre vivenef et poussa un grand soupir. « Ce que nous étions, ce que nous aurions pu devenir… Ça nous est désormais impossible. Les jeunes dragons, les serpents qui ont éclos à Trehaug et qui vivent aujourd'hui à Kelsingra, ceux-là y parviendront peut-être d'ici un siècle, mais pas nous ; jamais.

— Tu te trompes. » La voix de Parangon était un grondement sans rien d'humain. « Ambre peut nous aider à nous procurer de l'Argent, et je pense qu'ainsi nous pouvons rassembler assez de notre nature initiale pour parvenir à notre véritable état. »

Les bateaux s'écartèrent légèrement et rompirent leur étreinte pour se tourner vers Ambre. « Ce n'est pas certain, dit-elle, et je ne veux pas promettre ce que je ne peux pas tenir. L'Argent, oui, je fais le serment de tout faire pour vous en obtenir ; mais sera-ce suffisant pour vous transformer en dragons ? Je l'ignore.

— Et ? demanda Vivacia d'un ton brusque.

— Et quoi ? » fit Ambre, surprise.

Le visage de la vivenef reprit un aspect plus humain. « Et qu'exiges-tu de moi en retour ? Ce sont des Marchands qui ont fait de moi ce que je suis ; leur sang et leurs pensées imbibent mon pont et chacune de mes fibres. Rien n'est gratuit avec les hommes ; que veux-tu de moi ?

— Ri... » Mais la réponse d'Ambre fut noyée par le cri du cœur de Parangon.

« Gamin ! Je veux Gamin sur mon pont pour mon dernier voyage ! » Il arborait à nouveau mes traits. Bouleversé, je me demandai si j'avais cette expression quand j'imaginais retrouver mon enfant. Quand il parla, ce fut avec la sensibilité d'un humain. « Qu'on me rende ce qui m'appartient. Et Parangon Akennit ! Je le veux aussi. Kennit me l'a souvent promis quand ce n'était qu'un enfant sur mes ponts ; il disait qu'il aurait un fils et qu'il lui donnerait mon nom ! J'ai tant supporté pour sa famille, tant de souffrance ! Sans moi, il n'aurait jamais vu le jour ! Je le veux ; je veux qu'il me voie et qu'il sache que je suis le bateau de sa famille avant que je me transforme en dragons et le quitte pour toujours.

— Pour toujours... » J'entendis le murmure désolé d'Althéa, et je compris qu'elle avait nourri l'espoir qu'il changerait d'avis, ou garderait au moins un lien avec Brashen et elle après sa transformation.

« Parangon ! » Le cri joyeux avait jailli du pont de Vivacia.

Je vis un jeune homme d'environ vingt-cinq ans avec une épaisse tignasse châtain et un grand sourire aux lèvres ; son teint hâlé était acajou, et ses larges épaules tendaient le tissu de sa chemise. Quiconque connaissait Brashen et Althéa savait au premier coup d'œil que c'était leur fils ; tenant une lanterne à bout de bras, il ignorait manifestement ce qui se passait et regardait son bateau d'enfance avec ravissement.

« Trellvestrit ! » lança quelqu'un derrière lui, mais Gamin avait déjà posé sa lanterne et grimpé sur le beaupré de Vivacia ; il le parcourut d'un pas léger puis, sans hésitation, se jeta vers Parangon. Celui-ci lâcha aussitôt l'autre figure de proue puis saisit le jeune homme au vol et le souleva comme je le faisais jadis avec les enfants de Devoir ; puis, tout comme moi alors, il fit semblant de le jeter en l'air avant de le rattraper. Agile comme un acrobate, le jeune homme accepta le traitement en éclatant de rire. Il se dégagea de la poigne du bateau, monta sur les mains de Parangon et s'élança dans un saut périlleux arrière pour retomber lestement sur les paumes géantes ; c'était visiblement un jeu qui datait de son enfance et que tous deux se remémoraient avec plaisir. J'avais rarement observé une telle confiance entre deux êtres : Parangon eût facilement mis Gamin en pièces de ses grandes mains de bois, mais il se contentait de le tenir à bout de bras, et chacun regardait l'autre attentivement, l'homme scrutant le visage du bateau avec un large sourire.

Je ne m'en étais pas aperçu, et Parangon non plus peut-être, mais des bouts avaient été lancés aux petites barques, et elles tiraient une vivenef d'un côté et l'autre de l'autre pour les écarter à distance prudente en les faisant pivoter sur leurs ancres. Gamin était-il au courant de ce plan ? Et Parangon s'en souciait-il seulement ? Il avait exposé ses désirs à Vivacia et il avait obtenu la moitié de ce qu'il demandait, et l'expression de Gamin était d'une affection dépourvue de peur pour son bateau ; pas étonnant qu'il eût manqué à Parangon.

« Prince Fitz…

— Chut ! » répondis-je à Persévérance. Je regardais Althéa et Brashen ; le conflit d'émotions dont ils étaient victimes se voyait clairement sur leurs traits : amour pour leur fils, inquiétude de le voir entre les mains du bateau, mais aussi attendrissement de les voir ensemble. Gamin dit quelques mots à Parangon alors que celui-ci le rattrapait, et la figure de proue éclata de rire, la tête en arrière. J'avais du mal à croire que c'était la même créature qui montrait un désintérêt suprême pour le bien-être de son équipage. Je m'attendais à demi à entendre Brashen et Althéa mettre leur fils en garde, mais ils l'observaient en silence ; était-ce en lui ou en Parangon qu'ils avaient confiance ?

Comme la figure de proue se tournait pour le déposer sur le pont, j'entendis Gamin lui dire : « Tu m'as tellement manqué ! Vivacia est un superbe bateau, mais elle est toujours sérieuse, et cousin Hiémain est un excellent capitaine, mais sa table est maigre. Maman ! Papa ! Vous êtes là ! Qu'est-ce qui vous amène à Partage sans un oiseau pour nous avertir de votre arrivée ? J'étais chez le voilier quand on est venu me chercher en courant ! Si nous avions su que vous alliez passer, vous auriez eu droit à un meilleur accueil !

— Le meilleur accueil pour nous, c'est de te voir ! » répondit son père avec chaleur pendant que son fils descendait des mains de Parangon. La figure de proue souriait si largement par-dessus son épaule aux trois humains que j'avais du mal à comprendre ce que je voyais.

Ambre, oubliée de tous, s'était reculée. Je lui touchai la manche en murmurant : « C'est Fitz », et elle se rapprocha de moi avec un soupir tremblant de soulagement en s'accrochant à mon bras comme à une planche de salut dans une tempête. Elle avait le souffle court. « Tout le monde va bien ? Quelqu'un a-t-il été blessé ?

— Tout va bien ; Gamin est avec ses parents, Clef et une partie de l'équipage.

— J'étais morte de peur. »

Elle s'efforçait de se calmer, et je dis d'un ton apaisant : « Parangon a l'air paisible, et même affable.

— Il est double, Fitz ; il est composé de deux dragons. Je pense que c'est l'origine de sa folie, et parfois j'ai l'impression qu'il a deux tempéraments, l'un adolescent, farceur, affamé d'affection et d'amitié, l'autre capable de quasiment n'importe quoi.

— Je crois que j'ai vu les deux, ce soir.

— Alors nous avons de la chance que Gamin ait suscité sa bonne nature ; il est impossible de prévoir ce qu'une vivenef furieuse pourrait infliger à une autre.

— Se battent-elles ? Une vivenef peut-elle se faire tuer ?

— Elle peut être détruite par le feu, ou défigurée comme l'était Parangon. » Elle prit un air songeur. « Je n'ai jamais entendu parler d'affrontement physique entre vivenefs ; de jalousies, de rivalités, de querelles, oui, mais sans jamais en venir aux mains. »

Je m'aperçus que Persévérance, non loin de nous, nous écoutait ; dans les ombres derrière lui, Braise se tenait aux côtés de Lant.

« Veux-tu que nous retournions chez toi ? proposai-je. J'ai hâte d'apprendre ce qui s'est passé à terre.

— Oui, je te prie », répondit-elle, et, comme nous nous mettions en chemin, elle s'appuya plus lourdement sur mon bras. Clef nous rattrapa.

« Les commandants veulent vous voir dans leur cabine. S'il vous plaît. » Mais ce n'était pas une prière.

« Merci ; nous y allons tout de suite. »

Il hocha la tête et disparut sans bruit dans l'obscurité. La nuit était tombée sur le port ; des lanternes brûlaient sur les mâts des navires proches, et des lampes scintillaient plus loin aux fenêtres de Partage, étincelles à peine plus brillantes que le semis d'étoiles dans le ciel. Je levai les yeux et fus soudain pris d'une violente envie de sentir mes pieds sur la terre, au milieu d'une bonne forêt, avec des proies à chasser et à tuer, et toutes les choses simples qui rendent la vie agréable.

17

Bave de serpent

Mon roi, ma reine, estimée dame Kettricken,

Je suis parvenue à destination et ai déjà eu plusieurs entrevues avec le roi Reyn et la reine Malta des Marchands-Dragons. La Marchande Khuprus, mère de sa majesté Reyn, y assistait au nom des Marchands du désert des Pluies ; j'ai dû m'adapter à cette présence imprévue.

Les deux guérisseurs d'Art qui m'accompagnaient ont pu réaliser quelques actes curatifs pour les gens d'ici, mais je leur ai déconseillé d'entreprendre des tâches de plus vaste envergure, car ils m'ont appris que l'influence de l'Art est puissante dans la ville et risque de les emporter. Il faut aussi songer que de grandes opérations méritent en principe de grandes faveurs en retour, or, malheureusement, cela me paraît peu probable.

Le roi et la reine affirment n'avoir pas assez d'ascendant sur les dragons pour leur ordonner de cesser leurs attaques sur nos troupeaux. À vrai dire, ils paraissaient n'avoir guère d'autorité sur leurs sujets non plus, car toutes les décisions d'importance sont prises par consensus. Je ne sais pas exactement comment faire face à une telle situation. La Marchande Khuprus dit aussi ne pouvoir parler qu'au nom de sa famille, car les contrats que nous souhaitons passer, à savoir des guérisons en échange d'articles de commerce, doivent recevoir l'autorisation du conseil des Marchands après un vote.

Je n'oublie pas que vous m'avez conseillé de me montrer aussi généreuse que possible lors de ce premier contact, mais, à mon avis, si nous donnons trop libéralement ce que ces gens désirent si fort, nous perdrons une grande partie de notre capacité à marchander.

Les artiseurs que vous avez envoyés avec moi pensent qu'il serait peut-être préférable d'établir un centre de soins dans les Six-Duchés, là où le courant d'Art est plus docile, et de dire aux habitants du désert des Pluies de s'y rendre pour s'y faire traiter. Ici, l'Art est si puissant que je dois vous faire parvenir le présent message par pigeon voyageur.

Nous prendrons le bateau pour rentrer dans trois jours.

À votre service,
Dame Romarin

Nous ne perdîmes pas de temps à la Mannequinière : Dwalia ignorait combien de personnes risquaient de nous identifier après le massacre, et elle ne cessait de demander à Vindeliar ce que Kerf s'en rappellerait et ce qu'il en raconterait. « Il n'aura rien oublié, gémissait le magicien ; je n'ai pas eu le temps de lui en donner l'ordre. Tu nous as obligés à nous enfuir. Il sera égaré mais il n'oubliera pas ce qu'il a fait, et il dira tout si on le torture suffisamment. » Il avait secoué sa grosse tête carrée d'un air accablé. « Tout le monde parle quand la douleur devient trop forte ; tu me l'as montré.

— Et tu poussais des cris aigus en te pissant dessus comme un corniaud qu'on frappe à coups de pied », avait-elle répliqué durement. Aussi, au lieu de dormir dans une chambre d'auberge grâce à la magie de Vindeliar, avions-nous passé la nuit sous un pont pour échapper aux regards inquisiteurs, et, dès que le soleil avait commencé à illuminer le ciel, Dwalia nous avait envoyés dans l'eau glacée pour faire disparaître le sang de nos vêtements. Nous ne restâmes pas seuls longtemps : des hommes et des femmes vinrent de la ville avec des paniers de linge sale ; les lavandiers avaient chacun une zone réservée le long de la rive rocheuse, et ils dressèrent leurs séchoirs en nous adressant des regards si noirs que nous finîmes par décamper.

Dwalia nous ramena en ville ; elle ne connaissait sans doute rien d'autre que l'animation des rues alors que j'eusse cherché refuge en forêt le temps qu'on nous oubliât. Elle avait dit à Vindeliar d'un ton rude : « Rends-nous ordinaires, et remets mon visage en état ; ne laisse aucune blessure qui attire l'attention. Vas-y. »

Il essaya ; je sentis sa magie clapoter contre mes sens. Le résultat ne devait pas être parfait, mais, dans un port, les pauvres ne manquent pas, et notre aspect n'était pas assez insolite pour attirer les regards. Nous restâmes prudemment à l'écart de la ravissante auberge et de la rue fréquentée où la Marchande Akriel avait péri, et Dwalia nous conduisit dans la partie mal famée de la ville, où les tavernes se signalaient par des enseignes grisées et fendues par les intempéries, et où des caniveaux verdâtres montait une odeur pestilentielle.

Pendant que Dwalia et moi nous dissimulions dans une venelle ou nous asseyions au bord du trottoir, main tendue dans une vaine tentative d'apitoyer les passants, Vindeliar arpentait la rue en quête de proies faciles ; certaines étaient plus aisées à influencer que d'autres, et il prenait un petit peu à chacune, quelques pièces ici, quelques pièces là. Ses victimes donnaient de leur plein gré – c'est en tout cas le souvenir qu'elles en garderaient, même si elles ne s'en rappelaient pas la raison. Le soir venu, nous eûmes réuni de quoi nous payer un repas chaud et une nuitée dans une auberge de bas étage.

L'établissement n'avait rien à voir avec celui dans lequel la Marchande Akriel m'avait emmenée : le dortoir était un simple grenier au-dessus de la salle principale. Nous y trouvâmes des places et nous couchâmes tout habillés. Je ne pus m'empêcher de comparer ma situation avec l'avenir que j'avais touché du doigt, et, une fois les autres endormis, je laissai couler mes larmes. Je m'efforçai de songer à Flétribois, à ma maison et à mon père, mais ils me paraissaient lointains et moins réels que mes rêves.

Car des rêves me vinrent cette nuit-là et me frappèrent comme grêle. Au sortir de chacun, je me réveillais en sursaut, saisie du besoin de le raconter, de l'écrire, de le chanter ; c'était une compulsion aussi forte qu'une envie de vomir, mais je la réprimais : Dwalia en tirerait trop de plaisir. Ainsi, ma vision du lent attelage de bœufs qui piétinait un enfant dans une rue boueuse, celle d'une reine avisée qui plantait de l'argent et récoltait du blé d'or, celle d'un homme qui, monté sur un gigantesque cheval rouge, traversait une étendue de glace pour accéder à une nouvelle terre, toutes, je les ravalai. Si elles évoquaient des avenirs possibles, je ne voulais pas que Dwalia le sût. Je me sentais mal et misérable de garder ces rêves en moi, mais la satisfaction que je tirais de contrarier la lingstra compensait mon malaise.

Le lendemain, je tremblais tant que j'avais peine à marcher. Vindeliar me regardait d'un air inquiet tandis que Dwalia affichait une expression calculatrice. « Il faut quitter la ville, lui dit-elle. Parcours les esprits, vois si quelqu'un se rend à Clerres, ou y a été. » Il avait persuadé un boulanger de nous accorder une miche de pain ; Dwalia l'avait partagée, une moitié pour elle, l'autre pour Vindeliar ; il l'avait guignée d'un air affamé, puis, à contrecœur, m'avait donné la moitié de sa moitié. Elle n'était pas plus grosse que mon poing, et je devais faire tout mon possible pour ne pas l'avaler tout rond.

J'entendis Vindeliar dire tout bas à Dwalia : « Je crois qu'elle est malade. »

Elle me regarda et sourit. « C'est vrai, et tant mieux ; ça signifie que j'ai raison, au moins en partie. »

Je ne compris pas ces propos. Plus la journée avançait, plus je me sentais mal ; je me pelotonnai aussi loin d'elle que ma chaîne le permettait et tâchai de dormir. Vindeliar prélevait ses petits tributs aux passants, Dwalia regardait les gens déambuler, accroupie comme un crapaud. Je décidai de vérifier son assertion selon laquelle nul ne voudrait m'aider et me mis à crier au secours ; quelques personnes tournèrent la tête, mais Dwalia tira sèchement sur ma chaîne. « Elle découvre l'esclavage », expliqua-t-elle d'un ton enjoué, et, malgré mes dénégations bafouillantes, nul ne m'écouta ; je n'étais qu'une esclave étrangère parmi d'autres.

Un homme s'arrêta pour parler avec ma maîtresse en langue commune et lui demander si j'étais à vendre ; il avait le regard dur. Elle répondit qu'il pouvait payer pour passer quelques heures avec moi, mais non pour m'acheter, et il me regarda d'un air songeur. Inspirée par la terreur, je feignis d'être victime de haut-le-cœur et forçai un filet de bile à couler de ma bouche sur mes vêtements. L'homme secoua la tête, visiblement peu désireux de partager le mal dont j'étais porteuse, et passa son chemin.

Le mal en question prit toute sa place le lendemain, et, dans la plaisante chaleur de l'été, je me roulai en boule, tremblant de froid ; loin de me réchauffer, le soleil vif m'infligeait une obscurité rose à travers mes paupières closes pendant que la fièvre me secouait.

Sur le plancher mal dégrossi du grenier de l'auberge, je frissonnais, et Vindeliar roula sur le côté pour placer un bras sur moi. Son odeur me répugnait – non celle de sa crasse ou de sa transpiration : son odeur personnelle. Mes sens de loup m'avertissaient de me méfier de lui. J'essayai de le repousser mais j'étais trop faible. « Laisse-moi te tenir chaud, frère, chuchota-t-il. Ce n'est pas ta faute.

— Ma faute ? » répétai-je sans le vouloir. Évidemment ; rien n'était ma faute dans ce qui m'arrivait.

« C'est moi. C'est moi qui ai créé la fracture qui t'a permis de t'enfuir ; c'est Dwalia qui me l'a dit. En refusant de faire ce qu'elle aurait voulu, j'ai ouvert une nouvelle voie, et tu l'as suivie en nous entraînant de plus en plus loin de la Voie ; du coup, nous sommes obligés d'endurer souffrances et privations sur le chemin épineux qui nous y ramène. Une fois que nous serons de nouveau sur la route de Clerres, nos difficultés s'atténueront. »

Je tentai d'écarter son bras d'un mouvement de l'épaule, mais il m'attira plus près de lui. Sa puanteur était partout et me suffoquait. « Tu dois apprendre de cette leçon, frère : une fois que tu acceptes la Voie, tout est plus facile. Dwalia nous guide ; je sais qu'elle a l'air cruelle, mais, si elle est dure, c'est seulement parce que tu nous as emmenés loin de la vraie Voie. Aide-nous à y retourner, et tout deviendra beaucoup plus simple. »

Ce discours ne lui ressemblait pas, ni à Dwalia ; peut-être répétait-il les propos d'un de ses professeurs. Je rassemblai toute ma volonté et dis, non sans effort : « Ma vraie voie me ramène chez moi ! »

Il me tapota l'épaule. « C'est ça, tu as raison : ta vraie voie te ramènera chez toi. Maintenant que tu l'admets, tout sera plus facile. »

Je le haïssais. Je me roulai sur le sol, malade, furieuse et impuissante.

Dwalia nous conduisit dans différentes zones du front de mer et interpella les passants pour leur demander s'ils avaient connaissance d'un bateau en partance pour Clerres ; la plupart haussèrent les épaules, et les autres firent semblant de ne pas l'entendre. Je me pelotonnais misérablement pendant que Vindeliar, à l'écart, arpentait les rues en « mendiant » ; il choisissait ses proies, et je savais qu'elles n'avaient guère leur mot à dire quand il leur imposait sa pensée : je voyais avec quelle répugnance elles mettaient la main à la poche ou à la bourse, et leur perplexité quand elles s'éloignaient de lui. Ce quartier de la ville ne comptait guère de gens riches, et je soupçonnais Vindeliar de faire preuve de compassion, à cause des petites sommes qu'il soutirait à ses victimes, alors que Dwalia le morigénait toujours pour avoir plus.

Un jour, il n'obtint pas assez d'argent pour nous permettre de dormir sous un toit, et, alors que je me croyais au fond du trou, je me mis à claquer des dents quand le froid du soir tomba.

D'ordinaire, Dwalia ne s'intéressait guère à mon mal-être, mais elle craignit sans doute ce soir-là que ma vie ne fût en jeu ; elle n'eut pas un geste pour me réconforter et tourna sa colère contre Vindeliar. « Qu'est-ce qui t'arrive ? lui lança-t-elle quand la rue fut déserte et qu'il n'y eut plus personne pour entendre ses remontrances. Tu étais fort, et maintenant tu ne sers plus à rien ! Tu étais capable de maîtriser toute une troupe de mercenaires et de la cacher à la vue de tous, et voilà que tu arrives à peine à tirer un ou deux sous de la bourse d'un fermier ! »

Pour la première fois depuis des jours, je perçus une ombre de rébellion dans la voix de Vindeliar. « J'ai faim, je suis fatigué, je suis loin de chez moi et ce que j'ai vu jusqu'ici ne me plaît pas. Je me donne du mal, mais j'ai besoin de… »

Elle le coupa furieusement. « Non ! Tu n'as pas besoin : tu as envie ! Et je sais de quoi tu as envie. Crois-tu que j'ignore le plaisir que tu y prends ? Je t'ai vu les yeux révulsés et la bave aux lèvres. Non. Il n'en reste qu'un, et nous devons le garder en cas de nécessité vraiment vitale ; et après il n'y en aura plus pour toi, Vindeliar – plus jamais, parce que c'est devenu rare depuis que le petit esclave à neuf doigts a libéré le serpent ! »

Ces mots éveillèrent un étrange écho en moi, comme le souvenir d'un événement auquel je n'avais pas participé. Un jeune esclave à neuf doigts… Il me semblait le voir, brun et menu, toute force résidant dans sa volonté, sa détermination à faire le bien. « Le serpent était dans un bassin de pierre », murmurai-je à part moi. Ce n'était pas dans une cuvette que se trouvait le serpent dans le rêve, non.

« Que dis-tu ? demanda Dwalia sèchement.

— J'ai envie de vomir », répondis-je ; je répétais souvent ces mots ces derniers jours. Je fermai les yeux et me détournai ; mais, les paupières closes, j'étais incapable de maîtriser les images qui envahissaient mon esprit. L'esclave s'approcha du bassin de pierre, s'acharna sur les barreaux de fer qui le ceignaient, et finit par libérer un passage pour le serpent qui sortit et plongea dans l'eau. Oui, dans l'eau, celle de la marée montante. Comment pouvais-je me rappeler ce que je n'avais pas vu ? Et pourtant les vagues s'élevaient, débordaient dans le bassin et le remplissaient, mais sans le nettoyer. L'esclave et le serpent se dissolvaient dans un néant blanc, et je ne voyais rien d'autre.

J'ouvris les yeux ; l'aube pointait. Nous avions dormi dans la rue, mais je n'avais plus froid. J'étais ankylosée comme lorsqu'on s'est reposé sur la terre compacte ou qu'on est resté alité à cause d'une longue maladie. Je me redressai lentement, ou du moins m'y efforçai-je. Dwalia était couchée sur ma chaîne ; je pris une pleine poignée de maillons et tirai brutalement. La femme ouvrit les yeux pour me lancer un regard noir, et je rétorquai en montrant les dents.

Elle émit une espèce de reniflement comme pour m'avertir que je ne lui faisais pas peur, et je décidai que, la prochaine fois qu'elle dormirait, je lui donnerais un bon motif de me craindre. Mes yeux se portèrent avec bonheur sur la morsure enflammée que je lui avais infligée, puis je détournai le regard de peur qu'elle ne devinât mon dessein.

Elle se leva et décocha un coup de pied à Vindeliar. « Debout ! dit-elle. Il est temps de partir, avant que certains se demandent pourquoi ils ont donné la moitié de leur argent à un mendiant. »

Je m'accroupis dans un caniveau pour me soulager tout en m'interrogeant : depuis quand avais-je perdu toute pudeur, et, de fait, toute manière civilisée ? Ma mère ne m'eût jamais reconnue avec ma tignasse emmêlée, ma peau couverte de crasse et mes ongles noirs. Les vêtements propres que la Marchande Akriel m'avait donnés ne supportaient pas le traitement que je leur infligeais ; en songeant à elle, les larmes me montèrent aux yeux. Je les essuyai en me laissant probablement une traînée noirâtre sur les joues, puis je regardai mes mains et la peau de mes doigts qui pelait ; je me débarrassai des lambeaux de peau puis, levant les yeux, je vis Dwalia qui me toisait d'un air narquois.

« La Voie la connaît, même si elle ne connaît pas la Voie », dit-elle à Vindeliar, qui avait l'air abasourdi, puis elle tira durement sur la chaîne, et je dus la suivre d'un pas trébuchant. Mes bras me démangeaient, et, quand je les grattais, ma peau s'en décollait en minces épaisseurs qui se roulaient en boule sous mes doigts. Ce n'était pas la pelade due à un coup de soleil : la peau qui s'arrachait était fine comme de la soie d'araignée, et, en dessous, elle n'était pas rose, mais blanchâtre, crayeuse.

Sur le front de mer, nous contournâmes brouettes, carrioles attelées et portefaix pendant que Dwalia nous menait vers une étendue d'échoppes de marché. L'odeur de nourriture frappa mes narines, et mon estomac bondit dans ma gorge et m'étouffa ; pendant plusieurs jours, je n'avais ressenti aucune faim, mais à présent elle m'assaillait sans merci au point de me laisser tremblante et saisie de vertiges.

Dwalia ralentit, et j'espérai qu'aussi affamée que moi elle disposait de quelques pièces pour acheter à manger ; mais elle continua de me tirer derrière elle et finit par s'arrêter près d'une foule grandissante, réunie autour d'un homme de haute taille et aux épaules larges debout sur une carriole. Il portait un haut chapeau à rayures multicolores, son manteau, rayé lui aussi, avait un col dressé jusqu'à ses oreilles ; jamais je n'avais vu une telle tenue. Derrière lui se trouvait un caisson en bois muni d'innombrables petites portes, chacune d'une couleur différente et ornée d'un emblème gravé. Au-dessus de la tête de l'homme, des écharpes et des grelots pendaient d'une structure en bois ; la brise qui soufflait constamment de la mer faisait tinter les uns et flotter les autres ; même le grand cheval gris qui patientait entre ses brancards avait des rubans et des clochettes dans la crinière. Je n'avais jamais assisté à pareil spectacle !

J'avais oublié ma faim. Quelles merveilles ce marchand pouvait-il vendre ? C'était, semble-t-il, la question que chacun se posait. Il se mit à parler dans une langue que je ne connaissais pas, puis passa brusquement à la langue commune. « Une fortune pour vous qui mettra vos pas sur le chemin de la chance et qui provient d'un pays lointain ! Refusez-vous de donner une pièce d'argent pour un si grand savoir ? Fous que vous êtes ! Où dans ce marché pouvez-vous recevoir la sagesse et la bonne fortune contre une pièce d'argent ? Devez-vous vous marier ? Votre femme tombera-t-elle enceinte ? Faut-il planter des raves ou des légumes cette année ? Allons, approchez, ne vous tourmentez plus ! Placez une pièce d'argent sur votre front puis remettez-la-moi avec votre question ; la pièce m'indiquera quelle boîte ouvrir ! Allons, qui veut essayer ? Qui sera le premier ? »

Dwalia fit un bruit de gorge qui évoquait le grondement d'un chat, et je regardai Vindeliar : il avait les yeux écarquillés. Il remarqua l'attention que je lui portais et murmura : « Il imite les petits prophètes de Clerres, ceux que les Quatre envoient de par le monde. Ce qu'il fait est interdit ! C'est un usurpateur ! »

Deux personnes se tournèrent vers lui ; il baissa les yeux et se tut. L'homme à la carriole continuait son boniment dans les deux langues, et soudain une femme brandit une pièce. Il acquiesça de la tête, et elle plaqua la pièce sur son front avant de la tendre au camelot ; il sourit, la prit et la mit à son tour sur son front. Il posa une question à la femme, elle lui répondit, puis, en langue commune et à la cantonade, il déclara : « Elle veut savoir si sa mère et sa sœur voudront bien l'accueillir si elle entreprend un long voyage pour les voir. »

Il plaqua de nouveau la pièce sur son front puis la tendit à bout de bras ; sa main balança, fit un cercle, et on eut l'impression que la pièce la guidait vers la petite porte qu'il avait choisie ; il l'ouvrit et en tira une noix, à ma grande surprise. Elle était en or, ou peinte en doré. Il la cogna brusquement contre son front comme s'il cassait un œuf, puis il l'offrit à la femme ; d'un geste hésitant, elle la prit et l'ouvrit : la noix s'était fendue en deux parties égales, comme tranchée par un couteau. Ravie, la femme la plaça sur sa paume et en sortit une mince bande de papier blanc, mais bordé de jaune, de bleu, de rouge et de vert sur les côtés. Elle regarda le mince ruban puis le rendit à l'homme en lui posant une question.

« Lis-le ! Lis-le ! » lança la foule en écho à sa demande.

Il prit le papier. Il avait des mains élégantes, et, ostensiblement, il déroula l'étroit ruban avant d'examiner ce qui y était écrit ; il s'arrêta soudain, et les badauds se pressèrent davantage. « Ah, bonne nouvelle, très bonne nouvelle ! Tu voulais un conseil pour ton voyage, et le voici ! "Marche avec le soleil et savoure la route. Une table bien mise et un lit propre t'attendent à ta destination. Ton arrivée emplit la maison de joie." Allons, prépare ton balluchon et mets-toi en chemin ! Et maintenant, à qui le tour ? Qui veut apprendre quel destin l'attend ? Est-ce que ça ne vaut pas une pièce ? »

Un jeune homme en tendit une, le marchand s'en saisit et donna de nouveau un spectacle digne d'un marionnettiste avant de sortir une prophétie de la noix d'or ; le client obtint de bons augures pour l'offre de mariage qu'il souhaitait faire et s'écarta de la carriole avec un sourire ravi. D'autres mains tendaient à présent des pièces, certaines avec des mouvements frénétiques. Les yeux étrécis comme un chat devant un trou de souris, Dwalia regardait l'homme accepter l'argent et prédire la bonne aventure ; toutes les réponses n'étaient pas positives : un homme qui s'interrogeait sur les récoltes reçut l'avertissement d'économiser son argent et de ne pas faire l'achat qu'il envisageait. Il eut l'air abasourdi puis annonça à la foule : « J'étais venu chercher un cheval de trait ! Mais je vais attendre, maintenant. »

Un couple qui espérait une grossesse, un homme qui songeait à vendre sa terre, une femme qui voulait savoir si son père se remettrait de sa blessure… tant de gens qui souhaitaient savoir ce que demain leur réservait ! Parfois, le marchand prenait la pièce d'argent, la posait sur son front puis l'ôtait en fronçant les sourcils. « Elle ne me guide pas, disait-il. Il m'en faut une plus grosse pour trouver la réponse à ta question. »

Et, à ma grande stupeur, les gens la lui donnaient, comme si, une fois lancés, ils ne pouvaient plus faire demi-tour. Certains lisaient leurs messages tout haut, d'autres se courbaient sur le ruban de papier et le déchiffraient à l'écart, et le marchand de fortune les lisait aux analphabètes. Les tiroirs de son petit caisson s'ouvraient les uns après les autres ; l'assistance ne diminuait pas ; même ceux qui avaient déjà acheté leur divination restaient pour savoir ce que les autres allaient apprendre.

Dwalia nous fit sortir de la foule, puis elle s'arrêta et murmura à Vindeliar : « Empare-toi de lui.

— Lui ? » Vindeliar avait répondu à voix haute.

Elle eut visiblement envie de lui donner une taloche mais se retint ; elle ne voulait pas attirer l'attention des spectateurs.

« Oui, lui ; celui qui fait commerce de fausses prédictions, répondit-elle, les dents serrées.

— Ah ! » Il fixa son regard sur sa cible, et je sentis des palpes de sa magie flotter vers lui ; je compris aussitôt qu'il n'arriverait à rien. L'homme avait une volonté trop forte pour se laisser capturer par des filaments aussi fragiles. Je percevais la forme que le marchand de bonne aventure créait dans le monde, et je constatai avec surprise qu'il possédait une sorte de saupoudrage de magie ; il ne la projetait pas comme Vindeliar : il en était seulement recouvert, comme ses vêtements le couvraient de couleurs vives, et, à l'instar de ces dernières, sa magie invitait les passants à venir le voir de plus près. Je tendis mon esprit et la pressai doucement ; l'homme eut l'air un instant perplexe, et je m'écartai : il ne savait qu'attirer les gens et ignorait même probablement qu'il se servait de magie.

Je me tournai vers Vindeliar et vis qu'il me regardait avec une expression étrange. Je baissai les yeux et me grattai sous le col ; je n'avais pas eu l'intention de toucher sa magie ; le contact avait été involontaire, mais il l'avait senti, et ses soupçons s'étaient éveillés.

Le marchand brandissait une pièce qui le mena à un tiroir avec un oiseau sculpté. Je fis semblant d'être absorbée par le spectacle.

« Je n'y arrive pas, dit Vindeliar à Dwalia, et je crus qu'il allait pleurer. Il n'y a pas moyen d'entrer.

— Trouves-en un.

— Je ne peux pas », répondit-il d'une voix défaillante.

Elle bouillit en silence pendant quelques instants, puis elle le saisit par la chemise et l'amena si près d'elle que je la crus sur le point de le mordre. Elle dit dans un murmure venimeux : « Je sais ce que tu veux ; je sais ce que tu meurs d'envie d'obtenir. Mais écoute-moi, triste créature difforme, ni humain ni Blanc : il ne me reste qu'une seule dose de potion. UNE SEULE ! Si tu la prends maintenant, nous ne l'aurons plus au moment où tu auras peut-être absolument besoin de puissance. Alors trouve le moyen d'entrer en lui, et tout de suite, ou je te tue. Ce n'est pas plus compliqué. Si tu es incapable de faire ton travail, tu ne sers à rien, et je vais te laisser pourrir sur le bord du chemin. » Elle le repoussa.

J'avais observé l'effet de ce discours sur le visage de Vindeliar, où chaque mot se plantait en lui comme une flèche. Il ne doutait pas qu'elle dît la vérité, et moi non plus : s'il échouait, elle le tuerait. Peu importait quand ou comment : elle le tuerait.

Et je me retrouverais seule avec elle. Cette idée me frappa comme un coup de hache.

Les épaules de Vindeliar se mirent à monter et à descendre au rythme de sa respiration accélérée par la terreur. Sans réfléchir, je lui pris la main. « Essaie », fis-je d'un ton implorant. Il se tourna vers moi, les yeux agrandis. « Essaie, mon frère », murmurai-je encore. Je ne voulais pas, je ne pouvais pas regarder Dwalia ; souriait-elle devant notre effroi ? Se réjouissait-elle de nous avoir poussés à nous allier sous son intimidation ? Je ne voulais pas le savoir.

La main potelée de Vindeliar se referma sur la mienne ; elle était si chaude et moite que j'eus l'impression d'avoir enfoncé la main dans la gueule d'un animal, et je regrettai de ne pouvoir la retirer. Mais ce n'était pas le moment d'instiller le moindre doute en lui. Il prit une inspiration hachée, et je le sentis se calmer – mais pas seulement : je le sentis rassembler sa magie, et je me rendis compte que, quoi qu'en crût Dwalia, c'était la magie des Loinvoyant. J'éprouvai une fugitive indignation devant ce vol du talent royal, puis il le projeta vers le marchand.

Combien de fois avais-je senti mon père ou ma sœur se servir de cette magie ? Ils l'employaient comme le poignard le plus pointu qu'on pût imaginer et l'envoyaient droit vers la personne qu'ils souhaitaient atteindre. Vindeliar retroussa les lèvres puis les rentra, s'efforçant de toucher le marchand comme s'il lui jetait un liquide épais ; comment avait-il réussi à dominer le duc Ellik et ses hommes avec une magie aussi maladroite ? Peut-être était-il plus fort alors, assez pour n'avoir pas besoin d'affiner son art ; c'était peut-être comme la différence entre tuer une fourmi à coups de marteau et l'écraser du bout du doigt.

La magie se mouvait lourdement vers le marchand ; enfin elle l'atteignit et le baigna, mais il était si plein de lui-même, si débordant d'enthousiasme pour ce qu'il vendait qu'il ne sentit rien. L'Art reflua et s'écarta de lui ; je m'en rendis compte alors que la main de Vindeliar étreignait la mienne, et je perçus aussi la confiance qui l'abandonnait. Sa magie devenait moins tendue et moins concentrée à mesure que son désespoir croissait.

« Tu peux y arriver », lui soufflai-je, et, bandant ma volonté, je tâchai de lui insuffler de l'assurance.

Un jour où j'étais tombée d'un arbre et étais rentrée en courant auprès de ma mère avec le coude en sang, je ne m'étais pas aperçue que je saignais beaucoup plus du nez ; de même, avec l'Art qui s'échappait de moi et traversait Vindeliar, je ne sentis un élément vital me quitter qu'au moment où l'effet de cette fuite devint sensible. Vindeliar avait rassemblé toute sa magie disponible et l'avait envoyée vers le marchand comme une pierre mal lancée ; ma propre magie, si semblable à celle de mon père et de ma sœur qu'elle ne pouvait être qu'à moi, guida la sienne ; alors la trajectoire maladroite de la pierre devint soudain parfaitement ajustée.

Je la vis frapper le marchand, dont, au milieu de son boniment enjoué, les yeux s'écarquillèrent et le discours s'interrompit brusquement. Je perçus l'ordre de Vindeliar : *tu voudras faire ce que Dwalia désire.* Il transmit l'image de sa maîtresse en même temps que l'impression de ce qu'elle était : une femme importante, sage, à laquelle on obéissait ; une femme que l'on craignait. L'homme parcourut la foule des yeux et repéra Dwalia ; il la regarda avec inquiétude et respect. Elle lui adressa un signe de tête et dit tout bas à Vindeliar : « Je savais que tu en étais capable, si tu le voulais vraiment. »

Vindeliar lâcha ma main et il se couvrit la bouche, stupéfait de ce qu'il avait accompli. Quant au marchand, il poursuivit son baratin et vendit des noix d'or et d'extraordinaires prédictions aux badauds jusqu'au moment où toutes les petites portes de son cabinet furent ouvertes. Il annonça alors qu'il n'avait plus de prophéties à partager pour ce jour, et l'assistance se dispersa lentement en bavardant, certains continuant à examiner les rubans de papier où s'inscrivait leur avenir.

Nous restâmes où nous étions. L'homme ne cessa de jeter des coups d'œil à Dwalia tout en refermant les petites portes de son cabinet aux merveilles puis en descendant de sa carriole. Son cheval tourna la tête avec un reniflement interrogateur, mais le marchand se dirigea vers nous, la mine perplexe. Dwalia ne sourit pas. Vindeliar battit en retraite derrière elle, et je le suivis autant que me le permettait ma chaîne.

« Ce que tu as fait est mal », dit Dwalia tout de go ; l'homme s'arrêta, les yeux ronds. Sa bouche se tordit comme s'il allait vomir. « Tu as volé des noix de fortune de Clerres ; tu sais que c'est interdit. Ceux qui achètent une prédiction à Clerres savent qu'il faut la conserver chez soi à une place d'honneur, qu'il ne faut pas la donner ni la vendre à autrui. Mais tu t'en es procuré des dizaines, je ne sais comment. En revanche, ta petite comédie qui consiste à frapper les noix pour les ouvrir ne m'a pas dupée ; elles étaient ouvertes à l'avance, et tu as donné les révélations qu'elles renfermaient à ceux qui avaient bien payé. Comment les as-tu obtenues ? Les as-tu dérobées ?

— Non ! Non, je suis un honnête marchand ! » L'accusation paraissait l'horrifier. « J'achète et je vends ; j'ai un ami marin qui m'apporte des marchandises extraordinaires. Il ne mouille pas souvent ici, mais, quand ça arrive, il me fournit les noix et les prophéties à mettre à l'intérieur. Je suis connu pour mes articles rares, comme les prédictions faites par les gens pâles ; je les vends ici depuis des années. Si c'est un délit, je n'en suis pas responsable ! Je me contente de les acheter et de les vendre à ceux qui les veulent et qui savent qu'une pièce d'argent, c'est un juste prix pour quelque chose d'aussi exceptionnel ! »

Dwalia jeta un regard à Vindeliar ; il écarquilla les yeux, et je le sentis projeter sa magie vers l'homme. Elle s'écrasa mollement sur lui comme un linge mouillé, mais il adressa un petit hochement de tête à la femme. Elle sourit, ce qui transforma la marque de ma morsure en une affreuse créature qui rampait sur sa figure. « Tu sais que tu as mal fait, dit-elle d'un ton accusateur. Tu dois me remettre ce que tu as gagné, car je viens de la part des Pâles, des Blancs et des Quatre ; remets-moi l'argent que tu as engrangé grâce à ta tromperie, et je les implorerai de te pardonner. Dis-moi également le nom de ton ami et celui de son bateau, et je supplierai qu'on le pardonne lui aussi. »

Il la regarda sans rien dire, en soupesant la bourse où il avait rangé ses pièces d'argent. J'avais compté les petites portes du cabinet : il y en avait quarante-huit ; quarante-huit pièces, donc, dont certaines, plus grosses que d'autres, qu'il avait réussi à extorquer à ses clients. C'était une somme splendide, si ces pièces avaient la même valeur qu'en Cerf. Il pencha la tête puis la secoua. « Tu es bizarre, comme mendiante : tu m'accuses de vol et puis tu essaies de me dépouiller. Je ne sais même pas pourquoi je te parle ; mais je dois me marier demain, et une vieille tradition dit que, si on paie une dette qu'on n'a pas avant le jour du mariage, on sera toujours capable de rembourser ses dettes. Alors, tiens, voici une pièce d'argent, pour une dette que je n'ai pas. » Tout en parlant, il avait fouillé dans sa bourse et en avait tiré une pièce. Il la tint entre deux doigts puis l'envoya en l'air d'une chiquenaude ; Dwalia voulut l'attraper, mais elle glissa entre ses doigts et tomba par terre. Vindeliar se mit à quatre pattes pour s'en saisir, mais sa maîtresse posa le pied sur la pièce.

Le marchand s'était détourné et se dirigeait vers l'avant de sa carriole. Il lança par-dessus son épaule : « Tu devrais avoir honte. Donne à manger à cette gamine, et, si tu as un cœur, enlève-lui cette chaîne et trouve-lui une famille. »

Dwalia décocha un coup de pied brutal à Vindeliar, qui tomba sur le flanc, le souffle coupé. « Le nom du bateau ! » demanda-t-elle aux deux hommes, et je sentis l'effort douloureux que fit Vindeliar pour projeter sa magie.

Le bonimenteur était en train de monter sur sa carriole ; il dit sans se retourner : « Le *Rose de mer.* » Il prit les rênes et les fit claquer. Son cheval se mit en route d'un pas placide. L'homme s'était-il seulement rendu compte qu'il nous avait parlé ?

Dwalia s'accroupit, ramassa la pièce, puis se releva, et, alors que Vindeliar s'apprêtait à l'imiter, elle le jeta au sol d'un nouveau coup de pied. « Ne crois pas que ça paie tout », lui dit-elle d'un ton menaçant. Elle tira durement sur ma chaîne, et je poussai un cri de douleur involontaire ; puis, à ma grande humiliation, des larmes roulèrent sur mes joues. Je la suivis, pleurant et trébuchant, tandis que Vindeliar se remettait lourdement sur ses pieds et nous emboîtait le pas comme un chien battu.

Dwalia fit une halte pour acheter à manger : une miche de pain rassis pour Vindeliar et moi, un savoureux et croustillant friand à la viande et aux légumes pour elle. Elle surveilla d'un œil d'aigle le vendeur quand il lui rendit la monnaie, et elle fourra les piécettes dans un pli de ses vêtements, puis elle se mit à manger en marchant, et nous en fîmes autant. Je mourais d'envie de boire pour faire descendre le pain sec, mais elle ne s'arrêta pas près du puits municipal devant lequel nos pas nous firent passer, et elle nous mena sur le front de mer. Le port était un vaste cercle d'eau calme dans lequel pointaient les doigts des quais. Les plus gros navires étaient ancrés au milieu de la baie, et de petites embarcations allaient et venaient sur les flots comme des araignées d'eau pour y transporter passagers et ravitaillement. Plus près, des bateaux plus réduits amarrés aux pontons et aux jetées formaient une muraille de coques et une forêt de mâts entre nous et la mer libre. Les trois mendiants que nous étions entrèrent dans la bousculade des carrioles, des débardeurs et des marchands prospères qui s'invitaient à prendre le thé ou un verre de vin ou qui discutaient de leurs derniers achats et ventes.

Boîtant et traînant la patte, nous nous faufilâmes parmi eux, parfois invisibles, parfois agonis d'injures parce que nous bloquions la circulation ou empêchions quelqu'un de passer. Dwalia m'évoquait un vendeur de pain lorsqu'elle lançait à la cantonade : « La *Rose de mer* ? Où est-elle ancrée ? La *Rose de mer* ? Je cherche la *Rose de mer* ! »

Nul ne lui répondait. Le mieux qu'elle obtenait des passants était un mouvement de tête pour indiquer qu'ils ne connaissaient pas ; pour finir, Vindeliar tira sur sa manche et désigna du doigt un espace entre deux bateaux, par lequel nous avions une vue étroite sur la baie et un navire élégant dépourvu de figure de proue, mais orné d'un magnifique bouquet de fleurs à la proue avec une grosse rose rouge au milieu. Long et large, c'était le plus grand bateau du port. « Serait-ce celui-ci ? » demanda-t-il timidement. Dwalia fit halte malgré la presse et observa le navire. Ses mâts nus pointaient au ciel et il était haut sur l'eau ; les matelots se déplaçaient vivement sur ses ponts, occupés à des tâches propres à leur métier et dont le but m'échappait. Une barque avec six rameurs vint se placer contre son flanc, une grosse caisse y fut descendue, et un homme s'y transborda à son tour.

Quelqu'un me heurta brutalement et me lança une bordée d'invectives dans une langue inconnue. Je me rapprochai de Vindeliar, qui se tapit davantage derrière Dwalia. Celle-ci ne bougea pas et ne parut pas remarquer que nous gênions la circulation. « Il faut apprendre où se rend ce bateau », fit-elle à voix basse. Comme la barque s'éloignait du navire, elle partit soudain au petit trot, et je dus soutenir sa cadence. Il était malaisé de voir où se dirigeait l'esquif, car les navires à l'amarre et les entassements de caisses et de balles nous bloquaient souvent la vue ; mais nous continuions de courir, et mes pieds nus protestaient contre les pavés inégaux et les échardes des pontons en bois ; je me soulevai l'ongle d'un orteil, et il se mit à saigner. Dwalia passa devant un chariot attelé en me traînant derrière elle, si bien que je sentis l'haleine chaude des chevaux quand ils levèrent brusquement la tête, effrayés, et que j'entendis le cri furieux du conducteur qui me traita de tous les noms.

Nous arrivâmes enfin sur un appontement solidement bâti ; le ciel immense et bleu était parsemé de mouettes qui criaient, et le vent agitait mes vêtements et jouait dans mes cheveux. Je levai la main et les touchai, stupéfaite qu'ils eussent tant poussé ; y avait-il donc si longtemps que mon père et moi nous les étions coupés en signe de deuil à la mort de ma mère ? Cela me semblait dater de quelques jours et de plusieurs années à la fois.

Vindeliar et moi nous tenions côte à côte pendant que Dwalia tournait comme un ours en cage en exerçant à chaque pas une petite traction sur ma chaîne. Dès que le bateau fut assez proche, elle se mit à crier : « Vous êtes du *Rose de mer* ? Vous êtes le capitaine ? »

Un personnage bien habillé qui se tenait dignement à côté de la caisse en bois la regarda avec répugnance, et il fronça le nez comme s'il sentait notre odeur. Il demeura debout dans la barque sans prêter attention au tangage tandis que ses hommes grimpaient sur l'appontement et y fixaient les amarres. Un bossoir tourna pour surplomber l'eau. Après avoir supervisé le transfert de la caisse jusqu'à terre, l'homme gravit l'échelle qui menait au quai sans plus écouter les questions éperdues de Dwalia que les cris des mouettes. Comme si nous n'existions pas, il s'essuya les mains sur son pantalon noir et rajusta sa veste vert foncé ; elle avait deux rangées de boutons d'argent sur le devant, et d'autres pour fermer ses manchettes. Sa chemise était d'un vert moins sombre, et de petites pierres précieuses scintillaient à son col. C'était un bel homme, beau comme un mésangeai ; il prit un petit pot dans sa poche, l'ouvrit, y plongea le doigt et se le passa sur les lèvres, sans cesser de surveiller le quai par-dessus nos têtes.

Ses matelots ne faisaient pas preuve de la même réserve : leurs cris d'effroi hilare devant le spectacle que nous offrions étaient compréhensibles en n'importe quelle langue. Une femme vint se placer derrière Dwalia et se mit à se moquer d'elle et de son attitude en grimaçant et en gesticulant comme une simple d'esprit. Un matelot plus âgé la réprimanda d'un coup de coude puis fouilla dans sa poche pour offrir à Vindeliar une poignée de pièces de cuivre. Le garçon se tourna vers Dwalia, et, comme elle continuait de crier ses questions au capitaine, il prit l'argent au creux de ses mains. En ayant fini avec nous, les matelots s'éloignèrent du pas chaloupé des vieux loups de mer en riant entre eux, tous sauf un qui resta dans la barque, l'air résigné, manifestement consigné à ce poste.

Dwalia leur lança une bordée d'injures puis se tourna d'un bloc vers Vindeliar pour le gifler si violemment que des pièces sautèrent de sa main, rebondirent sur les planches et tombèrent dans l'eau par les interstices. Malgré ma chaîne, je réussis à en sauver deux et les serrai dans mon poing ; je trouverais bien un moyen de les changer contre de quoi manger. Comment, je n'en savais rien.

Vindeliar s'était recroquevillé sous les coups de poing et de pied de Dwalia ; roulé en boule, les bras sur la tête, il poussait de petits cris de douleur à chaque horion. Je saisis ma chaîne à deux mains, l'arrachai à la femme et l'en frappai à deux reprises ; elle trébucha sur le côté mais ne chut pas dans l'eau comme je l'avais espéré. Je fis demi-tour et m'enfuis, les maillons tintant bruyamment sur l'appontement.

Je m'y attendais, mais je n'en eus pas moins mal quand quelqu'un planta fermement le pied sur ma chaîne et m'arrêta brutalement ; prise de sanglots, les mains sur ma gorge meurtrie, je me retournai, prête à bondir sur Dwalia, mais c'était Vindeliar qui avait sauté sur ma laisse. Il avait encore les joues écarlates des coups de la femme, mais il avait obéi à sa volonté ; elle arrivait derrière lui, le souffle court, et il la regarda, pathétiquement fidèle, en lui tendant l'extrémité de mon licou. « Non ! » hurlai-je, mais elle saisit la chaîne et se mit à la tirer si violemment à coups répétés que ma tête ballottait en tous sens. Au milieu d'éclairs de lumière, je m'effondrai par terre, et elle me décocha deux coups de pied, haletant de fureur. « Debout ! » s'exclama-t-elle. Elle allait me tuer ; pas tout de suite, mais à force de sévices, j'en eus la certitude, comme au sortir d'un de mes rêves. J'allais mourir de sa main, et avec moi l'avenir qui eût dû se réaliser ; j'étais cet avenir qu'elle cherchait à empêcher en retenant prisonnier le fils inattendu. Cette révélation me laissa à demi sonnée. Résidait-elle depuis toujours dans mon esprit, pour être enfin libérée par les exactions de Dwalia ? J'en avais le cœur au bord des lèvres ; ce n'était pas une hallucination qui flottait devant mes yeux comme si j'avais regardé le soleil en face : c'était l'avenir. Je devais trouver le chemin qui y menait. Je le trouverais, quitte à y laisser la vie.

« Debout ! » répéta-t-elle. Je me mis à quatre pattes, puis me relevai en chancelant, prise d'étourdissements. Avec un rictus de haine, elle enfonça sa main dans le devant de son chemisier et en sortit un objet caché dans son poing. Vindeliar frémit, toute son attention soudain fixée sur elle. Dwalia rayonnait d'une supériorité cruelle. Lentement, elle ouvrit les doigts, et je vis qu'elle tenait un tube en verre qui contenait un liquide trouble. Elle secoua la tête en regardant Vindeliar. « Tu es faible, trop faible ; mais, quand on n'a qu'une pelle cassée pour creuser, on la répare et on s'en sert. Alors je vais te donner de la force une dernière fois ; je vais te donner une dernière occasion de te racheter. Mais, si tu me déçois encore le moins du monde, je te tuerai. Non, je ne te laisserai pas le prendre ; assieds-toi, mets la tête en arrière et ouvre la bouche. »

Je n'avais jamais vu personne obéir aussi vivement. Vindeliar s'assit par terre et se pencha en arrière, les yeux clos et la bouche ouverte plus grand que je ne l'en eusse cru capable ; et il resta ainsi, parfaitement immobile, pendant qu'elle ôtait laborieusement le bouchon de verre du tube et lentement, très lentement, inclinait le récipient au-dessus de ses lèvres. Un liquide grumeleux, jaunâtre mais veiné d'argent, coula lourdement. Je fus prise de révulsion en le voyant, et l'odeur qui en émanait était celle du vomi ; des haut-le-cœur me saisirent quand il dégoulina dans sa bouche et qu'il l'avala. Un instant plus tard, comme l'eau qui vient lécher le bord d'un bassin après qu'on y a jeté un caillou, l'onde de son pouvoir renouvelé me frappa. Je percevais mon père comme une marmite bouillonnante dont s'échappait une vapeur de magie, mais ce n'était pas de la vapeur qu'émettait Vindeliar : c'était une explosion brûlante d'énergie. Physiquement et mentalement, je me fis la plus petite possible, serrée sur moi-même comme une noix pour affronter ce souffle violent.

Les paupières de Vindeliar papillonnaient follement, et tout son corps se convulsait d'extase. Le filet d'épais liquide continuait de couler, plein de grumeaux et répugnant, et à mesure que Vindeliar l'avalait, sa magie me martelait toujours plus violemment ; je me pelotonnais autant que je pouvais, de corps et d'esprit. Dwalia surveillait l'écoulement du produit ; elle redressa le tube alors qu'il en demeurait un quart, et le reboucha.

Je fermai les yeux et m'efforçai de ne rien sentir, ni son, ni odeur ni goût, car tout sens laissé sans surveillance risquait de lui ouvrir une voie pour exploser dans ma tête. Pendant un moment, je ne fus rien ; dépourvue de sensations et dépourvue d'essence, j'existais à peine.

Je ne sais combien de temps s'écoula, mais, pour finir, je sentis l'attention de Vindeliar se réduire ou se concentrer ailleurs, et j'osai rouvrir mes sens. Je perçus l'odeur goudronneuse d'un pont en bois, des relents d'algues, et j'entendis les piaulements de mouettes lointaines – et la voix de Dwalia, tout aussi stridente et constante. « Quand le capitaine reviendra, il nous verra comme de grands personnages respectables qu'il voudra impressionner ; il n'aura qu'une envie : me plaire pour attirer ma considération, et tous ses hommes aussi. Il prendra ces pièces de cuivre comme si c'était de l'or, il voudra se mettre en route pour Clerres le plus vite possible, et il nous fournira toutes les commodités imaginables. Peux-tu faire ça ? »

Je voyais flou, mais je distinguai le sourire béat de Vindeliar. « Je peux le faire, dit-il d'un ton rêveur. Je peux tout faire. »

Je craignais qu'il n'eût raison.

Ma peur l'effleura ; il se tourna vers moi avec un sourire aussi insupportablement rayonnant que si je regardais le soleil en face. « Frè-ère, fit-il d'une voix lente, satisfait de lui-même comme s'il s'adressait à un tout-petit caché derrière un fauteuil. Je te vois ! »

Je battis en retraite, toujours plus réduite sous une coquille toujours plus dure et plus compacte, mais il me suivit sans effort. « Tu ne peux plus te cacher, j'ai l'impression ! » me taquina-t-il, et c'était exact. Il m'explorait couche par couche, mes secrets s'arrachaient comme des bouts de peau d'une ampoule, et il s'approchait toujours davantage de mon cœur à vif. Il savait désormais comment Évite et moi nous étions enfuies, il était au courant de la journée que j'avais passée en ville en compagnie de mon père, il avait vu la chienne ensanglantée et il avait assisté à ma dispute avec mon précepteur.

Il y avait longtemps que père Loup ne m'avait pas parlé, mais je sus alors ce qu'il me dirait : acculée ? Bats-toi !

Je me débarrassai de mes boucliers. « Non ! grondai-je. C'est toi qui ne peux pas te cacher ! »

Je me relevai, mais ce n'est pas ainsi que je lui fis face. Comment expliquer ? Il s'était risqué trop près de moi, il s'était enfoncé en moi, et je l'enveloppai subitement. J'ignorais ce que je faisais et comment je le faisais ; avais-je déjà riposté ainsi ? Me rappelai-je avoir vu mon père ou ma sœur contre-attaquer de cette façon ? Je refermai ma conscience sur lui et le pris au piège. Stupéfait, il ne se débattit même pas ; il n'avait sans doute jamais imaginé que cela pût arriver. Je me resserrai impitoyablement sur lui, et soudain ce fut comme si je broyais un œuf dur dans ma main ; sa coquille se brisa sans résistance : il n'avait certainement jamais eu à protéger son esprit d'un autre.

Alors je le connus. Ce savoir ne me vint pas sous la forme d'une séquence : il m'appartint soudain. Je sus qu'il était né avec le crâne étrangement conformé et que cela avait suffi à le mettre à part des autres ; à peine Blanc à leurs yeux, nourrisson anormal et inutile, il avait été remis à Dwalia avec les autres enfants nés moins que parfaits cette saison-là.

Et, sachant ce qui lui était arrivé, j'appris aussi qui était Dwalia, car c'est elle qui l'avait élevé.

Elle était jadis respectée en tant que servante à la disposition d'une Blanche hautement considérée ; elle avait vu sa maîtresse envoyée accomplir de grandes choses dans le monde. Mais, lorsque la femme avait échoué et chu, la fortune de Dwalia avait péri avec elle ; en disgrâce, reléguée à des tâches dégradantes, elle était devenue la servante des sages-femmes et des guérisseurs de Clerres. Le propos de l'école était la procréation de Blancs dans le but de récolter leurs rêves prédictifs, et Dwalia avait espéré se voir confier un Blanc prometteur issu des lignées les plus pures, mais on ne lui faisait plus confiance : quand on lui avait ordonné de se débarrasser de deux jumeaux malformés, elle avait préféré les garder en vie et les faire allaiter par une truie dans l'idée que leur enveloppe imparfaite dissimulait peut-être un esprit exceptionnel.

Elle leur rappelait chaque jour qu'ils lui devaient la vie. Les enfants parfaits étaient remis à d'autres, et elle n'avait que les rejetons refusés à traiter. Et elle les avait traités ! Vindeliar se remémorait des régimes étranges, des herbes soporifiques, des périodes pendant lesquelles il n'avait pas le droit de dormir, d'autres où elle lui faisait avaler des semaines durant des concoctions somnifères pour l'obliger à rêver. Mais Vindeliar et sa sœur Odessa n'avaient manifesté nulle faculté extraordinaire en grandissant.

Je sus tout cela et bien d'autres choses plus tristes encore en un instant. Vindeliar n'avait pas été capable de produire des rêves, hormis l'unique et pitoyable songe dont il m'avait fait part ; quant à Odessa, elle rêvait, mais ses visions étaient si informes qu'elles en étaient inutilisables. Pourtant Dwalia avait implacablement poursuivi ses efforts pour contraindre ses protégés à produire des rêves. Vindeliar savait qu'elle avait commencé à servir Fellodi comme assistante lors de ses dissections et de ses inquisitions, car il fallait nettoyer à leur suite, mais il ignorait pourquoi Symphe lui avait apporté un élixir rare préparé à partir des fluides d'un serpent de mer, réputé donner des rêves intenses et prophétiques qui s'achevaient par une mort atrocement douloureuse. Vindeliar les avait entendues en parler.

La première fois qu'elle lui en avait administré, elle l'avait enchaîné à une table ; le produit lui avait tant brûlé la langue et la bouche qu'il en avait définitivement perdu le goût. Mais la souffrance avait été suivie par une extase extrême et une amplification de la pensée qui lui permettait de partager son esprit avec autrui. Quand des prisonniers alentour s'étaient écroulés en hurlant, convulsés, les mains plaquées sur la bouche, Dwalia avait compris qu'ils percevaient la douleur de Vindeliar ; de là, par une série d'essais prudents, elle avait découvert qu'il pouvait convaincre les autres des idées qu'il leur imposait. Les descendants de Blancs étaient rarement vulnérables à ses manipulations ; pendant des années, alors qu'il développait son talent sous la tutelle secrète de sa maîtresse, il avait cru que Dwalia y était insensible et il n'avait jamais tenté de s'en servir contre elle. Elle lui interdisait catégoriquement de parler de l'élixir, et elle affirmait à qui voulait l'entendre qu'il avait le don extraordinaire de trouver d'imperceptibles voies où les autres croyaient tout ce qu'il disait et se soumettaient à sa volonté.

C'est un flot d'informations qui s'était déversé en moi lorsque nos murailles s'étaient rompues, et l'invasion de son esprit l'avait sonné ; je l'immobilisai pendant qu'il s'efforçait de comprendre ce qui lui était arrivé, puis j'agis en me servant presque par instinct de la magie héréditaire des Loinvoyant. « Tu ne peux pas me dominer, lui dis-je en pressant ma pensée sur lui de toutes mes forces. Tu ne peux pas briser mes murs. »

Et je refermai brutalement mes portes.

Quand je revins à moi, Dwalia me donnait de petits coups de pied dans les côtes pour me réveiller. « Debout, disait-elle d'un ton faussement affectueux. Debout ; il est temps d'embarquer. »

Le monde dansait devant mes yeux. Je vis sa robe somptueuse, la cascade de dentelle qui tombait de son profond décolleté, l'extravagant bouquet de fleurs sur son chapeau ; elle était jeune, du même âge qu'Évite, et ses longues boucles noires luisaient d'huile parfumée ; ses yeux, d'une rare teinte bleu foncé, brillaient entre ses longs cils. Sa peau était sans défaut, et un valet élégant se tenait à ses côtés.

Puis je clignai des yeux, et elle redevint la Dwalia avec une morsure au visage et des vêtements élimés, tandis que Vindeliar n'était que Vindeliar. Comment les matelots attroupés me voyaient-ils ? Je me relevai à contrecœur, toujours victime de vertige ; ma faim s'était muée en nausée, et je la contins en respirant profondément. Les marins ne faisaient pas attention à moi : je devais donc être une servante ou une esclave, et peu attirante. Dwalia accueillait leurs regards obliques avec un sourire affecté. Le capitaine du *Rose de mer* était revenu et il discutait avec elle d'un air transi ; il ordonna qu'on préparât une balançoire afin qu'elle ne froissât pas ses jupes, et il la guida lui-même alors que le bossoir la déposait dans la chaloupe. Elle leva les yeux vers nous. « Allons, pressons ! Nous embarquons et allons bientôt nous mettre en route pour Clerres. »

Je portai la main à ma gorge, et Vindeliar tira sur ma chaîne. « Allons, pressons ! » me dit-il d'une voix froide et sans sourire. Il entreprit de descendre l'échelle qui menait à la barque ; la chaîne se tendit et m'entraîna vers le bord du quai, vers un avenir que je ne pouvais plus éviter.

18

Dragons et bateaux d'Argent

Je ne puis nier qu'il a une apparence curieuse, mais il semble intelligent et je suis certain qu'il ne représente aucun danger pour moi ; je m'étonne que vous le croyiez envoyé par un ennemi pour me tuer. Le billet qui l'accompagnait disait que de nombreux souverains apprécient d'avoir un bouffon pour amuser leur cour, et que j'accueillerais peut-être volontiers cet acrobate à l'esprit vif. Ses facéties sont des plus drôles, et j'avoue que, quand sa langue acérée a mis en pièces sire Fiel hier soir, je m'en suis réjoui, car l'homme est un paltoquet.

Lorsqu'il s'est présenté, tout dépenaillé, porteur d'un manuscrit détrempé qui me faisait don de lui mais où le nom du donateur avait été effacé par l'humidité, mon frère m'a incité à la prudence et même conseillé de me débarrasser de lui. Umbre s'est exprimé sans détour devant le garçon, car il n'avait pas dit un mot jusque-là, et nous le supposions sourd et muet ou simple d'esprit. Mais, à cet instant, il a pris la parole pour déclarer : « Mon roi, je vous en prie, ne faites pas ce que vous ne pourrez défaire avant de bien songer à ce que vous ne pourrez plus faire une fois que vous l'aurez fait ! » La réflexion était astucieuse et m'a conquis. S'il vous plaît, ma chère, réglez les affaires qui vous retiennent en Bauge puis rentrez vous faire divertir comme je le suis moi-même ; vous constaterez alors que dame Clairière a beaucoup exagéré les bizarreries de ce garçon dans sa lettre. Il est malingre et filiforme comme une araignée ; je suis sûr qu'une fois bien nourri il perdra son aspect insolite et prendra peut-être un peu de couleur. Je pense que l'aversion de votre amie à son égard provient de ce qu'il a si bien imité son dandinement pesant.

Vous me manquez fort, ma Désir, et j'attends votre retour avec impatience. Pourquoi faut-il que vous vous absentiez si souvent de Castelcerf ? C'est pour moi un mystère et une douleur. Nous sommes mariés, nous sommes mari et femme ; pourquoi dois-je me retirer seul dans mon lit chaque soir pendant que vous demeurez en Bauge ? Vous êtes ma reine désormais, et n'avez plus à vous préoccuper du gouvernement de Bauge.

Lettre du roi Subtil à sa seconde reine,
Désir de Bauge

On eût dit une réunion de famille plutôt qu'une assemblée de gens qui cherchaient à prévenir un désastre. Je songeai à ma propre famille et pris conscience que nos réunions étaient souvent les deux. L'amiral de la reine Etta était monté à bord pendant que nous étions occupés avec la figure de proue ; Hiémain Vestrit était déjà assis à la table, et Althéa mettait de la tisane à infuser quand nous les rejoignîmes dans la cabine du capitaine.

Hiémain Vestrit, premier ministre de la reine Etta des îles Pirates et grand amiral de sa flotte, ressemblait tant à Althéa qu'ils eussent pu être frère et sœur plutôt que neveu et tante ; ils étaient de la même taille, et ils devaient avoir moins de vingt ans d'écart. L'amiral était le frère aîné de Malta, et Ambre m'avait raconté en partie l'histoire violente de sa capture avec Vivacia et du temps qu'il avait dû passer à servir à son bord sous le commandement de Kennit le pirate ; elle avait précisé que, curieusement, le tatouage d'esclave à côté de son nez et son doigt manquant étaient l'œuvre de son père. Sachant cela, je ne m'étais pas attendu à l'aura de calme qui l'entourait ni à sa tenue discrète.

Gamin déambulait d'un pas vif et détendu dans la cabine de ses parents, refaisant connaissance avec le territoire familier du bateau de son enfance. Il prit une chope sur une étagère, sourit en la regardant puis la reposa. Il avait la stature de son père, mais le front et les yeux des Vestrit, à l'image d'Althéa et de Hiémain. Il était gracieux comme un chat.

Hiémain avait la mine grave et, quand sa tante lui servit une tasse de rhum et de citron mélangés à de l'eau chaude, il la prit avec un remerciement étouffé. Je menai Ambre à un siège à la table du capitaine et pris place à côté d'elle, et Lant resta debout derrière nous ; mes jeunes gens s'alignèrent le long de la cloison et observèrent un silence soumis. Une fois chacun servi, Althéa s'assit lourdement près de Brashen en poussant un soupir ; elle croisa le regard de Hiémain et déclara : « Maintenant, tu comprends ce que je voulais dire. Quand j'ai affirmé qu'en nous arrêtant ici nous changerions non seulement ta vie mais celle de centaines de personnes, je ne crois pas que tu aies saisi la portée de mes paroles. Ça a dû évoluer depuis. Tu as vu les transformations de Parangon ; prépare-toi à ce que Vivacia l'imite. »

Il leva sa chope et but lentement une gorgée de tisane en rassemblant ses pensées. Il la reposa et dit : « Je ne peux rien y changer. Dans une telle situation, mieux vaut accepter la volonté de Sâ et voir ce qui s'ensuit plutôt que lutter contre l'inévitable. Donc, si Parangon a raison, après ce dernier voyage, il retournera au désert des Pluies, où il recevra assez d'Argent pour devenir deux dragons. » Il secoua la tête, et un sourire voltigea sur ses traits. « J'aimerais bien voir ça.

— Je pense que tu assisteras forcément à la transformation de Vivacia, si Ambre et Parangon voient juste quant à la possibilité d'une telle métamorphose.

— J'en suis quasiment certaine, intervint Ambre à mi-voix. Tu as constaté qu'il peut modifier son aspect à son gré avec une petite quantité d'Argent ; avec une grosse, il pourra donner au bois-sorcier de son corps la forme qu'il désire ; or, il désire être un dragon – ou deux. »

Clef prit la parole, ce que nul ne parut juger déplacé. « Mais ce sera un vrai dragon de chair et d'os, ou bien un dragon en bois ? »

Le silence tomba pendant que chacun réfléchissait. « Nous verrons bien, dit enfin Ambre. De bois-sorcier, il se transformera en dragon ; ce n'est pas très différent de ce que fait un dragon qui absorbe le bois-sorcier de son cocon lors de son éclosion. »

Gamin s'était rapproché de ses parents. Il les regarda tour à tour et demanda : « C'est vrai ? Ça peut vraiment arriver ? Ce n'est pas une des fantaisies habituelles de Parangon ?

— Non ; c'est vrai », répondit Brashen.

Son fils plongea son regard dans un avenir visible de lui seul et qu'il n'avait jamais imaginé, puis murmura : « Il a toujours eu le cœur d'un dragon ; je le sentais quand il me prenait dans ses mains et me faisait voler au-dessus de l'eau quand j'étais petit… » Sa voix mourut. Puis il demanda soudain : « A-t-il assez de bois-sorcier sur lui pour créer deux dragons ? Ne vont-ils pas être un peu petits ? »

Ambre sourit. « Nous l'ignorons pour le moment, mais les petits dragons grandissent ; à ce que j'en sais, ces créatures croissent toute leur vie. Et rien ou presque ne peut les tuer. »

Hiémain prit une longue respiration songeuse. Il se détourna d'Ambre pour regarder Brashen et Althéa. « Votre situation financière est-elle solide ? » fit-il d'un ton grave.

Brashen eut un mouvement de tête indécis. « Nous avons des moyens ; notre part du trésor d'Igrot était substantielle, et nous l'avons ménagée. Mais l'argent seul ne fait pas une fortune ni un avenir pour notre fils ; nous n'avons pas de toit à part ici, à bord de Parangon, pas de vie ni d'emploi hormis le travail que nous effectuons sur le fleuve du désert des Pluies et à Terrilville. Alors, oui, nous avons des fonds suffisants pour manger et dormir dans une maison pour le restant de nos jours. Dans une maison ! Voilà un avenir dont je n'ai jamais rêvé. Mais un héritage à laisser à Gamin ? Nous trouver une existence ? C'est plus difficile à imaginer. »

Hiémain hochait lentement la tête. C'était apparemment quelqu'un qui réfléchissait avant de parler. Alors qu'il s'apprêtait à répondre, nous entendîmes un cri à l'extérieur. « Permission de monter à bord ?

— Refusez ! » ordonna Hiémain.

En deux enjambées, Brashen fut à la porte de la cabine. « Refusée ! lança-t-il dans la nuit, puis il se retourna vers le neveu de sa compagne et demanda sèchement : Qui est-ce ? »

Mais la voix reprit dehors : « Vous ne pouvez pas m'interdire de monter à bord du bateau dont je porte le nom !

— Parangon Akennit », dit Hiémain dans le bref silence qui précéda l'exclamation du navire.

« Permission accordée ! Parangon ! Parangon, mon fils ! »

Althéa devint blême. J'avais perçu une note étrange dans la voix de la figure de proue, une différence de timbre.

« Doux Sâ, souffla Hiémain. On aurait cru entendre Kennit ! »

Brashen regarda sa femme par-dessus son épaule, le visage fermé, puis il se tourna vers Hiémain. « Je ne veux pas qu'il parle au bateau, dit-il à voix basse.

— Et moi je ne veux pas de lui sur ce bateau. » Il se dirigea vers la porte, et Brashen s'écarta pour le laisser passer. « Parangon ! cria Hiémain d'un ton impérieux. Ici, tout de suite ! »

Celui qui répondit à l'injonction n'était ni un adolescent ni un tout jeune homme mais un adulte, brun, au nez aquilin et à la bouche finement sculptée ; il avait les yeux d'un bleu étonnamment intense. Sa tenue était aussi élégante que lui, et ses boucles d'oreilles se composaient de gros diamants sertis autour d'émeraudes. Il devait être un peu plus âgé que Gamin, mais guère, et moins ferme : le travail physique donne un certain aspect qu'avait Gamin alors que le prince avait l'air d'un chat domestique en comparaison. Le fils de Kennit sourit en dénudant des dents blanches et régulières. « Je me présente, dit-il à Hiémain en feignant de s'incliner, puis il se pencha pour scruter la cabine derrière lui. Trellvestrit ? Tu es là, toi aussi ? On dirait que tu as organisé une fête sans m'inviter ; ce n'est pas gentil, mon jeune ami ! »

Gamin répondit posément : « Tu te méprends, Akennit ; tu te méprends complètement.

— Vous vous connaissez ? » demanda Althéa d'un ton doux, mais nul ne lui répondit.

Hiémain déclara d'une voix basse et maîtrisée : « Je veux que tu quittes ce navire ; tu sais bien que ta mère n'aime pas que tu montes à bord. »

Akennit eut un sourire espiègle. « Je sais aussi qu'elle n'est pas là. »

Son interlocuteur resta de marbre. « Une reine n'a pas à être présente pour qu'on obéisse à ses ordres. Surtout son fils.

— Ah, mais, en l'occurrence, ce n'est pas la volonté d'une reine, mais celle de ma mère qui tremble pour moi. Et il est temps que j'outrepasse ses craintes.

— Dans le cas présent, ses craintes sont fondées.

— Vous n'êtes pas le bienvenu sur notre bateau », enchaîna Brashen d'une voix glaciale, empreinte, non de colère, mais de menace. L'espace d'un instant, le visage d'Akennit perdit toute expression sous l'effet de la stupeur, puis le bateau poussa un rugissement. « Envoyez-le à l'avant ! Envoyez-le-moi ! »

Akennit se reprit, et son masque passa de l'abasourdissement à la morgue ; personne ne m'avait évoqué aussi vivement Royal depuis bien des années. Il dit d'une voix sèche, pleine de fureur : « Je crois que ce navire appartenait à mon père avant d'être à vous ; et je crois que, même si je n'avais pas le droit inhérent d'être sur ses ponts, mon autorité de prince des îles Pirates excède vos pouvoirs de capitaine. Je vais là où bon me semble.

— Sur ces ponts, rien n'est au-dessus de la parole du capitaine », répliqua Brashen.

La voix de Parangon tonna : « À part la volonté du bateau ! »

Akennit pencha légèrement la tête et sourit. « Je crois qu'on m'appelle », dit-il, et il s'inclina élégamment, balaya le sol de son chapeau à plumes, puis se retourna et s'éloigna d'un pas nonchalant. Brashen émit un son guttural, mais Hiémain s'interposa entre la porte et lui et l'empêcha de sortir.

« Je t'en prie, dit-il, laisse-moi lui parler. Depuis qu'il a huit ans, il se consume de curiosité pour Parangon. » Il regarda Althéa. « N'importe quel jeune homme, qui n'aurait jamais connu Kennit mais aurait grandi nourri des exploits héroïques de son père, serait amoureux de ce navire. Il ne peut pas lui résister.

— Je monte à bord ! lança une voix, et, dans le même souffle : Akennit ! Tu es peut-être prince, mais il n'est pas question que tu braves les interdits de ta mère ou les miens sans en payer les conséquences !

— Sorcor, fit Hiémain avec un soupir. De mieux en mieux. C'est parfait.

— Akennit l'écoute parfois. » Il y avait de l'espoir dans le ton de Gamin.

Près de moi, Ambre murmura : « C'était le second de Kennit autrefois.

— Parfois, oui », répéta Hiémain, et il se porta à la rencontre du nouveau venu. J'entendis le murmure de leur conversation, Sorcor accusateur, Hiémain défensif et posé ; mais c'étaient d'autres voix que je m'efforçais de percevoir : le bateau qui accueillait le « jeune Parangon » d'un ton joyeux, et le jeune homme qui répondait avec plus de mesure.

« Mais comment peut-il faire ça ? fit Gamin dans le silence qui s'était établi. Après ce que Kennit vous a fait, après tout ce que Brashen et toi avez fait pour lui, comment peut-il recevoir le fils de Kennit avec autant de bonheur ? » Y avait-il de la jalousie sous son indignation ? Il serra les mâchoires et ressembla soudain beaucoup à son père.

« C'est Parangon. Il est capable de choses que nous ne pourrions même pas imaginer. » Althéa se dressa lentement comme si elle avait vieilli brusquement, comme si ses articulations s'étaient raidies.

« Je ne suis pas mon père, dit tout à coup Brashen, et lui non plus.

— Pourtant, il lui ressemble, fit sa femme d'un ton hésitant.

— Autant que Gamin à toi et à moi ; mais il n'est ni toi ni moi, et il n'est responsable d'aucun de nos actes. » Il s'exprimait avec calme et mesure, rationnellement.

« Gamin… fit le jeune homme à mi-voix. Il y a un moment que je n'ai plus entendu ce surnom ; j'ai presque l'habitude d'être appellé Trellvestrit, maintenant.

— Je ne suis pas… Je ne crois pas le haïr – Akennit, je veux dire ; et je ne le juge pas à cause de son père. » Althéa cherchait ses mots ; elle continua comme si son fils n'avait rien dit : « Je pense que je vaux mieux que ça ; ce n'est pas sa faute si Kennit est son père. Même si je ne lui trouve aucun charme. » Elle jeta un regard en coin à Brashen et se redressa ; son expression et sa voix laissaient percer une détermination nouvelle. « Mais je m'inquiète de ce qu'il peut réveiller chez Parangon ; il y a tant de mon père en Vivacia, tant de ma grand-mère dans la vivenef familiale des Vestrit ! » Elle secoua lentement la tête. « J'avais toujours su que Kennit devait faire partie de Parangon ; c'était un Ludchance, et sa famille avait possédé Parangon pendant des générations. Nous savons que la vivenef a absorbé tous les mauvais traitements qu'Igrot avait infligés à Kennit, toutes les souffrances et toutes les injustices dont il avait été victime ; du temps d'Igrot, le sang avait coulé à verse sur les ponts de Parangon, et toute cette cruauté, toute cette douleur, toute cette peur avaient imprégné ses planches. Quand Kennit est mort, notre bateau a pris en lui tout ce qu'il avait été depuis qu'il avait abandonné sa vivenef. Je pensais que Parangon avait… neutralisé tout cet apport, qu'il l'avait laissé derrière lui comme les enfants se débarrassent de leur égoïsme et apprennent l'empathie envers les autres. Je croyais… » Sa voix mourut.

« Nous avons tous des parties enfouies en nous », dit Ambre, ce qui me fit sursauter. Elle regardait, non Althéa, mais le vide devant elle, et j'eus l'impression d'une intrusion dans une conversation privée. « Nous croyons les avoir dominées jusqu'au moment où elles réapparaissent brutalement. » Je sentis trembler sa main posée sur mon poignet.

« Ma foi, ce qui est fait est fait, déclara Althéa d'un ton brusque. Il est temps de faire face aux conséquences. » Elle saisit Brashen par le bras, et le regard qu'ils échangèrent m'évoqua deux guerriers dos à dos au cœur de la bataille. Ils sortirent, et Gamin et Clef leur emboîtèrent le pas comme s'ils formaient une procession.

« Guide-moi », me dit Ambre d'un ton impérieux, et nous les suivîmes avec Lant, Braise et Persévérance. Les quelques membres d'équipage qui avaient décidé de rester à bord, sans savoir où Parangon pouvait les conduire, marchèrent sans bruit sur nos pas.

Des lanternes illuminaient les mâts et la proue des navires ancrés dans le port, et la lune s'était levée ; l'éclat inconstant des lampes drapait de voiles d'ombre les visages inclinés, mais celui de la lune tombait sur les traits de Parangon et révélait une expression empreinte d'affection. J'avais l'impression d'arriver au milieu d'un spectacle de marionnettes : la figure de proue s'était retournée pour regarder le fils de Kennit sur son pont, et son profil me montrait son sourire ; son homonyme lui faisait face, les jambes écartées et les mains dans le dos ; son attitude disait l'indulgence plus que l'admiration ou le respect.

Derrière lui, Hiémain se tenait à côté d'un homme costaud au crâne dégarni mais doté d'une généreuse barbe grise ; son pantalon ample s'enfonçait dans de hautes bottes, et il portait sur son ventre tout aussi généreux une large ceinture qui retenait une épée courbe. Sa chemise était si blanche qu'elle paraissait luire sous la lune. Son front plissé et ses bras croisés sur sa poitrine m'évoquèrent soudain Lame ; il en va de certains vieux guerriers comme des bonnes armes : leurs balafres sont la patine de l'expérience et de la sagesse.

Parangon parlait. « Alors tu pars avec moi ? Tu m'accompagnes pour ce dernier voyage que j'effectue avant que je devienne les dragons que j'ai toujours été ? »

La question parut amuser Akennit. « Bien sûr ! Comment mieux passer mon temps ? Je suis las des cours de géométrie, de navigation et de langues ; pourquoi m'enseigner les étoiles si je n'ai jamais le droit de croiser sous leur éclat ? Oui, je t'accompagnerai, et tu me raconteras des histoires sur mon père quand il avait mon âge. »

Une lueur typique d'un dragon passa dans le regard du bateau. Je crus qu'il allait refuser, mais il répondit d'un ton prudent : « Peut-être, si je te juge prêt à les entendre. »

Akennit éclata de rire : « Vivenef, je suis le prince Parangon des îles Pirates ! Ne sais-tu donc pas qui est le fils de Kennit à présent ? Je suis l'héritier du trône. » La lumière suivit les lignes dures de son sourire. « Je commande ; je ne demande pas. »

Parangon lui tourna le dos et déclara face à la mer : « Pas sur mes ponts, Akennit ; jamais.

— Et il n'est pas question que tu partes en voyage, Parangon Akennit, enchaîna Hiémain d'un ton ferme. Sorcor est venu te ramener dans tes appartements ; tu devrais être en train de t'habiller pour une soirée de jeux de cartes avec les dignitaires des îles aux Épices. Nous devons tous deux y retrouver ta mère, la reine Etta, et nous allons être en retard si nous ne nous mettons pas en route tout de suite. »

Akennit prit son temps pour lui faire face. « Et, moi, je te plains, premier ministre, de devoir affronter seul son courroux ; mais c'est ainsi. Quand je regagnerai le palais ce soir, ce sera pour préparer mes affaires en vue d'un voyage en mer, non pour me vêtir à l'occasion d'une partie de cartes en compagnie d'une dame qui rit comme un cheval hennit. »

Le silence tomba. Puis Sorcor dit à Hiémain : « J'essaie de me rappeler à quand remonte la dernière fois où je l'ai battu à l'en faire hurler ; j'ai l'impression qu'il a besoin d'une nouvelle séance. »

Le prince croisa les bras sur sa poitrine et se raidit. « Touche-moi et tu te retrouveras couvert de chaînes demain matin. » Il eut un grognement méprisant. « J'aurais cru que tu te serais lassé de jouer les bonnes d'enfants depuis longtemps ; je n'ai pas besoin d'une nounou qui me suit partout ; je ne suis plus un gamin capricieux que tu peux maltraiter à volonté. C'est fini.

— Non. » Le vieil homme secoua la tête d'un air attristé. « C'est pire : tu es un enfant gâté déguisé en adulte. Si je pensais que ta mère serait un jour d'accord, je lui dirais que la meilleure chose à faire serait de te faire embaucher par Trell comme matelot, pour que tu apprennes un peu le métier que ton père connaissait par cœur quand il avait la moitié de ton âge. »

Brashen Trell intervint : « Malheureusement, il est un peu trop vieux pour apprendre. Vous avez raté votre chance, tous les deux. » Une expression étrange passa sur ses traits. « Il me rappelle le fils d'un négociant, un sale gosse qui se prenait pour un Marchand. »

Les garçons adoptent une posture particulière quand ils ne veulent pas reconnaître qu'une pique a porté ; Akennit avait cette posture, un peu figé, les épaules un peu trop tendues. Il déclara d'une diction précise : « Je retourne au palais, mais pas pour me vêtir ni jouer aux dés avec les singes des îles aux Épices. Parangon ! Je te reverrai demain matin. » Il reporta son regard sur Althéa et Brashen. « Je compte que vous m'aurez préparé mes quartiers à mon retour. La cabine du capitaine que j'ai vue à mon arrivée serait parfaite ; et veuillez faire embarquer des vivres et des boissons convenables. »

Il passa entre nous, mais je remarquai qu'il choisit un trajet qui n'obligeait personne à s'écarter de son chemin, et je compris qu'il ne se sentait capable d'affronter aucun d'entre nous. Ses bottes claquèrent sèchement sur le pont, puis il enjamba la lisse et descendit une échelle de corde en invectivant le malheureux qui l'attendait dans une barque. Les rames firent un doux bruissement dans la nuit.

« Tu crois vraiment ? » Sorcor avait une voix grave empreinte de désarroi. L'espace d'un instant, je ne compris pas ce qu'il demandait à Hiémain, puis je me rendis compte qu'il regardait Brashen.

Le capitaine du *Parangon* baissa les yeux. « Non, pas vraiment, reconnut-il. Mais j'étais plus jeune quand mon père m'a jeté dehors et a fait de mon frère son héritier. J'ai eu du mal à trouver seul ma voie, mais j'y suis arrivé. Ce n'est pas trop tard pour le fils de Kennit. » Il poussa un grand soupir. « Mais c'est une tâche que je n'ai pas envie d'entreprendre. »

Sorcor leva les yeux vers la lune, dont la lumière tomba sur son visage ; il avait le front plissé et une moue pensive. Puis il dit d'un ton bourru : « Mais le bateau a raison : Akennit doit embarquer avec toi. C'est sa dernière chance, sa seule chance de connaître ce pont, de travailler à bord du navire qui a façonné son père. » Il croisa le regard ahuri de Brashen. « Il faut que tu le prennes. »

Hiémain sursauta. « Quoi ? »

Sorcor le fit taire d'un geste de sa main noueuse et s'éclaircit la gorge. « Je n'ai pas joué mon rôle avec ce gamin. Quand il était petit, j'étais trop heureux de retrouver ce qui restait de son père ; je le choyais, je lui évitais tout ce qui pouvait lui faire du mal ; je ne lui ai jamais laissé ressentir la douleur de ses propres erreurs. » Il secoua la tête. « Et sa mère est toujours en admiration devant lui et lui donne tout ce qu'il veut. Mais elle n'est pas seule en cause ; je voulais qu'il devienne un prince, qu'il porte de beaux habits et ne se salisse jamais les mains ; je voulais le voir jouir de ce que son père avait gagné et être ce que son père aurait espéré. » Il secoua de nouveau la tête. « Mais cet aspect de lui-même n'est jamais apparu.

— Il n'a jamais été obligé de devenir un homme », déclara Brashen sans détour ; les mots étaient durs mais le ton égal.

« Et un séjour loin de sa mère pourrait l'y forcer ? » fit Sorcor.

Althéa vint soudain se placer devant lui, et son regard se porta sur Hiémain. « Je ne veux pas de lui ; j'ai assez de problèmes comme ça dans ce voyage. Je n'ai qu'une très vague idée de notre destination, et j'ignore totalement comment nous y serons reçus, combien de temps prendra la petite quête d'Ambre et quand nous reviendrons. On ne te l'a peut-être pas dit, Sorcor, mais nous sommes en route pour donner la mort et assouvir une vengeance, ce qui pourrait bien s'achever par un sauve-qui-peut général ou carrément par notre propre mort. Je refuse d'endosser la responsabilité du bien-être du prince, et encore moins de sa survie.

— Mais, moi, si. » C'est Parangon qui avait parlé.

Nous avions à la fois senti et entendu sa réponse : elle avait vibré dans les membrures du bateau et elle était parvenue à nos oreilles, sous la forme non d'un cri mais d'une affirmation. Pour ma part, je ne souhaitais pas de nouvelles recrues pour notre expédition, et surtout pas un prince gâté ; je m'apprêtais donc à élever une protestation quand Ambre serra soudain les doigts sur mon poignet et murmura : « Chut ! Comme on dit en Chalcède, tu n'as pas de chien dans ce combat. »

Depuis notre embarquement à bord de la vivenef, je sentais de plus en plus la maîtrise de mes plans m'échapper, et, encore une fois, je regrettai de n'être pas parti seul et sans entrave.

« Dans notre cabine », fit Brashen avec raideur. Il nous balaya des yeux. « Suivez-moi. » Il jeta un regard à ses hommes et ajouta : « Reprenez le travail. S'il vous plaît. » Je perçus ces derniers mots comme une concession aux matelots qui étaient restés à bord. Ils n'étaient pas nombreux ; si nous repartions, ce dont je commençais à douter, ce serait avec un équipage des plus réduits.

La voix de Parangon tonna dans le port silencieux. « J'aurai ce que je veux, Brashen. Tu peux me croire !

— Oh, mais je te crois », répliqua le capitaine d'un ton amer. Althéa s'éloignait déjà ; il se retourna et la suivit pour nous conduire vers l'arrière.

La pièce était grande pour une cabine de bateau, mais elle n'était pas prévue pour accueillir tant de gens ; je laissai Ambre s'asseoir et je me plaçai derrière elle, les mains sur le dossier de sa chaise. Je l'avais positionnée de façon à pouvoir étudier toutes les personnes présentes.

Sorcor était un homme de contrastes ; d'âge plus que mûr, il avait été rudement malmené pendant ses années de jeunesse, mais il avait désormais trouvé un mouillage sûr ; il se vêtait comme il seyait à un nobliau, mais les cicatrices de son visage et l'usure de ses mains étaient celles d'un guerrier et d'un matelot. L'épée à sa ceinture, d'excellente qualité, paraissait meurtrière. La coupe de ses habits et son assortiment de bijoux laissaient supposer un homme qui, ayant connu la pauvreté, avait soudain eu l'occasion de porter de l'or et de beaux tissus. Sur un autre, l'effet eût été comique ; sur lui, cela paraissait mérité.

Brashen posa deux bouteilles sur la table, eau-de-vie et rhum, et Althéa lui succéda avec des timbales. « Choisissez et servez-vous », lança-t-elle d'un ton las avant de se laisser tomber sur une chaise ; un moment, elle enfouit son visage dans ses mains, puis, comme Brashen la prenait par les épaules, elle releva la tête et redressa le dos. Elle avait le regard résigné.

Hiémain prit la parole. « Cette affaire ne va pas plaire à la reine ; elle avait déjà dressé l'oreille quand elle a appris qu'on amenait une vivenef pour violation de l'octroi. Ça n'arrive jamais : les Marchands sont parfaitement au courant des taxes et des droits de douane, et aucun n'a envie de subir les retards ni les amendes qu'occasionnent les infractions. Dès que j'ai su qu'il s'agissait de Parangon, j'ai couru la prévenir. Elle craignait... » Il s'interrompit et choisit un autre terme. « Elle jugeait préférable que le prince ne soit pas seul et que quelqu'un surveille sa rencontre avec le bateau de son père ; si l'on peut dire. » Il adressa un regard en coin à Sorcor.

« C'est un jeune homme ! protesta l'intéressé. Il a découvert quelle était ma mission, je ne sais pas comment, et il m'a évité ; à mon avis, il a payé ses gardes pour regarder ailleurs. Je m'occuperai de leur grade demain. Bref, nous en sommes là ; et maintenant ?

— Je monte à bord ! » Une voix de femme, autoritaire et furieuse.

Hiémain et Sorcor échangèrent un regard. « La reine Etta ne... rechigne pas à prendre les choses en main en cas de problème. »

Sorcor grogna et se tourna vers Brashen. « Ça veut dire qu'elle a peut-être une grande épée à la main ; tenez-vous sur vos gardes et ne faites pas de gestes brusques. » Il ôta vivement son chapeau, et je remarquai qu'il prenait naturellement une posture de combat.

Brashen s'écarta d'Althéa pour se rapprocher de la porte, comme s'il voulait protéger sa femme, mais celle-ci se leva, les yeux étincelants, et vint se placer à ses côtés. La voix de la reine nous parvint à nouveau.

« Hors de mon chemin ! Je vous répète que je n'ai pas besoin de vous ; vous me gênez, et mon premier ministre en entendra parler. Les ordres permanents s'effacent devant mon autorité. Attendez dans la barque s'il le faut, mais laissez-moi passer.

— Elle vient de congédier le garde que je lui avais assigné », fit Hiémain d'un ton posé.

Et, l'instant suivant, une femme extraordinaire s'encadra dans la porte. Grande, le visage anguleux, elle n'était pas belle, mais elle faisait impression ; sa chevelure noire et luisante tombait librement sur ses larges épaules, couvertes d'une veste rouge ; un flot de dentelle noire dégringolait sur son chemisier et emmanchait ses poignets, tandis que des boucles d'or pendaient fièrement à ses oreilles. Elle portait près de sa gorge, comme blotti dans la dentelle, un pendentif sculpté à l'image d'un homme. Kennit ? Dans ce cas, le fils ressemblait beaucoup au père. Elle portait aussi une épée au côté, fixée à une large ceinture noire cloutée d'argent, mais au fourreau. Elle posa les doigts sur sa garde élaborée et demanda, en balayant la pièce d'un regard plus acéré qu'aucune lame : « Êtes-vous en train de conspirer ? »

Hiémain inclina la tête. « Naturellement ; et vous êtes la bienvenue. Le problème est votre héritier, enfant gâté et obstiné s'il en est, qui vient de faire la connaissance de la vivenef de son père, bateau gâté et obstiné s'il en est. Ils paraissent décidés à rattraper le temps perdu lors d'un voyage à destination de Clerres ; à ce que j'ai compris, ce trajet a pour but une vengeance contre un monastère à la suite de l'enlèvement et du meurtre d'un enfant. Après cela, le bateau se transformera par magie en deux dragons. »

Devant une Etta légèrement bouche bée, il se tourna vers Althéa pour demander : « C'est bien ça ? »

Elle haussa les épaules. « À peu près. » Et les deux femmes échangèrent un regard glacial.

La reine se tut. Hiémain dit d'un ton circonspect : « Et les émissaires des îles aux Épices ?

— Ils ont tous les adversaires qu'il faut pour perdre leur argent ; je me joindrai à eux plus tard, ou pas du tout. Pour l'instant, ça m'est égal. » Elle s'adressa à Althéa et à Brashen, l'air furieux : « Pourquoi avez-vous conduit ce navire ici ? Que voulez-vous de nous ? Ou d'Akennit ? Mon fils n'ira nulle part ! Il est l'héritier de notre royaume, et on a besoin de lui ici. Il doit passer la soirée avec les marchands des îles aux Épices et avec sa potentielle future épouse, non préparer un voyage en mer. » Elle nous parcourut d'un œil glacial. « Quant à votre vengeance, elle ne nous regarde pas ; alors pourquoi être venus ici ? Quelle discorde cherchez-vous à semer ? Pourquoi faire entrer dans notre port ce bateau de mauvaise réputation et de malchance ? Ma volonté était qu'il ne le voie jamais et n'y mette jamais les pieds !

— Là-dessus, nous sommes d'accord », répondit Althéa à mi-voix.

La reine pirate fit un effort pour la regarder. « Mais pas pour les mêmes raisons, fit-elle avec raideur. Mon fils se passionne pour ce navire depuis qu'il a eu l'âge d'apprendre comment son père est mort. Le sang de Kennit a imprégné les planches de ce pont, et, avec lui, ses souvenirs, sa... sa vie ont été absorbés. À partir du moment où mon fils a appris ces choses, il a été possédé d'une curiosité effrénée pour ce bateau, et il meurt d'envie de monter à bord dans l'espoir de parler à son père. Nous lui avons répété que Parangon n'est pas son père, que Kennit n'est qu'une partie de la vie incarnée dans cette vivenef, mais ce n'est pas facile à lui faire comprendre. »

Althéa déclara d'une voix atone : « À mon avis, quelqu'un qui n'est pas Marchand de Terrilville de souche ne peut pas vraiment comprendre. »

La reine la regarda froidement. « Kennit était de souche terrilvillienne ; c'était un Ludchance. Et son fils est de son sang, même s'il préfère le nom d'Akennit. » Sa main se crispa sur son pendentif. « Et je comprends peut-être mieux ce navire que vous ne le croyez ; Parangon lui-même m'a parlé de ces choses. En outre (elle indiqua Hiémain de la tête), j'ai eu votre propre neveu comme conseiller dans ces affaires.

— Alors vous savez peut-être ce que Parangon a souffert ; à l'époque où Igrot le commandait, il a absorbé de nombreuses morts, sans doute plus qu'aucune autre vivenef. Et, même avant cela, quand il appartenait à la famille Ludchance, on aurait dit qu'il était maudit. Il n'a jamais été... stable ; à une époque, on le connaissait à Terrilville sous le nom de *Paria*, le bateau fou, la vivenef qui tuait ses équipages.

— Je sais tout cela », dit Etta avec un royal dédain ; et puis elle pencha la tête, et c'est soudain une femme dans toute sa désarmante humanité qui demanda : « Althéa, croyez-vous que je n'ai pas reçu la visite de Malta et de Reyn ? Croyez-vous que je n'ai pas entendu l'histoire de ce navire dans tous ses détails ? » Elle regarda le pendentif qu'elle serrait dans sa main et ajouta plus bas : « Il est possible que je comprenne mieux ce bateau que vous. »

Elles se turent. J'avais l'impression que le destin reposait sur une pointe fine, prêt à changer et à choisir une direction ; était-ce ce que le Fou décrivait quand il me parlait d'avenirs infinis en attente, dont un seul se réaliserait ? Était-ce ce dont nous étions tous témoins ?

Mais ce fut Brashen qui rompit le silence. « Le passé hante chacun de nous ; écartez-vous-en, je vous en prie. À quoi bon discuter pour savoir qui comprend le mieux Parangon ou les vivenefs ? Ce n'est pas le problème pour l'instant. Et, avant de parler de l'avenir, je voudrais apurer le présent, car il nous affecte tous, Althéa, mon équipage et moi. » Son regard nous balaya ; nul ne dit rien. « Quand Althéa et moi nous sommes entretenus avec Hiémain en descendant à terre, il a accepté de nous aider à pourvoir à nos besoins les plus essentiels – envoyer des oiseaux messagers à nos partenaires commerciaux de Terrilville et du désert des Pluies pour les assurer que nous n'avions nulle intention de les dépouiller en ne nous arrêtant pas à Terrilville ni à Jamaillia. Reine Etta, nous voudrions vous demander votre assistance pour choisir des navires et des capitaines fiables en partance pour ces ports et qui accepteraient de livrer nos marchandises à leurs destinataires, afin que notre parole de Marchands honorables reste intacte. Si vous pouviez nous rendre ce service, ce serait une grande faveur faite à nos deux familles. »

Etta regarda Hiémain et hocha la tête.

« Cela peut être fait, fit le premier ministre à mi-voix. Je connais plusieurs commandants en qui j'ai toute confiance. »

Le soulagement de Brashen était manifeste. « Et nous sommes tous d'accord, je pense, pour affirmer que ce serait une grave erreur d'emmener Akennit dans la folle expédition de Parangon. Il faut s'assurer qu'il ne puisse pas embarquer avant notre départ ; il ne doit pas pouvoir s'approcher du port ni de la vivenef, car elle ne pourra pas aller le chercher sur terre. » Il leva la main. « Si nous les maintenons à l'écart l'un de l'autre, Parangon risque de rester à quai et de renoncer à son aventure, mais ça me paraît peu probable ; je crois que son désir de devenir dragons l'emportera sur son envie d'avoir Akennit à son bord pour son dernier voyage.

— Je suis d'acc... » Hiémain s'interrompit, et son regard surpris croisa celui de Brashen. Althéa se leva d'un bond pendant que Sorcor demandait dans un murmure rauque : « Que se passe-t-il ? »

Tous hommes et femmes de mer, ils perçurent avant moi le changement subtil qui s'opérait dans le bateau ; le souffle court, je dus attendre quelques instants avant de sentir moi aussi la gîte et d'entendre Althéa s'exclamer : « Il fait eau ! »

En deux enjambées, Brashen s'approcha de la porte et saisit la poignée, mais le battant était coincée par le seuil soudain désaligné ; les membrures gémissaient et les vitres des hublots émettaient un son indescriptible sous la flexion du navire. La voix de Parangon tonna brusquement sur les eaux du port. « Je pourrais vous tuer tous ! Je pourrais vous noyer tous ici même ! Comment osez-vous comploter contre moi sur mon propre pont ? »

Les doigts d'Ambre s'enfoncèrent dans mon bras. « Je vais casser un carreau », lui dis-je, rassurant.

Braise avait saisi Persévérance comme une grande sœur attrape le petit dernier pour le mettre hors de danger. Lant les prit tous les deux par les épaules, les conduisit vers moi, et nous nous serrâmes dans la cabine qui s'inclinait lentement. Sorcor s'était porté aux côtés d'Etta ; il me faisait penser à un chien de garde fatigué qui prend sa relève. La reine paraissait ne pas le remarquer ; la mâchoire crispée, elle formait ses plans de son côté. Je regardai Brashen ; s'il bougeait, je bougerais, mais, jusque-là…

« Mais je n'en ferai rien. » La voix de Parangon résonna dans ma poitrine. « Pour le moment ! Et pas seulement parce que Gamin se retrouverait prisonnier avec vous. »

L'intéressé, blême, les yeux agrandis, s'agrippait au bord de la table, et je compris qu'il prenait la menace au sérieux ; une onde glacée monta dans mon ventre et le long de mon échine.

« Laisse-moi sortir, Parangon, que nous discutions sans mettre toutes les îles Pirates dans la confidence. » Brashen s'exprimait comme un père parle à son enfant, d'un ton posé mais ferme ; il avait toujours la main sur la poignée de la porte.

« Mais ça les concerne ! » La voix tonnante de Parangon venait de l'extérieur ; tout le monde l'entendait à coup sûr dans le port et dans les bâtiments attenants. « Tous les habitants sont concernés s'ils m'empêchent de voir leur prince ! Car il est de mon sang avant d'être leur prince ! Le prince que Kennit n'aurait jamais eu sans moi !

— Il est fou, murmura Etta. Je préfère mourir noyée dans ses entrailles que le laisser prendre mon fils !

— Vous ne vous noierez pas, votre majesté. » Sorcor prit une bouteille de rhum et la soupesa d'un air songeur en regardant les hublots.

« Je ne sais pas nager, dit-elle d'une voix défaillante.

— Parangon ne va pas couler », déclara Althéa d'un ton ferme, et je me demandai si sa détermination seule suffirait à nous protéger.

De l'autre côté de la porte, nous entendîmes Fourmi crier : « J'ai une hache, capitaine ! Vous voulez que je vous ouvre le passage ?

— Pas tout de suite ! » répondit Brashen à ma grande surprise.

Puis, à mon étonnement plus grand encore, une voix de femme s'éleva, impérieuse et aussi puissante que celle de Parangon. « Si tu fais du mal à ma famille, je t'incendie, Paria sans foi !

— Vivacia ! fit Althéa dans un hoquet de surprise.

— M'incendier ? hurla Parangon. Pour sauver ta famille ? Crois-tu qu'elle ait plus d'importance que la mienne à mes yeux ? Incendie-moi et elle brûlera en moi comme de la viande dans un four !

— Parangon ! s'écria Gamin. Tu serais vraiment prêt à me tuer, moi qui suis né sur ton pont et qui y ai fait mes premiers pas ? » Il reprit son souffle, tremblant. « C'est toi qui m'as donné mon nom ! C'est toi qui m'as appelé Gamin, ton Gamin, parce que tu refusais de m'appeler Trellvestrit ! Tu disais que j'étais à toi et que ce nom ne m'allait pas ! »

Un profond silence s'ensuivit, qui enfla et nous assourdit ; puis, grave et angoissé, un gémissement fit vibrer les planches sous nos pieds, et je me demandai si les autres sentaient comme moi la montée d'un insupportable sentiment de culpabilité qui m'envahissait en même temps que le son. Je me remémorai tous les actes stupides, méchants et égoïstes que j'avais accomplis, et la honte m'étreignit tant que je n'eus plus qu'un désir : mourir, invisible et seul.

Le pont revenait peu à peu à l'horizontale, et j'entendais le murmure des planches et des poutres qui bougeaient. La porte s'ouvrit brusquement sur une Fourmi, l'air égaré, une hache entre les mains, entourée de plusieurs hommes d'équipage. « Le danger est passé, lui annonça Brashen, mais j'avais mes réserves. Les matelots restés à bord, allez vérifier la cargaison ; si vous trouvez des caisses mouillées, montez-les à l'extérieur. Je sais, je sais, vous allez travailler dans le noir ; on n'y peut rien. Je veux pouvoir décharger demain le plus vite possible. » Il s'interrompit puis reprit : « Toutes les écoutilles doivent rester ouvertes.

— Oui, capitaine », fit Fourmi d'une voix tremblante, et elle s'en alla en courant.

Brashen sortit et se dirigea vers l'avant, Althéa sur les talons, Gamin à côté d'elle ; nous leur emboîtâmes le pas. « Je n'aime pas ça du tout, chuchotai-je à Ambre.

— Tu n'es pas le seul.

— J'ai l'impression de n'avoir aucune maîtrise de mon avenir ; je veux quitter ce bateau dément et les gens qui l'habitent. Je veux descendre ! »

Dehors, je la menai au bastingage et contemplai les lumières éparses de la ville pirate. « Nous pouvons exiger qu'on nous dépose à terre, nous servir des cadeaux qu'on nous a donnés dans le désert des Pluies pour acheter des places à bord d'un autre navire, bref, reprendre la main sur notre expédition ; et renvoyer Lant et les jeunes dans les Six-Duchés, en sécurité.

— Ça recommence ? » Lant secoua la tête. « C'est hors de question, Fitz ; je ne rentrerai que si vous rentrez, et il serait non seulement stupide mais risqué de lancer Braise et Persévérance seuls dans un long voyage avec des inconnus. J'ignore ce que nous devrons affronter, mais je pense qu'ils courront moins de danger en notre compagnie.

— Pour moi, ce n'est pas une question de sécurité », maugréa Persévérance d'un ton lugubre.

Je leur tournai le dos et regardai les lumières du port. J'avais envie de m'ébrouer comme un loup sous la pluie et de partir en courant dans l'obscurité pour faire ce que j'avais à faire ; je me sentais prisonnier d'une cage de responsabilités. Qu'est-ce qui était le mieux pour nous ? « Alors nous devons tous quitter le bateau cette nuit même et en trouver un autre pour Clerres.

— Impossible. » C'était le Fou qui avait parlé, non Ambre. Je tournai la tête vers lui. Comment faisait-il ? Comment se dépouillait-il aussi aisément d'un masque pour en mettre un autre ? Malgré le fard et la poudre, c'est le visage de mon ami que je vis. « Nous devons y aller sur ce navire, Fitz.

— Pourquoi ?

— Je te l'ai déjà dit. » Il s'exprimait avec une patience agacée qui n'appartenait qu'à lui. « J'ai recommencé à faire des rêves ; pas beaucoup, mais ceux qui parvenaient jusqu'à moi étaient nets et empreints d'une aura de… d'inévitabilité. Si nous allons à Clerres, ce sera sur ce bateau. C'est un étroit chenal dans lequel je navigue pour arriver à mon but, et seul Parangon nous permet d'atteindre l'avenir que je dois créer.

— Et l'idée ne t'est jamais venue de me mettre au courant ? » Je ne cherchai pas à dissimuler ma rancœur. Le Fou disait-il vrai ou était-ce une manœuvre pour parvenir à ses fins ? Ma méfiance envers Ambre commençait à déteindre sur mon amitié avec le Fou.

— Les voies que j'ai empruntées pour nous mener à Kelsingra puis à Trehaug, pour nous faire embarquer sur cette vivenef et aller à Partage… si je t'en avais parlé, si je t'avais décrit ce que je faisais et ce que je prenais soin de ne pas faire, ça t'aurait influencé. C'était seulement si tu te comportais comme tu le ferais si tu ne savais rien de ce que je faisais que nous pouvions arriver ici.

— Pardon ? » demanda Lant, égaré.

Je ne pouvais lui en vouloir ; je fis le tri dans les propos du Fou : « Donc, tu ne peux évidemment pas me raconter tes autres rêves ni me prévenir de ce qu'il faut faire ; tout doit rester entre tes mains. »

Il posa ses mains gantées sur la lisse. « Oui, répondit-il dans un murmure.

— C'est des conneries », dit Persévérance distinctement ; Braise se tourna vers lui d'un air ébahi et le réprimanda d'un coup de coude. Il lui jeta un regard noir. « C'est vrai, quoi, ce n'est pas bien ; ce n'est pas comme ça qu'on fait entre amis.

— Ça suffit, Persévérance », fis-je à mi-voix.

Lant soupira. « Ne devrions-nous pas nous rendre à la proue pour voir ce qui s'y passe ? » Et, quand il prit cette direction, nous le suivîmes. Je n'en avais pas spécialement envie : les grands sanglots et la détresse de la figure de proue imprégnaient tout le bateau. Je m'arrêtai le temps de renforcer mes murailles, puis je repris mon chemin en compagnie d'Ambre.

À voix basse, le Fou dit : « Je ne prétendrai pas que je regrette ; on ne regrette pas ce qui est une obligation. » Les autres étaient assez loin devant nous pour ne pas l'entendre.

« Je ne suis pas sûr que ce soit entièrement vrai », répondis-je. Je me rappelais beaucoup de choses que j'avais dû faire et qui m'avaient laissé un goût amer. « Je regretterais beaucoup plus, et toi aussi, si je commençais à m'inquiéter plus de tes sentiments que d'aller à Clerres pour sauver Abeille.

— Sauver Abeille. » La phrase me faisait l'effet d'une pièce de viande à un chien affamé. J'étais épuisé et meurtri par les remords et la peine de Parangon. « Je croyais que tu avais l'ambition de détruire Clerres et de tuer autant de gens que possible – enfin, autant que j'en étais capable ?

— Tu es en colère. »

Quand il prononça ces mots tout haut, j'éprouvai de la honte, et ma colère s'accrut. Je m'immobilisai. « C'est vrai, reconnus-je. Ce… ce n'est pas ainsi que je travaille, Fou. Quand je tue, c'est avec efficacité ; je sais qui je surveille, je sais comment le trouver et comment l'éliminer. Ce que tu proposes, c'est... c'est de la folie. C'est un territoire que je ne connais absolument pas ; je ne sais quasiment rien de mes cibles et je suis encombré de gens que je dois protéger, et maintenant je découvre que je danse sur ta musique, selon une mélodie que je n'entends même pas... Réponds-moi, Fou : est-ce que je survis à la fin ? Et Persévérance ? Lant retourne-t-il auprès d'Umbre, et son père est-il encore en vie quand il rentre ? Braise s'en sort-elle ? Et toi ?

— Certains événements sont plus probables que d'autres, répondit-il à mi-voix. Et tous pirouettent en brinquebalant comme des pièces qu'on fait tourner. De la poussière soulevée par le vent, un jour de pluie, une marée plus basse que prévu – toutes ces choses, ensemble ou séparément, peuvent tout changer. Tu le sais bien ! Je ne fais que scruter le brouillard et dire "c'est par là que ça paraît le plus clair". Crois-moi : si nous voulons retrouver Abeille vivante, notre meilleure chance est de rester à bord de Parangon jusqu'à Clerres. »

J'eusse voulu regimber par amour-propre, mais mon amour paternel fut plus fort ; j'étais prêt à tout pour accroître mes chances de sauver Abeille, de la serrer contre moi, de la protéger et de lui dire que j'étais anéanti de n'avoir su la défendre, de lui promettre que je la garderais toujours à l'abri du danger.

Les autres nous avaient attendus ; la main d'Ambre crispée sur mon bras, je me dirigeai vers la proue, suivi de ma troupe ; de ma garde. Ma garde que je devais protéger tout en l'entraînant je ne savais dans quoi.

Ambre demanda doucement : « Est-ce une lumière vive sur notre gauche ?

— Il y a une lanterne sur la *Vivacia* ; elle brille fort. » Une discussion animée se déroulait sur le pont de la vivenef, mais je n'en percevais par les détails ;

j'entendis le mot « ancre », puis des ordres lancés avec force pour tirer quelqu'un de sa couchette.

Ambre s'était tournée vers la source lumineuse et avait ouvert grand ses yeux d'or pâle ; un léger sourire courbait ses lèvres. Le teint clair comme la lune, elle dit : « Je la distingue. Ma vue s'améliore petit à petit, Fitz ; c'est très lent, mais je crois qu'elle revient.

— Ce serait bien », répondis-je, mais je me demandai à part moi si elle ne se berçait pas d'illusions.

À l'avant du bateau, une conversation allait bon train ; je reconnus la voix d'Althéa qui posait une question, mais je ne compris pas ce qu'elle disait. Nous étions à l'extérieur du petit attroupement qui s'était formé, car nombre de matelots se tenaient entre la figure de proue et nous. C'est Parangon qui répondit : « Mieux que personne, tu devrais savoir que je ne suis pas Kennit et qu'il ne te demande pas de t'en occuper. Vivacia est-elle ton père ou ta grand-mère ? Bien sûr que non ! Ce n'est pas Kennit qui exige : c'est moi, Parangon, le navire construit à partir de dragons qu'on a massacrés, à la fois adopté et asservi par une famille Marchande de Terrilville. On ne m'a pas, on ne nous a pas consultés là-dessus ! Nous n'avons pu que nous attacher, nous n'avons pas eu le choix de ceux que nous aimions, parce que les Ludchance déversaient leur sang, leur âme et leurs souvenirs sur les os de notre pont ! Je ne demande pas : j'exige ! N'ai-je pas autant de droits sur lui que ses ancêtres en avaient sur moi ? N'est-ce pas juste ?

— Si, c'est juste ! » Une voix de femme, claire et qui portait ; Vivacia. Et soudain les bribes de conversation que j'avais entendues s'assemblèrent en un tout compréhensible : la vivenef avait tiré sur son ancre pour se rapprocher de Parangon, non seulement pour l'écouter mais pour ajouter sa voix à la sienne. « Tu le sais, Althéa ! Si je devais partir pour mon dernier voyage, me refuserais-tu Gamin ? Écoute-les ! Ils ont le droit d'embarquer Akennit après tout ce qu'ils ont vécu comme bateau de la famille Ludchance.

— Que se passe-t-il ici ? demanda Hiémain d'un ton impérieux dans le silence qui suivit les propos de Vivacia.

— Ce qui doit se passer ! s'exclama-t-elle sans laisser le temps à ses matelots de répondre à leur capitaine. Croyais-tu que je n'entendrais pas la vérité de ce que Parangon a dit ? Je suis une vivenef, et un prodigieux navire pour ta famille depuis des générations ; mais Parangon a raison, et, tout au fond de nous, nous savions tous que nous avions une autre nature, avant même que la réalité de ce qu'est le soi-disant “bois-sorcier” soit révélée. Je veux redevenir dragon, Hiémain ; je ne connais aucune vivenef qui ne souhaiterait pas prendre son envol et sillonner à nouveau le ciel. Je suivrai donc Parangon, jusqu'à Clerres d'abord, puis je remonterai le fleuve du désert des Pluies pour exiger l'Argent qui revient de droit à tout dragon !

— Tu vas suivre Parangon jusqu'à Clerres ?

— Tu veux devenir un dragon ? »

Althéa et Hiémain avaient parlé ensemble.

« J'y songe, répondit le bateau, circonspect.

— Pourquoi Clerres ? » Brashen paraissait complètement égaré. « Pourquoi ne pas aller directement à Kelsingra ?

— Parce qu'un souvenir frémit en moi, un souvenir de dragon, éclipsé par des pensées et des émotions humaines, tellement recouvert par les cicatrices de l'expérience humaine que je ne suis sûre de rien, hormis d'un sentiment de colère et de trahison qui s'éveille en moi au nom de Clerres. Les dragons n'ont guère de réminiscences des années qu'ils passent sous forme de serpents, mais… je me rappelle quelque chose. Quelque chose d'intolérable.

— OUI ! » Parangon rejeta la tête en arrière et cria le mot au ciel nocturne.

L'exultation qui parcourut ses membrures me contamina, et je dus combattre le sourire qui s'épanouissait sur mon visage. Son Art était très puissant ; brusquement frappé de stupeur par cette pensée et ses implications, je me sentis glacé et tremblant. J'ôtai la main d'Ambre de mon bras et dis à Braise : « Occupe-toi de guider dame Ambre, je te prie ; j'ai besoin de rester un moment seul pour réfléchir. »

Ambre agrippa ma chemise. « Tu t'en vas ? Tu ne veux pas rester pour écouter ce qui se dit ? »

Je lui pris le poignet et la décrochai plus rudement que je ne le souhaitais. Je ne pus effacer de ma voix le malaise et l'irritation contre moi-même que j'éprouvais à n'avoir pas su voir l'évidence. « Écouter ne changera rien : ils décideront de ce qu'il adviendra de nous, du moment de notre départ et de ceux qui nous accompagneront. J'ai d'autres soucis. Braise reste avec toi, ainsi que Lant et Per ; j'ai besoin de réfléchir de mon côté.

— Je comprends », répondit-elle d'un ton qui affirmait le contraire.

Mais la révélation que j'avais eue sur la faculté du bateau de manipuler les émotions humaines était trop écrasante pour la partager avec elle, et je m'en allai à grands pas aux quartiers de l'équipage. Les hamacs étaient vides ; seuls demeuraient quelques coffres et sacs de marin. Je m'assis sur une malle dans l'entrepont obscur et moite et rentrai en moi ; j'avais l'impression d'assembler les morceaux d'une tasse brisée. L'Argent qui attirait tant les vivenefs et que les dragons gardaient si jalousement était en réalité l'Art qui enduisait les mains de Vérité quand il sculptait son dragon : c'était la matière brute de la magie, sa quintessence ; je l'avais vue sur les mains de mon roi sous l'aspect d'un épais liquide qui lui donnait le pouvoir de modeler la pierre. Dans un rêve d'Art partagé avec Vérité, j'avais vu un fleuve avec un large ruban d'Argent qui coulait au milieu de l'eau ; j'avais vu de l'Argent en volutes tournoyer dans une fiole de sang de dragon et j'avais été témoin de la façon dont la substance avait stimulé la guérison du Fou, tout comme l'Art avait guéri et changé les enfants de Kelsingra.

L'Argent était donc l'Art, et l'Art était la magie dont je me servais pour contacter Umbre. Le Fou avait un jour laissé entendre que j'avais du sang de dragon dans les veines, et Mataf avait dit que j'appartenais à une de ces créatures. Était-ce le dragon de pierre que j'avais touché, ou bien un écho de Vérité tel que je l'avais connu ? Je reformulai cette pensée : mon sang gardait-il trace d'un certain héritage, d'un soupçon d'Argent qui me donnait le pouvoir de projeter mes pensées vers les autres ? Il y avait des veines argentées dans les pierres, dans les piliers d'Art que j'employais pour me déplacer, dans les pierres où Vérité avait sculpté son dragon, dans les dragons de roc que j'avais réveillés avec du sang et mon Art, et dans les pierres de mémoire qui renfermaient les archives laissées par les Anciens.

Dans ce cas, qu'était le courant d'Art dont je me servais pour joindre Ortie ou Devoir ? C'était une force extérieure à moi, j'en étais certain ; et des êtres y vivaient, formidables consciences qui m'attiraient au risque de m'absorber. Qu'étaient-elles ? Avais-je vraiment senti parmi elles la présence de Vérité ? Du roi Subtil ? Comment cela s'agençait-il avec l'Argent ?

Les questions se bousculaient dans ma tête, un instant à propos du courant d'Art, l'instant suivant à propos de la magie dont je disposerais si je buvais les fioles d'Argent que Kanaï m'avait données. La peur le disputait en moi à la tentation ; la substance me donnerait-elle un pouvoir immense ou m'infligerait-elle une mort pénible ? Quelle dose d'Argent était excessive pour un homme ? Parangon était devenu beaucoup plus puissant grâce à ce qu'Ambre lui avait fait boire ; or, j'avais dans mon sac plus du double de ce qu'elle lui avait administré. Ses émotions jaillissaient avec une force que je n'imaginais pas possible ; se rendait-il compte de leur effet sur les humains ? Y étais-je plus sensible à cause de ma formation à l'Art ? S'il comprenait son pouvoir et le maîtrisait, serais-je capable d'y résister ?

Qui pourrait y résister ?

Quand les dragons de pierre avaient pris leur envol et que Vérité les avait menés à la guerre contre les Pirates rouges, ils avaient joué sur les pensées des guerriers ennemis ; ils les avaient détruits de leur haleine acide, des bourrasques violentes de leurs ailes et des coups de leur queue battante, mais ce qu'ils avaient fait à leur esprit était pire : le survol des dragons de pierre leur avait fait perdre la mémoire. Ce n'était guère différent de la façon dont les Outrîliens forgisaient leurs prisonniers ; même nos hommes en avaient ressenti l'effet, y compris les gardiens de Castelcerf quand Vérité-le-dragon était passé au-dessus d'eux, et les témoins n'avaient plus qu'un souvenir flou de la manière dont la reine et Astérie étaient revenues au château ; on racontait généralement que le roi chevauchait un dragon quand il les avait déposées pour les mettre à l'abri, non qu'il était devenu lui-même dragon. Tel était le pouvoir de l'Art et de l'Argent de confondre et d'égarer les hommes, de les dépouiller de leur mémoire et peut-être de leur humanité.

Tout comme mes domestiques s'étaient retrouvés les idées brouillées le soir où Abeille avait été enlevée. Nos ennemis s'étaient-ils servis d'Argent ou de sang de dragon pour faire oublier à tous qu'ils étaient venus s'emparer de ma fille, pour leur faire oublier jusqu'à son existence ?

Cette même magie pouvait-elle être utilisée contre eux ?

Je me risquai à m'imaginer buvant l'Argent des fioles – pas tout, au début : rien qu'un peu pour voir ce dont je serais capable ; juste de quoi me donner la force de résister aux émotions du bateau ; juste de quoi guérir le Fou sans y perdre la vue. Était-ce possible ? De quoi contacter Umbre pour lui demander conseil, peut-être combattre chez lui les ravages du temps et lui rendre un esprit clair. Y parviendrais-je ? Ortie saurait-elle ce que je pourrais ou ne pourrais pas faire ?

Si je buvais tout, pourrais-je entrer dans Clerres et obliger ses habitants à se suicider ?

Pourrais-je les éliminer aussi simplement et récupérer ma fille ?

« Que faites-vous là-dedans ? » me demanda Lant ; je me tournai et le vis approcher, suivi de Persévérance et de Braise.

« Où est Ambre ?

— Avec la figure de proue ; elle nous a congédiés. Que faites-vous ?

— Je réfléchis. Où sont les autres ?

— Hiémain est retourné auprès de Vivacia ; elle a besoin qu'on la calme, je crois. La reine et Sorcor sont repartis pour Partage ; je pense qu'ils vont essayer de mettre la main sur Akennit pour le raisonner. Brashen et Althéa ont regagné leur cabine et fermé la porte derrière eux ; et Ambre a demandé à Braise de lui apporter son biniou ; elle joue pour Parangon. » Il reprit son souffle et parcourut des yeux les quartiers de l'équipage. « Vous êtes descendu ici pour réfléchir ?

— Oui.

— Vous pouvez réfléchir en travaillant ? » C'était la voix de Clef ; il faisait moite dans l'entrepont, et c'est le visage ruisselant de sueur qu'il sortit de l'obscurité. « Je venais justement vous chercher ; on manque de bras, et il faut bouger du fret. Des caisses se sont déplacées, et certaines ont l'air humide. Le capitaine veut qu'on les monte sur le pont. Vous avez dit que vous donneriez un coup de main, et, là, ce serait utile.

— J'arrive, dis-je.

— Moi aussi, enchaîna Lant, et Persévérance acquiesça de la tête.

— Et moi aussi, fit Braise. Je fais partie de l'équipage, et ce jusqu'au bout. »

Jusqu'au bout, songeai-je, lugubre, et je me levai pour les suivre. Une vague de vertige me saisit, si violente que je dus me rasseoir précipitamment. *Te voilà !* La voix dans ma tête était empreinte de satisfaction. *J'arrive. Prépare-toi.*

« Fitz ? » demanda Lant, inquiet.

Je me redressai lentement ; mon sourire dissimulait ma peur et ma perplexité. « Tintaglia vient à ma rencontre », dis-je.

19

Un autre navire, un autre voyage

Compte rendu aux Quatre

Le lurik nommé Bien-Aimé continue de susciter l'agitation des autres ; on l'a surpris à tenter de rester dans le village alors que la marée montait et que les autres s'étaient déjà rassemblés pour regagner leurs pavillons ; il fâche ceux qui viennent se faire prédire l'avenir en supputant d'horribles calamités : il a dit à un client que son fils épouserait une ânesse mais que les enfants de cette union apporteraient une grande joie à sa famille ; à un autre, il a seulement déclaré : « Combien d'argent êtes-vous prêt à me donner pour que je vous mente ? Mes meilleurs mensonges sont chers, mais en voici un gratuit : vous êtes très avisé d'être venu jusqu'ici me remettre une grosse somme pour que je vous mente. »

Je l'ai battu à deux reprises, une fois à mains nues, une autre avec une lanière de cuir ; il m'a imploré de le frapper assez fort pour arracher les tatouages de son dos, et je crois qu'il le souhaitait sincèrement.

Dès qu'il a été guéri et a dû reprendre ses tâches au marché, il s'est juché sur des piles de boîtes et a proclamé à qui voulait l'entendre qu'il était le véritable Prophète blanc de sa génération et qu'on le retenait prisonnier à Clerres. Il en a appelé à la foule, qui s'est aussitôt rassemblée pour l'aider à s'échapper. Quand je me suis emparé de lui et l'ai secoué pour le faire taire, certains dans l'assistance m'ont jeté des pierres, et ce n'est que grâce à l'intervention de deux autres gardes que j'ai pu le ramener dans nos murs.

Je pense avoir fait mon devoir aussi bien qu'il était possible, et je demande à être libéré de la responsabilité du lurik nommé Bien-Aimé ; très respectueusement, je le considère comme un trublion et un danger pour tous.

Lutius

Mes conditions de vie s'étaient améliorées – du moins me le répétais-je. Nous logions dans une belle cabine, les repas étaient servis régulièrement, et Dwalia n'avait guère l'occasion de me battre ; notre bonne fortune paraissait même l'adoucir. L'été s'étendait sur la mer ; le vent poussait de l'air pur, et les tempêtes étaient rares. En conséquence du charme que Vindeliar avait jeté sur moi, l'équipage acceptait ma présence sans commentaire ni intérêt apparent. Si je ne m'attachais qu'à l'instant présent, mon existence était supportable ; on ne me demandait pas grand-chose : j'allais chercher les repas de Dwalia et je remportais les plats vides ; l'après-midi, quand elle marchait sur le pont avec le capitaine, je la suivais à distance convenable, feignant de protéger sa vertu.

Mais, présentement, la comédie se réduisait à pas grand-chose. J'étais assise par terre devant la cabine du commandant ; quand il l'avait proposée à dame Aubriette, Dwalia n'avait sans doute pas compris qu'il comptait continuer à l'habiter. J'entendais des coups rythmés en provenance de la cabine, et je caressais l'espoir que c'était sa tête qui cognait contre la cloison. La cadence s'accéléra, ce qui m'attrista : les moments où le capitaine Dorfel s'occupait de Dwalia étaient les plus tranquilles de mon existence limitée. Elle poussait à présent de petits cris aigus, à peine audibles à travers le solide panneau de bois.

J'entendis des pas traînants dans l'escalier. Je songeai à la mer, aux vagues ondoyantes, au soleil qui scintillait sur leur crête ; je songeai aux oiseaux marins qui volaient très haut dans le ciel et paraissaient pourtant très grands. Quelle taille feraient-ils s'ils se posaient sur le pont ? Me dépasseraient-ils ? Que mangeaient-ils ? Où faisaient-ils leur nid, où se reposaient-ils alors que nous naviguions à plusieurs jours de la terre ? J'emplis mon esprit de ces créatures blanches aux larges ailes et ne pensai à rien d'autre. Quand Vindeliar s'accroupit près de moi, je me demandai de quoi il aurait l'air si c'était un oiseau ; je l'imaginai pourvu d'un bec, de plumes luisantes et de pattes aux griffes orange, avec un ergot comme les coqs.

« Ils sont toujours là-dedans ? » demanda-t-il dans un murmure rauque.

Je ne le regardai pas et ne répondis pas. De longues plumes grises qui brillaient.

« Je n'essaierai pas d'entrer dans ta tête. »

Je ne te crois pas, je ne te fais pas confiance, je ne te crois pas, je ne te fais pas confiance. Je répétai cette phrase sans baisser mes murailles. Il n'était plus aussi puissant que lorsqu'il avait avalé la bave de serpent, mais il restait redoutable ; je commençais à comprendre qu'à la différence de mon père que sa magie ne quittait jamais, celle de Vindeliar dépendait de sa potion. Combien de temps faudrait-il avant que l'effet s'estompât, avant que je pusse être sûre que mes desseins demeuraient secrets ? N'y pense pas. *Je ne te fais pas confiance, je ne te crois pas, je ne te fais pas confiance.*

« Tu ne me fais pas confiance », dit-il d'un ton si accable que je me sentis presque coupable – mais il avait puisé la phrase dans ma tête. Je ne pouvais me fier à lui, en aucune façon, j'en étais totalement convaincue. Il me fallait impérativement un allié, mais pas Vindeliar. *Je ne te crois pas, je ne te fais pas confiance, je ne te crois pas, je ne te fais pas confiance.*

« Pauvre Dwalia. » Il regarda la porte close, l'air atterré. « Il n'arrête pas ! Elle doit m'en vouloir : à cause de moi, le capitaine Dorfel la voit comme la plus belle femme qu'il puisse imaginer. » Il se gratta la tête. « Ce n'est pas facile de maintenir son désir pour elle ; je dois savoir tout le temps qui la voit. C'est épuisant.

— Que voit-il quand il la regarde ? » Fichue curiosité ! La question m'avait échappé sans me laisser le temps de me rappeler que je ne devais pas lui adresser la parole ; je m'efforçai de ne songer à nouveau qu'aux oiseaux.

Il sourit, ravi que je lui eusse parlé. « Je ne leur dis pas vraiment quoi voir : je leur ordonne de voir quelque chose qui leur plaît. Pour Dwalia, j'ai dit au commandant qu'il verrait une femme magnifique et qu'il voudrait l'aider ; je ne sais pas exactement de quoi elle a l'air pour lui. »

Il me regarda, attendant mes questions. Je les retins et songeai que la crête des vagues réfléchissait parfois tant le soleil que je ne pouvais les regarder trop longtemps.

« Pour moi, j'indique de ne voir qu'un simple domestique, quelqu'un qui ne représente pas de danger et dont il n'y a pas à s'inquiéter. »

Il se tut à nouveau. Je gardai le silence.

« Toi, je t'ai décrite comme banale, terne et malodorante.

— Malodorante ? » Je n'avais pas pu me retenir.

« Pour qu'ils te laissent tranquille ; sur le bateau d'avant, il y en avait qui te regardaient et qui avaient envie de… qui avaient envie de ce qu'il fait à la pauvre Dwalia. » Il croisa ses bras courtauds sur sa poitrine. « Je te protège, Abeille, même quand tu me détestes et que tu te méfies de moi ; j'aimerais que tu puisses ouvrir les yeux, que tu comprennes que nous t'emmenons à l'abri, là où est ta place. Dwalia souffre tant pour toi, et tu la remercies en lui mettant des bâtons dans les roues et en la mordant ! »

Comme si elle l'avait entendu et voulait attiser encore plus sa compassion, des gémissements croissants montèrent dans la cabine. Les yeux de Vindeliar se tournèrent vers la porte puis ils revinrent sur moi. « Tu crois qu'on doit entrer ? Elle a besoin de nous ?

— Ils ont presque fini. » Je savais qu'ils s'accouplaient, mais la mécanique de la chose m'échappait. À force de monter la garde, j'avais appris que cela se passait avec des bruits de chocs et des geignements, et qu'ensuite la cabine sentait la sueur ; pendant quelques heures, Dwalia somnolait et ne pensait pas à me persécuter. Ce que le capitaine lui faisait pendant ses visites de l'après-midi ne m'intéressait pas.

Avec un paternalisme ridicule, Vindeliar m'expliqua : « Elle est obligée de le laisser faire ; si elle refusait, j'aurais du mal à faire croire au commandant qu'il est amoureux d'elle. Elle se sacrifie pour assurer notre sécurité jusqu'à Clerres. »

Je m'apprêtai à répliquer que j'en doutais, mais je me ravisai : moins nous parlions, mieux cela valait pour moi. Le soleil sur les vagues, les oiseaux gris dans le ciel…

Les gémissements devinrent plus aigus et plus rapides, et ils redescendirent soudain dans un long soupir. Une vive série de chocs, et tout bruit cessa tout à coup dans la cabine.

« Je me demanderai toujours ce que ça fait ; je ne ferai jamais ce qu'ils font. » On eût dit un enfant triste. Les oiseaux gris qui filaient dans le ciel bleu, le vent dans nos voiles, les vagues qui étincelaient. « Je ne me rappelle pas bien ce qu'ils m'ont fait ; je me souviens juste de la douleur. Mais ils étaient obligés ; ils se sont rendu compte très tôt que je ne devais pas donner d'enfants à Clerres. Ils tuent toutes les filles comme moi et la plupart des garçons ; mais Dwalia nous a défendus, ma sœur Odessa et moi. On était jumeaux, nés des lignées Blanches les plus pures, mais… imparfaits. Elle m'a sauvé la vie alors que tout le monde disait que je devais mourir. » À l'entendre, j'eusse dû m'émerveiller de la bonté de Dwalia.

« Tu es complètement aveugle ! Mais que tu es bête ! » La colère me faisait perdre mon sang-froid. « Elle t'a châtré comme un veau, et tu te roules à ses pieds ! De quel droit t'a-t-elle interdit de faire des enfants ? Elle te frappe, elle t'insulte, et toi tu la suis comme un chien qui renifle le derrière d'un autre ! Elle te fait avaler une horreur pour te donner du pouvoir, une magie dont elle ignore tout, et tu la laisses décider de la façon de l'employer ! Elle n'a aucune estime pour toi, Vindeliar ! Aucune ! Mais tu es trop bête pour te rendre compte qu'elle se sert de toi et qu'elle se débarrassera de toi dès que tu ne lui seras plus utile. Elle te bat, elle t'injurie, mais, au moindre sourire, tu pardonnes et tu oublies tout ! Tu m'appelles “frère”, mais ça t'est égal qu'elle veuille me faire du mal avant de me tuer. Tu le sais aussi bien que moi. Tu aurais pu m'aider ; si tu tenais à moi, tu m'aurais aidée ! Nous aurions dû nous enfuir quand le dernier bateau a fait relâche dans un port ; j'aurais pu rentrer chez moi et tu aurais pu choisir l'existence que tu voulais ! Mais non : tu l'as aidée à tuer une femme qui ne t'avait rien fait et qui avait été bonne pour moi. Et tu t'es délesté du Chalcédien en le laissant mourir à ta place après l'avoir obligé à tuer pour Dwalia ! Tu es un lâche et un imbécile ! »

Mais c'était moi, l'imbécile. Dans de lointaines ténèbres, j'entendis mourir le long hurlement d'un loup, et Vindeliar s'introduisit dans ma tête. *Reste calme, je ne te ferai pas de mal, laisse-moi seulement voir tes secrets, tes peurs, reste calme, mon frère, je ne te ferai pas de mal, laisse-moi juste voir.* Il parlait à tort et à travers, tout excité, tout en parcourant mon esprit à toute allure en soulevant et en rejetant mes souvenirs comme s'ils étaient des feuilles mortes et lui une tempête d'automne. Je dressais un mur après l'autre pour le bloquer, et il les perçait comme si c'était du papier. Le déferlement de souvenirs, chacun rattaché à une émotion, me donnait le tournis et me mettait le cœur au bord des lèvres : ma mère tombait et mourait, une gifle me déchirait la joue, un chat ronronnait, chaud et immobile, sous ma caresse, je sentais une odeur de bacon et de pain frais dans une cuisine d'hiver qu'illuminait un feu de cheminée et des bougies, FitzVigilant me faisait honte, et Persévérance chutait de cheval, transpercé par une flèche. Semblable à un enfant qui fouille avidement dans un plat de friandises, Vindeliar prenait une bouchée de l'une, léchait l'autre, salissait mes souvenirs en les goûtant fiévreusement, comme s'il pouvait me posséder en me connaissant. *Mais tu rêves !* Il exultait.

Je me sentais poussée hors de mon propre esprit, et je ne trouvais plus ma voix pour hurler ni mes poings pour le frapper. J'écrivais dans le journal de mes rêves – NON ! Il ne devait pas les voir, il ne devait pas les lire ! Et tout à coup je n'eus plus connaissance que de longs crocs acérés et d'une gueule à l'haleine brûlante ; un père cria : « Attention ! Il est plus dangereux qu'il n'en a l'air ! », et je me retrouvai dans une cage où je ne pouvais pas battre en retraite et où un humain me donnait de violents coups dans les côtes avec un bâton que je ne pouvais pas éviter. Jamais je n'avais éprouvé semblable souffrance ! Elle ne cessait pas ; l'homme continuait à m'injurier et à m'enfoncer son bâton dans les flancs comme s'il voulait me percer de part en part. Je hurlais, je grondais, je bondissais, je mordais les barreaux, mais le bâton me frappait toujours, visant les zones les plus tendres, mon ventre, ma gorge, mon anus et mon sexe. Je finis par m'écrouler, glapissant et gémissant, et les coups continuèrent à pleuvoir.

Vindeliar disparut soudain, et je repris possession de mon esprit. Je dressai mes murailles les unes après les autres pendant que des sanglots me convulsaient ; la douleur de mon souvenir me détruisait, et mes larmes coulaient. Mais je distinguais néanmoins Vindeliar affalé sur le flanc, la bouche ouverte, les yeux vitreux comme s'il avait perdu conscience. Je compris tout à coup : comme le loup dans la cage. Comme père Loup.

Je te donne cette souffrance pour t'en servir contre lui, mais ne pense plus à moi : il ne doit pas me découvrir ; il ne doit pas savoir que tu sais écrire ni rien apprendre de tes rêves. Et tu dois cesser d'attendre que quelqu'un vienne te sauver : tu dois te sauver toi-même, rentrer chez toi. Mais ne pense pas tout de suite à ton retour : songe seulement à t'échapper.

Et père Loup s'effaça comme s'il n'avait jamais existé ; comme s'il s'agissait d'une invention de ma part pour me donner du courage. Disparu comme mon vrai père. Je compris à cet instant que je ne devais pas penser à lui non plus.

Vindeliar se redressa, mais, même assis par terre, il paraissait instable. Il posa les mains à plat sur le pont et me regarda d'un air accablé. « Qu'est-ce que c'était ? Tu n'es pas un loup. Tu ne peux pas avoir ce genre de souvenirs. » Sa lèvre tremblait, comme si j'avais triché.

La haine m'envahit. « Je peux aussi avoir ce genre de souvenir-ci ! » Et je projetai sur lui chaque instant de la correction que m'avait infligée Dwalia le soir où elle m'avait désarticulé l'épaule. Il recula, effrayé, et je renchéris : « Et celui-ci ! » Grinçant des dents, je me remémorai à son intention ce que j'avais ressenti en mordant Dwalia à la joue, le goût de son sang sur ma langue, son ruissellement sur mon menton, les coups qu'elle m'assenait et auxquels je ne prêtais nulle attention.

Il se plaqua les paumes sur les joues et secoua la tête. « Nooon... » Sa voix mourut. Il ouvrit grand les yeux et me regarda fixement. « Ne me montre pas ça ! Je ne veux pas me sentir mâcher sa figure ! »

Je le regardai droit dans les yeux. « Alors n'entre pas dans mes pensées ! Ou je te ferai voir bien pire ! » J'ignorais ce que je pourrais bien remonter de mes bas-fonds qui fût pire, mais, pour le moment, il était sorti de ma tête, et j'étais prête à toutes les menaces pour l'empêcher d'y retourner. Je songeai à sa trahison, à l'aide qu'il avait apportée à sa maîtresse pour me retrouver et tuer la Marchande Akriel ; je le revis bondissant sur ma chaîne quand j'avais tenté de m'enfuir sur les quais ; je rassemblai toute ma haine et pointai mon esprit sur lui d'une façon que je ne connaissais pas. *Je te méprise !* Ses yeux s'agrandirent et il recula ; je pris alors conscience qu'en cet instant j'étais plus forte que lui. Il s'était précipité dans ma tête en profitant de ce que j'avais la garde baissée, mais c'était moi qui l'avais forcé à s'en aller ; il s'était servi de tout son pouvoir contre moi, mais j'avais gagné.

La porte de la cabine s'ouvrit et notre beau capitaine sortit, tiré à quatre épingles comme toujours, les joues légèrement rouges. Il baissa les yeux sur moi puis sur Vindeliar, et je lus de la perplexité dans son regard, comme s'il ne s'attendait pas à nous voir ; puis je sentis les pensées de Vindeliar déferler sur son esprit. Son front se plissa, et le petit pli mécontent de ses lèvres devint une moue de dégoût. « Dame Aubriette, votre servante... je fais serment, à notre arrivée à Clerres, de la remplacer par quelqu'un de propre et d'agréable à regarder. Du vent, gueuse ! » Il me poussa du bout de la botte, et je m'écartai puis me levai.

« Comme vous voudrez, messire, dis-je courtoisement, et je n'avais fait que quelques pas quand j'entendis la voix de Dwalia.

— Non, mon cher, mais merci. Viens ici, Abeille ! Range cette chambre tout de suite. »

Je m'arrêtai, prête à m'enfuir.

« Tu as entendu ta maîtresse ! Dépêche-toi.

— Oui, messire. » Je baissai les yeux, docile ; cela ne l'empêcha pas de m'assener au passage une calotte qui faillit me jeter à terre. Je heurtai le chambranle de la porte puis entrai, Vindeliar sur mes talons.

« Et ce gamin n'est pas assez solide pour être ton garde du corps ; il faut le remplacer par un homme costaud qui connaît son métier. » Le commandant secoua la tête puis ajouta avec un soupir : « Je te revois ce soir, ma chère.

— Le temps s'écoulera aussi lentement que du miel jusque-là », répondit Dwalia d'une voix rauque et nonchalante. Puis elle aboya d'un ton très différent : « Range la chambre ! » et ferma la porte.

Très spacieuse, la cabine du capitaine prenait toute la largeur de la proue et était munie de hublots qui donnaient sur trois côtés ; les cloisons étaient lambrissées d'un bois rouge à grain fin, et le reste de la pièce était beige clair ou doré. Il y avait un lit couvert d'oreillers de plume couleur crème et une table faite dans des bois dans les teintes rouille et mousse, assez vaste pour accueillir six chaises hautes ; près d'un des hublots se trouvaient un fauteuil au rembourrage épais, une table à cartes rabattante et un réduit minuscule d'où les excréments tombaient directement dans la mer. La nuit, Dwalia m'enfermait dans cet espace réduit et malodorant pour éviter un attentat de ma part contre elle.

Des vêtements jonchaient le plancher lustré, couverts de dentelle et de froufrous à l'excès, tous offerts par le commandant à dame Aubriette au cours des deux jours qui avaient précédé notre départ. Je les ramassai d'une seule brassée, y compris un jupon de dentelle raide qui crissa dans mes bras et qui dégageait un charmant parfum, autre cadeau du capitaine ; je les transportai jusqu'à un coffre au couvercle gravé de roses et entrepris de les y ranger soigneusement. Du coffre montait une odeur suave semblable à celle d'une forêt où poussent des épices.

« Plus vite ! » me lança Dwalia. À Vindeliar, elle dit : « Prends les coupes et les assiettes et rapporte-les à la cambuse. Le capitaine n'aime pas le désordre dans ses quartiers. » Elle alla s'asseoir dans le fauteuil et contempla la mer. Ses longs pieds osseux et ses mollets musclés étaient nus sous sa courte robe en fine soie rouge, ses cheveux emmêlés étaient poisseux de sueur à la racine, et la marque de ma morsure sur sa joue se transformait en un cratère rose et luisant. Elle fronçait les sourcils. « Quelle lenteur ! D'après le commandant, ce n'est pas la bonne saison pour aller à Clerres, les courants sont favorables pour voyager vers le nord et vers l'ouest, non vers le sud ou vers l'est ; moi, je crois qu'il tarde exprès pour passer plus de temps avec dame Aubriette. »

Je me demandai si elle se plaignait ou se vantait, mais je me tus. Beaux habits, doux parfums, roses gravées : je gardai l'esprit fixé sur ce que je voyais et maintins mes murailles solidement dressées.

« Elle t'a volé de la magie ! » Vindeliar n'avait même pas commencé à réunir les assiettes ni les coupes du repas ; il pointait sur moi un doigt tremblant et accusateur.

Dwalia se détourna du hublot pour lui adresser un regard furieux. « Quoi ?

— Elle s'est servie de notre magie contre moi, dans le couloir ; elle m'a fait penser à te mordre et elle m'a montré qu'elle me hait ! »

La femme transféra son regard noir sur moi. « Ce n'est pas possible.

— Elle l'a fait ! Elle a volé de la magie, et c'est pour ça que je n'arrive pas à la forcer à faire ce que tu veux. » Il prit une longue inspiration, petit dénonciateur au bord des larmes ; je projetai ma haine vers lui, et il recula. « Elle recommence ! » geignit-il, et il se plaqua les mains sur la figure comme si elles pouvaient bloquer le flot de ce que j'éprouvais à son égard.

« Non ! » cria Dwalia en bondissant de son siège. Je me recroquevillai, les poings levés pour me défendre, mais, sans faire attention à moi, elle traversa en trombe la cabine pour s'arrêter devant le coffre gravé. Sans aucune considération pour mon travail, elle ouvrit le couvercle à la volée et se mit à jeter les vêtements derrière elle jusqu'à ce qu'elle parvînt à ses tenues de voyage, propres mais usées. Elle sortit une pochette en cuir, en examina l'intérieur puis en tira le tube en verre : le reste de la bave de serpent était coagulé au fond. « Non, c'est là ! Elle ne l'a pas volé. Cesse de t'inventer des excuses. »

Nous la regardâmes sans rien dire pendant un long moment, puis Vindeliar déclara d'une voix lente et empreinte à la fois de désir et d'impuissance : « Il me faut le reste ; tu ne veux pas que je sois capable de faire tout ce que tu me demandes ? » Le ton suppliant disait son envie irrépressible.

« Ce n'est pas pour toi, pour le moment ; tu as eu tout ce que je pouvais te donner. » Elle le regarda, puis se passa le cordon de la poche autour du cou si bien qu'elle pendit entre ses seins. « Il n'en demeure que très peu ; il faut le garder pour une urgence.

— Elle ne te fait pas confiance, Vindeliar ; elle t'a appris à désirer cette salive de serpent, et maintenant elle croit que tu vas la lui dérober. » J'avais parlé sans réfléchir.

« De serpent ? Qui t'a dit ça ? Vindeliar ! Tu lui révèles mes secrets ? Tu m'as trahie ?

— Non ! Non, je ne lui ai rien dit ! Rien ! »

C'était vrai : j'avais trouvé l'information dans son esprit sans défense. Je regrettai de l'avoir divulguée, mais elle paraissait avoir ouvert une brèche dans leur alliance.

« Menteur ! » s'écria-t-elle ; elle s'avança sur lui, sa main charnue levée haut, et il s'accroupit devant elle avec un couinement, les mains sur la tête. Elle le gifla, mais, le coup ayant porté sur les phalanges, elle poussa un gémissement de douleur et d'agacement, et le saisit par les cheveux ; elle le secoua violemment pendant qu'il hurlait et protestait de son innocence. Je me rapprochai de la porte tout en cherchant des yeux un objet qui pût me servir d'arme ; je craignais qu'à tout instant ils ne s'en prissent à moi, mais elle le jeta de côté avec une violence telle qu'il trébucha, s'écroula et se roula en boule, convulsé de sanglots. Elle le regarda, furieuse, puis se tourna vers moi.

« Que t'a-t-il raconté sur la potion ?

— Rien, répondis-je sans mentir, puis, pour détourner l'échange, je secouai la tête d'un air apitoyé et repris : C'est un produit bien connu là d'où je viens ; mais rares sont ceux qui sont assez fous pour s'en servir. »

Elle resta un instant bouche bée, puis dit : « Non. Non, c'est *ma* découverte à moi ! C'est ma nouvelle magie, ma nouvelle faculté que ceux qui ont du sang Blanc peuvent maîtriser – mais pas tous. » Elle me regarda fixement, brûlant de haine. « Tu te crois très maligne, hein ? Tu cherches à le retourner contre moi. Il m'a tout avoué, petite morveuse imbécile ! Comment tu l'as manipulé pour qu'il t'aide, comment tu l'as obligé à me trahir. Ça ne se reproduira pas, je te le promets ; mieux : je te promets une vie longue et pénible à Clerres. Tu crois avoir souffert en voyageant avec moi ? Oh que non ! Tu subiras tout ce que ton père a subi, et pire encore. »

Je lui rendis son regard. Elle se rapprochait de moi petit à petit. Il n'y avait d'arme nulle part : à bord, tout était fixé pour éviter que le gros temps fît tout tomber dans la cabine. Elle avait l'intention de m'attraper et de me rouer de coups pour m'arracher ce que je savais ; or, j'ignorais ce que je savais et ce que mon nouveau pouvoir me permettait. S'agissait-il de l'Art, la magie de mon père ? Je le voulais ! Pas l'immonde magie qu'elle avait infligée à Vindeliar en lui faisant boire de la bave de serpent : ma magie, celle de ma famille ! Mais je n'y avais aucune formation, et les documents de mon père disaient qu'il fallait un long entraînement avant de pouvoir l'employer.

Pourtant, je m'en étais servie ; non ?

J'avais forcé Vindeliar à éprouver une de mes souffrances d'autrefois et à prendre conscience de ma haine ; cela n'avait peut-être marché que parce qu'il s'efforçait de pénétrer dans mes pensées, ou bien parce que j'avais détourné sa magie. Pouvais-je m'en prendre à Dwalia de la même façon ? Je la fixai du regard et rassemblai toute ma haine contre elle en même temps que je refoulai ma peur ; j'examinai son visage et réunis la marque de ma morsure, la mauvaise odeur de Dwalia et le dégoût que j'éprouvais pour elle en un faisceau de petites armes. Que pouvais-je lui infliger ? Que pouvais-je lui faire ressentir ? Parviendrais-je à lui faire ressentir quoi que ce fût, ou bien Vindeliar n'y avait-il été sensible que parce qu'il s'était d'abord introduit dans ma tête ?

La terreur me coupait le souffle. Je devais me reprendre ; le parchemin de mon père disait qu'il fallait se maîtriser. Je pris une longue inspiration, puis une autre. Dwalia ne me quittait pas des yeux. Comment me concentrer alors qu'elle pouvait bondir à tout instant ?

Sois le chasseur, non la proie.

Père Loup ! Lointain comme un chant d'oiseau.

Un grondement naquit au fond de ma gorge. Les yeux de Dwalia s'agrandirent, mais je notai que Vindeliar s'était redressé ; je devais les surveiller tous les deux. Où était-elle le plus vulnérable ? Elle avait perdu du poids et gagné du muscle au cours de notre voyage. J'essayai d'imaginer que je la frappai ; j'y arrivai, mais je ne parvins pas à me voir lui faisant assez mal pour la bloquer. Une fois qu'elle s'emparerait de moi, elle ne montrerait aucune pitié. Je devais concentrer mon attaque sur un point précis, mais où ?

Son esprit.

Prudence. Une issue permet aussi d'entrer.

Je n'avais pas le temps de me demander ce qu'il voulait dire. Je projetai vers elle toute ma haine et tout mon dégoût en espérant la blesser, mais ce fut comme si j'avais jeté de l'huile sur un feu : je sentis sa propre haine exploser et bondir comme une flamme dévorante. Elle se rua sur moi comme un chat sur une souris, et, comme une souris, je l'esquivai en évitant de peu ses griffes. Elle était moins vive que moi, et, si elle ne heurta pas la cloison, elle trébucha. Quand je plongeai sous la table pour ressortir de l'autre côté, elle tapa si fort sur le plateau que les plats sursautèrent, et elle cria à Vindeliar de m'attraper ; il se leva, mais demeura chancelant et maladroit. Je lui envoyai brutalement l'image de la scène où je mordais Dwalia, et je me réjouis de le voir porter les mains à ses joues.

Mais la femme n'en avait pas fini avec moi. Je maintenais la table entre nous, mais elle me poursuivait tout autour sans montrer signe de fatigue ; je me glissai sous le meuble pour reprendre mon souffle, mais elle tenta de me donner des coups de pied tout en tirant les chaises et en les jetant de côté. Quand j'émergeai de mon abri, elles nous gênèrent l'une comme l'autre alors que je m'efforçais d'interposer la table entre nous. Dwalia respirait plus fort que moi, mais elle criait toujours, haletante : « Cette fois, je vais te tuer, sale petite morveuse ! Je vais te tuer ! »

Elle s'arrêta brusquement, les paumes sur la table, hors d'haleine. Entre deux inspirations, elle lança :

« Vindeliar, espèce de larve inutile, attrape-la et retiens-la !

— Elle va me mordre la figure ! C'est sa magie qui me l'a promis ! Elle va me mordre. » Il se balançait d'avant en arrière, les mains sur le visage.

« Imbécile ! » Avec une force que je ne lui prêtais pas, elle saisit une des lourdes chaises en bois et la projeta sur lui. Il poussa un cri aigu, recula, et l'objet le manqua. « Tu l'attrapes et tu la retiens ! Rends-toi utile ou je dirai au capitaine de te jeter par-dessus bord ! »

Je regardai la porte et compris aussitôt que, le temps d'y accéder et de m'acharner sur le lourd verrou, Dwalia serait sur moi ; et, même si je parvenais dans la coursive, on me trouverait et on me ramènerait à elle. Je n'eusse pas dû alimenter sa colère, mais au contraire la laisser me battre avant qu'elle devînt dangereuse. Que faire, que faire ? Elle reprenait son souffle ; dans quelques instants, elle me pourchasserait à nouveau, et elle n'aurait de cesse d'avoir gagné.

Donne-lui ce qu'elle désire.

Tu veux que je la laisse me tuer ?

Que tu la laisses gagner ; que tu lui fasses croire qu'elle a gagné.

Comment ?

Il ne répondit pas, et un étrange tremblement me parcourut en sentant Vindeliar palper mes pensées, mon être même, comme s'il venait de remarquer un drôle de bouton sur mon visage ; le contact était hésitant, voire craintif, et je le rejetai d'une nouvelle projection du souvenir où je mordais la joue de Dwalia. Il recula, mais j'y avais laissé de l'énergie. Sans se préoccuper de la vaisselle, Dwalia se jeta à plat sur la table, les mains en avant pour agripper mon chemisier. Je me rappelai nettement la dernière rouée de coups que j'avais reçue de sa part, et les images se propagèrent jusqu'à elle ; j'eus du mal à supporter l'éclat de satisfaction qui s'alluma dans ses yeux.

Alors je compris.

Je lui donnai le goût du sang dans ma bouche, l'entaille à l'intérieur de ma joue, la douleur convulsante d'une dent déracinée ; tout à coup, je me vis telle qu'elle m'avait vue alors, blême, les cheveux courts englués de sueur, un filet rouge sur le menton. Je dus me dominer impitoyablement pour me laisser aller entre ses griffes ; elle ne me lâcha pas mais, comme je m'effondrais au sol, elle dut glisser sur la table pour accompagner ma descente. Plusieurs plats tombèrent. Je laissai ma tête rouler comme si j'étais sonnée et entrouvris la bouche. Dwalia me gifla, mais elle n'était pas dans une bonne position et ne put y mettre beaucoup de force ; je n'en poussai pas moins un cri comme si je souffrais le martyre, et je lui donnai, non ma haine, mais ma peur, ma douleur et mon désespoir. Elle les absorba comme un cheval assoiffé boit à un abreuvoir.

Elle descendit de la table sans me lâcher, puis elle me décocha un coup de pied, et encore une fois je criai en me laissant pousser sous la table par la force de l'impact ; elle me frappa de nouveau, dans le ventre, mais le bord de la table la gênait, et le choc ne fut pas trop violent. Je hurlai à nouveau en projetant sur elle la conscience de la douleur que j'éprouvais. Haletante, elle se passa la langue sur les lèvres pendant que je gisais en gémissant. Ah, qu'elle m'avait fait mal ! J'avais presque perdu conscience sous ses coups, et j'en aurais pour des semaines à m'en remettre. Je lui donnai toutes ces pensées, tout ce qu'à mon avis elle pouvait désirer.

Elle se détourna, la respiration forte : elle avait obtenu ce qu'elle voulait, et sa colère était rassasiée. Elle en avait fini avec moi, mais Vindeliar avait commis l'erreur de s'approcher d'elle : elle serra le poing et le lui envoya en pleine figure. Il recula, hoquetant de douleur, les mains crispées sur le nez. « Tu ne sers à rien ! Tu n'es même pas fichu d'attraper une gamine ! J'ai dû le faire moi-même ! Regarde ce que tu m'as fait faire ! Si elle meurt de ces coups, ce sera ta faute. C'est une menteuse, et toi aussi ! Me voler ma magie ! Quelle est cette fable ? Est-ce pour te dédouaner de ton refus de la contrôler ?

— Elle fait des rêves ! » Vindeliar avait ôté les mains de son visage ; ses grosses joues étaient rouge vif et des larmes coulaient de ses petits yeux ; son nez ruisselait de sang. « C'est elle, la menteuse ! Elle fait des rêves, mais elle ne les note pas et elle ne te les raconte même pas !

— Pauvre crétin ! Tout le monde rêve ; il n'y a pas que les Blancs. Ça ne veut rien dire.

— Mais elle a eu le rêve de la chandelle ! Elle a écrit le poème tout entier ! Je l'ai vu dans son esprit ! Elle sait lire et écrire, et elle a fait le rêve de la chandelle. »

La terreur m'envahit subitement. Le rêve de la chandelle ! Je faillis me le remémorer. Non ! Sans me soucier du risque que je prenais, je projetai une pensée éperdue à Dwalia. *Il ment. Je ne suis qu'une fillette sans cervelle et analphabète ; il s'invente des excuses pour éviter de se faire punir. Tu sais qu'il ment, tu as raison quand tu dis que c'est un menteur, tu es trop intelligente pour te laisser prendre à ses mensonges.*

J'avais lancé ces pensées sous l'effet de la peur, et, si elles atteignirent leur cible, c'est sans doute parce que Dwalia, déjà en colère contre Vindeliar, ne fut que trop heureuse de trouver des motifs pour la confirmer.

Elle se mit à le battre. Elle saisit une lourde carafe en métal sur le lave-mains et s'en servit comme arme. Il ne se défendit pas, et je n'intervins pas, pelotonnée sous la table. Du sang coulait de ma lèvre fendue ; je m'en barbouillai le visage. Je ressentais chacun des coups que recevait Vindeliar, et j'emmagasinais les sensations tout en grimaçant de douleur à chaque impact ; j'imposai dans son esprit qu'elle m'avait battue encore plus sévèrement, et, acculé et incapable de se concentrer, il accepta ce message comme la vérité. Il savait quelle souffrance elle pouvait administrer ; il le savait mieux que personne, et, dans un flot d'informations aussi soudain qu'un jaillissement de sang, je le sus moi aussi. Le souvenir qui surgit de lui me rendit malade et abattit mes murailles.

Une issue permet aussi d'entrer.

Alors, comme je saisissais enfin la sagesse des mots de père Loup, je fermai mon esprit et œuvrai à fortifier mes murailles ; je les haussai et les épaissis jusqu'au moment où je perçus encore les coups qu'il recevait mais n'en fus plus victime moi-même. Avec l'élixir, il était fort, beaucoup plus fort que moi, mais je comprenais à présent : une issue permet aussi d'entrer. Quand je touchais son esprit ou celui de Dwalia, c'était comme leur ouvrir la porte. Vindeliar le savait-il ? Se rendait-il compte qu'en essayant d'envahir mes pensées, il m'offrait une voie royale pour pénétrer en lui ? Sans doute pas. Et, après l'aperçu que j'en avais eu, je n'avais aucune envie de recommencer.

Roulée en boule sous la table, je laissais les larmes couler de mes yeux et les sanglots monter de mes poumons. Je m'efforçai de me reprendre ; il me fallait réfléchir à ce que je venais d'apprendre. Je disposais d'une arme, mais elle n'était pas durcie et j'ignorais comment la manier ; il avait un point faible et ne le savait pas. J'avais capté des renseignements sur lui et sur son enfance lugubre quand il avait manifesté le pouvoir conféré par la bave de serpent. Je réprimai tout sentiment de compassion pour lui et me concentrai sur les contours de ces souvenirs.

J'avais vu une haute citadelle sur une île ; les tours, surmontées de têtes semblables à des crânes de monstres, dominaient un port et la terre. J'avais aperçu un charmant jardin où jouaient des enfants au teint clair, mais pas Vindeliar ; des Serviteurs patients les gardaient, et on leur enseignait à lire et à écrire dès qu'ils savaient marcher ; on récoltait et on conservait leurs rêves aussi précieusement que des fruits fragiles.

J'avais vu un marché avec de nombreux étals abrités par des bannes colorées ; des odeurs de poisson fumé, de gâteaux au miel et de plats épicés flottaient dans l'air, des gens souriants allaient d'une échoppe à l'autre, faisaient des achats et mettaient leurs emplettes dans des filets. Des chiens minuscules quasiment dépourvus de pelage couraient en tous sens en poussant des aboiements stridents ; une jeune fille avec des fleurs dans les cheveux vendait des bonbons jaune vif sur un plateau. Tout le monde paraissait propre, bien vêtu et heureux.

C'était Clerres ; c'était là qu'on m'emmenait. Mais ce n'était sûrement pas le ravissant jardin bordé de murs ni les gentils Serviteurs qui m'attendaient là, ni le marché multicolore sous le chaud soleil.

Je me rappelai avec horreur des murs de pierre éclairés par des torches le long desquels s'étageaient des bancs en gradins, et une créature couverte de sang enchaînée à une table et qui poussait des hurlements pitoyables alors que Dwalia tendait une dague délicate à un homme impassible ; sur un guéridon près d'elle se trouvaient de l'encre, une plume et du papier. Quand la victime criait un mot reconnaissable, elle se tournait pour l'écrire et pour ajouter des notes, peut-être sur le type de douleur qui l'avait fait parler ; elle paraissait efficace et enjouée, ses cheveux tressés et fixés en couronne sur sa tête ; une blouse en tissu protégeait ses vêtements bleu pastel.

Vindeliar se tenait à l'écart, paria méprisé qui détournait le regard et tremblait à chaque cri arraché à la victime ; il ne comprenait guère pour quelles raisons on torturait la malheureuse créature. Certains spectateurs assis sur les gradins regardaient le spectacle bouche bée et les yeux agrandis, et d'autres pouffaient derrière leur main, les joues rosies d'une honte étrange. Quelques-uns avaient le teint, les cheveux et les yeux pâles, d'autres étaient aussi noirs de poil et mats de peau que mes parents ; il y avait des vieux, des gens en âge d'être actifs, et quatre enfants apparemment plus jeunes que moi. Tous observaient la scène de torture comme s'il s'agissait d'un divertissement.

Puis, à ma grande horreur, la pauvre victime se raidit sur la table. Elle écarta ses doigts maculés de sang, tira sur ses liens, et agita violemment la tête pendant un moment ; puis elle cessa de bouger. Ses halètements s'étaient arrêtés, et je la crus morte. Mais, dans un souffle terrible, elle cria un nom. « FitzChevalerie ! Fitz ! Aide-moi, aide-moi ! Fitz ! Par pitié, Fitz ! »

Dwalia fut transfigurée. Elle leva la tête comme si elle avait entendu l'appel d'un dieu, et un sourire effrayant apparut sur ses traits. J'ignore ce qu'elle nota, mais elle l'acheva par une grande fioriture ; puis elle s'immobilisa, la plume en l'air, et dit au bourreau : « Encore, je te prie. Je veux être sûre !

— Certainement », répondit l'homme. Il avait le teint et les cheveux blancs, mais le bariolage de ses habits raffinés compensait son absence de couleur ; même le tablier olive qu'il portait sur sa robe jade était une œuvre d'art, brodée de mots écrits dans une langue que je ne connaissais pas. Ses oreilles étaient incrustées d'émeraudes. Il brandit son petit outil menaçant à l'intention des quatre jeunes Blancs aux yeux écarquillés et leur dit : « Vous n'êtes pas assez vieux pour vous rappeler l'époque où Bien-Aimé était un lurik de votre âge, mais moi si ; il était déjà rebelle et obtus, et il enfreignait toutes les règles, comme vous-mêmes le faites en vous croyant trop malins pour que nous le remarquions. Regardez où ça l'a mené, et sachez que ça peut vous y mener tout aussi facilement si vous n'apprenez pas à dominer votre volonté pour le bien des Serviteurs. »

La lèvre inférieure de la plus petite des luriks s'était mise à trembler, et elle plaqua sa main sur sa bouche. Un autre crispa les bras sur sa poitrine, mais les deux plus grands se redressèrent, les lèvres pincées.

Une belle jeune femme à la chevelure d'or pâle et au teint de lait se leva. « Fellodi, fit-elle d'un ton impatient, sermonne nos petits amours plus tard ; oblige Bien-Aimé à répéter le nom qu'il a prononcé. » Elle se tourna vers l'assistance et fixa son regard sur une vieille femme assise à côté d'un homme dont les robes jaunes contrastaient avec le teint pâle. « Écoutez ! Le nom qu'il cache depuis si longtemps, celui qui prouve ce que nous affirmons, Fellodi et moi : son Catalyseur est toujours vivant, et ils continuent à conspirer contre nous. On nous a dissimulé le fils inattendu. Bien-Aimé ne nous a-t-il pas déjà causé assez de tort ? Il faut nous autoriser à envoyer Dwalia venger sa maîtresse et s'emparer du Fils, sans quoi il provoquera notre chute ! Depuis longtemps, les rêves nous mettent en garde contre lui ! »

En réponse, la vieille femme se dressa et la regarda d'un œil noir. « Symphe, tu parles en public d'affaires qui ne regardent que les Quatre. Surveille ta langue. » Elle souleva ses jupes bleu clair pour éviter de les souiller de sang et quitta d'un pas majestueux la scène de boucherie.

L'homme en jaune la suivit du regard, se leva d'un air hésitant puis se rassit. D'un hochement de la tête, il indiqua à Symphe et au boucher de poursuivre. Ils ne se firent pas prier.

Le nom de mon père : c'est ce qu'ils firent hurler à la créature en lambeaux, non pas une fois, mais à de multiples reprises ; et, quand les cris répétés eurent cessé, qu'on eut fait basculer de la table le corps inconscient et que les gardes eurent traîné la malheureuse créature hors de la salle, Vindeliar jeta des seaux d'eau sur le sol et sur la table éclaboussés de sang et les nettoya à la brosse.

Il ne se souciait guère de l'homme qui avait été torturé ; il ne s'intéressait qu'à sa tâche et à sa peur. Un petit morceau de chair restait collé sur le dallage ; il le gratta de l'ongle du pouce et le jeta dans son seau. Il savait que, s'il contrariait la volonté de Dwalia, il risquait d'être le prochain à se retrouver enchaîné sur la table pour une leçon impitoyable, et, aujourd'hui encore, ce sort pesait toujours sur lui : elle n'aurait pas une hésitation ; et pourtant il n'avait pas la volonté nécessaire pour s'enfuir ou la défier. Je compris tout au fond de moi que mon « frère » ne se mettrait pas en danger pour me sauver d'un tel destin.

Ce souvenir me fit trembler. La pauvre victime avait appelé mon père à l'aide, l'avait supplié de venir à son secours ; il me manquait trop de maillons pour constituer une chaîne logique, mais mon instinct fit un bond à l'aveugle : c'était ce jour-là que Dwalia avait obtenu la permission de se rendre à Flétribois ; c'était ce jour-là que mon sort s'était joué. Je la regardais à présent comme de très loin.

Et l'infortuné sur la table ? Il paraissait impossible qu'il eût survécu ; ce n'était sûrement pas lui, le mendiant de Chênes-lès-Eau ; ce ne pouvait être le Fou de mon père. Des détails aigus poignaient mes pensées : Dwalia avait parlé d'un père que je ne connaissais pas. Les pièces ne pouvaient pas s'emboîter, mais la menace qu'elle m'avait lancée affirmait le contraire : c'était à cette table qu'elle m'avait promise.

Elle donnait toujours des coups de pied à Vindeliar, mais l'effort la faisait haleter. À chaque mouvement de jambe, elle poussait un grognement, et ses fesses tremblotaient. Une fois Vindeliar réduit à une masse roulée en boule dans un coin et secouée de sanglots, elle revint à moi ; elle me décocha un coup de pied, mais j'avais choisi mon abri avec soin, et l'impact n'eut pas la force voulue ; elle me jeta alors la carafe ensanglantée, mais elle ne fit que m'effleurer. Je m'écartai en poussant un glapissement convaincant et levai vers elle un regard lugubre, le visage maculé de sang ; avec un tremblement factice du menton, je bredouillai : « Par pitié, Dwalia, Arrête. Arrête. Je t'obéirai ; je travaillerai dur. Mais, je t'en prie, cesse de me faire mal. »

Je sortis de sous la table en traînant la jambe ; pliée en deux, je fis le tour de la chambre à cloche-pied en ramassant les habits qu'elle avait jetés par terre. À chacune de mes embardées, je la suppliais de me pardonner et lui promettais obéissance et rachat, et elle m'observait, partagée entre suspicion et satisfaction. Je fis halte près du coffre à vêtements et pleurai à chaudes larmes tout en irradiant la douleur et la peur ; prise d'une inspiration, j'ajoutai une touche de désespoir et de découragement. Je lui montrai chaque vêtement. « Tu vois comme je le plie avec soin ? » Je ravalai un sanglot. « Je sais me rendre utile ; je peux t'aider. J'ai compris la leçon. Je t'en prie, ne me fais plus mal, par pitié. »

Le rôle n'était pas facile à tenir, et j'ignorais à quel point il était efficace ; mais elle m'adressa un sourire narquois et triomphant et retourna vers le lit défait pour s'y laisser tomber avec un soupir de plaisir. Puis ses yeux se posèrent sur Vindeliar, roulé en boule sur le sol comme une grosse larve sous un arbre abattu, sanglotant dans ses mains. « Ramasse la vaisselle, j'ai dit ! » lui lança-t-elle.

Il roula sur le ventre et s'assit en reniflant ; lorsqu'il ôta les mains de son visage meurtri, j'eus une grimace compatissante : ses yeux commençaient à enfler, et du sang lui couvrait le menton ; une salive rouge coulait de sa bouche entrouverte. Il me regarda d'un air pitoyable, et je me demandai s'il avait perçu mon involontaire élan de sympathie. Je renforçai mes murailles, et il dut le sentir, car il fronça les sourcils, l'air sombre. « Elle recommence », dit-il d'une voix lente et maussade, les mots étouffés par ses lèvres gonflées.

Dwalia se pencha vers lui. « Réfléchis à ça, faux homme : elle a appris la leçon, elle ; tu vois comme elle a peur et comme elle m'obéit ? C'est tout ce que je lui demande pour le moment. Et, si elle sait pratiquer la magie, si je peux lui enseigner ce que j'attends d'elle, quel besoin ai-je de toi ? Tu as intérêt à te montrer au moins aussi utile qu'elle. » Puis elle se tourna vers moi, et son sourire affecté me glaça les sangs.

J'entendis Vindeliar reprendre son souffle en reniflant ; je lui jetai un regard, et ce que je vis était plus effrayant que le sourire de Dwalia : il fixait sur moi des yeux furieux, les traits empreints de jalousie.

20
Croyance

Je souhaiterais sincèrement en savoir davantage pour te le rapporter. J'ai le sentiment que je devrais en savoir davantage, mais il a toujours été discret sur son enfance ; les informations certaines dont je dispose ne prennent guère de place : un accident de naissance a privé sire Umbre du pouvoir et du respect auxquels ont eu droit son frère aîné et sa sœur cadette. Subtil est devenu roi ; sa jeune sœur a, dit-on, causé la mort de sa mère, car l'accouchement fut difficile et la reine Constance ne recouvra jamais la santé par la suite. Élevée comme une princesse, elle devait succomber à son tour en donnant le jour à un fils, Auguste, dont tu connais déjà la triste fin : en cherchant à communiquer à travers lui, par le biais de l'Art, avec sa future reine, Vérité a involontairement consumé l'esprit de son cousin. Auguste n'a plus jamais été normal, ni physiquement ni mentalement, et il est mort relativement jeune dans la miséricordieuse obscurité d'une « retraite » à Flétribois. Patience, l'épouse de mon père et autrefois reine-servante, en a eu la charge jusqu'à ce qu'il meure dans son sommeil, une nuit d'hiver. Le décès de mon père dans un « accident » puis la déchéance d'Auguste ont été les événements qui l'ont menée, je pense, à retourner au château de Castelcerf pour tenter de s'occuper de mon éducation.

Mais c'est sur Umbre que tu m'interrogeais. Il n'a jamais beaucoup parlé de sa jeunesse. Sa mère était soldat, mais comment elle s'est retrouvée à porter le bâtard du roi, nous ne le saurons jamais ; et je ne sais pas grand-chose sur sa mort ni sur la raison pour laquelle on a envoyé Umbre à Castelcerf. Il m'a dit une fois que sa mère avait laissé une lettre et que, peu après sa disparition, alors qu'il était très jeune, le mari de sa mère la lui avait remise avec un paquet de rations de voyage, l'avait installé sur une mule et l'avait envoyé à Castelcerf. La lettre était adressée au roi, et, par un concours de circonstances extraordinaires, elle lui est parvenue ; c'est ainsi que sa famille royale a découvert son existence, peut-être pour la première fois, mais qui peut vraiment le savoir. En tout cas, il a été adopté.

Malgré toutes les années où il m'a formé, j'ignore quasiment tout de son éducation, hormis le fait que son précepteur était dur. Bien qu'il n'ait jamais été reconnu, même comme bâtard, je crois que son frère aîné le traitait bien. D'après ce que j'ai personnellement pu voir, Subtil et lui partageaient une affection mutuelle, et le roi comptait sur Umbre comme conseiller autant que comme assassin et maître espion.

J'ai découvert peu à peu qu'Umbre était un beau jeune homme et qu'il avait connu quelques années plaisantes et animées avant l'accident qui l'avait défiguré et poussé à se cacher dans les murs du château. À mon avis, les raisons qui l'ont incité à disparaître sont beaucoup plus diverses et variées, mais nous ne les découvrirons sans doute jamais.

Je sais en revanche qu'il mourait d'envie de passer les examens pour savoir s'il avait l'Art et d'être formé à la magie de sa famille, mais cela lui a été refusé. Je pense qu'il possédait d'autres talents magiques, à savoir la cristallomancie par l'eau, car à plus d'une reprise il m'a paru très improbable que ses « espions » aient pu le prévenir à temps d'événements qui se produisaient loin de Castelcerf. Mais ne pas avoir le droit d'apprendre l'Art le peinait et l'offensait à la fois ; c'était peut-être une des décisions les plus stupides que nos aïeux royaux aient jamais prise.

Et donc, maintenant qu'il manifeste une capacité, fût-elle erratique, pour l'Art et a accès à ce qui reste de la bibliothèque d'Art, il se laisse aller sans aucune prudence à tenter de la maîtriser. Il a toujours aimé faire des expériences, et le risque ne le dissuade pas de se mettre en danger, lui ou ses apprentis.

J'ignore si ces détails pourront t'aider à le convaincre de se modérer et de t'accorder le respect qui te revient en tant que maître d'Art de la reine. Si tu peux éviter de lui révéler que je suis la source de ces renseignements, je t'en saurai gré ; c'est lui qui m'a formé à l'espionnage, mais il serait le premier à protester si son ancien apprenti exerçait ses talents sur lui.

Missive anonyme à la maîtresse d'Art Ortie

« Que vous veut Tintaglia ? » me demanda Brashen.

J'essuyai mon visage couvert de sueur. « J'avais quelques questions à lui poser quand nous étions à Kelsingra ; j'espérais apprendre si les dragons avaient une dent contre les Serviteurs.

— Pour les associer à votre cause ?

— Peut-être, ou pour obtenir autant de renseignements que possible contre les Serviteurs. »

Il se frotta les mains sur son pantalon et s'assura une nouvelle prise sur la barrique. « Envoyer un dragon secourir une enfant, ce n'est peut-être pas le plus avisé.

— Je ne songeais pas à ça à l'époque ; je désirais seulement la destruction de Clerres.

— Mais votre fille se trouve là-bas… »

Et voilà : l'idée même que je voulais éviter. Abeille prise dans l'assaut d'un dragon ? Je refusais d'y penser.

Brashen me regarda dans les yeux. « Vous ne la croyez pas vivante, n'est-ce pas ? » Il avait parlé à voix basse.

Je haussai les épaules. Je n'avais nulle envie de réfléchir à cette question. « Finissons-en », dis-je, et il acquiesça d'un air lugubre.

Nous nous étions arrêtés pour reprendre notre souffle ; nous embarquions un baril d'eau, et ce qui eût dû être une tâche anodine était presque irréalisable à cause de Parangon ; il s'était incliné pour s'écarter du canot qui apportait la cargaison, puis, alors que nous hissions la barrique sur le pont, il s'était incliné de l'autre côté.

C'était le deuxième jour où nous nous battions contre le bateau. La veille, il s'était acharné à contrarier nos efforts pour décharger son fret, et aujourd'hui nous devions redoubler de travail pour embarquer de l'eau et des vivres frais pour l'équipage. Au milieu de ces tracas, Althéa et Brashen avaient reçu l'annonce de la venue de Tintaglia avec une absence d'intérêt marquée. Comme le capitaine l'avait dit alors : « Je ne vois pas en quoi l'arrivée d'un dragon peut aggraver notre situation. »

À quoi Althéa avait répondu : « Je transmettrai la nouvelle à Hiémain, et il préviendra Etta ; ils pourront se préparer du mieux qu'ils pourront. » Elle avait ajouté d'un ton aigre : « La visite d'un dragon doit présenter toutes sortes de problèmes ; à l'heure qu'il est, je suis ravie que ce ne soient pas les miens. »

Brashen avait hoché la tête, la mine sombre. « On a assez des nôtres. » Et cela avait clos la conversation.

Parangon s'arrangeait pour retarder notre départ par des stratagèmes qui me laissaient pantois. Il tanguait, gitait, bloquait ses écoutilles ; les commandants serraient les dents et joignaient leurs efforts sur le pont à ceux de leur équipage réduit. Le premier jour, Clef avait réquisitionné Persévérance et Braise, puis nous avait regardés, Lant et moi, les mains sur les hanches. « Ce n'est peut-être pas un boulot digne de votre rang, mais j'ai besoin de vous ; à partir d'aujourd'hui, tant qu'on est au port, vous participerez chacun à un quart. » Et nous avions obéi.

Les efforts de Brashen et d'Althéa pour embaucher des matelots ou persuader d'anciens membres d'équipage de revenir s'étaient soldés par des échecs. J'accueillais avec plaisir le dur labeur physique, car il détournait parfois mon esprit de la possibilité que ma fille fût détenue par des fanatiques ; à cette idée, mon cœur battait la chamade et la fureur m'envahissait, dont je me défoulais en défiant le bateau, en traînant des caisses sur son pont incliné et en m'évertuant à les ranger dans sa cale. Chaque instant de retard était un instant d'attente mortelle. Je ne m'intéressais plus aux nouvelles que pouvait apporter Tintaglia : je voulais seulement reprendre mon voyage.

Ambre comme le Fou se tourmentaient de ce qu'Abeille pouvait endurer, et, chaque fois qu'ils parlaient d'elle, j'avais l'impression qu'on me retournait un poignard dans le ventre. L'anxiété qui me rongeait était insupportable, et celle du Fou ne faisait que la rendre plus intense. J'entrai dans sa cabine et découvris mon ami qui faisait le cochon pendu, suspendu à la couchette du haut ; je me figeai.

« Je savais que c'était toi, fit-il. Tous les autres frappent à la porte.

— Que fais-tu ? Tu as besoin d'aide pour descendre ?

— Pas du tout ; je fais des exercices d'assouplissement. Les Serviteurs ont mis mon esprit en bouillie, et ce qu'ils ont fait à mon corps était tout aussi destructeur. Je cherche à recouvrer ce qu'ils cherchaient à anéantir. »

Il releva le torse, saisit le bord de la couchette des deux mains, et, avec un grognement d'effort, décrocha les genoux du châlit et tendit les pieds vers le sol.

Il atterrit sans légèreté ni grâce, mais extraordinairement bien pour un homme encore à moitié infirme quelques mois plus tôt.

« Ne serait-il pas préférable de travailler tes talents d'acrobate à l'extérieur, sur le pont ?

— Si Ambre y voyait, elle serait enchantée de courir le gréement, de se suspendre dans les airs et de retrouver toutes mes capacités perdues en plein air, mais elle est aveugle, et, du coup, je ne peux pas. Je fais ce que je peux dans cet espace réduit. » Il se pencha en avant, saisit ses chevilles et poussa un long soupir. « Des nouvelles de la date de notre départ ?

— Rien que tu ne saches déjà. » Je me tins prêt pour sa plainte habituelle.

« Chaque jour qui passe est un jour où Abeille reste prisonnière. »

Comme si je l'ignorais ! « Parangon n'est pas le seul navire du port. Nous pourrions tirer une coquette somme de nos articles Anciens et embarquer sur l'un d'eux pour nous rendre directement à Clerres. »

Il secouait la tête avant même que j'eusse fini de parler. « Dans mes visions de l'avenir, Parangon est le seul bateau qui nous transporte là-bas.

— Tes visions… » Je me tus. Les dents serrées, je repris : « Alors il faut attendre.

— Tu doutes de moi, dit-il d'un ton amer. Tu refuses d'accepter qu'Abeille est vivante.

— Je te crois parfois. » Je baissai les yeux. « Mais la plupart du temps, non. » Il était trop douloureux d'espérer.

« Je vois, répondit-il avec hargne. Ainsi, attendre te satisfait ; parce que, si Abeille est morte, notre retard ne la tuera pas plus, et elle n'aura pas à supporter des tortures telles qu'on m'en a infligé. »

Je répliquai d'un ton tout aussi hargneux : « Ce n'est pas moi, c'est toi qui décides d'attendre – d'attendre que Parangon veuille bien se mettre en route. »

Il s'agrippa les cheveux à deux mains, les traits tordus d'angoisse. « Tu ne comprends donc pas mon tourment ? Nous devons voyager à bord de Parangon. Il le faut ! Même si je sais qu'Abeille est vivante et entre leurs mains.

— Comment ? hurlai-je. Comment serait-ce possible ? Quand Ortie a dépêché son clan dans le pilier à la recherche d'Abeille, ils n'ont trouvé aucune trace d'elle, pas une empreinte dans la neige, rien ! Ses ravisseurs et elle ne sont jamais ressortis de ce pilier, Fou ; ils sont tous morts dedans. »

Ses yeux aveugles étaient agrandis de consternation, et il était encore plus pâle que d'ordinaire. « Non ! Ça ne se peut pas. Fitz, toi-même, tu as été retardé dans un pilier, tu y es resté perdu pendant des jours, et pourtant tu…

— Oui, j'ai fini par ressortir, l'esprit confus et à demi mort. Si je n'avais pas réussi à appeler à l'aide, j'aurais pu mourir. S'ils avaient émergé de cette pierre, il y aurait eu des traces, les cendres froides d'un feu, leurs ossements éparpillés, quelque chose enfin ; or, il n'y avait rien. Elle a disparu. Même s'ils avaient plusieurs jours de retard, nous aurions repéré des signes de leur passage en arrivant là-bas ; as-tu vu quoi que ce soit ? »

Il éclata d'un rire exagéré. « J'aurais eu du mal ! »

Je m'exhortai à la patience. « Eh bien, il n'y avait rien hormis des traces d'ours ; alors ils sont peut-être sortis là et ils ont péri. En tout cas, ils ne sont pas allés à Kelsingra, ni à pied ni par les pierres. Je t'en prie, Fou, laisse-moi accepter qu'Abeille n'est plus. » Je l'implorais, mourant d'envie de retrouver l'hébétude du chagrin absolu et de la poursuite de la vengeance pure.

« Mais elle est vivante ! »

Son obstination me mit en rage, et j'attaquai. « Peu importe ; qu'elle soit en vie ou non, je serai sans doute mort avant de la retrouver, étant donné le peu de détails que tu m'as donnés sur Clerres et ses habitants ! »

Il resta bouche bée un instant, puis il répliqua d'une voix rendue stridente par le remords et l'indignation : « Je fais ce que je peux, Fitz ! C'est la première fois que je projette des assassinats. Mes souvenirs me fuient quand tu m'interroges ; et ces questions ridicules que tu me poses ! Quelle importance de savoir si Coultrie aime parier ou si Symphe se lève tôt ou tard ?

— Sans renseignements précis, ma capacité de tuer se réduit au point de confiner à la folie !

— La folie ? » Il me renvoya le mot d'un ton cinglant. « Mais qu'attendais-tu d'autre d'un fou ? » Furieux, il chercha les habits d'Ambre tout en maugréant rageusement. « Je n'aurais jamais dû venir te demander ton secours. Je m'occuperai moi-même de ce qu'il faut faire ! » Il enfila sa robe à la diable puis la laça et la boutonna de travers.

« Et ça aurait tout changé si tu n'étais pas revenu ! » Mes mots étaient autant de dagues implacables. « Et inutile de te déguiser en Ambre : je m'en vais ! » Je me levai pendant qu'il s'acharnait sur une manchette. « D'ailleurs, comme toujours quand on agit à l'aveugle et dans la précipitation, tu as fait ça n'importe comment ; à ta place, je ne sortirais pas attifé comme ça. Mais tu as l'air prêt à faire ce que je ne ferais pas, comme tenter un assassinat sans aucune information. »

Je sortis en claquant la porte, le cœur battant la chamade, pris entre la colère et le regret. Qu'avais-je donc dit ! Mais n'était-ce pas la vérité ?

Je m'accoudai au bastingage pour contempler Partage et laisser ma fureur mijoter ; la brise de mer ne parvenait pas à la refroidir.

Brashen vint me rejoindre. « Hiémain est passé et il a demandé si vous saviez quand Tintaglia devait arriver.

— Non. Et vous, savez-vous quand nous allons partir ? »

Il répondit aussi laconiquement que moi : « Non. Hiémain se prépare pour la venue de la dragonne ;

si vous pouvez, il aimerait que vous la préveniez que les enclos sont près du quai. »

Je contenais ma colère. Je me redressai et chassai de mon esprit les propos du Fou et ma pique finale. « J'essaierai, mais je ne promets pas qu'elle m'entendra.

— Je ne peux pas vous en demander plus », dit-il.

Je me tus et le regardai s'éloigner ; puis je me tournai à nouveau vers la mer et tentai d'entrer en contact avec la dragonne. *Tintaglia, je suis à Partage, dans les îles Pirates ; les habitants souhaitent t'accueillir avec du bétail dans un enclos près des quais. Ils seraient honorés que tu le dévores.*

Je ne perçus nulle réponse. Au fond de moi, j'espérai qu'elle ne parviendrait pas à me trouver ; j'ignorais ce qu'elle voulait de cette rencontre, mais il n'en sortirait rien de bon.

Très tôt le matin du troisième jour, Sorcor et la reine Etta se présentèrent dans un petit doris et demandèrent l'autorisation de monter à bord de Parangon ; Hiémain les accompagnait, les yeux troubles ; tous trois avaient la mine de gens qui ont passé une longue nuit blanche. On les accueillit avec des chopes de café fumant ; Sorcor avait eu la prévoyance d'apporter un panier de pâtisseries fraîches. À mon grand étonnement, Hiémain requit notre présence, à Ambre et à moi.

Etta avait l'air plus dur que royal ; sa somptueuse veste était fripée d'avoir été portée toute la nuit, la lumière du jour n'étais pas clémente avec les rides de sa bouche, et ses cheveux dansaient erratiquement dans la brise. Sorcor paraissait aussi abattu qu'un chien qu'on garde enchaîné alors que les autres se massent pour la chasse. Nous nous installâmes autour de la table et Althéa servit le café. Dans le silence qui suivit, la reine Etta joua un moment avec le talisman qu'elle portait à la gorge, puis elle redressa les épaules et regarda Althéa dans les yeux. Elle déclara d'un ton impérieux : « Parangon Ludchance, prince des îles Pirates, voyagera avec vous jusqu'à Clerres. Je sais qu'il n'est pas le bienvenu, et je ne me réjouis pas non plus qu'il entreprenne cette expédition ; néanmoins, il doit y participer. Je vous offre de payer son voyage et de vous fournir huit marins sérieux, aguerris à la voile et à l'épée, même si j'espère avec ferveur que vous n'aurez pas besoin de ce dernier talent. »

Althéa était indignée. « Non ! Quand il est monté à bord, je l'ai obligé à débarquer selon votre souhait ! Résultat, notre bateau, de récalcitrant, est devenu dangereux, et il s'efforce depuis de nous mettre des bâtons dans les roues, quoi que nous fassions ! Et, après toutes ces avanies, vous nous ordonnez d'embarquer votre fils ? »

Brashen posa la main sur le bras de sa femme pendant qu'elle reprenait son souffle. « Pourquoi ? » demanda-t-il à la reine pirate d'un ton posé.

Celle-ci lui jeta un regard noir et pinça les lèvres.

Hiémain s'éclaircit la gorge. « Parce que son père l'aurait voulu ; c'est du moins ce qu'on nous dit. » Etta ôta la main de son cou pour la poser sur la table et regarda Hiémain d'un air sombre pendant qu'il expliquait : « La reine porte un talisman de bois-sorcier sculpté à l'image de Kennit ; lui-même le portait au poignet, à même la peau, et l'objet a absorbé son esprit au point de s'animer. C'est lui qui nous a conseillés. »

Sans chercher à me cacher, j'observai l'amulette accrochée au cou d'Etta ; je m'attendais vaguement à ce qu'elle bougeât ou parlât, mais elle demeura inerte.

Althéa se pencha vers la reine pirate. « C'est Kennit qui le veut ? Raison de plus pour que je l'interdise !

— Et pourtant vous l'emmènerez, répliqua la souveraine. Votre seul espoir de tenir les rênes à votre vivenef rétive, c'est de lui donner ce qu'elle veut. Refusez et vous aurez à diriger un navire difficile et en sous-équipage. Tout Partage a été témoin de sa force et de sa colère ; vous avez besoin de ce que je vous offre. Ou alors restez ancrés ici, avec un bateau qui devient plus dangereux de jour en jour. »

Althéa crispait tant les mains sur sa chope que je pensais la voir la fracasser. Brashen dit d'une voix égale : « Mon épouse et moi-même aimerions un moment pour discuter ; nous vous retrouverons sur le pont d'ici peu. » Il indiqua la porte et attendit que nous sortissions, puis ferma derrière nous.

Côte à côte, Etta et Sorcor regardèrent Partage tandis que Hiémain se tenait à l'écart d'eux, les bras croisés. Nul ne dit rien jusqu'au moment où Parangon nous héla. « C'est réglé ? Je vais avoir le fils de Kennit ? »

Aucun de nous ne répondit.

Les commandants quittèrent leur cabine. « Ça marche, dit Brashen ; de l'argent et huit hommes en échange de sa place à bord. » Le visage d'Althéa était de pierre. Son mari poursuivit : « Mais il embarquera comme simple matelot et il se soumettra à la discipline du bateau. » Althéa garda le silence pendant qu'il tendait la main. Etta poussa un petit soupir d'agacement, mais Sorcor hocha la tête, et ce fut Hiémain qui s'avança pour serrer la main à Brashen à la manière des Marchands. « Je vais rédiger le contrat », dit-il, et Brashen acquiesça.

Ambre chuchota : « C'est la façon de faire Marchande : trouver un accord qui profite à tous. » Très bas, elle ajouta : « Althéa n'est pas contente, mais elle reconnaît qu'elle a besoin de ce marché si nous voulons un jour quitter Partage. »

Hiémain reprit : « Nous allons tout de suite commencer à charger des provisions à bord. » Il leva la voix. « Cela te convient-il, Parangon ? Tu as gagné ; tu as obtenu ce que tu voulais : Akennit voyagera avec toi. À présent, pouvons-nous finir de décharger le fret et embarquer des provisions ?

— J'y consens ! » La voix de Parangon avait tonné dans le port ; un sentiment de satisfaction monta du pont et déferla sur nous. Même Althéa eut l'air soulagé.

Brashen m'assena une claque sur l'épaule en passant près de moi. « Préparez-vous à en mettre un coup ! » me dit-il.

Et nous en mîmes un coup, en effet. Tonneaux d'eau claire, bière, poisson salé et une grande roue de fromage furent bientôt apportés dans des canots, en compagnie de sacs de raves, de pommes et de pruneaux secs, et d'innombrables boîtes de biscuits de mer. Notre nouvel équipage arriva, sept matelots et une navigatrice, et Clef n'hésita pas à les mettre à l'épreuve, à les faire grimper au mât, enrouler des cordages et démontrer leur connaissance des nœuds ; même la navigatrice fut soumise à l'examen, et elle le passa avec une aisance dédaigneuse qui se riait de la difficulté.

Le temps s'était réchauffé, et Lant avait posé sa chemise sur la lisse ; j'eus tout juste le temps de la rattraper par la manche pour l'empêcher de tomber par-dessus bord avec Bigarrée qui s'était emmêlée les serres dans le tissu. « Fais attention ! » lançai-je à la corneille, la chemise dans la main. Les ailes déployées, elle sauta et tira jusqu'à libérer sa patte, puis elle annonça : « Tintaglia ! Tintaglia ! Regarde, regarde, regarde ! »

Topaze et saphir, scintillante, elle arrivait ; au loin, elle avait la taille d'un corbeau, puis, un battement de cœur plus tard, elle eut celle d'un aigle ; elle approchait plus vite qu'aucune créature volante, et bientôt, la moitié de l'équipage se mit à la désigner du doigt en criant. À terre, les gens s'arrêtèrent dans les rues pour scruter le ciel. « Est-elle au courant, pour le bétail près des quais ? Où va-t-elle se poser ? demandai-je à la corneille.

— Là où elle veut, répondit Persévérance à mi-voix.

— Regardez, regardez, regardez ! » crailla de nouveau l'oiseau. Toute mon attention se portait sur Tintaglia, mais Braise s'exclama : « Il y en a un rouge ! Il est loin, mais je crois que c'est un autre dragon ! »

Celui-là volait plus lentement et paraissait faire de grands efforts ; allait-il atterrir sain et sauf ou périr dans les vagues ?

« Gringalette ! Gringalette qui brille ! » s'écria Bigarrée, et, dans un froufroutement de plumes noires, elle s'éleva à sa rencontre. Je suivis d'un œil inquiet Tintaglia qui tournait au-dessus de la résidence de la reine. *Il y a du bétail pour toi ! Dans un enclos près des quais !* Je projetai ma pensée vers elle mais n'observai nulle modification de sa spirale descendante.

Sur la grande pelouse devant la demeure royale, des gens couraient en tous sens pour se mettre à l'abri. La dragonne effectua un dernier cercle à basse altitude pour prévenir de son arrivée puis descendit, ses pattes griffues tendues en avant. Pour une créature aussi gigantesque, elle se posa avec grâce. Elle agita les ailes avec un claquement que j'entendis malgré la distance et qui m'évoqua une voile mouillée frappée par une brusque bourrasque.

Tintaglia battit de la queue en laissant des sillons dans la pelouse. Des badauds se précipitèrent vers elle pendant que d'autres s'enfuyaient ; les exclamations confuses qu'échangeaient les gens ressemblaient à des cris d'oiseaux. La dragonne se dressa, assise sur ses pattes arrière comme un chien qui mendie, puis tourna lentement la tête ; malgré la distance, son regard s'arrêta sur moi. *« FitzChevalerie, approche. Je veux te parler. »*

Ses paroles étaient à la fois un rugissement de dragon et une voix impérieuse dans ma tête qui me commandait, presque aussi irrésistible que les ordres d'Art de Vérité. « Vous y allez ? me demanda Lant, épouvanté.

— Je n'ai pas le choix, répondis-je.

— Aller où ? fit Persévérance.

— La dragonne l'a appelé, Persévérance ; et je l'accompagne.

— Moi aussi ! » s'exclama l'adolescent.

Je ne voulais pas d'eux, et je m'adressai à Persévérance d'un ton sévère. « N'oublie pas que tu fais partie de l'équipage à présent ; c'est au capitaine de…

— Les deux capitaines donnent leur autorisation. » Althéa arrivait au pas de charge ; elle avait une tache de goudron sur la joue et les cheveux collés par la sueur. « Emmenez Ambre ; Brashen vous a fait préparer les canots du bord. Ne traînez pas ; je n'ai pas envie de voir débouler un dragon qui en veut à quelqu'un sur mon pont, surtout cette dragonne-là. »

Braise courut chercher Ambre dans sa cabine, puis, promptement entassés dans un canot, nous fûmes transférés à terre. Les quais étaient déserts, mais, à l'approche de la demeure royale, nous dûmes nous frayer un chemin à travers une masse de plus en plus dense de gens qui badaient devant la grande reine bleue. Etta se tenait sous le portique de sa résidence, son fils à côté d'elle, des gardes armés autour d'eux ; les soldats savaient-ils que leurs sabres et leur armure ne serviraient à rien si la dragonne décidait de cracher de l'acide sur eux ? Une troupe de gardes municipaux arriva, traversant la foule à coups de coudes pour encercler la créature et repousser les badauds. J'espérai parvenir près de Tintaglia avant qu'elle ne s'irritât excessivement.

Elle me repéra tandis que nous tentions de franchir la presse. « Écartez-vous ! commanda-t-elle. Laissez-le passer ! » Pendant que les gens, déconcertés, se bousculaient dans des directions opposées, elle poursuivit : « J'ai volé sans m'arrêter pendant un jour, une nuit et un jour pour arriver ici, Loinvoyant ! Je dois te parler. Ne tarde pas à me rejoindre ; ma faim n'a pas de patience !

— Dégagez ! tonnai-je, et je fendis la foule sans ménagement, mes compagnons dans mon sillage. Restez en arrière, leur dis-je, et c'est avec l'impression d'être nu que je m'avançais sur la vaste pelouse devant Tintaglia. Me voici », annonçai-je à la dragonne. Non sans peine, je fis un pas de plus vers elle.

Au bout de son cou sinueux, sa tête se dirigea vers moi, gueule ouverte et naseaux évasés, et je vis brièvement s'agiter une longue langue rouge. La chaleur née de ses récents efforts roula sur moi comme si je me tenais trop près d'un âtre et m'apporta une puanteur reptilienne et la pestilence de charogne de son haleine. « Je ne suis pas aveugle, répliqua-t-elle ; et, même dans ce cas, je te reconnaîtrais à ton odeur.

— Elle parle ? demanda Persévérance derrière moi.

— Chut, fit Lant.

— J'ai faim, je suis fatiguée, et je n'ai pas de temps à perdre. » Au ton qu'elle employait, c'était de ma faute.

Je m'inclinai très bas. « Du bétail t'attend dans un enclos près des quais. »

Nouveau battement de queue. « Je sais ; tu me l'as déjà dit deux fois. » On eût cru que c'était une offense mortelle. Elle ajouta sévèrement : « Les quais ne sont pas assez grands pour laisser atterrir un dragon de ma taille. »

Je rejetais aussitôt l'idée d'entrer en contact mental avec elle ; je n'avais aucune envie qu'un dragon détruisît accidentellement mon Art. Elle continuait à parler : « Sache d'abord ceci : Glasfeu est un pleutre. Un dragon qui préfère s'ensevelir dans la glace plutôt que de se venger, par crainte pour sa propre sécurité, n'est pas un dragon ! »

Il me parut imprudent de prendre position, et je gardai le silence.

Elle souffla longuement par les naseaux avec un grondement grave du fond de la gorge. Un frisson parcourut ses écailles, elle plia ses ailes plus commodément, puis elle commanda : « Conduis-moi aux quais ; je te parlerai en chemin, puis je mangerai. Il est difficile de parler simplement à un humain, et c'est presque impossible quand j'ai faim. »

Comme c'était rassurant ! Je poussai ma voix pour me faire entendre. « Je crois qu'aucun dragon de tes magnifiques proportions ne s'est posé ici depuis longtemps. La reine Etta des îles Pirates t'a amplement fourni de quoi te restaurer.

— Et nous sommes honorés, sublime reine ! Ton azur est splendide ! » Hiémain avait traversé en courant les rangs de la garde royale et descendu l'escalier qui menait à la pelouse à présent retournée. Il exécuta une révérence extravagante devant Tintaglia. « Peut-être te souviens-tu de moi, ô resplendissante ? Ma sœur est la reine Malta des Marchands-Dragons de Kelsingra ; mon frère cadet, Selden, m'a souvent chanté tes louanges.

— Selden, répéta la dragonne, et ses yeux tournoyèrent soudain de plaisir. Oui, je me rappelle ce nom ; quel adorable chanteur ! Est-il ici ?

— J'ai le regret de devoir répondre que non ; et encore plus d'apprendre que notre espace d'atterrissage ne convenait pas ! »

Etta finit par comprendre les sous-entendus frénétiques de Hiémain, et elle s'avança. « Gardes ! Ouvrez la route pour notre extraordinaire invitée et offrez-lui une escorte d'honneur jusqu'à l'enclos. Veillez à ce que les abreuvoirs soient remplis d'eau fraîche ! » Elle claqua des doigts, et sa garde personnelle se détacha d'elle pour s'élancer sur la pelouse ; l'épée au fourreau, les hommes entreprirent de dégager un large passage parmi la foule béante.

Un chatoiement coloré courut sur le cou de Tintaglia, et les collerettes frémirent le long de sa mâchoire, indiquant son plaisir, du moins l'espérai-je. « Excellent accueil, dit-elle. Je suis contente. »

Hiémain s'inclina de nouveau avec élégance, puis, avec un regard en coin à mon adresse, il recula.

Tintaglia reporta son attention sur moi, et j'eus l'impression qu'une lourde couverture tombait sur moi. Je maintins mes murailles dressées pour résister à son charme pendant qu'elle empruntait l'avenue ouverte dans la foule par les gardes.

J'avais du mal à la suivre : son allure ne correspondait ni à la déambulation ni à la course humaine. Il y avait longtemps que je n'avais pas dû marcher aussi vite. Un coup d'œil en arrière me montra Lant et Persévérance qui nous avaient emboîté le pas à distance respectueuse, tandis que Braise conduisait Ambre vers le portique.

« Écoute-moi », gronda la dragonne comme à mi-voix. Comme celle d'un chat, sa queue balayait paresseusement le sol. « Tu as eu la présomption de me demander des renseignements sur Kelsingra. J'ai acculé Glasfeu et, par l'humiliation et la menace, je lui ai arraché ce qu'il aurait dû nous dire il y a des années. Même Gringalette a plus de courage que lui ! Ta supposition était exacte : les Blancs et leurs Serviteurs ont fait grand tort aux dragons. Je brûle de rage à l'idée que, pendant des générations, ils ont cru pouvoir commettre leurs injustices sans avoir à payer les conséquences ! Cette honte est tout entière due à la lâcheté de Glasfeu, mais, comme je suis persuadée qu'il ne fera rien, c'est moi qui agirai. »

Nous étions parvenus dans le quartier des entrepôts, partie ancienne de Partage où les rues étaient étroites ; mal à l'aise, je marchais tout près de Tintaglia, et j'entendis à plusieurs reprises le fracas de sa queue qui heurtait des façades de maisons. S'il y avait eu des passants sur notre route, les gardes les avaient refoulés.

« Comprends que cette vengeance m'appartient, Loinvoyant. Un humain ne peut exécuter la punition que Clerres mérite. Quand nous arriverons là-bas, nous la détruirons pierre par pierre et dévorerons ceux qui ont osé tuer des dragons, comme nous l'avons fait en Chalcède. La réparation de ces meurtres me revient !

— Sauf si je parviens là-bas le premier », fis-je entre haut et bas.

La dragonne s'arrêta brusquement, et, l'espace d'un instant, je regrettai ma réflexion imprudente. Mais Tintaglia leva la tête et huma l'air ; j'en fis autant et sentis l'odeur de l'enclos où on enfermait les animaux pendant le chargement ou le déchargement d'un bateau. Nous n'étions plus très loin.

Une tempête d'émotions faisait rage en moi. Je voulais ma vengeance ; et, si le Fou avait raison et que ma fille fût en vie, je ne voulais pas qu'elle fût prise dans les assauts furieux d'une dragonne contre Clerres. Pouvais-je dissuader Tintaglia d'attaquer ? Existait-il une chance que Parangon fût plus rapide qu'une dragonne vengeresse ? Mes doutes qu'Abeille fût encore vivante furent balayés par la crainte de ne jamais le savoir. « Tu te vengeras sur les Serviteurs ?

— Ne viens-je pas de te le dire ? Les humains ! Il faut tout vous répéter ! » Elle s'exprimait avec un mépris absolu. « Écoute-moi, maintenant, avant que j'aille manger. Je vais t'expliquer ça par petits bouts, par égard pour ton petit esprit. Oui, je t'autorise à te rendre à Clerres ; comme tu l'as affirmé de façon grossière, si tu arrives avant moi, tu as la permission de massacrer à ta guise. Je n'estimerai pas que tu me dépouilles de mes proies. Mesures-tu la faveur que je t'accorde ?

— Oui. Oui, je comprends. Mais nous pensons désormais que ma fille est peut-être encore en vie et prisonnière à Clerres. »

Elle ne me prêta pas plus d'attention qu'aux mouches qui bourdonnaient sur le tas de fumier. L'enclos se trouvait devant nous ; les vaches qui meuglaient avaient senti son odeur et se pressaient contre les barrières. Tintaglia poussa un barrissement sauvage et affamé dans lequel mon esprit ne distingua aucun mot, et elle chargea. J'évitai sa queue battante, non par agilité, mais par pur hasard.

Elle se jeta sur les malheureuses bêtes prisonnières, les piétina sous ses énormes pattes et les déchiqueta avec ses crocs. Elle en saisit une dans sa gueule et la jeta, beuglante, dans les airs ; Lant agrippa ma manche et m'entraîna en arrière alors que la dépouille brisée tombait dans la rue non loin de moi. Le visage de Persévérance était un masque d'horreur et de fascination. Les gardes qui avaient ouvert la route à la dragonne poussaient de grandes acclamations, comme certains hommes devant une scène de carnage, plus près de la boucherie que je ne l'eusse osé, absorbés par la barbarie du moment.

« Nous devrions la laisser se nourrir », dis-je à mes deux compagnons.

Nous rebroussâmes chemin. Plus d'un bâtiment avait subi des dégâts sous les coups de queue de la créature, et nous contournâmes un appontement à demi détruit. Je marchais plus lentement qu'à l'aller, m'efforçant toujours de reprendre mon souffle.

« Messire, vous voulez bien me révéler ce que la dragonne disait ? » demanda Persévérance.

J'avais la gorge sèche après ma course au trot jusqu'à l'enclos, et je répondis donc brièvement : « Elle dit que nous avons la permission d'aller à Clerres pour tuer des gens ; elle a elle aussi l'intention d'exercer sa vengeance quand elle arrivera là-bas. »

La façon dont l'adolescent hochait la tête laissait entendre qu'il ne comprenait pas tout. « Sa vengeance ? Pourquoi ? À cause de quoi ?

— Elle n'a pas donné de détails ; manifestement, les habitants de Clerres ont fait du mal à des dragons, et elle s'offusque que Glasfeu ne les en ait jamais punis. Elle m'a averti que tous sont ses proies légitimes, mais qu'elle nous laissera notre propre vengeance si nous arrivons les premiers.

— Le dragon noir estimait peut-être suffisant d'avoir détruit la moitié d'Aslevjal », fit Lant.

Je secouai la tête. « Tintaglia n'est pas d'accord.

— Mais, messire ! » Persévérance m'agrippa le bras. « Et si la dragonne arrive avant nous ? Ambre dit qu'Abeille est là-bas ! Elle risquerait de se faire blesser ou tuer ! Les dragons n'ont pas l'air de bien nous distinguer les uns des autres. L'avez-vous prévenue qu'Abeille est là-bas et qu'elle doit faire attention ?

— Je le lui ai signalé, oui. »

Lant eut un mouvement de côté quand Bigarrée fondit sur l'épaule de l'adolescent.

« Gringalette ! annonça l'oiseau. Gringalette qui brille ! Viens, viens, viens ! Vite ! » Aussi vite qu'elle s'était posée, elle s'envola pour retourner vers la résidence royale.

« J'avais oublié que Gringalette venait aussi », avouai-je.

Persévérance murmura : « Il n'y a que vous pour oublier un dragon. » Plus haut, il ajouta : « On pourrait se presser ? »

L'orgueil m'y contraignit. La foule s'était reformée autour de la pelouse de la résidence royale ; l'adolescent y ouvrit un chemin en criant impudemment : « Faites place au prince FitzChevalerie ! Faites place ! » J'avais le souffle trop court pour protester. Le gazon parfaitement entretenu était désormais aussi retourné qu'un champ labouré ; sur la terre éventrée se tenait Gringalette, revêtue d'un magnifique harnais de cuir rouge luisant et de cuivre scintillant surmonté d'une espèce de boîte : un siège pour un passager. Faim et fatigue irradiaient d'elle comme la chaleur d'un fourneau, et elle émettait un son guttural en respirant, comme une énorme casserole sur le point de bouillir.

Sous le portique du manoir se tenaient la reine Etta, Akennit et Hiémain, Ambre et Braise sur le côté, à distance respectueuse ; une rangée de gardes, bâtons au clair, s'interposait entre la souveraine et son hôte intrusif. Plus bas sur l'escalier, mais si grand qu'il n'avait pas besoin de lever la tête pour regarder les dignitaires, se trouvait un Ancien. « Kanaï est là ! » s'exclama Persévérance avec un mélange de surprise et d'inquiétude. L'Ancien faisait de grands gestes, et, lorsque nous nous approchâmes après avoir prudemment contourné Gringalette, j'entendis ce qu'il disait.

« … et une nuit et toute une journée avant d'arriver ici. Nous sommes allés très loin, jusqu'à Kelsingra dans le désert des Pluies. Ma dragonne et moi apportons d'importantes nouvelles à FitzChevalerie Loinvoyant. Si quelqu'un pouvait fournir de la viande vivante à Gringalette, je lui en serais reconnaissant. S'il vous plaît. »

Je n'avais jamais vu le général Kanaï faire preuve de tant de courtoisie, mais, apparemment, pour Gringalette, il était prêt à s'humilier et à supplier. Hiémain se pencha vers la reine Etta et lui parla à voix basse ; elle eut l'air mécontent mais donna néanmoins ses instructions : « Qu'on lui amène trois chèvres, et qu'elle les mange sur place ; la pelouse est fichue, de toute façon.

— Et vous êtes sage, votre majesté, de lui offrir de se restaurer à bonne distance de Tintaglia ; je vous en remercie. » Par-dessus son épaule, Kanaï jeta un regard à sa monture impatiente, et l'affection adoucit soudain ses traits. « Elle meurt de faim ; c'était beaucoup lui demander de me transporter sur une si longue distance, et nous devons encore aller plus loin, jusqu'aux îles des Autres, et de là à Clerres. » Il me vit alors et se détourna d'Etta en s'exclamant : « FitzChevalerie ! Vous êtes là ! Je vous apporte d'importantes nouvelles. »

Je me dirigeai vivement vers lui. « Tintaglia m'en a déjà fait part, général. Je suis étonné de vous voir ici.

— Comme nous tous, enchaîna Etta, glaciale. Étant donné, surtout, que vous ne m'avez pas encore expliqué la raison de votre… visite. » Son déplaisir était patent, mais la façon dont Akennit regardait Gringalette m'inquiétait tout autant. Il descendit soudain les marches, passa entre les gardes surpris puis devant Kanaï pour aller droit sur elle.

Mon cœur cessa de battre : elle avait faim et elle ne le connaissait pas. Mais elle se borna à tourner la tête vers lui, les yeux tournoyant doucement.

« Qu'on apporte un baquet d'eau à cette magnifique dragonne ! s'exclama-t-il. Elle meurt de soif ! Une créature aussi merveilleuse ne doit pas souffrir de telles privations ! Et où sont les chèvres ? Elles devraient déjà être là ! Qu'on lui donne aussi un de mes taurillons bruns ! Elle est affamée ! » Et, inconscient, il s'approcha de la bête, la main tendue.

Un murmure d'horreur et d'effroi monta de la foule. Etta avait la bouche entrouverte, le souffle coupé par la terreur.

« Non ! » s'écria Hiémain en s'élançant vers lui. Je m'attendais à ce que Kanaï se précipitât pour sauver le prince, mais c'était dans ma direction qu'il s'était mis à courir. J'aperçus Sorcor qui emboîtait le pas à Akennit, mais trop tard ; Gringalette allait dévorer sa proie.

Pourtant, elle tendit seulement le cou jusqu'à ce que son mufle écailleux touchât la main d'Akennit. Je poussai un soupir de soulagement en me demandant si Akennit venait de faire une démonstration de sa bravoure ou s'il était tombé victime du charme de la dragonne.

Il leva l'autre main et la posa sur la face de Gringalette. « Ravissante ! » dit-il, et elle baissa la tête pour lui permettre de lui gratter le front.

Le murmure approbateur qui monta de la foule me révéla ce qui m'avait échappé jusque-là : le peuple des îles Pirates adorait son prince. Je n'avais vu en lui qu'un enfant gâté, mais son sens de l'élégance et son assurance affichée éblouissaient les gens. Les chèvres bêlantes apparurent à l'angle de la demeure, et Gringalette les regarda par-dessus son épaule.

« Va ! lui dit le prince. Rassasie-toi, splendide créature ! » Et il ne bougea pas, intrépide, alors qu'elle se retournait d'un bloc et bondissait. Pour la deuxième fois de la journée, j'assistai à la chasse d'un dragon et j'entendis les acclamations de la foule.

« Attention ! » fit Lant à mi-voix en s'arrêtant à ma hauteur, et Persévérance vint promptement me flanquer de l'autre côté tandis que Kanaï s'approchait, la main tendue, ses dents blanches découvertes par un large sourire et surprenantes au milieu des écailles rouges de son visage. Il me serra la main, puis il la garda dans la sienne et la tirailla comme si j'avais oublié mes bonnes manières. « Ne restez pas planté là, FitzChevalerie ! Je dois me présenter à la reine. » Il haussa la voix pour crier : « Profite de ton repas, Gringalette, ma beauté ! Prince, merci beaucoup pour cet aimable accueil ! Maintenant que ma dragonne a ce qu'il faut, je vais transmettre à FitzChevalerie tout ce qu'il doit savoir. »

Il me prit par le bras, et je le laissai m'entraîner sur la pelouse retournée, Lant et Persévérance derrière nous. Un bouvillon beugla, terrifié, et, jetant un regard par-dessus mon épaule, je vis la pauvre bête poussée à coups d'aiguillon vers la dragonne.

« Lâchez-le ! » cria Akennit, et les jeunes bouviers évitèrent de justesse l'attaque de Gringalette lorsque la dragonne et sa proie massacrèrent un demi-arpent de terrain. Le bouvillon était un combattant, et on ne lui avait pas ôté ses cornes ; il fit plusieurs tentatives pour éventrer son assaillante, mais elle fit un bond en l'air et retomba sur lui des quatre pattes comme un chat sur une souris, et il émit un meuglement qui s'acheva par un horrible craquement mouillé. Persévérance poussa une exclamation consternée, mais les badauds, en bons pirates, lancèrent des clameurs enjouées : Kanaï n'eût pas pu leur offrir meilleur divertissement que ce combat dans le parc de la reine. Le prince leva les bras au ciel d'un air triomphant et déclara : « Ne la craignez pas, mes sujets ! Cette beauté écarlate vient en amie ! »

Les acclamations de la foule furent assourdissantes.

La reine Etta et ses suivants avaient légèrement reculé sur les marches, mais Hiémain était resté sous le portique et nous faisait signe de le rejoindre. Kanaï et moi gagnâmes les larges degrés blancs et les gravîmes pour parvenir auprès d'Etta, pétrifiée devant le spectacle que donnait son fils. « Il a le talent de son père pour conquérir le cœur des gens ; c'est bien. »

Nous continuâmes notre ascension jusqu'au porche où Hiémain nous attendait avec un sourire crispé. Ambre et Braise se trouvaient là aussi, les traits figés par la perplexité.

« À quoi jouez-vous ? me demanda sèchement Hiémain à voix basse tout en faisant mine de m'accueillir avec affabilité. Qu'est-ce que c'est que cette pagaille que vous nous amenez, FitzChevalerie ? Un bateau dément qui nous enlève notre prince pour participer à votre vengeance, et maintenant des dragons sur notre pelouse ? »

Etta ne quittait pas son fils des yeux. « Du calme, Hiémain ; il semble que nous soyons en train d'établir des relations diplomatiques avec le désert des Pluies. » Elle lui jeta un regard oblique. « Je pense qu'un prince qui se lie d'amitié avec des dragons mérite une fiancée plus largement dotée. » Elle ôta la main du manche de son épée, sourit à Kanaï et dit avec un léger amusement dans la voix : « Salutations. Je suis la reine

Etta des îles Pirates, et voici mon premier ministre et amiral, Hiémain Vestrit.

— Ces noms me sont bien connus. » Kanaï s'inclina. « Je suis le général Kanaï des Marchands-Dragons de Kelsingra ; non pas un diplomate, hélas, très gracieuse souveraine, mais un fidèle messager des dragons. » Il me tenait le bras fermement, et il me le tapota d'un geste affectueux. « Quand le prince FitzChevalerie est passé chez nous, il désirait savoir si l'histoire des dragons recoupait celle des Serviteurs des gens pâles ; nous avons obtenu cette information de Glasfeu, et il est de toute importance qu'il sache que sa vengeance peut s'aligner avec la nôtre, mais non s'y substituer. » Il se tourna vers moi et ajouta : « Je vous assure que je puis transmettre ce message de façon beaucoup plus concise que Tintaglia, et sans son impatience habituelle.

— Voilà qui est réconfortant, répondis-je, ce qui me valut un petit rire de la reine Etta, à ma grande surprise.

— Dans ce cas, dit-elle, vous pouvez m'expliquer, rapidement et clairement, ce qu'une invasion de dragons chez moi a comme rapport avec la mission de cet homme pour secourir sa fille.

— Une coïncidence du destin ! assura Kanaï. Mais, je vous en supplie, puis-je avoir à manger et à boire avant de commencer mon récit ? »

Hiémain sourit. « Entrez, je vous prie ; je vous rejoins tout de suite. Je dois donner quelques ordres aux gardes ; rares sont ceux qui connaissent les dragons. Pour ma part, je les ai assez côtoyés pour savoir qu'un mot ou un geste inconsidéré peut entraîner la mort.

— Demandez à mon fils de me rejoindre, lui dit Etta.

— Oh, il ne voudra pas quitter Gringalette ! répondit Kanaï d'un ton familier et empreint d'affection. J'ai vu l'expression qu'il avait, et j'ai senti qu'elle l'appréciait aussi ; il restera avec elle pendant qu'elle mange, et peut-être aussi pendant qu'elle dormira. »

Hiémain hochait la tête. « Ça se passera sans doute ainsi, en effet : ils sont entichés l'un de l'autre. Elle a eu à peu près le même effet sur mon frère Selden. Il y a peu de risques qu'elle lui fasse du mal, et puis les citoyens prennent grand plaisir à voir leur prince se lier d'amitié avec un dragon. » La reine demeura impassible. « Mais je vais lui demander quand même », reprit-il, et il s'éloigna. Kanaï crocha fermement son bras dans le mien, ce qui me déplut prodigieusement, et nous suivîmes la souveraine. Je n'aimais pas la façon dont les gardes nous entouraient, mais je me tus : il en va avec les reines comme avec les dragons : un mot ou un geste de travers peut avoir de graves conséquences.

Il faisait plus frais et plus sombre dans la résidence royale. Partout, tapisseries, statues, tentures exotiques et trésors venus de loin disaient une longue histoire de piraterie. Avec une absence remarquable de cérémonie, la reine elle-même nous mena dans un salon. « Trouvez-nous à manger et à boire, dit-elle à un de ses serviteurs.

— Ah, je vous en serais très reconnaissant ! » répondit Kanaï. Il se tourna vers moi. « Gringalette a eu beau faire, elle n'a pas pu suivre Tintaglia ; nous savions qu'elle ne nous attendrait pas. Notre mission est urgente et ne nous laisse pas beaucoup de temps, même pour vous remettre mon message. »

La souveraine s'était assise à la tête d'une très longue table ; il y avait des chaises en nombre plus que suffisant pour nous tous. Je guidai Kanaï pour qu'il prît place à la gauche d'Etta, et je m'installai près de lui en laissant une place pour Ambre à côté de moi. Lant prit le siège suivant, et, après quelques hésitations, Braise et Persévérance l'imitèrent. Ils échangèrent un regard : ils étaient attablés avec une reine pirate !

Etta nous parcourut des yeux. « Bienvenue chez moi », dit-elle.

L'Ancien ne perçut pas l'ironie de son accueil.

« Vous êtes très aimable, fit-il ingénument, et beaucoup plus belle que je ne m'y attendais ! Ah, et voici le rafraîchissement que vous avez demandé ! Je meurs de faim et de soif. » Dès que la servante eut empli son verre, il but goulûment.

Etta le regarda sans rien dire ; je m'attendais à ce qu'elle lui reprochât ses mauvaises manières, mais elle se laissa soudain aller contre le dossier de son siège, appuyée sur un des accoudoirs, et je vis alors la pirate qui était devenue reine quand elle déclara : « Et vous-même êtes beaucoup plus simple et direct que ce que j'imaginais d'un émissaire.

— Oui, c'est vrai, répondit-il d'un ton enjoué en tendant son verre à la servante. Mais je ne suis pas un émissaire ; je suis peut-être général chez moi, et maître des forces de Kelsingra, mais aujourd'hui je sers ma dragonne et toute la race des dragons ! Je veillerai à ce que tous les dragons de Kelsingra soient au courant de votre hospitalité !

— Quelle amabilité ! Dois-je m'en réjouir ou m'en effrayer ? » Elle balaya la tablée du regard puis éclata de rire, jugeant apparemment Kanaï plus amusant qu'offensant. Hiémain entra et alla prendre place à sa droite. « Et mon fils ? demanda-t-elle.

— Il est avec la dragonne rouge, et il a envoyé chercher trois autres vaches. » Hiémain me regarda et ajouta : « Votre corneille s'est jointe à eux.

— Elle aime la compagnie de la dragonne rouge », répondis-je. Je bouillais de questions et d'inquiétudes, mais nous étions à la table de la reine.

« Ainsi, mon fils va vous accompagner pour secourir votre fille, et pour cela il doit côtoyer des dragons ? » La reine me regardait, mais ce fut Kanaï qui répondit. Il avait terminé son assiette et surveillait attentivement la servante qui approchait avec du rôti en tranches.

« Permettez-moi de bien expliquer la situation pour tout le monde. Nous sommes venus annoncer à FitzChevalerie et à dame Ambre que les dragons acceptent et autorisent leur mission de vengeance ; d'ailleurs, une fois la nôtre accomplie, nous les suivrons à Clerres pour achever les destructions qu'ils auront commencées. Nous avons l'intention de raser la ville et de dévaster la campagne environnante. » Il but une longue gorgée de vin sans remarquer l'expression effarée de la reine.

Il reposa son verre avec un grand soupir. « FitzChevalerie n'est pas le seul à qui les Serviteurs ont fait du mal ; leur préjudice envers nous est bien pire ! De connivence avec les Abominations, ils ont pillé la plage de nidification, volé des œufs de dragon et tué ou emprisonné les serpents nouveau-nés ! Demain, Gringalette et moi nous rendrons rapidement à l'île des Autres pour protéger les œufs enfouis là jusqu'à la saison d'éclosion, cet été ; Tintaglia surveillera les nids et escortera les serpenteaux pendant qu'ils gagneront la mer, et ma dragonne et moi chasserons et tuerons les Abominations qui infestent l'île.

— Les Abominations ? » fit Ambre à mi-voix. Attentive, elle avait gardé le silence jusque-là.

« C'est comme ça que nous les appelons ; elles apparaissent quand une dragonne qui a vécu trop longtemps avec des hommes pond ses œufs, et qu'ils ne donnent pas des serpents mais des créatures qui ne sont ni serpents, ni humains ni Anciens, monstrueuses et maléfiques. Nous les massacrerons. Glasfeu était le seul à savoir le mal qu'ils nous avaient fait, les œufs qu'ils déterraient des monticules ou les jeunes serpents qu'ils attaquaient alors qu'ils essayaient d'arriver jusqu'à la mer ! Ils en tuaient certains pour les dévorer ou pour vendre leurs dépouilles aux Serviteurs des Blancs, et, pire encore, ils en encageaient d'autres pendant des dizaines d'années pour récolter leurs sécrétions et en faire des potions et des médicaments ! » Une moue de dégoût pointa ses lèvres écailleuses. « Les Abominations consomment ces sécrétions sous prétexte qu'elles les aident à prévoir l'avenir et à se remémorer des passés lointains ! »

Hiémain reposa brusquement son verre sur la table. « Etta, dit-il d'une voix basse, nous sommes passés par là, par la plage aux Trésors. Ces créatures… Le serpent que j'ai libéré…

— Je m'en souviens », fit-elle d'une voix défaillante.

Hiémain s'adressa à Kanaï : « Kennit m'a emmené là-bas pour voir ce que les Autres pouvaient prédire sur moi ; il s'y était déjà rendu, je crois, avec Igrot. La tradition voulait que, si quelqu'un trouvait un objet rejeté par la mer sur cette plage et le donnait aux créatures qui vivaient là, elles lui disaient son avenir. Mais je n'ai croisé aucun trésor ; rien qu'un immense serpent, prisonnier d'un bassin entouré de barreaux. La marée haute renouvelait l'eau qui l'entourait, mais il était rabougri et difforme à force de vivre dans si peu d'espace. Il m'a parlé… J'ai réussi à le libérer, même si, en remerciement de mes efforts, ses écailles m'ont arraché la peau au passage et que j'ai failli me noyer.

— Je me le rappelle, dit Etta. Sorcor m'a parlé lui aussi d'une visite que Kennit avait faite là-bas. » Un léger sourire voleta sur ses lèvres. « Il avait préféré détruire ce qu'il avait trouvé plutôt que le remettre à la créature.

— C'est bien de Kennit », fit Hiémain, et je n'eusse su dire si son ton était affectueux ou consterné.

Un étrange silence régna quelques instants.

« Quel geste héroïque ! » s'exclama Kanaï. Les yeux brillant de larmes, il abattit son poing sur la table et nous fit tous sursauter. « Je vais partager cette histoire avec Gringalette et avec tous les dragons ! » Et il se tut un long moment, les yeux dans le vide.

Hiémain et Etta échangèrent un regard. Étais-je le seul à percevoir une communication entre sa dragonne et lui ? Puis j'entendis Tintaglia pousser un brusque coup de trompe du côté des quais.

Kanaï se leva brusquement et retira toutes les bagues de ses doigts ; avec un claquement, il plaqua les bijoux sur la table et les poussa vers Hiémain. Il avait les larmes aux yeux. « Un petit présent d'orfèvrerie Ancienne, bien insuffisant pour l'homme qui a délivré un serpent de l'esclavage des Abominations ! La reconnaissance des dragons est une denrée rare ! Et vous avez aussi la gratitude des Anciens. » Il se tourna vers Etta. « Gringalette m'apprend que vous envoyez votre fils avec FitzChevalerie pour l'aider à se venger ? Elle est contente ; elle l'enveloppe de sa plus haute estime ; elle promet qu'en arrivant à Clerres elle le retrouvera. » Il se mit à crier. « Il la chevauchera pour frapper nos ennemis ! »

Le silence s'abattit dans la pièce.

Ambre le rompit. « Ainsi, les dragons vont nous accompagner à Clerres pour se venger ? » Était-ce de l'espoir et de la peur que j'avais perçue dans sa voix ?

Kanaï posa son verre en secouant la tête. « Pas tout de suite ; il est plus urgent de protéger les œufs. Quand la saison des éclosions sera terminée et que nous serons certains d'avoir tué toutes les Abominations, nous vous rejoindrons. »

J'intervins : « Lors de notre dernière entrevue, nous pensions que ma fille était morte, mais il est finalement possible qu'elle ait survécu et qu'elle soit retenue prisonnière à Clerres.

— Si elle se trouve dans la ville et que les dragons attaquent, enchaîna Ambre, elle risque d'être blessée, ou tuée. »

Kanaï hocha la tête. « Tuée, plutôt. Quand nous avons détruit Chalcède, nous n'avons rien laissé debout ; tous les bâtiments ont été jetés à terre, et les dragons ont soufflé leur haleine acide sur les gens et sur les bêtes. » Il prit un air satisfait. « Ça m'étonnerait qu'il y ait eu des survivants dans le palais du duc. » Puis il ajouta soudain devant nos mines horrifiées : « Je comprends votre inquiétude ; c'est vrai.

— Et vous pouvez communiquer avec Tintaglia et avec Gringalette ? Leur demander de nous aider ? Ou au moins de nous permettre d'accomplir notre tentative de sauvetage avant qu'elles ne rasent la ville ? » Pleine d'espoir, Ambre avait le souffle court.

Il joignit le bout de ses longs doigts et baissa les yeux sur ses ongles rouges. Nous nous tûmes. Pour finir, il dit : « Je leur demanderai ; mais (il me regarda en face) je ne peux rien promettre, je pense que vous le savez déjà. Les dragons ne sont pas... Ils ne considèrent pas les humains comme... » Sa voix mourut.

« Ils ne lui accorderont aucune importance. » Mes mots tombèrent comme des oiseaux morts.

« C'est ça. Je regrette. » Il joua avec sa fourchette et reprit : « Le mieux serait que vous arriviez avant eux pour tenter de la secourir avant qu'ils n'attaquent. Je suis navré, croyez-moi. »

Je m'interrogeai sur sa sincérité ; ne ressemblait-il pas beaucoup à un dragon, incapable de comprendre l'importance d'un enfant ?

Il leva la tête comme s'il avait entendu quelque chose. « Gringalette est rassasiée. Vous l'avez bien traitée ; je vous en remercie. » Il reprit un air pensif, puis il sourit. « Je crois que Tintaglia n'a plus faim non plus. Elles vont se reposer maintenant ; leur vol les a fatiguées, et Gringalette est au bord de l'épuisement. » Il me regarda et haussa un sourcil écailleux, comme pour me rappeler que nous partagions un secret. « Heureusement, je transporte dans ses fontes une réserve de... reconstituant ; je lui en donnerai demain, mais elle doit dormir toute la journée et toute la nuit. Et moi aussi. » Il sourit à Etta et à Hiémain.

« Pouvez-vous me faire préparer une chambre et un bain ? J'avoue que je suis las et courbatu ; quand on voyage aussi loin de la terre, on a toujours froid ! J'ai un peu dormi dans ma selle, mais ça ne m'a pas vraiment reposé. »

La reine étrécit les yeux, offusquée d'être traitée en femme de chambre, et je m'attendis à la voir se dresser, la main à l'épée, mais Hiémain recula vivement sa chaise : il savait quand sa souveraine avait atteint les limites de sa tolérance. « Si vous voulez bien me suivre, général Kanaï, je me ferai un plaisir de vous donner ma chambre ; c'est la façon la plus rapide de vous trouver un endroit où vous reposer. Messires, mesdames, si vous voulez bien nous excuser… »

Et ils s'en allèrent en laissant la reine Etta et notre groupe à la table. La souveraine se leva soudain. « Vous devez partir le plus vite possible, pour avoir une chance d'arriver à Clerres avant les dragons et de sauver votre fille.

— C'est exact. » Je m'efforçai de maîtriser ma voix, encore sous le coup du fatalisme des propos de Kanaï. Les alliés que j'espérais se révélaient une menace.

« Et vous emmenez mon fils affronter un danger plus grand que je ne m'en rendais compte.

— C'est probable, en effet. »

Elle hocha lentement la tête. « C'est le fils de son père. Cette affaire de dragons et de leur vengeance… Sa décision n'en sera que plus inébranlable. » Elle posa sur moi un regard songeur. « Ma foi, prince FitzChevalerie, grâce à vous, Partage connaît une effervescence, des destructions et des interrogations qu'elle n'a pas connues depuis bien des années. »

J'entendis des bottes claquer sur le sol, et Akennit entra à grands pas ; ses yeux brillaient d'un feu que je ne leur avais jamais vu. « Mère, je viens vous annoncer que je suis résolu à prendre la mer dès demain, à la première marée. Plus vite nous parviendrons à Clerres, plus vite nous pourrons exercer une vengeance qui n'a que trop attendu. » Il nous balaya du regard, puis fit demi-tour et s'en alla.

Etta le suivit des yeux un long moment. « Qu'il ressemble à son père ! » Elle se tourna vers moi. « J'avais espéré retarder votre départ, mais je vais donner des instructions pour que le bateau soit approvisionné d'ici ce soir. » Elle se leva et ajouta d'un ton glaçant : « Loinvoyant, vous avez perdu votre enfant ; ne perdez pas le mien. »

Table

12607

Composition
NORD COMPO

Achevé d'imprimer en Slovaquie
par NOVOPRINT SLK
le 2 décembre 2018

Dépôt légal : janvier 2019
EAN 9782290163528
OTP L21EPGN000648N001

ÉDITIONS J'AI LU
87, quai Panhard-et-Levassor, 75013 Paris

Diffusion France et étranger : Flammarion